에이프릴은 노래한다

THE
PEOPLE
WE
KEEP

우리가 지킬 사람들은 노래한다

THE PEOPLE WE KEEP

엘리 라킨 장편소설

김현수 옮김

문학사상

• 일러두기

영어 및 한자 병기는 본문 안에 작은 글씨로 처리했습니다.

인명 및 지명은 국립국어원의 외래어 표기법에 따라 표기했으며,

규정에 없는 경우는 현지 발음에 가깝게 표기했습니다.

이 책을 꼭 써야 했던 나에게
이 책의 아주 작은 부분을 통해서라도
이해 받는다는 감정을 느낄 당신에게
나의 심장을 움직이게 하고 지금까지 뛰게 해주는
나의 가족과 친구들에게

사랑합니다.

차례

하지만 나는 알아, 언젠가

언젠가는 내게 주어진

운명 같은 곡을 쓸 수 있으리라는 것을……

—「나침도Compass Rose」, 크리스 퓨레카Chris Pureka

1부

1

나는 어둠이 깔린 트레일러 파크 진입로 끄트머리에 서서 바닉 아줌마의 트레일러하우스를 응시하고 있었다. 거기서 아줌마네 거실 불이 꺼지길 기다리다 보니 화가 치밀어 올랐다. 일주일이 넘게 지켜보는 동안 저 집 불은 이틀에 한 번 꼴로 여덟 시 삼십 분이면 꼭 꺼졌다. 그런데 하필 오늘, 벌써 여덟 시 사십오 분이 됐는데도 아줌마는 불을 끄지도 않고 여전히 거실 안락 의자에 앉아 버티고 있었다. 로렌스 웰크의 음악 예능 방송이나 컨트리 음악 방송의 재방송 신호를 제대로 잡은 게 분명했다. 텔레비전 불빛이 계속 깜빡거리고 온 집 안 불은 휘황찬란하게 들어와 있었다. 전기 회사를 혼자 전세라도 낸 사람 같았다.

아홉 시까지만 기다려 보고 그냥 움직이자 싶었다. 아줌마는 모차르튼지 베토벤인지 아무튼 그 귀머거리 음악가보다 더 귀가 어두운 데다 텔레비전 소리도 있는 대로 키워 놓았을 테니까. 하지만 문제는 그것만이 아니었다. 추워서 당장이라도 얼어죽을 것 같았다. 치마 아래는 맨 다리고, '더럽게 추운 날씨'를 극복해 보겠다고 몸부림을 쳐봐도 더 이상 몸에 피가 돌지 않는 느낌이었다. 그래서 바닉 아줌마는 의자에서 잠들어 버린 게 분명하다고 생각하기로 했다. 아줌마는 오후 네 시에 저녁을 먹는 사람이니까. 어차피 지금쯤은 연파랑 턱시도 셔츠를 입은 로렌스 웰크가 나오는 꿈이나 꾸며 코를 골고 있을 것이다.

드디어 기타를 들고 행동을 개시했다. 나는 발소리를 죽이고 몸을 최대한 낮춰 차로 다가갔다. 차 문은 잠겨 있지 않았지만 열쇠까지 차 안에 놓아둘 정도로 아줌마는 배려심 넘치는 사람이 아니었다.

나는 열쇠고리에 달린 손전등의 불빛이 꺼지지 않도록 이로 꽉 물고 설명서에 '점화 스위치'라고 적혀 있던 부분을 조준했다. 도대체 왜 심플하게 그냥 '열쇠 꽂는 곳'이라고 하면 안 되는 걸까. 그나마 도서관에서 설명서를 복사하면서 읽어본 게 천만다행이었다. 무슨 소린지 몰라 용어를 거의 다 찾아 봐야 했으니까. 나는 아빠의 스크루드라이버를 꺼내 키박스의 금속 원통형 부분과 바로 그 아래 플라스틱 부분 사이(명칭은 나도 모르겠다)에 쑤셔 넣었다. 원통 부분이 쉽게 빠지지 않아서 페인트 깡통을 열 때처럼 가장자리 틈새에 스크루드라이버를 끼워 넣어야 했고, 그러는 내내 틈틈이 바닉 아줌마의 동태도 살펴야 했다.

마침내 툭, 하고 차 열쇠를 꽂는 원통형 부분이 분리돼 나왔고, 나는 스크루드라이버를 점화 스위치로 추정되는 부분 안으로 밀어 넣고 숨을 죽였다. 그리고 스크루드라이버를 돌렸다. 차는 시동이 걸리려다 말았다. 여기서 잠깐 숨을 골랐다. 이걸 성공시키지 못하면 나는 끝장이었다. 와이어를 끊고 계기판을 뜯어내는 짓까진 하지 않기로 나 자신과 약속을 했기 때문이다. 아무 일도 없었던 것처럼 차를 제자리에 고이 가져다 놔야 하는데, 뭘 뜯고 끊고 했다간 일이 너무 커질 터였다. 스크루드라이버를 좀 더 쑤셔 넣어 봤다. 다시 시도. 이번에는 엔진이 켜지고 시동이 걸렸다. 나는 헤드라이트를 끄고 바닉 아줌마 거실 창에서 눈을 떼지 않은 채 후진했다. 아줌마는 꼼짝도 하지 않았다.

○

카페 '블루문' 주차장에 차를 세웠을 땐 열 시 십오 분 전이었고, 공연은 아홉 시에 이미 시작된 상태였다. 안으로 뛰어 들어가는데 기타가 다리에 통통 부딪혔다. 기타 케이스의 변색된 놋쇠 잠금장치와 떨어지다 만 스티커들이 치마 맨 윗자락에 걸렸다. 무대 위에선 가죽조끼를 입은 남자가 요람 속 고양이에 대한 노래를 부르고 있었다. 그의 목소리에선 콧소리가 났고 숨을 쉴 땐 침 흐르는 소리도 들렸다.

카페는 사람들로 꽉 차 있었다. 뒤쪽에 서서 두리번거리며 뭘 어찌해야 하나 고민하고 있는데—저 남자 노래가 끝나면 무대 위로 올라가야 하나?— 비니를 쓰고 손가락 없는 장갑을 낀 여자아이가 내게 종이가 끼워진 클립보드를 건넸다.

"여기에 이름을 쓰면 돼요."

그리고 펜을 줬다. 그 애 속눈썹 색은 어찌나 연한지 거의 흰색처럼 보였다.

"원래 신청은 아홉 시 삼십 분까지만 받는데 많이 늦진 않았으니까. 다 쓰면 나한테 가져와요."

그리고 세상만사가 지루하다는 듯 한숨을 쉬며 카페의 구석 자리를 가리켰다.

명단에는 이미 열두 명의 이름이 적혀 있었는데, 그중 다섯에는 선이 그어져 있었다. 나는 클립보드를 무릎에서 떨어뜨리지 않으려고 벽에 기대섰다. 펜이 잘 안 나와서 종이에 자국이 새겨질 때까지 한 글자 한 글자 꾹꾹 눌러 써야 했다. 이름과 출신 지역 칸에 '에이프릴, 리틀 리버'라고 쓰는 데만 오만 년은 걸렸다. 내 앞의 사람들은 다들 성을 적었지만 나는 적지 않았다. '사위키'라는 성에서 스타성은 전혀 느껴지지 않으니까. 다른 사람들의 출신 지역은 다들 버펄로나 함부르크, 이스트오로라 등 우리 동네보다는 훨씬 번화한 곳이었다. 출신 지역은 적어도 카타라우구스처럼 우체국 하나쯤은 갖춘 곳으로 적을 걸 그랬나. 펜이 제대로 나오기만 했어도 찍찍 긋고 다시 쓸 텐데.

내 자작곡에는 제목이 없었다. 노래 제목을 붙여 보려고 첫번째 노래의 가사를 머릿속에서 부르며 카페 안을 둘러보는데 사람이 너무 많았다. 오십 명은 족히 되는 것 같았다. 다리가 후들거렸다. 주저앉고 싶었다. 노래 제목 칸에 그냥 무제라고 적은 뒤 '자작곡' 칸에 체크하고 '커버' 쪽은 빈칸으로 남겨 뒀다.

클립보드를 갖다 주러 가는데 마치 뭍으로 올라온 올챙이처럼 배 속이 요동쳤다. 역시 저녁으로 팝 타르트를 그렇게 많이 먹는 게 아니었다. 속눈썹 소녀는 스툴에 올라앉은 채등을 동그랗게 구부리고 책을 얼굴에 바짝 붙이고 있었다. 이렇게 어두운데 글씨가 보이기는 할까. 그 애는 옆에서 무슨 일이 벌어져도 책을 읽을 수 있는 부류의 사람 같았다. 나는 신청서를 내밀고 족히 일 분을 기다린 끝에야 그 애의 주의를 끌 수 있었다.

"고마워요."

그 애는 읽던 부분을 표시하지도 않고 책을 내려놓더니 클립보드를 받아들었다. 내 손이 떨리고 있는 건 눈치 채지 못했기를.

"앉아요. 좀 걸릴 거예요."

그 애가 관객들을 둘러보며 말했다. 작은 카페 테이블 하나당 의자가 네 개씩 있었다. 테이블이 여덟 개쯤 되는 것 같은데 빈 의자는 하나도 없었다. 그냥 바닥에 앉아 벽에 기대야겠다고 생각하는데 속눈썹 소녀가 스툴의 중간 가로대를 밟고 올라서더니 앞쪽을 가리켰다.

"저기요, 저기 자리 있네."

그 애는 의자 쪽으로 손가락을 흔들며 날 보고 고개를 끄덕였다. 날더러 거기 앉으라는 것 같은데 달리 거절할 변명거리가 떠오르질 않았다.

나는 테이블 사이를 이리저리 헤치고 앞으로 나아가며 기타 케이스로 사람들 무릎과 의자 등받이를 툭툭 건드렸다. 연신 '죄송해요'라고 속삭여야 했다. 고양이 요람 노래를 부른 남자가 공연을 마치자, 모두 예의바르게 박수를 쳐줬다. 그는 모두에게 들릴 정도로 심호흡을 하더니 말했다.

"이제 여러분들이 모두 알 만한 짤막한 곡을 하나 할게요."

그가 기타를 치기 시작했다. 소리는 구렸지만 귀에 익은 멜로디였다.

나는 빈 의자 옆자리에 앉은 남자와 눈을 맞춰 보려 했지만 그는 테이블의 다른 사람들과 이야기하기 바빠 내가 옆에 온 지도 모르는 것 같았다. 부츠로 의자 다리를 몇 번 툭툭 쳤다. 그래도 반응은 없었다. 나는 기타 케이스를 내려놓고 잠금장치를 만지작거렸고, 그가 나를 힐끗 보는 걸 곁눈으로 포착했다. 하지만 고개를 들었을 땐 다시 아까 하던 대화로 돌아가 있었다. 어쩔 수 없이 그냥 앉은 다음, 그의 어깨를 톡톡 치고 여기 앉아도 되냐고 물으려고 몸을 쑥 내밀었다. 이미 앉았으면서 물어보는 내가 재수 없는 인간 같았지만, 다행히 그는 "그럼요" 하더니 손을 내밀었다.

"난 짐이에요."

"전 에이프릴이에요."

나는 아빠가 가르쳐 준 대로 그의 손을 굳게 맞잡으며 말했다. '거래를 성사시키는' 좋은 악수. 그리고 몸을 뺐다. 아무도 가져갈 수 없도록 기타를 다리 사이에 놓기 위해서였다. 후렴이 시작되기 직전, 무대 위의 남자가 레너드 스키너드Lynyrd Skynyrd의 「자유로운 새Free Bird」를 연주하려고 한다는 걸 깨달았다. 레너드 스키너드를 어쿠스틱 버전으로 십자가형에 처하는 것 같은 노래에 짐이 어떻게 반응하는지 궁금했다. 고개를 들었지만, 그는 이미 돌아앉아 옆에 앉은 여자와 이야기 중이었다. 짐의 갈색 머리카락은 말편자처럼 정수리는 텅 빈 채 머리 주변에만 나 있었다. 머리 한가운데 빛나는 부분은 뻣뻣한 머리카락 몇 가닥으로 간신히 덮고, 나머지 머리카락을 목 언저리에서 모아 길고 가느다랗게 하나로 묶었다. 그와 대화 중인 여자는 철수세미 같은 흰머리를 땋았는데 끝부분을 묶지 않아서 시간이 지나면 풀어질 것 같았다. 그녀는 마치 만물의 어머니인 대자연 같은 이미지였고, 그 옆에 앉은 남자는 긴 하얀 수염과 낡아빠진 남색 야구 모자 때문에 바다의 신 넵튠처럼 보였다. 함께 놀러 와 조촐한 파티 중인 세 사람 사이에 내가 불청객처럼 끼어든 느낌이 들었다.

나도 누군가와 같이 왔다면 좋았을 텐데. 매티에게는 수학 공부를 해야 한다고 둘러댔다. 내가 무대에 올라가도 질식하지 않을 거라는 확신이 들기 전까지는 매티에게 노래하는 내 모습을 보여 주고 싶지 않았다.

"공부, 내가 도와줄게."

매티는 치아를 드러내고 씩 웃었다. 자기가 원하는 건 모두 얻게 해주는 예의 그 미소.

"우리가 공부하기로 하고 언제 공부한 적 있어?"

내가 말했다.

"나 완전 망했다고."

내가 매티를 그대로 돌려보내자 상처받은 듯한 눈빛을 했지만, 무대 위에 올라간 내 목소리가 갈라지고 손가락이 얼어붙었을 때 그 애가 지을 표정을 상상해 보면 어쩔 수 없었다.

아빠를 데려왔으면 좋았겠지만 이제 아빠는 늘 아이린과 그 아들과 함께 지냈다. 그래도 이 기타는 아빠 거니까.

"너한테 물려주는 거야."

열여섯 내 생일에 아빠가 기타를 건네주며 말했다.

"에이프, 네겐 음악의 피가 흘러."

실은 내 생일 자체를 까맣게 잊고 있던 아빠가 대충 때우는 거란 걸 알았지만 모르는 척 그냥 받았다. 아빠한텐 이 공연에 대해 말하고 태워다 달라고 할 걸 싶었다. 내가 무대에 올라갈 차례가 되면 아빠는 초등학교 때 내 연극을 보러 왔을 때처럼 입에 손가락을 대고 휘파람을 불어 줬을 텐데. 하지만 아이린의 아들은 계속 침대에 오줌을 싸고 코를 파댈 테고 아빠와 아이린은 그 애를 돌봐야 했다.

사람들이 다시 박수를 쳤고, 남자가 무대 위에서 내려왔다. 나는 그 남자가 마침내 내려가는 게 좋아 박수를 친 거였는데, 다른 사람들도 다르지 않을 거라 생각했다.

짐이 내 쪽을 보더니 말했다.

"여기는 위스테리아, 그리고 그녀의 평생 동반자 에프렘이에요."

짐은 만물의 어머니 대자연과 바다의 신 넵튠 쪽으로 살짝 기대며 나를 가리켰다.

"이쪽은 에이프릴."

그들이 손을 흔들었고 나도 손을 흔들어 답했다. 위스테리아가 방긋 웃자 뺨에 꽃사과처럼 보조개가 파였고 주름 많은 에프렘의 눈은 선했다. 그때 누가 뭐라고 더 말할 새도 없이 낡은 갈색 페도라를 쓴 깡마른 허수아비 같은 아저씨가 무대 위에 올라가 클립보드를 들고 읽었다. 낮게 속삭이는 듯한 목소리였다.

"다음은 치크터와거에서 오신 루크 바스톨트 씨가 제임스 테일러James Taylor의 「귀여운 아기 제임스Sweet Baby James」, 그리고 크로스비, 스틸스 앤드 내시Crosby, Stills and Nash의 「당신의 아이들을 잘 가르쳐요Teach Your Children」를 불러 주시겠습니다. 아니, 크로스비, 스틸스, 내시 앤드 영Crosby, Stills, Nash, and Young일 때 부른 곡인가, 이건 맨날 헷갈린다니까요."

그는 못 웃기는 스탠드 업 코미디언처럼 두 손을 양 옆으로 들어 보이며 어색하게 돌아섰다.

"아니, 자작곡을 부르는 사람은 아무도 없어요?"

그는 반응을 기다리는 것처럼 관객들을 돌아봤지만 모두 쥐죽은 듯 조용했다.

"뭐, 어쨌거나, 루크에게 박수 좀 주세요."

모두가 박수를 칠 때 나는 으쓱한 기분이 들었다. 내가 오늘 할 곡들은 다 내가 쓴 곡이기 때문이었다. 하나는 매티에게 순결을 잃은 것에 대한 곡이고, 다른 하나는 아빠와 아이린과 그 아들에 대한 곡이었다. 그러나 루크 바스톨트가 연주를 시작하자 우쭐한 마음은 단숨에 사라졌다. 마치 제임스 테일러가 실제로 나타나기라도 한 것 같은 연주였다. 그의 모든 움직임이 느리고 소울이 가득한 반면 뼈만 앙상한 긴 손가락은 엄청 빠르게 움직였다.

다음은 위스테리아와 에프렘 차례였다. 그들은 허수아비와 선곡을 가지고 다투었다. 「캐나다 철도 삼부작Canadian Railroad Trilogy」은 노래가 길어서 두 곡으로 쳐야 한다고 허수아비가 주장했지만 위스테리아와 에프렘은 준비한 곡을 둘 다 부르겠다고 우겼다. 그냥 장난치는 거겠지 생각하는데 에프렘이 얼굴을 확 붉히고는 마이크를 손으로 가리고 허수아비에게 뭐라고 말했다. 그러자 허수아비는 두 팔을 허공에 들어 올리더니 소개도 하지 않고 무대에서 내려가 버렸다.

에프렘은 우쿨렐레를 연주하고 위스테리아는 펑퍼짐한 엉덩이에 탬버린을 두드렸다. 위스테리아의 목소리는 날카로운 소프라노였고 에프렘의 목소리에선 자갈 긁는 소리가 났다. 무대에 마이크가 두 개 있는데도 두 사람은 굳이 같은 마이크에 대고 노래를 불렀고, 에프렘의 가사는 한 박자씩 늦었다.

"저분들은 매주 오죠."

짐이 팔을 내 의자 등받이에 올리며 말했다.

"그런데 절대 발전은 없어요."

나는 미소를 지으며 내 등에 그의 팔이 닿지 않도록 몸을 숙이고 물었다.

"언제 올라가세요?"

"아, 나는 공연 안 해요. 그러니까 하긴 하는데, 여기선 안 해요."

이 부분에서 더 물어야 하는 건지 말아야 하는 건지 판단이 안 섰다. 그만 묻기로 했다. 아, 이 안은 너무 추웠다. 나는 손가락에 감각이 돌아오길 바라며 손을 흔들었다.

"여기 너무 춥네요."

"맞아요."

짐이 말했다.

"방법이 있긴 해요."

그가 손을 들었다. 마침 속눈썹 소녀가 책에서 눈을 떼고 그를 봤고, 주문을 받으려고 작은 메모지와 펜을 들고 다가왔다.

"저는 됐어요."

내 수중엔 바닉 아줌마 차의 재떨이에서 쓸어 온 동전 몇 개가 다였다. 짐은 내 말을 무시하고 말했다.

"여기 이 친구한테는 따뜻한 물 한 잔 주시고, 저도 한 잔 더 주실래요?"

속눈썹 소녀는 짜증난 표정으로 짐을 보며 그의 머그를 가져갔다.

"도움이 될 거예요. 들고 있든 마시든. 그리고 뜨거운 물을 계산서에 올릴 순 없거든요."

짐이 말했다.

속눈썹 소녀가 우리 머그를 들고 돌아왔을 때 나는 최대한 상냥하게 고맙다고 말했다. 그러자 그 애는 나한테도 짜증스런 표정을 날렸다. 사과의 의미로 바닉 아줌마의 동전을 전부 팁으로 두고 가야겠다고 생각했다. 나는 두 손으로 머그를 감싼 다음 얼굴 가까이로 가져와 담배 연기 마시듯 따뜻한 김을 폐로 들이켰다.

"좀 낫죠?"

짐이 나를 향해 머그를 들어 올리며 말했다.

"훨씬요. 고맙습니다."

"뭘요. 살아가는 요령을 배워야 해요. 그리고 요령이 생기면 다른 사람들한테도 알려 줘야 하고."

노래를 끝낸 위스테리아와 에프렘은 얼굴이 벌개져서 허둥지둥 테이블로 돌아왔다.

"완전 좋았어요."

그들이 앉을 때 짐이 벌떡 일어나 요란하게 박수를 치고 그들을 향해 모자를 들어 올리는 몸짓을 해보였다. 그리고 자리에 앉더니 한쪽 다리를 꼬고 다시 한쪽 팔을 내 의자 등받이에 올렸다. 이 아저씨가 나한테 들이대는 것 같지는 않았다. 그냥 나보다 사람과의 거리를 두는 데에 덜 민감한 사람인가 보다 생각하기로 했다.

이번엔 내 또래로 보이는 여자아이가 무대 위로 올라갔다. 짐의 팔에 닿는 게 싫어서 나는 마치 엄청 열중해서 감상하려는 것처럼 팔꿈치를 무릎 위로 올렸다. 허수아비가 말했다.

"다음은 매리언 스트롱 씨가 자작곡을 두 곡을 부르겠습니다. 첫 번째 곡은 「남쪽」…… 그리고 다음 곡은 「북쪽」입니다."

그리고 입을 크게 벌리고 하, 웃었다.

"농담이고요, 두 번째 곡은 「자각Awakening」입니다. 신사 숙녀 여러분, 아름다운 매리언 씨입니다."

아름답다는 건 좀 억지였다. 매리언이라는 애도 별로 아름다워지고 싶지는 않은 것 같았다. 늘어진 스웨터, 헐렁한 청바지, 더러운 작업화. 외모에 엄청 신경 쓰면서 '난, 외모 따윈 신경 안 써' 하는 인상을 주려는 것과는 달랐다. 저 애는 정말 그딴 건 전혀 신경 안 쓰는 애로 보였다.

매리언이 기타를 한 번 치더니 튜닝 키를 돌렸다.

"좋아요."

그 아이는 부드러운 목소리로 마이크에 대고 말했다. 그리고 다시 한번 기타 줄을 튕겼다.

"네, 이제 됐네요."

진지한 표정. 아무것도 신경 쓰지 않는 것 같던 얼굴에 이제 진지함이 자리 잡았다. 그 애는 숨을 깊이 들이마시더니 눈을 반쯤 감았다.

"좋아요, 시작할게요."

그 애는 바로 오프닝 코드로 들어가지 않았다. 그 애의 노래에는 도입부가 있었다. 가사로 바로 들어가지 않고 현란한 핑거 피킹 주법으로 한참을 연주했다. 그 애의 손이 기타의 넥 부분을 미친 듯이 오르내리는 걸 보고 있자니 지극히 사적인 부분을 들여다보는 것 같은 기분이 들었다. 그러다가 그 애가 눈을 감고 입을 열었다. 그 애의 조그마한 몸에서 나올 거라고는 예상할 수 없을 만큼 커다란 목소리가 흘러나왔다. 굴곡진 목소리로, 분명하게 그 애는 겨울이 와도 자기 배를 남쪽으로 돌리지 않겠다는 한 남자의 이야기를 들려줬다. 그 애는 다 끝났다고 했다. 따듯한 곳으로 갈 거라고. 하지만 돛에 살얼음이 낀 채 차갑고 거친 바다를 항해 중인 노래 속 그 남자는 대체 어디에 정박할 수 있을까?

"모두가 남쪽에 있는데 홀로 추운 북쪽에 남는 건 어떤 기분일까?"

그 애의 그 질문에 내가 답해 주고 싶었다. 낡고 눅눅한 배의 선실 속에서 석유램프 앞에 웅크리고 앉은 남자, 그의 얼굴에서 한 줄기 눈물이 흐르는 모습이 보였기 때문이다. 그녀 없이 그는 불행해 보였고 그래서 그 사실을 말해 주고 싶었다. 그 노래에는 은유법인지 직유법인지, 국어 시간에 조금만 열심히 수업을 들었으면 알았을 그 무엇인가가 있었다. 노래는 그 자체로 충만하고 아름답고, 기타 소리는 마치 거칠게 일렁이는 파도 같았다. 나는 도저히 눈을 뗄 수 없었다. 그 애는 강렬한 리듬으로 기타를 치며 노래를 끝냈고, 마치 마지막 울림을 우리에게 선물하듯 기타를 몸 앞으로 내밀었다. 더 이상 들을 게 하나도 남지 않을 때까지 나는 모든 소리를 귀에 담아 두었다.

다음 곡은 심지어 더 좋았다. 분노에 찬 커다란 소리. 그 애는 기타 현에서 내가 가능할 거라 차마 상상도 못했던 소리를 뽑아냈다. 마치 두세 대의 기타를 동시에 치는 것 같았다. 도대체 어떻게 하는 건지 알아내고 싶었지만 그 손가락을 따라갈 자신이 없었다. 설사 그 애의 주법을 알아낸다 한들 나는 누군가의 연주를 보고 바로 따라 할 수 있는 실력도 안 됐다.

단어 하나하나, 음표 하나하나 다 듣고 싶은데 자꾸 딴생각이 났다. 나도 저 무대 위에 올라가야 하는데, 내 노래에는 직유도 은유도 화려한 핑거 피킹도 없다는 생각이 머릿속을 가득 채웠다. 그리고 기타를 잡는 법조차 잊어버린, 혹은 입을 열었는데 숨찬 까마귀처럼 깍깍거리는 내 모습만 자꾸 그려졌다.

갑자기 모두가 박수를 치기 시작했다. 심지어 기립 박수를 치는 사람들도 있었다. 나도 열렬히 박수를 쳤더니 손바닥이 얼얼했다. 매리언은 살짝 고개를 숙이고 미소를 지었다. 발그레해진 그 애의 둥근 얼굴에서 빛이 났다. 보기 좋았다.

허수아비가 무대 위로 올라갔다. 나는 짐의 어깨를 두드렸다.

"기타 좀 봐주시겠어요?"

그가 고개를 끄덕였다. 나는 사람들을 보지 않으려고 애쓰며 테이블과 의자 사이를 헤치며 나갔다. 저 많은 눈동자가 나를 쳐다본다는 생각, 혹은 그보다 더 끔찍한 일이지만, 저들 중 아무도 나를 보지 않을 거란 생각. 둘 다 떨치고 싶었다. 커다래진 저 눈동자들이 옆 사람을 보며 '쟤 자기가 뭐라도 되는 줄 아나 봐?'라고 할 것만 같았다.

화장실 거울 속에 비친 내 눈동자를 빤히 봤다. 한참 그러고 있자니 눈이 따끔거렸다. 눈을 깜빡이지 않고 버틴 탓도 있고, 냄새로 추정하건데 누군가 좀 전에 화장실에서 정향clove이 섞인 담배를 피운 것 같았다. 결국 못 참고 눈을 깜빡거렸더니 속눈썹이 젖었다. 세면대 옆에서 종이타월을 한 장 뜯어 모서리를 접은 다음 마스카라가 번지기 전에 아랫눈썹 밑으로 넣어 눈물을 닦아 냈다. 그리고 가방을 뒤져 아이라이너를 꺼내 들고 눈을 따라 얇은 검은색 라인을 그리는 데 엄청나게 집중했다. 미술 시간에 배운 선 그리기를 떠올리며, 나는 내가 개미라도 된 것처럼 천천히 속눈썹의 곡선을 따라갔다. 한 번에 일 밀리미터씩, 관객 소리도, 음악 소리도, 아무것도 들리지 않을 때까지. 들리는 건 오직 나의 숨소리뿐. 들숨과 날숨. 따뜻한 숨결에 거울이 뿌예졌다. 마지막으로 비비 꼰 종이타월로 라인을 살짝 번지게 했다. 눈 화장을 마쳤을 땐 긴장도 풀리고 몸도 따뜻해졌다. 머리도 목 위에서 편안하게 움직였다.

화장실을 나온 다음엔 내 자리로 돌아가 마음의 평정을 지키려고 필사적으로 노력했다. 검지 손톱에는 아이라이너가 묻어 있었다. 다음 사람, 그리고 그 다음 사람이 노래를 마치고 허수아비가 무대에 다시 오를 때까지 나는 그 얼룩에만 시선을 고정했다.

"다음은 에이프릴 씨가 자작곡 두 곡을 부르겠습니다."

심장이 꽉 쥔 주먹처럼 조여들었다. 나는 기타 케이스를 뒤집어 놓고 걸쇠를 풀었다.

허수아비는 클립보드 위의 종이를 뒤적였다.

"앞뒤 없이 그냥 에이프릴이에요? 우리가 여기 마돈나라도 모신 모양인데요."

모두가 웃음을 터뜨렸지만 나는 그들이 진짜가 아니라고 생각하기로 했다. 그들에겐 눈이 달려 있지 않다고. 그들은 그저 볼링 핀일 뿐이라고. 모자를 쓰고, 비즈 목걸이를 걸고, 손뜨개 숄을 걸친 거대한 검은색 볼링 핀이라고. 그들은 나를 볼 수 없고 나는 그들 소리를 들을 수 없다고.

무대에 올라가 스툴에 걸터앉았다. 마이크는 어떻게 만져야 하는지 알지도 못했다. 허수아비가 그걸 눈치챘는지 자기 자리로 거의 다 갔다가 다시 돌아와 마이크를 내 쪽으로 가까이 당기고 내 입의 높이에 맞춰 각도를 조정해 줬다.

"감사합니다."

내 목소리가 공간 전체에 울려 퍼져 볼링 핀들을 때리고 튕겨나갔다.

기타 줄을 한 번 튕겼는데 소리가 이상해서 보니 손가락이 틀린 위치에 가 있었다. 조율하는 척 다시 한번 튕기고, 손가락들을 시작 위치에 확실하게 올린 다음 마이크에 대고 말했다.

"됐어요."

나는 기타를 세 번 친 다음 눈을 감고 노래를 시작했다.

우리가 무얼 하려는지 너의 두 눈이 말해 주네
나도 생각 안 해본 건 아니야
틀린 일도 아니야
그래, 그런 건 아니야

난 눈을 감고, 넌 내 손을 잡아
우린 둘 다 제 자릴 잘 찾아왔지
이제 때가 된 것 같아……
그때가 된 것 같아

나는 눈을 꼭 감고, 공간의 구석구석까지 퍼져 나갔다가 다시 돌아오는 내 목소리를 들었다. 금테 안경을 낀 볼링 핀들, 내 눈 위의 검은색 아이라인, 바닉 아줌마의 차에서 가져온 동전 몇 닢, 머그 속 따뜻한 물. 나는 이 모든 것들을 생각하며 무대 위의 나를 봤다. 마치 지붕 위에 올라앉아 내려다보는 것처럼.

노래를 마치자 박수가 터져 나왔다. 큰 박수였고, 관객은 다시 사람들로 바뀌어 있었다. 이 사람들은 나를 좋아했다. 예의 상 치는 박수가 아니었다. 진심이 어린 박수가 계속 이어지고 있었다. 나는 기다리고 기다렸다. 무릎 위에 기타를 다시 올리자 박수가 한두 번의 손뼉 소리로 잦아들었다.

다음 곡을 부를 땐 더 용기가 났다. 나는 아빠에 대한 노래를 불렀다.

날 만든 건 당신이란 걸 잊지 말아요
날 이렇게 만든 건 당신이란 걸 잊지 말아요

그리고 객석의 사람들을 정면으로 쳐다봤다. 마치 그들에 대한 노래를 쓰기라도 한 것처럼 그들의 눈을 똑바로 봤다. 레게 머리를 한 남자, 바다의 신 넵튠, 허수아비. 나는 매리언 스트롱과 하얀 속눈썹 소녀를 향해 노래를 불렀다. 그리고 짐의 눈을 똑바로 보며 노래를 마쳤다. 노래가 끝나자 짐이 일어나 박수를 쳤다. 다른 사람들도 몇몇 일어섰고 내가 지금껏 들어 본 적 없는 큰 박수 소리가 쏟아졌다. 자리에 돌아갈 때까지 박수는 계속 됐다. 멀리 구석에 앉은 누군가는 휘파람도 불었다. 자리에 앉았지만 하늘을 나는 것 같았다. 어찌나 활짝 웃었는지 온몸으로 웃는 느낌이었다. 매티가 내게 처음 키스했을 때처럼 머리가 멍하고 뜨거웠다.

허수아비가 무대로 올라가 애니메이션에 나오는 익살꾼 캐릭터처럼 말했다.

"자, 자, 자, 다들 진정해요."

나는 기타를 케이스에 넣고 걸쇠를 하나씩 천천히 잠갔다. 떠나고 싶지 않았다. 이 순간이 끝나지 않았으면 싶었다. 다시 무대 위로 올라가 노래를 몇 곡 더 하고 이들의 박수소릴 더 듣고 싶었다. 텅 빈 캠핑카와 멍청한 수학책으로 돌아가고 싶지 않았다.

다들 돌아갈 채비를 시작했다. 모자를 쓰고, 목도리를 두르고, 커다란 스웨터를 입고, 중고로 산 듯한 코트를 걸쳤다. 사람들은 나를 지나쳐 문 쪽으로 향했다. 몇몇은 나를 보고 미소를 짓거나 "정말 좋았어요"라고 말했다. 헐렁한 셔츠를 입은 어떤 남자는 엄지를 들어 보였다.

나는 가방에서 손모아장갑과 목도리를 꺼냈다.

"밖에까지 바래다줄게요."

짐은 마치 내가 그 말을 기다리고 있기라도 한 것처럼 말했다.

"고맙습니다."

"예쁜 아가씨. 깜깜한 주차장. 어쩔 수 없잖아요."

그는 고개를 저었다. 아빠 같은 모습이었다. 하지만 원래 다들 그래 보이는 거다. 아빠 같고, 오빠 같고. 넵튠 아저씨 같은 사람이 트럭 뒤에 숨어 있다 나타나 여자를 강간하거나 돈을 빼앗는 건 상상하기 어려웠다.

내가 일어서자 짐이 길을 트기 위해 의자를 치워 줬고, 밖으로 나갈 때까지 내가 앞장서서 걸었다. 제임스 테일러 곡을 부른 남자가 소리쳤다.

"잘 가, 지미!"

"안녕!"

짐이 인사를 받더니 기침하듯 들릴락 말락 말했다.

"엉터리."

"저 사람 저는 괜찮았어요."

나는 주차장 자갈에 발을 끌며 말했다.

"다들 엉터리예요. 성공 가능성이 있는 건 그쪽이랑 매리언이라는 아가씨뿐이지. 매리언도 안 될 수도 있고."

짐은 그게 자기 의견이 아니라 기정사실인 것처럼 말했다.

"걘 저보다 낫던데요."

나도 그 애가 나보다 잘한다는 걸 알고는 있었지만, 기분은 완전 좋았다. 머리가 빙빙 돌았다. 성공. 나에게 성공 가능성이 있었다니. 그것도 매리언보다 더. 성공이 뭔지도 잘 모르고, 짐이 마음대로 성공을 나눠 줄 수 없다는 것도 알지만, 나도 성공을 원했다. 공기가 상쾌했다. 입김이 구름을 만들었다.

"매리언은…… 오해는 말아요. 매리언도 잘해요. 하지만 그쪽이 진짜예요. 그쪽은 모든 걸 다 갖췄어요. 그게 중요해요. 사람들은 다 갖춰진 완벽한 패키지에 지갑을 여니까."

짐은 주머니에서 말보로 한 갑을 꺼내 담배 한 개비가 나올 때까지 손바닥에 대고 두드렸다. 그리고 담뱃갑을 입으로 가져가 이로 한 개비를 물었다.

"한 대 피울래요?"

그가 담배를 문 채 물었다. 나는 고개를 저었다.

"착하네."

그가 두 손을 얼굴 앞에서 감쌌다. 불을 켜고 한 모금 빨았다.

"목 관리 잘해요."

그는 연기를 뿜으며 말했다.

"네, 고맙습니다."

"차는 어디 있어요?"

"저기요."

나는 애매하게 손짓을 했다.

"이제 혼자 갈게요. 만나서 반가웠어요, 짐."

나는 그와 악수를 하고 그가 따라오지 못하게 바닉 아줌마 차를 향해 뛰어갔다. 그가 날 해칠 가능성은 낮았지만 점화 스위치가 빠져 있는 걸 볼 가능성은 높았으니까.

집으로 차를 몰고 가는 동안 나는 차 안을 가득 채우는 듯한 박수 소리를 들으며 혼자 내 노래를 부르고 또 불렀다. 집까지는 금방이었다. 우리 동네 골목으로 들어서자 머릿속에서 박수 소리가 달아나기 시작했다.

타이어 자국이 나 있던 바닉 아줌마 집 앞 자리에 그대로 차를 세운 다음 딸깍 소리가 날 때까지 키박스를 끼워 넣고 스크루드라이버를 가방 속에 넣었다. 그리고 길을 걷는 느낌을 기억하듯이 캠핑카를 향해 천천히 걸어갔다. 구불구불 빽빽하게 박힌 뿌리들과 솔잎이 나의 무게에 눌리는 느낌을 기억 속에 저장했다. 난생처음, 남은 생을 계속 이대로 살지 않아도 될지도 모르겠다는 생각을 하게 된 밤이었으니까.

차 안으로 올라서자 캠핑카가 내 무게에 꿈틀했다. 나는 텔레비전을 켜고 운전석에서 몸을 말고, 지직거리는 텔레비전화면을 보며 잠을 청했다.

○

다음 날, 나는 수학 시험에서 낙제를 했다. 문제 대부분을 아예 풀지 못했다.

2

"이번 시험은 네가 뭔가를 보여 줄 기회였어."

헌터 선생님은 걱정하는 척 고개를 절레절레 저었다. 기상 캐스터 스타일의 머리는 거의 미동도 하지 않았다. 선생님이 건네준 시험지는 마치 수두 자국처럼 빨간 표시가 가득했다. 원래라면 종이 칠 때까지 시험지를 붙들고 있다가 선생님이 채점을 시작하면 그 사이에 도망쳤을 것이다. 하지만 이번에는 공부 잘하는 애들과 같이 일찍 내버렸다. 머릿속에 노래 가사가 떠올라서 잊어버리기 전에 노트에 적어야 했기 때문이다.

"뭔가 보여 드린 것 같은데요."

나는 말했다.

"에이프릴!"

선생님은 가슴 위로 팔짱을 끼고 완벽한 라인을 그린 입술을 오므렸다. 선생님은 미인대회 출신이다. 개인기로는 뭘 했을까, 몹시 궁금했다.

"제가 수학을 못한다는 걸 보여 드렸잖아요."

나는 시험지를 선생님 책상 옆 쓰레기통으로 투하하고, 입구에 잠깐 멈춰 서서 손을 흔들었다. 팔꿈치, 팔꿈치, 손목, 손목을 차례로. 그리고 앞니에 바세린이라도 바른 듯 치아를 반짝이며 커다란 미소를 지었다.

"에이프릴 사워키!"

밖으로 나오는데 선생님이 등 뒤에다 고함을 질렀다.

어차피 나머지 수업을 듣는 것도 의미가 없었다. 이번 학기에 수학 시험을 너무 여러 번 망쳐서 남은 시험에서 전부 만점을 받지 않는 한 꼼짝없이 여름 내내 알아듣지도 못할 대수학 보충수업을 들어야 할 터였다. 그렇다고 내가 국어나 과학을 훨씬 잘하는 것도 아니었다.

나는 사물함에서 유니폼을 챙겨 화장실에서 갈아입고 '마고스 식당'으로 향했다. 도착해 보니 식당에 있는 사람은 마고 아줌마밖에 없었다. 카운터 앞에 앉은 아줌마는 분홍색 하이힐을 벗어 던져 놓고 스툴의 마지막 가로대를 맨발로 감싸고 있었다. 아줌마의 발톱은 구두와 똑같은 색의 매니큐어로 빛나고 있었다. 아줌마는 카운터 위의 작은 텔레비전으로 날씨 채널을 보며 소금 통을 채우는 중이었다.

"플로리다에는 비가 엄청 올 거라는데."

아줌마는 나를 보고 고개를 저으며 말했다.

"오렌지 농사에 안 좋아. 과일이 싱거워지거든."

"여기 날씨는 어떻대요?"

"그건 놓쳤어."

아줌마는 카운터 위에 쏟아진 소금을 손가락으로 집어 어깨 뒤로 던졌다. 행운을 바라는 미신 같은 거였다.

"좀 있으면 다시 나올 거야."

"네."

나는 씩 웃으며 말했다. 마고 아줌마는 다른 지역 날씨는 다 알고 있으면서 여기 날씨는 번번이 놓쳤다.

"학생은 지금 학교에 있어야 할 시간 아닌가요, 아가씨?"

아줌마는 소금 통 뚜껑을 돌려 닫은 다음 다 채운 통들을 내가 앉아 있는 쪽으로 밀었다.

"수학 망했어요. 빵점."

나는 양손에 소금 통을 네 개씩 잡고 식당 안을 다니며 테이블 위에 올려놓았다.

"내가 도망자를 숨겨 주고 있었네."

아줌마는 공포에 질린 것처럼 두 손을 흔들었다.

"무단결석생 조사관이 아주 좋아하겠는데."

"요즘 그런 직업이 어디 있어요."

나는 소금 통들을 전부 제자리에 갖다 놓은 다음 아줌마 옆

스툴에 걸터앉았다.

"최선을 다해 보긴 한 거야?"

"별로."

나는 손가락의 커플링을 돌리면서 아줌마의 눈길을 피했다.

"뭐, 다들 학교가 적성에 맞는 건 아니야. 나도 졸업 못 했지만, 날 봐. 이만하면 잘 살고 있잖니."

아줌마는 소금을 다 채운 후 후추를 채우기 시작했다.

"매티 스펜선가 그 녀석 때문은 아니지?"

"아니에요."

아줌마는 한쪽 눈썹을 치켜 올리고 입꼬리를 씰룩였다. 아줌마는 나를 생각해서 매티를 이름으로 부른 거였다. 원래는 골든 보이라고 불렀는데 좋은 의미로 그렇게 부르는 건 아니었다.

"그 녀석은 뱀도 홀려서 바지를 벗길 놈이야."

한번은 아줌마가 그렇게 말했고 나는 그러면 개랑 만나는 나는 뭐가 되나 생각했다. 하지만 매티는 원래 그런 애였다. 그게 매티의 문제였다. 아무도 나만큼 매티를 잘 알지 못했다.

나는 화제를 바꾸기 위해 사실을 말했다.

"내가 생일 선물로 받은 기타 알죠?"

"그럼."

아줌마는 후추를 통에 부을 때 재채기가 나올까 봐 얼굴을 옆으로 돌렸다.

"어젯밤에 블루문에서 연주했어요."

"어머, 요 계집애!"

"그냥 오픈마이크였어요."

"어땠어?"

아줌마는 주먹을 입에 대고 묻더니 내가 대답도 하기 전에 말했다.

"엄청 잘했을 거야. 내가 알아."

"괜찮았어요."

"금박으로 장식된 내 초대장은 어디 있었던 거야? 아빠도 갔니?"

"아뇨."

나는 아줌마가 후추를 다 담길 기다리며 쌓여 있는 뚜껑들이 쓰러지지 않게 균형을 잡았다. 아줌마는 어린애처럼 입을 삐죽 내밀었다.

"아줌마는 바쁘잖아요. 귀찮게 하고 싶지 않았어요."

아줌마를 초대하지 않아 아쉬운 마음도 있었지만, 만일 초대했다면 아줌마 때문에 부끄러웠을 거란 생각이 들었다. 아줌마가 입을 삐죽거리는 모습은 본인 생각만큼 귀엽지 않았다. 어제 그 관객들 틈에 아줌마가 있었다면 아주 튀었을 것이다. 그 사람들도 다 괴짜들인데 아줌마는, 아줌마는 좀 다른 부류였다.

"그런 건 귀찮은 일이 아니야. 신나는 일이지."

후추가 흘렀다. 아줌마는 손바닥으로 가루를 카운터 끝으로 모아 후추 통에 담았다. 바닥에는 아주 조금밖에 흘리지 않았다.

"그런데 잠깐만, 블루문까진 어떻게 간 거야?"

나는 씩 웃었다.

"모르는 게 나을 거예요."

"너 나한테 이러기야, 진짜?"

아줌마는 앞치마 허리춤에 꽂아 둔 행주를 뽑아 내 어깨를 찰싹 치고 카운터 안쪽으로 들어갔다.

"난 네 보석금 내줄 돈 같은 건 없는 거, 알지?"

"내 보석금은 내가 벌게요. 어차피 여름 학기도 들어야 하는데 학교 다니면서 돈이나 벌죠. 나 여기서 몇 타임 더 뛰어도 돼요? 그럼 다른 말썽도 더는 못 부릴 거 아니에요."

나는 두 눈을 깜빡거리며 말했다. 매티와 내가 결혼하기 위해 돈을 모으기로 했다는 이야기는 하지 않았다. 아줌마는 드레스랑 꽃 타령을 하면서 호들갑을 떨거나, 열여섯 살은 무르기 쉽지 않은 결정을 할 나이가 아니다, 매티를 조심해야 한다, 일장연설을 하다가 일을 더 하고 싶다고 한 내 말은 아예 잊어버릴 게 뻔했으니까.

"지금은 좀 여유가 없어."

아줌마는 나를 쳐다보고 한숨을 쉬었다.

"내가 어디까지 할 수 있나 좀 볼게. 계산도 좀 뽑아 보고 스케줄도 확인하고."

"오버타임이나 제가 추가로 일하는 시간에 대해선 아예 돈 안 줘도 돼요. 그러니까 오버타임이 아니라 언더타임인 거죠. 아니면 그냥 손님들이 주는 팁만 받고 일해도 괜찮아요."

아줌마는 고개를 저었다.

"로레인이 일하는 시간에 너까지 쓰면 걔가 화낼 거야. 직원을 동시에 둘이나 쓸 만큼 테이블이 많지도 않은걸."

아줌마는 나의 눈을 똑바로 들여다봤다. 아줌마는 누구보다도 내 표정을 잘 읽었다.

"생각 좀 해볼게."

○

마고 아줌마는 고등학생 때 아빠랑 만났었다. 그러다가 엄마가 우리를 떠난 다음에 다시 아빠와 데이트를 시작했다. 우리가 캠핑카로 이사하기 전, 에임즈 거리의 빨래방 위에 살던 때였다. 그땐 온 집 안에서 비누 거품 냄새가 났다.

둘이 데이트를 하는 날엔 마고 아줌마가 내 얼굴도 볼 겸 아빠를 데리러 왔다. 아빠가 지갑, 구두, 열쇠를 챙기고 마지막으로 라디오로 그 날의 게임 점수를 체크하는 동안 아줌마는 내 머리를 땋아 주고 인형 옷 갈아입히는 걸 도와줬다.

아줌마는 언제나 밝은 분홍빛 립스틱을 발랐다. 동네의 다른 여자들이 층을 내 자른 머리카락을 늘어뜨리고 다녀도 아줌마는 빨간 머리에 스프레이를 있는 대로 뿌려서 커다랗고 둥근 헬멧처럼 하고 다녔다. 그리고 허리가 굵은 편이었는데 늘 미니스커트를 입었다. 내가 4학년 때 선생님에게 글을 얼마나 길게 써야 하냐고 묻자 선생님은 이렇게 대답했다.

"치마 길이만큼. 주제를 다 커버할 만큼은 길지만 흥미를 유지할 만큼은 짧게."

마고 아줌마의 미니스커트는 언제나 흥미로웠다. 모든 걸 커버했지만 아주 빠듯한 길이였다. 그리고 아줌마가 움직이기 시작하면 혹시라도 커버돼야 할 것들이 커버되지 않는 경우를 놓치지 않기 위해 사람들은 눈을 떼지 못했다. 아줌마도 그걸 잘 알고 있었다.

"잠재력을 극대화해야 해."

아줌마는 말도 안 되게 높은 분홍 펌프스에 발을 집어넣기 전에 발가락을 쫙 펼치며 말했다.

"나는 개미허리는 아니지만 날씬한 다리가 끝내주거든. 내가 가진 걸 부각시켜야 해. 그게 비결이야."

아줌마가 아빠와 얼마나 만났는지는 모른다. 그저 평소처럼 우리 집에서 땅콩버터 샌드위치를 만들어 먹거나 아줌마 집에서 식사를 하지 않고, 해리스타운에 있는 월마트의 푸드 코트로 날 데리고 간 날을 기억할 뿐이다. 그때 아줌마는 반짝이는 파란색 아이섀도를 바르고 있었다. 월마트로 가는 길에 아줌마는 가방을 뒤져 작은 플라스틱 케이스를 꺼내고는 내 눈에도 바르게 해줬다. 둘이 세트로 맞추기 위해서. 우리는 하얗고 굵은 소금이 뿌려진 부드러운 프레첼과 머스터드, 케첩, 다진 피클을 얹은 핫도그, 그리고 체리 슬러시를 먹었다.

"네가 꼭 기억해야 할 게 있어. 내가 너랑 헤어지는 건 아니라는 거야."

아줌마는 내 눈을 똑바로 들여다봤다.

"너랑 나는 아무 문제없어. 알았지? 그걸 꼭 기억해."

나는 프레첼을 뜯어서 입에 집어넣고 거의 씹지도 않은 채 슬러시를 들이켜 삼켜 버렸다. 뇌가 얼어붙고 눈에 눈물이 차올랐다.

"울 일 아니야."

아줌마는 냅킨에 침을 묻혀 내 뺨을 세게 문질렀다.

"에이프릴, 너희 아빠는 좋은 사람이야. 늘 잘해 보려고 노력하지. 근데 뭐랄까…… 자기 발에 자기가 걸려 넘어진달까, 알지?"

나는 알지 못했지만 고개를 끄덕였다.

"이 모든 건 절대 너 때문이 아니야. 제정신인 사람이면 너를 떠날 순 없어."

아줌마는 그 말이 입에서 떨어지자마자 눈이 커다래져서 손으로 입을 가렸다.

"그러니까…… 내 말은…… 아가, 너 핫도그에는 손도 안 댔잖니."

나는 핫도그를 다 먹었다. 마지막 한 입까지 꾸역꾸역. 마치 그게 내 일인 것처럼, 노력만 하면 내가 얼마나 완벽한 아이가 될 수 있는지 아줌마한테 보여 주기 위해서. 나랑 헤어질 빌미는 아무것도 주고 싶지 않아서. 그리고 아줌마 차를 타고 집에 가는 길에 내 하얀 운동화 위로 먹은 걸 몽땅 토해 버렸다. 아줌마는 화내지 않았다. 프레첼과 핫도그 조각이 모두 체리의 짙은 빨간색으로 물들어 있었다.

"발판은 새로 사면 돼."

아줌마는 내 다리를 토닥이며 말했다.

"조준을 아주 잘했네. 신발만 피했으면 더 좋았을걸."

나중에 아빠가 내 운동화를 욕조에 넣고 샤워기로 물을 뿌렸다. 아빠가 운동화를 빤 다음에도 분홍색 얼룩은 남았고 썩은 우유 냄새가 가시지 않았다.

"안 신을 때는 비상계단에다 내놓기로 하자."

아빠는 마고 아줌마와 헤어진 것에 대해선 아무 말도 하지 않았다.

그 후로 일요일에 아빠가 카드 게임을 하러 나가면 아줌마가 와서 몰래 문을 두드렸고 우리는 아래층 빨래방에 내려가 같이 아줌마가 가져온 빨래를 했다. 나는 아줌마의 옷을 개는 게 너무 좋았다. 호피 무늬 폴리에스테르 레깅스와 얼룩말 무늬 긴 셔츠, 커다란 하와이안 꽃무늬와 어깨 패드가 있는 원피스, 레이스 속치마와 잠옷. 어떤 팬티들은 뒤판이 없고 끈만 달랑 있기도 했다. 어느 쪽이 앞이고 뒤인지 잘 알 순 없었지만 모든 게 보드랍고 화사했다. 아주 작은 하트 모양의 모조 다이아몬드가 달린 것도 있었다.

○

메뉴판과 케첩 병을 닦다 보니 열한 시 반이었다. 아이다 윈튼이 느릿느릿 들어와 구석 자리에 앉았다.

"학교 안 갔어?"

아이다는 의자 위로 몸을 미끄러뜨리듯 앉으며 신음소리를 냈다. 무릎 통증이 다시 도졌다는 뜻이었다. 그리고 그건 비가 올 지도 모른다는 뜻이기도 했다.

"배울 건 다 배웠어요."

내가 대답했다.

아이다는 메뉴를 펼치고 입맛을 다시고는 "오늘은 뭘 먹을까나?" 하고 아기 같은 목소리로 혼잣말을 했다. 나는 이분이 늘 같은 걸 먹는다는 걸 알면서도 모른 척 메뉴를 다 보길 기다렸다. 점심때는 아메리칸 치즈와 마요네즈가 들어간 미트로프 샌드위치를 먹었다. 상추와 토마토는 빼고, 치즈 프라이와 그레이비소스를 곁들여서. 저녁때는 맥앤드치즈에 치즈프라이와 그레이비소스를 곁들였다.

"에이프릴, 내가 뭘 먹을 것 같아?"

"글쎄요."

나는 한 손을 골반에 얹고 눈을 커다랗게 뜨고는 어린아이한테 말하듯 물었지만 아이다는 그런 내 태도를 의식 못 하는 것 같았다.

"미트로프 샌드위치를 먹을 건데, 어떻게 주냐 하면, 마요네즈랑 치즈를 넣어 줘. 치즈는 아메리칸 치즈로. 상추는 빼고, 토마토 빼고, 그런 건 다 빼."

아이다는 얼굴을 찡그리며 몸을 떨었다. 그리고 내게 메뉴판을 건네며 말했다.

"아, 그리고, 치즈 프라이도 같이."

"네."

나는 대답을 하고 마치 가는 것처럼 한 발짝 뗐다.

"잠깐! 그레이비소스도 좀 같이 줄 수 있어?"

"그럼요."

"안 적어도 되겠어?"

"여기 다 입력했어요."

나는 펜으로 이마를 톡톡 치며 말했다.

열두 시에 데일이 올 때까지 주방에서 일하는 아줌마가 토마토를 자르고 있었다.

"주문이요! 아이다 스페셜이요!"

나는 '아이다 스페셜'이라고 적은 주문서를 도마 위쪽에 있는 빨랫줄에 집게로 집었다.

"아우, 그 맛없는 걸 또."

마고 아줌마가 말했다. 그리고 내 쪽으로 샐러드를 밀어 주더니 위에 토마토 조각을 세 개 올렸다.

"이제 아이보리 부인이 오시겠네. 약부터 드시게 챙겨 드려."

아니나 다를까 홀로 나갔더니 아이보리 부인이 누가 훔쳐 갈 새라 핸드백을 무릎에 올려놓고 카운터 끝에 앉아 있었다. 나는 샐러드를 갖다 드리고 드레싱 대신 케첩 병과 물을 한 잔 놓아드렸다.

"약부터 드세요."

그리고 약을 드실 때까지 지켜봤다.

○

아빠가 땅을 사서 캠핑카로 이사한 다음부터는 더 이상 마고 아줌마와 빨래방에 가지 않았다.

"학교 끝나고 가끔 들러."

빨래방에서 마지막으로 만난 일요일 밤, 아줌마는 그렇게 말했다. 그래서 나는 매일 하교 후 마고 아줌마의 식당에 갔다. 텅 빈 캠핑카로 돌아가기 싫었기 때문이다. 푸딩이든 크림 옥수수든 내가 모아 둔 잔돈으로 사먹을 수 있는 것들을 시켰다. 마고 아줌마는 그날따라 잘 안 나가는 메뉴가 있으면 내게 다가와 말했다.

"오늘의 특별 메뉴에는 비트가 올라가 있어. 너한테만 특별히 십삼 센트에 줄게."

식당이 한가할 때는 거기에 디저트도 따라 나온다고 아줌마는 말했다. 그날의 특별 메뉴가 무엇이든 간에, 심지어 싫어하는 음식일 때도 나는 다 먹었다. 아줌마의 마음을 다치게 하고 싶지 않아서였다. 그리고 숙제를 한답시고 뒤쪽 테이블에 책들을 펼쳐 놓고 있었지만 대부분의 시간은 사람들을 구경하며 보냈다.

아빠가 퇴근하는 길에 나를 데리러 올 때도 있었다. 식당에 발을 들이기 싫었던 아빠는 차에서 내리지 않고 내가 나올 때까지 경적을 울렸다. 하지만 대개는 가게 문을 닫을 때까지 나도 같이 남아 있었다가 정리를 도왔고, 아줌마가 나를 집까지 데려다줬다. 아빠가 아직 집에 오기 전이면 아줌마는 집 앞에서 차를 돌리지 않고 늦장을 부리며 고개를 저었다.

"아, 너만 여기 두고 가는 거 진짜 싫어."

그러고는 혀를 차며 중얼거렸다.

"여자애가 살 만한 데가 아니야."

"우리 클럽하우스예요."

나는 내가 캠핑카에 대해 불평을 할 때 아빠가 하는 말을 그대로 했다.

"클럽하우스에서 살 수 있는 애들은 별로 없다고요."

"내가 널 데려갈 수만 있었다면 데려갈 텐데."

아줌마가 한숨을 쉬며 말했다.

"하지만 내가 뭘 어쩔 수 있겠니?"

그 말에는 어떻게 대답해야 할지 알 수가 없었다.

○

늘 마고 아줌마와 식당 문을 닫다 보니 자연히 터득하게 되는 것들이 있었다. 케첩과 핫소스를 어디에 보관하는지 알게 됐고, 아줌마가 바쁠 때 손님들한테 그런 걸 갖다 주는 건 일도 아니었다. 그리고 내가 그런 소스를 갖다 줬을 때 손님들이 추가로 주문을 하면 학교 노트에 적은 다음 찢어서 주방에 전달했다.

"난 널 고용할 수가 없단다, 아가야."

라고 아줌마는 말했다. 그때 나는 열한 살이었다.

"그랬다간 아동보호국이랑 노동부가 아동노동을 시켰다고 날 괴롭힐 거야. 하지만 네가 주문을 받고 손님들이 팁을 남기고 가면, 그럼, 내가 그걸 갖고 뭐라고 하겠니? 넌 내 직원도 아닌 것을, 안 그래?"

아줌마는 내게 눈을 찡긋해 보이고 앞치마를 카운터 위에 올려놓았다.

"이거 너한테 주는 건 아닌데, 네가 가져가도 그냥 못 본 척할게."

열네 살이 됐을 때, 아줌마는 내가 취업 허가증를 받을 수 있도록 데리고 가줬고, 그때부터 나는 공식적으로 일을 하게 됐다. 아줌마는 심지어 새 앞치마도 사줬다. 앞판에 커다란 데이지꽃이 있는 흰색 앞치마였다.

"네가 정말 자랑스럽다."

아줌마가 눈을 반짝이며 말했다.

"전 아무것도 안 했는데요. 그냥 나이만 먹은 거예요."

"정말 그래, 그렇지 않니? 우리 모두가 그렇게 살고 있는 거야, 안 그래?"

아줌마는 내 어깨에 양팔을 두르고 내 얼굴이 아줌마 가슴 안에서 뭉개질 때까지 꽉 껴안았다.

"허 참, 지가 나이만 먹었대!"

아줌마가 웃자 내 몸에 맞닿은 아줌마의 온몸이 흔들렸다. 내가 아줌마를 같이 안아 줘야 하는 건지, 무슨 말이라도 해야 하는 건지, 뭘 어째야 하는 지 알 수가 없었다. 그때까지 마고 아줌마를 빼고 나를 안아 준 사람은 아무도 없었기 때문이다.

○

데일이 출근하자 마고 아줌마는 나와 함께 식당에서 일했지만 팁은 전부 내가 챙기게 해줬다. 우리는 점심 장사를 마치고 다시 채울 것들을 채워 두고, 닦을 곳들을 닦고, 결산을 하고, 나의 진짜 근무 시간이 시작될 때까지 카운터에서 여왕 찾기 카드놀이를 했다.

"네가 왜 수학에서 낙제를 하는지 모르겠어."

마고 아줌마가 내 패에서 카드를 한 장 뽑아내며 말했다.

"계산대에서 실수하는 걸 한 번도 본 적이 없는데. 아주 어렸을 때부터 말이야."

아줌마는 킹 한 쌍을 내려놓았다.

"그런 수학이 아니에요."

내가 말했다.

"A 열차가 x 속도로 달리고 B 열차가 y 속도로 달린다. 어느 기차가 먼저 도착할 것인가, 같은 그런 거예요."

"둘 중에 하나가 급행이야?"

내가 아줌마 손에서 카드를 한 장 뽑자 아줌마가 움찔했다.

"그런 건 안 알려 줘요."

나는 3 카드 두 장을 내려놓았다.

"그럼 문제를 어떻게 풀어?"

"내 말이 그 말이에요!"

나는 아줌마가 카드를 한 장 더 뽑아갈 수 있도록 패를 기울였다.

"쓸모 있는 걸 가르쳐 줘야지. 고지서가 잘못 나왔을 때 전기 회사에 따지는 법 같은 거. 기차가 언제 들어오는지는 시간표를 찾아보면 되지."

아줌마의 말이 백 퍼센트 옳은 소리는 아니란 걸 알고 있었지만 나는 아줌마가 무조건 내 편을 들어 주는 게 좋았다.

마지막 남은 퀸 카드를 쥐고 있던 사람은 아줌마였다.

"잡았다, 할머니!"

내가 마지막 카드를 카운터 위에 탁 내려놓으며 소리쳤다.

"미스 에이프릴, 꼭 그렇게 콕 집어 말할 건 없잖아."

아줌마가 다음 판을 위해 카드들을 쓸어 모으며 말했다.

○

네 시 반이 되자 아이다가 저녁을 먹으러 다시 식당을 찾았다.

"오늘 학교는 어땠니, 에이프릴?"

아이다는 우리가 평소 하던 대로 저녁 인사를 하다가 혼란스러운 시선으로 나를 바라보며 두 눈을 끔뻑거렸다.

"내가 널 낮에 본 것 같은데……."

"별일 없었어요. 괜찮았어요."

나는 그렇게 말하면서 그녀가 무언가 다른 소릴 하기 전에 얼른 주방에 주문을 전달하러 가버렸다.

○

식당 문을 닫고 아줌마가 나를 차로 데려다 줬다.

"또 혼자야?"

집 앞에 차를 세우고 아줌마가 물었다. 얼다 만 비가 차 앞유리창을 때리고 있었다.

"아빠가 아이린 아줌마랑 걔네 집에 가서 산 지 두 달쯤 됐어요."

"너희 아빠는 대체 무슨 생각으로 너 같이 어린 여자애를 맨날 혼자 두는지 모르겠다."

아줌마가 한숨을 쉬었다.

"할 수만 있었다면 널 우리 집으로 데려갈 텐데."

왜 그럴 수 없는지 묻고 싶었지만 아줌마를 더 속상하게 하고 싶진 않았다. 아줌마는 엔진을 껐지만 라디오는 켜두었다. 본 조비Bon Jovi였다.

"자, 좋은 소식과 나쁜 소식이 있는데, 뭣부터 들을래?"

아줌마가 물었다.

"나쁜 소식이요."

"계산을 해봤는데 네 근무 시간을 늘릴 방법을 못 찾겠어. 네 근무 시간보다 한 시간씩 일찍 와도 되고, 누군가가 병가를 내면 널 제일 먼저 부를게. 하지만 다른 방법은 없는 것 같아."

내 눈을 똑바로 보고 있던 아줌마는 내가 실망했다는 걸 알아 버렸다. 나는 억지로 미소를 지어 보였다.

"좋은 소식은 뭐예요?"

한 시간 일찍 와도 된다는 게 좋은 소식이 아니길 빌며 물었다.

"내가 '개리스 바'의 개리한테 전화했어. 금요일 밤에 너보고 와서 공연을 해 달래. 네가 진짜 끝내주게 잘한다고 내가 말했거든."

내 팔을 두드리는 아줌마의 손목에서 팔찌들이 짤랑거렸다.

"내 노랠 들어 본 적도 없잖아요."

"그렇지."

아줌마가 고개를 뒤로 젖히고 웃었다. 나는 아줌마가 저렇게 빵 터질 때가 너무 좋았다.

"맞아! 맞아! 내가 최대한 달콤한 목소리로 개리한테 네가 우리의 꼬마 조니라고 말해 버렸어."

"조니 미첼Joni Mitchell이랑은 하나도 안 비슷하거든요."

나는 두 뺨이 달아오르는 걸 느끼며 말했다.

"아유, 개리는 어차피 한쪽 귀가 먹었어. 네 노래가 어떻든 아무 상관없어."

마고 아줌마는 개리 아저씨랑 만나는 중이었다. 아줌마는 내가 모르는 줄 알지만 몇 주 전에 영화관에서 매티와 나는 그들 몇 줄 뒤에 앉아 있었다. 두 사람은 십 대처럼 애정행각을 벌였다.

"저는 노래도 세 곡밖에 없어요."

내가 말했다.

"그럼 더 쓰면 되겠네."

아줌마가 내 뺨에 입을 맞췄고 나는 차에서 내렸다. 아줌마는 내가 캠핑카의 문을 열 때까지 기다렸다. 열쇠를 잃어버리면 뒤쪽에 판자로 막아 놓은 유리를 통해 기어 들어갈 수 있단 것도 다 알면서 기다려 줬다.

나는 문을 닫은 다음 잠금장치가 잠기도록 문에 기댔다. 그리고 소음과 빛을 불러들이기 위해 텔레비전을 켜고 싱크대 아래에서 아빠의 접이식 칼을 꺼내 들었다. 그 칼이 보이는 데에 있으면 마음이 좀 더 놓였다. 잠시 기타를 들고 앉아 곡을 써보려고 했지만 떠오르는 게 없었다.

자기 전에 이를 닦는데 욕실 거울에 비친 내 뺨에 커다란 분홍색 립스틱 자국이 보였다. 지우지 않고 남겨 두었다.

3

오전 열한 시까지 실컷 자고 일어나, 드라마를 볼 수 있을
정도로 화면이 선명해질 때까지 텔레비전 안테나를 만지작
거렸다. 잡음도 심하고 때때로 누가 누군지 분간할 수도 없지
만 텔레비전 소리는 내가 혼자가 아닌 척 하는 데 도움이 됐
다. 엄마가 좋아했던 드라마 속 못돼먹은 아줌마는 막 뇌 수
술을 받았고, 산드라라는 이름의 쌍둥이 여동생이 있었다는
사실을 기억해 냈다. 모두 충격 속에서 수색대를 결성했다.
그 여자의 전남편은 이렇게 말했다.

"산드라를 찾아나서는 건 문제를 두 배로 키우는 거예요."

엄마는 어떻게 이딴 걸 봤는지 정말 이해가 안 갔다. 그냥
소리를 위해 켜두는 게 아니라 진짜 본격적인 시청 말이다.

연필과 수학 노트, 다이어트 탄산음료 한 캔을 꺼내 놓고
기타를 잡았다. 금요일까지 적어도 세 곡을 더 써야 했다. 적
어도.

아는 코드를 차례로 치면서 노래처럼 들리기 시작할 때까지 코드 순서를 이리저리 바꿔 봤다. E, C, D, G, 다시 E. 그리고 가사에 착수했다. '거짓'과 라임이 맞는 단어를 찾느라 생각에 빠졌다. 몸짓, 짐짓, 손짓, 눈짓.

그러다 잔가지가 부러지는 소리가 들렸다. 텔레비전 소리라고 생각하고 넘어가려는데 이번엔 발자국 소리가 똑똑히 들렸다.

나는 아빠의 칼을 들고 문을 향해 다가가며 캠핑카가 들썩이지 않게 조심했다. 밖에 온 사람이 누구건 간에 내 기타 소리만 듣지 못했다면, 내가 여기 있었다는 걸 모를 테고 그렇다면 상황은 내게 조금 더 유리했다.

발자국 소리가 가까워졌다. 닫혀 있는 블라인드 틈으로 들키지 않고 밖을 엿볼 수 있을지 판단이 안 섰다. 문은 잠겨 있었는데 누군가가 손잡이를 돌리자 살짝 움직였다. 금속이 금속을 긁는 소리가 들렸다. 아마도 자물쇠를 따려는 모양이었다. 칼끝으로 블라인드 틈을 벌리자 뚱뚱하고 솜털이 보송보송한 송충이 같은 눈썹 아래 밝은 파란색 눈이 보였다. 아빠였다.

"넌 학교에 있어야 할 시간 아냐?"

내가 문을 열자 아빠가 말했다.

"아빤 직장에 있어야 할 시간 아니에요?"

아빠에게 길을 터주며 나도 한마디 했다. 아빠의 눈길이 칼에 머물렀다.

"그걸 들고 대체 뭐 하는 거야?"

"아빠는 자기 자식을 야생에서 혼자 살아남게 던져두고 대체 뭘 하는 거예요?"

아빠가 웃었다.

"에이프, 여기가 무슨 야생이야. 그리고 말했잖아. 아이린은 네가 애를 봐주기만 한다면 소파에 널 재워 주겠다고 했다고."

아빠는 꿈지럭꿈지럭 재킷을 벗고 부엌 의자에 앉아 내 노트를 들여다봤다.

"날갯짓."

아빠는 한참 들여다보더니 말했다.

"나는 날갯짓에 한 표."

그리고 내가 적은 단어들 아래 날갯짓이라고 쓴 다음 노트를 있던 자리에 도로 내려놨다.

"옛날 기타를 꺼내 놨네."

"네, '내' 기타를 꺼냈어요."

나는 빈손으로 기타의 넥을 잡았다.

"공연을 하게 됐어요."

"공연?"

"네. 개리스 바에서 금요일 밤에요. 아빠도 와요."

그리고 한 마디 덧붙였다.

"아이린이랑 그 애를 떼놓고 나올 수만 있었다면."

이렇게 말해야 아이린은 초대하고 싶지 않다는 걸 알 테니까. 이쯤 됐으면 아빠도 그 정도는 알고 있겠지만.

"시간이 되나 한번 볼게."

"네, 아마도 매주 하게 될 것 같아요."

"에이프, 그 칼은 이제 내려놓는 게 좋을 것 같다."

그러고 보니 한 손엔 기타, 한 손엔 칼. 나는 미친 사람 같은 꼴로 서 있었다. 나는 칼을 부엌 싱크대에 내려놓았지만 기타는 그대로 잡고 있었다.

"커피 마실래?"

아빠가 물었다.

"떨어졌어요."

나는 다른 걸 아무것도 권하지 않고 그냥 앉았다.

"다음에 올 때 좀 가져올게."

아빠는 셔츠 주머니에서 담배를 꺼내고 스토브에서 불을 붙이기 위해 부스 끝으로 옮겨 앉았다.

"여긴 왜 왔어요?"

내가 물었다.

"넌 학교엔 왜 안 갔어?"

아빠는 한 모금 길게 빨고 재떨이를 찾느라 두리번거렸다. 나는 캔에 든 음료를 마지막으로 한 모금 쭉 마시고 테이블 위로 밀었다.

"고맙다."

아빠는 재를 캔 안에 떨었다. 캔 구멍에서 연기가 한 줄기 피어올랐다.

"직장엔 왜 안 갔어요?"

"너 먼저 말해."

"그만뒀어요."

나는 아빠를 내려다보며 말했다. 사과할 생각은 없었다.

"나도."

아빠도 나를 빤히 보며 말했다. 아빠는 담배를 한 모금 더 빨고 연기를 코로 내뿜었다. 내가 어릴 땐 그렇게 하고는 자기가 용이라고 말했다. 그때는 그게 엄청 웃겼다.

"잘렸어. 파우스트는 겨울엔 사람이 많이 필요 없대. 그래서 젊은 사람들을 남기기로 결정한 거지. 자기가 데리고 있는 사람이 심장마비 걸리는 건 원치 않는다고 하더라."

아빠는 담배를 입에 문 채 뒤로 등을 기대고 손가락 관절을 뚝뚝 꺾었다. 예전보다 말라 보였다. 뺨이 푹 꺼져 있었다. 좋은 여자라면 자기 남자를 살찌울 것 같은데, 아이린은 자기가 좋은 여자라고 아빠를 납득시키는 데에만 능할 거라 나는 확신했다.

"그거 알아? 늙는 건 거지 같아."

"흥미롭네요. 어떻게든 피하고 볼게요."

아빠는 손가락 총을 만들어 나를 겨누고 입 끝으로 딸깍 소리를 냈다.

"내 장담하는데, 얘 진짜 잽싼 애예요."

아빠는 마치 하느님한테, 혹은 상상 속의 친구한테 말하듯이 이야기했다.

"근데 여긴 왜 왔어요? 학교에서 나 그만뒀다는 연락 받았어요?"

나는 기타를 무릎에 올리고 손가락으로 코드를 잡았지만 줄을 튕기진 않았다.

"아니, 아직 아이린한테 잘렸다는 말 안 했거든. 크리스마스에 얘한테 닌텐도인지 뭔지 사주기로 했는데. 알면 화낼 거야."

아빠는 셔츠 위로 떨어진 담뱃재가 타들어가기 전에 털어냈다.

작년 크리스마스에 아빠와 아이린은 카드 봉투에 복권 다섯 장을 같이 넣어 내게 선물했다. 한 장이 삼 달러에 당첨됐지만 미성년자라 돈은 타지도 못했다. 카드 안에는 '그대와 그대의 소중한 이들에게, 메리 크리스마스'라고 카드 회사에서 인쇄한 글만 보였다. 나는 노트 종이를 접어 그 둘에게 줄 카드를 만들었다. 앞면에는 '메리 크리스마스'라고 썼지만 속지엔 '그대와 그대의 소중한 이들, 엿이나 드세요'라고 썼다. 초록색과 빨간색 크레용을 번갈아 쓰면서 욕을 정성스럽게도 적었다. 크리스마스 저녁을 먹다가 그 카드를 주자 아이린은 부엌으로 들어갔다. 그 안에 한참 있다가 다시 나왔을 땐 마스카라가 번져 있었고 술 냄새가 났으므로 카드는 내 계획을 성공적으로 완수한 셈이었다.

"그럼 내가 학교 가 있던 동안 맨날 여기 와 있었어요?"

내가 물었다. 아빠가 나의 공간에 들어와 있었다고 생각하니 싫었다.

"여기 아니면 사냥 쉼터. 그날 날씨 봐서."

아빠는 손가락 옆의 굳은살을 뜯어냈다. 그리고 그 둥그런 살점을 테이블 위에 버렸다.

"얼마나 오래요?"

"일주일쯤."

"그러면서 내가 집에 올 때까지 한 번 기다린 적도 없고, 메모 한 장 남겨 둔 적도 없다고요?"

"에이프릴, 왜 그래. 아이린 땜에 이미 머리가 아프다고."

"그러거나 말거나. 이제 가요. 공연 때 부를 곡 써야 돼요."

"여긴 내 집이거든."

아빠는 일어나서 뒤쪽 침실로 가더니 아코디언처럼 생긴 문을 잡아당겼다. 나는 노트 종이로 아빠 살점을 들어 올려 쓰레기통에 버렸다.

○

아빠는 몰리 워커와 포커 게임을 해서 이 캠핑카를 따냈다. 처음엔 판돈이 그리 큰 것도 아니었다.

겉보기에 몰리는 거의 완벽에 가까운 사람이었다. 매주 일요일마다 교회에 갔고 모든 마을 행사와 학교 연극의 의상을 손바느질로 만들었다. 크리스마스에는 세 시간씩 운전을 해서 시러큐스의 무료 급식소까지 가서 봉사를 했다. 모든 기념일—심지어 식목일까지도—을 기념하는 티셔츠를 갖고 있었고 그날에 걸맞은 깃발을 현관 앞에 내걸었다. 7월 4일 독립기념일 베이킹 콘테스트에서도 매년 일 등을 했다(삼 년 전에 크레이프로 불운한 실험을 했던 때만 빼고). 몰리는 그렇게 완벽하기 위해 최선을 다했다. 그러나 실상은 그렇지 못했고, 그건 모두가 아는 사실이었다. 다른 모든 것들—바느질, 봉사활동—은 본인의 치부를 덮기 위한 일일 뿐이었다. 도박에 물불가리지 않는 자신에 대한 속죄행위 같은 것. 마고 아줌마는 몰리가 변기 물이 어느 쪽으로 내려올지, 신호등 불빛이 바뀌는 데 얼마나 걸릴지를 놓고도 도박을 할 사람이라고 했다. 아이들 야구 경기 점수에, 남편 행크가 낚시를 가서 생선을 얼마나 잡아 올지에, 뉴턴 집 애들 중에 스케이트보드를 타다 머리를 다칠 아이가 누군지를 두고 내기를 벌였다. 마을에서 일어나는 크고 작은 모든 일에 이렇게 내기를 걸었고, 또 포커 게임도 했다. 만약 몰리가 테이블 한 가득 사람을 모으기만 하면 주말 내내 게임이 이어졌고 일요일 밤쯤에는 모두가 맛이 간 모습을 하고 시럽처럼 졸아든 커피로 간신히 버티며 턱을 받치고 앉아 있었다. 그런 게임이 끝날 무렵에는 누가 무슨 물건을 따 가고 누구는 누구와 더 이상 말을 안 섞게 되는 등 엄청난 관계 조정의 시간이 있었다. 부동산 소유주가 바뀌는 때도 있었다.

몰리는 거의 언제나 이겼다. 그러니까 끝 모를 연패가 시작되기 전까진 그랬다. 개리스 바 볼링 팀을 두고 벌인 내기가 연패의 시작이었다. 개리 쪽이 이길 게 확실한 게임이었는데 개리가 그 전날 버펄로에 갔다가 중국 음식을 배 터지게 먹고 온 게 화근이었다. 퉁퉁 부은 개리의 손가락이 볼링 공 사이에 끼어 버리는 바람에 토너먼트에서 완전히 박살이 나버렸다. 그 다음부터 몰리는 감을 완전히 잃어버린 것 같았다.

문제는 아무리 잃어도 몰리가 멈추지 않는다는 거였다. 며칠 혹은 몇 주 정도 손을 떼기도 했지만, 금방 다시 시작했고 또 전처럼 잃었다. 그리고 리틀 리버는 비밀이 없는 곳이었기 때문에 모두가 그 사실을 알았다.

한번은 마고 아줌마가 유명한 상표의 커다란 치즈 퍼프 과자를 원 플러스 원 쿠폰으로 사서 내게 한 봉지 준 적이 있었다. 내 평생 그보다 맛있는 건 먹어 본 적이 없었다. 처음에 나는 몇 줌 꺼내서 아빠랑 같이 먹었고, 그런 다음 아빠는 일을 나갔다. 나는 봉지 끝을 잘 묶어서 냉장고 위에 올려두었지만 머릿속엔 오직 그 과자 생각뿐이었다. 텔레비전에도 집중할 수가 없었다. 마고 아줌마가 보라며 갖다 준 카탈로그조차 들춰 보고 싶지 않았다. 그 과자에 대해 생각하는 것 말곤 할 수 있는 게 없었다. 나는 계속 그 과자를 찾으러 갔다. 처음에는 한 줌씩 꺼낼 때마다 봉지를 묶어 뒀지만 나중엔 아예 포기하고 봉지를 통째로 끌어안았다. 그리고 봉지를 다 비우고 입천장 살갗이 벗겨질 때까지 먹었다. 봉지를 뒤집어서 마지막 남은 치즈 가루까지 입 안으로 탈탈 다 털어 넣었다. 몰리 워커가 도박을 하는 것도 비슷하지 않나 싶다. 도박을 하지 않을 때 다른 건 아무것도 생각할 수 없는 것이다. 그리고 내기 도박에 걸 수 있는 게 아무것도 남지 않았을 때 몰리는 캠핑카를 걸었다.

동네 남자들 중엔 이제 몰리와 도박을 하려는 사람이 거의 없었다. 몰리의 남편인 행크 워커가 불쌍해서이기도 했고, 애초에 여자랑 도박을 하는 게 내키지 않아서이기도 했다. 아빠는 여자랑 도박하는 게 아무렇지도 않은 사람이었고 행크 워커라는 사람을 원래부터 아주 싫어했다. 그래서 아빠와 몰리는 우리 집 부엌 식탁에 앉아 다음 날 아침이 될 때까지 포커를 쳤다. 몰리는 행크의 낚시 도구함을 걸었다. 아빠는 공구 세트를 걸었다. 몰리는 자기 겨울 코트를 걸고 내 키에 맞춰 줄여 주겠다고 했다. 아빠는 스노타이어를 걸었다. 몰리는 앞으로 육 개월 간 매주 금요일마다 참치 캐서롤*을 만들어 주겠다고 했다. 아빠는 겨우내 몰리네 지붕의 눈을 치워 주겠다고 했다. 그 다음에 몰리가 아빠에게 귓속말로 뭔가를 걸었을 땐 아빠 얼굴이 벌겋게 달아올랐다. 아빠는 다음 달 월급을 걸었다. 몰리는 그걸 받고, 캠핑카를 얹겠다고 했다. 아빠는 그건 모터도 없는 캠핑카이므로 얹는 거라 할 수 없으며, 이제 시간이 너무 늦었으니 거기서 끝내고 싶다고 했다. 그게 아빠가 캠핑카를 따게 된 사연이다.

행크는 다음날 몰리를 떠났다. 아빠가 가져가기 전에 낚시 도구함도 챙겨 갔다. 아빠는 우리가 제대로 집을 짓기 전까지 이 모터 없는 캠핑카에서 살아야겠다고 생각했다.

"어딘가 넓게 펼쳐진 땅만 구하면 되겠는데."

나는 마치 식빵 위에 땅콩버터를 쫙 펴 바르듯 누군가가 우

---

* 캐서롤: casserole, 오븐에 넣어서 천천히 익혀 만드는, 한국 음식의 찌개나 찜과 닮은 요리.

68

리 앞에 땅을 펼쳐 보이는 상상을 해봤다.

아빠가 마침내 구한 땅은 마을의 가장 끝자락, 비포장도로의 막다른 부분에 있었다. 남편을 저 세상으로 막 보낸 바닉 아줌마에게서 산 땅이었다. 땅이 싼 데는 다 이유가 있었다. 이만 팔천 제곱미터에 이르는 땅에 집을 지을 만한 자리는 없었다. 기반암들이 돌출돼 있어서 파이프를 깔기도 쉽지 않았고, 사방이 소나무였다. 아빠가 덤불과 바위를 들어내고 우물을 파는 데만 일 년이 걸렸고, 집을 올릴 기반을 다지는데 이 년이 더 걸렸다. 그리고 그 무렵 아이린과 그 아이를 만난 아빠는 '우리 몫의 땅'에 흥미를 잃어버렸다. 아빠가 파놓은 기반에 수영장처럼 물이 고이면서 모기떼와 거대한 악어거북이가 몰려들었다. 그리고 아빠는 아예 집에 들어오지 않기 시작했다.

○

거의 한 시간째 곡을 쓰려고 끙끙 댔지만 거짓에 괜찮은 라임은 날갯짓밖에 없었다. 하지만 아빠가 의기양양해하는 꼴은 보기 싫었다. 침실에서 마치 애니메이션의 음향 효과처럼 드르렁드르렁하는 코고는 소리가 들렸다. 아빠의 작업 재킷은 칸막이 부스 위에 아무렇게나 놓여 있었다. 트럭 열쇠와 지갑이 저 안주머니에 들어 있겠군 싶었다. 나는 아빠 재킷을 걸치고 나가 먹을 거나 사다 채워 놓기로 했다. 아빠는 진입로 제일 끄트머리에 트럭의 머리가 길 쪽을 바라보도록, 딱 도망가기 좋게 후면 주차를 해두었다. 딱히 잘못한 게 없을 때도 아빠는 항상 저렇게 죄지은 사람처럼 굴었다.

어차피 아빠 트럭에 채워진 기름이었으니 아끼지 말고 멀리 가야겠다 싶었다. 우리 동네의 작은 마트 말고 해리스타운의 빅M이라는 큰 마트에 가서 장을 보기로 했다. 그리고 라디오에 세팅돼 있는 채널들을 내 맘대로 다 바꿔 버렸다. 아이린은 아빠에게 크리스천 록과 복음을 전파하는 토크쇼 나부랭이를 듣도록 했다. 아빠는 도어스The Doors를 좋아하던 사람인데. 핑크 플로이드Pink Floyd를 즐겨 듣고 밥 딜런Bob Dylan이 하느님이라고 말하던 사람인데.

아빠 지갑에는 현금으로 삼백 달러가 들어 있었다. 아빠는 은행을 믿지 않았다. 처음에는 그걸 다 써버릴까도 했다가 마음이 약해져서 백 달러로 끝내기로 했다. 그게 아빠 전 재산은 아닐 거다. 매트리스 틈에 한 뭉치 넣어 두었을 수도 있고 아이린의 먼지 쌓인 분홍색 안락의자 쿠션 밑바닥에 테이프로 붙여 두었을 수도 있었다. 아이린이 발견하지 못하게 트럭 안 어딘가에 숨겨 두었을 수도 있었다. 아빠가 나한테 빚을 진 건 아니지만 당분간은 내게 돈이 들어올 일은 없었으므로 빅M의 주차장을 가로질러 가며 이십 달러짜리 네 장, 십 달러짜리 두 장을 청바지 뒷주머니에 쑤셔 넣었다. 그리고 카트를 하나 밀고 상품 진열 통로로 들어섰다. 모든 게 다 패밀리 사이즈에 좋은 브랜드 물건이었다. 이제 구멍가게에서 파는 정체 모를 빵 쪼가리나 찌그러진 참치 캔은 사절이었다. 나는 노란색 아메리칸 치즈와 하얀색 치즈의 장점을 고심하느라 오 분을 보낸 다음 둘 다 사서 맛보기 테스트를 하기로 결정했다. 다섯 가지 다른 맛의 팝 타르트와 오십 년대에 생산된 것처럼 보이는 병에 든 콜라도 샀다. 예전에 마고 아줌마가 갖다 준 것 같은 치즈 퍼프 과자를 세 봉지나 샀다. 치즈 퍼프 특유의 쫀쫀한 맛보다는 바삭바삭한 맛에 가까운 걸로 골랐다. 감기약, 진통제, 탐폰, 그리고 학교에서 더 이상 훔쳐 오지 않아도 되도록 비누와 화장지도 샀다. 카트를 채우며 백 달러를 넘기지 않으려고 손가락으로 값을 꼽아가며 거의 한 시간을 돌아다녔다. 이 안에서 다시 아빠 지갑을 꺼내들고 싶지도 않았고 그렇다고 이미 카트에 담은 걸 빼고 싶지도 않았다. 오늘만은 그렇게 하고 싶지 않았다.

계산대 앞에 줄을 섰는데, 금발로 염색한 전형적인 아줌마 머리를 하고 커다란 쿠폰 지갑을 들고 선 여자가 내 뒤에 섰다. 그러고는 내가 카트에서 계산대에 올리는 물건들을 지켜보다 한 마디 했다.

"애, 너 기초 영양소 다섯 가지 중에 몇 개를 빠뜨린 것 같다."

그런 비난을 조언으로 받아들일 정도로 나를 바보로 본 모양이다.

"파티하려고 산 거예요."

계산이 다 끝났는데 구십삼 달러밖에 안 나와서 초코바 두 개와 엠앤엠즈 한 봉지, 그리고 내 옆 진열대에서 껌 네 통을 집어 들었다. 쿠폰 지갑 아주머니가 고개를 절레절레 저었다. 그 아줌마가 계산대에 이십 리터짜리 우유를 올리느라 정신 없는 틈에 계산원에게 말했다.

"제 거스름돈은 저분한테 보태 주세요."

겨우 일 달러 몇 센트였지만 그 정도면 아줌마 기분을 잡치게 하기엔 충분할 것 같았다.

두 시 반이 다 됐기 때문에 돌아오는 길엔 매티에게 들르기로 했다. 그쪽으로 차를 모는데 걸어가는 매티가 보였다. 집까지는 반쯤 남은 거리였다. 우드랜드 길에 막 접어든 매티는 그 완벽한 얼굴에 미식 축구팀 버펄로 빌스의 모자를 쓰고 있었다. 나는 그 옆으로 아주 천천히 차를 몰았다. 매티는 돌아보지 않고 더 빨리 걸었다. 우리 아빠 트럭이란 걸 알았나? 어쩌면 오늘 저녁은 살인과 회개로 바빠지겠다고 생각하고 있는지도 몰랐다. 어쩌면 이게 누구 트럭인지 모르고 나를 변태 연쇄 살인마로 생각하는지도. 우드랜드를 지나는 내내 매티의 속도에 맞춰 따라가다가 에드가 거리로 꺾어들고 나서야 그의 얼굴을 제대로 볼 수 있었다. 너무 겁을 먹은 것 같아 마음이 안 좋아졌다. 나는 창을 내리고 소리쳤다.

"야, 이 바보야!"

매티가 돌아섰다. 멍해서 하얗게 질린 것도 같던 매티는 나를 알아보고 오직 우리 사이에서만 짓는 커다란 매티 표 미소를 지었다.

"왜 이렇게 큰 트럭을 몰고 와서 겁을 주고 그래?"

매티가 탈 수 있을 정도로 속도를 늦춰 주자 그가 조수석에 올라탔다. 그가 내게 입을 맞추는 동안 앞이 안 보였지만 괜찮았다. 이 길은 잘 아는 길이니까.

"나 운전 완전 잘해."

내가 말했다.

"네, 네. 대단하십니다."

"농담 아니야. 내 운전 실력은 걱정 안 해도 된다고."

"그런 것 같다."

매티는 내 허벅지를 손바닥으로 탁 쳤다. 약간 찌릿했다. 길이 움푹 팬 곳에서 트럭이 덜컹이는 걸 구실 삼아 매티의 손은 점점 위로 올라왔고, 나는 그때마다 매티 쪽으로 다리를 붙였다. 결국 그의 손은 딱 그 지점에 당도했고 내 두 다리와 청바지 앞섶의 모든 솔기가 만나는 도톰한 지점을 손가락으로 문지르기 시작했다. 돌아 버릴 것 같아 눈을 꼭 감고 싶지만 운전을 해야 했다. 매티는 아무것도 모르는 것처럼 굴었다. 울퉁불퉁한 길 때문에 그의 손이 그 지점으로 올라갔을 뿐이고 그게 나한테 어떤 영향을 주는지 전혀 모르기라도 하는 것처럼. 매티는 콧노래를 부르며 창밖을 내다보고 있지만 그의 얼굴에 커다란 미소가 번져 있었다. 그리고 우리가 그의 집 앞에 차를 세웠을 땐 이미 내 청바지 단추가 풀려 있었다.

매티 엄마는 직장에 나갔고, 아빠는 다른 지방에 일자릴 얻어 갔고, 여동생은 걸스카우트 쿠키를 팔러 나가서 집이 비어 있었지만 우리는 트럭에서 서로를 탐닉했다. 이게 더 재미있었기 때문이다. 이제 매티의 방에서 하는 건 지겨웠고, 여기에서도 누가 볼 걱정은 없었다. 매티네 집에서 가장 가까운 이웃은 사백 미터는 떨어진 곳에 있고 주변엔 소나무 숲이 울창했다.

나는 아직도 아빠의 재킷을 입고 있었지만 청바지는 이미 의자 위에 널려 있었다. 매티는 씩 웃으며 자기 바지 단추도 풀었다. 우리가 키스할 때마저도 나는 영화배우 같은 그의 미소를 느낄 수 있었다. 매티의 할아버지는 제이차세계대전 때 미국 공군의 포스터 모델이었다. 굵은 눈썹과 고결한 턱선 때문에 매티의 얼굴 역시 로켓 미사일을 들고 구름 속에 그려질 것처럼 아름다웠다. 그의 미소는 마치 쏟아지는 햇살 같았다.

"지금 갖고 있어?"

나는 정신을 차려야 한다는 일념으로 물었다.

"방에 있어."

그는 바지를 벗고 내 위로 올라왔다. 매티의 물건은 제대로 장전된 듯 사각팬티 안에서 덜렁거렸다. 우리는 속옷을 입고 있었지만 매티가 조준 중이란 건 느낄 수 있었다.

"가서 갖고 와."

"에이프릴!"

"가."

"아, 왜 이래."

그는 여전히 내 위에 앉은 채 몸을 일으켰다. 우리의 중요한 부분은 여전히 맞닿아 있었다. 매티가 두 손으로 머리카락을 쓸어 올렸다.

"너야말로 왜 이래."

우리는 매번 할 때마다 이 짓거리를 거쳐야 했다.

"나도 노력하고 있었다고."

매티의 목소리는 너무 절박해서 말이라기 보단 앓는 소리 같았다.

"매티."

"거짓말 아니야."

매티는 손바닥을 쫙 펼쳐 보이며 두 손을 번쩍 들었다. 그의 연갈색 눈동자가 오후 햇살에 금빛으로 보였다.

"스카우트의 명예를 걸고. 난 걸릴 게 아무것도 없어."

"임신은 끔찍한 질병이야."

나는 불상사가 일어나지 않도록 꿈지럭꿈지럭 그의 밑에서 빠져나오려 했다. 매티는 언제든 발사하고도 남을 인물이기 때문이다.

"임신하기가 얼마나 어려운지 알기나 해? 진짜로. 나 지금 진지하거든. 내 사촌 린지 누나는 몇 년을 노력해도 안 된다고."

"그 언니는 거의 쉰 아냐."

"나이랑은 상관없거든."

매티는 이를 꽉 깨물고 말했다.

"상관있거든. 오프라 쇼에 다 나왔어."

"근데 그게 그렇게 나쁜 거냐?"

이런 논리로 나오다니, 신박했다. 보통은 무턱대고 애걸하다가 쉽게 포기하곤 했는데 말이다.

"우리 이미 결혼하기로 했잖아. 안 그래? 그리고 넌 이미 학교도 그만뒀고."

매티는 집에 늦게 들어갈 허락을 받거나 새 스케이트보드를 사달라고 엄마한테 사기를 칠 때처럼 말이 빨라졌다.

"임신은 되지도 않아. 그리고 그거 없이 하면 완전히 느낌이 다르대. 훨씬 좋대. 나만 그런 게 아니라, 우리 둘 다. 에이프릴, 너 완전 정신 못 차릴걸?"

"에이프릴, 너 완전 정신 못 차릴걸."

나는 막 갈라지는 매티의 목소리를 그대로 흉내 냈다. 나는 상처받은 매티의 얼굴을 보는 게 재미있었다. 마치 내가 그의 새 장난감 트럭을 망가뜨리기라도 한 것처럼. 그의 계획에 나는 브레이크를 걸 수 있었다. 나는 내가 매티의 잘생긴 얼굴에 굴복하지 않는 유일한 사람이라는 게 좋았다.

매티는 아까보단 김이 새긴 했지만 아직 포기하진 않았다. 떼를 써서 승리를 따낼 수 있었다고 믿는 모양이었다.

"둘 중에 선택해."

나는 매티가 사기를 치려고 할 때마다 더 차분해지는 매티 엄마의 말투를 흉내 내며 말했다.

"지금 네 방에 가서 콘돔을 가지고 나오거나, 난 집에 갈 테니 넌 방에 들어가 숙제 하거나. 둘 중에 하나. 선택해, 매튜 존."

"마크 콘래드가 그러는데 토냐는 언제나 콘돔 없이 하게 해준대. 그러고도 임신 안 했잖아."

"일단, 너는 마크 콘래드가 아니고, 마크 콘래드가 벼랑 끝에서 뛰어내리면 너도 뛰어내릴……"

"분위기 망치는 데는 선수지."

매튜가 한숨을 어찌나 크게 쉬는지 내 배가 다 진동했다.

"우리 엄마 흉내 내는 거 하나도 안 섹시하거든."

나는 매티의 사각 팬티 고무줄을 튕겼다.

"그럼 들어가서 숙제 할래?"

"갔다 올게."

매티가 중얼중얼 말했다. 바지를 입고 배낭에서 열쇠를 꺼내는 동안 나와 눈도 맞추지 않더니 엉거주춤 걸어 집으로 들어갔다.

매티가 돌아온 다음엔 생각보다 빨리 끝났다. 내가 그렇게 분위기를 망친 건 아니었던 모양이었다.

섹스에 관해 늘 이해하기 힘든 부분이 있었다. 본격적인 그 행위는 왜 그전까지 이어지는 것들만큼 좋지 않을까. 언제나 하고 싶다고 생각하면서도 끝나고 나면 바로 그 전 순간으로 돌아가고 싶어졌다. 하지 않으면 돌아 버릴 것 같다고 느끼는 그때로. 가려워서 긁어야만 하는데 나중에 알고 보면 가려운 게 긁는 것보다 더 좋은 것 같다는 그런 느낌. 그러면서도 나는 번번이 넘어가고 말았다.

나는 시동은 켜지 않고 라디오만 켜 둔 채 매티의 겨드랑이에 머릴 기댔다. 우린 유리병에 든 콜라를 하나 나눠 마셨다. 매티는 봄에 졸업하면 하게 될 일에 대해 말했다. 마크 콘래드가 이제 공장 최저 시급이 삼 달러라고 했다며, 우리가 트레일러와 맥주 값에 얼마를 쓸 수 있을지도 계산해 봤고, 만약 배리 삼촌과 사냥이라도 나가게 되면 사슴 고기를 냉동해서 잔뜩 쟁여 놓을 수 있었다고도 했다. 글로리아 이모가 만드는 사슴 고기 버거는 진짜 맛있었다고, 나도 그걸 배우면 좋겠다고 했고, 나는 거기서부터 귀를 닫았다.

세팅된 라디오 채널 하나에서 밥 딜런의 「누워, 레이디, 누워Lay, Lady, Lay」가 흘러나왔다. 여자에게 자기 곁에 머물라는 그 가사가 지금 상황에 너무 딱 맞아서 나는 웃음이 났다.

"진짜라니까. 내가 먹어 본 버거 중에 제일 맛있었어. 그리고 자연에서 공짜로 얻은 거잖아."

매티는 말했다. 밥 딜런은 네 삶이 시작되길 기다리고 있지 말라고, 케이크를 손에 쥐었으면 당장 먹으라고 노래하고 있었다. 그 부분을 들으며 사실 밥 딜런은 그 가사의 정반대 의미를 노래하고 있었다는 걸, 그 노래는 안주하지 말라는 의미라는 걸 나는 깨달았다. 갑자기 나는 매티보다 백만 살은 더 나이를 먹은 것처럼 느꼈다. 어쩌면 나는 그와 완전히 다른 행성에서 온 사람일 수도 있겠다고 생각했다. 매티는 절대 나의 케이크가 아니라는 느낌이 들기 시작한 것이다.

우리의 텁텁한 입김이 차 유리를 뿌옇게 만들 만큼, 우리는 한동안 트럭 안에 있었다.

"가야겠어."

나는 일어나 앉아 청바지를 집어 들었다. 매티는 나를 다시 자기 품으로 끌어당기려 했다. 나는 몸을 비틀어 빼고 거의 소리치듯 말했다.

"안 돼, 진짜 가야 돼. 아빠 내가 트럭을 몰고 나온 줄도 모르고 있단 말이야. 가야 된다고."

나는 바지를 끌어올리고 단추와 지퍼를 잠그기 위해 몸을 뒤로 기댔다. 셔츠가 위로 기어 올라갔다. 앞좌석에 축축한 부분이 만져졌다.

"아, 알았어."

매티는 또 망가진 장난감을 들고 선 아이의 표정을 지었다. 나는 등 뒤에 젖은 부분을 문지르며 아빠한테 혼날까 봐 질겁하는 척 했지만 내가 공황상태에 빠진 진짜 이유는 매티가 내 눈앞에 펼쳐 보인 우리 미래 때문이었다.

"아빠가 잘려서 지금 저기압인데 아이린은 아직도 모른다고 하고……"

시계에는 4:23이란 숫자가 들어와 있었고, 아빠 때문에 걱정하는 척을 하다 보니 진짜로 걱정이 되기 시작했다. 아마도 지금쯤은 일어났을 텐데.

"내일 봐."

매티는 인사를 하고서도 내게 키스하며 시간을 끌려고 했다. 마치 나를 주저앉혀 한 번 더 할 수 있었다고 생각하는 듯 낮은 신음소리까지 냈다. 나는 손으로 그의 다리를 무릎까지 쓸어내리듯 쓰다듬어 주고 몸을 뻗어 배낭을 집어서 건네 줬다.

"가야 해."

매티는 아까처럼 또 우스꽝스럽게 걷고 있었다. 콘돔을 가지러 갔다 올 때 혹시 문을 잠근 채로 나왔을까 봐 잠깐 기다려 줬다. 그리고 그가 현관문을 열자마자 두 번 경적을 울려 준 다음 꼬리에 불이 붙은 것처럼 내달렸다. 내가 가는 길을 따라 흙먼지가 확 일었다. 아이린이 일요일 낮마다 아빠를 교회에 끌고 가기 시작하기 전에 아빠는 지루한 전쟁 영화나 보며 시간을 보냈다. 그때 보던 영화에서 총알이 쏟아지던 것처럼 자갈들이 트럭 밑을 두드렸다.

매티가 발판에 두고 간 콘돔은 속이 꽉 차서 흐물흐물한 게 꼭 해파리 같았다. 그걸 우드랜드에 접어들 때까지 발견을 못 했다니. 여긴 차가 많이 다니는 길이 아니었기 때문에 잡힐 염려는 없었다. 나는 신호에 걸렸을 때 차 문을 열고 그걸 밖에다 던지며 빌었다. 누가 뭔지 알아보기 전에 흙먼지 범벅이 되어 어디론가 쓸려가 버리면 좋겠다고. 그 안에 들었던 게 약간 새서 매트에 흔적이 묻어 있었다. 나는 티슈나 냅킨, 혹은 손수건이라도 찾으려고 아빠 재킷 주머니를 뒤졌지만 아무것도 없었다. 대신 윗주머니에서 작은 케이스를 발견했다.

검은색 벨벳 재질에 위가 둥근 케이스였다. 뚜껑을 열자 경첩이 삐걱거렸다. 케이스 속의 다이아몬드는 너무 커다래서 이젠 아빠가 꽁쳐 둔 돈이 어디에도 남아 있지 않겠다는 생각이 들 정도였다. 게다가 진짜였다. 반지로 창을 긁었더니 가느다란 선이 새겨졌다. 나는 반지 케이스를 아빠가 지갑을 두는 왼쪽 주머니에 넣어 뒀다. 내가 알고 있었다는 걸 아빠에게 알리려는 경고성 메시지였다. 그리고 매트를 뒤집어서 밑에 깔려 있는 카펫에 문질렀다. 원래대로 뒤집어 놓으니 아까보다 더 깨끗해 보였다.

우리 동네엔 신호등이 세 개 있는데 나는 그 셋을 전부 빨간불에 지나갔다. 기껏 그래 놓고 아이보리 아줌마 차를 만나는 바람에 속도를 낼 수 없었다. 아줌마는 시속 이십 킬로미터 이상으론 운전을 못 하는, 아니 어쩌면 아예 운전을 못 한다는 표현이 맞는 분이다. 알고 보니 아이보리 아줌마는 우리 옆집에 사는 바닉 아줌마를 만나러 가는 길이었고, 결국 나는 집에 갈 때까지 꼼짝없이 그 뒤를 따라가야 했다. 집 앞에 도착했을 땐 네 시 오십칠 분이었고, 차를 제대로 대기도 전에 아빠가 밖으로 나오더니 내 기타를 무슨 상품처럼 들고 캠핑카 계단에 섰다.

"에이프릴, 너 미쳤어?"

내가 차에서 내리자마자 아빠가 고함을 질러 댔다.

"대체 어딜 갔다 온 거야?"

"쇼핑."

나는 트럭 뒷좌석에서 장본 물건들을 끄집어내어 바닥에 쌓기 시작했다. 나는 아빠를 쳐다보지 않았다. 예전에 엄마가 그랬던 것처럼 나는 어금니를 꽉 물고 아빠의 성질을 가짜 미소로 무시해 버렸다.

"자라나는 청소년은 먹어야 한다고요."

"아이린한테 오늘은 일찍 들어간다고 했단 말이야. 세시 반에."

나는 다시 미소를 지으며 짐을 내렸다. 아무 말도 하지 마. 사과 하지 마. 콜라병이 든 봉투를 내리자 병끼리 부딪히며 쨍그랑 소리가 났다. 그 소리 말고는 사방이 조용했고 아빠가 곧 폭발할 거라는 게 공기 중에서 감지됐다. 물이 끓어오르기 직전에 더 고요한 주전자처럼. 캠핑카의 계단이 흔들리기 시작했다. 아빠가 손가락 관절이 하얘지도록 기타 넥을 세게 쥐고 있었다는 걸 나는 보지 않아도 알 수 있었다.

"망할 놈의 계집애!"

아빠가 고함을 질렀고 곧 쪼개지는 소리가 났다. 딱 한 번. 그 날카롭고 커다란 소리가 내 귀에 꽂혔고, 그 소리는 그 뒤로도 몇 날 며칠간 귓속에서 울려 댈 거라는 걸 나는 알았다.

"자, 이제 너도 나한테 물건을 빼앗겼네? 기분이 어때?"

아빠가 말했다.

나는 반지 케이스를 손에 넣은 다음 치즈 퍼프가 들어 있는 봉투 안으로 쏙 떨어뜨리고 봉투 무더기로 함께 옮겼다. 봉투를 내려놓자 치즈 퍼프 부서지는 소리가 났다. 나는 아빠의 재킷을 벗어서 트럭 앞자리에 걸쳐 두었다.

"괜찮은데요."

그리고 아빠에게 열쇠를 던져 줬다.

4

딱히 할 일이 없었다. 그래서 「남아야 할까, 떠나야 할까 Should I Stay or Should I go」를 부르며 캠핑카 안을 서성거렸다. 처음에는 너무 작게 불러서 노래가 머릿속에서만 들릴 정도였지만, 제대로 불이 붙으면서 나는 악을 쓰기 시작했고 캠핑카 전체가 흔들릴 정도로 방방 뛰었다.

며칠 전에 아빠 반지를 슬쩍했기 때문에 아빠가 그걸 찾으러 오길 기다리는 중이었다. 긴장감 때문에 돌아 버릴 것 같았다. 바닉 아줌마가 차 문 닫는 소리, 나뭇가지 떨어지는 소리, 산탄총 소리, 무슨 소리든 났다 하면 마치 누가 내 심장에 전기충격기를 댄 것처럼 심장이 뛰었다. 과학 시간에 배운 '투쟁/도피 반응'에 따르면 그건 상황에 대처하는 본능이다. 아빠가 반지를 찾으러 왔을 때 나의 본능이 어떻게 작용할지는 알 수 없었다. 공평한 거래 자체가 불가능한 일이지 않은가. 아빠 반지는 여전히 존재하지만 내 기타는 이제 다 부서진 나무 쪼가리일 뿐이었다. 나는 개리스 바에서 하기로 한 공연마저 취소해야 했지만, 아빠는 내가 억울한 입장일 거라 생각해 줄 사람이 아니었다.

싱크대 바로 옆 카펫에 구멍이 나 있었다. 춤을 추며 그 끝을 걷어찼더니 내 발이 그 자릴 지날 때마다 구멍이 커졌다. 식당에는 내가 추가로 알바를 뛸 자리가 없고, 매티는 외출 금지를 당한 상태였다. 지난번에 우리가 걔네 집 앞에서 하던 짓을 이웃이 보는 바람에 그렇게 됐지만, 사실 매티의 부모는 자기 아들이 고등학교를 중퇴한 애와 어울리는 걸 싫어하기도 했다.

"두 두 두 두 두 두 문제! 다 다 다 다 다 다 문제!"

내가 내지르고 있는 건 노래라기보단 비명에 가까웠다. 내겐 그냥 소음이 필요했을 뿐이었다. 엉덩이를 흔들고 점프를 하며 회전을 하는데, 블라인드 사이로 차가 들어오는 게 보였다. 아이보리 아줌마의 커다란 베이지색 머큐리였다. 아이보리 아줌마는 바닉 아줌마 집과 우리 집을 혼동해서 자주 우리 집 앞에 차를 대곤 했다. 진짜 짜증나는 건 바닉 아줌마의 집은 트레일러를 두 개 연결한 이동주택이라는 거다. 우리 집은 캠핑카잖아! 이걸 어떻게 헷갈릴 수 있지?

나는 밖으로 나가 차 유리를 두드리며 소리쳤다.

"조수석으로 가서 앉아요. 내가 운전해 줄 테니까."

바닉 아줌마네는 엎어지면 코 닿을 거리지만 저번에 아이보리 아줌마는 거기까지 가는 길에 나무를 네 개나 들이받았다. 그런데 차 안을 들여다봤더니 운전석에 있는 건 아이보리 아줌마가 아니었다. 운전석에서 아이린이 안전벨트를 풀고 안에 흙이 든 것 같은 비닐봉지를 챙기고 있었다.

"아이보리 아줌만 줄 알았어요."

내가 뒤로 물러서며 말했다. 아이린이 차 문을 열며 말했다.

"태워다 드리고 오는 길이야."

반지를 내놓으라고 온 거겠지. 아빠가 프러포즈를 하려고 했다고 말했을 테고 열 받은 아이린이 여길 찾아온 거겠지. 내빼 버릴까도 생각했지만 나는 제대로 된 신발도 신고 있지 않았다. 아이린이 육상 선수는 아니지만 플립플롭을 신고 뛰는 애 정도는 따라잡을 수 있을 것이다. 안으로 들어가 바리케이드를 칠 작정으로 캠핑카를 향해 가기 시작하는데 아이린이 차에서 내리다가 흙이 든 봉지를 바닥에 쏟았다.

"젠장."

아이린이 욕하는 건 처음 들었다. 곧 울 것 같은 얼굴이었다. 예전에는 미처 몰랐는데 아이린이 우리 엄마를 좀 닮은 것 같았다. 적어도 내가 딱 한 장 갖고 있는 사진 속의 모습과는 닮았다. 어쩌면 아빠는 아이린의 그 점을 본 건지도 몰랐다. 이 말을 해줄까도 생각했지만 우리 집 앞에서 울고 있는 아이린을 상대하고 싶진 않았다. 도저히 그럴 기분이 아니었다.

"흙을 흙에 떨어뜨리는 게 뭐 어때서요."

나는 가슴 앞으로 팔짱을 끼며 말했다.

"흙이 흙에 떨어져 봐야 흙밖에 더 묻겠어요?"

제발 그만 닥쳤으면 좋겠는데 말이 자꾸 주절주절 나왔다.

"그렇잖아요, 원래 흙인데, 안 그래요? 그런다고 뭐가……"

"커피야."

아이린은 마치 나랑 말 몇 마디 주고받았다고 자기가 초대
받기라도 한 것처럼 캠핑카를 향해 걸어갔다.

"너희 아빠가 커피가 다 떨어졌다고 하더라."

나는 아이린을 지나쳐 계단 위로 올라섰다. 문 앞에서 문을
쾅 닫아 버리진 않았지만 대꾸를 안 하면 내가 그녀를 반기지
않는다는 것쯤은 눈치챌 터였다.

"차를 좀 끓일까?"

아이린이 머리를 낮게 숙이고 캠핑카로 기어올랐다. 캠핑
카 천정이 백육십 센티미터 키를 감당할 수 있을지 확신이 없
는 눈치였다.

"앉아서 이야기 좀 할까 해서 왔어."

아이린이 주위를 둘러보며 말했다. 조수석에 쌓여 있는 더
러운 빨랫감, 바닥에 놓여 있는 진흙투성이 부츠, 그리고 테
이블 위에 쌓아 둔 기타 조각들에 시선이 오래 머물렀다. 그

모든 걸 비난하고 있음을 느낄 수 있었다.

"왜냐하면 너랑 나는……"

아이린은 마치 내가 더러운 부츠라도 되는 것처럼 바라보며 말했다.

"우린 제대로 된 대화를 해본 적이 없잖아?"

나는 아이린이 '대화'라는 단어를 말하는 투가 싫었다. 마치 그게 과자나 강아지 혹은 새 신발이라도 되는 것처럼 말하고 있었다. 그냥 우리 입에서 쏟아져 나오는 말들일 뿐인 것을. 나는 테이블 앞에 앉아 플립플롭을 신은 채로 다리를 의자 위에 올렸다. 아이린의 아파트에서는 현관 앞 매트에서 신발을 벗어야 했다.

"너랑 나는, 솔직히 시작이 좋았다고 볼 순 없으니까."

나는 아이린의 말이 딱딱한 플라스틱 조각처럼 입에서 떨어져 나오는 모습을 상상했다. 고양이. 엄마. 개. 아빠. 아이들이 냉장고에 붙여 만드는 자석 글자들처럼. 아이린이 자기가 한 말들을 바구니에 주워 담아 내게 건네는 상상을 했다. 그 바구니 안에 우리의 대화가 담겨 있었다. 뒤죽박죽 섞여 무슨 뜻인지 도무지 알 수 없는.

아이린은 찬장 안을 여기저기 뒤지다가 주전자를 찾아냈다. 그렇게 돌아서 있는 아이린을 나는 한동안 지켜봤다. 허리가 정말 가느다랗기는 했지만 검은색 정장 바지는 엉덩이 부분이 축 처져서 정말 볼품이 없었다. 치마를 입는 편이 훨씬 낫겠네. 아이린이 나를 힐끗 볼 때 나는 얼른 내 발로 시선을 옮겼다. 마고 아줌마가 여름에 발톱에 발라 준 분홍색 매니큐어가 발톱 끝에 남아 있었다.

"무슨 말이라도 좀 해볼래? 에이프릴, 이러는 거 나도 정말 쉽지 않아."

아이린의 아이라이너가 녹아서 눈꼬리 쪽에 고여 있었다. 아이린은 평소답지 않게 화장을 제법 한 얼굴이었다. 스웨터도 새것 같아 보였다. 어디에 들렀다 온 건지 아니면 나를 만나러 오려고 이렇게 차려 입은 건지 알 수 없었다.

"난 너한테 이야기하고 있는데 넌 날 마치 없는 사람 취급하고 있잖니."

그렇다고, 사실 그쪽이 여기에 없는 사람이면 좋겠다고 말해 주고 싶었지만 아이린의 손이 떨리고 있었고 그래서 나도 긴장이 됐다. 대체 무슨 생각으로 온 걸까? 왜 아직도 반지에 대해선 안 물어보는 걸까?

"유리병에 담긴 물을 쓰세요."

나는 다리를 벤치 위로 살짝 들어 올려 발가락으로 플립플롭을 발바닥에 기대 세우며 말했다.

"수도꼭지에서 나오는 물은 오줌 같으니까."

"알았어."

아이린은 주전자 뚜껑을 열고 안을 들여다보며 냄새를 맡았다. 그리고 유리병에 있는 물을 아주 조금 주전자 안으로 따라 안을 헹구더니 싱크대에 버렸다. 이제 만족했는지 주전자에 물을 채워 버너를 한참 만지작거리더니 불을 켰다. 집에 마실 차가 없다는 이야기는 하지 않았다. 그 말은 주전자 물이 다 끓을 때까지 아껴 둘 생각이었다.

아이린이 나를 바라봤다. 하지만 내가 눈을 맞추자 머리카락을 한 가닥 집어 끝에 갈라진 부분을 보는 척 했다. 내가 시선을 다른 곳으로 옮기자 다시 나를 보고 있었다는 게 느껴졌다.

"아빠가 고의로 그런 건 아니야."

아이린이 내 앞에 앉아 이젠 나무 조각이 돼버린 내 기타를 가리키며 말했다. 나는 아빠가 떠난 뒤 부서진 기타 조각들을 다 찾아 모았다. 찾을 수 있는 것들은 전부 다. 그것들을 다 다시 붙여서 칠 수 없다는 건 나도 알았다. 알고 있었다. 하지만 도저히 아무렇지 않게 내다버릴 수가 없었다.

"아빠가 저지른 일들이 언제는 뭐 고의였나요? 하지만 그렇다고 모든 게 다 없던 일이 되는 건 아니에요."

불쑥 말해 버리고 나서야 내가 아이린과 말을 섞지 않으려고 노력 중이었다는 게 생각났다. 아이린은 아무 말도 하지 않았다. 그냥 나를 빤히 바라볼 뿐이었다. 마치 완벽한 자기 자신과 완벽한 자기 아들, 그리고 완벽한 교회 생활에 나라는 아이가 과연 걸맞기나 한지 가늠해 보기라도 하듯. 진작부터 지루해져 버린 나는 머리를 여덟, 아홉 가닥으로 땋고 있었는데, 그 모습이 아이린의 눈엔 바보처럼 보일 터였다. 게다가 지금 나는 아빠의 낡은 플란넬 셔츠를 입고, 다 갈라진 아빠의 가죽 허리띠로 허리를 졸라매고, 마고 아줌마가 잘못 빨아 줄어든 호피 무늬 레깅스를 입고 있었다. 잠깐 양해를 구하고 내가 기괴한 구경거리로 보이지 않을 만한 옷으로 갈아입고 나오고 싶었지만 내가 아이린에게 잘 보이고 싶어 한다고 오해할까 봐 그럴 수 없었다.

아이린이 우리 아빠와 아무 상관도 없는 사람이었을 때를 나는 기억했다. 내가 초등학생이었을 때 아이린은 고등학생이었다. 「웨스트사이드 스토리」의 주연을 맡은 아이린은 빨간색 발레 슈즈를 신고 무대 위에서 춤을 췄고, 그 공연을 본 나도 빙글빙글 돌면서 아이린을 흉내 냈다. 운동화를 빨간색 매직으로 칠하기까지 했다. 아이린은 아름다웠다. 그런 딸을 정말로 자랑스럽게 여기던 그녀의 부모는 반짝이는 비닐로 포장한 장미 꽃다발을 준비해 왔고, 무대 인사 때는 무대에 뛰어올라 딸에게 건네줬다. 하지만 얼마 지나지 않아 아이린이 임신했다는 사실을 알게 되자 그들은 딸을 내쫓아 버렸다.

"왜 아이보리 아줌마 차를 몰고 온 거예요?"

나는 그냥 가만히 앉아 있기 지루하다는 듯 머리에서 고무
줄을 잡아 빼며 물었다.

"너희 아빠가 사줬어."

그 말을 하는 아이린은 마치 조랑말을 선물 받은 아이처럼
어려 보였다. 아빠가 나에게는 먹고 살 음식조차 사다 주지
않는다는 생각은 못 하는 모양이었다.

"그거 타고 프랑스까지도 갈 수 있겠어요."

나는 부러진 기타 넥의 무늬를 긁으며 말했다.

"그러니까."

아이린은 마치 우리가 친구 사이라도 되는 것처럼 키득거
렸다.

"전에 타던 차보다 세 배는 커."

아이린이 머리카락을 귀 뒤로 넘기며 말했다.

"던컨 씨는 자기 엄마가 운전을 그만했으면 했거든. 내가
아이보리 아주머니 볼일 있으면 태워다 드리겠다고 약속했
더니 우리한테 싸게 팔았어."

주전자가 휘파람을 불기 시작했다. 아이린이 일어나서 불
을 끄고 주전자를 버너에서 내렸다.

"바닉 아주머니 댁에 내려 드리는 김에 널 좀 보러 오기로
했지."

"나는 참 복도 많네."

내 말을 듣고도 아이린은 못 들은 척 했다. 우리가 접시를 두는 장을 열었다가 닫고, 그 옆의 장을 열고 머그를 두 개 꺼냈다. 마고 아줌마가 쓰다 물려준 그 머그들은 식당에서 하도 많이 써서 이가 빠지고 금이 가 있었다. 아이린은 유리병에 든 물로 머그를 헹군 다음 이가 빠진 부분을 손가락으로 만졌다. 마치 그러면 머그가 원상 복구되기라도 할 것처럼. 그리고 서랍을 뒤지기 시작했다. 반지 때문에 찾아온 게 아니라는 확신이 들었다. 아이린은 이렇게 오랫동안 포커페이스를 유지할 수 있는 사람이 아니었다.

"아, 맞다! 집에 마실 차가 다 떨어졌어요."

나는 마치 방금 생각난 것처럼 말했다. 웃지 않으려고 했지만 입꼬리가 저절로 올라가는 느낌이었다. 아이린의 어깨가 목을 향해 올라가는 걸 나는 가만히 지켜봤다. 아이린은 서랍을 탁 닫았다.

"에이프릴, 정말 이럴 거야? 내가 노력하고 있잖아."

그러고는 내 맞은편 자리에 앉아 두 손으로 머리를 감쌌다.

"난 내가 너한테 뭘 잘못했는지 모르겠어."

아이린은 젠가 게임을 하는 것처럼 내 기타 조각들을 콕콕 찔렀다.

"난 네 아빠를 사랑해. 그게 왜 너한테 상처가 되니? 이해가 안 가."

"바보니까 이해를 못 하지."

"에이프릴, 이건 불공평해."

아이린의 목소리가 갈라졌다. 눈물이 차오르는 게 보였다.

"불공평하다고!"

"그럼 그쪽이 내 아빠를 빼앗아간 건 공평한 일이야? 그쪽이 다 가져가 버린 건? 그쪽은 새 차를 선물 받고 나한텐 쓰레기뿐인 건? 그건 공평해?"

나는 일어나 밖으로 나온 뒤 문을 쾅 닫아 버렸다. 진입로 앞을 서성이다 차를 한 바퀴 둘러보고 타이어를 걷어찼다. 발가락이 아팠다.

아이린이 나왔다. 아빠가 내 기타를 박살냈을 때처럼 캠핑카 계단에 서 있었지만 아이린은 울고 있었다. 더러운 달팽이가 지나간 흔적처럼 마스카라가 두 뺨을 타고 흘러내렸다.

"나는 우리가 잘 지내길 바랐을 뿐이야. 나는……나는 내가 네 남동생인지 여동생인지를 가졌기 때문에 네가 관심을 가질지도 모르겠다고 생각했어. 너도 나랑 가족이 되려고 노력할지도 모르겠다고."

심장에 다시 전기 충격이 가해진 느낌이었다.

"우리 아빠한테 딱 필요한 게 생겼네, 애를 또 낳는다니."

나는 아이린이 그대로 떠나지 못하게 차와 그녀 사이에 섰다.

"완전 잘됐네! 이미 있는 자식도 너무 너무 잘 돌보는 사람이니까. 잘했어요, 진짜. 완전 칭찬해."

"에이프릴."

아이린이 가만히 부르기에 무슨 말을 하려는 줄 알았더니 어깨를 들썩이며 무너져 내렸다. 아이린의 눈물이 땅에 떨어지며 커피 위에 비처럼 내렸다. 내 안의 어떤 부분은, 그녀가 너무 아름다워서 나도 그녀처럼 되고 싶었다고 말하고 싶었다. 또 어떤 부분은 '네, 나도 그쪽 가족이 될게요, 나도 가족이 없으니까'라고 말하고 싶었다. 하지만 할 수가 없었다. 내겐 그런 기능이 없었다.

"아빠가 그쪽이랑 사는 이유는 그쪽이 닮았기 때문이야."

나는 아이린이 건네는, 플라스틱 글자들이 담긴 바구니를 내리쳐서 우리의 대화가 사방으로 흩어지는 모습을 상상하며 말했다.

"우리 엄마 말이야. 그쪽은 우리 엄말 닮았다고."

나는 숲으로 들어가서 물에 잠긴 집터 옆에서 기다렸다. 플립플롭 끝으로 얇게 언 얼음을 툭툭 차며. 아이린이 아이보리 아줌마의 차를 몰고 가는 소리가 멀어질 때까지.

○

아이린이 떠난 다음 나는 캠핑카 안으로 들어가 매트리스 아래를 뒤져 반지 케이스를 찾아냈다. 새것처럼 보이진 않았다. 재킷 주머니의 보풀이 묻어 있어서만은 아니었다. 지난번엔 몰랐는데 자세히 보니 케이스 윗면의 벨벳이 좀 닳아 있었다. 나는 케이스를 열고 반지를 꺼내 매티가 내게 준 커플링 위로 겹쳐 끼워 봤다. 살짝 헐겁긴 해도 거의 맞았다.

다이아몬드는 치아처럼 크고 그 안에 빛을 품은 것처럼 눈부셨다. 원형이었지만 완벽한 원은 아니었고, 밑바닥을 커팅해서 평평한 밑면 중앙에 아주 미세한 까만 점이 찍혀 있었다. 십구 세기에 손으로 깎았다는 올드 마인 컷old mine cut 다이아몬드다. 그 이름 자체가 내 뇌에 저장돼 있었다. 그렇게 생긴 다이아몬드가 올드 마인 컷이라는 생각이 들자 이 반지가 내가 아는 그 반지라는 것을 직감할 수 있었다. 그녀가 나를 무릎에 올려 안고 있을 때, 손가락에 끼고 있던 이 반지를 이리저리 돌리고 놀던 기억이 났다. 이 반지와 내 앞으로 떨어지던 그 머리카락을 나는 기억했다. 머리카락이 어깨 아래로 너무 길게 내려와서 내 얼굴에 닿는 머리카락을 걷어 내야 했던 것도. 그 머리카락은 금빛과 구릿빛이 섞인 햇살 같았고, 반지는 백금이었다. 모든 게 반짝거렸다. 나는 손가락에서 반지를 빼고 안쪽에 새겨진 작은 글씨를 읽었다.

아빠는 이십 대에 목수 일을 하는 짬짬이 시러큐스의 커피하우스에서 기타를 쳤다. 기타를 치는 대가로 공짜로 밥을 얻어먹고 사람들이 주는 팁을 챙겼다고 했다. "다른 사람들이 챙겨 주는 걸로 먹고 살 땐 자신감이 떨어질 수밖에 없지"라고 아빠는 말했다. 엄마와 아빠가 함께 있을 때면 그때 이야기를 둘이 같이 들려줬다. 마치 연극 대사를 나누어 하듯 각자 맡아 이야기하는 부분이 있었지만 엄마가 떠난 뒤로 아빠는 다시는 그 이야기를 하지 않았기 때문에 내 기억은 온전하지 않았다. 다 기억하고 있었다면 얼마나 좋을까.

커피하우스를 찾는 손님들은 아빠를 좋아했고 아빠가 연주할 땐 늘 사람이 많았다. 곡을 많이 쓰진 않았기 때문에 대부분은 커버 곡을 불렀지만 다른 사람들이 흔히 부르는 곡들을 부르진 않았다. 당시 제임스 테일러는 인기가 많았지만 아빠는 「불과 비Fire and Rain」 같은 대표곡 대신 제임스 테일러의 잘 알려져 있지 않은 곡들을 불렀다. 그래서 사람들은 한 번도 못 들어본 그 곡들을 아빠가 썼다고 생각했다. 엘라 피츠 제럴드Ella Fitzgeral, 냇 킹 콜Nat King Cole, 패츠 월러Fats Walle. 그리고 밥 딜런 테이프의 B면 곡들.

엄마가 친구들과 그곳에 들어섰을 때 아빠는 밤새 연주 중이었다. 자그마한 무대 위에 있던 아빠는 친구들과 웃고 떠드는 엄마에게서 눈을 뗄 수 없었다고 했다. 엄마는 짧은 빨간색 원피스에 갈색 롱부츠를 맞춰 신고 있었는데, 엄마가 웃으면 그 커다란 미소가 사방을 환히 밝혔고, 아빠는 세상이 좀 더 나은 곳이 되는 것 같았다고 했다.

두 사람이 행복했던 시절엔 엄마도 이야기를 거들었다. 엄마는 친구들과 커피를 마시러 들어간 거였고, 그 뒤로 친구가 아는 남자들을 만나기로 되어 있었다. 음악에는 별 관심 없이 친구들과 이야기를 나누던 엄마는 아빠가 「고엽Autumn Leaves」을 부르는 걸 들었다. 그 전엔 한 번도 들어본 적 없는 노래였다.

"그 남자가 내 이름을 노래하는 거야."

엄마는 그렇게 말하면서 아빠에게 윙크를 했다.

"그래서 내가 아는 사람인지 보려고 쳐다봤지. 모르는 사람이더라. 하지만 노래가 끝나갈 때쯤엔 그 남자에 대해 알고 싶어졌어."

그 이야기를 할 때면 엄마는 그 노래를 처음부터 끝까지 부르곤 했다. 연인을 떠나보낸 남자가 나뭇잎의 색이 변하고 낙엽이 되어 떨어질 무렵이면 그의 사랑을 기억한다는 이야기. 엄마의 목소리는 가냘팠지만 예뻤다.

그게 두 사람이 만난 이야기였다. 고작 바보 같은 노래 하나 때문에. 하지만 아빠는 리틀 리버에 살았고 엄마는 시러큐스에 살았다. 그리고 엄마의 부모는 엄마가 의사나 변호사나 우주비행사와 결혼하길 바랐다. "달에서 뛰어다니는 남편한테 대체 뭘 바라겠다고?"라며 엄마는 말하곤 했다.

가난했던 아빠는 어느 밤 엄마를 너무나 그리워하다가 도저히 참을 수 없어서 버펄로의 할아버지를 찾아가 할머니의 반지를 달라고 했다. 바로 다음 날 반지 안쪽에 두 사람의 노래 가사를 새긴 다음 눈보라를 뚫고 시러큐스까지 달려갔고 외할아버지가 보는 앞에서 엄마에게 청혼했다. 엄마는 수락했지만 외할아버지는 결사 반대였다. 그러자 엄마는 예수님도 목수였으니 자긴 그걸로 충분하다고 했다. 그래서 두 사람은 신부 쪽은 아무도 참석하지 않은 작은 결혼식을 올렸고, 「고엽」에 맞춰 첫 번째 춤을 추었다.

결혼식 노래의 문제 중 하나는 사람들이 가사를 제대로 듣지 않는다는 것이다. 내 부모의 결말은 노래로 이미 결정돼 있었다. 두 사람은 가망이 없었다.

나는 반지를 손 안에서 돌려봤다. 오른쪽으로 돌렸을 때 보이는 가사는 '가을이 떠나갈 때When Autumn leaves'뿐이었다.

5

"그냥 떠나자."

나는 매티에게 말했다. 우리는 매티 삼촌의 사슴 사냥 쉼터에서 놀고 있었다. 나는 매티의 집에 출입 금지를 당했고, 그렇다고 매티가 우리 캠핑카에서 시간을 보내는 건 내가 싫었다.

"어디로?"

매티는 손에 입김을 불며 말했다. 사냥 쉼터는 여름에 머물기 더 좋은 장소였다.

"어디든 그게 중요해?"

나는 체온을 유지하기 위해 방방 뛰었다.

"아무 데나, 여기만 아니면 돼."

"여기가 뭐 어때서?"

매티는 엉성하게 손으로 대충 만 담배를 귀 뒤에서 뽑아 불을 붙이고 기침을 했다. 담배를 피우는 건 예전엔 안 하던 짓이었다. 어느 틈에 마크 콘래드한테 배워서는 이젠 자기가 무슨 나쁜 남자라도 된 듯 굴었다. 나는 담배를 피우지도 않는데 매티 부모가 알게 되면 분명 내 탓을 할 게 뻔했다. 그들은 모든 걸 다 내 탓으로 돌렸다. 매티의 엄마는 우리 엄마가 떠난 뒤부터 나를 좋아하지 않았다. 마치 아빠와 내가 그들에게 무슨 병을 옮기기라도 할 것처럼.

"넌 여기가 왜 그렇게 좋은데? 매티, 우린 여기선 제대로 꽃 피워 보지도 못하고 죽고 말 거야. 저 밖에 온 세상이 우릴 기다리고 있었다고."

"에이프, 너 요즘 왜 그러냐?"

연기를 뿜어낼 때 매티는 입술을 붕어처럼 동그랗게 내밀었다. 마크 콘래드는 연기로 고리를 만들어 내지만 매티가 뿜어내는 건 작고 슬픈 구름 뭉치뿐이었다. 나는 내 얼굴 앞으로 온 연기를 손부채질로 날렸다.

"에이프라고 부르지 말랬지."

"여기서도 모든 게 다 좋아질 거야, 안 그래? 나는 좀 있으면 졸업할 거고. 이제 거의 다 왔어."

"나는 졸업 못 하거든."

"그게 뭔 상관이야. 너도 이제 새 기타를 장만할 거잖아. 그러면 우리가 결혼할 때까지 개리스 바에서 연주할 수 있을 거야."

매티는 혓바닥에서 담뱃잎을 집어내서 들여다봤다.

"내 마누라가 바에서 기타 치는 걸 원하는 건 아니지만, 안 그래?"

매티가 웃기 시작하더니 이내 기침을 해댔다.

"그 담엔 넌 애들이랑 집에 있고, 내가 사슴 고길 구해 올게."

사슴 사냥에 대한 매티의 집착은 갈수록 더 심해졌다. 마크 콘래드도 비슷하겠지.

"결혼한 다음에도 내가 개리스 바에서 연주하고 싶다면?"

나는 엄지손가락으로 우리 반지를 돌리며 말했다.

"에이프……"

내가 쏘아보자 매티는 얼른 덧붙였다.

"……릴. 그런 건 결혼한 여자가 할 일은 아니야."

"그럼, 나는 성경 공부나 하고 밥이나 하라는 거야?"

"밥이나 하라는 게 아니고."

매티는 자기는 연륜 있고 지혜롭지만 나는 바보라도 된다는 듯 고개를 절레절레 저었다.

"젤로나 스튜를 만들면 되지."

매티는 벤치에 담배를 비벼 끄고 바닥으로 미끄러져 내려왔다.

"이리 와."

그는 다리를 쫙 벌렸고 내가 그 사이에 앉자 두 팔로 나를 감싸 안았다.

"정말 좋을 거야."

찬 기운이 청바지 속으로 스며들었다. 매티가 내 귀에 입을 맞추었다. 그리고 마치 우는 아기를 달래려는 듯 귀에 대고 속삭였다.

"너도 정말 좋아할 거야. 내가 장담해."

나도 그 말이 맞길 바랐다. 그 편이 훨씬 쉬울 테니까. 하지만 나는 알고 있었다. 나는 매티가 사는 방식대로는 절대 못 살 거라는 걸. 우리가 어울려 다니는 유일한 이유는 우리가 아주 어릴 적부터, 우리 엄마들이 매티네 집에서 매일 차를 마실 때부터 함께 놀았기 때문이다. 매티는 다른 사람들이 나를 보는 것처럼 나를 보지 않았다. 그의 친구들 중에 내게 말을 거는 애가 한 명도 없다는 걸 매티는 몰랐다. 그리고 매티는 매티이기 때문에 사람들은 모두 매티가 자길 좋아하길 바라고, 그래서 나에 대한 생각은 입 밖에 내놓지 않았다. 그냥 날 없는 사람 취급할 뿐이었다. 그런 건 몇 년이란 시간과 젤로 같은 걸로 바뀔 수 있는 게 아니었다.

매티는 내 손가락을 찾아 깍지를 꼈다. 내 손은 주머니 안에 있었지만 매티의 손은 얼음장 같았다.

"에이프, 날 믿어. 우린 여기서 잘 살게 될 거야."

집에 도착해 보니 아빠가 캠핑카 앞에 주차하고 트럭 후
드 위에 앉아 있었다. 아빠가 날 보기 전에 나는 진입로 끝에
서 먼저 아빠를 봤다. 따뜻한 입김과 연기가 피어오르고 있었
다. 내 머리에는 당장 도망치라는 경고등이 번쩍거렸지만 사
냥 쉼터에서 집까지 오는 길은 너무 멀었고, 기온은 영하 십
도나 됐다. 너무 작아진 부츠 때문에 발도 아팠고 이젠 아빠
와 이 망할 놈의 신경전을 벌일 에너지가 더 이상 남아 있지
않았다. 그래서 내가 지금 떠는 이유는 추위 때문일 뿐이라고
스스로를 다독였다. 나는 고개를 빳빳이 들고 아빠가 존재하
지 않는 것처럼 지나치려 했다. 아빠가 후드에서 펄쩍 뛰어내
리더니 내 팔을 잡았다.

"너 아이린한테 뭐라고 한 거야?"

마고 아줌마가 물려준 다운 파카를 입고 있었는데 아빠의
손가락은 내 겨드랑이를 깊숙이 파고들었다. 나는 아빠의 눈
을 정면으로 받으며 텅 빈 표정을 지었다. 마치 죽은 사람처
럼. 나는 시체다. 시체는 말을 할 수 없다. 아빠가 내 팔을 들
어올렸다. 내 두 발은 가까스로 땅을 딛고 있었다.

"아이린한테 무슨 짓을 했냐고!"

내 손의 맥박이 고동쳤다. 나는 역겹다는 듯 웃으며 말
했다.

"아빠는 올해의 아버지감이라고 했어요. 곧 태어날 아이는

정말 복도 많다고. 축하해요."

코가 따끔거렸고 곧 눈물이 흐를 것 같았다. 나는 애써 눈물을 참았다. 두 눈을 감고, 나는 달리고 있었다고, 두 발이 내 심장박동에 맞춰 솔잎을 밟고 있었다고, 뛰면서 들여 마신 공기가 폐를 찔러서 숨을 쉬기 힘든 거라고 생각했다.

아빠가 나를 밀어내며 말했다.

"아이린을 존중해야 할 거야."

"어떻게요? 아빠처럼요?"

나는 눈을 뜨고 아빠가 나를 칠 수 없는 거리만큼 물러났다.

"실직한 건 숨기고? 파산한 주제에 임신이나 시키고? 있지도 않은 돈으로 차를 사주고?"

나는 고개를 저으며 웃었다. 그리고 울지 않으려고 무진장 애를 썼다.

"아빠처럼 훌륭한 본보기도 없을 거예요. 새로 태어나는 자식한테 엄청 존경받겠네, 진짜."

"어쩌면 이번에 태어나는 놈은 너 같은 쓰레기는 아니겠지."

아빠는 담배를 내던지고, 발로 밟아 끈 다음 트럭 문을 열었다.

"뭐야? 벌써 가시게?"

나의 웃음소리가 마치 다른 사람에게서 흘러나오는 것처럼 들렸다. 나의 무언가의 빗장이 풀린 것 같았다. 멈출 수가 없었다.

"들어와서 차라도 한잔하시지요, 왜? 이야기 좀 하자고요."

"오늘 아이린 아들 밴드 공연이 있어."

아빠는 나를 노려보며 말했다.

"거기 꼭 가고 싶어서 말이야."

"아이린한테 엄마를 닮았다고 말했어요."

나는 가까이 다가서며 말했다.

"하지만 엄마가 더 예뻤죠. 그리고 아빠를 버릴 정도로 현명했고."

아빠의 손이 다가오는 게 슬로모션처럼 보였다. 손가락 끝의 담배 얼룩과 손바닥의 주름 하나하나까지 다 보였다. 내 눈에 보이는 건 아빠의 손뿐이었지만—그 손이 햇빛을 가렸다— 그걸 피할 수가 없었다. 나는 다시 시체였다. 시체는 움직일 수 없었다.

6

나는 모든 걸 다 챙겼다. 어디로 갈지, 어떻게 가야 할진 알 수 없었지만 조금이라도 쓸모 있을 것 같은 것들은 모조리 쓰레기봉투에 담았다. 삶은 콩 통조림 세 개, 팝 타르트 두 상자 반, 마지막 남은 콜라, 치약, 손전등, 캠핑카에 딸려 온 작동도 안 되는 캠핑용 스토브의 연료. 내겐 보급품이 필요했다. 지원 병력도. 생존키트도. 이 망할 놈의 캠핑카에 모터만 있었어도 그냥 몰고 가버릴 수 있었을 텐데.

봉투 하나를 다 채운 다음, 끝을 묶어서 앞에다 던져 놓았다. 침실은 아직 시작도 안 했는데 앞 유리가 안 보였다. 이렇게 물건이 많았다니.

세상이 끝장나고 있었다. 아니, 적어도 나는 이제 이 세상을 더 이상 상대할 생각이 없었다. 계속 계획이 필요하다고 생각했지만, 지금까지 생각해 낼 수 있는 건 하나밖에 없었다. 물건을 전부 쓰레기봉투에 담을 것.

침실에서는 울퉁불퉁한 베개, 옷장의 옷(심지어 내 옷이 아닌 것들까지 전부 다), 그리고 보풀이 잔뜩 생기고 새틴 테두리가 다 해진 분홍 담요도 챙겼다.

침대 시트도 필요하려나? 시트도 필요했다. 시트는 창문에서 뛰어내려 탈출해야 할 때나 도랑에서 사람을 끄집어 올릴 때 필요하니까. 머릿속에 휘어진 어린 나뭇가지를 두 손으로 붙잡고 매달린 채 강물이 소용돌이치는 협곡 위로 맨발을 달랑거리는 나의 모습이 그려졌다.

내가 빠졌을 때 끌어올려 줄 누군가와 함께 떠날 수 있으면 좋을 텐데. '에이프릴, 가장자리에 가까워지기 전에 허리에 시트를 묶어.' 나는 나 자신에게 말했다. '다른 한쪽은 나무에 묶어. 그게 우리 계획이야. 구명 밧줄도 없이 도랑에 빠지면 안 되지. 그럴 여유가 없잖아.' 나는 시트와 매트리스 패드를 뭉쳐서 가방에 쑤셔 넣었다.

엄마의 반지를 매트리스 밑에서 꺼내 주머니에 쏙 넣었다. 케이스가 허벅지를 눌렀지만 괜찮았다. 그래야 거기 있단 걸 잊지 않을 테니까.

나는 무릎을 꿇고 앉아 매트리스 아래쪽으로 팔을 집어넣고 맨 아랫부분에 닿을 때까지 뻗었다. 볼이 매트리스 끝에 완전히 눌릴 정도로. 손을 더듬어서 사진을 잡고 끄집어냈다. 사진은 잔뜩 구겨져 꾸깃꾸깃한 데다 얼룩이 엄마 얼굴을 가

로지르고 있었다. 쓰레기통에서 사진을 찾아낸 다음, 붙어 있던 국수 가닥을 떼어 낸 부분이었다. 심플한 드레스를 입고 있는 결혼식 날 사진이었다.

나는 사진을 욕실 거울 모서리에 꽂아 놓고, 벌겋게 부풀어 오른 내 뺨은 최대한 무시하며 우리 둘의 얼굴을 들여다봤다. 나도 엄마를 닮았는데, 아이린과 내가 엄마를 어떻게 다르게 닮은 건지 궁금해졌다. 어째서 아이린은 괜찮고 나는 안 괜찮은 걸까? 코 때문일 수도 있고, 내가 엄마의 짙은 색 눈썹과 웃을 때 턱에 파이는 보조개를 닮은 것 때문일지도 모르겠다.

사진 속의 이 여자가, 하얀 베일을 쓰고 연파랑 아이섀도를 바른 이 여자가 내 기억 속에서 나의 엄마 역할을 하는 사람이었다. 지금도 어디에 있을까, 뭘 하고 있을까, 하고 엄마 생각을 할 때면 그녀가 웨딩드레스를 입고 그 완벽한 미소를 띠고 나타난다.

나는 사진을 내가 제일 아끼는 책―엄마가 자주 읽어 주던 맥스와 괴물들이 나오는 그 책― 사이에 끼워 넣고 담요와 함께 쓰레기봉투에 넣었다. 이게 마지막 봉투다. 봉투를 묶어서 무더기 제일 위에 던졌다. 아직도 내가 뭘 하고 있는 건지 모르겠다. 그래서 생각이 날 때까지 서성거렸다. 한 걸음 옮길 때마다 계획이 착착 세워졌고 이제 완전해졌다.

나는 마지막 봉투를 다시 열어 책에서 종이를 한 장 뜯어낸 다음 앉아서 메모를 적기 시작했다.

○

가는 길에 바로 그 초등학교 앞을 지나게 됐다. 주차장에 빈자리가 있는데도 아빠의 트럭은 풀밭에 서 있었다. 바닉 아줌마의 차는 스티커도 없으면서 장애인 주차구역에 서 있었다. 아줌마의 손자는 바이올린을 켜는데 정말 형편없었다. 매티의 여동생은 리코더를 불었다. 개리 아저씨 아들은 뭘 하는지 모르겠지만 아저씨의 할리 데이비슨 오토바이도 있었다. 마고 아줌마가 뒤에 같이 타고 왔을까. 저런 콘서트는 웬만해선 끝이 안 났다. 정말 길고 고통스럽다. 아이들은 관악기를 삑삑 불어 대고 틀린 박자로 심벌즈를 두드리다 스틱을 씹고 앉아 있는 것이다.

학교에서 아이린의 아파트까지는 걸어서 오 분 거리였다. 건물 앞은 그 아파트가 무슨 건축학적 보물이라도 되는 듯 밝게 조명을 켜두었지만, 실상은 페인트칠이 벗겨지고 있고 전면 계단에는 노란색 스프레이 프린트로 '예수님이라면 어떻게 하실까'라고 낙서가 돼 있는 곳이었다. 나는 건물 뒤로 돌아가서 그림자 아래 잠시 숨어 있었다가 곧 무너질 것 같은 목재 비상계단으로 올라갔다. 그러다가 손에 가시가 박혔다. 굵은 회색 나무 조각이 손바닥에 푹 박혔다. 그걸 뽑아내자

콩알만 한 빨간색 진주처럼 피가 맺혔다. 나는 청바지에 손을 쓱 문질렀다.

집에 들어가는 건 일도 아니었다. 아이린은 늘 그 아이의 방 창문을 살짝 열어 두곤 했다. 아이가 무슨 후두염인지 천식인지 뭐 그런 걸 앓고 있어서 늘 신선한 공기가 필요하다고 했다. 내 의견을 묻는다면 웬 난방비 낭비인지 모르겠다고 하겠다.

그 애의 방은 짙은 파랑색으로 칠해져 있고 빨간색 이층 침대에는 노란 별이 잔뜩 붙어 있었다. 침대는 아빠가 아이를 위해 만들어 준 걸 거다. 아이의 이불은 내 것보다 훨씬 더 따뜻해 보였다. 나는 만일에 대비해서 그 애의 침대 시트를 챙겨 바닥에 끌리지 않게 팔에 둘둘 감았다. 냉장고 안의 플라스틱 통에 다진 고기와 치즈 마카로니 남은 게 들어 있었다. 마치 내 여행 도시락으로 준비해 놓기라도 한 것처럼. 나는 그 통과 은제 포크 하나, 그리고 디저트로 반쯤 남은 초코칩 쿠키 봉지도 챙겼다.

현관 옆 '행복한 우리 집에 은총을'이라고 적힌 목재 선반에 열쇠가 줄줄이 걸려 있었다. 아이의 집 열쇠가 파란색과 노란색 끈에 달려 있고, 그 옆엔 종이 클립에 달린 우편함 열쇠가 있었다. 그리고 그 옆에 아이린의 기도하는 천사 열쇠고리가 걸려 있었다. 나는 아이의 열쇠로 천사 열쇠고리의 고리를 벌린 다음 아이보리 아줌마의 차 열쇠를 돌려서 빼냈다.

내가 빠져나간 다음에 현관문이 잠기게끔 나는 문손잡이를 돌려놓았다. 그래야 무슨 일이 있었는지 낌새를 챌 때까지 시간을 벌 수 있을 테니까. 문이 천천히 닫히도록 조심했는데도 걸쇠 물리는 소리가 내 머릿속에 총성처럼 울렸다. 조용하려고 노력할 땐 모든 소리가 더 크게 들리는 법이다. 혹시나누가 나를 불러 세울 경우를 대비해 거짓말도 생각해 뒀다. 음악회가 끝난 뒤 아이린이 아빠와 외출하려고 날더러 차를 가져와 아이를 데려가 봐달라고 했다고 할 생각이었다. 하지만 주차장을 가로질러 가는 동안 나에게 말을 거는 사람은 없었다.

아이보리 아줌마의 차는 주차장 제일 끝에 주차돼 있었다. 아빠는 아이린에게도 이십사 시간 도주 플랜을 전수해 준 모양이었다. 차는 아이보리 아줌마가 탈 때보다 더 깨끗했다. 구석구석 작은 틈새까지 청소기로 밀고 먼지를 닦아 낸 것 같았다. 핸들의 옴폭 들어간 부분에 뭐 하나 묻은 자국조차 없었다. 거울은 아이린 아파트의 모든 표면처럼 얼룩 하나 없이 반짝거렸고 매트는 다 새 걸로 교체돼 있었다. 백미러에는 천사 그림이 그려진 방향제가 달려 있었다. 열쇠고리와 세트로 맞춘 것 같은데 마고 아줌마 식당의 화장실 같은 냄새가 났다. 나는 그걸 떼어서 주차장 가장자리를 두르고 있는 울타리에 크리스마스 장식처럼 걸어 놓았다.

아이린은 나보다 다리가 짧기 때문에 좌석을 뒤로 밀려고 레버를 더듬다가 트렁크 문을 열어 버렸다. 트렁크 문을 닫으려고 내려서 먼저 아이린의 응급 키트를 꺼내 뒤집어 보고 안을 들여다봤다. 혹시 누군가가 보고 있더라도 내가 일부러 트렁크를 연 것처럼 생각하게 하기 위해서였다.

다시 차에 탄 다음엔 주차장을 둘러봤다. 아무도 없는 것 같았다. 이번엔 레버를 제대로 찾았는데도 좌석이 움직이지 않아서 몸을 앞쪽으로 확 당겨 봤다. 그제야 운전석이 움직이면서 몸이 핸들에 박혀 버렸다. 나는 레버를 당기면서 적당한 위치가 될 때까지 몸을 뒤로 밀었다. 그리고 거울들을 만지작거렸다. 다들 그렇게 하니까 한 건데 사실 어떻게 맞춰야 하는 건진 하나도 몰랐다.

열쇠를 갖고 있을 땐 차 시동을 훨씬 쉽게 걸 수 있었다. 첫 번째 시도에 무난하게 성공했고 내겐 아무 문제도 없고 모든 게 다 평소와 같다는 듯 유유히 주차장을 빠져나와 길로 접어들었다. 밖에 나와 담배를 피우고 있는 아빠한테 걸리면 안 되니까 학교 쪽으로 가지 않고 멀리 돌아갔다. 그리고 바닉 아줌마가 학교 음악회에 가 있는 걸 알았지만 그 집 앞을 지날 때는 헤드라이트도 껐다. 혹시 모르니까.

첫 번째 할 일은 쓰레기봉투들을 캠핑카 앞쪽에서 다 끄집어내어 문밖으로 던지는 거였다. 그 다음엔 차에다 전부 밀어 넣었다. 트렁크에 쓰레기봉투들을 넣고 발로 쑤셔 넣는데 뭔가가 우두둑 부러지는 소리가 났다.

도저히 다 들어가질 않는데 차근차근 정리할 시간은 없었다. 결국 트렁크에서 봉투들을 끄집어내고 찢어 가른 다음 중요한 것들이 들어 있는지 확인했다. 엄마 사진을 끼워 둔 내 책, 옷, 빈 기타 케이스, 담요, 음식, 카세트테이프, 앞운 사전. 침대 시트와 담요는 마구 뭉쳐서 운전석 뒤에 놓았다. 옷은 조수석 뒤에. 반지는 조수석 앞 수납함 안에. 음식은 쉽게 찾을 수 있게 앞자리에. 나머지 물건은 땅에 다 흩어진 채로 두고 가기로 했다. 나는 서둘러 캠핑카 안을 한 번 둘러보고 화장실에 한 번 더 들렀다. 그리고 밖으로 나와 문이 딸깍 하고 잠길 때까지 당겼다. 열쇠는 발 매트 밑에 숨겼다. 이젠 더 이상 갖고 있고 싶지도 않았다.

진입로를 후진해서 나오는 길에 접시인지 시리얼 사발인지 깨지는 물건을 타이어로 뭉갠 것 같았다. 차 무게를 못 이기고 부서지는 소리가 들렸다.

○

매티네 집엔 불이 들어와 있었지만 아무도 없었다. 확실히 해두기 위해 나는 잠시 밖에서 지켜봤다. 매티 엄마는 절대

문을 잠그지 않기 때문에 안에 사람이 있는 것처럼 보이라고 늘 부엌 불을 켜두었다. 나는 집 안으로 들어가 거실을 번개처럼 가로질러 삐걱거리는 계단을 발끝으로 올라갔고 매티의 방으로 갔다.

마지막으로 매티의 침대에 누워 천정에 붙은 야광 태양계 스티커들을 올려다봤다. 황백색 바탕에 연노랑 별들이 거기 있었다는 걸 알기 때문에 불이 켜져 있어도 내 눈엔 보였다. 우리는 그 별들을 함께 붙였다. 둘이 같이 침대 위에 올라서자 발밑에서 매트리스가 흔들흔들했다. 처음엔 별자리 모양으로 붙이려고 했지만 오리온자리를 붙인 다음 바로 포기하고 별과 행성들을 아무 데나 막 붙여 버렸다. 그러다 둘이 머리를 부딪쳤고 매티는 뒤로 자빠져서 기절한 척 했다. 괜찮은지 보려고 매티 쪽으로 몸을 숙였는데 그가 나를 잡아당겼다. 그게 우리의 첫 키스였다.

나는 담요를 몸에 두르고 매티를 들이마셨다. 그의 침대에 이대로 있어도 될 것 같은 느낌이 들기 시작했다. 매티가 오길 기다렸다가 그와 결혼하고, 사슴 고기로 버거 만드는 법을 배우고, 매티 엄마가 날 좋아해 줄 때까지 비위를 맞춰 가면서. 나는 담요의 다른 한쪽 끝을 잡아 누에고치처럼 말았다. 교회에 나가고, 음식을 만들고, 음식을 만들어 다른 집에 가져가든 뭘 하든 아무튼 음식으로 하는 것들을 하면서 사는 거다. 차는 제자리에 갖다 놓으면 된다. 고등학교도 졸업하고. 나도 그런 사람이 될 수 있었다. 여기에 남는 사람. 무슨 일이든 척척 잘 해내는 그런 사람. 그러다가 무력감이란 것이 떠올랐다. 온몸이 움직이지 않는 것 같은 느낌. 누군가의 아내는 바에서 기타를 치지 않는다는 것과 영원히 마크 콘래드와 더블데이트나 하면서 살아야 한다는 것에 대해 생각했다. 매일 밤 공장 기름을 온몸에 묻히고 맥주를 사들고 들어올 매티를 그려 봤다. 나는 몰리 워커와 그 모든 기념일 티셔츠를 떠올렸다. 내가 만약 여기 남는다면 나는 늘 정체돼 있을 것이다. 심지어 나는 그냥 평범한 햄버거도 만들 줄 몰랐다.

침대에서 일어나 여기저기 뒤지다가 옷장 바닥의 옷 무더기에서 매티가 제일 좋아하는 스웨터를 끄집어냈다. 네이비 블루 코튼 터틀넥스웨터. 도톰하고 따뜻하고, 샤워를 막 끝내고 나온 매티 냄새가 났다. 나는 그 스웨터를 입고 침대로 몸을 굽혀 매티의 베개에 입을 맞췄다. 마치 나의 입맞춤이 매티가 집에 올 때까지 기다리고 있을 것이고, 매티가 돌아와서 그걸 발견하기라도 할 것처럼. 나의 입맞춤 위에 매티에게 적은 메모를 올려놓았다. 매티가 내게 준 진주 반지는 접힌 종이 사이에 끼워 넣었다. 눈이 따끔거렸다. 나는 엄지손가락 아래 물렁한 살을 세게 꼬집었다. 곧 눈물이 터지려는 걸 숨기고 싶을 때 엄마가 했던 것처럼 그렇게.

진입로에서 차를 빼는데 매티의 집이 더 작아 보였다. 더 작고 슬픈 집. 불이 다 켜져 있고, 따뜻하고 아늑하지만 그걸 즐길 사람은 아무도 없는 그런 집.

고속도로에 진입했을 때 나는 완전히 흐느껴 울고 있었다. 겨우 마음을 추스르고 옷소매로 얼굴을 닦았는데 그 소매가 매티의 소매라는 걸 깨닫는 순간 다시 울음이 터졌다. 더 많은 이야기를 해주고 떠났으면 좋았을걸, 하지만 도저히 적을 수가 없었다. 메모에는 겨우 이렇게만 적었다. '매티, 나 떠날 수밖에 없었어. 미안해. 사랑해, 언제까지나. 에이프릴.' 나는 그 메모를 「괴물들이 사는 나라」의 마지막 쪽을 뜯어서 썼다. 맥스가 마침내 집으로 돌아왔을 때 엄마가 준비해 둔 음식이 그를 기다리고 있는 장면이었다. 맥스가 아무리 못된 아이처럼 굴어도 엄마는 저녁을 만들어 둘 만큼 여전히 맥스를 사랑했다.

주간 고속도로에서 운전하는 건 처음이었다. 나는 고작 뱀처럼 구불거리는 리틀 리버의 마을길을 다닌 경험이 전부였다. 핸들을 꽉 쥔 손가락의 관절은 새하얘졌고 옆으로 트럭이 지나갈 때마다 손바닥이 땀으로 젖었지만 이게 집에서 멀어질 수 있는 가장 빠른 방법이었다. 아이린은 친절하게도 기름을 반 이상 채워 뒀지만 워털루 출구에 다다랐을 땐, 이미 세 시간째 달리는 중이었고 기름은 바닥나고 있었다. 다음엔 어디에서 설 수 있을지 몰랐기 때문에 일단은 출구로 나가기로 했다. 나는 아이린이 잔돈 두는 칸에 완벽하게 정리해 둔 동전으로 통행료를 내고 주유소를 찾았다.

그동안 일하면서 모아 둔 돈이 백칠십팔 달러였다. 팁으로 받은 돈과 마고 아줌마가 내 월급에 조금씩 더 얹어 주던 돈이다. 기름 값을 내려고 일 달러짜리와 오 달러짜리 뭉치를 꺼냈을 때 마고 아줌마에게 작별 인사를 못 했다는 게 생각났다. 공중전화로 전화를 걸었다. 개리 아저씨 집에 있을 테니 음성 메시지를 남길 생각이었다. 하지만 아줌마가 전화를 받고 여보세요, 했다. 그리고 내가 아무 말도 하지 못하고 있는데도 대번에 나란 걸 알았다.

"아, 이 계집애."

아줌마의 목소리가 번지듯 촉촉하게 젖었다.

"대체 무슨 짓을 한 거야?"

7

고속도로를 나오자마자 눈에 띈 주유소 주차장에서 밤을 보내기로 했다. 잠깐 자고 눈을 뜨자마자 바로 다시 출발하기 위해서였다. 주유소 뒤쪽, 잘 안 보이는 자리에 차를 대긴 했지만 경찰차가 자꾸만 들어왔다. 차들이 주차장에 들어설 때는 아주 잘 보이는데 그 다음에 건물 앞으로 가버리기 때문에 더 이상은 보이질 않았다. 한 시간 동안 경찰차가 세 대나 들어오는 바람에 도저히 잠을 잘 수 없었다. 일부러 찾으려고 작정을 하지 않으면 경찰이 나를 볼 순 없고, 아마도 아직 나를 찾고 있는 중은 아닌 것 같았다. 도넛이나 커피, 담배를 사려고 들르는 거겠지만 차 문 닫히는 소리가 들릴 때마다 나는 화들짝 놀랐고 그들이 떠나고 한참 지나서야 진정할 수 있었다.

네 번째 경찰차가 진입했을 때는 더 이상 참을 수가 없었다. 어차피 잠을 못 잘 거면 차라리 움직이는 편이 나았다. 어쨌거나 그 편이 더 안전하기도 했고.

주간 고속도로로 다시 들어서는데 이타카라는 곳이 육십육 킬로미터 남았다는 표지판이 보였다. 고속도로를 계속 달리고 싶지 않았고 집에서 멀어지는 것 말고는 딱히 목적지가 있는 것도 아니었으니, 이타카는 나에게 손색없는 곳이었다.

몇 달 전에 개리 아저씨는 양조장을 시작하는 친구들을 만나러 이타카에 다녀온 적이 있었다. 아저씨는 맥주를 정말 사랑했다. 돌아올 땐 맥주 통을 트럭에 실을 수 있는 만큼 가득 싣고 돌아왔지만 마고 아줌마의 식당 카운터에 앉아 저녁을 먹는 내내 이타카에 대한 불평을 해댔다. 수프, 샐러드, 미트로프, 커피, 그리고 레몬 머랭 파이를 먹는 내내 입에 음식을 가득 머금은 채로. 아저씨는 이타카가 얼마나 짜증나는 곳이었는지 아무리 말해도 성이 안 차는 것 같았다.

"겁나 더러운 히피들."

마고 아줌마가 그레이비소스를 더 가져다줬을 때 아저씨는 말했다.

"그 놈들 하고 다니는 꼴을 보면 그 도시 전체에 목욕탕이라는 게 아예 없는 것 같다니까. 도시가 제대로 굴러간다는 게 신기할 지경이야."

내가 아저씨 디저트 접시를 치울 때 보니 카운터 위에 새 냅킨이 버젓이 놓여 있는데도 아저씨는 청바지에 손을 쓱 문

질렸다.

"다들 마리화나에 취해서, '피스Peace', '헤이, 친구!' 이딴 소리나 해대고."

아저씨는 나한테 손가락으로 브이 자를 만들어 보이며 뻐드렁니처럼 아랫입술을 오므려 바보같이 씩 웃었다.

"그리고 경찰들은 꽁무니에 번쩍거리는 불을 매단 자전거를 타고 다닌다니까."

그리고 아저씨가 어찌나 크게 웃는지 얼굴이 다 벌게졌다. 아저씨는 언제나 너무 열정적이었다.

"은행을 털 생각이라면 이타카 가서 털면 되겠어."

그래서 나는 이타카라는 표지판에서 운명, 혹은 운명 비슷한 무언가를 느꼈다. 은행을 털 계획은 없었지만 차를 훔치기는 했고, 필요하다면 자전거를 탄 경찰에게서는 도망칠 수도 있을 테니까. 게다가 개리 아저씨가 그렇게나 싫어하는 곳이라면 나랑은 잘 맞을 것 같았다.

나는 그 표지판을 따라서 방향을 틀었다. 고속도로에서 추월할 만큼 간이 크진 않아 트럭 뒤를 따라가며 시속 팔십 킬로미터 이하로만 달렸는데, 이대로라면 가는 길에 늙어 죽을 것 같았다. 이타카까지 가는 길은 많이 구불거렸고 어두워서 멀리까진 보이지도 않았다. 나는 여전히 시속 팔십 킬로미터로 달리고 있었지만 이젠 속도가 더 이상 느리게 느껴지지 않았다. 그리고 이제 목적지가 생겼으므로 불안하지도 않았다.

○

아까 통화할 때 마고 아줌마는 아빠와 아이린이 아직 상황 파악을 못 한 것 같다고 했다. 아빠는 그 아이의 학교 공연이 끝난 뒤, 나더러 아이린에게 사과하게 하려고 캠핑카에 들렀다고 했다. 캠핑카가 난장판이 된 걸 보고 너무 놀란 나머지 마고 아줌마네 식당 안까지 들어와서 나의 행방을 물었다는 것이다. 두 사람이 헤어지고 칠 년이나 흐르는 동안 말 한마디 하지 않았으면서.

나와 통화하면서 마고 아줌마는 아빠에게 잘 이야기하겠다고 약속했다. 나를 그대로 그냥 놓아 주라고. 어차피 그 차는 나에게 줘야 한다고, 나는 벌써 오래전부터 혼자 알아서 살고 있고 열여섯 살 반이면 거의 열여덟이 다 됐으니 나는 떠날 때도 됐고, 아빠가 그 정도는 내게 해줘야 하지 않겠냐고. 마고 아줌마는 약속했고, 아줌마는 약속을 가볍게 하는 사람이 아니었다. 내가 동창회에 입고 가려고 중고 옷가게에서 산 드레스가 어떤지 물었을 때 아줌마는 이렇게 말했다.

"나를 표현할 말은 많겠지만 내 생각에 나를 가장 잘 나타내는 말은 솔직함이야. 애당초 있는 그대로 말할 게 아니면 말을 왜 하는지 모르겠어, 난."

○

　육십육 킬로미터가 얼마나 긴 거린지 제대로 생각해 보질
않았던 탓인지, 구불구불한 길을 계속 따라가다 보니 갑자기
피곤해졌다. 계기판의 숫자가 바뀔 때마다 그걸로 거리를 알
수 있을까 하고 쳐다봤지만, 출발할 때 숫자를 체크하지 않았
기 때문에 알 수 있는 거라곤 조금 전 봤을 때보다 팔 킬로미
터 더 갔다는 것뿐이었다. 눈꺼풀이 무거웠다. 그대로 내려앉
게 놔두고 싶었다. 잠시라도 눈이 좀 쉴 수 있도록. 결국 딱 한
번 못 참고 눈을 감았는데 마치 풀칠을 한 것처럼 그대로 딱
붙어 버렸다. 간신히 눈을 떴을 땐 차가 중앙선을 넘어가 있
었다. 핸들을 너무 세게 꺾은 나머지 길에서 떨어질 뻔했다.
그 다음부턴 눈을 뜨고 있는 데 전혀 어려움이 없었다.

○

　이타카까지 팔 킬로미터라는 표지판이 나오더니 몇 분 후
캠핑장이 보였다. 다른 곳을 찾기엔 너무 피곤하고 돈도 없었
다. 입구의 막사 앞에 차를 세웠지만 문도 닫혀 있고 불도 꺼
져 있었다. 문에 뭔가 붙어 있었는데 뭐라고 쓰여 있는지 보
이지 않았다. 그걸 보려고 차에서 내리는데 누군가 "이봐요!"
하고 소릴 질렀다. 너무 놀라 펄쩍 뛰어오를 뻔했다.
　달빛 아래, 키 큰 사람이 길을 건너오는 게 보였다.

"지금은 너무 늦어서 체크인이 안 돼요."

그가 말했다. 낮고 거친 목소리에서 담뱃진이 밴, 사포 같은 손이 연상됐다. 그의 손목시계에서 갑자기 초록색 불빛이 반짝였지만 그를 더 잘 볼 수 있을 정도로 밝은 빛은 아니었다.

"자정이 지났다고요."

그의 뒤에 불 켜진 작고 따뜻한 오두막이 보였다. 차를 세울 때만해도 저건 못 봤는데. 그땐 자고 있었는지 불이 꺼져 있었던 모양이다.

"죄송해요."

내 목소리는 가느다랗게 나왔다.

"제가 갈 만한 다른 데가 있을까요?"

"지금까지 개장 중인 캠핑장은 여기밖에 없어요."

그가 가까이 다가오며 말했다. 이제 그의 얼굴 윤곽이 보였다. 긴 턱수염, 털모자. 그가 뒤쪽을 보려고 고개를 돌린 탓에 나는 그의 옆모습을 볼 수 있었다. 매부리코.

"그리고 여기도 목요일부터 한동안 닫을 겁니다."

"제발요, 제가 갈 만한 데가 어디 없을까요?"

"아, 그럼 그냥 여기서 자요."

그가 두 팔을 쭉 뻗으며 길게 휘어지는 하품을 했다.

"화장실은 열려 있고, 샤워실은 동전 넣고 쓰면 되고. 아무

자리나 써요. 어차피 사람도 없으니까. 계산은 내일 하기로
하고."

그는 별일도 아니라는 듯 무심하게 돌아서서 오두막으로
돌아갔다.

"감사합니다!"

나는 그의 등 뒤에 대고 소리쳤다.

"잘 자요."

그도 크게 인사했다.

차에 다시 탔을 땐 길 건너편 불빛은 전부 꺼져 있었다. 그
자리에 오두막이 있었다는 건 알기 전에는 보이지 않던 오두
막의 테두리만 겨우 보였었다. 차는 화장실 맞은편에 세웠다.
어쩐지 의욕이 솟는 기분이었다. 불도 피우고, 가지고 온 담
요로 텐트 비슷한 것도 쳐볼까 싶었다. 차의 헤드라이트를 켜
두고 화로에 던져 넣을 나뭇가지 같은 걸 찾기 시작했는데 덤
불 쪽에서 녹색으로 빛나는 눈 두 개가 보였다. 피가 얼어붙
는 것 같았다. 그냥 너구리나 주머니쥐 같은 거겠지, 침착해,
하고 속으로 되뇌는데 내 뒤에서 나뭇가지가 툭 부러졌다. 나
는 부리나케 차에 탔다. 문을 다 잠그고 운전석에 죽은 듯이
앉아 나를 덮치려고 하는 게 뭔지 기다리며 전방과 백미러를
동시에 보려고 했다. 하지만 아무 일도 없었다. 전혀 아무 일
도. 그리고 하품을 어찌나 크게 했는지 얼굴이 두 쪽으로 찢

어질 것 같았다. 눈물이 다 났다.

　차 안엔 너저분한 짐이 너무 많아서 뒷좌석에 누워서 잘 수도 없었다. 그래서 운전석을 최대한 뒤로 밀고 시트와 담요를 끄집어내서 되도록 편안한 자리를 만들어 봤다. 헤드라이트는 잠들기 직전 자다 깨다할 때까지 켜두었다. 누군가 말하는 소리가 들린 것 같단 생각이 들었을 때 몇 번 눈을 번쩍 뜨기도 했다. 갈고리 손을 가진 사이코 살인마 따위는 상상하지 않으려고 했다. 너구리가 수다 떠는 거야. 그냥 너구리들의 수다라고, 내가 안다고.

　진짜로 잠들었을 땐 매티 꿈을 꾸었다. 나는 절벽에 매달려 있었다. 밧줄도, 침대 시트도 없었다. 구명 밧줄을 잊었다. 매티가 나를 향해 손을 뻗는다. 내 손이 그의 손에 닿지 않는다. 흙 사이로 손가락이 미끄러지면서 흙먼지가 내 얼굴로 떨어진다. 나는 비명을 지르며 깼다. 마치 땅에 세게 떨어지듯 몸이 덜컥 움직였다. 그 다음부턴 잠이 달아나 버렸다. 혼자 시간을 분 단위로 세는 게임을 하다가 진짜 몇 시인지 보려고 시동을 켰다. 내 짐작으로는 다섯 시 이십오 분쯤이 아닐까 했지만, 시계에는 5:32라는 숫자가 떠 있었다. 시동을 끄고 다시 시간을 헤아리기 시작했다. 그러다 어느 순간 또 정신을 놓았고 잠에서 깼다는 것을 깨달았을 때는 이미 밖이 밝았다. 유리 안팎에는 성에가 잔뜩 껴 있었다. 시계를 보니 여덟 시

삼십 분이었다. 나는 담요와 시트를 몸에 둘둘 만 채 비틀거리면서 차에서 내렸다.

껌 포장지며 타다만 포일 조각이 나뒹구는 캠핑장은 지저분했다. 녹슨 화로 안에는 반쯤 녹아내린 플라스틱 통이 있었다. 길을 내려다보려고 캠프장 끝으로 걸어갔더니 호수가 있었고, 푸르디푸른 호수의 둑에는 버드나무가 줄지어 서 있었다. 호수 한가운데에는 수면 위로 안개 한 자락이 깔려 있었다. 그 안으로 사라질 수도 있을 만큼 자욱한 안개였다.

있는지도 몰랐던 호수를 본다는 건 혼란스러운 일이었다. 마치 교통사고를 가까스로 피했을 때처럼 기묘한 가짜 충격의 여파가 느껴졌다. 차가운 물이 다리에 찰랑거리는 것조차 의식하지 못한 채 물속으로 걸어 들어갔을 수도 있었다니.

나는 흙길을 지나 화장실로 갔다. 밤새 부츠를 신고 있었더니 발가락이 아팠다. 차에서 뛰쳐나와 도망칠 일이 일어날 것만 같아서 도저히 벗을 수가 없었다. 주변을 제대로 볼 수 없을 때 우리 뇌는 참 이상하게 작용한다. 밝은 데서 보니 이 캠핑장에 무서워할 만한 건 아무것도 없었다. 더럽고 남루하지만 해를 끼칠 만한 건 하나도 없는 곳이었다.

화장실 건물에선 습지 같은 냄새가 났다. 난방은커녕 밖과 안을 나누는 벽도 없었다. 천장 바로 아래에서부터 벽이 있어야 할 높이만큼 방충망이 설치돼 있을 뿐이었다. 내 입김은 금방 눈이 되어 내릴 두꺼운 구름처럼 허공을 가득 채웠다. 나는 샤워실 동전함에 이십오 센트 동전 두 개를 집어넣고, 샤워를 시작할 때쯤에는 물이 따뜻해져 있길 바라며 옷을 벗었다. 파이프가 끽끽거리더니 쿵쿵 소리가 났다. 그리고 샤워헤드는 녹물을 벌컥벌컥 길게 토해 냈다. 물 온도가 어떤가 싶어 손을 뻗었더니 얼음 바늘 수십억 개가 와서 꽂히는 것 같았다. 물이 미지근해질 때까지 이십오 센트짜리를 여섯 개나 써야 했다. 나는 안쪽으로 뛰어들어 황급히 비누칠을 했다. 그때 온몸에 돋은 소름은 물이 끓는 것처럼 뜨거워진 다음에도 사라지지 않았다. 그리고 겨우 머리에 제대로 비누 거품이 나기 시작할 때 물이 뚝 끊겼다. 눈에 거품이 들어가 나무 벤치 위에 올려 둔 동전 더미에서 이십오 센트짜리를 찾을 수도 없었다. 십 센트짜리 두 개와 오 센트짜리 하나를 집어넣고 제발 물이 나오길 기도했지만 샤워의 신은 나를 외면했다. 딱딱 부딪히는 이 소리를 들으며 나는 흐느껴 울었다. 내 몸에 흐르는 물이 얼어 고드름이 되어 버릴까 봐 시트로 몸을 감싼 채로 화장실 세면대에서 머리를 헹구는 동안, 있는 눈물 없는 눈물을 다 쏟았다.

○

캠프장 관리인에게 사용료를 치르고 나니 백오십팔 달러

가 남았다. 내가 돈에 대해 아는 게 한 가지 있었다면 금방 떨어진다는 거다. 기름을 아끼기 위해 캠핑장에서 시내까진 걸어갔다. 이미 발이 아픈 상태라 걷기엔 좀 먼 거리였지만 어차피 달리 할일도 없고 관광에 허비할 돈도 없었다.

가는 길에 있는 집들은 낡아 보였다. 입구의 목재가 내려앉아 있거나 페인트칠이 벗겨졌거나, 지붕 판자가 헐겁거나, 커튼 대신 침대보나 깃발로 가려 둔 집들이 보였다. 하지만 간혹 페인트칠을 새로 하고 자전거 살처럼 생긴 고급스러운 목재 몰딩을 한 집도 있긴 했다.

창 안쪽으로 록 밴드 그레이트풀 데드Grateful Dead의 깃발이 걸린 집 입구에 개 한 마리가 목줄도 없이 있었다. 핏불테리어 같아 보여서 빨리 걷기 시작했다. 길을 건너갈까 생각하기도 했지만 개가 쫓아올까 봐 그러지 않았다. 차분한 척 일정한 속도를 유지했다. 개는 나를 보려고 고개를 들지도 않았다.

이타카 커먼스라는 시내 중심가는 보행자 전용 지구라서 차가 들어가지 못하게 차도가 막혀 있었다. 상점들은 영화 속 세트장처럼 밝은색으로 페인트칠 되어 있어서 진짜가 아닌 것만 같았다.

나는 내가 뭘 찾고 있는지 알 수가 없었다. 그저 싸게 배를 채울 수 있는 음식일 수도 있고 어쩌면 앞으로의 계획을 세울 수 있을 따뜻한 곳일 수도 있었다. 건물 외벽에 유제품이라고 적혀 있는 빵집이 보여 들어갔다. 흰머리를 길게 땋은 여자에게서 도넛 하나와 커피를 사서 창가 쪽 삐걱거리는 테이블에 자리를 잡았다.

밖을 오가는 사람들은 리틀 리버의 사람들과는 달라 보였다. 일단 옷을 정말 많이 껴입고 있었다. 귀를 가리는 덮개가 달린 두꺼운 손뜨개 모자를 쓰고 있거나 자다가 막 깬 것 같은 헤어스타일을 한 사람들도 있었다. 솔기 부분을 잘라 밑단을 나팔바지처럼 만들고 화려한 색의 패치워크를 덧댄 코듀로이 팬츠를 입은 사람도, 자기에게 튀는 구석이 어디 있냐는 듯 아무렇지도 않게 긴 스커트를 입고 거리를 활보하는 남자도 있었다. 태어나서 처음 보는 모습이었다. 개리 아저씨가 치렁치렁한 치마에 할리 데이비슨 재킷을 입고 커먼스를 걸어 다니는 모습을 상상해 보다가, '망할 놈의 더러운 히피들'이라고 했던 말이 생각나 웃음이 났다.

나는 도넛을 천천히 아주, 아주 작게 조금씩 뜯어서 곤죽이 될 때까지 씹다가 삼켰다. 커피를 반쯤 마신 다음에는 크림과 설탕이 준비된 테이블로 가서 크림을 가득 부어 최대한 양을 늘렸다. 그리고 도넛의 마지막 부스러기 하나까지 다 먹은 다음 최후의 커피 한 방울이 입 안으로 떨어질 때까지 컵을 들고 있었다.

"한 잔 리필해 갈래요?"

내가 일어나 나갈 채비를 하자 머리를 땋은 여자가 물었다.

"그냥 드릴게요."

그리고 커피포트를 카운터 위로 들어올렸다.

"감사합니다."

내가 컵을 들고 다가가자 그 여자는 컵을 받아 넘치기 직전까지 따라 줬다.

"십일월치곤 춥네. 따뜻하게 다녀요, 예쁜 아가씨."

"네."

나는 조심스레 컵을 도로 받아들었다. 그리고 팁을 넣는 컵에 잔돈을 조금 더 넣었다. 이제 수중의 돈은 백오십오 달러로 줄어들었지만, 돈이 부족할 때도 팁은 반드시 내야 하는 거였다. 마고 아줌마는 팁을 안 내도 될 핑계 같은 건 존재하지 않는다고 했었다.

나는 쇼윈도를 구경하며 커먼스의 한쪽 길을 걸어 내려갔다가 다른 쪽 길로 걸어 올라왔다.

어떤 가게에는 '이타카는 멋져ITHACA IS GORGES*', '우리 애가 당신네 범생이 애를 패버릴 거야', '나한테 남자가 필요하다

---

* ITHACA IS GORGES: '협곡'이라는 의미의 명사 gorge와 '멋진'이라는 의미의 형용사 gorgeous의 합성어. 중의적 표현으로 협곡 지형을 가진 멋진 곳, 이타카를 상징하는 문구로 널리 쓰인다.

는 건 물고기한테 자전거가 필요하다는 소리임' 같은 문구가 적힌 셔츠와 자동차 범퍼에 붙이는 스티커들만 가득했고, 유리로 만든 이상한 파이프와 은반지만 파는 것 같은 가게도 있었다. 중고 책방, 그리고 아이보리 아줌마가 입을 것 같은 옷을 오백 그램당 일 달러에 파는 중고 옷 가게가 보였다. 비즈로 만든 커튼과 깨진 시디들이 사방에 걸려 있는 가게, 그리고 『이상한 나라의 앨리스』에 나오는 애벌레가 유리창에 그려져 있는 가게도 있었다. 유럽에 가면 이런 느낌일까? 리틀 리버와는 완전히 다른 세상이었다.

영업 중인데도 안이 컴컴한 커피숍 앞도 지났다. 유리컵 안에 불 밝힌 초들이 벽 선반에 일렬로 놓여 있어서 꼭 동굴 같았다. 그리고 그 가게 창문에는 '직원 구함'이라는 팻말이 달려 있었다.

8

"어, 저기 이 친구가 여기서 일하고 싶다는데요."

금발의 남자가 안쪽을 향해 소릴 질렀다. 카페 '데카당스' 안의 사람들이 일제히 나를 쳐다봤다. 나는 부츠를 내려다보며 머리카락으로 얼굴을 가렸다. 머리카락이 길다는 건 어딜가도 숨을 데가 있다는 뜻이다.

"조금 있으면 칼리가 나올 거예요."

금발 남자가 말했다. 애니메이션 주인공처럼 낮고 몽롱한 목소리였다. 머리카락은 거의 하얗게 빛바랜 부분이 몇 가닥씩 보였다. 십일월의 뉴욕주 북부에서 저 사람만큼 햇볕을 잔뜩 쬔 것 같은 사람은 본 적이 없었다. 이 남자는 따뜻한 지역 어딘가에 있어야 할 사람처럼 생겼다. 캘리포니아나 플로리다, 바베이도스 같은 곳. 그런 곳에서 서핑이나 해야 어울릴 것 같았다. 피부색이 희미해질 만큼 여기에서 겨울을 여러 번 나지 않은 게 분명했다.

"고마워요."

내가 말했지만 그는 이미 주문을 받는 중이었다. 드레스처럼 퍼지는 라임색 코트를 입은 여자가 '하프 카프 소이 모카half-caff soy mocha'인지 뭔지 하는 음료를 주문하자 금발의 남자는 바로 척하고 알아들었다.

나는 벽 쪽으로 가서 여기에 어울리는 사람처럼 보이려고 최선을 다했다. 벽에 걸려 있는 게시판에는 알록달록한 전단지가 잔뜩 붙어 있었다. 노래 레슨, 개 산책 아르바이트, 과외 수업, 오디션, 룸메이트 구함, 새 연극, 베이비시터, 아나키스트 북 클럽 등의 전단지 아래쪽엔 떼어 가기 쉽게 전화번호가 여러 개 달려 있었다. 심지어 손으로 써서 복사한 개인 광고 전단지도 있었다.

당신은 나를 원해요. 당신의 몸이 알고 있죠. 가슴은 몸을 따라올 거예요. 남녀 불문, 불가지론자, 양성애자. 당신의 가장 와일드한 판타지와 유치한 변덕을 함께 개척해 보아요. 무엇에든 열려 있어요. 디페시모드Depeche Mode처럼.

전단지에는 나체의 남자가 의자의 등받이를 앞으로 돌려 은밀한 부분을 가리고 있는 사진이 있었다. 남자의 다리는 아주 앙상했다. 검은색 중절모를 쓰고 아이라인을 그렸는데, 뺨으로 굵고 검은 눈물이 흐르고 있었다. 그리고 길고 뾰족한 혀를 쑥 내밀고 있었다. 누군가가 이 전단지에서 전화번호도 하나 떼어 간 모양이었다. 이 남자가 말하는 '불가지론자'가 뭔지는 모르겠지만 뭔가 괴상한 섹스 관련 용어일 것 같다는 생각이 들었다. 이 사진을 보고 이 남자와 불가지론적인 행위를 하길 원하는 데서 그치지 않고 모두가 쳐다보는 커피숍 한 가운데에서 전화번호를 뜯어 갈 용기까지 갖춘 사람은 대체 어떤 사람일까. 도무지 상상이 안 됐다.

"일자리 때문에 왔어요?"

내가 바라보고 있던 것을 들키지 않으려고 뒤로 펄쩍 물러났다. 검은색과 보라색이 군데군데 섞인 머리카락을 삐죽삐죽하게 세운, 키 작고 마른 여자애가 나를 보며 미소를 지었다. 코 한가운데에는 마치 황소처럼 고리가 달려 있고 귓불의 구멍들엔 아주 작은 타이어 테두리 같은 것들이 촘촘히 달려 있었다.

"네, 에이프릴이라고 해요."

나는 자세를 곧게 세우며 말했다. 내가 손을 내밀자 그녀가 악수를 했다. 손아귀 힘이 약하고 손바닥은 얼음장 같고 축축했다.

"난 칼리예요. 이런 일 해본 적 있어요?"

고약한 감기에라도 걸린 것처럼 쉰 목소리였다.

"서빙을 오 년 정도 했어요."

그녀의 눈을 보고 이야기하려 했지만 불가능한 일이었다. 다른 볼거리가 너무 많았다. 셔츠 옷깃에서 기어오르기 시작한 줄기 모양의 파란 타투가 마치 촉수의 끝처럼 왼쪽 목 윗부분까지 이어져 있었다.

"학교 끝나고 난 다음에 하고 그랬어요."

"바리스타 경험은 없어요?"

나는 고개를 저었다. 바리스타가 뭔지도 몰랐다.

"전 빨리 배우는 편이에요."

그건 마고 아줌마가 다른 사람들한테 나에 대해 자랑할 때 늘 하던 말이었다. 그러나 칼리는 한숨을 쉬었다.

"사실 경험 있는 사람을 찾고 있었거든요."

칼리의 아이섀도는 염색한 머리카락 색과 잘 어울렸다. 그녀는 뒤로 줄 서 있는 사람들 쪽으로 시선을 돌렸다. 나와는 이미 볼일이 없다는 듯이. 나는 울지 않으려고, 얼음 바늘이 꽂히는 것 같던 물줄기에 대해 영원히 생각하지 않기 위해 애를 썼다.

"어쨌든 감사합니다."

나는 고개를 살짝 숙이며 머리카락이 흘러내리게 했다. 무너지기 전에 저 문을 무사히 나갈 수 있길 바라며.

"잠깐만요."

칼리가 날 불렀다.

"추수감사절에 집에 가요?"

"아뇨."

"그럼 됐네. 합격."

그렇게 말하며 웃는 칼리의 요상한 웃음소리는 낙엽 위를 걸을 때 나는 소리처럼 들렸다.

"그 망할 놈의 일주일 내내 사람들이 전부 다 고향에 간다 잖아요. 휴일 내내 일할 수 있으면 내가 직접 트레이닝을 해 줄게요."

"감사합니다."

나는 너무 크게 웃지 않으려 애쓰며 말했다.

"내일부터 가능해요?"

"그럼요."

"아침에 제일 바쁜 시간이 지난 다음에 오세요. 열 시 반. 트레이닝 기간 동안 일당은 절반만. 나 없이도 혼자 일할 수 있게 되면 시간당 오 달러 오십 센트, 식사는 제공하고 주말에 팁 병에서 그쪽 몫을 줄 거예요. 알았죠?"

끄덕끄덕.

칼리가 종이 한 장을 건넸다.

"이거 작성하고 다 쓰면 보디한테 주면 돼요."

그리고 금발 남자를 가리켰다.

"고맙습니다."

"열 시 반이에요."

칼리는 그 말을 남기고 인사도 없이 안쪽 방으로 들어가 버렸다.

나는 그녀가 준 종이를 절반도 채울 수 없었다. 주소도 없고, 전화도 없었다. 캠핑장이 몇 번 가에 있는지도 몰랐다. 나는 이름을 적고, 경력 칸에 웨이트리스, 마고스 식당, 뉴욕, 리틀 리버 1990-94라고 적었다. 나에 대해 확실하게 적을 수 있는 건, 그게 전부였다.

9

캠핑장 폐장까진 이틀이 남았다. 게시판에서 룸메이트 구하는 전단지 전화번호를 몇 개 떼어 올까도 생각했다. 하지만 가진 거라곤 쓰레기만 가득 실은 차 한 대와 계속 줄어드는 꼬깃꼬깃한 돈 뭉치 하나밖에 없는 여자애를 자기 집에 들일 사람이 과연 있을지 의문이었다.

나는 가게 쇼윈도 안을 구경하며 시내를 돌아다녔다. 해답이 나를 찾아오길 기다리면서. 커먼스를 벗어나자마자 내가 다니던 고등학교를 연상시키는 높은 벽돌 건물이 보였다. 학교처럼 위협적으로 보였는데, 일 층에 있는 것은 기타 가게였다. 반짝거리는 커다란 유리창 안으로 아름다운 곡선을 가진 기타들이 벽에 줄지어 걸려 있는 게 보였다.

먹고 사는 데 필요도 없는 물건을 딱 한 가지만 파는 가게라니, 나에게는 익숙지 않은 광경이었다. 리틀 리버에서는 자동차 부품 판매소에서도 가축 사료와 통조림 식품을 같이 팔

왔었다. 기타 가게를 바라보자 지금 내가 기타에 굶주려 있다는 것을 깨달았다. 기타만 있었다면 캠핑장의 추위도 지금의 배고픔도 느끼지 않을 것 같았다. 나는 손가락이 욱신거릴 때까지 기타를 치고 싶었다. 기타를 치면 온 세상은 사라져 버리고 기타 소리와 내 숨결 위로 둥둥 떠오를 수 있으며, 그러면 다른 건 어찌 되든 아무 상관없을 것이다. 굳은살이 있던 자리에 새로 생길 자국이 그걸 상기시켜 줄 터였다.

쇼윈도 정중앙에 열두 줄짜리 어쿠스틱 기타가 걸려 있었다. 마감은 매끈했고, 내 기타가 그랬던 것처럼 반짝이진 않았지만 창 밖에서 보는 것만으로 품에 안으면 기분이 정말 좋을 거라는 걸 알 수 있었다. 기타의 넥 부분에는 꽃과 나뭇잎과 노래하는 새들이 자개로 장식돼 있었다. 튜닝 키에 달린 흰색 가격표는 공중에서 빙빙 돌고 있어서 읽기가 쉽지 않았다. 기타 값이 얼마쯤인지는 모르겠지만 내게 기타 살 돈이 없다는 것 정도는 알고 있었다. 아빠는 내게 준 기타를 열일곱 살에 샀다고 했다. 그 기타가 내 것이 되기 전, 내가 어렸을 때 아빠는 그 기타를 케이스에서 꺼내서 연주할 때마다 미소를 짓곤 했다.

"이게 바로 좋은 물건에 큰돈을 쓰는 이유야. 바로 이거야."

아빠는 그 기타를 사기 위해 여름 공사판에서 이 년 동안 일해 돈을 모았다고 했다. 나는 창으로 한 걸음 가까이 다가가 고개를 살짝 옆으로 꺾고 눈을 잔뜩 찡그려서 가격표를 봤다. 가격표가 다시 돌아가기 전에 $1,849라고 연필로 쓰여 있는 걸 겨우 포착할 수 있었다. 내 평생 번 돈을 다 합친다고 해도 천팔백 하고도 사십구 달러가 될 것 같진 않았다.

그때 시꺼먼 턱수염을 수북하게 기른 남자가 기타 옆으로 걸어와 창 안에서 내게 손을 흔들었다.

"들어오세요, 들어와요!"

유리로 소리가 한 겹 차단됐는데도 목소리가 우렁우렁 울렸다. 나는 그를 못 본 척 돌아섰다. 그리고 마치 죄라도 지은 것처럼 고개를 숙이고 빨리 걸었다. 그 기타를 원하는 내 마음이 피부를 뚫고 흘러나와 보도를 녹이기라도 할 것처럼. 그리고 엄지와 약지를 서로 문지르며 금방 없어지진 않을 굳은살의 감촉을 느꼈다. 그것마저 사라지면 나는 특별한 점이라곤 아무것도 없는 애가 될 것이었다.

추위 때문에 얼굴이 아팠다. 얼굴을 좀 녹여 보려고 코에 손바닥을 대 봤지만 손바닥도 얼음장 같긴 마찬가지였다. 캠핑장으로 돌아가기 전에 몸을 좀 녹이려고 마트에 들어가 스낵바에서 프레첼과 뜨거운 물을 시켰다. 프레첼은 야금야금 아주 조금씩 뜯어 오래오래 씹었다. 그리고 손가락에 침을 발라 종이 접시에 떨어져 있는 굵은 소금을 찍어 먹었다. 마지막 하나까지 다 먹은 다음 동전 중에 이십오 센트짜리를 골라 내 카운터에 놓았다. 거스름돈은 팁이었다.

바깥의 공중전화로 가서 전화를 걸었다. 벨이 한 번 울리더니 바로 목소리가 들려왔다.

"마고스 식당입니다. 오늘의 스페셜은 칠리 콘 카르네* 예요."

나는 아무 말도 하지 않았다.

"어디야?"

아줌마가 물었다.

"말 못 해요."

"얘, 나는 믿어도 괜찮아."

"아줌마도 몰라야 다른 사람들한테 말 안 하기가 더 편하잖아요."

아줌마가 중요한 일일수록 진실을 말하지 못하면 괴로워하는 성격이란 걸 나는 잘 알았다.

"별일 없는 거야? 손가락 열 개 발가락 열 개 다 붙어 있는 거지? 길거리에서 자는 건 아니지?"

"나 괜찮아요."

공중전화기 위에는 씹다 뱉은 껌들이 줄 지어 붙어 있었다. 크기는 제각각이었지만 완벽하게 일렬로 늘어서 있었다. 분

---

* 칠리 콘 카르네: chilli con carne, 고기, 콩, 칠리 고추로 만든 멕시코 요리.

홍색, 흰색, 초록색, 노란색, 파란색. 한 사람이 했든 여럿이 했든, 이런 짓을 하는 사람들은 대체 무슨 생각인 걸까.

마고 아줌마는 타이어에서 바람이 빠지는 것처럼 한숨을 쉬었다.

"이 아가씨야, 너 땜에 머리가 다 샜어."

머리가 샜다는 건 어떻게 아는 걸까. 아줌마는 처음 만났을 때부터 항상 머리를 새빨갛게 염색하고 있었는데. 어쨌거나 마음은 무거웠다. 나는 아줌마의 고약한 두통이 시작되기 직전 미간에 잡히는 걱정 주름을 어렵지 않게 떠올릴 수 있었다.

"아빠랑 이야기해 봤어요?"

"아직 완전히 말리진 못했어."

한숨이 나왔다.

"주말까지 차를 도로 가져오면 경찰에 신고는 안 하겠대. 적어도 시간은 좀 번 셈이야."

"주말까지 돌아가지 않을 거란 걸 알잖아요."

"개리가 아빠랑 이야기해 보기로 했어. 개리는 남자 대 남자로 이야기할 문제라고 생각하더라. 개리도 네 편이야. 자기한테 딸이 있었으면 애당초 도망갈 이유를 만들지 않았을 거라고 했어."

"고맙네요."

"매티 스펜서도 봤어. 너랑 다시 통화하게 되면 자기한테 꼭 전화하게 해달라고 나한테 약속을 받아 내더라고."

매티를 생각하자 심장박동이 미친 듯이 빨라졌다. 나는 아무 말도 하지 않았다.

"누가 자기 강아지를 총으로 쏴 죽인 것 같은 얼굴을 하고 다니더라."

아줌마가 혀를 찼다. 그리고 무슨 말을 하려다 말고 대신 한숨을 크게 들이쉬었다.

"걔한테도 전화 안 할 거지?"

"그럴 걸요."

코가 찡했다. 전화에서 치직 소리가 나더니 통화를 계속 하려면 십 센트를 더 넣으라는 안내 음성이 나왔다. 주머니 속엔 몇 페니밖에 없었다.

"끊어야겠어요. 잔돈이 없어요."

"나한테 또 전화해. 약속해……"

전화가 끊어지기 직전 아줌마는 그렇게 말했다. 나는 한동안 수화기를 귀에 붙인 채로 아줌마가 아직도 말하고 있다고 상상했다. 개리 아저씨가 새로 팔기 시작한 맥주 이야기, 누가 아이다 윈톤의 샌드위치에 실수로 토마토를 넣는 바람에 그분이 식당 한복판에서 또 난리를 떨었다는 이야기.

공중전화 부스 안에는 전화번호부가 있었다. 나는 수화기를 내려놓고 혹시나 해서 사위키라는 성을 찾아봤다. 앨리스, 폴, 그리고 D. 사위키는 있었지만 오텀Autumn 사위키는 없었다. 엄마가 결혼하기 전에 쓰던 성도 찾아봤다. 하지만 A로 시작되는 이름의 존슨만 칠천만 명쯤 나와 있고 역시나 오텀은 없었다. 이건 그냥 한 도시에 있는 한 권의 전화번호부일 뿐이었다. 전국에 전화번호부만 백만 권은 될 테고 엄마 이름이 그 중 어디에 실려 있을지 알 수 없었다. 다시 결혼해서 새로운 성을 갖게 됐을 수도 있고, 심지어 딸을 새로 낳았을 수도 있고, 나는 평생 엄마를 다시 못 볼 수도 있었다. 잘 된 일이었다. 어차피 나도 보고 싶지 않았으니까.

캠핑장으로 돌아가는 길에 재미 삼아 각 주의 번호판을 세어 봤다. 펜실베이니아 두 개, 미시간 하나. 버몬트. 텍사스. 뉴멕시코. 매사추세츠. 뒤쪽 유리창에 이타카대학의 스티커가 붙어 있는 차도 있었다. 내 짐을 챙겨 차에 실어 주는 부모의 배웅을 받으며 대학으로 떠나고, 집에서 만든 쿠키를 소포로 받아 보는 건 어떤 기분일까? 성적을 물어보거나 C를 받으면 용돈이 없을 줄 알라는 으름장을 놓는 부모가 있는 건? 이런 건 텔레비전에나 나오는 일이 아니라 평범한 사람들에겐 실제로 일어나는 일이다. 그런 평범한 애들은 전화번호부에서 엄마 이름을 찾을 일이 없을 것이다.

간이 차고 앞을 지나는데 그 안에 부품 별로 떼어 파는 차

가 세워져 있는 게 보였다. 개리 아저씨가 겨우내 차를 보관
할 때처럼 방수포가 덮여 있었다. 그때 문득 아이보리 아줌마
차로 시간을 더 벌 방법이 떠올랐다.

10

사람들이 남기고 간 땔감을 주워 불을 피워 볼 생각에 캠핑장을 돌아다녔다. 그저 겨울이 와서 사람들이 떠나간 거란 걸 알면서도 철저하게 혼자이다 보니 꼭 세상의 종말이 왔거나 폭탄이 터져서 모두가 피난을 가고 나만 남겨진 것 같은 기분이 들었다.

사람들이 남겨 두고 간 물건들은 참 이상했다. 쉽게 잊힐 수밖에 없는 쓰레기들의 조합이랄까. 머리핀, 콘돔 포장지, 병뚜껑, 찌그러진 음료수 캔. 그런가 하면 의도치 않게 흘리고 간 것들도 있었다. 집까지 거의 다 갔을 때 두고 왔다는 걸 깨닫고 '앗, 젠장!'이란 소리를 내뱉게 할 만한 것들. 혹은, 그냥 잠시 안 보이지만 언젠가는 우편물 맨 아래나 잡동사니 서랍에서 나오겠거니 생각하게 되는 것들도 있었다. 안경, 녹색으로 변색된 은색 참(커피 컵, 곰돌이, 비행기, 별똥별, 네잎클로버)이 달린 싸구려 팔찌, 축축해진 토끼 발*에 달린 열쇠꾸러미, 땀으로 얼룩진 나무 손잡이에 R. S. 라고 새겨진 스크루드라이버. 이 물건들의 주인 중에는 일부러 두고 간 사람도 있지 않았을까 생각해 봤다. 갈색 플라스틱 안경테를 바꿀 절호의 기회라 생각하며 신나서 물건을 두고 간 사람들 말이다.

땔감은 충분했다. 한 구역에 누군가가 떠나면서 장작 한 묶음의 절반을 남겨 두었다. 차에 달려 있는 담배 라이터를 써 봤지만 나무는 타닥타닥 소리만 내고 불은 붙지 않았다. 아이린의 집에서 가져온 쿠키를 먹고, 춥지 않게 미라처럼 시트를 몸에 칭칭 감고 차에 앉아 어둠을 기다렸다.

눈꺼풀이 무거워질 때쯤 해는 지평선에 걸려 있었고, 잠에서 깼을 때는 내가 본 중 가장 어두운 어둠이 깔려 있었다. 손이 얼어서 손가락을 움직이기도 힘들었다. 추위가 뼛속으로 스며들어 영원히 떠나지 않을 것만 같은 느낌이었다.

마고 아줌마는 한때 원하는 것을 마음속에서 시각화하는 것이 실제로 효과가 있다는 믿음에 빠져 지냈다. 원하는 것이 현실이 될 때까지 마음속에 그림을 들고 있으라는 내레이션이 담긴 카세트테이프 세트도 갖고 있었다. 나는 따뜻함을 생각해 보려 했다. 압정처럼 내 뼈에 박혀 있는 고드름들을 뜨

---

* 토끼발: rabbit's foot, 서양에서 행운의 부적으로 가지고 다니는 토끼의 왼쪽 뒷발.

거운 태양이 녹이는 그림, 녹은 물방울이 따뜻한 목욕물에 똑똑 떨어지고, 따뜻한 김이 내 땀구멍들을 열어 주는 그림. 정말 열심히 노력한 끝에 그 광경이 선명하게 떠올랐지만 추위는 가시지 않았다.

나는 더듬더듬 손전등을 찾아 뒷자리에서 따뜻한 옷이란 옷은 다 끄집어냈다. 그리고 R. S. 스크루드라이버를 가방에 넣고 길을 나섰다. 옷을 너무 여러 겹 껴입어서 팔꿈치가 잘 구부려지지도 않았다.

리틀 리버의 열 시 반은 모든 것들이 사그라지는 시간이었다. 개리스 바가 유일하게 그때까지 문을 열었는데, 거기에서마저 그 시간이면 사람들은 집에 가야 한다며 투덜대기 시작했다. 골수 단골들만 개리 아저씨가 문을 닫는 열두 시까지 남았다.

그러나 이타카는 살아 있었다. 사람들은 집 현관 앞에서 담배를 피우고 있었고, 열린 문 사이로 음악이 새어 나왔다. 밥 말리Bob Marley, 그레이트풀 데드, 뉴욕에 사는 매티 사촌이 라디오에서 나오는 노래를 테이프로 녹음해 준 그 칠리 페퍼인지 하는 밴드, 그런 음악들이 한데 뒤섞여 커다란 소리의 스튜를 만들었다.

나는 부품 차가 서 있는 집을 그냥 지나쳐야 했다. 모두가 잠들기 전엔 계획을 실행할 수 없었다. 그래서 이 거리를 정처 없이 걸어 올라갔다가 다음 거리로 걸어 내려오며, 마치 사람들을 아이쇼핑하듯 보도에서 불 밝힌 거실들을 들여다 봤다.

어느 창 안쪽엔 한 소녀가 마치 완벽한 액자 속 그림처럼 빨간 플라스틱 컵을 들고 빙빙 돌고 있었다. 긴 머리가 스커트처럼 부풀어 올랐다. 깜빡거리는 현관 램프는 밖에서 담배를 피우고 있는 한 남자를 겨우 볼 수 있을 정도의 밝기였다. 그는 그녀가 마치 환상인 것처럼 넋 놓고 바라보고 있었다. 그녀는 그가 보고 있었다는 걸 전혀 몰랐다. 그녀는 한쪽 팔을 허공으로 쭉 뻗고 더 빨리 회전하더니 마침내 창문 앞의 소파 위로 쓰러졌다. 담배를 피우던 남자는 들키고 싶지 않다는 듯 얼른 자리를 피했다.

다른 창 안에선 아이들이 탁구대 앞에 모여 서서 플라스틱 컵 안에 공을 튕겨 넣고 있었다. 아무도 탁구채를 쥐고 있지 않았다. 나는 이가 딱딱 부딪힐 때까지 구경하다가 그대로 얼어붙지 않기 위해 다시 이동하기 시작했다.

집을 세 채 지나, 사람들이 입구에 가득 모인 어느 집 앞을 지나가는데 웃통을 벗은 남자애가 소리쳤다.

"헤이, 거기!"

내가 돌아봤다.

"그래요, 거기!"

털이 없는 그의 가슴팍이 추위 때문에 울긋불긋했다.

"나 그쪽 아는데. 문학반! 아는 얼굴인데."

"무슨 소린지……"

나는 애써 적당한 말을 골라 봤다. 나 자신조차 내가 투명인간처럼 느껴지는데 저 남자가 나를 볼 수 있었다는 것 자체가 말이 안 되는 것 같았다. 그가 현관 데크의 난간을 훌쩍 뛰어넘어 굉장히 가까이 다가왔다. 둥근 얼굴, 몸의 다른 부분에 비해 과도하게 통통한 볼. 사자처럼 머리숱이 텁수룩했다.

"마가렛, 맞지?"

"에이프릴인데."

"맞아, 맞아, 에이프릴. 에이프릴."

사자 소년은 내 이름에 집착하듯 여러 번 말했다.

"에이프릴. 문학반 에이프릴."

그리고 나를 너무 뚫어져라 보기에 혹시 키스라도 하려는 건가 걱정이 됐다.

"맥주 한잔해!"

그는 내게 자기 맥주잔을 내밀었다. 그때 그의 친구가 그 옆으로 뛰어내렸다. 역시나 털 없는 맨가슴을 드러내고 셔츠를 터번처럼 머리에 동여매고 있었다.

"인마, 네가 마시던 맥주를 누구한테 주는 거야?"

"짜식아! 얘는 문학반의 에이프릴이라고."

사자 소년은 마치 그렇게 하지 않으면 그 친구가 누구 얘길 하는지 모를 것처럼 나를 가리켰다.

"여자애들은 먹던 거 주면 싫어해."

터번 소년이 보조개를 만들며 히죽거렸다.

"문학반의 에이프릴한테 새로 따라 주라고. 얘가 네 세균을 먹고 싶겠냐?"

"에이프릴."

사자 소년이 내 팔을 잡으며 말했다.

"맥주 새로 따라 줄게."

이건 바보 같은 짓이고 심지어 나는 맥주를 좋아하지도 않지만, 나는 지금 춥고 배고프고 외롭고, 얘들은 내가 자기 친구라고 생각하고 있으므로 나는 사자 소년이 이끄는 대로 집으로 들어갔다. 마고 아줌마가 스크랩해 두었다가 준 신문 기사 속의 여자애들처럼 지하실 의자에 청 테이프로 묶이는 신세가 되고 싶은 건 물론 아니었다. 아줌마는 내게 타인을 제대로 경계하는 법을 가르쳐 준 사람이 아무도 없다고 늘 걱정했지만, 사자 소년과 그의 친구들은 괜찮을 것 같았다. 얘들은 어차피 어른도 아니니까.

안은 따뜻했다. 좁은 공간에 너무 많은 사람들이 모여 숨을 내뿜다 보니 좀 답답했지만 상관없었다. 나는 이제 얼어 있던 얼굴의 감각이 돌아오겠거니 생각했을 뿐이었다. 벽에는 영국 영화에 나오는 벽난로 위의 검처럼 부러진 하키 채가 엑스 자로 교차되어 걸려 있었다. 소파는 하키 리그인 NHL의 로고가 그려진 담요로 덮여 있었고, 누군가가 발 냄새 나는 향을 피워 놓았다.

사자 소년이 내 팔을 놓아 줬고 나는 그를 따라 부엌으로 들어갔다. 그는 맥주 통의 손잡이를 누르며 더듬더듬 컵을 찾았다. 그가 맥주를 따르는 동안 나는 주위를 살폈다. 거실에 있는 사람들은 대부분 남자애들이었다. 큰 덩치에 맥주에 취한 바보 같은 얼굴을 하곤 말할 때마다 침을 뱉는 그런 부류들. 구석에는 여자애들 다섯이 계속 두리번거리며 마치 자기들이 신계에 놀러 온 인간이라도 되는 듯 키득거리며 웃고 있었다. 어떤 여자애 하나는 짧은 청치마에 배를 훤히 다 드러내는 티셔츠를 입고 남자애에게 온몸으로 들이대고 있는데 막상 그 남자애는 거실 건너편에서 벌어지고 있는 팔씨름을 응원하기 바빠 여자애는 보는 둥 마는 둥이었다. 그 여자애들을 빼면 여기는 마고 아줌마가 소시지 파티라고 부르는, 남자애들만 버글거리는 파티였다. 위험해 보이지는 않았다.

"받아, 문학반의 에이프릴."

사자 소년이 맥주를 내게 쑥 내밀며 말했다. 초록색을 띤 맥주는 출렁 컵에서 넘쳐 내 부츠를 적셨다.

"으악! 흘렸어! 너한테 흘렸어! 에이프릴, 미안해."

그 애는 더러운 수건을 냉장고 손잡이에서 낚아채 내 부츠를 닦으려고 허리를 숙였다.

"괜찮아."

나는 여기에서 어울리려면 일단 셔츠를 몇 장 벗어야겠다고 생각하며 말했다. 사자 소년은 너무 취해서 알아차리지 못했지만 구석에 있는 여자애들은 나를 마치 냄새 나는 사람 보듯 힐끔거렸다. 나는 꿈지럭거리며 플란넬 셔츠를 두 벌 벗어 허리에 묶고 벽에 기댔다. 부엌과 거실 전체를 시야에 넣고 제대로 살피기 위해서였다. 나는 그 무엇에도 관심 없는 척하느라 최선을 다하는 중이었다.

사자 소년이 수건으로 맥주를 다 닦은 다음 다시 냉장고 손잡이에 걸고 맥주를 한 잔 더 따랐다. 그리고 내 뒤의 벽을 손으로 짚고 가까이 다가왔다. 그의 입 냄새가 코를 찔렀다.

"왜 초록색이야?"

나는 사자 소년이 더 가까이 다가오는 걸 막기 위해 맥주를 한 모금 마시고 물었다. 맥주에선 우리 아빠가 '오래된 오줌 물'이라고 할 만한 맛이 났지만, 어차피 오줌 물 같은 걸 먹고 살았던 내가 그런 말을 할 입장은 아니지 싶었다.

"뭐?"

사자 소년이 반쯤 감긴 눈으로 물었다.

"맥주 말이야. 초록색이잖아?"

그의 얼굴이 확 밝아졌다.

"아, 수스 파티거든."

나는 한쪽 눈썹을 치켜 올렸다. 대부분의 상황에선 말로 되묻는 것보다 이러는 편이 훨씬 효과적이다.

"몰라? 닥터 수스Dr. Seuss? 「초록 달걀과 햄Green Eggs and Ham」?" 그는 머리를 만지작거리다가 "잠깐!" 하고 외치더니 내게 맥주를 건네주고 거실로 뛰어갔다. 그러고는 소파에 쌓인 코트 아래서 흰색과 빨간색 줄무늬의 털이 복슬복슬하고 높은 모자를 끄집어내 머리에 썼다. 구석의 여자애들이 웃었다.

"어때? 어때? 괜찮아?"

그는 잠시 개미들의 행진에 대한 노래에 맞춰 까딱거리다가 으스대며 부엌으로 걸어왔다.

"초록 맥주와 햄! 아, 예!"

그리고 만족스럽다는 듯 고개를 끄덕였다. 나는 미소를 지었다. 왠지 그냥 그래야 할 것 같았다. 왜 대학에 다니는 애들은 엄청나게 멋질 거라고 생각했는지 모르겠다.

"그니까, 넌 그런지grunge 스타일 그런 거 좋아하나 보다, 어?"

그가 내 쪽으로 다시 기대며 말했다. 그는 여전히 셔츠를 벗은 상태였고 겨드랑이에선 결코 좋다고 할 수 없는 냄새가 났다. 그의 몸은 열을 자체 발산하는 것 같았다.

"맞아."

나는 맥주를 보호하듯 들고 말했다. 그리고 그것이 장장 십 분 동안 우리가 한 대화의 전부였다. 그 애는 그 바보 같은 모자를 곱슬머리에 얹은 채로 서서 음악에 맞춰 몸을 까딱이고 계속 닫히는 눈꺼풀과 사투를 벌였다. 나는 거실에 서 있는 여자애들을 지켜봤다. 저 애들은 왜 이 남자애들이 무슨 신기한 다른 종이라도 되는 것처럼 행동하는 걸까? 애들은 그냥 남자애들일 뿐이었고 저렇게 립글로스를 바르고 키득거리며 좋아할 가치는 없어 보였다.

나는 화장실을 좀 써도 되겠냐고 물었다. 사자 소년은 코로 숨을 확 들이마시며 잠에서 막 깬 것처럼 눈을 크게 떴다.

"아, 위층으로 올라가서 그 담에……"

그리고 두 손을 번쩍 들더니 어느 쪽이 오른쪽이고 어느 쪽이 왼쪽인지 알아내려고 애쓰는 것 같았다.

"내가 데려다줄게."

그는 땀에 젖은 손가락을 내 손가락 사이에 껴서 손을 잡고 거실을 가로질렀다. 우리는 나무가 휘어 삐걱거리는 계단을 걸어 올라갔다. 화장실은 왼쪽 두 번째 방이었다.

화장실 문이 제대로 닫히지 않아서 힘을 짜내서 밀어야 했다. 변기 뒤에는 포르노 잡지들이 널브러져 있고, 욕조 배수구를 막고 있는 머리카락 뭉치는 어찌나 커다란지 여차하면 거기서 저절로 다리가 자라 도망이라도 칠 것 같았다. 나는 가능한 한 변기에서 떨어져 엉거주춤 선 채로 볼일을 보고 엄청 뜨거운 물로 손을 씻었다. 사실 내 몸의 모든 부분을 뜨거운 물에 담그고 싶었다. 꽁꽁 얼었던 몸은 아직도 녹지 않았다.

화장실 문을 열고 나가자 맞은편 방문이 열려 있었다. 블랙라이트가 켜져 있었는데, 벽에는 아래로 녹아 흘러내리는 듯한 해골과 엑스 자로 교차된 뼈다귀가 그려져 있었다. 세탁세제로 그린 건지 블랙라이트가 닿은 그림에서는 빛이 났다. 사자 소년은 침대에 앉아 플러그를 꽂지 않은 일렉트릭 기타를 치고 있었다. 가느다란 금속 줄이 만드는 소리는 어렴풋이 건즈 앤드 로지즈Guns N' Roses의 「십일월의 비November Rain」 같았다.

"기타 칠 줄 알아?"

내가 물었다.

"응, 넌?"

"조금."

그 애는 이제 티셔츠를 입고 있었다. 이스터섬의 석상처럼 생긴 얼굴이 그려진 하얀 티셔츠였다. 바보 같은 닥터 수스 모자는 침대 위 그 애 옆에 놓여 있었다. 그 애가 내게 기타를 건넸다.

"한 곡 해봐."

갑자기 그 애가 그렇게 한심한 멍청이로 보이지 않았다. 그는 기타를 작은 앰프에 연결하고 볼륨을 작게 줄였다.

일렉트릭 기타는 처음이었다. 줄이 더 두꺼워서 손가락에 멍이 들 것 같았지만 상관없었다. 나는 아빠에 대해서 쓴, 나의 분노가 담긴 곡을 연주했다. 거의 울 뻔했지만 울진 않았다. 감정을 절제하고 다시 노래할 수 있을 때까지 그게 노래의 일부인 것처럼 입 안 살을 깨물고 기타를 더 세게 쳤다. 사자 소년이 지켜보고 있는 것도 상관없었다. 기타를 치고 있으니 다시 나 자신을 찾은 느낌이었다. 내가 노래를 끝내자 그 애가 한 곡 더 해보라고 했다. 나는 「누워, 레이디, 누워」를 쳤다.

"이것도 네가 쓴 거야?"

노래를 끝냈을 때 그 애가 물었다.

"딜런이 쓴 거야."

나는 웃으며 말했다.

"걔도 여기 다녀?"

"걔도 우리 문학반이야."

나는 그냥 그렇게 말했다. 밥 딜런이 누군지 모르는 사람에게 그걸 어떻게 설명해야 할지 알 수 없었기 때문이다. 그때 사자 소년이 내 머리카락 안으로 손가락을 집어넣더니 내게 키스했다. 나는 그 애의 이름도 몰랐다. 그 애의 입술은 시큼한 맥주와 탄 맛 같은 게 났지만, 누군가 내게 키스하는 느낌이 나쁘지 않았다. 그 애는 내게서 기타를 받아 케이스에 넣었다. 우리는 그 애의 침대에 누워 아주 오랫동안 키스했다. 그 애가 겹겹이 껴입은 내 옷을 해결하는 데는 영원처럼 긴 시간이 걸렸다. 그제야 더워지며 땀이 났고 내 살갗이 그의 살갗과 맞닿았다. 그 애는 우리가 본격적으로 뭘 해보기도 전에 잠들어 버렸다. 우리는 속옷만 입은 채 서로를 더듬으며 누워 있었고 그 애는 입술은 꼭 다물고 내 허리에 팔을 얹은 채 잠들었다. 코를 몇 번 찡긋거리기도 하고 코를 골기도 했다. 정말 평화로워 보였다. 나는 한 번이라도 저렇게 평화롭게 잠을 잔 적이 있었을까.

그 애가 깨지 않을 거라는 게 확실해졌을 때쯤 나는 그 애의 팔을 들고 그 아래에서 빠져나왔다. 옷을 서둘러 입고 화장실로 뛰었다. 그 사이 아래층을 살폈다. 배꼽티를 입은 여자애와 그 애의 남자 친구만 남고 모두 떠나고 없었다. 남자애는 이마에 손을 얹고 있었고 여자애는 펑펑 울고 있었다.

어쩌면 샤워도 하고 갈 수 있겠다는 생각이 들었다. 나는 화장지를 스무 장쯤 겹쳐서 배수구를 막고 있는 머리카락을 제거했다. 그리고 살갗이 화상을 입어 벗겨질 정도로 뜨거운 물을 틀었다. 샴푸를 짜서 머리를 감고, 몸에 비누칠을 하기 전에 비누부터 씻었다. 샤워를 끝낸 다음, 이 화장실에 걸린 수건을 쓰면 깨끗해진 내 몸이 다시 오염될 것 같다는 판단에 내 플란넬 셔츠 한 장을 수건 대신 쓰고, 여기저기 뒤져 세면대 아래에 있는 드라이어를 찾아냈다. 내일 아침에 엉망인 꼴이 되기 싫어서, 빗 대신 손가락으로 엉킨 머리카락을 최대한 풀고 머리를 좍좍 폈다.

방으로 돌아갔을 때 사자 소년은 코를 골고 있었다. 나머지 옷들을 껴입고 젖은 플란넬 셔츠는 책상 의자에 널었다. 책상 위에는 이십오 센트짜리 동전 묶음 두 개가 놓여 있었다. 하날 챙기며 이건 셔츠의 정당한 대가라고 나 자신에게 일렀다. 그의 기타가 케이스 안에 놓여 있는 것이 보였다. 깨끗했고 반짝거렸다. 딱 봐도 몇 년 안 되어 깊은 역사는 없는 기타였다. 나는 스스로를 다그치듯 말려야 했다. '그러면 안 돼. 다른 사람 기타는 가져가면 안 돼. 그건 금기 같은 거야.'

아래층으로 내려갔을 땐 싸우고 있던 커플마저 떠난 뒤였다. 어둠 속에서 더듬거리지 않아도 되도록 스크루드라이버를 가방에서 꺼내서 셔츠 소매 안으로 밀어 올렸다. 그리고 문 밖으로 빠져 나갔다.

11

자동차 번호판의 나사들은 녹슬어 있었다. 잘 보이진 않았지만 오래된 금속이 부식된 냄새와 나사를 돌릴 때의 느낌으로 알 수 있었다. 이러고 있다 보니 옛날에 아빠가 우리 집을 짓겠다는 환상을 품고 있던 시절, 버려진 목재에서 못을 뽑아내던 일이 생각났다. 내가 못을 너무 구부러뜨려 판자에서 뽑아내기 전에 부러뜨리면 아빠는 고함을 질렀다. 하지만 내가 실수로 못을 밟았을 땐 고함을 치지 않았다. 낡아서 찢어진 내 운동화의 밑창을 뚫고 못이 내 발 한가운데에 박혔다. 너무 심하게 다쳐서 고통조차 느껴지지 않았다. 처음엔 숨기려고 했다. 아빠가 알면 화가 나서 이런 식으로 소리를 질러 댈 것 같았기 때문이었다. '젠장! 에이프! 네가 이렇게 말썽만 부리면 어느 세월에 집을 짓냐!' 하지만 운동화가 피에 젖어 숨길 수 없게 됐다. 아빠는 그걸 보고 얼굴이 새하얗게 질렸다. 운동화를 벗을 수도 없었다. 못이 발바닥에 아직 박혀 있는 상태였던 데다 둘 중 누구도 그걸 잡아 뺄 엄두를 내지 못했다. 아빠는 나를 번쩍 안고 응급실로 갔다.

자동문이 열리고 아빠가 나를 안고 응급실로 들어서자 대기실에 있던 사람들이 전부 우릴 쳐다봤고, 나는 그 어느 때보다도 중요한 사람이 된 것 같은 느낌이었다. 파상풍 주사는 죽을 것 같이 아팠지만 아빠가 내 손을 잡아 줬고 간호사가 사과 주스를 주고 티슈도 필요 이상으로 많이 줬다. 그날 밤, 아빠는 나를 침대에 눕히고 붕대를 감은 자리를 살피고 내 머리를 쓰다듬어 줬다. 그리고 내가 잠들 때까지 캣 스티븐스Cat Stevens의 노래를 기타로 쳐줬다.

○

나는 두 번째 나사를 풀며 캣 스티븐스의 노래 「험한 세상 Wild World」을 조용히 흥얼거렸다. 후렴 부분은 혼잣말하듯 가사를 속삭였다. 내가 유일하게 기억하는 가사였다. 그러는 동안 손바닥 껍질이 벗겨졌다. R. S. 스크루드라이버는 완전 후졌다. 금속 부분은 이상한 각도로 휘었고 손잡이는 가시투성이였다.

나사를 겨우 뺐는데 번호판은 그대로 붙어 있었다. 나사를 바닥에 내려놓는데 그제야 번호판이 뚝 떨어졌다. 그러면서 내 손가락 관절 부분을 찢었다. 손 전체가 욱신거렸지만 무슨 일이 있었냐는 듯 나는 하던 일을 계속 했다. 지금 와서 멈출 순 없었다. 그리고 마지막 나사를 풀기 위해선 두 손을 다 써야 했다. 앞 번호판을 끝내고 차 뒤쪽으로 갔을 땐 손가락이 피로 다 끈적거렸다.

나는 셔츠를 벗어 다친 손에 감고 속도를 내기 위해 뒤쪽 번호판에 열심히 매달렸다. 아무도 내가 한 짓을 눈치 채지 못하도록 멀쩡한 손으로 차를 덮고 있던 커버를 끝까지 조심조심 잡아 내렸다.

얼음장 같은 번호판 두 개를 셔츠 안에 넣고 캠핑장으로 돌아왔을 땐 목이 메었다. 울고 싶어졌지만 나는 울 수 없었다. 손의 통증이 눈물 따위론 해결이 안 될 정도로 심각했다.

캠핑장 화장실로 들어가 상처를 최대한 깨끗이 씻고 아이린 아들의 침대 시트를 찢어 붕대로 썼다. 그리고 손가락이 뻣뻣해지기 전에 내 차의 번호판 교체 작업에 들어갔다. 예전 번호판은 스페어타이어와 함께 트렁크에 넣었고, 가능한 빨리 이 모든 걸 다시 바로잡으리라 다짐했다.

12

아침에 일어나 보니 앞 유리에 메모가 붙어 있었다. 내 얼굴 바로 앞 와이퍼에 끼워져 있는 파란색 종이는 내가 내일 이곳을 떠나야 한다는 것을 알리고 있었다. 내가 잠든 동안 캠핑장 관리인이 와서 그걸 끼워 두고 갔다고 생각하니 완전 소름이 끼쳤다. 내가 아직 자고 있는데, 그 남자는 창문에 노크를 하거나 날 부르거나 기침을 할 생각 같은 건 하지도 않았나 보다. 자고 있는 내 모습을 지켜봤을까? 잠든 날 지켜보면서 무슨 짓거릴 했을지 의문이었다. 예전에 매티가 더러운 속옷을 사는 남자들이 있다는 이야기를 해준 적이 있었다. 카페 데카당스의 전단지에서 본 불가지론자 남자 같은 사람들도 떠올랐다. 다른 사람이 자는 걸 지켜보는 취미가 있는 사람이라면 캠핑장은 자위를 하기에 아주 딱 좋은 장소일 것이다. 그러나 마고 아줌마가 늘 말했듯이 저마다 취향은 다 다른 거고 누가 누굴 그냥 지켜보는 걸로 해칠 순 없는 거니까.

그냥 그렇게 생각하기로 했다.

캠핑장의 그 끔찍한 샤워장에 들어갈 필요가 없다는 사실에 안도하며 화장실에 갔다가, 거울에 비친 내 모습을 보고 놀라 자빠질 뻔했다. 피가 뺨을 타고 흘러내려 턱까지 묻어 있었다. 손을 베고 잔 모양이었다. 손에 감아 둔 시트를 다 적시고 스며 나올 정도로 피를 흘렸다니. 당장이라도 얼어붙을 것 같은 세면대 물로 얼굴을 닦으며 생각했다. 공포 영화에 나올 것 같은 피투성이 손으로 카페 손님들을 응대할 순 없다고.

차로 돌아간 다음, 그나마 제일 깨끗한 셔츠를 골라 입고 보온을 유지하기 위해 긴 치마 아래 마고 아줌마가 물려준 호피 무늬 레깅스를 신었다. 머리는 한 손으로 할 수 있는 것 중 가장 프로다운 스타일인 포니테일로 묶었다. 손의 상처 부위에는 시트를 새로 뜯어서 감고 시내로 걸어갔다. 이제 겨우 오전 여덟 시였고 나는 열시 반까지만 출근하면 됐지만 일단 출발했다.

약국에 들러 과산화수소 한 병과 거즈 한 롤을 사고 직원용 화장실로 가서 손에 필요한 처치를 했다. 그리고 벙벙한 스웨터를 파는 신기하고 작은 옷가게에서 손가락 없는 장갑을 팔 달라나 주고 샀다. 붕대를 감추기 위해 어쩔 수 없었다. 가게를 나왔는데도 장갑에서는 가게에서 피우던 향냄새가 났다.

이타카에 그냥 평범한 그러니까 섬유유연제 냄새 같은 게 나는 곳이 있기는 할까 싶었다.

카페 데카당스에서 오늘 당장 내게 일당을 주고 내일부터 몇 시간씩 일하게 해준다고 해도, 물론 그럴 리 없겠지만, 내일 밤 당장 들어가 살 곳을 찾는 건 불가능한 일이었다. 하지만 그렇다고 달리 묘안이 떠오르지도 않았으므로 어떤 기회라도 내 앞에 나타나 주길 소망하며 일하러 갔다.

○

카페에 도착해 보니 줄이 길었다. 내가 카운터로 바로 다가갔더니 칼리가 눈을 가늘게 뜨고 나를 빤히 봤다. 줄을 서서 차례를 기다리라고 말을 해야 하나, 하는 표정이었다.

"에이프릴이에요. 저 뽑으셨잖아요."

"맞다, 맞다."

칼리가 고개를 끄덕이며 말했다.

"안쪽으로 들어와요."

그러고는 옛날 신문팔이 소년들이 쓰던 것 같은 갈색 코듀로이 모자를 쓴 남자를 가리켰다.

"주문하세요."

칼리는 그의 텀블러를 받아 곧바로 그가 주문한 음료를 만들기 시작했다. 나보곤 혼자 알아서 카운터 뒤로 들어오는 법을 알아내라는 것 같았다.

카운터와 벽이 만나는 부분에 개리스 바에서 본 널빤지 문 같은 게 달려 있었다. 보통은 그걸 위로 들어 올리고 드나드는데 여기엔 커피 머그들이 그 위에 높이 쌓여 있었다. 그래서 몸을 구부려 최대한 낮춘 다음, 문을 통과한 후에도 계속 몸을 굽힌 채로 들어갔다. 머그들이 사방으로 날아가는 모습이 머릿속에 그려졌기 때문이다. 무사히 통과한 다음엔, 칼리가 커피머신으로 쉬익 소리를 내는 동안 장갑의 실밥을 만지작거렸다.

"정보가 너무 없던데요."

칼리가 말했다. 저 말은 손님한테 하는 걸까, 나한테 하는 걸까.

"저요?"

내가 물었다. 칼리가 고개를 까딱이며 말했다.

"주소도 없고, 전화번호도 없고."

"여기 새로 와서 아직 다 미정이에요."

"그럼 정해지면 알려 줘요."

다 끝낸 수학 숙제에 아빠가 맥주를 쏟아 버렸다는 변명을 했을 때 수학 선생님이 짓던 표정, 딱 그 표정으로 칼리가 나를 아주 빤히 쳐다봤다. 칼리는 새빨간 벨벳 베레모를 쓰고, 메리 타일러 무어Mary Tyler Moore가 입을 만한 남색 나일론 원피스, 찢어진 망사 스타킹, 군화 차림이었다. 파란색 덩굴손 타투의 뾰족한 끝이 원피스의 높은 목선 위로 살짝 보였다. 저건 대체 뭘까? 달빛? 뱀? 문어발?

"하프 카페인 헤이즐넛 카프치노."

칼리가 외치며 신문팔이 모자를 쓴 남자에게 텀블러를 건넸다.

"계산대에서 일할 수 있죠?"

그 남자가 아니라 나한테 하는 말이라는 걸 알아차리는데 일 초쯤 걸렸다.

끄덕끄덕.

"이 달러 칠십오 센트. 입력해요."

칼리가 말했다.

저 커피가 어떻게 일반 커피보다 이 달러나 더 비싼지 도무지 이해가 안 됐지만 그걸 문제 삼는 사람은 없는 것 같았다. 손님이 내게 오 달러짜릴 냈고, 나는 이 계산기가 마고 아줌마네 것과 똑같다는 사실을 새 직장의 신 혹은 커피의 신께 감사드렸다.

"부탁 하나 할게요."

칼리는 이미 다음 주문을 받는 중이었다.

"저 머그잔들 좀 주방으로 갖다 놓고 나간 김에 밖에 얼굴 잠깐 내밀고 보디한테 내 말 좀 전해 줘요. 쉬는 시간 끝났다고, 담배 그만 피우고 당장 들어오라고."

나는 널빤지 문 밑으로 기어 나가 빈 머그잔들을 최대한 많이 수거했다. 싱크대에는 이미 더러운 접시들이 쌓여 있었기 때문에 아무 데나 빈자리를 찾아 내려놓았다.

바깥에 나가 보니 어제 카운터 뒤에서 일하던 금발 남자가 한 발로 균형을 잡고 벽에 기대어 서서 짤막한 담배를 피우고 있었다. 재킷도 안 입었는데 추워 보이지도 않았다. 그는 햇살 같았다. 면도를 하지 않아 까칠하게 자란 그의 금빛 수염이 빛을 받아 그의 얼굴이 빛났다.

"일하러 온 친구구나."

그는 깊게 한 모금 빨아들이고 잠시 숨을 머금고 있었다가 내뿜었다. 그 담배에선 죽은 스컹크 냄새가 났고 그건 사자 소년을 떠올리게 했다. 얼굴이 화끈 붉어졌다.

"보디?"

내가 물었다.

"응."

그가 한숨을 푹 쉬었다.

"내가 맞혀 볼까? 칼리가 당장 들어오래?"

"정답."

"에이프릴."

그가 어찌나 활짝 웃는지 눈이 고양이처럼 쪽 찢어졌다.

"그쪽 이름 맞지?"

"네."

그가 한 모금 더 빨았다. "사월April의 소나기는 오월의 꽃May flower을 피우고, 오월의 꽃은 무얼 불러올까?"

"네?"

"필그림Pilgrim이잖아."

그가 웃자 윗입술이 완전히 사라졌다.

"메이플라워호를 타고 미국에 처음 이주한 영국 청교도들 말이야, 필그림!"

그는 담배를 신발 밑창에 비벼 끄고 내 등을 두드리며 말했다.

"칼리가 진짜 폭발해 버리기 전에 얼른 들어가자고."

○

한 시에 처음으로 휴식 시간이 주어졌다. 칼리는 날더러 주방으로 가서 보디에게 점심으로 먹고 싶은 걸 말하면 된다고 했다. 그리고 손님들과 대화를 많이 나누겠다고 약속하면 매장에 앉아 먹어도 된다고 했다. 손님들이 자기 이름이며 자기 커피 취향 같은 걸 알고 기억해 주는 걸 좋아하기 때문이라는 것이다.

보디는 내게 터키 샌드위치를 만들어 줬고 점심으로 대충

171

때우고 있던 포테이토칩을 접시에 수북하게 부어 줬다.

"받아, 필그림."

그가 샌드위치를 건네며 말했다. 웃을 때 그는 자신만만해 보였는데, 얼굴 윤곽선이 아주 완벽한데도 어딘가 멍청해 보였다.

나는 접시와 커피를 들고 구석 테이블로 갔다. 샌드위치에는 녹색 곤죽 같이 생긴 게 들어 있었는데 보디가 만든 거라 좀 의심스러웠지만, 먹어 보니 진짜 맛있었다. 어쩌면 제대로 된 음식이 너무 오랜만인 상태인 탓도 있을 것이고, 저런 부류의 사람들은 지나치게 조심스럽게 굴지 않아서 더 맛있는 샌드위치를 만드는 건지도 몰랐다. 음식의 맛에, 그리고 씹는 데 너무 열중한 나머지 나는 창밖으론 눈길도 주지 않았다. 내게 중요한 건 먹는다는 행위뿐이었다.

"이 자리에 앉을 사람 있나요?"

깜짝 놀라 움찔하는 바람에 내 무릎이 테이블을 치고 커피가 쏟아졌다. 오늘 아침에 왔던 신문팔이 모자를 쓴 남자였다. 그는 한 손엔 수프 그릇을 한 손엔 커피 머그를 들고 있었다.

"미안해요. 놀라게 할 생각은 아니었는데."

그가 수프 그릇을 내려놓고 냅킨을 뽑아 엎질러진 커피를 닦았다.

"새로 갖다 줄게요."

"괜찮아요, 어차피 지금 카페인 과다 섭취 상태예요."

"앉아도 될까요?"

나는 지금 나의 샌드위치와 너무나도 각별한 시간을 보내고 있기 때문에 그건 좀 곤란하겠다고 말하고 싶었지만, 칼리가 아까 손님들과 대화를 나누라고 한 말을 기억하고 있기에 "네, 그럼요"라고, 내가 만들어 낼 수 있는 가장 친근한 목소리로 말했다.

"저는 애덤 저건스예요."

그가 손을 내밀며 말했다. 나는 손을 치마에 쓱 문지르고 내밀었다.

"에이프릴이에요."

성까지 말할 필요는 없으니까.

"오늘 첫날인가 봐요?"

애덤은 스푼을 수프 그릇에 담그며 물었다. 그리고 입가로 가져가서 후 불자 아주 작은 물결이 생겼다.

"넵."

무례하게 굴고 싶은 마음은 없지만 달리 할 말이 생각나지 않았다. 이 남자는 학생도 아니고, 나이도 많아 보였다. 한 서른쯤 됐을까. 이미 보디나 칼리를 상대하는 것만으로도 벅찬 상황에, 이건 정말 내 능력 밖이었다. 이 남자가 아예 마고 아줌마처럼 나이가 월등히 많으면 차라리 대화가 쉬웠을 텐데, 이 사람은 아주 어중간한 나이인 데다 아마 자기는 얼마 전까지만 해도 내 나이였다고 생각할 터였다.

"여기 사람이에요, 아님 학생이에요? 전엔 이 동네에서 못 봤던 것 같아서."

그는 이번엔 불지 않고 수프를 크게 한 술 떠서 입에 넣었다. 다행히 후루룩 소리는 내지 않았다.

"둘 다 아니고, 온 지 얼마 안 돼요."

나는 완전한 문장으로 말하는 법을 좀 배워야겠다고 생각하며 말했다.

"쉽게 떠나긴 어려운 곳이에요. 나는 학교 때문에 왔어요. 대학 졸업하고 보스턴으로 다시 이사 가려고 했는데, 여기 말고 다른 데 가선 못 살겠더라고요."

"여기 정말 좋은 것 같아요."

나는 샌드위치를 한 입 크게 베어 물었다.

"어디 살아요?"

나는 음식을 마저 씹느라 손가락을 들어 기다려 달라는 제스처를 보였지만, 빵의 바삭바삭한 부분이 워낙 딱딱해서 말을 할 수 있을 때까지 오래 걸렸다.

"여기저기요."

결국은 입 안에 음식이 든 채로 겨우 대답했다. 마고 아줌마가 봤으면 소리를 질렀을 것이다. 그가 웃었다.

"대답이 너무 구체적이네요."

"캠핑장이요."

이 사실은 비밀로 해두려고 했는데 나도 모르게 불쑥 말하고 말았다.

"용감한 아가씨잖아요! 엄청 추울 텐데요."

"그럭저럭 괜찮아요."

"그런 것 같네요."

그가 웃으며 말했다. 이 남자는 치아가 너무 작아서 남들보다 더 여러 개인 것처럼 보였다. 몸집도 나보다 그리 크진 않았다. 둥글둥글한 볼은 붉게 상기돼 있고 코는 단추처럼 작았다. 모자는 아마도 벗어지고 있는 이마를 감출 목적으로 쓴 것 같고, 눈가에는 마고 아줌마가 까마귀발 주름이라 부르는 잔주름이 희미하게 자리 잡는 중이었다. 어릴 때 내가 가지고 있던 산타클로스 그림책에는 산타의 일을 돕는 요정이 여럿 나왔다. 애덤은 그 요정 중에 유독 장난감을 제대로 못 만들고 신발도 짝짝이로 신는 요정을 닮았다.

"자, 이렇게 하면 어떨까요."

애덤이 입을 열었다.

"여기 사람들은 나를 다 알아요. 내가 위험한 사람이 아니라고 확인해 줄 거예요."

그리고 뒷주머니에서 지갑을 꺼내 여러 명함 속에서 하나를 골라낸 다음, 셔츠 주머니에서 펜을 꺼내 들고 명함 뒷면에 번호를 하나 적었다.

"캠핑장이 너무 추워지면 나한테 연락해요."

따뜻한 샤워를 할 수 있고, 진짜 난방이 나오는 진짜 건물의 소파에서 잘 수 있다는 생각이 들자 물불 안 가리고 이 기회를 잡고 싶었다. 하지만 왠지 애덤이 자기가 위험하지 않다고 한 말 때문에 실은 더 위험한 사람인 건 아닐까 걱정이 됐다. 아빠는 항상 누군가 나에게 무언가를 주겠다고 할 때, 그 대가로 그들이 원하는 게 무엇인지 알아내야 한다고 했다. 애덤이라는 이 남자가 나에게서 공짜 커피나 얻어 마시자고 이러는 건 아닐 터였다. 이건 마고 아줌마가 내게 조심하라고 경고하던 딱 그런 류의 상황인 듯했다.

애덤이 내민 명함을 내가 선뜻 받지 않자 그는 내가 받을 때까지 살살 흔들었다. 마치 낚시 할 때 미끼를 흔들 듯이.

"그런데 저한테 왜……"

"그 나이를 살아 낸다는 게 어떤 건지 아니까요. 누가 돈을 줄 테니 그 나이 때로 돌아가라고 해도 나는 절대 안 갈 거거든요."

나는 명함을 보지도 않고 치마 고무줄 사이에 꽂았다. 그리고 예의를 차리기 위해 웅얼웅얼 "고맙습니다"라고 말했다.

하지만 이 사람의 집은 선택지에 넣지 않기로 했다.

○

나는 보디에게 잠을 잘 소파가 필요하다고 슬쩍 힌트를 주는 방법은 어떨까 생각해 봤다. 지인 중에 혹시 룸메이트를 구하는 사람이 있는지, 아니면 값싼 호텔이나 월세로 나온 방이 있는지 물어보는 것이다. "그쪽 집에서 좀 묵어도 될까요?"라고 대놓고 말하긴 좀 그랬다. 그건 너무 없어 보이고 또 징그럽지 않은가. 대신 그가 나에게 자기 집으로 오라는 제안을 할 기회를 주는 것이다. 하지만 내가 이 대화를 시작하기 위해 그에게 가까이 갈 때마다 그는 고개를 끄덕이거나 윙크를 하거나, 턱부터 치켜들고 웃어 보이는 바람에 말이 쑥 들어갔다. 테이블을 닦으며 뭐라고 말해야 할까 연습을 해보다가 이 대사를 골랐다. '새로 방을 찾기 전에 임시로 며칠 지낼 데가 필요한데요, 어디에서 알아봐야 할까요?' 이렇게 하면 말이 입 밖으로 나왔을 때에도 방금 생각난 것처럼 자연스럽게 들릴 거란 확신이 들었다. 하지만 결심이 선 다음, 칼리가 나를 주방으로 들여보냈을 때 보디는 보이지 않았다.

대신 빨간 머리에 야구 모자를 거꾸로 쓴 웬 여드름투성이 남자가 주방 조리대 앞에 서 있었다. 그는 식칼을 들고 양상추 꼭지를 난도질하며 매번 내리칠 때마다 "하!" 하고 소리를 지르고, 잘라 낸 부분을 조리대 쓰레기통에 버렸다.

　나는 나를 소개하지 않았고 그도 고개를 들지 않았다. 그래서 그냥 접시들을 조리대에 올려놓고 걸어 나왔다. 내 뒤로 문이 닫히는데 식칼이 도마에 날카롭게 꽂히는 소리가 들리더니 그가 외쳤다.

　"이거나 먹어라, 이 씨발놈아!"

13

애덤이란 사람의 집은 따뜻할 거라 생각하니 캠핑장이 훨씬 더 춥게 느껴졌다. 초등학교에서는 낯선 사람을 조심하라고 가르쳐 줬는데, 만약 저체온증이 걱정되는 상황에 낯선 사람이 따뜻한 방을 제공한다면 그땐 어떻게 해야 하는 건지에 대해서는 가르쳐 주지 않았다.

나는 시동을 켜고 히터를 최대치로 튼 다음, 너무 더워서 숨이 막힐 것 같을 때까지 뒀다. 그 다음에 시동을 끄고 잠들었다가 다시 덜덜 떨며 깼다.

명함은 잃어버리지 않도록 가방 안주머니에 꽂아 두었다. 그 생각만으로도 아주 심난해졌다. 애덤네 지하실 의자에 청 테이프로 묶여 있었다면 적어도 지금보다 따뜻하긴 할 테지. 화장실 옆 공중전화로 가서 전화해 볼까, 생각하다 그냥 다시 시동을 켰다. 공기가 따뜻해지자마자 손을 바람이 나오는 곳 앞에 갖다 댔다. 그리고 화상을 입을 것 같을 때까지 대고 있었다.

○

　잠에서 깨어 눈을 떴는데, 붉은 턱수염에 귀를 가리는 모자를 쓴 캠핑장 관리인이 햇살 때문에 녹은 앞 유리창의 얼음 사이로 나를 들여다보고 있었다. 심장이 덜컹 내려앉았다. 손을 뻗어 문이 잠겼나부터 확인했다. 관리인이 창을 두드렸다. 손가락은 갈라지고 누렇게 변색돼 있었다. 그는 다른 손으로 종이 한 장을 유리에 착 붙였다. 내가 읽을 수 있게 글씨 적힌 면을 아래쪽으로 해서.

　'오전 아홉 시까지 차 빼요.'

　그의 눈동자는 그의 뒤로 펼쳐진 하늘과 똑같은 잿빛 하늘색이었다. 나는 고개를 끄덕였다. 그는 종이를 구기더니 청바지 주머니에 쑤셔 넣고 가버렸다.

　캠핑장 샤워실은 떠올리는 것만으로도 너무 추웠다. 나는 화장실로 뛰어가 볼일을 보고 머리를 빗고 이를 닦고 붕대를 갈았다. 손의 상처에는 딱지가 앉기 시작했지만 아직도 징그러웠다. 적어도 뻘겋게 붓진 않았으니 괜찮았다. 부으면 바로 감염됐다는 신호라고, 까진 내 무릎을 살피며 마고 아줌마가 말했었다. 어머니가 간호사였던 아줌마는 그런 걸 잘 알았다.

　캠핑장에서 지내는 내내 차 안에서만 잤기 때문에 짐을 쌀 필요도 없었지만 이대로 그냥 가려니 좀 이상했다. 뭐라도 가져가거나 남겨 둬야 할 것만 같았다. 이곳은 캠핑카를 떠난 후 나의 첫 번째 집이었고, 그에 대한 예우가 있어야 했다. 나는 화로에서 돌을 하나 골랐다. 한쪽 면만 까맣게 탄 매끈매끈한 회색 돌이었다. 모닥불 냄새가 났다. 여기 있는 동안 한 번 피울 수 있었다면 좋았을 텐데. 나는 돌을 차 문짝의 포켓에 던져 넣고 차를 몰고 나갔다.

○

시내에서 일이 킬로미터 벗어나, 현관에 무지개 깃발이 걸린 집 앞의 좁은 도로변에 차를 댔다. 전날 여기저기 살살이 뒤지며 다녀봤는데 시내 근처의 주차장들은 전부 유료거나 시간제한이 있었다. 하지만 여기는 돈을 낼 필요도 없고, 아침이 되기 전에 길 건너편으로 차를 옮기기만 하면 될 것 같았다.

어떤 말들이 머릿속에 박혀 떠나지 않을 때가 있다. 머릿속에서 빙빙 돌다가 마침내 가라앉기 전까지 노래처럼 계속 울려 퍼지는 것이다. 일터로 가는 동안 내 머릿속엔 '넌 어디에서 지낼 거니, 어디에서 지낼 거니, 어디에서 지낼 거니, 어디에서 지낼 거니'가 내 발걸음에 맞춰 끝없이 반복됐다. 생각하지 않으려고 해봤지만, 머릿속에서 내몰려는 사투를 멈추는 순간마다 그 문장은 어김없이 다시 기어들어 왔다.

○

나는 일하는 게 좋고 실력도 있었다. 모든 게 잘 정리되어
있는 게 정말 좋았다. 커피머신 바로 옆에 포개진 커피 컵들
이 쌓여 있고, 포크와 스푼이 담긴 통이 있고, 설탕과 크림 전
용 공간이 있는 것은 마고 아줌마 식당과 똑같진 않았지만 익
숙했다. 우유에 거품을 내고 접시를 나르는 동안만은 근무시
간이 끝날 거라는 생각을 잊을 수 있었다. 그리고 오후의 가
장 붐비는 시간에 칼리가 날 보며 "에이프릴이 없었으면 정
말 어쩔 뻔 했어"라고 말할 땐 나 자신이 자랑스러웠다. 이제
겨우 둘째 날이었는데 말이다.

○

단골이라고 했으면서 애덤은 오지 않았다. 혹시 단골이 아
닌 거 아닐까? 실은 데카당스 사람들은 그 사람을 알지도 못
하고, 위험한 사람인 거 아닐까? 아님, 혹시 내가 전화를 안
해서 언짢았나? 내가 차라리 캠핑장을 선택해서 기분이 나빴
나? 나한테 명함을 줬다는 사실을 기억은 하는지 몰랐다.

내 근무 시간은 세 시까지였는데 나와 교대할 직원이 심
리학 시험이 있어서 못 오겠다고 두 시 사십오 분에 연락을
했다.

"부잣집 년들은 하여간."

칼리가 중얼거렸다.

"엄마 아빠가 과자 값을 충분히 안 줘서 일하는 애들도 있거든."

그리고 날 보며 기도하듯 두 손을 합장하고 말했다.

"에이프릴, 제발 남아서 일 좀 더 해주면 안 될까?"

당연히 나는 좋다고 했다. 난방에, 한 끼 식사 추가에, 커피는 마시고 싶은 만큼 마실 수 있고, 거기다 화장실까지. 여기 더 남을 구실이 생겼다는 게 돈을 더 버는 것보다 더 좋았다.

○

애덤은 해가 뉘엿뉘엿 넘어갈 즈음에야 나타났다. 심지어 여자랑 같이. 그녀의 머리카락은 윤기가 돌고 찰랑거렸다. 윗입술 선을 하트처럼 또렷하게 만들어 주는 밝은 빨간색 립스틱 외엔 화장기도 전혀 없었다. 키도 엄청 컸고 목 부분부터 단추를 채운 검은색 코트는 거의 발등까지 내려왔다. 코트는 허리를 조이고 있었는데 어찌나 말랐는지 배와 장기와 인간이 갖추어야 할 모든 것들이 그 좁아터진 공간에 다 들어가 있다는 게 믿기지 않을 정도였다. 그리고 도무지 이유를 알 순 없었지만 질투가 났다. 아마도 애덤이 내 전화를 기다리는 외로운 남자이길 내심 바랐는데 그가 옛날 영화배우 같은 여자를 데리고 나타나서 그런 모양이었다. 어젯밤 그는 나를 기다리고 있지 않았던 것이다.

두 사람은 카운터에서 멀찍이 떨어져 섰다. 그가 그녀에게 바짝 기대며 뭐라고 말했다. 그녀는 벽에 붙은 메뉴를 보다가 그에게 뭐라고 말하며 손으로 그의 팔을 잡았다. 칼리가 죽은 고양이가 울부짖는 것 같은 음악을 쾅쾅 울리게 틀어 놓았기 때문에 두 사람이 뭐라고 하는지는 들리지도 않았다. 그녀는 코트를 벗고 어제 애덤과 내가 앉았던 창가 자리에 앉았다.

애덤이 계산대 앞으로 다가왔다.

"용감하게 캠핑장에서 잤어요?"

칼리가 몰랐으면 하는 이야기를 꼭 저렇게 큰소리로 말하다니. 다행히 칼리는 자기만의 작은 세계에 빠져 있었다. 카운터 앞으로 등을 구부리고 음악에 취한 듯 고개를 까딱이며 다음 주 스케줄을 짜느라 바쁜 것 같았다. 애덤은 블랙커피를 주문하고 가져온 텀블러를 내밀었다. 그리고 무지방 우유로 만든 라떼도 시켰다. 나는 이 퍼센트 저지방 우유로 라떼를 만들었다.

그들을 보지 않으려고 했지만 어쩔 수가 없었다. 애덤이 영화배우 여자에게 커피를 갖다 주자 그녀는 그에게 백만 와트급 미소를 발산하며 라떼가 엄청나게 소중한 선물이라도 된다는 듯 두 손으로 받았다. 그들의 손가락이 닿았다. 애덤은 그걸 좋아했다. 딱 보면 알 수 있었다. 그가 테이블 앞에 앉았

184

고, 두 사람은 가방에서 노트를 꺼내 펜으로 서로의 노트를 가리키며 뭔가를 적기도 하고 비교해 보기도 했다. 그러더니 일엔 흥미를 잃어버리고, 바깥 하늘이 완전히 캄캄해지고 사람들이 다시 음식을 주문하기 시작할 때까지 웃고 떠들었다.

어떤 남자가 스페셜 샌드위치를 주문했고 나는 양상추 킬러에게 주문서를 갖다 주러 주방으로 들어갔다. 우린 아직 서로 두 마디도 주고받지 않았다. 어쩌면 내가 먼저 내 소개를 해야 하는 지도 몰랐지만 그는 설거지 중이었고, 나는 애덤 커플을 구경하고 싶었기 때문에 그냥 "주문이요!"라고 외치고 종을 누른 다음, 얼른 나와 버렸다. 주문을 한 남자에겐 "준비되면 이름을 불러 드릴게요"라고 말하고 애덤 커플 테이블을 봤는데 여자가 없었다. 애덤이 노트를 다시 펼쳐 놓고 혼자 앉아 있었다. 처음엔 화장실에 갔나 했는데 코트도 없었다.

칼리가 담배를 피우러 나간 사이, 나는 애덤에게 리필을 해 주려고 커피포트를 들고 허리를 굽혀 카운터 밖으로 나갔다. 칼리가 손님에게 하는 대로.

"고마워요, 꼬마 아가씨."

애덤이 말했다. 꼬마라니 질색이었다.

"불타는 데이트?"

갑자기 간이 배 밖으로 나왔는지 그렇게 묻고 말았다.

애덤은 '설마요' 하는 표정을 지었다. 마치 누군가 내게 보디와 그런 사이냐고 물으면 내 얼굴이 딱 저럴 것 같았다. 어른이 되어서도 저렇게 느낄 수 있었다니 좀 무서운 일이다 싶었다.

"애나는 고객이에요. 내가 일을 받아 디자인을 해주는 중이죠."

애덤이 말했다. 나는 고개를 끄덕였다. 내가 그런 것까지 물어봤어야 해? 내가 뭐, 미리 알고 있었어야 해? 명함은 읽지도 않았다. 명함을 봤으면 알았겠지, 전화도 했겠지.

손목이 아팠지만 다른 손은 다쳤기 때문에 커피포트를 바꿔들 수도 없었다. 그래서 테이블 끝에 걸쳐 놓았다. 테이블의 목재를 태울 것 같진 않았지만 완전히 내려 두는 모험을 하고 싶진 않았다.

"혹시 우리 집 소파 베드에 깨끗한 시트를 깔아 둬야 할까요?"

애덤이 물었다. 나도 그가 그걸 물어오길 은근히 기다리고 있었던 것 같았다. 나도 아마 그래서 오늘은 어디서 밤을 보내야 할지 종일 머리 터지게 고민하지 않았던 것일지도 몰랐다. 하지만 막상 그가 물으니 속이 꼬이는 것처럼 불편해졌고, 아무 대책 없이 이러고 있었다는 게 한심했다.

"캠핑장도 괜찮아요."

"아니, 아니잖아요. 오늘 폐장했잖아요."

그가 알고 있었다는 사실에 나는 식겁했다. 내 뒤를 밟은 건가? 내가 식겁했다고 얼굴에 쓰여 있었는지 애덤은 자기 머리를 가리키며 덧붙였다.

"톰 빌포드가 우리 유커* 멤버예요."

이게 무슨 소리지 하는데, 그 남자가 딱 떠올랐다. 오늘 아침에 차 유리에 메모를 착 들이댄, 귀마개 달린 모자를 쓴 그 남자.

"유커는 교회 다니는 아줌마나 늙은 술주정뱅이가 하는 거 아니에요?"

나도 모르게 그 말이 튀어나왔다. 포커 대신 누군가 유커를 치자고 하면 아빠가 늘 하던 말이었다. 사과를 해야 하나 고민하는데 오히려 애덤은 재미있어 하는 것 같았다.

"늙은 술주정뱅이라고하기엔 난 너무 젊은데."

그가 웃으며 말했다.

"어쩌나, 차라리 헌금 접시에 올릴 돈을 준비하는 편이 낫겠네요."

"그러는 게 좋겠네요."

나는 웃지 않으려고 애를 썼다. 톰 빌포드라는 작자가 애덤

* 유커: euchre, 미국, 호주에서 대중적인 카드놀이.

187

에게 말했나? 아님 애덤이 물어봤나? 나는 커피포트를 들고 카운터를 가리키며 말했다.

"다시 가봐야 할 것 같아요."

"아직 대답을 못 들었는데."

애덤의 눈이 아직도 웃고 있었다.

"꼭 대답해야 하나요?"

신비주의 전략도 뭣도 아니고, 그냥 아직도 결정을 못 해서 그렇게 말했다.

"그녀는 올 것인가, 말 것인가. 전화기 옆에서 숨죽이고 기다리고 있겠습니다."

애덤이 말했다.

"삶이 좀 흥미로워지긴 하겠네요."

나는 커피포트를 받침에 올리고 마치 할 일이 있는 것처럼 주방으로 들어갔다. 실은 생각하기 위해 일단 자릴 피해야 했던 거지만. 주방은 텅 비어 있었다. 나는 샌드위치 조리대에서 빵을 한 조각 슬쩍했다. 빵이 내 위장에 넘치는 커피를 다 흡수해 주면 좋을 것 같았다. 그래야 속이 울렁거리는 이 느낌이 애덤이라는 사람에 대한 경고 같은 것인지 아님 그냥 내 탓인 건지 가늠할 수 있을 것 같았다. 빵을 입 안에 쑤셔 넣는데 누가 날 보고 있는 것처럼 뒤통수가 간지러웠다. 고개를 들어 보니 양상추 킬러가 냉장고 옆 벽에 기대어 있었다. 아무리 저 사람이 미동도 않고 있었다고 해도 그렇지 어떻게 저렇게 불타는 빨간 머리를 못 본 걸까. 나는 빵을 씹다 말고 그대로 멈췄다. 그는 나를 쳐다보며 입에 손가락을 갖다 댔다. 그러더니 번개같이 돌진해서 맨손으로 조리대를 내리쳤다. 어찌나 소리가 큰지 주방에 메아리가 울렸다. 그가 손바닥을 보더니 내게 까맣게 뭉개진 무언가를 보여 주며 말했다.

"거미."

"네."

나는 입 안에서 끈적끈적해진 빵 조각을 삼키려 애쓰며 말했다. 빵 조각이 목구멍을 타고 내려가는 내내 불편했다.

○

담배를 다 피우고 들어온 칼리는 머리가 엉망이었다. 베개가 다 젖도록 침을 흘리며 낮잠을 푹 자고 깬 사람 같았다. 칼리는 노래를 흥얼거리고 있었는데, 지금 스피커에서 나오는 노래와 완전히 다른 노래를 부르는 중이거나 칼리가 음치거나 둘 중 하나가 분명했다. 칼리가 듣는 이 쓰레기 같은 음악으로는 사실 판단이 안 섰다. 거의 대부분이 소음과 비명이라 사실 음악처럼 들리지도 않았다. 칼리는 에스프레소머신을 다 닦은 다음 계산기의 영수증 종이 두루마리를 체크했다.

"사월April, 오월, 유월."

칼리가 고개를 들고 나를 보며 웃었다.

"칠월, 팔월, 구월."

그리고 팔을 뻗어 내 얼굴을 덮은 머리카락을 옆으로 넘겼다. 나보다 키가 좀 작은 칼리는 내 머리카락을 귀 뒤로 넘겨주기 위해 발뒤꿈치를 들어 올려 발끝으로 서야 했다. 이 행위에 어떻게 반응을 해야 할지 판단이 안 섰지만, 어찌됐건 내게 친근하게 구는 행동이었으므로 이참에 애덤에 대해 묻기로 했다.

"그 사람, 대체 뭐예요?"

오늘 오전 카운터 옆 테이블에서 어떤 여자가 친구에게 이런 소리를 하는 걸 듣고 흉내 내어 물어봤다.

"애덤? 이 동네 살아."

칼리는 손가락으로 딱 소리를 내며 손을 흔들었다. 그러더니 한숨을 쉬고 나를 봤다. 너무 오래 빤히 보는데 왜 그러는지도 알 수 없고, 그렇다고 애덤에 대한 걱정을 해결해 주는 눈빛도 아니었다.

"내일도 종일 일할 수 있어?"

칼리가 물었다.

"네."

나는 칼리를 지나쳐 창밖으로 시선을 옮기며 물었다. 어제보다 더 깜깜한 것 같았다. 어디 묵을 만한 데가 있는지 칼리에게 물어야 하나. 그럼 적당한 말을 찾아야 했다. 그냥 칼리네 소파에서 자도 되냐고 물어볼까. 그게 제일 쉬운 방법인지도 몰랐다. 딱 하룻밤만. 생각할 시간도 벌고 하룻밤 돈도 아끼고. 만약 나한테 빈 소파가 있는데 칼리가 부탁했다면 나도된다고 했을 테니, 그렇게 정신 나간 소리는 아니지 않을까.

"수업 들으러 안 가?"

칼리가 물었다.

"학교 안 다니는데요."

칼리는 양쪽 눈썹이 맞닿을 정도로 미간을 모았다.

"이타카대학에 다니는 줄 알았는데."

나는 고개를 저었다. 아까 넘긴 빵이 아직도 목에 걸려 있는 느낌이었다.

"흠."

이것이 칼리의 반응이었다. 애당초 내가 학교에 다닌다고 말한 적도 없지만, 뭘 잘못한 건가 걱정이 되기 시작했다. 다른 걸 더 물어보면 어쩌나 하고 있는데 칼리가 내 눈을 똑바로 보며 마치 무슨 대단한 고백이라도 하듯이 말했다.

"나 샌드위치 먹고 올게."

그러더니 음식을 정복하러 가는 사람처럼 부츠의 앞코를 딛고 돌아서 주방으로 쿵쾅거리며 들어갔다.

나는 카운터를 닦으며 일이 끝나면 애덤에게 전화하기로

결심했다. 하지만 애덤은 아까 그 테이블에 그대로 앉아 있었다. 이미 다 식었을 커피를 홀짝이며 노트 위로 몸을 숙이고 뭔가 적고 있었다. 안 그러려고 하는데도 그쪽을 쳐다보다 눈이 너무 여러 번 마주쳤다. 사냥꾼들이 지켜보는 사슴이 된 기분이었다. 마고 아줌마가 이러지 말라고 경고했는데. 너무 과도하게 관심을 가지면 안 된다고. 하지만 나는 사람을 만나는 법을 몰랐다. 그냥 정상적으로 나를 친근하게 대하고, 나를 좋아하는 사람을 알아보는 법을 몰랐다.

애덤은 셔츠 소매를 팔꿈치까지 둘둘 걷어 올리고 있었다. 팔뚝이 예상보다 더 근육질이었다. 체구가 크진 않지만 힘은 셀 것 같았다.

주방을 마감한 뒤 빨간 머리는 퇴근했다. 문이 채 닫히기 전에 바깥에서 한 무리의 남자들이 야단스럽게 괴성을 지르는 소리가 안으로 들어왔다. 그러자 다시 번개와 폭풍우가 몰아치는 것 같은 느낌이 배 속을 장악하고 떠나질 않았다.

○

밤 열 시, 남은 손님은 애덤, 그리고 한 테이블에서 공동 프로젝트를 하는 학생들, 그리고 구석에서 스티븐 킹을 읽고 있는 남자뿐이었다. 칼리가 매장 문 앞 팻말을 '영업 종료'로 돌려놓았지만 아무도 의식을 못 하는 것 같았다. 칼리가 자기

192

뇌 안에 청소 솔에 달린 솜털 같은 게 꽉 찬 느낌이라고 해서 정산은 내가 했다.

"철사 말고 털 같은 것만. 대체로 초록색이나 노란색이지."

웃고 있는 걸 보니 일부러 이상한 소릴 하는 것 같았다. 이게 칼리 표 유머인건가 생각하기로 했다.

이제 칼리는 내가 대학생이라고 거짓말을 한 걸로 알고 있으니 내 문제를 터놓고 이야기하기가 겁났다. 소파에서 자도 되냐고 묻기엔 이 일자리가 너무 절실해서 도저히 그걸 잃는 위험을 감수할 수 없었다. 예전에 마고스 식당에 왔던 트럭 운전사가 월마트 주차장에서 노숙하며 숙박비를 아낀다는 이야기를 했던 게 생각났다. 거기선 차를 대고 자도 된다고 했다. 나가는 길에 칼리에게 제일 가까운 월마트가 어디에 있는지만 묻기로 결정을 내렸다. 질문을 하는 이유는 말할 필요도 없었다. 일반적으로 사람들은 월마트를 그런 용도로 생각 안 할 테니까. 그냥 치약이나 화장지가 떨어졌다고 생각하겠지. 칼리는 나를 평범한 잠자리가 있는 평범한 사람으로 생각할 테니까.

내가 지폐를 고무줄로 묶고 은행에 가져갈 가방에 담는 사이 칼리는 남은 커피를 쏟아 버리고 에스프레소머신의 플러그를 뽑았다.

"자, 여러분, 꼭 집으로는 안 가셔도 되지만, 여기선 나가

주셔야겠어요."

칼리가 남아 있던 손님들에게 소리쳤다. 손님들이 짐을 챙기는 동안 나는 얼른 주방으로 들어갔다. 애덤과의 대화를 피하기 위해서였다. 주방은 따뜻했다. 이 온기를 내 안에 저장할 방법이 있었다면 얼마나 좋을까. 월마트 주차장은 엄청 추울 것이고, 나는 혼자일 것이고, 거기엔 너구리 대신 트럭 운전사들이 출몰할 것이다. 칼리가 손님들한테 인사하는 소리가 들리더니 곧 주방으로 들어왔다. 우리는 외투를 입었다.

"와, 오늘은 두 배로 긴 하루였어."

가게 문을 향해 가는 사이 칼리가 목도리를 두르며 말했다. 내가 물어볼 말은 머릿속에 딱 준비돼 있었다. 그런데 밖에 애덤이 기다리고 있었다.

"오늘 밤은 무지 추운데요."

칼리가 문을 잠그는데 애덤이 말했다. 애덤이 찬 공기 속으로 입김을 불었다. 제발, 그냥 가버려. 출입구의 그림자에 그의 얼굴이 가려져 있었고 그의 눈이 어떻게 생겼는지도 기억이 안 났다.

"그러니까요."

칼리가 맨손을 주머니에 찌르며 말했다.

"차는 어디에 세웠어요?"

"아, 걸어왔어요."

칼리는 분명 나한테 물은 것 같은데 애덤이 대답했다.

"난, 저기 댔어요."

나는 스테이트가 쪽을 애매하게 가리켰다. 애덤에게 너무 많은 정보를 주면 안 되니까.

"내 차는 저쪽."

칼리는 제자리 뛰기를 하며 말했다.

"그럼 안녕!"

내가 소파나 월마트에 대해 묻기도 전에 칼리는 마치 이 날씨를 추월해 버리겠다는 듯이 뛰어가 버렸다. 나는 결국 애덤과 남겨졌다. 이 남자를 따라 갈 수도 없는데, 이 남자 때문에 칼리에게 말할 기회마저 날렸다. 모르는 남자를 따라가면 절대 안 돼. 마고 아줌마는 분명 그렇게 말할 것이다. 월마트 주차장이 어딘지도 묻고 싶지 않았다. 내가 노숙한다는 걸 알면 나를 찾아올 수도 있고, 또 그렇게 묻는 게 이 사람에겐 모욕일 수도 있었다. 마고 아줌마는 분명 말할 것이다. 남자를 화나게 하면 안 된다고.

"우리 집은 저기 언덕 쪽이에요."

애덤이 내 차가 있는 방향을 가리켰다.

"그럼 안녕히 가세요."

나는 최대한 친근하게 말했다.

"혹시……"

"잘 데 찾았어요. 안녕히 가세요."

그리고 칼리와 같은 속도로 내달렸다. 내가 그로부터 도망치는 게 아니라 추위로부터 도망치는 것처럼 보이길 바라면서.

14

내가 주차한 데서 네 집 떨어진 곳에서는 파티가 열리고 있었다. 하지만 가서 시간을 보낼 만한 곳인지 알아볼 기운조차 남아 있지 않았다. 카페 손님들이 한 온갖 말들이 아직도 머릿속에 울리고 있어서 그냥 조용히 있고 싶을 뿐이었다.

가로등이 깜빡거렸다. 리틀 리버에는 가로등조차 없었다. 어두워지면 그냥 어두워지는 거였고, 불빛이 필요하면 각자 알아서 챙겨들고 다녀야 했다. 나는 차에 타고 나서 시동은 켜지 않았다.

어디로 가야 할지 알 수가 없었다. 주유소로 가서 월마트가 어디에 있는지 물을 수도 있었지만 번거롭기만 하고 아무 수확을 얻지 못할 수도 있었다. 캠핑장으로 돌아가는 길은 알고 있었다. 거기서 호수를 따라 북쪽으로 가면 고속도로 표지판이 나올 터였다. 어쩌면 아무도 모르게 예전 캠핑카로 돌아가 며칠 정도 지낼 수 있을지도 몰랐다. 친구가 돼주던 손바닥만

한 내 텔레비전도, 어두워진 후에도 주위를 둘러싼 땅 곳곳을 훤히 알고 있던 그때도 모두 그리웠다. 개리스 바가 문을 닫은 후에 비틀거리며 집에 가는 아저씨들이 누군지도 나는 다 알았다. 그들의 자식들도 알았다. 누가 위험한 사람인지, 그리고 위험한 사람에게서 어떻게 숨어야 하는지도 대부분 다 알고 있었다. 하지만 저 파티에서 소리를 질러 대는 남자애들을 나는 알지 못했다. 가로등 불빛 때문에 마치 쇼윈도 속 인형이 된 기분이었다.

뒷좌석에 앉아서 침대시트와 옷으로 온몸을 덮어 아무도 보지 않게 숨는 건 어떨까? 예전에 캠핑카 뒤편 숲속에서 썩어 가는 통나무를 뒤집었다가 그 아래에 자릴 잡고 겨울잠을 자려는 청개구리를 발견한 적이 있었다. 마치 최면에 걸린 것처럼 청개구리는 긴장한 채 몸을 말고 있었다. 통나무를 다시 내려놓을 때는 잘못해서 꽁꽁 언 땅에 청개구리를 뭉개는 게 아닐까, 혹은 제대로 가리지 못해 노출시키는 건 아닌가 걱정이 됐다. 청개구리가 다른 곳으로 가고 싶어졌을 때 제대로 빠져나올 수 있을지도 확신할 수 없었다. 지금 나는 꼭 그 청개구리가 된 심정이었다.

파티는 더 소란스러워졌다. 사자 소년 집에서 열렸던 파티와는 달랐다. 소리에 날이 서 있었다. 눈물이 코트 옷깃으로 떨어졌다. 추울 땐 젖으면 안 좋은데. 나는 마고 아줌마 식당의 칸막이 자리에서 잠들던 때를 그려 보려고 노력했다. 바깥의 성난 소음이 사람들의 수다와 주방 집기 소리, 그리고 마고 아줌마가 들려주는 이야기 소리라고 상상했다. 바깥에서 누군가가 가로등과 내 차 사이를 지나갔다. 나는 고개를 숙이고 이제 불빛이 내 얼굴을 비출 순서라 생각했다. 하지만 아니었다. 고개를 들자 거기, 애덤이 서 있었다. 유리에 노크를 하려는 듯 손을 든 채로. 이 사람이 나를 찾아냈다는 게 이상하긴 했지만 아는 얼굴을 보자 손가락으로 다시 피가 도는 느낌이었다. 나는 두 뺨을 훔치고 열쇠를 돌려 시동을 켰다.

"괜찮은 거예요?"

내가 조수석 창을 내리자 그가 물었다.

"왜 날 따라온 거예요?"

"배가 고파서요."

그는 음식 상자가 든 비닐 봉투를 들어보였다.

"칼조네*예요. 반 잘라 줄까요?"

"아뇨."

기름지고 따뜻한 칼조네의 냄새. 내가 항복하기 전에 빨리 저걸 치웠으면 싶었다.

---

* 칼조네: calzone, 둥글납작한 밀가루 반죽에 고기, 치즈, 채소 따위를 올린 후 반으로 접어 오븐에 구운 피자.

"진짜요?" 추울 것 같은데."

그가 웃으며 말했다.

"괜찮아요."

그가 떠나길 바랐지만, 만약 정말로 떠난다면 이 세상 천지에 내가 어디에 있는지 아는 유일한 사람을 보내는 셈이었다.

"우리 집으로 가요."

추위에 그의 볼이 터 있었다. 나는 이 합의에서 그가 가질 수 있는 게 뭘까 한참 생각해 봤다. 내 머리로 짐작 가능한 건 딱 하나밖에 없었다.

"아뇨, 괜찮아요."

나는 최대한 다정하게 말했다.

"그럼 차를 우리 집 앞에라도 세워 둬요. 그쪽이 안전한지 내가 확인할 수 있게."

"그쪽이 안전한 사람인지는 내가 어떻게 알아요?"

나는 그가 나를 찾아낸 사실을 지적하며 말했다.

"스토킹 하는 거 아니에요. 걱정돼서 그래요."

"나를 알지도 못 하잖아요!"

애덤이 나를 제대로 잘 보려고 허릴 굽히고 두 손으로 무릎을 짚었다. 이 남자, 매티와는 달랐다. 다 자란 어른의 몸이었다. 면도하고 남은 수염도 듬성듬성하거나 얼룩덜룩하지 않았다.

"제발요. 그래야 내가 편히 잘 것 같아서 그래요."

그가 살짝 몸을 움직이자 가로등 불빛이 그의 어깨 너머 내 눈을 비추고, 역광을 받은 그의 형체만이 보였다.

"나는 저 언덕 위에 살아요. 좋은 동네고, 조용해요."

나는 창문 밖으로 파티 중인 집 앞에 나와 있는 남자애들 무리를 살펴봤다. 그 중 하나가 다른 아이를 밀치고, 나머지는 그걸 보고 웃었다. 하지만 불똥이 다른 쪽으로 튀는 건 시간문제일 것이다.

"알았어요."

대답을 하긴 했는데 애덤이 문손잡이로 손을 뻗자 나도 모르게 움찔했다. 일부러 그런 게 아니라 그냥 몸이 자동으로 그렇게 반응했다.

"알았어요."

애덤이 물러서며 말했다.

"우리 집은 허드슨가에 있어요. 왼쪽으로 세 번째, 하얀 집. 허드슨가 알아요?"

나는 고개를 저었다.

"그러니까 여기서 유턴을 하고 그 담에……"

그가 고개를 돌렸다. 옆으로 차가 한 대 지나갔고 젖은 노면의 물 튀기는 소리 때문에 그의 나머지 말이 들리지 않았다. 어차피 별로 듣고 싶지도 않았다. 나의 뇌는 그런 정보를 접수할 상태가 아니었다. 그냥 너무 피곤할 뿐이었다. 정말이지 너무 피곤했다. 가로등 불빛이 밝지 않았으면 했다. 내 두 눈에 눈물이 차오르고 있었다는 걸 그가 눈치 채지 못하도록.

길을 알려 주던 애덤이 말을 멈췄다. 그러더니 혼잣말을 하듯 낮게 말했다.

"그럼, 이렇게 하기로 해요. 난 집으로 걸어갈 테니까 차를 몰고 나를 천천히 따라와요. 길에 사람도 별로 없고 여기서 멀지 않으니까 괜찮을 거예요, 알았죠?"

"미안해요."

"미안해할 거 없어요."

그는 미소를 짓더니 '어서 가자'는 듯 손짓을 했다. 나는 시동을 걸고 유턴을 한 다음, 인도를 걸어가는 그와 속도를 맞췄다. 애덤이 빨리 걸으려고 할 땐 걸음걸이에 살짝 문제가 있는 것처럼 보였다. 왼쪽 발의 움직임이 오른쪽 발보다 무거웠다. 어깨는 앞으로 굽어 있고 뒷목이 휑했다. 목도리도 하지 않았다. 그는 포장 음식이 든 봉투를 앞뒤로 흔들면서, 내가 잘 따라오나 연신 확인하며 빨리 걸었다.

언덕길을 올라가기 시작했을 땐 애덤이 아까만큼 빨리 걷지 못했고 그의 느린 속도에 맞춰 운전을 하는 건 불가능에 가까웠다. 내가 그를 앞지르자 그가 왼쪽을 가리키며 내가 갈 방향을 알려 줬다. 백미러로 그를 확인했을 때 그는 내가 길을 잘못 들지 않도록 신경 쓰느라 여념이 없었다. 지금껏 누구도 날 위해 그렇게 신경 써주는 걸 본 적이 없었기 때문에 그를 따라가는 게 어쩌면 정말 괜찮은 일일지도 모르겠다는 생각이 들었다.

'어쩌면 정말 다 괜찮은지도 몰라. 모두가 다 우리 아빠처럼 못 믿을 사람은 아닌지도 몰라. 잘해 주기로 따지면 마고 아줌마도 언제나 나에게 잘해 줬잖아. 불가능한 일도 아니야.'

신호등에 빨간 불이 들어왔을 때 나는 조수석 쪽으로 몸을 뻗어 차문을 열었다. 애덤이 뛰어와서 차에 탔다. 그의 무게 때문에 차의 무게 중심이 옮겨 갔다. 그에게선 섬유유연제 냄새가 났다.

"단출하게 다니는 편은 아니네요."

그는 뒷좌석에 뒤죽박죽 섞여 있는 담요, 옷, 쓰레기봉투를 보며 말했다. 이 상황을 어떻게 설명할 수 있을까?

"저기요."

애덤이 손가락 끝을 내 팔에 가볍게 올렸고, 나는 이번에는 움찔하지 않았다.

"이야기 안 해도 돼요. 더 이상 안 물어볼게요. 나도 다 겪어 본 일이에요."

그는 내가 지금 무슨 일을 겪고 있었다고 생각하는 걸까 궁금해 하며 나는 고개를 끄덕였다. 그는 내 팔 위에서 손을 거두어 간 뒤 창밖을 내다봤지만 나는 아직도 내 팔에 새겨진 그의 손가락 자국을 느낄 수 있었다. 라디오에서 낮은 목소리가 흘러나왔다.

"안녕하세요, 이타카대학 브로드캐스트에서 생방송으로 보내 드리고 있는 토미 플래시입니다. 다음으론 웨스트타워 기숙사의 남학생들에게 펄 잼Pearl Jam의 노래를 들려드릴게요."

애덤이 웃었다.

"대학교 방송국이에요."

이 마을이 자리한 골짜기 양쪽 산비탈에 학교가 하나씩 있지만 '대학교'라고 하면 언제나 '이타카대학'을 의미하는 거라는 걸 나는 여기 도착하자마자 알게 됐다. 다른 대학교를 말할 때 사람들은 코넬이라고 했고, 그 학교는 지금 우리가 올라가고 있는 언덕이 아닌 반대편에 있는 것 같았다.

우리가 허드슨가로 접어들자 애덤이 현관문마다 검은색 철제 우편함이 줄지어 서 있는 커다란 흰색 빅토리아풍 건물을 가리켰다. 그 앞에는 탁 트인 주차 공간이 마련돼 있었다. 애덤이 어디에서 유턴해야 하는지 알려 준 다음부터 주차 공간으로 갈 때까지 우린 조용히 있었다. 노래만 들었다. 누군가에게 자기를 딸이라고 부르지 말라고 하는 소녀에 대한 노래였다.

나는 차를 세웠다. 애덤이 차 문을 열고 말했다.

"한 번만 더 권할게요."

손가락이 너무 얼어서 아플 정도였다. 이미 화장실에 가고 싶었지만 어디에서 찾아봐야 할지 감도 안 잡혔다. 나는 차에서 내렸다. 짐은 차에 그대로 둔 채 열쇠만 손에 꼭 움켜쥐었다. 애덤은 그걸 전혀 문제 삼지 않았고 그래서 그를 따라가는 마음이 더 편했다.

물이 콸콸 흘러가는 소리가 들렸다. 냇물이거나 강물일 것이다. 근처에 물이 있다는 걸 공기로 느낄 수 있었지만, 건물 뒤의 어둠 속을 향해 눈을 아무리 크게 떠도 보이는 건 없었다. 집으로 들어가서 화장실만 쓴 다음에 차에서 자겠다고 말해도 될 것 같았다. 꼭 집에서 밤을 보내야 하는 건 아닐 것이다. 그가 그런 걸 강요할 사람은 아니었다. 확실했다.

그의 집은 맨 위층이었다. 걸어 올라가는데 계단이 삐걱거렸다. 그 층에는 다른 문들도 있었다. 다른 사람들도 살았다. 누군가는 쿠키를 굽고, 누군가는 레게음악을 듣고 있었다.

애덤이 열쇠를 꽂고 돌리자 철컥 소리가 크게 울렸다. 그가 스위치를 켜자 아파트 안에 빛이 가득 찼다. 벽은 밝은 흰색이었고, 높은 천장은 이상한 각도로 기울어져 있었다. 오래된 철제 라디에이터가 내뿜는 열기에선 크레용 녹는 냄새가 났다. 상판의 각도가 조절되는 큰 책상이 있고 탁자 대신 검은색 궤짝이 놓여 있었다. 벽에 세워진 책장에는 책과 시디 들이 가득 차 있었다. 흰색 소파는 깨끗했고, 원목마루 중앙에는 밝은 색 깔개가 깔려 있었다. 리틀 리버에는 이런 집에 사는 사람이 없었다. 이 집에는 한때는 쓸모 있었거나 언젠가 쓸모 있을 물건들이 너저분하게 널려 있지 않았다. 일부러 그렇게 연출하기 위한 경우가 아니고는 오래됐거나 낡아 보이는 물건도 없었다.

애덤은 발로 부츠를 벗어 매트 위에 뒀고 나도 똑같이 했다. 신발이라는 보호 장치를 잃었다고 생각하니 기분이 묘했다. 이제 여길 떠나려면 부츠를 신기 위해 잠시 멈춰야 했다. 다시 신기 위해 몸을 숙이거나, 손에 든 채로 양말 바람으로 도망치며 계단에서 미끄러지지 않게 신경을 써야 할 것이다.

"저기……"

"아, 그래요."

애덤이 복도 쪽을 가리켰다.

"화장실은 저기 있어요."

화장실 문은 열려 있었다. 그 왼편에는 부엌에 있었는데 창밖에서 들어오는 거리의 불빛이 밝아서 가스레인지와 작은 식탁이 다 보였다. 하지만 화장실 오른쪽 방은 문이 닫혀 있었다. 저 문 뒤에 침실이 있는지 벽장이 있는지 알 수 없으니, 혹시 아까 그 소파가 애덤의 잠자리인 건 아닌가 걱정되기 시작했다. 나는 화장실에 들어가 문을 닫고 잠근 다음 애덤이 자기 집에 와서 자라며 했던 말들을 전부 다시 떠올려 봤다. 평소엔 하지 않는 일이라는 듯 소파 베드를 침대로 바꾸어 두 겠다고 말했던 것 같았다. 하지만 나는 이런 아파트에는 한 번도 들어와 본 적이 없으므로 그의 라이프스타일을 알 도리 가 없었다. 그는 평소에도 혼자 잘 때 소파 베드를 펼치고 자 는 사람일지도 몰랐다.

화장실 물을 내린 후, 감아 놓은 붕대를 되도록 적시지 않 으려고 애쓰며 손을 씻고 손가락 없는 장갑을 도로 꼈다. 마 고 아줌마 같았으면 털실로 짠 장갑을 끼고 일하는 걸 절대 허락하지 않았을 것이다. 장갑에는 이미 보풀이 일기 시작했 고 빵 부스러기와 커피 가루가 껴서 털어도 떨어지지 않았다. 손가락이 다 뻣뻣한 느낌이었다. 상처 부위를 씻고 붕대를 갈 아야 한다는 걸 알고 있었지만 필요한 것들이 다 차 안에 있 었다.

"자, 나 좀 도와줄래요?"

내가 화장실에서 나오자 애덤이 말했다. 그는 벽에 바짝 붙 여 두었던 소파 베드를 끌어당기고 있었다.

"그쪽을 좀 잡아요."

이 와중에 나는 그냥 갈 거라는 말을 어떻게 해야 할지 알 수가 없었다. 애덤은 소파 베드의 등받이 부분을 눕히며 동시 에 소파 끝을 잡았다. 나는 애덤보다 팔도 짧고 손도 아팠지만 그가 도와달라고 했으므로 손이 닿는 한 최대한 멀리 팔을 뻗었다. 소파의 프레임이 아래쪽으로 펼쳐지더니 평평한 침대 모양이 됐다. 소파를 놓은 다음에도 팔 근육이 땅기는 느낌이었다.

애덤은 소파 베드에 올라앉아 소파 뒤편 책꽂이 아래쪽 장을 열고 침대 시트, 담요, 그리고 베개를 세 개나 꺼냈다. 푹신한 담요, 새것처럼 빳빳한 침대 시트, 그리고 베개 세 개. 하지만 이 소파를 침대로 펼치는 데 내 도움이 필요했던 걸 보면 매일 밤 하는 일은 아닌 것 같았다.

나는 현관 앞에 벗어 둔 부츠를 빤히 보며 발을 집어넣고 뛸 때 필요한 동작들을 차례로 그려 봤다.

"저기, 장갑은 벗어도 되지 않을까요?"

애덤의 그 말에 여기서 나갈 방법을 걱정하던 나는 바로 내 장갑이 얼마나 더러운지 그가 눈치챘다는 사실을 걱정하기 시작했다. 더러운 장갑 때문에 저 깨끗한 침대 시트에 내가 올라가는 걸 꺼릴 수도 있었다. 나는 베개를 물끄러미 바라보며 바깥의 어둠을 떠올려 봤다. 어디에도 가고 싶지 않았다. 담요는 정말 따뜻해 보였다.

"손을 베었어요."

나는 마치 사과하듯 말했다.

"캠핑장 장작을 만지다가."

애덤이 소파 베드에서 내려왔다.

"어디 봐요."

그는 손을 달라는 손짓을 하며 말했다. 나는 내 손을 그의 손 위에 얹었다. 그가 내 장갑을 벗겨 냈다. 붕대에 말라붙은 피를 보고 잠시 움찔했지만 주저하지 않고 붕대를 풀었다. 그리고 나를 화장실로 데려가 따뜻한 물이 나올 때까지 기다렸다가 물줄기에 내 손을 갖다 댔다.

"잠깐 물로 좀 헹구죠."

그가 눈썹을 치켜 올리며 말했다. 내가 다친 것이 안타깝다는 듯 슬픈 눈을 하고서.

상처 부위는 살짝 부어 있었고 물이 닿자 쓰라렸다. 하지만 손가락을 구부렸다 폈다가 했더니 뼛속에 내내 박혀 있던 얼음이 녹기 시작하는 느낌이었다.

애덤은 약장을 열고 소독약, 붕대, 그리고 반창고를 세면대 끝에 한 줄로 세웠다. 그에게선 비누, 밤공기, 그리고 매티의 냄새도 아주 약간 났다. 두 사람이 같은 샴푸를 쓰는 걸 수도 있고, 남자에게 바짝 붙어 섰을 땐 으레 이런 냄새가 나는 걸지도 모르겠다.

그는 솜으로 내 손 위를 톡톡 두드려 물기를 말린 다음 상처 부위에 소독약을 찍 뿌렸다. 세면대에 황갈색 얼룩이 튀었다. 그의 왼쪽 귀에는 작은 귀고리가 달려 있었다. 어떻게 저

걸 여태 못 봤을까. 밧줄처럼 꼬인 디자인의 은색 고리는 변색되어 더 멋스러웠다.

"아파요?"

그가 물었다.

"괜찮아요."

내 목소리가 너무 작게 들렸다. 내가 손을 움직이지 않으려고 애를 쓰자 무릎이 떨리기 시작했다. 마치 어디라도 한군데는 꼭 움직여야 한다는 것처럼. 애덤은 새 솜으로 손을 말린 다음 붕대를 조심스럽게 돌려가며 상처를 감고 반창고도 딱 알맞은 만큼 잘라 썼다.

"새것 같아졌네."

내 몸 안의 피가 전부 두 뺨으로 몰리는 것 같았다. 우리의 눈이 마주쳤고 나의 뇌 속에서 야릇한 섬광이 번쩍하는 기분이었다. 그는 정말 예쁜 녹색 눈동자를 갖고 있었다.

그가 세면대를 닦아 내기 위해 돌아섰다. 화장실 바닥에는 아주 작은 타일들이 깔려 있었다. 검은색과 흰색의 팔각형 타일들, 그리고 타일 사이의 틈은 회색이었지만 곰팡이나 때는 아닌 것 같았다. 다른 것들이 전부 엄청 깨끗한 걸 보면 원래부터 그런 색이 아닐까 했다. 또 하룻밤을 춥게 보내는 것보다 여기에 있는 게 나을 것이다. 아까 닫혀 있던 문이 벽장이라고 해도 다 괜찮을 것 같았다.

"고마워요."

나는 말했다. 애덤이 소독약을 약장에 넣고 물었다.

"배 안 고파요?"

그가 나를 쳐다봤다. 우리의 눈이 다시 마주쳤다. 나는 나의 성한 손으로 그의 뺨을 만지고 나의 입술을 그의 입술에 갖다 댔다. 발가락 끝까지 그의 열기가 전해졌다. 그가 입술을 벌렸다. 나도 입술을 벌리고 그의 입 안으로 혀를 밀어 넣었지만 그가 물러섰다.

"아니. 이러지 말아요……"

그가 물러섰다. 우리 사이에 공간을 더 확보하지 않으면 내가 그에게 다시 키스할 거라고 생각하는 것 같았다.

"이건 아니에요……"

그가 고개를 저었다. 목이 바싹 조여 숨이 막힐 것 같았다. 나는 그를 밀치고 화장실 문을 연 다음 거실로 뛰쳐나가서 부츠를 챙겼다.

"저기요."

애덤이 따라 나오며 말했다.

"가지 말아요. 그럴 필요 없어요. 내 의도는 그런 게 아니라……"

그가 눈을 크게 뜨고 나를 빤히 보더니 말했다.

"잠깐만요. 잠깐만 기다려요."

그가 부엌으로 들어갔다. 나는 부츠를 든 채 문 옆에 서 있었다. 무안해서 온몸이 불타는 것 같은 와중에도 내가 기다려야 하는 게 무엇인지 호기심이 생겨서 떠나지 못하고 서 있었다.

애덤은 칼조네를 접시 두 개에 나눠서 가져 왔다.

"자고 가요."

나는 고개를 저었다. 그리고 부츠에 발을 넣었다. 이 민망한 상황을 무마할 만한 걸 부엌에서 구해올 수 있을 거라 생각했다니. 내가 한심했다. 그의 얼굴을 쳐다볼 수도 없었다. 나머지 발 한 짝을 부츠에 밀어 넣고 끈을 묶은 생각은 하지도 않았다.

"내가 이렇게 부탁할게요."

그가 말했다.

"나는 지금 내 방으로 들어가서 이거 먹고 잘 거예요. 그러니까 이 공간에 혼자 있으면 돼요."

그가 접시를 내게 내밀었다. 이미 식어서 치즈 토핑이 굳었는데도 냄새가 엄청 좋았다. 거절하기엔 배가 너무 고팠다. 그는 내게 잘 자라고 인사한 뒤 필요한 게 있으면 언제든지 부르라고 했다. 마치 내가 여기 남아 그가 준 걸 먹고, 혼자 소파 베드에서 자기로 결정이 다 된 것처럼. 그리고 자기 방으로 들어가더니 문을 닫았다.

칼조네를 아무 데도 흘리지 않기 위해 소파 베드에서 떨어져 앉아 얼른 먹었다. 그리고 부츠를 발로 차서 벗고 옷은 벗지 않기로 했다. 시트는 제대로 씌우지 않고 그냥 소파 베드 위에 되는 대로 깔고 그 위에 누웠다. 담요를 덮고 최소한의 공간만 쓰려고 노력했다. 마치 이 소파 베드의 공간을 반만 차지한다면 내가 끼치는 민폐도 반으로 줄어들기라도 할 것처럼. 이해했다고 생각했지만 실상은 아무것도 이해하지 못했다는 그런 느낌, 꼭 수학 시간에 느끼곤 하던 기분이 가슴속에서 퍼져 갔다. 온몸에 감도는 긴장감 때문에 죔틀에 끼인 풍선이라도 된 양 심장이 터질 것만 같았다. 머릿속에서 내가 그에게 키스하던 순간이 계속 반복됐다. 그의 입술은 갈라진 데도 있었지만 대체로 부드러웠다. 경악하던 그의 얼굴. 기억이 너무 선명해서 잠을 잘 수 없었다. 하지만 따뜻했다. 적어도 나는 지금 춥지 않았고, 손도 아주 조금 덜 아팠다.

○

하늘이 막 푸른빛으로 변하기 시작했을 때, 나는 담요와 시트를 개고 그 옆에 베개를 가지런히 쌓아 놓았다. 소파 베드를 소파 형태로 바꾸는 건 혼자 할 수 없을 것 같았다. 괜히 건드렸다가 소음이 날 것 같아 그냥 두기로 했다. 발끝으로 살금살금 부엌으로 가서 싱크대 안에 접시를 놓고 현관을 나온 다음, 발자국 소리가 나지 않도록 부츠를 손에 들고 계단을 내려갔다.

그길로 커먼스로 차를 몰고 가 어제 주차했던 곳에서 한 블록 떨어진 곳에 차를 댔다. 또 모른다, 어쩌면 오늘은 칼리에게 빈 소파가 있는지 물을 용기를 낼 수 있을지도. 오늘은 급여를 받는 날이고 병에 든 팁도 나눠 갖는 날이었다. 얼마를 받을지는 알 수 없지만 그 돈으로 충분할 수도 있었다. 전화번호를 하나씩 떼어 가게 붙여 둔 전단지를 보고 전화를 걸어 싼 값에 방을 구할 수 있을지도 몰랐다. 아니면 지도를 사서 아직 내가 망신을 당하지 않은 새로운 장소를 찾아내 떠날 수도 있었다.

나는 데카당스 맞은편 벤치에 앉아 카페가 문을 열길 기다렸다. 구름들이 흩어지며 햇살이 그 사이로 비쳤다. 나는 눈을 감고 해바라기처럼 햇볕을 흡수하고 있었다고 상상했다.

다시 눈을 떴을 땐 애덤이 나를 향해 걸어오고 있었다. 일어나 도망치고 싶었지만 내가 그를 본 걸 그가 봤으므로, 어색하지 않게 피할 방법이 없었다.

"안녕."

그가 걱정이 담긴 목소리로 인사를 건넸다.

"왜 그렇게 갔어요? 팬케이크를 만들어 주려고 했는데."

햇빛 아래에 서니 그의 코에 주근깨가 보였다. 내 입술로 느꼈던 그의 튼 입술. 선해 보이는 얼굴이었다. 지극히 정상으로 보였다. 갑자기 그가 이런저런 사람일 수도 있었다고 혼자 의심했던 게 너무 미안해졌다. 나는 벤치에 페인트를 칠할 때 생긴 공기방울을 긁으며 말했다.

"폐 끼치고 싶지 않아서요."

"잠은 잘 잤어요?"

그는 정말로 대답을 듣고 싶은 것처럼 물었다. 지금껏 살아오는 동안 내가 밤새 잠을 잘 잤는지 이렇게 염려해 주는 사람은 한 명도 없었던 것 같았다.

"네."

내 대답에 그가 미소를 짓자 나도 모르게 따라 미소 짓게 됐다. 마치 내가 그의 거울이라도 한 양.

"어젯밤 일은…… 그건…… 내가 그런 의도로 그쪽을 초대한 게 아니고……"

"괜찮아요."

어젯밤 내가 또 키스할까 봐 그가 황급히 뒤로 물러서던 장면을 머릿속으로 반복재생하며 나는 말했다. 그러고는 갈매기 한 마리가 바닥에 떨어져 있던 감자튀김을 채가기 위해 날아드는 모습을 지켜봤다.

"괜찮아요."

"나도 한때 노숙자였어요. 그런데 아무도 그런 내게 관심이 없었어요. 그래서 난…… 난 그쪽에게 관심을 가지려고 노력하는 거예요. 하지만 어쩌면······ ”

그가 깊은 숨을 들이 쉬었다.

“어쩌면 내 방법이 틀린 건지도 모르겠어요.”

코가 찡했다. 마치 그렇게 결정된 일인 것처럼 그가 나를
노숙자라고 부르는 게 정말 싫었다. 눈물이 떨어지기 일보 직
전, 나는 제발 칼리가 와서 데카당스 문을 열어 주기를, 그래
서 이 자리를 벗어날 구실을 만들어 주기만을 바랐다.

“몇 살이에요?”

애덤이 물었다.

“열아홉이요.”

최대한 담담하게 말했더니 진짜처럼 들렸다. 열여덟은 미
성년자를 피하겠다는 너무 뻔하고 단순한 선택이었고, 스물
하나로는 절대 보이지 않을 것이다. 아주 신경을 많이 쓰지
않으면 나는 열여섯 치고도 어려 보이는 얼굴이었다. 애덤은
내가 말한 숫자를 심사하듯 내 얼굴을 자세히 뜯어봤다. 열심
히 들여다보면 거짓은 다 탄로 나게 돼 있었다는 듯이.

“종일 일해요?”

“여섯 시까지요.”

그는 주머니에 손을 넣더니 열쇠를 꺼냈다.

“점심시간에 혹시 샤워하고 싶어지면 써요, 알았죠? 아무
도 없을 테니까.”

"이럴 필요는……"

"난 다른 생각은……"

그는 곧 울 것 같은 얼굴이었다.

"난 그쪽을 이용할 생각 없어요, 알겠어요? 내가 힘들었을 때 누군가 날 도와줬으면 좋았을 텐데, 그렇게 생각한 것뿐이에요."

그의 눈동자는 정말 짙은 초록빛이었다. 나는 그에게서 열쇠를 받았다. 열쇠고리를 손가락에 끼우고 손바닥으로 꼭 움켜쥐었다.

"수건은 장 안에 있어요. 아무 데나 막 뒤져도 돼요. 필요한 게 있으면 뭐든, 알겠죠?"

나는 고개를 끄덕였다. 이런 일로 무너지진 않을 것이다. 이 사람이 내 목소리가 갈라지는 걸 듣게 하진 않을 것이다. 하지만 그가 돌아서서 가기 시작했을 때 내 가슴에서 말이 솟아났다.

"고마워요."

나는 소리쳤다. 그가 돌아보고 손을 흔들었다. 그의 텀블러가 메신저 백에 매달려 있었다. 저 남자, 오늘 아침엔 어디에 가서 커피를 마시려는 걸까.

15

점심시간이 되면 따뜻하게 샤워할 수 있다고 생각하니 일에 집중하기가 어려웠다. 꼭 샤워 때문만은 아니었다. 내가 완벽하게 혼자 있었던 적이 언제였는지 너무나 아득했다. 심지어 캠핑장에서도 언제 어디서 사람이 불쑥 나타날지 몰랐다. 갑자기 낯선 사람과 마주칠 수 있었다.

보는 사람이 아무도 없을 때 하고 싶은 게 뭔지 나도 딱히 알지 못했다. 그저 잠깐 동안만이라도 누군가 나타날 때를 대비하고 있지 않아도 된다는 것, 그저 편하게 숨을 내쉴 수 있다는 것만으로도 좋았다.

어찌나 집중력이 흐려졌는지 고객들의 주문을 대부분 다시 물어야 했다. 실수로 단골손님에게 돈을 덜 거슬러 줬다는 걸 깨달았을 땐 밖으로 뛰어나가서 오 달러를 돌려줘야 했다. 다행히 칼리는 수업을 들으러 가서 없었고 보디는 언제나 이런 짓을 하는 사람이라 내 실수를 실수라고 보지 않았다. 하지만 나도 내 사고 치기 바빠 보디가 치는 사고를 잡아내지 못하고 있다고 생각하니 괴로웠다.

○

점심시간엔 보디에게 내 샌드위치를 포장해 달라고 했다. 차가 있는 데까지 걸어가는 시간이나 애덤의 집까지 걸어가는 시간이나 그게 그거일 것 같아 걸어서 언덕을 넘어 그의 집에 가기로 했다.

일 층 문은 열려 있었다. 곧장 들어가기가 좀 어색했고, 누군가 저지하지 않을까 걱정됐지만 주위엔 아무도 없었다. 계단을 올라가는데 이 층에서 누군가 냉동 피자를 데우는 냄새가 났다. 애덤의 아파트에 들어서자마자 나는 문을 잠그고 부츠를 발로 차서 벗은 다음 양말 바람으로 돌아다니며 집 안을 구경했다. 소파 베드는 다시 소파 형태로 돌아가 있었다. 그러나 마치 나를 여기에서 하룻밤 더 재울 계획을 갖고 있는 것처럼 담요와 시트, 그리고 베개들은 그 끝에 잘 놓여 있었다.

애덤의 집에는 영화감독들이 앉는 것 같은 검은색 접이식 캔버스 의자가 두 개 있었다. 탁자로 쓰는 궤짝 위엔 자작나무로 만든 컵받침이 놓여 있었다. 소파 베드 뒤의 붙박이 책꽂이엔 도서관에서 빌린 책들이 아닌 애덤의 책들이 꽂혀 있었다. 나는 그것들을 잘 보려고 소파 베드 위에 올라섰다. 표

219

지가 빨간 천으로 되어 있고 책등에 금장 글씨가 적힌 사전. 「건축 백과Encyclopedia of Architecture」라는 제목의 벽돌색 책. 이집트의 피라미드 건축법을 다룬 노란색 책. 문고판 미스터리 소설 여러 권. 그리고 시디들이 꽂혀 있었다. 사이먼 앤드 가펑클Simon & Garfunkel, 에릭 클랩턴Eric Clapton, 제인즈 애딕션Jane's Addiction. 마일스 데이비스Miles Davis와 쳇 베이커Chet Baker. 데이비드 보위David Bowie와 영화음악 사운드트랙이 잔뜩 있었다. 애덤은 U2를 좋아하는 것 같았지만 그렇다고 그의 취향을 폄하할 순 없는 것이 밥 딜런의 시디도 세 개나 갖고 있었다. 세 개 다 아주 괜찮은 것들이었다. 「다시 찾은 61번 고속도로Highway 61 Revisited」, 「자유분방한 밥 딜런The Freewheelin' Bob Dylan」, 그리고 내가 제일 좋아하는 앨범 「트랙 위의 피Blood on the Tracks」. 빨래방 윗집에 살던 시절, 아빠는 8트랙 테이프로 그 앨범을 갖고 있었고, 나는 하모니카의 울림을 내 이로 느끼기 위해 스피커에 뺨을 갖다 붙이고 노래를 듣곤 했다.

우리가 그 집에서 이사 나올 때 아빠가 계단에서 8트랙 플레이어를 떨어뜨린 이후로는 그 앨범을 듣지 못했다. 그 앨범 수록곡은 라디오에선 절대 나오는 법이 없었고 나는 그 곡들을 나의 뇌로 느끼며 듣던 때가 그리웠다. 애덤이 전혀 개의치 않을 것 같아 책꽂이에서 그 시디를 뽑아들었다. 시디플레이어에는 레드 하우스 페인터스Red House Painters라는 밴드의 시디가 들어 있었다. 나는 밥 딜런의 시디로 바꿔 넣고 바닥에 등을 대고 누워, 가장 그리웠던 「그녀를 만나면 안부 전해줘If You See Her, Say Hello」를 들었다. 카펫은 거친 편이었고 조직의 감촉은 등을 긁어 주는 것처럼 느낌이 딱 좋았다. 밥 딜런의 목소리가 가사 사이로 가득 차오르는 걸 듣는 건, 입 안에 목화솜을 가득 물고 있다가 찬 물을 마시는 것만 같은 느낌이었다.

나는 노래를 따라 불렀다. 혹시라도 애덤의 이웃이 들을 새라 아주 작은 소리로 불렀지만 그래도 목소리가 울렸다. 밥 딜런이 부르는 대로 똑같이 따라 부를 순 없었다. 여자 키로 올려 부르기엔 내 목소리가 너무 낮고 딜런의 음정 그대로 부르기엔 목소리가 너무 높았다. 그래서 예전에 했던 것처럼 그의 음표들 사이를 들고나며 화음을 넣어 불렀다. 그의 노래를 위한 나의 노래. 내 기타가 그리웠다. 이 노래를 치는 법은 배우지도 못했다. 배웠으면 좋았을 텐데. 눈물이 눈가로 흘러내려 머리카락 속으로 스며들었다. 「비바람을 피할 쉼터Shelter from the Storm to Buckets of Rain」까지 전곡을 쭉 다 듣고 싶지만 여기 오래 머물면 머물수록 나가기가 힘들어질 것 같았다. 나는 레드 하우스 페인터스 시디를 시디플레이어에 도로 넣고 밥 딜런 시디는 책꽂이에 꽂았다.

책꽂이에는 사진을 끼운 액자가 놓여 있었다. 애덤과 한 무리의 남자들, 모두 젊어 보였다. 대학생처럼 젊었다. 그들은 맥주를 들고 서로에게 기댄 채 웃고 있었다. 애덤도 행복해 보였지만 다른 친구들만큼은 아니었고, 그래서 그가 더 좋아 졌다. 이 사진은 그가 노숙자가 되기 전일까 그 후일까. 나에 게도 이 다음이 있는 걸까. 내게도 언젠가 높은 천장과 음악 이 가득한 책꽂이를 갖춘 나만의 공간이 생길까.

벽장을 열고 기웃거릴 필요는 없었다. 애덤이 세면대에 수 건을 꺼내 두고 갔기 때문이다. 나는 혼자고, 혼자고, 혼자고 물은 따뜻했다. 그의 비누에선 페퍼민트 향이 났고 그걸로 씻 었더니 피부가 얼얼해졌다. 다 씻고 나자 뽀드득 소리가 날 때까지 닦아 놓은 유리가 된 기분이었다. 애덤은 나를 위해 붕대도 꺼내 놓고 갔다. 헤어드라이어를 찾을 수 없어서 옷을 입고 영화감독 의자 하나를 벽까지 끌어다 놓고 라디에이터 위로 머리를 늘어뜨리고 샌드위치를 먹었다. 「트랙 위의 피」 앨범을 더 듣고 싶었만 감정을 수습할 수 없을까 봐 걱정이 됐다. 그래서 레드 하우스 페인터스를 틀었는데 좋았다. 느릿 하고 울림이 있는 리드 보컬의 목소리는 사진 속 애덤의 미소 아래 흐르는 슬픔과 잘 어울렸다.

점심을 다 먹은 뒤엔 늦지 않기 위해 데카당스까지 뛰어야 했지만 나는 춥지 않았고, 더럽지 않았고, 배고프지 않았고, 행복했다.

16

애덤은 데카당스에 여섯 시 십오 분 전에 들어왔다. 나는 의자 위에 올라서서 에스프레소머신 측면 판을 떼어내기 위해 나사를 푸는 중이었다. 보디가 기계 안으로 동전을 떨어뜨리고는 속 편하게 주방으로 사라져 버렸기 때문이다. 일찍 출근해 있던 내 다음 타임 근무자 켈시가 애덤의 주문을 받았다. 나는 그에게 얼른 손을 흔들어 보였지만, 나사를 잃어버리거나 측면 판을 떨어뜨릴까 봐 그가 나를 보고 반가워하는지 확인할 여력이 없었다. 동전을 꺼내고 기계 조립을 끝내고 보니 애덤은 내게 등을 보이고 이미 늘 앉는 창가 자리에 앉아 있었다.

나는 출퇴근 카드에 사인을 하려고 주방에 들어갔다. 보디는 가스레인지 앞에 구부정하게 서서 그릇에 뭔가를 담고 있었다.

"여기요."

그가 돌아서자 나는 그에게 동전을 던졌다. 그는 내가 자기 동전을 찾아 주겠다고 이 수고를 했다고 생각하는 사람처럼 돈을 받았다.

"자."

그리고 맥앤드치즈 위에 토스트 빵 부스러기를 얹은 수프 그릇을 내게 건넸다.

"내가 연구 중인 메뉴야."

"냄새가 좋은데요."

내가 말하자 그의 얼굴이 환해졌다.

"비결은 머스터드."

내가 움찔했다.

"날 믿어."

"알았어요."

"만약에 맛있으면 칼리한테 말해 줄래? 스페셜 메뉴에 올려 줬으면 좋겠거든."

보디가 후추를 내 그릇에 넣어 주며 말했다.

"그럴게요."

그가 내 눈을 바라보는 표정 때문에 우리가 지금 특별한 순간을 갖는 건 아닌가 하는 생각이 들었다. 하지만 곧 "켈시 왔어?" 하고 묻는 보디의 목소리가 확 달라지는 걸 보니 내가 아니라 그녀에게 마음이 있다는 게 확실했다.

"켈시 지금 바빠요."

나는 그렇게 말하고 그와 더 이상 말을 섞지 않아도 되도록 맥앤드치즈 그릇을 들고 매장으로 나갔다.

애덤은 한 손으로 샌드위치를 먹으며, 다른 한 손으론 칼럼 부분만 보이게 접은 신문을 들고 읽고 있었다. 내가 가까이 다가가도 고개를 들지 않았다. 나는 내 계획에 대한 확신이 있었다. 칼리나 보디에게 방에 대해 묻지도 않았다. 게시판의 전단지도 들여다보지 않았다.

"여기 앉아도 돼요?"

내 심장박동 소리가 그에게도 들리면 어떡하지 생각하며 나는 물었다. 애덤이 고개를 들고 나를 잠깐 쳐다보더니 씩 웃었다.

"당연하죠."

나는 치마의 고무줄 안쪽에서 열쇠를 꺼내어 테이블 위로 밀었다.

"고마워요."

뭔가 더 말하고 싶었지만 적당한 말을 고를 수 없었다.

"별 문제 없었어요?"

애덤이 물었다. 나는 고개를 끄덕였고 그가 미소를 지었다. 그가 오늘도 자기 집에서 자겠냐고 물어 주길 기다렸지만 그는 그냥 "다행이네요"라고만 했다. 내가 또 물을 순 없었다.

그는 이미 넘치게 베풀었으니까.

애덤이 내 저녁에 눈길을 줬다.

"여기서 맥앤드치즈를 파는 줄은 몰랐어요!"

"보디가 실험 중인 메뉴예요. 좀 먹어 볼래요?"

나는 한 숟갈 가득 떠서 애덤의 샌드위치 접시에 덜어 줬고, 우린 그게 마치 큰 도전이라도 되는 것처럼 함께 시식했다. 마카로니는 따뜻하고 쫄깃했고 치즈는 줄을 만들며 쩍 늘어났다. 즉석식품으로 파는 것보다 백만 배는 맛있었다.

"보디가 그 금발 남자 직원 맞죠?"

애덤이 물었다.

"맞아요."

"나는 왜 이게 맛없을 거라고 생각했을까?"

나는 웃으며 말했다.

"그러니까요. 저도요."

"끝내주는데요?"

"좀 더 먹어요."

나는 그릇을 그 앞으로 밀어 줬다.

"그쪽 음식을 뺏어 먹고 싶진 않아요."

"괜찮아요. 진짜로."

나는 말했다. 나도 그에게 뭔가를 주고 싶은 마음이 간절했다. 무엇이라도.

"어서 먹어요."

그가 웃으며 말하고는 방금 읽고 있던 바르셀로나의 새 미술관 기사에 대해 이야기했다. 아직 본 적도 없는 예술작품들을 전시하기 위한 공간을 설계한다는 것이 얼마나 흥미로운 일인지 모르겠다고 했다. 바르셀로나가 어디에 있는지 나는 확실히 잘 모른다는 걸, 그게 이탈리아에 있는지, 스페인에 있는지 룩셈부르크에 있는지 모른다는 걸 애덤이 몰랐으면 했다. 어쩌면 바르셀로나는 그냥 바르셀로나 안에 있는 곳인지도 모르고, 열아홉 살이면 그 정도는 알고 있어야 하는 건지도 몰랐다. 그래서 나는 그냥 그가 건축물에 대해 말하는 내용에 집중했다.

"그러니까 아직은 그려지지도 않은 그림이 언젠간 그곳에 걸리게 될 거라는 거죠?"

애덤이 고개를 끄덕였다.

"랜드마크를 만든다는 건 어떤 기분일지 궁금해요."

그는 자기도 건축가긴 하지만 그런 건축가는 아니라고 했다. 그러더니 아까는 에스프레소머신에다 뭘 하는 중이었냐고 물었다. 보디와 동전 얘길 해줬더니 웃음을 터뜨렸다. 그의 웃음은 우리가 나눈 대화가 전부 비밀스러운 테스트 같은 것이고, 내가 그 테스트에 통과했다고 말해 주는 것 같았다.

저녁을 다 먹고 빈 그릇을 챙겨 주방으로 들어갔다 나오니 애덤이 기다리고 있었다. 밖으로 나갈 때 그는 나를 위해 문을 잡아 줬다. 그가 고개를 끄덕였고, 나도 끄덕였고, 우리는 함께 내 차를 향해 걸었다.

"왜 노숙자였어요?"

내가 물었다.

"아버지랑 싸웠어요."

그가 말했다.

"아, 저도요."

내가 아빠에 대해 말하고 싶지 않았기 때문에 애덤의 아버지에 대해서도 묻지 않았다. 우리 아빠에 대해 묻지 않는 걸 보면 그도 자기 아버지 얘길 하고 싶지 않은 걸 수도 있었다. 하지만 둘이 함께 걷는 게 불편하진 않았다. 나의 발자국 소리가 그의 발자국 소리 사이의 빈 공간을 메웠고, 이번엔 그가 내 차에 탔을 때도 움찔 놀라지 않았다.

○

애덤이 캔버스 의자 위에 가방을 던지고 물었다.

"뭐 마실래요?"

"뭐가 있는데요?"

나는 커다란 미소를 지으며 물었다. 나도 그의 거실에 서있는 게 아무렇지도 않은 것처럼 안간힘을 쓰면서.

"물, 우유, 콜라?"

"콜라 주세요."

그는 부엌으로 들어갔다가 콜라 한 캔과 맥주 한 병을 들고
나왔다.

"맥주도 있어요."

그가 소파 베드에 털썩 앉으며 말했다.

"혹시 원한다면."

그는 콜라를 자작나무 컵받침 위에 올려놓고 궤짝의 구부
러진 금속 모서리에 병뚜껑을 대고 주먹으로 툭 쳐서 뚜껑을
땄다. 나는 캔 뚜껑을 따고 소파 베드에 흘리지 않게 거품을
후루룩 마시며 말했다.

"콜라면 돼요, 고마워요."

술을 마시고 해롱거릴 순 없었다. 남자에 대해 잘 모른다고
해도, 좋은 남자는 열여섯 살짜리 여자아이와 함께 있으려는
시도조차 하지 않을 거란 건 알고 있었다. 그리고 애덤이 좋
은 남자일 거라고 나는 거의 확신했다. 내 정체가 들통날 말
은 할 수 없었다. 말썽은 한 번으로 족했다.

"그러니까 건축가라고요?"

내가 물었다. 카페에서 그 이야기를 했을 때 그는 불편하다
는 듯 얼른 다른 이야기로 넘어갔었다. 평상시에 갑자기 누가
나한테 노래를 좀 불러 보라고 했을 때의 내 기분 비슷한 것

같았다.

"진짜로 건물을 지어요?"

"그러니까, 이론상으론 그래요. 지금 박사 과정 중이거든
요. 가르치는 것 말고 다른 일을 하면 안 되긴 하는데, 저번에
데카당스에서 만났던 여자분 있잖아요? 애나라고. 그분이 헛
간을 개조하는 중인데, 아이디어를 어떻게 실현해야 할지 모
르겠다고 해서 설계 도면 그리는 걸 도와주고 있어요. 나의
첫 번째 고객인 거죠."

리틀 리버에선 모두들 자기 집을 스스로 개조했다. 헛간을
차고로, 차고를 침실로, 하지만 그들 중엔 설계 도면 같은 걸
그리는 사람은 없었다.

"한 번도 지어 본 경험이 없으면 건물 설계가 어려워요?"

내가 물었다. 애덤은 내 질문에 놀란 것 같았다.

"이제 차차 알아봐야겠죠."

그는 부츠를 발로 털어 벗은 다음 뒤꿈치 쪽을 궤짝 쪽에
붙여 놓았다. 그는 언제나—내 팔을 잡을 때나 노트의 스케
치를 보여 주려고 가까이 다가올 때— 조심스럽게 행동했다.
마치 내가 겁먹을 수 있다는 걸 이해하고 있고, 더 이상 겁먹
게 하고 싶지 않다는 듯한 몸짓이었다. 나는 지금껏 주위에서
이렇게 신중하지 않은 구석을 찾기 힘든 사람은 본 적이 없
었다.

우리는 몇 시간이나 이야기를 나눴다. 코넬대학교의 박사학위 과정, 그가 맡고 있는 수업, 조교라는 직책 같은 것들에 대해선 이해가 잘 안됐지만, 애덤도 내가 다 이해하길 기대하진 않는 것 같았다. 그리고 마침내 일상적인 것들에 대해서도 이야기하기 시작했다.

그는 스물일곱이라고 했다. 니드햄이라는 곳 출신이고, 예전엔 담배를 피웠지만 정향 담배만 피웠다고 했다. 제일 좋아하는 교수님이 지난 팔월 폐암으로 돌아가셨을 때 끊었는데 지금도 일하는 중에 있지도 않은 담배를 향해 무심코 손을 뻗곤 한다고 했다. 이젠 그의 재떨이를 동전들이 채우고 있었다고도 했다.

마치 우리 둘이 옛날 텔레비전 프로그램에 나오는 것 같은 소꿉놀이를 하는 기분이었다. 동거하면서 퇴근 후 하루 일과에 대해 이야기를 나누는 커플 역할 말이다. 텔레비전으로 보면서도 남들이 정말로 그렇게 산다고는 상상도 못 했다. 아빠는 퇴근하고 집에 오면, 그 자리에 존재하지 않는 사람처럼 담배를 피우며 자기 생각 속에만 빠져 있곤 했다.

애덤의 목소리는 나직하지만 거실을 꽉 채웠다. 가구보다는 빈 공간이 더 많기 때문에 모든 말이 아주 조금씩 메아리쳤다. 나의 손발이 녹았다. 어둠은 바깥에 있었다. 비록 별것 아닌 아주 작은 것이었지만, 사실 삶은 이런 것이길 나는 바랐다. 두 사람이 소파에 나란히 앉아 있는 것.

애덤이 헛기침을 하고 천장을 올려다보며 물었다.

"콜라 하나 더 마실래요?"

"네."

그는 맥주를 들고 나는 콜라를 들고 소파에 앉아, 오랜 친구처럼, 새로 사귄 친구처럼, 혹은 뭐라 정의해야 할지 알 수 없는 사이처럼 이야기를 나누었다. 그는 지난밤에 내가 그에게 키스할 뻔 했다는 것도 다 잊은 것 같았다.

그는 나중에 개를 키우고 싶다고 했고 카약도 갖고 싶다고 했다. 언젠가는 아이도 갖고 싶다고 했다. 그의 여자 친구는 작년에 그를 떠났다고 했다. 이유는 말해 주지 않았다. 알고 싶었지만 물으면 안 될 것 같았다. 나도 누군가를 떠났다고 말해 줬다. 때로는 떠나는 사람에게 그럴 수밖에 없는 이유가 있는 것 같다고, 남겨진 사람에겐 아무 잘못이 없을 때도 있다고 그에게 말해 줬다.

○

확실히 자정은 지난 것 같았다. 목이 쉬고 갈라졌다. 누군가와 이렇게나 많은 이야기를 한 적은 없는 것 같았다. 아빠나 캠핑카 이야기는 하지 않았다. 그러나 나도 왜 그랬는지 이유는 모르겠지만, 바닉 아줌마 차를 훔쳤을 때 이야기는 했다. 그가 조그마한 치아를 다 드러내고 크게 웃었다. 나는 그게 아주 오래 전 일인 것처럼 이야기했다. 아주 어릴 때 장난을 좀 친 것처럼. 나는 아이다라는 손님이 음식을 어떻게 주문하곤 했는지도 이야기했고, 애덤은 대학교 학비를 벌기 위해 바에서 일하던 이야기를 해줬다. 우리는 이상한 손님들과 정신 나간 주방장들에 대한 이야기도 주고받았다.

대화가 잠시 끊겼을 때 나는 참지 못하고 커다랗게 하품을 했다. 애덤이 내 다리를 툭 쳤다.

"자, 일어나요."

나는 일어섰다. 그는 소파 베드를 벽에서 떼어 냈고 나는 그를 도와 소파를 침대처럼 펼쳤다. 우리는 침대 시트의 양쪽 끝을 잡고 마치 낙하산처럼 허공에 부풀렸다. 잠자리 준비가 엄숙한 의식이라도 되는 것처럼 우리는 아무 말도 하지 않았다. 그 침묵의 무게와 어색함이 배 속에 묵직하게 걸렸다. 잠자리 준비가 끝나자 애덤이 물었다.

"베개는 그 정도면 충분해요?"

마치 사과하듯이, 원래 내가 좋아하는 베개 개수를 알기라도 하듯이.

"그걸로 충분했어요?"

"네."

나는 그의 입술을, 그의 턱을 따라 조금씩 자란 수염을 응시했다. 이번에는 잠자리도 제대로 준비했고, 그가 어디에서 자는지도 알고, 그는 내게 아무것도 원하는 게 없다는 것도 알고 있었다. 하지만 그가 나한테 말하듯 내게 이야기를 해준 사람은 지금껏 한 사람도 없었다. 내 삶과는 다른 삶의 아주 작은 디테일까지 말이다. 예전에 내가 알던 사람들은 전부 내 삶이 시작됐을 때부터 줄곧 나와 함께 한 사람들이었다. 우리 는 모두 비슷비슷하게 살았다. 하지만 애덤은 내게 흥미로운 사람이었고, 애덤도 나를 흥미롭게 생각하는 것 같았다. 그리 고 그는 나보다 세상 경험도 훨씬 더 많았다.

"자, 그럼."

그가 입을 뗐다. 그는 내가 말하고 싶지만 차마 하지 못하 는 말이 뭔지 아는 것 같았다. 하지만 그는 그렇게만 말하고 돌아서서 불을 끄고 복도 쪽으로 걸어가려 했다.

나는 이 시간이 끝나지 않았으면 했다. 그의 손을 잡았다. 그리고 가볍게 당겼다.

곧 그의 입술이 내 입술 위에 포개지고 그의 몸이 내 몸 위 로 포개졌다. 우리가 방금 씌운 시트가 금방 구겨졌다. 그가 내 쇄골에, 내 손바닥에, 손목 안쪽의 부드러운 살갗에 입을 맞췄다. 이전에는 누구도 입을 맞출 생각도 하지 않았던 부분 들에. 그리고 전혀 서두르는 기색도 없었다.

그는 나를 가만히, 부드럽게 어루만졌다. 예전에 매티와 가졌던 갈망 다음엔 늘 아무것도 남지 않는 것 같은 기분이 들었다. 하지만 애덤이 나를 어루만지는 손길은 그보다 훨씬 커다란 느낌이고 곧 온기의 물결로 바뀌어 마치 둑을 무너뜨리듯 흘러넘쳐 숨을 헐떡이게 만들고 베개를 붙잡게 했다. 나는 손을 그의 배까지 훑어 내렸다. 내 손이 가까워지자 그의 몸이 홱 들렸다. 그가 내쉬는 콧김이 내 뺨을 간지럽혔다. 담요 아래에서 그는 작고 부드러웠다. 그가 나의 손을 잡아서 떼어 냈다. 우리는 잠시 키스를 나누고, 그는 벌떡 일어나 화장실로 들어갔다. 무슨 일이 일어난 건지, 혹은 일어나고 있는 건지 알 수가 없었다. 콘돔을 가지러 간 건가? 볼일을 보러 간건가? 그는 내내 수돗물을 틀어 놓고 있었다. 그가 돌아오더니 내 뒤에 누워 팔로 나를 감쌌다.

"정말 따뜻하다."

그가 졸린 목소리로 말했다. 그리고 땀에 젖은 손으로 내 얼굴에 흘러내린 머리카락을 넘겨주고 속삭였다.

"잘 자요."

17

나는 애덤이 깨기 전에 눈을 떴다. 내 옆구리 위에 걸쳐진 애덤의 팔은 내 살갗에 착 붙어 있고 내 목덜미에 와 닿는 그의 입김에선 묵은 맥주 냄새가 났다. 창을 통해 햇살이 들어왔다. 우리는 자면서 이불을 걷어찼는데 나는 속옷 바람이었다. 내 몸을 가리고 싶었지만 그를 깨우고 싶진 않았다. 내 배를 누르고 있는 그의 손가락들이 분홍색 자국을 남기려나, 생각했다. 그의 손은 부드럽고 손톱은 단정했다.

나는 한 번도 누군가와 밤을 보낸 적이 없었다. 매티에겐 통금이 있었다. 애덤이 일어나서 나를 보고 언짢아할까 봐 걱정됐다. 그러면 나와 키스하고 싶은 줄 알았는데 아니었다는 걸 알았을 때보다 훨씬 더 난감할 것 같았다. 아니, 어쩌면 우리가 섹스하지 않은 것 때문에 화를 낼지도 몰랐다. 여기서 나가고 싶다고 그냥 부츠를 들고 계단을 뛰어 내려갈 수도 없는 일이었다. 내 옷들은 헝클어진 시트 어딘가에 숨어 있었으니까.

천천히, 조심조심, 나는 애덤의 묵직한 팔 아래에서 몸을 비틀어 뺐다. 그의 모자는 그의 옆, 베개에 놓여 있었다. 그의 머리는 내 예상과는 달리 듬성듬성하지 않았다. 숱도 많고 뻣뻣하고 사방으로 뻗쳐 있었다. 담요로 내 몸을 가려 보려고 그의 몸 너머로 손을 뻗는데 그가 뒤척이더니 눈을 떴다. 나는 숨을 멈췄다. 그가 나를 보더니 미소를 지었다. 내 머릿속의 아우성을 진정시키는 분명하고도 행복한 미소였다.

"으으으으음."

그는 기지개를 켜며 몸을 쭉 뻗었다. 그리고 내 옆구리에 손을 얹고 위아래로 쓰다듬더니 볼에 입을 맞추고 나를 자기 쪽으로 끌어 당겼다. 나의 맨 가슴이 그의 가슴에 닿았고, 따뜻해진 우리 다리에선 땀이 났다.

"맹세하는데."

그가 내 귀에 대고 속삭였다.

"난 '그걸' 기대한 건 아니었어요."

나도 그 말이 진심이라는 걸 알았다. 내가 그의 손을 붙들지 않았다면 그는 곱게 자러 갔을 거고, 나는 혼자 거실에 남아 콜라 네 캔으로 고조된 흥분감이 가라앉길 기다렸을 것이다. 무슨 말을 해야 할지 몰라 나도 그냥 그의 볼에 입을 맞추려는데 그가 고개를 돌려서 내게 진짜 키스를 했다. 나는 사각 팬티 아래로 그를 더듬었고 단단해진 그 부분이 내 허벅지에 닿았다. 하지만 그가 몸을 뺐다.

"자다 깨서 입 냄새 날 거예요."

그는 바닥에 뭉쳐 있던 티셔츠를 집어 들었다.

"금방 올게요."

그리고 화장실에 들어가더니 문을 닫았다. 다시 물소리가 들렸다.

나는 담요 한쪽 모서리를 잡아 그럴듯해 보이게 내 몸을 덮었다. 밝은 아침에 그가 나를 너무 많이 보길 원치 않았기 때문이다. 가슴에 난 털과 웃자란 수염 때문인지 그는 매티보다 훨씬 나이가 많아 보였고, 내 몸의 어떤 부분 때문에 내 거짓말이 들통날까 봐 걱정됐다. 내가 열두 살이 되자 마고 아줌마는 스포츠브라를 사주고 생리가 시작될 거라는 것과 이상한 부위에 털이 자랄 거라는 경고를 해줬다. 하지만 내 몸은 내가 알지도 못하는 어떤 부분이 더 변화했어야 하는 건지도 몰랐다. 애덤은 알고 있을 것이다. 자기와 비슷한 나이의 여자와 살았던 적이 있으니까. 나는 그 여자에 대한 실마리가 있을까 해서 거실을 둘러봤지만 당연히 그런 건 없었다. 이미 그녀는 한참 전에 떠났고, 내가 여자 몸이 어떻게 생겼는지 알 수 있도록 애덤이 그녀의 나체 사진을 걸어 놓았을 리도 없었으니까.

마침내 애덤이 화장실 문을 열고 나왔지만 내 쪽으로 오지는 않았다. 찬장 문이 열렸다 닫히고, 물 따르는 소리, 그리고 커피메이커 보글거리는 소리가 들렸다. 나는 뭘 하고 있어야 할지 몰라 소리쳤다.

"커피 마시러 가려고 커피 끓이는 거예요?"

"딱 걸렸네!"

애덤이 소리쳤다.

"카페까지 가는데 연료가 필요해서."

"나돈데."

나는 텔레비전에 나오는 여자들이 하듯이 바닥에 뭉쳐져 있던 그의 체크 셔츠를 찾아 입었다. 예전에도 해본 일이고, 뭐 별일도 아니라는 듯이.

"잘 잤어요?"

그가 물었다.

"네."

차가운 바닥을 맨발로 밟으며 부엌으로 들어갔다.

내 다리가 너무 헐벗은 느낌이었다. 그는 왜 날 원하지 않을까, 내가 뭘 잘못해서 침대로 돌아오지 않은 걸까, 왜 그는 내가 자길 만지지 못하게 하는 걸까, 모든 게 걱정됐다. 그것이 내가 오랫동안 여기서 환영받을 수 없다는 뜻이고, 어쩌면 지금도 환영받는 사람이 아니라는 뜻일까 봐 걱정됐다. 하지만 그때 그가 내 얼굴 위로 흘러내린 머리카락을 넘겨 주며 말했다.

"세상에, 당신 정말 예뻐요."

그리고 내게 키스했다. 세상의 위아래가 뒤집히는 듯한, 조리대 상판을 꽉 붙들게 만드는 그런 입맞춤이었다.

○

애덤은 다치지 않은 내 손을 잡았고 우리는 카페로 함께 걸어갔다. 깨끗하게 씻은 우리 몸에서는 똑같은 페퍼민트 향이 났고, 나는 그의 스웨터를 얻어 입고 소매를 걷어 올렸다. 오늘 그의 아파트 지하실에 있는 세탁실에서 내 옷을 전부 빤 다음 시트콤 「사인펠드Seinfeld」를 보며 옷을 개고 동네 식당에서 칼조네를 시켜 먹기로 했기 때문이다. 바보같이 들리겠지만 앞으로 이십 분 후의 일을 계획하느라 급급했던 내게 그보다 먼 미래에 대한 계획이 있었다는 건 정말 뜻깊은 일이었다.

커먼스에 도착했을 때 애덤이 내 손을 놓고 말했다.

"자, 열쇠 받아요."

그리고 얼굴을 붉혔다.

"그게, 혹시 점심시간에 들를 일이 생기거나 나보다 먼저 집에 갈 수도 있으니까."

그가 '집'이란 말에 별 의미를 둔 게 아니라, 그냥 그가 사는 곳이라는 뜻으로 이야기했다는 걸 나는 잘 알고 있었다. 그래서 세상에서 제일 하찮은 말 한 마디에 마음이 송두리째 흔들리는 사람이 되지 않기 위해 안간힘을 썼다.

"고마워요."

나는 얼른 말했다. 그는 내 뺨에 스치듯 입을 맞추었다.

"먼저 들어가요. 우리가 같이 왔다는 거 사람들이 눈치 못 채게."

혈관을 흐르던 피가 갑자기 멈추는 느낌이었다. 이번에는 나의 아무렇지도 않은 척이 통하지 않은 모양이었다. 그가 내게 입을 맞추고 이렇게 말했기 때문이다.

"직장에서 그 편이 쉬울 것 같아서 그래요. 그리고 들어가는 거, 내가 지켜보고 싶어서."

18

"필그림! 안녕?"

내가 걸어 들어가자 보디가 느릿하지만 듣기 좋은 톤으로 말했다. 그가 카운터를 맡아 주문을 받고 있는데 줄이 거의 카페 문밖까지 늘어설 지경이었다. 보디는 귀 뒤에 연필을 꽂고 빨간색 플라스틱 커피 스틱을 건초처럼 씹고 있었다.

"주문을 두 개 이상 하면 어떻게 합하는지 알아?"

내가 카운터 밑으로 기어 들어가는데 그가 물었다. 나는 그의 뒤에서 손을 뻗어 더하기 버튼을 눌렀다.

"이렇게 하고 다음 것 입력하면 돼요."

"고마워, 필그림."

보디는 두 눈이 완전히 사라지도록 커다랗게 씩 웃었다.

"칼리가 전화했는데, 오늘 늦는대. 에스프레소 배송에 문제가 생겼나 봐."

그의 말투 때문일까, 이게 직원들 사이의 암호 같은 걸지도 모르겠다는 생각이 들었지만 행간의 의미를 나는 알 수가 없었다.

"품목을 더하는 법을 모르는데 여태 어떻게 했어요?"

내가 물었다.

"각각 주문한 것처럼 다 하나씩 계산했지."

보디가 막대를 입술의 반대편으로 옮기면서 말했다. 그리고 커피가루를 떠서 작은 금속 바구니에 덜고, 천천히, 조심스럽게 꾹꾹 눌렀다. 오전 내내 할 일이 그것밖에 없다는 듯 천하태평하게. 그 꼴을 보고 있자니 답답해 미쳐 버릴 것 같았다.

"내가 할게요."

나는 커피 탬퍼를 그의 손에서 빼앗듯이 들고 말했다.

"주문만 받아요, 내가 음료를 만들게요."

아직도 어떤 음료에 뭐가 들어가는지 확인하면서 만들어야 했지만 그게 나을 것 같았다. 나는 내 몸의 무게를 탬퍼에 실어 커피가루를 누르고 금속 바구니를 기계에 돌려 넣었다. 하지만 커피를 완성하고 보니 보디는 두툼한 스웨터를 입은 웬 귀여운 히피 아가씨와 수다를 떠느라 다음 주문을 받을 새가 없는 것 같았다.

"다음 손님."

내가 외치자 히피 아가씨가 미소를 지으며 말했다.

"아, 아직 뭘 마실지 못 정했어요."

그러더니 이제야 메뉴를 보고 뭘 주문할지 궁리하겠다는 듯 한 발 물러섰다.

"그럼 이따 다시 여쭤볼게요."

나는 그녀에게 말하고 다음 손님에게 손짓했다. 다음 손님은 안도한 표정이었다. 히피 아가씨와 보디는 한쪽 옆으로 물러나, 정말 무슨 내용인지 알고 싶지도 않은 이야기를 이어 나갔고, 나는 전력을 다해 바삐 주문을 받았다.

칼리는 몇 분 뒤 커피 자루를 어깨에 짊어지고, 자루가 너무 무거운지 다리가 다 휜 것 같은 모양새로 걸어 들어왔다. 보디는 고개를 들지도 돕겠다고 나서지도 않았다. 나는 히피 아가씨를 빼면 이제 줄을 세 명으로 줄인 상태였다. 물론 히피 아가씨는 셈에 넣지도 않을 생각이었다. 줄의 마지막 사람은 애덤이었다. 우리 눈이 마주칠 때마다 그는 날 보고 미소를 지었다.

칼리는 자루를 카운터에 쿵, 하고 큰 소리를 내며 내려놓았다.

"자긴 정말 내 구세주야."

칼리가 내 옆으로 와서 나를 극적으로 껴안으며 말했다. 그러자 마고 아줌마가 나를 안아 줄 때처럼 내 얼굴이 발개졌다.

"보디한테 카운터를 맡겨 놓고 돌아왔을 때 가게가 어떤 상황일지 너무 무서웠거든. 쟨 귀엽게라도 안 생겼음 어쩔 뻔했어."

칼리는 기도 안 차다는 듯 눈동자를 굴렸다.

"보디! 주방!"

보디는 히피 아가씨의 손을 토닥이더니 귀 뒤에 꽂은 연필을 뽑아 냅킨에 뭐라고 적어 그녀에게 건넸다. 보디가 하는 그런 짓거리는 참 어이없고, 애덤이 커피를 기다리며 날 보고 웃는 것만으로도 충분히 좋지만, 그래도 보디가 하듯이 애덤도 내게 냅킨에 뭐라고 적어 주면 좋겠다는 생각이 살짝 들었다.

"네, 네."

보디는 우리를 지나치며 말했다. 칼리는 행주를 하나 집어 들어 그의 엉덩이를 찰싹 때렸다. 그리고 주방문을 열고 들어가는 그의 뒤통수에 대고 말했다.

"그렇게 금발 티를 내야겠어?"

"내가 아름답다고 날 미워하면 안 되지!"

보디가 소리쳤고 문이 그의 뒤로 휙 닫혔다.

19

애덤과 나는 섹스를 하지 않았다. 십 대 남자애와 그 애 엄마의 스테이션왜건 뒷자리에서 하는 섹스와 함께 사는 남자와 하는 섹스에는 큰 차이가 있을 것이다. 어쩌면 내가 그를 유혹해야 하는 걸지도 몰랐다. 일을 마친 후 쇼핑몰로 차를 몰고 가 레이스가 잔뜩 달린 속옷을 사 입고, 그가 집에 들어올 때 문 앞에서 맞이해야 하는 것일까. 하지만 나는 퇴근 후 쇼핑몰로 가지 않았다. 애덤의 집으로 돌아가, 마고 아줌마의 낡은 호피 무늬 레깅스와 애덤의 맨투맨 티셔츠로 갈아입고 애덤이 올 때까지 콜라를 마시며 애니메이션 「렌과 스팀피」를 봤다. 그리고 함께 피자를 시키고 하품을 참을 수 없어질 때까지 룩Rook이라는 카드 게임을 했다.

애덤은 아예 들어와 살라는 말은 한 번도 하지 않았다. 그냥 내 물건을 자기 집에 둬도 괜찮다고 여러 번 말했을 뿐이다. 그의 옷장에는 내 옷이 걸려 있었다. 마치 전 여자 친구가 떠난 후 생긴 옷장의 빈자리에 자기 옷을 여유 있게 걸어 둘 생각은 하지도 못한 듯, 옷장은 내가 왔을 때부터 절반이 비어 있었다. 내 칫솔은 화장실 세면대 끝에 놓인 컵 안에 그의 칫솔과 함께 꽂혀 있었다. 마고 아줌마 식당에서 가져온 머그 몇 개가 그의 멀쩡한 머그들과 함께 찬장에 자릴 잡았다. 애덤은 가장자리에 이가 빠진 머그를 아무렇지도 않게 사용했다. 관계란 게 이렇게 시작되는 거냐고 물어볼 사람이 있으면 했다. 할 수만 있었다면 마고 아줌마한테 물어보고 싶었다.

아빠가 집에 안 들어오기 전까진 아빠와 아이린이 아는 사이인지도 몰랐다. 그러니까 아이린이 아빠더러 자기 집에서 지내라고 한 건지 아빠가 그냥 주저앉은 건지 알 도리가 없었다. 매티와 나는 함께 살 공간을 마련하기 전에 이미 결혼을 약속했고, 비록 마음 아주 깊숙한 곳에선 매티와 결혼하고 싶지 않았지만, 그래도 그 계획에는 단계라는 게 있었다. 애덤과의 관계에서는 내가 뭔가 놓치고 있는 기분인데 그걸 어디서 찾아야 할지 알 수가 없었다.

때론 애덤이 맥주 몇 병을 마시고 나면, 이젠 소파로만 쓰고 있는 소파 베드에서 함께 잠깐 뒹굴기도 했다. 이제 우리는 그의 침대에서 함께 잤다. 하지만 절대 섹스는 하지 않았다. 침대에선 굿 나이트 키스 이상은 하지 않는다.

매티와 사귀기 시작한 뒤로 매티가 원한 것은 오직 섹스뿐이었다. 내가 하는 말을 듣기나 하는지 의심스러울 때도 있었다. 매티는 마치 나에게 중독된 것 같았고 다른 애들이 괴짜 여자 친구를 사귄다고 놀리는 것보다, 자기 엄마가 좀 더 나은 애를 찾으라고 쪼는 것보다도 내가 중요하다는 듯 굴었다. 내가 그 애 자존심에 흠집을 내는 농담을 하거나 내 몸을 더듬는 손을 뿌리쳐도 괜찮았다. 내가 매티에게 그런 힘을 갖고 있다는 걸 나는 알고 있었고, 그게 좋았다.

애덤은 내 말을 빠짐없이 다 들어줬지만 나를 원하기 위해선 꼭 술에 취해야 했고, 그때조차 늘 적당한 선에서 멈췄다. 애덤과의 가벼운 애정 행각이 매티와의 섹스보다 더 좋았지만 그게 바로 이 관계가 지속되진 않을 거라는 의미일까 봐 걱정이 됐다. 나는 이 관계가 지속되길 원했다. 지낼 곳이 필요하기 때문만은 아니라 애덤과 함께 있는 게 좋았기 때문이다. 나는 애덤과 이야기하는 게 좋았다. 우리에게 삶의 패턴이 있다는 게, 일상이 별다른 일 없이 대부분 똑같다는 게 좋았다.

밤이 되고 애덤이 불을 끄면 우리는 서로에게 이런저런 고백을 했다. 대부분은 바보 같은 것들이었다. 애덤은 광대가 무섭다고 했다. 나는 리틀 리버에 겨울이 오면 찌르레기들이 앙상한 나뭇가지에 떼로 몰려와 앉아 있곤 했는데 그 숫자가 너무 많아서 꼭 나뭇잎처럼 보였고 새들이 갑자기 한꺼번에 날아가면 이유를 설명할 순 없지만 너무 무서웠다고 말해 줬다. 나는 그게 몇 주 전이 아니라 몇 년 전 일인 것처럼 말했다.

우리는 그렇게 누워 천장을 응시하면서 블라인드를 통해 들어오는 가로등 불빛으로 겨우 보일 듯 말 듯한 천장의 균열을 찾았다. 서로 손을 잡고 옆구리를 딱 붙인 채, 마치 어릴 적 매티와 함께 구름을 구경하던 것처럼 그렇게.

애덤은 열두 살이 될 때까지 애착 이불을 끼고 잠을 잤다고 고백했다. 나는 연필을 마이크 삼아 휘트니 휴스턴의 노래를 목이 터져라 불렀다고 고백했다. 그는 한때 에어 서플라이 Air Supply를 좋아했다는 것을 인정했다. 나는 마고 아줌마 차에 토해서 운동화를 분홍색으로 만든 일을 말해 줬다. 토한 이유는 쏙 빼고 그냥 아빠가 새 신을 사줄 생각을 하지 않았다는 것만 이야기했다. 그런데도 너무 많은 걸 이야기한 건 아닌가 걱정됐다. 시점에 대해 조심해야 했기 때문이다.

애덤이 모든 걸 다 알았으면 하는 마음도 있었다. 내가 모든 걸 말하면 그 순간부터 새로운 삶을 시작할 수 있을 테고, 그 전에 있었던 일은 모두 없던 일이 될 것이며 흔적조차 남지 않을 거라는 듯이. 하지만 그가 모든 걸 알게 되면 나를 더 이상 좋아하지 않게 될 터였다. 좋아할 수가 없으니까. 여기에 도사리고 있는 문제는 그가 모든 걸 다 알게 되고도 개의치 않는다면 그는 내가 좋아하는 애덤일 수 없다는 거였다. 어느 쪽이 됐든 나는 그를 잃을 수밖에 없었다.

마침내 내 손을 잡고 있던 그의 손아귀 힘이 풀렸다.

"무슨 생각해요?"

그가 졸린 목소리로 느릿느릿 물었다. 그는 잠들기 바로 직전까지 이야기하는 걸 좋아했다.

"개구리 나무. 그쪽은요?"

"도넛."

그 대답과 함께 하루를 마감한 애덤은 입으로 가만히 숨을 쉬었다.

어두운 불빛 아래 나는 애덤이 잠들어 가는 모습을 지켜봤다. 그의 미간에 자리 잡은 브이 자가 서서히 흐려지다가 사라졌고, 나는 깊은 잠을 푹 자고 개운하게 일어나는 사람의 삶은 어떤 걸까 생각했다.

보통 삶의 반을 잠든 채 보낸다고들 하지만 나는 내 삶의 대부분을 깨어 있는 채로 보낸 것 같았다. 혹시라도 엄마가 나를 데려가려고 몰래 집에 들어오지 않을까 하는 생각 때문이었다. 아주 작은 소리에도 잠이 깨지 않게 되는 날이 오기는 할까. 언젠가 내가 푹 잠드는 법을 과연 배울 수는 있을까.

20

매주 일요일 두 시, 나는 슈퍼마켓 밖의 공중전화에서 마고 아줌마에게 전화를 걸었다. 그러기로 약속했기 때문이다. 마고 아줌마는 내 행방을 알고 있는 사람이 한 명은 있어야 한다고 했다. 그러면서 수신자 부담 전화로 걸어도 된다고 했지만, 나는 늘 십 센트짜리 동전 한 묶음을 들고 갔다. 지난번에는 그 동전을 다 쓸 때까지 통화를 했더니 그 후로 몇 시간이나 오한이 사라지지 않았다.

애덤의 집 전화나 직장 전화를 쓰고 싶지는 않았다. 누군가가 번호를 추적할 거라고 생각해서는 아니었다. 내가 뭐 중요한 사람이라고. 영화에서 아이가 실종됐을 때처럼 검은 양복 차림의 남자들이 값비싼 장비를 가지고 몰려와 거실에 진을 치고 몸값을 요구하는 전화가 오길 기다릴 일은 없을 것이다. 내가 아이린의 차를 훔치고 캠핑카를 엉망으로 뒤집어 놓지 않았다면 아빠는 내가 떠났다는 것조차 알지 못했을 것이고, 알았다한들 신경도 쓰지 않았을 것이 분명했다. 나 스스로를 불쌍하게 여기는 마음 때문에 그렇게 믿는 것만은 아니었다. 나는 그것이 사실이라는 것을 알고 있었고, 사실은 있는 그대로 말하는 게 낫다고 생각했다. 내가 공중전화를 쓰는 건 혹시라도 리틀 리버 사람 중 누구라도 애덤에 대해 알게 될 일이 생기지 않도록 하기 위해서였다. 마고 아줌마에게도 애덤 이야기는 하지 않았다. 그냥 하숙집에 방을 구했다고 했다. 하숙집이란 게 실제로 아직 존재하는 것인지도 알지 못하지만. 어쩌다 이타카에 있었다는 사실은 고백했지만 곧 더 나은 곳으로 옮길 거라 주소를 알려 주는 건 의미가 없다고 말했다. 아줌마는 내가 이야기를 지어내고 있다는 걸 알고 있는 것 같았지만 나를 너무 압박하면 전화를 하지 않을까 봐 속아 주는 것 같았다.

"아이고, 하느님."

아줌마는 전화를 받자마자 말했다.

"전화 다시 안 거는 줄 알았어."

"건다고 했잖아요. 그리고 꼭 걸잖아요."

"그래."

지친 듯한 목소리였다.

"하지만 자꾸 걱정이 된단 말이야."

"이제 하지 마요."

나는 웃으려고 애쓰며 말했다.

"주름 생긴다고요."

나는 마고 아줌마가 웃음을 터뜨리고, 너는 정말 못 말린다는 둥, 하느님이 널 만들 때 실수로 유머 감각을 너무 많이 집어넣었다는 둥 그런 말을 하길 기다렸다. 하지만 아줌마는 웃지 않았다. 아줌마는 한숨을 쉬었다.

"개리가 이제야 너희 아빠와 이야기를 했어. 너희 아빠 생각은, 네가 살 곳을 찾았고 일자리도 잡아서 더 이상 널 부양해야 하지 않아도 된다면 차를 도로 가져오게 할 필요는 없을 것 같다고, 그냥 가져도 된다고 했대."

나는 갑자기 숨이 턱 막히는 것 같았다. 맨손으로 공중전화 부스 옆면을 붙들었다. 금속이 얼음처럼 차가웠지만 그걸 놓았다간 쓰러질 것 같았다. 내 무릎이 자기 역할을 까맣게 잊어버린 것만 같았다. 다시 돌아가지 않아도 된다는 사실, 차 문제가 해결됐다는 안도감과 내가 얻은 자유는 생각했던 것만큼 달콤하지 않았다.

"그러니까, 내가 지금부터 열여덟 살이 될 때까지, 낡은 차 한 대 정도의 식료품 값만 들어갈 거라고 생각했나 보죠?"

"이게 네가 원한 거 아녔어?"

마고 아줌마가 말했다.

"맞아요."

공중전화 상단에는 못 보던 껌이 새로 붙어 있었다. 형광 노란색이 아직도 축축했다. 저런 건 무슨 맛일까.

"하지만 좀 그렇잖아요."

"그래. 알아."

전화에서 딸깍 소리가 나더니 동전을 더 넣으라는 음성이 흘러나왔다.

"끊어야겠어요."

아직 십 센트짜리가 넘치게 많았지만 그냥 그렇게 말했다.

"에이프릴."

아줌마가 나를 불렀다. 아줌마는 절대 날 그렇게 부르는 법이 없었다.

"왜요?"

"너희 아빠, 다쳤어."

"애당초 다칠 마음 같은 게 있는 사람인 줄은 몰랐네."

"오늘 아침에 퇴원했어."

나는 공중전화의 안내 음성을 닥치게 하려고 동전을 밀어 넣었다.

"그게 무슨 말이에요?"

"개리가 너희 아빠랑 이야기할 때, 친구 몇몇을 데리고 갔는데, 그 중에 이런저런 사건에 대해 할 말이 좀 있는 사람들이 있었나 봐."

"저에 대해서요?"

"너, 아이린, 바트코브스키, 그리고 또 다른 일들. 개리는 그 사람들이 너희 아빠한테 안 좋은 감정이 있는 줄 몰랐대. 근데 개리네 바텐더, 척이라고 알지? 그 사람이 조 바트코브스키랑 친구였대. 조가 떠난 이유에 대해 너희 아빠한테 할 말이 있었나 봐."

"그래서 아빠를 쳤대요?"

"개리 말로는 그냥 상황이 걷잡을 수 없어졌대, 순식간에. 개리가 중간에 말리다 너희 아빠를 응급실로 데려갔는데, 갈비뼈가 몇 대 부러졌다더라."

"그래서 아빠는 괜찮은 거예요?"

"이제 완전 멀쩡하고 건강해. 개리가 집에 데려다줬어. 갈비뼈가 부러지긴 했지만, 뼈는 다시 붙으니까. 그리고 내가 너희 아빠를 좀 알아서 하는 말인데, 진통제 받았다고 좋아하고 있을 거야."

"일종의 보너스네요."

전화 위에 붙어 있는 껌을 떼어 내고 싶었다. 그게 거기 없었으면 했다. 껌에 손대지 않기 위해 정신을 집중해야 했다. 일종의 충동 같았다.

"너한테 숨기고 싶지도 않았지만, 네가 걱정하는 것도 난 싫다. 그냥 남자들이 바보짓 한 거야. 남자들이 어떤지 너도 알잖니."

"네, 알아요."

"다음 주 일요일이다."

아줌마가 말했다.

"다음 주 일요일이요."

"안전하게 지내, 귀염둥이."

"아줌마."

"응."

"사랑해요."

"계집애, 나도 너 사랑하는 거 알지?"

동전을 투입하라는 안내 음성이 다시 나오기 시작했다. 나는 그대로 전화가 끊어지게 뒀다.

○

슈퍼마켓에 들어가 남아 있던 십 센트들로 아빠를 위한 카드를 샀다. '쾌유를 빕니다'라고 적힌 카드 중에 제일 먼저 눈에 띄는 걸 집어 들었다. 생쥐 한 마리가 뒤가 터진 환자복 뒤로 꼬리를 내밀고 있었다. 뭐라고 써야 할지 모르겠어서 그냥 내 이름을 적었다. 마고 아줌마에게 보낼까도 생각했다. 아줌마는 분명 우체국 소인을 볼 수 없도록 조치를 해줄 테니까. 하지만 그냥 아빠한테 직접 보내기로 마음먹었다. 아빠는 어차피 차 한 대로 자유를 산 사람이니까. 나를 찾으러 올 인물이 아니었다. 나는 고객 서비스센터에서 우표를 사고 카드를 슈퍼마켓 밖에 있는 파란색 우편함에 집어넣었다.

○

애덤이 잠든 다음 아파트를 몰래 빠져나와 차 부품들을 분해해서 팔던 집으로 걸어가 번호판을 돌려놓았다. 침대로 도로 기어들었을 땐 애덤이 깼다.

"추위 냄새가 나."

그가 잠이 덜 깬 어렴풋한 목소리로 말하고 나를 끌어안았다.

"추위는 냄새가 아닌데."

나는 그의 이마에 입을 맞추며 속삭였다.

"지금 자고 있으면서."

그는 더 이상 아무 말도 하지 않았다. 그의 숨소리가 다시 커지고 일정해졌다. 이불 아래에서 내 발을 덥히려고 더듬더듬 그의 발을 찾았다.

21

　멍청하고 배부른 대학생 년이라고 칼리가 매일 욕하는 학생이 웬일로 오후 자기 근무 시간에 딱 맞춰 나타났다. 덕분에 카페 동료들이 제 때 나타나기만 했다면 정상 퇴근 시간이었을 시간에 카페를 나올 수 있었다. 기분이 이상했다. 여기에서 일을 시작한 이래, 지각하거나 아예 나타나지 않는 직원들의 근무 시간을 다 때워 줬는데, 내 근무 시간만 끝내고 퇴근하려니 땡땡이를 치는 기분이었다. 아주 오랜 시간 보지 못했던 하루의 한 토막이 덜컥 내게 주어졌다. 무한한 가능성이 있었다. 공기도 다르게 느껴졌다.

　나는 애덤의 아파트로 걸어갔다. 아래층에 세 들어 사는 대학생들은 수업을 들으러 갔거나 자는 모양이었다. 정말 조용했다. 햇볕이 드는 자리에 앉아 다리를 올리고 책을 읽기로 했다. 애덤의 책을 읽으며 노력한다면 예전의 나와는 거리가 먼 대화 소재가 떠오를지도 몰랐다.

냉장고에서 콜라를 하나 꺼내 들고 소파 위에 양말바람으로 올라가 애덤의 책들을 둘러봤다. 그러는 사이 책이 아니라 애덤이 대학 때 찍은 사진을 가만히 바라보게 됐다. 이번에는 다른 친구들을 특히 유심히 봤다. 저 사람들은 다 어디로 갔을까. 내가 여기서 지내기 시작한 이후로 애덤에게 전화를 하는 친구는 아무도 없었다. 애덤은 이 동네 사람들 몇몇과 유커를 치러 가는 것 말고는 나가는 일이 별로 없었고, 나를 볼 때마다 미소를 짓긴 하지만 그건 저 사진 속 미소보다 몇 도 정도 희미해진 미소였다. 사진 속의 그도 그다지 행복해 보이지 않는데 말이다. 어쩌면 살아간다는 건 사람들을 만나고, 그들을 잃고, 미소가 점점 희미해지는 일일지도 모른다. 떠난 이들의 빈자리를 늘 짊어지고 다녀야 하니까. 어쩌면 그 빈자리들은 책꽂이 위에 놓인 오래된 사진으로, 글자를 새긴 반지로, 천장에 함께 별을 붙이던 추억들로 바뀌고, 그 빈자리는 매년 더 커지고 무거워지는지도 모르겠다.

나는 애덤이 냉장고에 붙여 둔 그의 사무실 번호로 전화를 걸었다.

"어이!"

그가 전화를 받고 말했다.

"음, 저예요. 에이프릴."

"알지, 발신 번호 확인했어요. 내가 평소에 전화 받으면서

'어이'라고는 안 하죠."

"집에 일찍 왔어요. 그냥 말해 두려고."

그렇게 말하고 나니 우리가 빨래방 윗집에 살 때 집에 오면 아빠에게 전화하고 문을 꼭 잠가야 했던 시절이 생각났다. 아빠가 해고당하기 전에 전기 회사에서 일하던 때였다. 아빠에게 직장 번호가 있던 시절엔 내가 전화를 걸 수 있었다.

"저기, 나 지금 시험지 채점하는 중이거든요."

애덤이 말했다.

"나중에 해도 되는데. 나, 집에 갈까요? 같이 뭐라도 할 수 있겠네. 폭포를 보러 가거나."

"네, 와요."

그렇게 말하는데 내가 예상했던 것만큼 내 말이 이상하게 들리지 않았다.

○

애덤이 나를 차에 태우고 태커닉 폭포에 간다고 해서 그냥 그런 데가 있나 보다 했는데, 도착해서 보니 내가 터재닉 Taughnnock 폭포로 알고 있던 곳이었다. 표기는 터재닉이지만 '태커닉'이라 발음하는 모양이었다.

나는 애덤이 운전하는 모습이 좋았다. 평소보다 좀 더 뒤로 젖혀진 모자, 이마 위로 삐죽 튀어 나온 곱슬머리 몇 가닥, 그리고 콧등에 삐뚜름히 얹혀 있는, 운전할 때만 쓰는 금테 안경. 그가 길에만 온전히 집중하는 모습도 좋았다. 마치 내가 정말 소중한 화물이라 정말, 정말 조심해서 운반하는 것 같은 모습이었다.

애덤이 주차를 하고 우리는 냇물을 따라 깬자갈 길을 걸었다. 폭포가 보이기 한참 전부터 물 떨어지는 소리가 들렸다. 냇물은 마르기 직전이고 남아 있는 물도 거의 얼어붙어 있었다. 폭포에 가까워지자 냇물의 바위들을 덮고 있는 얼음이 지나치게 하얗고 두툼해서 꼭 얼린 우유 같아 보였다. 그 중에 진짜 같아 보이는 건 아무것도 없었다. 절벽은 깎아지른 듯이 높아서 무엇이 얼음이고 무엇이 흐르는 물인지 분간하기 어려웠다. 나는 눈을 깜빡이며 생각했다. 다시 눈을 떴을 땐 그냥 들판이나 숲에 있는 평범한 냇물이 보일지도 모르겠다고. 하지만 폭포는 마치 누군가가 우리를 위해 거대한 그림을 그려 남겨 둔 것처럼 여전히 거기 그대로 있었다. 속눈썹에 맺힌 눈송이 같은 얼음 방울들 때문에 눈썹이 무거웠고, 모든 게 뿌옇고 밝고 안개 낀 것처럼 보였다. 이가 딱딱 부딪혔다.

"너무 이른 감이 있긴 한데."

애덤이 두 팔로 나를 감싸며 말했다. 어쩐 일인지 그의 품은 여전히 아주 따뜻했다. 나도 그를 안았다.

"그래도……"

그가 내 뺨의 물기를 닦아 냈다.

"나, 에이프릴을 사랑하게 된 것 같아요."

내가 무슨 말을 채 하기도 전에 그가 내게 키스했다. 다행이었다. 할 말을 찾지 못했으니까.

○

슈퍼마켓에 들러 저녁거리를 샀다. 평소에 늘 먹던 포장 음식이 아니었다. 애덤은 정육 코너에서 종이에 싸인 작고 둥근 스테이크용 고기를 샀고, 아스파라거스, 엄청 넓적한 에그 누들, 그리고 마고 아줌마네 식당에서 데일이 쓰는 다진 마늘 말고 진짜 통마늘도 샀다.

애덤은 집에 오는 길에 주류 판매점에도 들렀고, 와인을 사러 들어간 사이에도 나를 위해 시동을 끄지 않았다. 우리의 상황은 무언가 달라졌다. 하지만 아무리 달라져도 내가 그에게 거짓말을 할 필요가 없는 사람이 될 수는 없었다. 그것이 나를 불안하게 했다.

○

애덤은 나를 거실에 앉히고 텔레비전 리모컨과 와인 한 잔, 그리고 혹시 몰라 와인병도 함께 세팅해 줬다. 자기가 저녁을 만드는 동안 나는 유한마담처럼 쉬고 있으라고 했다. 잠시 텔레비전 채널을 돌려 봤지만 텔레비전 소리에 내 예전 삶이 떠오르고 말았다. 그 소리는 나를 흙바닥에 엎질러진 커피 한 봉지처럼 초라한 기분이 들게 했다. 차라리 애덤이 부엌에서 재료 써는 소리, 냄비와 팬이 부딪히는 소리, 물이 끓는 소리를 듣는 게 나을 것 같았다. 나는 와인을 마시고 좀 더 따른 뒤 이런 소리들이 집이라는 곳에서 들려야 하는 소리 아닐까, 생각했다. 사람들은 대부분 이런 소리를 들으며 성장할 것이다. 나는 소파 베드에 누워 머리카락을 바닥으로 늘어뜨리고 해가 넘어가며 빛이 달라지는 모습을 지켜봤다. 마늘 냄새는 더 따뜻해지고 더 진해졌다. 나는 이 모든 것이, 아직 가사를 붙이지 못한 노래 같다고 생각했다. 내 머릿속의 말들에 집중하기 위해 기타를 잡은 것처럼 두 손을 올리고 기타 치는 시늉을 했다. 기만에 대해서, 자각에 대해서, 그리고 사랑이 부엌에서 보글보글 끓는 것, 그리고 집과 천장에 비추던 빛이 어둠으로 변해 가는 것에 대해서.

"뭐 해요?"

애덤이 물었다. 나는 벌떡 일어나며, 상상 속의 기타를 바닥에 떨어뜨렸다.

"내가 말하지 않은 게 있어요."

말을 내뱉은 순간 바로 그 말을 붙잡아다 아무 일도 없었던 것처럼 입 안으로 다시 집어넣고 싶었다.

"뭐, 와인을 너무 많이 마셨다고요?"

애덤이 내 이마에 입 맞추며 말했다. 나는 소파 베드의 팔걸이를 잡고 균형을 잡았다.

"그게…… 그게…… 난, 난 기타를 쳐요."

"허공에 치는 기타?"

"진짜 기타요. 지금은 기타가 없어졌지만. 예전엔 기타를 쳤어요. 그리고 그건, 그건 나한테 아주 중요한 일인데 당신은 아예 몰랐으니까."

"이야기해 줘서 고마워요."

애덤은 눈가에 잔주름을 만들며 웃었다.

"이런 얘길 할 수 있는 사람이 돼줘서 고마워요."

눈물이 차올랐다.

"어, 어."

애덤이 두 팔로 나를 안으며 말했다.

"괜찮아요. 언젠가 다 말해 주면 돼요."

"미안해요."

"누구에게나 와인을 마시며 훌쩍이는 밤들이 있는 거예요. 그러니까 우리가 인간인 거고."

"우리가 인간인 건 다른 네 손가락과 마주 보는 엄지손가락 때문인 줄 알았는데요."

그건 내가 과학 시간에서 건진 유일한 지식이었다. 나는

'마주 보는'이라는 단어가 좋았다.

"그것도 맞고. 엄지, 와인을 많이 마시면 갑자기 눈물이 나는 것. 그 두 가지가 우릴 인간으로 만드는 거예요."

○

저녁을 먹은 후 우리는 함께 침대에 누웠고, 나는 애덤이 손가락으로 코드를 잡을 수 있게 도와줬다. 우리는 천장에 대고 에어 서플라이의 노래를 부르며 상상 속의 기타를 쳤다. 우리 목소리에 졸음이 묻고 갈라질 때까지.

22

오전 내내 나는 머릿속으로 애덤의 집에 들어간 지 한 달째 되는 날을 기념하고 있었다. 주문을 받고 에스프레소를 내리는 동안에도 머릿속에서는 집과 커피포트 보글거리는 소리, 냉장고에 들어 있는 맥주들(용기를 내어 이제야 시도하게 됐다)이 떠다니며 하나의 노래가 되려고 애쓰는 중이었다. 꽉 찬 사주라는 시간이 지났고, 이제 조금 있으면 크리스마스였고, 나는 그에게 줄 크리스마스 선물을 샀다. 중고가게에서 산 레코드플레이어와 밥 딜런의 레코드 몇 장, 사이먼 앤드 가펑클의 베스트 앨범, 그리고 에어 서플라이의 레코드였다. 오늘 밤내 근무시간이 끝나면 우리는 진짜 크리스마스트리를 사오고, 팝콘을 실에 꿰고, 달걀판과 반짝이로 별을 만들기로 했다. 왜냐하면 애덤이 내가 달걀판으로 별을 한 번도 만들어 본 적이 없다는 걸 알고 깜짝 놀랐기 때문이다.

우리 집에서는 한 번도 크리스마스트리를 둔 적이 없다는 사실은 말하지 않았다. 대신 마고 아줌마가 크리스마스트리를 꾸밀 때 항상 나를 부르기는 했다. 알루미늄으로 만들어진 오래된 크리스마스트리였는데, 세트인 분홍색 전구와 깃털 오너먼트는 완벽하게 조화로웠다. 나는 애덤에게 마고 아줌마의 크리스마스트리가 내 것인 것처럼 말했다. 마치 내가 그 집 식구였다는 듯이.

아빠가 아이린과 얻은 새 집에 처음 갔을 때 거실 한가운데에 떡하니 놓여 있던 크리스마스트리 이야기는 당연히 하지 않았다. 그 크리스마스트리에는 그 집 아이가 만든 못생긴 오너먼트가 걸려 있었고, 별은 천장에 거의 닿을 정도로 높이 달려 있어서 그걸 거기 단 사람이 아빠란 걸 알 수 있었다. 그 크리스마스트리를 본 순간, 모든 상황이 머릿속에 떠올랐다. 그들이 노래를 부르며 크리스마스트리를 장식하고 따뜻하게 한 식구처럼 어울리고 앉아 있었을 그 꼴이. 컨트리 가수가 부르는 캐럴을 무한 반복해 놓고, 그 집 아이가 크리스마스트리 전체에 자기가 직접 그린 솔방울을 매다는 걸 보거나 아이린이 감탄해 대는 모습이나 보면서 오후 반나절을 보내고 싶은 맘도 없었다. 다만 한 가지, 아빠가 우리는 크리스마스트리를 살 수 없다고 했던 말만 자꾸 생각이 났다. 왜냐하면 그건 돈 낭비거나 나무 낭비거나, 어쨌든 그딴 거에 신경 쓰는 건 아무 의미가 없기 때문이라고, 아빠는 늘 말했기 때문이다.

그래서 출근 전에 아침을 먹으며 애덤이 트리를 사러 가자고 했을 때, 나는 그냥 미소를 짓고 "좋아요"라고만 했고, 집에 오는 길에 사과주를 좀 사오겠다고 했다. 왜냐하면 그게 보통 사람들이 하고 사는 일인 것 같았고, 크리스마스트리를 꾸밀 때 마고 아줌마가 늘 주던 에그노그*는 몇 시간이고 소화가 되지 않고 벽돌처럼 위 속에 자리 잡고 있었기 때문이다.

애덤이 나와 카페 구석 테이블에서 점심을 먹기 위해 카페에 들렀다. 우리는 언제나처럼 그저 친구인 척했다. 그렇게 하는 게 더 편하기도 했고, 어쨌거나 나는 정말 소중한 것들은 숨겨 두는 편이기 때문이었다.

"저기."

애덤이 운을 뗐다.

"크리스마스를 우리 둘이 같이 보냈으면 하는데. 싫지 않다면."

우리는 추수감사절도 함께 보냈지만, 명절을 같이 보낸다는 게 어쩐지 낯설고 어색해서 종일 그날이 추수감사절이 아닌 척 했다. 나는 그날 데카당스에서 터키 샌드위치를 포장해

---

* 에그노그: eggnog, 브랜디나 럼주에 우유, 크림, 설탕, 거품 낸 달걀 따위를 섞어 만든 크리스마스 식전주.

서 퇴근했고 우리는 텔레비전에서 하는 영화를 몇 편 함께 봤다. 하지만 아무리 내가 크리스마스에 달리 갈 곳이 없다고 해도, 함께 계획을 세우고 크리스마스트리를 사고 호들갑을 떠는 이 모든 것은 뭔가 우리가 정식으로 커플이 된다는 뜻 같았다.

"네."

나는 내 소고기 보리 수프 그릇만 뚫어져라 보며, 당근을 죄다 골라냈다.

"뭐, 이미 크리스마스트리도 같이 사러 가기로 했잖아요."

사실 나는 당근을 좋아하지만 내 커피 잔 받침 한쪽에 당근 무더기를 쌓아 올리는 편이 애덤의 눈을 바라보는 것보다 쉬웠다. 내가 얼마나 간절하게 그와 크리스마스를 보내고 싶어하는지 눈치채면 애덤이 겁을 먹고 도망칠 것 같았다. 좋은 일은 항상 손아귀를 벗어나는 법이다. 놀이터에서 모래를 한 줌 단단히 쥐고 집에 가져 오려고 했을 때처럼.

○

네 시쯤 됐을 때 애덤의 고객, 애나가 혼자 카페에 들어왔다. 나는 영수증 종이를 갈아 끼워 넣던 참이라, "잠시만 기다리세요"라고 말했다.

애나는 잠시 기다리는 것이 자기 일생일대의 불편함이라

는 듯 한숨을 쉬었다. 다른 직원들이 영수증 종이를 갈아 끼울 때 전부 힘으로 그냥 막 밀어 넣어 버리기 때문에 종이를 끼우는 구멍이 구부러지고 휘어져서, 그 과정은 마치 매티와 함께 위성 채널로 보던 개흉 심장수술을 떠올리게 했다. 세 번이나 시도했다가 실패한 뒤, 결국 나는 종이 끝을 뾰족하게 만들어 다시 시도하려고 가위를 가지러 가려 했다. 그때 보디 가 핫 초콜릿을 리필하러 나왔다. 손가락이 까만 걸 보니 설 거지를 하는 대신 그림이나 그리고 있던 모양이었다. 보디가 애나를 보자 늘 씹고 다니던 빨간 커피 스틱을 귀 뒤에 꽂고 그녀의 얼굴에 완전히 집중하기 위해 카운터 위로 몸을 내밀 었다. 그리고 남자인 척 하는 완전 느끼한 목소리로 말했다.

"어떻게 도와드릴까요?"

"하프 카페인 무지방 라떼에 무설탕 바닐라 시럽 넣어 주 세요."

애나가 말했다. 보디는 립스틱을 완벽하게 바른 도톰한 애 나의 입술을 뚫어져라 보더니 자기 아랫입술을 깨물었다.

"라지요?"

"스몰이요."

보디는 거뭇한 손가락을 청바지에 쓱쓱 문지르고 미디엄 사이즈 커피를 만들기 시작했고, 자기가 만드는 커피보다 그 녀 쪽을 더 자주 보며 미소를 날려 댔다. 나는 보디가 또 손을 델까 봐 걱정됐다. 지난주에 금발 레게 머리에 가슴이 큰 여자가 와서, 마치 비밀을 말해 주듯 보디 귀에 대고 주문을 속삭였을 때처럼 말이다.

애나에게 음료를 건넬 때 보디는 잊지 않고 자기 손가락이 애나 손가락에 닿도록 하며 스몰 사이즈의 가격을 말했다.

"이 달러 이십오 센트입니다."

애나가 보디에게 오 달러짜릴 건넸지만, 나는 아직도 영수증 종이를 끼우는 중이었다. 거의 다 돼가고 있긴 했지만 아직 종이 일부가 한쪽 끝으로 몰려 있었기 때문에 나이프를 써서 종이를 완전히 통과시켜야 했다.

"아, 거스름돈은 됐어요."

애나는 자기가 마시는 커피 값의 두 배 이상을 내는 게 아무 일도 아니라는 듯 말했다. 이제 계산기 뚜껑만 덮으면 되는데, 이 초만 기다리면 될 것을.

"감사합니다."

그리고 보디는 카운터 아래쪽에서 연필을 집어 들고 말했다.

"저기 언제 제가 한번 전화해도⋯⋯"

하지만 이미 그녀는 카페 밖으로 나간 뒤였다. 보디가 안됐다는 생각이 들려는데 그가 말했다.

"이봐, 필그림, 나 핫 초콜릿 좀 만들어 줄래? 나보다 잘 만들잖아.”

그렇게 말하면 마치 내가 좋아 죽기라도 할 것처럼. 그렇게 무안을 당하고도 아직도 자기 매력의 힘을 믿는 모양이었다. 보디에게 핫 초콜릿을 만들어 주고 나니 나 자신이 좀 싫어지려고 했다.

집으로 가는 길에 드러그 스토어에 들러 다크 레드 립스틱을 사면서 내 자신이 조금 더 싫어졌다. 하지만 집에 도착해서 립스틱을 바르고 화장실 거울로 내 모습을 찬찬히 들여다보자 윗입술 모양이 하트 모양처럼 또렷해진 게 무척 마음에 들어 눈을 뗄 수가 없었다. 립스틱을 완벽하게 바른 다음 머리카락을 모두 하나로 모아 헐렁하게 꼬아 어깨 위로 늘어뜨렸다. 언젠가 애덤이 그렇게 하면 예쁘다고 말했기 때문이다. 과연, 정말 그랬다. 나는 이제 더 이상 예전의 에이프릴처럼 보이지 않았다. 어쩌면 나도 여기에 어울리는 사람이 될 수도 있을 것 같았다. 여기가 내 삶이 시작되는 곳이고, 어쩌면 나도 이제 새 삶을 맞이할 준비가 됐는지도 모른다고. 계단을 오르는 애덤의 발소리가 들리자 심장이 기분 좋게 뛰기 시작했다.

“여보, 나 왔어요.”

애덤이 현관문을 열며 시트콤 속 남편을 흉내 내며 말했다.

나는 애덤이 약장에 마련해 준 내 공간에 립스틱을 올려두고 달려가 그를 맞이했다.

"안녕."

그가 내 허리를 안으며 말했다. 그리고 나를 한 바퀴 빙글 돌린 다음 목에 입을 맞추었다.

"크리스마스트리 사러 갈 준비 됐어요?"

"네."

나도 그에게 입을 맞추었고 그의 얼굴에 커다랗고 빨간 입술 자국이 찍혔다. 애덤은 그걸 지우지 않았다.

○

애덤은 드넓게 펼쳐진 농지를 지나 시외로 차를 몰았다. 넓은 하늘 아래 땅은 아치 모양을 그리며 우리 앞에서 사라지고 있었다. 그는 키 작고 뚱뚱한 소나무들이 줄지어 선 비포장 길로 들어서더니 당장이라도 무너져 내리게 생긴 하얀 농가 앞에 차를 댔다.

"여기 잠깐 있어요. 금방 올 테니까."

애덤은 나를 위해 히터가 꺼지지 않게 시동을 켜두고 농가의 현관 쪽으로 내달렸다. 그러자 곱슬머리를 허리까지 늘어뜨린 마르고 키 큰 남자가 도끼를 어깨에 메고 집 옆쪽에서 나타났다. 그는 초록색 엘프 모자를 쓰고 있었다.

"야아, 이 친구!"

애덤의 목소리가 들렸다. 그 남자가 애덤을 두 팔로 안았고, 두 사람은 어깨를 부딪치며 악수도 나눴다. 애덤이 그 남자의 손에 현금을 탁 쥐어 주자 그 남자가 애덤에게 도끼를 건넸다. 그들은 현관의 나무 난간 끝으로 걸어갔고 그 남자가 농가 옆 나무들이 서 있는 땅을 가리켰다. 애덤이 고개를 끄덕였고 두 사람은 다시 악수를 나눴다. 애덤이 차로 돌아오더니 도끼를 조심해서 뒷좌석에 실었다.

"빌 말로는 제일 끝에 있는 나무들이 제일 좋대요."

"모자가 예쁘던데요."

내가 말했다. 애덤이 웃었다. 그리고 울퉁불퉁한 비포장도로를 따라 농가가 더 이상 안 보일 때까지 차를 몰았다. 그곳엔 마치 동화처럼 오직 그와 나, 그리고 이 미니어처 숲만 있었다. 구름 하나 없는 것 같았는데 눈이 내리기 시작했다. 우리는 손을 잡고 거닐며 세상에서 가장 중요한 결정을 하는 사람들처럼 나무들을 모든 각도에서 살폈다.

내 이가 딱딱 부딪히기 시작하자 애덤이 모자를 벗어서 내머리에 푹 씌웠다.

"추우면 차에 들어가 있어요."

"아니에요, 괜찮아요."

그가 내게 입을 맞추었고, 우리 둘이 키스를 나눈 자리 앞에 있던 나무를 우리의 크리스마스트리로 결정했다. 비록 한쪽이 좀 비어 보이긴 했지만 상관없었다.

"후회 안하죠?"

애덤이 말했다. 나는 고개를 끄덕였다.

"저 나무도 이제 우리 역사의 한 부분이에요."

애덤이 차로 가서 도끼를 가져 왔다. 어두워지기 직전 하늘
이 오렌지 빛으로 물들며 모든 것을 더 밝아 보이게 하는 시
간이었다. 크리스마스트리에 도끼질을 하는 애덤의 모습이
황금빛으로 빛나고, 그의 입김은 작은 구름을 만들었다. 사진
을 찍든 그림을 그리든 이 모든 걸 있는 그대로 간직할 수 있
는 방법이 있었으면 좋겠다는 생각이 들었다. 영원히 기억할
수 있도록.

○

집에 도착해서 애덤은 차에 나무를 고정해 두었던 밧줄을
잘랐고 우리는 함께 나무를 끌고 계단을 올라갔다. 나무는 무
겁고, 우리는 어설프고, 손은 솔잎에 긁혔지만, 우리 계단에
숲이 통째로 들어선 것 같은 숲 향이 났다. 계단을 다 오르고
나서야 현관문을 먼저 열어 두었어야 했다는 사실을 깨달았
다. 애덤은 아파트 입구 문만 따고 열쇠를 주머니에 집어넣었
기 때문에 다시 꺼내야 했다.

"잠깐 혼자 받치고 있을 수 있겠어요?"

애덤이 물었다.

"그럼요."

애덤은 주머니에서 열쇠를 찾기 위해 잠깐 나무에서 손을 뗐다. 나무는 생각보다 더 무거웠고 내 손은 버티지 못하고 미끄러지고 말았다. 결국 나무는 밑동이 벽에 쿵 하고 부딪칠 때까지 계단을 타고 쭉 미끄러져 내려갔다.

"젠장."

내가 말했다. 애덤이 웃었다. 그는 현관문을 열어 놓고 계단을 뛰어 내려가 나무를 잡은 다음, 하나도 무겁지 않다는 듯 혼자 나무를 짊어지고 올라왔다.

"벽이 살짝 팼어요."

나는 밑동 모양으로 찍힌 벽을 가리키며 말했다.

"미안해요."

"미안하긴요."

애덤이 말했다.

"저것도 우리 역사의 한 부분인데요."

○

나무를 세울 받침대가 없어서 양동이에 넣고 돌을 채운 다음, 애덤은 완벽한 지점을 찾겠다며 양동이째 밀고 다녔다.

"오른쪽으로 조금만 더요."

내가 말하자 그는 바닥 위로 나무를 밀며 발을 끌었다.

"아니다, 왼쪽이다."

발을 끌며 다시 후진.

"아니. 차라리 방향을 조금만 틀어서 그 담에 오른쪽으로 옮기면 어때요?"

"지금 내가 이 나무를 언제까지 끌고 다닐 수 있나 테스트 하는 거예요?"

애덤이 이를 다 드러내고 활짝 웃었다.

"맞아요."

나는 그에게서 달아나 소파 베드 위에 폴짝 올라갔다. 마치 그곳이 베이스여서 거기를 터치하고 있기만 하다면 나는 안전하다는 듯. 애덤은 나무를 내버려 두고 나를 향해 웃으며 달려오더니 내 허리를 잡아 번쩍 올리고 한 바퀴 빙 돌렸다.

"너를 어떡하면 좋지, 응?"

그가 말했다.

"나 사랑해요?"

내가 말했다. 애덤이 폭포 앞에서 나를 사랑하는 '것 같다'고 한 이후로 우리는 둘 다 'ㅅ'이 들어가는 그 말을 하지 않고 피해 왔다. 그러던 것이 이렇게 불쑥 나와 버렸다. 그것이 내가 가장 원하는 것이고, 그것만이 말이 되는 유일한 단어인 것처럼.

277

"이미 하고 있었어요."

그는 그렇게 말하고 나를 내려놓았다. 그리고 내게 씌워 줬던 모자를 벗기고 나를 봤다.

"사랑해요, 에이프릴. 당신을 완전히 온전히 사랑해."

"나도 사랑해요."

이건 내가 평생 해본 말 중 가장 커다란 말이었다.

애덤은 팔로 나를 번쩍 안아 올려 침실로 데려갔고 나를 침대에 눕히고 키스했다. 지금까지 우리가 나눈 입맞춤과는 완전히 다른 키스였다. 그는 두 손으로 나의 머리카락을 움켜잡았고, 예전에 우리 사이에 없었던 다급함이 느껴졌다.

그가 이번에 화장실에 갔을 땐 물을 틀어 놓지도 않았고 오래 머물지도 않았다. 그는 콘돔을 가지고 돌아왔다. 그리고 우리가 마침내 했을 땐, 그것이 그 앞서 했던 모든 행위보다 좋았다. 섹스 그 이상의 느낌이었다. 이제야 마침내 왜 그걸 가지고 그렇게 난리들인지 이해할 수 있을 것 같았다. 그가 나를 꽉 붙들고, 내 살갗이 그의 살갗에 맞닿고, 그가 내 목에 입을 맞추고, 내게 '사랑해, 에이프릴'이라고 계속해서 속삭이면, 그 모든 것이 아주 커다랗고 강력한 것, 침대에 누워 있는 작은 사람 둘보다 훨씬 대단한 무엇이 되는 것 같았다.

"이번만큼 모든 게 옳게 느껴진 건 처음이야."

끝난 후 애덤은 이렇게 말했다. 내 뺨에 맞닿은 그의 뺨이 젖어 있어서 땀이 흐른 줄 알았다. 그런데 그가 훌쩍이며 우는 것 같았다.

"왜 그래요?"

나는 내가 무엇을 묻고 싶은지도 모른 채 물었다. 어떤 질문이 적절한 건지, 이런 상황에 질문을 해도 되는 건지조차 알 수 없었다. 하지만 나 역시 이번처럼 모든 게 옳다고 느낀 건 처음이었고 울고 싶지 않았다. 그도 나와 함께 행복했으면 했다.

"내가 이야기 하나 해줄까요?"

그가 말했다.

"네."

"나는 열네 살 때 새어머니랑 잤어요."

"아."

"그러니까 내 말은, 새어머니가 강제로 그렇게 했어요. 그리고 그 일로 나를 계속 협박했어요. 언제든 아버지에게 이야기할 수 있고 그러면 아버지가 나를 내쫓아 버릴 거라고. 그래서 나는 아버지한테 말하지도 못했고 새어머니를 멈추게 할 수도 없었어요. 하지만 결국은 아버지가. 알게 되셨지. 걸렸어."

"그래서 노숙자가 됐던 거예요?"

내가 물었다. 애덤이 고개를 끄덕이는 걸 느낄 수 있었다.

"공원에서 자거나 도서관에 숨어서 지냈어요. 경찰이 버스 정류장 벤치에서 자는 나를 잡아 집에 데려갈 때까지도 아버지는 내게 전혀 관심이 없었어요. 나를 조부모님 댁으로 보내면서 그분들께는 그 지역 학군에 보내고 싶어서 그런 거라고 했죠."

엄청나게 긴 정적이 흘렀다. 하지만 애덤이 내가 무슨 말을 하길 기다리는 건 아니었다. 그는 그저 적당한 말을 찾으려고 애쓰는 중이었다.

"아버지는 그 여자를 떠나지도 않았어요. 마치 잘못은 나한테 있는 것처럼, 문제는 바로 나였던 것처럼. 나는 겨우 열네 살이었는데. 아마 아직도 그 여자와 부부 사이일 걸요. 확실히는 모르겠지만 그 일이 일어난 당시에도 헤어지지 않았으니까."

"친어머니는요?"

내가 물었다.

"엄마는 알코올의존자예요. 모르지, 아버지는 엄마한테 위자료나 보내고, 엄마가 그 돈으로 술 퍼마시다 혼자 죽게 두는 편이 쉽다고 생각했는지도. 도움을 받게 하거나 돌보는 것보다."

나는 그를 꼭 끌어안았다. 그렇게 하면 모든 걸 바로잡을 수 있기라도 한 것처럼.

"대학 갔을 때, 한 번 친구에게 말한 적 있어요. 늦게까지 함께 술을 마시고 있었고, 그때 그 일이 자꾸만 생각나서 어떻게 할 수가 없더라고요. 그래서 그 친구한테 말했어요. 어쩌면 누군가에게 털어놓으면 기분이 조금 나아지지 않을까 해서. 하지만 그 친구는 '짜식! 연상의 여인이라니!' 뭐 이런 식으로 나오면서 그게 내가 원해서 한 일인 것처럼 굴더라고요. 그 친구가 그게 결코 좋은 일이 아니었다는 걸, 난 그저 어린아이였다는 걸 이해 못 한다는 게, 기분이 정말 더러웠어요. 그래서 그 이후로 아무에게도 말하지 않았어요."

나는 그를 더 꽉 끌어안았다.

"그래서 그렇게 오래 걸린 거예요. 우리 둘이……"

나는 그가 더 말하지 않아도 되도록 입을 맞추었다.

"괜찮아요. 이렇게 기다리는 거 좋았어요."

"나는 섹스를 하면 무언가 나쁜 일이 일어날 것이라는 생각을 하도록 길들여진 것 같아요. 어떤 상황에서도 그냥 그건 나쁜 일이라고. 상처는 어느 정도까지는 흐려지지만 완전히 없어지진 않으니까요."

나는 내 발의 못 자국을 떠올렸다. 이제 거의 안 보이게 됐지만 아직도 남아 있고, 언제까지나 남아 있을 그 흉터를.

"그랬는데, 에이프릴이랑은, 그냥 갑자기 모든 게 다 옳게 느껴졌어요."

그가 말했다.

"내게 제일 좋은 일은 당신과 함께 지내는 일인 것 같아요."

나는 그의 뺨을 닦아 주고 입을 맞춘 다음 코에도 입을 맞추고 이마의 머리카락을 쓸어 넘겨 줬다. 뭐라고 말해야 할지 몰라서 그랬다. 나는 그가 더 이상 상처받지 않길 바랐다.

"밀리, 내 예전 여자 친구는……"

애덤이 다시 입을 뗐다.

"그 친구는 더 많은 걸 원했어요. 내가 섹스에 대해서 너무 이상하게 군다고 했어요. 자기를 차단하는 느낌이라고. 난 그 냥…… 계속 그게 잘못된 것이라는 기분이 들었어요. 하지만 그 얘길 할 순 없었어요. 그 얘기를 도저히 할 수가 없었어요, 이해가 돼요?"

나는 고개를 끄덕였다. 한마디도 할 수가 없었다. 나는 이제 절대로 내 나이를 밝힐 수 없게 돼버렸다. 그가 나를 너무나 사랑하고 행복해졌으므로, 그게 상관없어질 때란 건 있을 수 없었다. 내가 진짜로 열아홉이 되어 이게 그냥 재미있는 이야기가 될 먼 훗날 같은 건 올 수 없었다. 그는 절대 우리가 방금 한 일을 그의 새어머니가 자기에게 강요한 것보다 나은 일로 볼 수 없을 것이다. 비록 내가 그를 만나기 전에는 존재하는지조차 몰라 원하지도 못한 많은 것들을 내게 줬음에도 불구하고.

"밀리가 떠난 걸 원망하진 않아요."

그 말을 하는 그의 표정이 조금 이상했다. 눈빛은 부드러웠지만 그는 자기 의지와 상관없이 그녀를 약간은 원망하는 것 같았다.

"이제, 우리가 함께 있게 되니 밀리가 떠난 게 다행인 것 같아요. 밀리도 그녀에게 솔직하게 구는 사람과 함께할 자격이 있어요. 하지만 난 그걸 못 했으니까. 그녀와는 그렇게 못 했어요. 하지만 에이프릴이랑은, 내가 부탁하지 않아도 받아들여지는 기분이에요. 나를 방어해야 한다는 기분도 느낀 적 없어요. 밀리는 언제나 나의 어떤 점이 잘못됐다는 걸로 말문을 열었어요. 방어 모드에서는 솔직하기가 어렵잖아요. 알죠?"

나는 모르고 싶었다. 나도 방어할 게 아무것도 없기를 바랐다. 그래서 나는 결심했다. 지금 이 순간 이전의 일은 아무것도 중요하지 않다고. 모든 건 이제부터 시작이니 나는 애덤에게 모든 걸 다 줄 수 있다고.

○

잠에서 깨보니 애덤이 팔꿈치에 얼굴을 괴고, 잠든 나를 지켜보고 있었다. 나는 미소를 지었다. 잠든 동안에도 누군가가 관심을 가질 정도로 갑자기 넘치는 사랑을 받는 사람이 되어 있었다니. 그가 내 얼굴로 흘러내린 머리를 쓸어 넘기며 말했다.

"안녕."

그리고 그가 해준 입맞춤은 내 발가락 끝까지 전달됐다. 우리가 일어나 일하러 가야 한다는 사실이 잔인한 일처럼 느껴졌다.

우리는 커피를 마시러 가기 위한 커피를 마시고 옷을 갈아입고, 아파트를 빠져나왔다. 모든 게 좋은 쪽으로 가짜 같았다. 진짜보다 훨씬 좋은 가짜. '그 후로 영원히 행복했답니다' 식의 꿈같은 그런 느낌. 나는 출근을 했고 애덤은 2차 커피를 마시기 위해 와서 줄을 섰고, 나는 카운터 뒤에서 그를 향한 갈망을 느꼈다. 모든 것이 다 까맣게 사라져 버리고 이 세상에 나와 애덤과 우리 집만 남으면 좋을 것 같았다.

애덤이 자기 커피를 받아 떠날 때가 되자 벌써 그가 그리웠다. 오늘밤에 다시 만날 거라는 걸 알면서도 애틋함으로 심장이 조였다. 오늘은 수요일이니까 우리는 더 나인스에서 피자를 시키고 함께 「90210」이라는 드라마를 볼 거다. 날마다 그날의 계획들이 있다는 게 정말 좋았다. 하지만 기대하는 일이 있다는 사실도 그가 문을 열고 걸어 나갈 때 내 심장이 조이는 듯한 기분을 없애진 못했다.

23

나는 마크 콘래드가 매티에게 알려 준 면허증 위조하는 법을 기억하고 있었다. 아주 주의 깊게 듣지는 않았다. 왜냐하면 마크 콘래드는 언제나 술을 손에 넣는 법, 버펄로의 나이트클럽에 들어가는 법, 사촌의 아는 사람의 아는 사람을 통해 마리화나를 구하는 법을 알고는 있었지만 한 번도 진짜로 실행에 옮긴 적은 없었기 때문이다. 마크는 늘 겁을 먹고 발을 빼고는 상황 탓을 했다. 사촌이 완전 쫄아 버렸다든가 리틀 리버에서 면허증을 위조할 만한 색연필을 살 수 없었다든가 그 나이트클럽은 원래 구리다든가 하는 식으로. 하지만 그가 말한 기본적인 골자는 기억이 났다. 하얀색, 검은색, 그리고 빨간색 색연필을 쓰고, 페이퍼 타월을 비비 꼬아 자연스럽게 스며들게 문지른다. 다행히도 열아홉 살로만 바꾸면 되는 상황이라 '21세 이하'라고 찍힌 부분은 걱정할 필요가 없었다. 그 글씨는 특수 테이프를 써서 잘라서 이어붙이는 기술을 쓰고 바깥쪽 플라스틱을 녹이면 된다고 마크가 주장했지만, 정말 그렇게 한 적이 있는지는 솔직히 의문이었다.

보디가 밖에서 담배를 피우고 있는 동안 나는 칼리에게 "쉬고 올게요!"라고 말하고, 옷걸이에 걸린 보디의 메신저백 안에서 가죽 필통을 슬쩍 빼내 위층 창고로 올라갔다.

창고 조명은 너무 엉망이었다. 게다가 창가의 선반에서 작업을 하기 위해서는 커피 스틱이 들어 있는 상자 위로 몸을 구부려야 했고, 그러자니 몸이 아주 이상한 각도로 꺾여 손이 흔들리지 않게 유지하기가 아주 어려웠다. 다행히 바꿔야 할 부분이 많지는 않았다. 생년월일인 1978의 8을 5로 바꾸고, 발급 일자를 바꾸고, 미성년자Junior 면허증이라는 의미의 J를 지우면 나는 열아홉 살이었다. 막상 위조를 시작하고 나니 왜 색을 문질러야 하고 왜 페이퍼 타월을 써야 하는지 이해가 됐다. 나는 마치 아이라인을 그리듯이 아주 작은 부분에 집중했다. 색연필이 어디로 가야 하는지 먼저 생각하고 그 다음에 손을 그대로 움직였다. 한 번에 아주 지극히 작은 점을 찍듯 천천히. 운이 정말 좋았던 것은 보디는 아주 엉성한 사람이지만 미술 도구에 대해서는 지나칠 정도로 꼼꼼하다는 거였다. 색연필이 전부 다 완벽하게 깎여 있었다.

내가 돌아왔을 땐 보디가 주방에 있었다. 내 예상과는 정반대였다. 원래는 담배를 피우러 나가면 세월 가는 줄 모르는 사람인데 하필. 보디는 내가 자기 필통을 들고 있는 걸 보고 있었다. 때론 나의 뇌가 돌아가는 속도가 기대보다 빠른 모양이었다. 불쑥 이런 말이 튀어나왔다.

"이거 떨어뜨리지 않았어요? 저기 테이블 아래에 있던데."

"와, 필그림. 덕분에 살았다. 그건 내 영혼이나 마찬가지거든."

그 말을 들으니 미안해서 마음이 너무 안 좋았다. 보디가 색연필에 느끼는 감정은 내가 내 기타에 느끼는 감정과 같은 것이었기 때문이다.

"부탁 하나 들어줄래요?"

마음이 안 좋다고 여기서 멈출 순 없었다.

"뭐든지."

내가 자기 색연필을 구해 왔다고 바보 같이 엄청 고마워하며 그가 말했다.

"나 대신 십 분만 메워 줄래요? 오늘이 그날이라."

보디가 그런 것들에 대해 이상하리만치 민감하다는 걸 알기 때문에 일부러 그렇게 말했다. 예전에 칼리가 보디에게 화장실 탐폰 자판기에 물건을 채우라고 시켰을 때 보디는 몇 시간 동안 얼굴이 벌게져 있었다. 그를 당황하게 만들어야 한다는 게 나에게도 당황스러운 일이기는 했지만 절박함은 나를 용감하게 만들었다.

○

　나는 사무용품 판매점으로 달려가 정착액이란 걸 사서 복
도에 선 채 면허증에 뿌렸고 빈 통은 쓰레기통에 버렸다. 마
크는 정착액을 뿌리면 웬만해선 가짜 번호가 지워지지 않는
다고, 그게 바로 프로와 아마추어를 가르는 열쇠라고 했다.

24

　오늘따라 칼리의 기분이 별로였다. 사실 칼리는 늘 어떤 기분엔가 사로잡혀 있긴 했다. 데카당스에서 칼리의 기분이 주위에 영향을 주지 않은 날은 단 하루도 없긴 했지만, 오늘은 특히나 안 좋았다.

　처음에는 내가 정착액을 사러 가느라 너무 오래 자릴 비우고 그 사이 보디가 내 일을 대신 해주지 않아서 그런가 싶어 걱정이 됐다. 하지만 칼리는 눈가에 검은색 아이라인과 진한 아이섀도를 엄청 두껍게 그리고 나타났다. 나도 예전에 그런 수법을 써먹은 적이 있기 때문에 그게 때론 대담한 패션의 표현이 아니라 다크 서클과 부은 눈꺼풀을 숨기기 위한 것이란 사실을 알고 있었다. 눈의 대담한 까만색에 시선을 뺏기지만 않는다면 칼리의 눈동자가 얼마나 충혈되어 있는지 다 보였다.

　"뭘 그렇게 빤히 봐?"

칼리는 입을 딱 벌리고 멍청한 표정을 지어 보이며 마치 자기 눈에 내가 그렇게 보인다는 듯이 말했다.

칼리는 내겐 늘 친절한 편이었다. 마치 나와 칼리가 응석받이로 자란 애들과 맞서는 한 팀이라도 된 것 같았다. 하지만 이런 순간에는 나도 떨리고 눈물이 날 것 같았고 그러지 않아도 될 일에 당황하고 말았다. 이보다 더한 일도 많이 겪었으면서. 칼리가 날 저 따위로 쳐다보는 게 뭐 대수라고. 나는 신경을 딴 데로 돌리기 위해 돌아서서 에스프레소머신을 닦기 시작했다. 나 빼고 그걸 닦을 생각을 하는 사람은 없었기 때문에 시간은 충분히 오래 걸렸다.

점심시간이 끝난 후에 전화가 울려서 받아 보니 웬 여자가 칼리를 찾았다. 자기를 로즈메리라고 소개하더니 메시지를 남기고 끊는 대신, 내가 칼리를 불러올 때까지 기다리겠다고 했다. 우리 카페에 통화대기 버튼이 달린 좋은 전화기가 있다고 생각한 걸까. 설마 내가 빈 커피 컵에 수화기를 꽂아 놓을 거라곤 생각도 못했을 것이다.

칼리를 찾으러 밖으로 나갔다. 칼리는 군화 앞코 쪽으로 무게를 실은 채 벽을 향해 쪼그리고 앉아, 담배가 생명 줄이라도 되는 것처럼 빨아들인 다음, 있는 힘껏 연기를 허공에 뱉어 내고 있었다. 고드름이 녹아 빗방울처럼 칼리 위로 떨어졌고 칼리의 너구리 화장이 얼굴을 타고 흘러내렸다. 스타킹은 찢어져 있었다. 칼리니까 어쩌다 찢어진 게 아니라 일부러 찢은 걸 수도 있지만, 어쨌든 찢어진 스타킹은 칼리를 훨씬 더 슬퍼 보이게 했다.

"전화 왔어요."

나는 칼리를 빤히 보지 않으려고 무지 애를 쓰며 말을 전하자마자 입을 꼭 다물었다. 칼리는 담배를 이로 물고 두 손으로 뺨을 닦았다. 까만 화장이 귀까지 쭉 번졌다.

"누군데?"

"로즈메리래요."

"받기 싫어."

칼리가 흐느끼며 말했다. 그리고 일어서려고 했지만 발이 미끄러지면서 무릎이 얼어붙은 자갈 위로 떨어졌다. 나는 스스로도 깜짝 놀랄 정도로 빨리 뛰어가 두 팔로 칼리를 안고 속삭였다.

"괜찮아요. 다 괜찮아요."

칼리는 내 어깨에 고개를 파묻고 울었다. 칼리를 일으켜 세워 보니 무릎에서 피가 흘렀다.

"가서 구급상자를 가져올게요."

"이런 꼴로 사람들을 어떻게 봐."

칼리는 머리를 주방문에 살짝 갖다 댔다.

"안 그래도 이미 충분히 힘들어."

칼리가 너무 작아 보였다. 원래 키는 작았지만, 큰 목소리와 쾌활한 성격 때문에 훨씬 큰 사람처럼 느껴지곤 했다. 하지만 지금 그녀는 길을 잃은 아이 같았다.

"얼른 살짝 들어갔다 나올게요."

내가 말했다.

"그냥 여기서 벗어나고 싶어."

칼리의 얼굴이 일그러졌다.

"그럼 차를 가져 와서 집까지 데려다줄게요."

나는 주방문을 열고 보디에게 켈시가 올 때까지 계산대를 맡아 달라고 소리 쳤다.

"칼리는 어디 가고?"

보디가 맞받아 소리쳤다.

"재료 공급에 비상이 걸렸대요."

나는 그렇게 소리 치고 칼리를 데리고 골목을 걸어 나갔다. 보디가 전화를 들고 이야기할 일이 없도록, 로즈메린가 뭔가 하는 사람은 기다리다 끊었길 바라면서.

"내가 너무 바보 같아."

우리가 골목 끝에 다다랐을 때 칼리가 말했다. 그녀 몸속의 모든 세포들이 울음을 참으려고 안간힘을 쓰는 것 같았지만 결국 울음은 다시 터지고 말았다.

"갈 데가 없어."

무릎에서 흘러나오는 피가 스타킹을 적셨고, 피부에는 작은 돌 조각이 박혀 있었다.

만약의 경우에 대비해 애덤 집 열쇠와 내 차 열쇠를 늘 왼쪽 부츠에 넣고 다녔기 때문에 가방을 가지러 다시 카페로 돌아갈 필요는 없었다. 카페 앞을 지나가지 않아도 되도록 오로라가 쪽으로 걸어 내려갔다. 칼리는 무릎이 아프지 않은 척 애쓰고 있었지만, 그린가를 건너 보도 위에 올라설 땐 얼굴을 찡그렸다. 허드슨가의 언덕을 올라갈 때는 내가 칼리의 손을 잡았다. 달리 어찌해야 할지 몰라서이기도 했지만, 내가 실의에 빠져 있을 때 누군가 내 손을 잡아 주길 바랐던 게 생각나서 그렇게 했다.

우리는 애덤의 집에 도착했고 내가 부츠에서 열쇠를 꺼내려고 난간에 기대섰을 때도 칼리는 나를 이상하게 쳐다보지 않았다. 울음은 그쳤지만 계속 눈가를 닦아 내며 번진 화장 때문에 칼리의 얼굴은 만화 속 강도처럼 보였다. 칼리가 건물을 올려다보고 물었다.

"여기 살아?"

"친구네 집에서 지내는 중이에요."

나는 건물 입구 문을 열며 말했다. 이 사실을 칼리가 알아도 될까 되는 걸까. 칼리가 알게 되는 걸 나는 정말 개의치 않나. 단지 슬픔에 빠져 있었다고 내가 칼리를 믿을 수 있는 건 아닐 텐데.

"애덤 있잖아."

칼리는 자기 머리를 가리키며 말했다.

"모자 쓰고 다니는?"

"네."

나는 칼리의 다음 말이 무엇일지 걱정하며 대답했다. 애덤에 대해 칼리는 알고 나는 모르는 건 무얼까?

"그 사람도 허드슨가 어디 사는 걸로 아는데."

"맞아요."

나는 계단을 오르기 위해 돌아서며 말했다.

"아."

칼리가 목소리를 낮췄다.

나는 아파트 건물의 출입문을 열고 칼리가 들어갈 수 있도록 문을 붙들었다.

"재미있네. 생각도 못 했는데…… 하지만, 그 뭐냐, 애덤은 진짜 좋은 사람이잖아."

"맞아요."

나는 애덤이 밴드와 소독약을 두는 곳이 어딘지 보여 줬다.

"도와줘요?"

내가 묻자 칼리는 뭘 그런 말도 안 되는 소리를 다 하냐는 듯한 명한 표정으로 나를 봤다. 하지만 이번에는 상처받지 않았다. 이제 우리가 같은 편이란 걸 알았으니까.

나는 칼리에게 콜라를 주고, 얼굴을 좀 닦으라고 수건도 하나 꺼내 줬다. 그리고 애덤이 나를 위해 비워 준 서랍에서 깨끗한 파자마 바지도 꺼내 줬다. 새거였다. 분홍색 천에 김이 올라오는 파란색 커피 잔이 바지 전체에 찍혀 있었다. 시트콤에서 주인공이 입을 것 같은 그런 파자마. 그걸 산 뒤로 내내 그 파자마가 자랑스러웠는데, 화장실에서 나온 칼리에게 주려니 좀 바보같이 느껴졌다.

"스타킹이 젖은 것 같아서."

나는 파자마 바지를 건네며 말했다.

화장을 다 지우니 칼리는 어려 보였다. 그녀는 내게서 바지를 받아 다시 화장실로 들어갔다. 나올 때는 파자마를 입고 있었는데, 찢어진 검은색 원피스와 은색 그물 스웨터 아래 받쳐 입으니 정말 우스꽝스러웠다. 스타킹은 말리기 위해 라디에이터에 걸어 두었고 부츠는 바닥에 옆으로 눕혀 두었다.

무슨 말을 해야 할지 몰라, 우린 그냥 소파 베드 위에 털썩 앉아 트렁크에 발을 올리고 콜라만 마셨다. 나는 여자 친구가 있었던 적이 한 번도 없었다. 일단 아빠의 도박 문제에 대해, 집 나간 엄마에 대해, 캠핑카에 산다는 것에 대해 떠들어대는 사람들이 너무 많았다. 어쩌다 어떤 여자애가 나를 자기집에 초대했어도 나는 절대 그 애를 우리 집에 부를 수 없었기 때문에 결국은 그 애도 다른 애들과 더 좋은 친구가 됐다. 학교 끝나고 집에 가면 엄마가 기다리고 있다가 쿠키를 구워 주고, 생일 파티를 열어서 초대도 해주는 그런 애들 말이다. 내겐 매티가 있었고, 마고 아줌마도 내 친구였지만 그건 좀 달랐다. 또래 여자애들과 친구가 되는 것과는 다를 수밖에 없었다.

"로즈메리는 아웃out하지 않은 사람과는 만날 수 없다고 했어."

칼리는 그렇게 말하고는 손을 뻗어 트렁크의 가죽이 갈라진 부분을 뜯었다.

"그렇다고 내가 굳이 숨기는 것도 아니었지만, 확실한 아웃은 아니니까, 무슨 말인지 알아?"

나는 고개를 끄덕였지만 솔직히 몰랐다. 무슨 클럽 얘긴가, 어떤 친구들 무리를 말하는 건가, 아니면 무슨 게임 얘길 하는 건가. 그때 칼리가 나를 바라봤고, 그 순간 나는 지금 그녀의 심정이 내가 매티를 떠났을 때와 비슷하다는 것을 알 수 있었다. 바로 그런 종류의 상실이구나. 로즈메리는 칼리의 여자 친구였구나.

리틀 리버에는 동성애자가 없었다. 한 번도 만나 본 적이 없었고 지금 이 순간까지 여자가 다른 여자와 섹스를 한다는 건 생각조차 해본 적 없었다. 개리 아저씨가 미국 땅을 망치고 있는 호모들에 대해 큰소리로 떠들어 대곤 했지만, 그건 다른 남자와 자는 남자 이야기였고, 그런 사람들에 대해선 도서관에서 읽어 봐서 나도 알고 있었다. 나는 호모들이 악덕자본가나 썩은 정치인들, 혹은 사악한 마법사 같은 거라 생각했다가 그냥 남자랑 자는 남자라는 걸 알게 되고 적잖이 실망했다. 그런 사람들이 어떻게 미국을 망치는지 이해가 안 갔지만, 원래 개리 아저씨는 말이 되는 소리를 한 적이 별로 없었다.

나는 칼리에게 무슨 말이라도 해주고 싶었지만, 무슨 말을 해야 할지 알 수가 없었다. 내 파자마 바지를 입고 다른 여자와 헤어졌다고 울고 있는 칼리에 대한 내 마음이 어떤 건지도 알 수 없었지만, 하나 확실한 건, 그녀가 상처받았고 나는 그녀가 상처받길 바라지 않는다는 거였다.

"그녀를 잃을까 봐 걱정이 됐어."

칼리의 목소리가 떨렸다.

"그래서 커밍아웃을 했어. 완전한 커밍아웃. 부모님께도 말씀드렸어."

갑자기 칼리가 목 놓아 울기 시작했다. 그 울음을 듣자 나도 따라 울고 싶었다. 칼리는 흐느낌에 자신의 모든 걸 다 빼앗긴 것처럼 몸을 완전히 웅크리고 말도 제대로 잇지 못했다.

"아빠는 내가 아빠 딸이 아니래. 자기가 나 같은 레즈비언을 낳았을 리 없대."

나는 칼리를 붙잡고 내가 다 속상하다고, 칼리가 그 아빠란 사람보다 나은 사람이라고 말해 줬다. 그럴 수밖에 없지 않은가. 그리고 개리 아저씨가 너무 싫어졌다. 정이 뚝 떨어졌다. 왜냐하면 그 아저씨도 만약 딸이 있었다면 똑같은 말을 할 것 같았기 때문이다.

"로즈메리는 이해를 못 해. 로즈메리한테는…… 너무 쉬운 일이야. 뉴욕시에 사는 부모님이 자기 딸이 게이이길 '원하는' 집안 출신이거든. 올해 그런 게 완전 핫하다는 이유만으로 그렇대. 나는 앨러가니라는 작은 마을 출신이잖아. 우리 아빠는 트럭 운전사라고."

"엄마는 뭐라고 하세요?"

질문의 의도는 불순했다. 나는 늘 다른 사람들의 엄마가 궁금했고 그 질문은 칼리를 위한 거라기 보단 나를 위한 것이기 때문이었다.

"엄마는 절대로 아빠 말을 거스를 수 없어."

칼리는 소매로 코를 닦으며 말했다.

"절대로 나를 지지해 주지 못해. 그 어떤 것에도. 엄마가 아빠에게 반기를 들거나, 내가 어떻든 괜찮다고, 나를 사랑한다고 말해 줄 거라 생각한 내가 바보지."

"우리 엄만 내가 여섯 살 때 집을 나갔어요."

내가 말했다.

"그리고 우리 아빠는 나쁜 놈이에요."

"유감이다."

칼리가 말했다.

"내가 충분히 이해한다는 얘길 하고 싶어서 한 말이에요. 그게 얼마나 상처가 되는지 나도 안다고. 나를 불쌍히 여기라고 한 말이 아니라."

칼리는 내 파자마 바지 주머니에 쑤셔 넣었던 휴지 뭉치를 꺼내 코를 풀었다.

"나는 우는 데는 소질이 없어."

칼리가 말했다.

"정작 울어야 할 일에는 눈물을 한 방울 안 흘리다가, 한 번 터지면 사흘씩 울어. 진짜 싫어."

칼리는 마음을 추스를 작정으로 심호흡을 하더니 리모컨을 집어 텔레비전을 켰다.

우리는 같이 「스펜서 포 하이어Spenser: For Hire」라는 범죄 드라마를 보면서 스펜서의 심리학자 여자 친구가 입고 나온 실크 블라우스의 볼록 소매를 비웃었다. 칼리는 내 손을 찾아 잡았고, 그걸 이상하게 생각할 수도 있겠지만 그런 건 아니었다. 칼리에겐 지금 친구가 필요하다는 것 그 이상도 이하도 아니었다.

o

애덤이 집에 돌아왔을 땐 칼리가 담배를 피우느라 우린 함께 비상계단에 나가 있었다.

"안녕?"

애덤이 화장실 창밖으로 얼굴을 내밀었다. 당장 집 안으로 달려 들어가 그에게 키스하고 싶은 마음을 참기 힘들었지만 칼리를 무안하게 만들고 싶지 않았고, 지금 막 헤어진 사람 앞에서 내겐 누군가가 있다는 사실을 굳이 강조하고 싶지도 않았다. 칼리는 나쁜 짓을 하다 걸린 것처럼 딱딱하게 굳었다. 애덤은 혼란스러운 것 같았지만, 칼리가 울고 있다는 사실을 눈치 챈 것 같았다.

"안녕하세요."

애덤은 칼리가 불편하지 않도록 그녀가 여기 있다는 사실이 별일 아닌 것처럼 행동하려고 엄청 노력했다. 나는 그가 자랑스러웠다.

"오늘 밤엔 더 나인스에서 피자 시켜 먹으려고 했는데, 가지 먹어요?"

"그럼요."

그렇게 대답하는 칼리의 등 근육이 풀어졌다.

애덤은 칼리에게 필요한 만큼 여기서 지내도 된다고 했다. 나는 애덤이 그 말을 하자 순간적으로 애덤을 혼자 차지하고 싶다는 기분이 들었지만, 우리가 칼리에게 친절을 베풀 수 있었다는 건 좋은 일이었다. 마침내 나도 친구를 집에 데려올 수 있는 사람이 됐다. 마침내 나도 누군가의 친구가 된 것이다.

우린 소파에 나란히 앉아 피자를 먹고 맥주를 마시고 「90210」을 같이 봤다. 애덤, 나, 그리고 칼리 이렇게 셋이서. 하마터면 그들에게 이게 나의 첫 파자마 파티라고 말할 뻔했지만, 그러면 분위기가 너무 이상해질 것 같아 참았다.

○

칼리는 소파 베드에서 잤다. 그리고 코를 골았다. 애덤과 나는 침대에 누워 칼리의 코고는 소리가 커질 때마다 킥킥 웃었다. 이제 우리에겐 증인이 생겼다. 우리가 원래 그런 사이였던 것처럼 함께 자러 간다는 게 기분이 좀 묘했다. 우린 같이 있고, 함께 자는 사이고 그걸 공개하니 훨씬 더 진짜처럼 느껴졌다. 그게 정말 좋으면서도 동시에 엄청 겁이 나기도 했다. 매티와 내가 월식을 보기 위해 고등학교 옥상으로 올라가 난간 끝에 발가락으로 올라섰을 때와 비슷한 느낌이랄까.

"그러고 보니 길 잃은 소녀들을 받아 주는 게 습관인 것 같은데요?"

내가 애덤의 어깨를 쿡 찌르며 말했다.

"영원히 머물 수 있는 사람은 에이프릴 뿐이에요."

○

애덤과 내가 일어났을 때 칼리는 아직 자고 있었기 때문에 우리는 마루가 유난히 삐걱거리는 부분을 피해 가며 발끝으로 걸어 다녔다. 애덤은 커피를 한 포트 가득 내리고 팬케이크를 잔뜩 만들어 나를 놀라게 했다. 필요한 재료를 다 갖추고 있는 줄은 몰랐다.

"특별한 모양으로 만들고 싶었는데."

애덤이 뒤집개로 팬 쪽을 가리키며 말했다.

"결국 다 그냥 팬케이크 모양이 돼버렸어."

칼리가 잠에서 깨어 퉁퉁 부은 두 눈을 하고 까치집이 된 머리를 한 채로 비틀거리며 부엌으로 들어왔다. 애덤은 팬케이크 모양의 팬케이크를 권했고 나는 커피를 한 잔 따라줬다.

"두 사람도 아직 카페인 보충 전이에요?"

칼리가 우리를 보고 웃으며 말했다.

"두 사람, 귀여운 커플인 것 같아. 보기 좋아."

애덤은 오렌지를 자르고, 칼리와 나는 애덤과 둘이 있을 때는 거의 쓰지 않는 작은 접이식 테이블 위에 아침을 차렸다.

아침을 먹고 애덤과 칼리와 나는 다 같이 데카당스로 걸어갔다. 우리 셋이서 커먼스의 벽돌 보도를 걸어가는데 마치 겁쟁이 사자만 빠진, 오즈로 가는 도로시 일행 같다는 생각이 들었다. 직장에서 칼리는 달랐다. 말도 많이 했다. 까다로운 아줌마가 들어와 주문을 무려 오 분에 걸쳐 할 땐 나를 보며 윙크도 날렸다. 나한테 라떼도 만들어 주고 보디에게 카운터를 맡기고 담배를 피우러 나갈 때도 날 데리고 나갔다. 우리는 골목의 우유 배달 상자에 나란히 앉아 쉬었다. 정말 바보같이 들리겠지만 칼리는 로즈메리가 너무 그립다고 했다. 이젠 두 사람 사이가 회복 불가능하다는 걸 알지만 그렇다고 해서 혼자 남는 게 덜 무서운 건 아니라고도 했다.

"혼자 남는 게 무섭지 않은 사람은 없을 거예요."

나는 칼리에게 말했다.

"잘 생각해 보면 사람들이 무언가를 하는 이유는 다 그래서인 것 같아요. 우리가 하는 일은 전부 혼자 남겨지지 않기 위한 노력인지도 몰라요."

"담배, 진짜로 안 피워?"

칼리가 웃으며 말했다. 그리고 자기 부츠 옆면으로 내 부츠 옆면을 톡톡 쳤다.

"난 노래를 해요."

내가 말했다.

"했었다고 해야 하나. 아무튼 목을 보호해야 해서요."

그렇게 말하고 나서야 칼리가 대답을 듣자고 한 질문이 아니라는 걸 깨달았다. 나는 이런 쪽에 참 소질이 없었다. 누군가 내게 질문을 하면 언제나 무슨 대답이라도 해야 할 것 같았다.

"지금은 왜 안 부르는데?"

"아빠가 내 기타를 부숴 버렸어요."

나는 칼리에게 나의 아주 작은 일부에 대해 이야기했다. 리틀 리버, 마고 아줌마, 아줌마의 식당, 아이린의 아들. 퍼즐의 조각들을, 하지만 너무 많이는 말고. 도움이 될 정도로만. 속에 쌓인 것들을 조금 털어 내는 기분이 들 정도로만. 매티에 대해, 그리고 그가 내가 어떤 아내가 되길 바랐는지에 대해 이야기하고 있는데 보디가 머리를 내밀고 말했다.

"나 이제 주방으로 들어가도 돼요? 사이코 여자가 다시 나타났어요."

"어느 사이코?"

칼리가 물었다. 이번에도 대답을 듣자는 질문은 아닌 것 같았는데 보디가 대답했다.

"젖꼭지에 피어싱한 여자."

"젖꼭지에도 피어싱을 해요?"

나도 모르게 불쑥 말했다.

"으악! 왜요?"

코디와 칼리가 웃었다.

"그들을 사랑하다가 내버리면 이런 일이 생기는 거야, 보디."

칼리는 보디의 등짝을 한 대 때리고 일어서며 말했다. 그리고 담배를 밟아 끈 다음 안으로 들어갔다.

"사람들은 별별 곳에 피어싱을 한단다, 필그림."

그를 지나쳐 들어가는 내게 보디가 말했고, 나는 보디도 이상한 곳에 피어싱을 한 건 아닐까 생각했다.

"깜짝 놀랄걸. 저 여자 정말 미쳐도 보통 미친 게 아니지만, 와, 침대에선 완전 끝내줘."

카운터 뒤로 들어갔을 때 칼리는 아주 평범해 보이는 여자의 주문을 받고 있었다. 윤기 흐르는 갈색 머리를 완벽한 포니테일로 단정하게 묶고, 평범한 낡은 청바지에 이타카대학 맨투맨 티셔츠를 입고 있는 여자였다. 칼리는 이 사람이 바로 '그 여자'라는 걸 알려 주기 위해 한쪽 눈썹을 치켜 올렸다. 누구보다 평범해 보이는 사람도 무언가를 감추고 있는 게 있었다니 정말 신기한 일이었다.

그 여자가 나간 후 칼리는 주방에서 보디를 불러내 식자재 카탈로그에 손을 얹게 하고 이제 더 이상 남창 짓을 하지 않겠다는 선서를 하게 한 후 냅킨에 서명하게 했다. 우리는 그 냅킨을 전화기 옆 게시판에 핀으로 꽂았고 너무 많이 웃어서 눈물까지 찔끔 흘렸다.

나, 보더는,
남창 짓을 자제하고
연애 상대를 고르는 안목과 일반적인 상식을
기르는 데 힘쓰기로 약속한다.

일하는 곳에서 단순히 내 일만 하는 것이 아니라, 그 무리에 정말로 속하는 기분을 느낄 수 있었다는 것 역시 신기했다.

○

며칠 뒤, 애덤은 대학 근처에 빈 원룸을 가진 사람을 안다며 칼리가 보증금을 내지 않고 그 집에 들어갈 수 있는 법을 알려 줬다. 이제는 함께 팬케이크를 먹는 것이 우리의 일상이었으므로 우린 팬케이크를 앞에 놓고 대화를 나눴다. 이번에는 칼리가 초콜릿 칩도 한 봉지 가져왔다.

"버디라는 친구의 세입자가 대학을 중퇴하고 그냥 나가 버렸대요."

애덤이 칼리에게 설명했다.

"이미 그 세입자한테 받은 보증금은 돌려줄 의무가 없으니 새로 들어오는 세입자에게 꼭 받을 필요가 없게 됐어요. 이번에 칼리가 들어가면 버디는 월세를 한 달 치도 손해 보지 않으니까 그쪽에게도 좋은 일이고. 2학기에는 신입생이 별로 없어서 달리 세를 놓을 방법이 없다는 걸 그 친구도 잘 알고 있을 거예요."

애덤은 영수증 뒷면에 버디의 전화번호를 적어 칼리에게 줬다.

"이 친구가 골치 아프게 나오면 저한테 이야기해요. 내가 연락해 볼 테니까."

다시 애덤을 독차지하고 싶은 마음만큼이나 칼리에게서 그 번호를 빼앗아 버리고 싶은 마음도 컸다. 칼리가 우리와 지내는 동안 나는 예전에 상상만 해봤던, 자매와 함께 사는 기분을 느꼈기 때문이다.

○

칼리가 짐을 챙기러 갈 때 나도 따라 나섰다. 칼리가 살던 곳은 대학교 근처에 있었다. 폭은 좁고 옆으로 길쭉한 단층집이었는데 옆집에는 대학 운동부 남학생들이 사는, 칼리와는 전혀 어울리지 않는 곳이었다. 나는 칼리가 이스트스테이트 가나 컬리지 거리의 오래되고 멋진 집들처럼 개성 있는 집에서 살 거라 생각했다.

로즈메리는 부엌 식탁 의자에 다리를 올리고 앉아 있었다.

길게 늘어뜨린 치마 아래 맨발을 내놓고 두 무릎을 감싼 채 우리를 지켜보며 담배를 피웠다. 앞쪽 기장이 길어지는 보브 스타일의 짙은 갈색 머리에 마른 몸매였다. 카페에서 본 적이 있었지만 그냥 칼리의 룸메이트로만 알았다. 심지어 그때조차 칼리가 어떻게 저런 애를 참고 사나 이해가 잘 안 됐는데. 로즈메리는 딱 칼리가 늘 욕하는 부잣집 년 같은 부류였다. 아니 어쩌면 칼리가 늘 욕하는 부잣집 년이 바로 로즈메리였는지도 모르겠다. 내내 나같이 쿨한 사람은 이딴 일 따위 신경 안 써, 하는 표정으로 앉아 있었으니까.

로즈메리는 우리를 구경하고 있었다는 사실을 굳이 숨기려고도 하지 않았다. 우리가 짐을 나르느라 칼리의 낡은 차까지 여덟 번이나 왕복하는 동안 한마디도 않고 빤히 지켜보기만 하더니 마침내 입을 열었다.

"여자 친구한테 내 소개도 안 해줄 거야?"

나는 얼굴이 뜨거워졌다. 빨개졌을 거라는 건 안 봐도 뻔했다. 미안해서 죽을 것 같았다. 지금 이 상황에 내가 칼리의 여자 친구가 되는 일을 끔찍해하는 것만큼 칼리에게 상처가 되는 행동은 없을 테니까. 그래서 카세트테이프를 싼 박스를 의자 위에 툭 내려놓고 로즈메리에게 손을 내밀었다.

"에이프릴이에요. 만나서 반가워요."

로즈메리는 내 손을 무시하고 칼리를 죽일 듯이 노려봤다.

"너랑 완전 어울리는걸?"

이유는 알 수 없었지만 그 말의 의도가 모욕이라는 것 정도는 알 수 있었다.

"가자, 자기야."

나는 상자를 다시 집어 들고 칼리에게 말했다. 이 초전까지만 해도 나를 칼리 여자 친구로 생각한다는 사실에 당황해서 어쩔 줄 몰랐으면서 내가 칼리의 짝으로 부족해 보인다는 말에 열을 받다니 나도 정말 웃겼다.

우리가 차에 탄 다음 칼리가 웃음을 터뜨렸다.

"자기야? 장난해?"

"좀 심했나?"

"너 진짜 끝내준다."

칼리가 미소를 지으며 말했다. 비웃는 듯한 냉소가 아니라 진짜 미소였다.

25

칼리에겐 이제 집이 생겼지만 그래도 매주 우리와 같이 「90210」을 보며 피자를 먹으러 오겠다고 했다. 그래 놓고 드라마 시작 십 분 전에 전화를 해선 심리학 과제 때문에 못 올 것 같다며 다음 주에 오겠다고 했다.

"피자도 라지로 시켰는데."

나는 전화를 끊으며 애덤에게 말했다. 심지어 칼리가 콜라보다 좋아하는 닥터 페퍼를 사러 편의점에까지 다녀 온 뒤였다.

"괜찮아요."

애덤이 내게 피자 두 조각을 담은 접시를 건네며 말했다.

"남은 건 내일 점심으로 내가 싸갈게요."

"다음 주에 보면 줄거리를 이해도 못 할 거예요. 우리가 아무리 설명을 해줘도 마찬가지라고."

내 말에 애덤은 농담이라도 들은 듯 웃었다. 그리고 우리가 소파에 자리를 잡은 다음에 말했다.

"학부 때가 진짜 힘들지. 할 게 너무 많거든."

그 말은 애덤과 칼리 두 사람에게 거리감을 느끼게 했다. 나는 고등학교 때조차 숙제를 해 간 적이 거의 없는 애였으니까.

○

다음 날, 오전 중 제일 바쁜 시간이 거의 끝나갈 무렵, 칼리는 구석 테이블에서 남자 둘과 여자 하나 사이에서 커피를 마시며 쉬었다. 여자는 입술에 피어싱을 하고 있었다. 남자 중 한 사람은 머리를 하얗게 탈색했는데 뿌리 부분은 검은색이었고 피부는 너무 창백해서 안이 다 들여다보일 것 같았다. 다른 남자는 검은색 립스틱을 칠한 제임스 딘처럼 보였다. 그들은 목소리를 낮추고 이야기하다가 갑자기 웃음을 터뜨렸고, 다시 소리를 죽여 속삭였다. 대체 무슨 이야기를 하는 건지. 내가 손님을 하나 상대하고 나서 보니 그들은 다시 목소리를 낮추고 이야기했고, 그들이 큰 소리로 이야기할 땐 내가 다른 손님의 주문을 받아야 했다.

그들은 커피를 다 마시자 담배를 피우러 나갔다. 그것도 평소에 칼리가 보디에게 담배를 피우면 안 되는 곳이라고 늘 말하던 카페 입구 바로 옆에 자릴 잡았다. 처음에 칼리는 제임스 딘의 담배를 빌려 몇 모금 빨기만 했는데, 입술에 피어싱을 한 여자가 칼리에게 한 대를 건넸고, 제임스 딘은 자기 담배를 다 피우자 칼리 것을 가져가 몇 모금 빨았다. 제임스 딘의 검은색 립스틱이 담배에 다 묻는 건 아닌지 궁금했지만, 멀어서 보이진 않았다. 창백한 남자가 무슨 이야기를 하다가 손바닥으로 자기 가슴을 찰싹 쳤는데 온몸이 흔들렸다. 그는 마치 폭발하는 것처럼 보였고 다들 어찌나 숨이 넘어가게 웃던지 나중엔 숨을 고르기 위해 서로의 몸에 기대야 했다.

넷은 한 팀 같았다. 마치 군화나 헤어 젤 광고에 나오는 사람들처럼. 저 사람들은 각자의 외모를 보고 가까워진 걸까, 아니면 서로 친해진 후 제임스 딘이 칼리에게서 검정 립스틱을 빌리고, 입술에 피어싱을 한 여자가 창백한 남자에게 머리를 탈색하라고 설득한 걸까. 그래서 그들이 만나지 않았더라면 절대 하고 있지 않을 모습을 하고 있게 된 걸까.

o

마침내 친구들이 가고 난 뒤 칼리는 카운터 뒤로 돌아왔고, 우리는 선반의 향 커피를 새로 채워 넣었다. 나는 카운터 위에 올라가 무릎을 꿇고 앉았고, 칼리는 그 아래 캐비닛에서 새 커피를 건네줬다.

칼리는 친구들과 있을 때보다 말이 없었다. 친구들이 어딜

갔는지 그들을 따라 가고 싶었던 것 같기도 했고, 좀 지쳐 보였다.

"바닐라는 몇 개 남아 있어?"

칼리가 물었다.

"두 개요."

농담을 하나 하고 싶었지만 바닐라 향과 관련해서 특별히 재미난 말이 생각나지 않았다. 칼리는 내게 커피 두 봉지를 건넸고, 나는 그걸 원래 있는 봉지 뒤에 채워 넣었다.

"체리는?"

"체리 향 커피를 찾는 사람이 있긴 해요?"

"나쁘지 않아."

칼리가 말했다.

"아. 세 개 남아 있어요."

나는 말했다.

"그 사이코 여자는 오늘 또 왔어요?"

"어느 사이코?"

"젖꼭지 피어싱?"

"안 온 것 같은데."

칼리는 체리 향 커피 한 봉지를 건넸고 그녀의 팔찌들이 팔꿈치 쪽으로 흘러내렸다. 예전엔 몰랐던 타투가 손목에 보였다. 가느다란 검정 끈이 매듭으로 묶여 있는 그림이었다.

"헤이즐넛은?"

"네 개요."

"캐러멜은?"

"세 개."

칼리가 내게 한 봉지를 건넸다.

"으. 캐러멜은 향이 너무 별로다."

"맞아요. 이건 캐러멜 냄새가 아닌데."

"토한 것 같은 냄새가 나."

칼리가 말했다. 바보 같지만, 나는 우리가 같은 생각을 한다는 게 너무 좋았다. 어쩌면 우리도 진짜 대화를 할 수 있을지도 몰랐다.

"모카?"

칼리가 물었다.

"하나요."

칼리가 내게 나머지 커피를 다 건네줬다. 나는 커피를 전부 선반에 올리고 카운터에서 뛰어내렸다. 칼리는 하품을 하며 기지개를 켰다. 그리고 누군가 흥미로운 사람이 나타나길 바라는 듯 바깥에 지나가는 사람들을 쳐다봤다.

"나도 타투를 하나 할까 봐요."

내가 말했다. 사실 그런 생각은 해본 적도 없는데 그 말을 하자마자 진짜로 하고 싶어졌다. 내가 달라졌음을 입증하는, 캠핑카에 살던 예전의 에이프릴과는 다른 사람이라는 표식 같은 것이 있었으면 했다. 그 말에 칼리가 갑자기 활기를 띠었다.

"좋다. 뭐 하고 싶은데?"

"잘 모르겠어요."

배 속이 간질거리는 느낌이었다.

"커먼스에 할 수 있는 데가 있어. 꽤 잘하는 집이야."

칼리가 말했다. 그리고 우리가 점심시간에 같이 타투 숍에 갈 수 있도록, 보디가 우리 자리를 대신하고, 양상추 살인마가 일찍 출근해서 보디 자리를 대신할 수 있게 깔끔히 정리해 놓았다. 무심코 던진 말이 순식간에 진행돼 진짜 타투를 하게 된 이 상황이 어찌나 신이 나던지 나는 긴장하는 것조차 잊었다.

보디는 남은 오전 시간 내내 주방에 앉아 혀끝을 입술 밖으로 내밀고 냅킨에 스케치를 했다. 뭘 그리는지는 알 수 없었다. 보여 주질 않았다. 주문 들어온 음식을 만들게 하는 것도 너무 힘들었다. 하지만 그림이 완성되자 보디는 그걸 내게 주며 말했다.

"그냥 생각나서 그려 봤어. 너 타투한다며."

하얀 꽃이었다. 가운데 부분에는 노란색에 별처럼 끝이 뾰족한 꽃잎 다섯 개가 달려 있고, 꽃잎들은 마치 공간을 통과

하는 것처럼 온갖 색깔들로 칠해진 배경에서 튀어나올 듯 했다. 정말 아름다웠고, 보디가 이걸 날 위해 그려 줬다는 게 믿어지지 않았다.

칼리는 아프지 않을 거라고 했다. 전혀.

"에이프릴, 진짜 별것도 아니라니까. 괜찮아. 하고 나면 완전 좋을걸."

칼리는 내 손을 잡고 앞뒤로 흔들며 우리는 커먼스를 가로질러 타투 숍까지 걸었다. 내가 의자에 앉아 위조한 신분증을 휙 보여 주고, 서류에 서명을 전부 마친 다음 다시 아프지 않냐고 묻자, 이제야 칼리는 아플 거라고 했다. 하지만 그건 기분 좋은 통증이라고, 마치 치통이 있을 때 이를 찔러 대지 않고는 못 배기겠는 것과 비슷하다고 했다. 칼리는 그게 좋은지 몰라도 나는 그런 통증이 그리 좋을 것 같진 않았다.

그러다 타투를 새기기 직전, 칼리가 내 손을 꽉 잡아 주고, 바늘이 내 엉덩이 옆에서 윙윙거리며 보디가 그려 준 그림을 내 배에 영원히 새기려던 찰나, 나는 겁을 먹고 발을 뺐다.

덩치가 크고 수염이 덥수룩한 타투 숍 남자는 짜증이 난 것 같았다. 잉크와 바늘을 다 준비했는데 나한테 돈도 못 받게 생겼으니 그럴 만했다. 이 남자를 화나게 하는 게 무서워서 얼른 말해 버렸다.

"피어싱. 대신 코에 피어싱을 할게요."

작은 바늘로 몇 억 번 찔러 대는 타투 대신 피어싱은 얼른 한 번 쿡 찌르는 걸로 끝날 것 같았다. 나는 아주 작은 가짜 에메랄드가 박힌 걸 골랐다.

"색깔 죽인다."

칼리가 내 선택을 칭찬하며 고개를 끄덕였다. 칼리가 나를 겁쟁이 취급하지 않아서 기분도 좀 나아졌다.

"탄생석이에요."

"사월의 탄생석은 다이아몬드인데."

칼리가 말했다.

"내 생일은 오월이에요."

내가 말해 줬다. 칼리가 웃었고, 바늘이 들어가는 순간에 내 손을 꼭 잡고 말했다.

"진짜 예뻐."

○

데카당스로 돌아갔을 때 보디가 타투를 보여 달라고 하자 칼리가 말했다.

"꿈 깨, 보디. 에이프릴이 타투 새긴 부분을 너한테 보여 줄 것 같아?"

보디는 나의 새 에메랄드빛 보석을 손가락으로 톡 치더니 말했다.

"또 모르지."

그리고 주방으로 들어갔다. 내가 보디를 좋아하는 것도 아니고, 애덤과 사귀는 사이인 게 행복한데도, 그런 보디의 행동에 얼굴이 빨개졌고 기분이 이상했다.

○

여섯 시, 애덤이 집에 올 시간이 되자 너무 긴장됐다. 내가 코에 피어싱을 했다고 화를 낼지도 몰랐다. 이게 완전 아마추어 같은 짓이면 어떡하지? 이런 멍청하고 치기 어린 짓이 내가 절대 열아홉 살일 리 없다는 걸 입증하는 거라면? 아니, 어쩌면 그는 내가 자기가 그리던 사람과 완전히 다른 사람이라고 생각할지도 몰랐다. 나는 거울 속의 내 코를 뚫어져라 들여다봤다. 마치 그렇게 보면 피어싱이 사라지기라도 할 것처럼. 인조 보석 주위의 피부가 빨개졌기 때문에 피어싱을 뺀다고 해도 애덤은 내가 무슨 짓을 했는지 알 터였다.

아파트 출입구 문이 열리는 소리가 들리자마자 나는 화장실로 들어가 문을 닫아 버렸다. 계단을 오르는 애덤의 발자국 소리가 들렸다. 현관문이 열리고 닫혔다. 이제는 고백하는 수밖에 없었다.

"바보 같은 짓을 했어요."

나는 화장실 안에서 소리쳤다.

"에이프릴?"

마치 화장실에서 소리치고 있는 사람이 나 말고 다른 사람일 수도 있었다고 생각하는 것처럼 애덤이 날 불렀다.

"네."

"괜찮은 거예요?"

"괜찮아요. 바보 같아서 그렇지."

"뭘 했는데요?"

"보여 주기 싫어요."

"괜찮을 거예요, 장담해요."

"바보 같단 말이에요."

"머리 잘랐어요?"

애덤은 이 상황을 재미있어 하는 것 같았다.

"아뇨."

"보라색으로 염색했나?"

애덤은 웃고 있었다.

"아닌데요."

"의학 실험에 지원했어요?"

"아뇨."

"엉덩이에 괴성을 지르는 독수리 타투를 했나?"

애덤은 코까지 컹컹거리며 웃었다.

"애덤!"

"혹시 고속도로 앞 트럭에서 파는 음식 먹었어요? 그건 진짜 바보 같은 짓이거든. 그 핫도그는 진짜 거기서 몇 년을 묵었는지……"

내가 화장실 문을 열었다. 그는 뭐가 달라졌는지 잡아내지 못하겠다는 듯 몇 초간 나를 빤히 봤다.

"아!"

그가 내 얼굴의 옆면을 만지며 말했다.

"바보 같지 않은데. 진짜 섹시해."

화장실 바닥에서 사랑을 나누는 건 듣던 것보다 훨씬 섹시한 일이었다.

26

애덤이 겨울 방학 전에 학기말 성적을 매기느라 퇴근 후에
나 혼자 집에 있는 때가 많았다. 캠핑카에서 너무 오랫동안
혼자 지내서 혼자 있는 것엔 이골이 났건만 이상하게도 애덤
의 아파트에 혼자 있으면 그 공허함을 견디기 어려웠다. 카페
에서 잠시 한가한 시간에 우유를 보온병에 채우며 내가 집에
서 혼자 안절부절 못 한다는 이야기를 했더니 칼리가 말했다.

"그럼 오늘 밤에 같이 나가자. 오늘 '헌트'에서 '캣 스킨'이
공연하거든. 너도 진짜 좋아할 거야."

칼리가 듣는 쓰레기 음악을 듣느니 내 고막을 찢어 버리는
편이 낫겠다 싶었지만 함께 놀러나갈 기회를 날릴 순 없었다.
칼리는 내게도 냅킨에 서약서를 쓰게 했다.

나, 에이프릴은 이 밤을 완전히 불태우겠다.

칼리는 그 냅킨을 보디의 탈-남창 각서를 비롯한 다른 서약서 옆에 붙였다. 거기엔 계산기 영수증 종이를 제대로 교체하겠다는 서약부터 시작해서 각자 근무 시간의 실존주의적 각성을 이루자는 내용까지 다양한 것들이 붙어 있었다.

리틀 리버에는 나이트클럽이 없었다. 우리가 신분증을 위조한다한들 개리스 바에 걸리지 않고 들어가는 것도 있을 수 없는 일이었다. 개리 아저씨는 우리가 누구네 집 자식인지 다 꿰고 있었고, 그 부모가 이미 개리스 바에 떡하니 앉아 있을 확률이 열에 아홉은 됐다. 리틀 리버에서 나가 논다는 것의 의미는 기껏해야 손전등과 훔쳐 온 여섯 개들이 맥주 팩을 들고 사슴 사냥 쉼터에 가서 놀거나 주유소 주차장에서 노닥거리며 남자애들이 스케이트보드로 묘기 부리는 걸 구경하는 정도였다. 나는 거기서도 언제나 주변인이었다. 매티에게 꼽사리 껴서 다니는 애. 같이 놀자고 나를 불러내는 사람은 아무도 없었으니까. 가끔 마고 아줌마가 스프링빌에 영화를 보러 갈 때 나를 데리고 갔지만, 그건 또래들과 노는 거랑은 달랐다.

내가 칼리에게 리틀 리버에는 나이트클럽이 없다고 하자 칼리도 바로 이해했다. 칼리가 자란 곳도 비슷했으니까. 칼리는 일단 자기 집에 들르면 옷을 빌려주겠다고 했다. 그건 나이트클럽에 가는 것보다 더 신나는 일이었다.

예전에 같은 반에 애슐리라는 아이에게 해더라는 언니가

있었다. 그 언니는 동생에게 옷을 빌려주는 건 물론이고 첫 수업 종이 치기 전에 운동장에서 동생에게 화장도 해주고 머리도 만져 줬다. 해더는 애슐리의 얼굴이 움직이지 않도록 한 손으로 잡고, 볼을 입 안쪽으로 빨아들이라고 하곤 볼터치를 해줬다. 나는 세상 그 누구보다 애슐리가 되고 싶었다.

다 놀고 집에 올 땐 칼리가 데려다주겠다고 했기 때문에 걸어서 칼리의 새 집으로 갔다. 헌트는 칼리네보다 우리 집에서 더 가까웠다. 칼리는 무릎까지 끈으로 묶는 부츠를 신은 채 문을 열었다. 찢어진 스타킹와 밑단을 그냥 잘라 내서 만든 체크무늬 반바지, 그리고 가슴 언저리에 젖꼭지nipplehead라는 글씨가 박힌 까만 티셔츠를 입고, 두 눈에는 검은색과 보라색 반짝이 아이섀도를 발랐다. 칼리가 뒤돌아서자 셔츠의 뒤판은 마치 늑대인간이 할퀴고 간 것 같은 상태였고, 찢어진 셔츠 사이로 등에 그려진 파란색 생명체가 밖을 내다보고 있었다. 그것의 정체가 무엇인진 파악이 안 됐지만 커다랗고 둥그런 눈이 달려 있었다. 머리는 군데군데 더 잘라 낸 건지 평소보다 더 삐죽삐죽했는데, 그게 보기 좋았다. 아주 칼리다웠다.

"오케이!"

내가 문 안으로 채 들어서기도 전에 칼리는 옷장을 향해 통통 뛰어가며 외쳤다.

"의상! 에이프릴! 의상!"

뭔가에 취해 있는 것 같기도 했다. 사실 난 그런 걸 잘 알아보질 못 한다. 어쩌면 커피를 너무 많이 마신 건지도 몰랐다. 칼리는 엄청 행복해 보였다. 어느 정도냐 하면 정말이지 **어엄청** 행복했다. 아니, **엄청 행복해 보였다.** 일부러 더 그런 척 노력하는 건지도 몰랐지만, 그래도 그동안 칼리가 받은 상처들을 생각하면, 이런 모습이 보기 좋았다. 칼리는 칠판을 못으로 긁거나 어린아이가 바이올린을 고문하는 것 같은 시디를 틀어 놓고 있었다. 이게 오늘 공연할 캣 스킨의 음악인 모양이었다.

칼리는 옷장에서 옷을 꺼내 침대로 던지며 노래를 따라 불렀다.

"난, 난, 난 내가 아냐! 넌, 네가, 아냐!"

검은색, 은색 그리고 찢어진 플란넬 옷이 겹겹이 쌓였다. 방에는 향과 촛농이 똑똑 떨어지는 초를 밝혀 두고, 전등은 스카프로 감싸 놓았기 때문에 칼리의 작은 아파트는 동굴 같았다. 칼리가 이사 나온 예전 집과 달리 아늑하고 예술적이며 그녀에게 딱 맞는 공간이었다.

"입고 싶은 거 아무거나 골라."

칼리가 소리쳤다.

"알았어요."

대답은 했지만 이렇게 남의 옷장을 마음대로 뒤진 적이 한 번도 없었기 때문에 어디서 시작해야 할지 막막했다. 일단 줄무늬 니트를 집어 들고 뒤집어썼다. 목 부분이 훌렁 파인 디자인이라 어깨의 검은색 브래지어의 끈이 드러났다.

"그 위로 이걸 입어 봐."

칼리는 내게 회색 벨벳 코르셋을 건넸다. 코르셋을 니트 위로 여미자 니트의 옷감이 엉뚱한 부분에서 막 뭉쳤다. 나는 칼리에게 보여 주기 위해 두 팔을 들었지만 칼리는 옷장 바닥을 뒤지느라 정신이 없었다. 세로 줄무늬가 있는 까만 바지를 들고 옷장에서 나온 칼리가 내 꼴을 보고 웃음을 터뜨렸다.

"아래쪽으로 잡아 내려서 입어야지."

칼리는 바지를 머플러처럼 목에 두르고 니트 아래쪽을 끌어당겼다. 끌어당기고 보고, 한 번 더 끌어당기더니 소매 양쪽을 손목 아래쪽까지 끄집어 내렸다.

"아, 좋은 생각이 났어. 잠깐 있어 봐!"

칼리는 부엌 쪽으로 뛰어가더니 싱크대 서랍에서 가위를 들고 와서 "엄지손가락 구멍"이라고 했다. 그게 무슨 소린가 하고 있는데 칼리가 두 번 싹둑싹둑 하더니 소매에 구멍을 내고 내 엄지를 뺐다.

"근데 이 바지는 아닌 것 같아."

"괜찮은데."

내가 너무 짐스러우면 좋은 시간을 망칠까 봐 걱정이 돼서 한 말이었다. 그리고 사실 이 정도로도 충분했다. 하지만 칼리는 어느새 거대한 옷핀으로 여미게 되어 있는 검은색 플리츠스커트를 찾아냈다. 나는 그 치마를 입었다. 칼리는 찢어진 까만 스타킹을 두 개나 찾아내더니 둘 다 신으라고 했다. 그리고 내가 부츠를 신자 부츠의 끈을 풀어 내 가방에 넣고, 우툴두툴한 갈색 노끈 뭉치를 주고 그걸 끼워서 묶으라고 했다.

"됐네."

내가 부츠 끈을 다 묶자 칼리가 말했다. 칼리는 내가 거울을 볼 수 있도록 옷장 문을 닫았다. 나의 옷차림은 칼리의 패션이 언제나 그럴듯한 것처럼 제법 괜찮아 보였다. 어떻게 전혀 안 어울릴 것 같은 것들을 아무거나 골라잡아 이렇게 잘 조합하는지 나로선 신기할 따름이었다. 나 같았으면 셔츠에 바지를 입고 다 됐다고 생각했을 거다.

칼리는 내게 립스틱을 건네주더니 내 앞머리 몇 가닥을 배배 꼬아 아주 작은 공처럼 뭉쳤다. 립스틱은 색이 엄청 짙고 매트해서 입술에 바르자 내 얼굴의 나머지 부분이 무척이나 창백해 보였다.

"뭔가가 부족해."

칼리는 그렇게 말하더니 검은색 파우더가 든 작은 병과 붓을 들고 왔다.

"감아."

그리고 눈을 깜빡 감으며 시범을 보였다.

"가만히 있어야 돼."

칼리는 손으로 내 턱을 고정하고 붓으로 내 양쪽 눈꺼풀에 검은색 라인을 두껍게 그렸다. 그러자 나는 위험한 여자 같아 보였다. 강렬한 느낌. 악당, 혹은 슈퍼히어로가 될 수도 있을 것 같았다. 내 코에 달린 에메랄드빛 인조 보석이 빛을 받아 반짝였다. 나는 거울 속의 나를 보고 미소를 지었다. 아무렇지 않은 척은 할 수 없었다. 마치 언니가 생긴 것 같았고, 기분은 상상했던 것보다 훨씬 더 좋았다.

칼리는 내 머리의 마지막 부분을 묶은 다음 머리 전체에 헤어스프레이를 자욱하게 뿌렸고 그 바람에 우린 둘 다 기침을 해댔다. 칼리는 입술을 왼쪽으로 몰았다가 오른쪽으로 몰았다 하며 나를 뜯어봤다. 그리고 마침내 뒤로 한 걸음 물러나 고개를 끄덕였다.

"됐다."

아까 칼리의 기분을 끌어올리던 그 무언가의 효과가 떨어지기 시작했는지 이제 칼리는 좀 진지해졌다. 나는 그 무언가가 그저 아드레날린이길 바랐다.

○

클럽으로 가는 차 안에서 칼리가 말했다.

"처음으로 놀러 나가는 거야. 내가 로즈메리를 떠난 후로."

칼리는 길만 쳐다볼 뿐, 나를 보지 않았다.

"재미있을 거예요."

내가 말했다.

"다 괜찮아질 거예요."

○

입구의 가드가 우리 둘의 면허증에 적힌 생년월일을 문질러 봤지만 정착액이 효과가 있었다. 그는 우리 손등에 검은색 마커로 엑스 자 표시를 한 뒤에 들여보내 줬다. 검은색 잉크는 축축하고 차가웠다.

"이건 뭐예요?"

나는 손의 엑스 자가 보이게 들어 올리며 물었지만 커다란 음악 소리에 내 목소리가 묻혀 버렸다. 음악 소리가 어찌나 큰지 음악 소리 자체도 제대로 듣기 어려웠다. 베이스가 쿵쿵 울리는 소리와 바이올린이 절규하듯 끽끽대는 소리가 내 몸속에서도 느껴졌다. 귀로는 도저히 파악이 안 되는 소리였다. 칼리 역시 자기 손을 가리키며 어이없다는 듯 눈동자를 굴렸다.

클럽 안엔 사람이 너무 꽉 들어차서 도저히 어느 쪽으로도 갈 수 없을 것 같았는데 칼리는 내 손을 잡아 밑으로 내린 뒤 몸을 비틀어 가며 인파를 헤치고 앞으로 나아갔다. 그렇게 한참 사람들 틈을 비집고 나간 끝에 우린 무대 바로 앞까지 갔다.

무대 저쪽 끝에 제임스 딘을 닮은 남자와 입술 피어싱 여자가 있는 걸 본 것 같았는데 모두들 서로 떠밀고 춤추고 하는 중이어서 그런지 그들도 곧 사람들 속으로 사라졌다.

밴드 멤버들 중에 나보다 나이가 훨씬 많아 보이는 사람은 아무도 없었다. 음악은 참기 어려웠지만 그들을 구경하는 건 진짜 재미있었다. 리드 보컬은 노란색 바탕에 검정 페인트가 뚝뚝 흐르는 듯한 줄무늬 원피스를 입고 있었다. 얼굴은 조막만 하고 동그랬는데 밝은 주황색으로 염색한 머리는 마구 헝클어져 있었다. 그녀는 마치 어린아이가 성질을 부리듯이 마이크에 대고 "난, 난, 난" 하고 악을 썼다. 바이올린을 연주하는 남자는 자기가 고통스러운 소리를 만들어 낸다는 걸 잘 알고 있다는 듯 씩 웃고 있었다. 리드 보컬이 "넌. 네가. 아냐!"라고 외치자 모두가 그녀를 따라 외쳤다. 나 역시도.

◦

네 곡이 끝날 때까지 우린 무대 바로 앞에 있었다. 나는 기타리스트의 손가락을 뚫어져라 보며 그가 무슨 코드를 잡는지, 페달을 밟는 조합이 현의 소리에 어떤 효과를 주는지 알아내려고 애썼다. 그러다가 의도치 않게, 그가 입고 있는 킬트kilt 아래 다른 것은 아무것도 입고 있지 않다는 걸 알아 버렸다. 그의 얼굴로 시선을 옮기자 그도 나를 빤히 보고 있었다는 게 느껴졌다. 우리가 서로를 쳐다보고 있었다는 사실에 기분이 이상했다. 그도 나를 볼 수 있을 거라고 생각했다면 그렇게 쳐다보진 않았을 것이다. 눈이 마주치자 그가 미소 지었다. 천천히, 입꼬리가 기어 올라가는 듯한 움직임. 아이라인을 그린 그의 눈 아래에는 기름진 물기가 고여 있었다. 긴 까만 머리에, 두툼하고 넓은 턱은 가운데가 갈라져 있었다. 그들이 노래를 끝내고 새 곡을 시작했다. 리드보컬은 목이 터져라 "젠장!"이라고 여섯 번인가 일곱 번쯤 외쳤고 내가 알아듣기로는 그 노래에 다른 가사는 없었던 것 같다. 내가 기타리스트를 쳐다볼 때마다 그는 내 눈을 똑바로 주시했다. 그 곡이 끝나갈 때쯤 그는 피크를 새 걸로 바꾸더니 내 눈을 똑바로 보며 원래 쓰던 피크에 입을 맞추어 내게 던졌다. 나는 그걸 잡았다. 유연하지 못한 나로서는 기적 같은 일이었다. 나는 피크를 가방에 집어넣었다. 칼리는 난리도 아니었다. 나를 사람들 틈에서 끌어내어 화장실로 데려가더니 어떻게 된 거냐고 물었다.

"몰라요. 그냥 연주하는 거 보고 있는데 갑자기 날 쳐다보기 시작하는 거예요."

"진짜? 돈 딕포드가 너한테 자기 피크를 던졌다고? 냉정하기로 악명 높은 그 사람이?"

"가질래요?"

나는 세면대 위에 가방을 올려놓고 뒤지고 시작했다.

"안 돼! 그럴 순 없어."

"돼요, 그래도 돼요!"

나는 피크를 꺼내 칼리에게 건넸다.

"가져요. 저 밴드 엄청 좋아하잖아요."

칼리는 두 팔을 내 목에 두르고 내 볼에 입을 맞췄다.

"사랑해! 넌 정말 최고의 친구야!"

칼리가 기타 피크를 자세히 보려고 내 목에서 팔을 막 푸는데 화장실 입구가 열리며 끔찍한 사운드와 함께 로즈메리가 들어왔다.

"아, 내가 방해가 됐나?"

로즈메리가 지루하다는 듯 말하며 거울 앞으로 가서 섰다. 그리고 가방에서 립스틱을 꺼내더니 이미 완벽하게 그려진 입술 위에 덧발랐다.

"자기야, 가자."

나는 칼리에게 말했다.

"얼른."

내가 가방을 집으려는데 로즈메리가 그걸 쳤고, 가방 안의 물건들이 더러운 화장실 바닥에 와르르 쏟아졌다. 립스틱, 아이라이너, 지갑, 초경을 했을 때 마고 아줌마가 코바늘로 떠서 만들어 준 탐폰 파우치, 주머니칼, 옷핀, 껌. 칼리와 나는 조금이라도 빨리 주우면 클럽 화장실 바닥에 떨어진 물건들이 덜 더러워지기라도 할 것처럼 부랴부랴 주웠다.

"앗, 어째."

분명 고의로 그래 놓고 로즈메리는 자기 근처에 있는 물건들을 내 쪽으로 밀어 주는 척 립스틱과 파우치를 더러운 바닥에 더 문질렀다.

"그만해."

칼리가 이를 악문 채 말했다.

"알았어. 정색하기는."

로즈메리가 일어섰다.

"도우려는 것뿐이었어."

로즈메리는 마치 우리 같은 건 이미 잊은 지 오래라는 듯 딴생각을 하는 얼굴로 화장실 밖으로 나갔다.

27

우리는 헌트에서 나와 차가운 공기 속으로 달렸다. 내 부츠가 젖은 보도 위를 박차며 종아리에 물이 튀었다. 칼리는 제대로 달릴 줄 아는 사람처럼 달렸다. 어쩌면 고등학교 때 육상을 했는지도 몰랐다. 다리가 나보다 짧은데도 보폭이 나보다 컸다.

내가 뒤처지기 시작하자 칼리가 내 손을 잡았다. 손이 내손만큼이나 축축했다. 로즈메리가 우릴 쫓아오지 않는다는 걸둘 다 알았지만 그래도 도망쳐야 했다. 불편한 기분을 떨쳐버리려면 근육을 움직여 속도를 내야 했다.

우리는 달려서 커먼스를 통과하고, 극장 옆 골목을 따라 달려 내려간 다음, 주차장의 나선형 길을 달려 올라갔다. 정말맹세하는데 우리가 달리는 힘에 콘크리트가 밀려나는 느낌이었다.

칼리의 차에 탄 뒤 우리는 땀을 흘리며 헉헉거렸다. 몸은 가만히 앉아 있어야 한다는 의지를 이기려고 애쓰는 중이었다. 정맥에서 솟구치는 피 때문일까, 우리가 원하기만 한다면 하늘을 날 수도 있을 것 같았다. 우리가 손을 잡고 주차 빌딩의 끝에 서서 뛰어내린다면 하늘로 날아오를지도 몰랐다.

"그래서 라일라랑 존이 나한테 인사를 안 한 거야."

칼리가 말했다. 제임스 딘과 입술 피어싱 이야기를 하는 모양이었다.

"로즈메리가 없을 땐 내 친구일 수 있지만, 로즈메리가 있을 땐 염병할 하늘이 두 쪽 나도 나를 선택할 리 없지."

칼리는 열쇠를 손에 쥔 채 차창 밖을 내다봤다. 아직 시동을 걸 준비가 안 된 것 같았다.

"난 이대론 집에 못 가겠어."

칼리가 나를 보고 말했다.

"원하면 넌 먼저 데려다줄게."

나는 칼리의 목소리에서 애원을 들었고 그것만으로도 충분히 칼리 옆에 있어 줄 수 있었지만, 실은 나 역시 아직 집에 갈 생각이 없었다. 이 에너지를 다 쏟아 내지 못한 채, 애덤이 잠들어 있는 집에 까치발로 걸어 들어가 그의 옆에 누울 수는 없었다. 로즈메리에게 화가 나 있는 건 맞았지만 그게 다는 아니었다. 나는 지금 여기에 존재한다고 느꼈다. 누군가가 내 정신을 내 몸속에 던져 넣었고 그게 내 몸의 체계에 쇼크를 준 것 같은 그런 느낌. 그 전에는 내 몸과 정신이 그저 나란히 걷고 있는 것이었다면, 지금은 나를 이루는 그 두 부분이 마침내 하나가 된 듯한 기분이 들었다.

"아니, 나도 안 피곤해요."

"그럼 어딜 가지?"

칼리가 물었다.

"모르겠어요."

차창에 하얗게 김이 서렸다. 칼리가 창문을 열었고 나도 내 쪽 창을 내렸다.

"냄새가, 캠프파이어 하기 딱 좋은 날씨야."

○

이보다 더 바보 같은 짓도 없겠지만 톰 빌포드는 별로 상관하지 않을 것 같았다. 캠핑장 폐장 후 그 오두막에 계속 사는지 안 사는지도 사실 알 수 없었다. 우리를 발견한다고 해서 경찰에 신고할 것 같지도 않고 이제 나는 차 도둑도 아니었다. 아빠나 경찰이 더 이상 날 찾고 있지 않았으니까.

"최악의 경우 우릴 내쫓기밖에 더 하겠어?"

칼리의 말에 나도 걱정은 접어 두기로 마음먹었다. 우리는 캠핑장 입구 앞 갓길에 차를 대고 걸어 들어갔다. 혹시라도 걸리면 칼리의 낡은 차가 고장 났다는 구실이 우리의 좋은 알리바이가 될 거였다. 이 어둠 속에 숨어 있으면서 우리말을 엿들을 사람이 있을 리가 없건만, 우리는 "너무 추웠어요. 공중전화도 찾을 수가 없었어요. 불을 피워야 했어요" 하고 속삭이듯 낮은 소리로 변명거리를 짜며 걸었다.

호수에 반사된 달빛이 엄청 밝아서 우리가 향하고 있는 방향이 훤히 다 보였다. 이쪽을 지나는 차는 단 한 대도 없었다. 관리인의 오두막에서 불빛은 새어 나오지 않았고, 그 앞에 트럭도 주차돼 있지 않았다. 호수는 우리 거야. 이 밤도 우리 거야. 어둠 속에 너구리들이 있었다고 해도 우리와 전투를 벌이고 싶진 않을 거야. 우린 둘이니까. 우린 겁날 게 없는, 무서운 여자들이야.

칼리의 발, 내 발, 칼리의 다른 발, 그리고 내 발. 보도에 닿는 우리 발소리의 리듬은 무슨 노랜지 콕 집어낼 수 없는 어떤 노래의 박자와 살짝 어긋나 있었다. 나는 박자를 맞춰 보려 했다. 내 의도를 알아차린 칼리 역시 속도를 일정하게 맞췄다. 우리가 캠핑장으로 들어섰을 땐 꽤 복잡한 박자에 맞추어 나가고 있었다. 칼리는 독특하고 걸걸한 목소리로 "세실리아!" 하고 악을 쓰며 노래를 불렀다. 칼리가 사이먼 앤드 가펑클의 노래를 들어 봤다는 것조차 믿기 힘든데 칼리는 가사까지 다 외우고 있었다. 우린 함께 노래를 부르며 발로 박자를 맞추었고, 스텝이 꼬이면 웃었다. 나는 뚝뚝 끊기며 음정

도 안 맞는 칼리의 노래에 화음을 넣었고, 그런 우리의 노래
는 제법 들어 줄 만했다.

내가 예전에 머물렀던 캠핑 구역을 지나 더 깊숙이 들어갔
다. 대로변의 시선이 닿지 않은 곳, 그리고 톰 빌포드가 돌아
올 경우를 대비해 그의 오두막에서 멀리 떨어진 곳으로 가야
했다. 우리는 호숫가에 자릴 잡고 주변 캠핑 구역에 사람들이
남기고 간 땔감을 주워 모았다.

"진짜 여기에서 지냈던 거야?"

칼리가 땔감을 전략적으로 쌓아 올리며 물었다.

"네."

나는 칼리에게 건네주려고 들고 있던, 깔끔하게 쪼개진 장
작의 나무껍질을 뜯으며 말했다.

"하지만 캠핑을 한 건 아니고요. 그냥 차에서 잤어요."

칼리는 불을 피우는 법을 아는 것 같았다. 그걸 보니 캠핑
카에서 살 때 해볼 수도 있었겠다 싶었다. 구덩이를 하나 파
고, 길 끝의 쓰레기 더미에서 낡은 금속 트럭의 범퍼를 끌어
내 잉걸불을 모아 두는 칸막이로 쓰면 되는 거였다. 아빠가
해주길 바랄 일이 아니었다. 허락을 받아야 할 일도 아니었
다. 어차피 안 된다고 할 사람은 아무도 없었다. 너무 오래 우
리에 갇혀 있던 동물은 누군가가 문을 열어 줘도 나가지 못
한다는 이야기를 어디선가 들은 적이 있었다. 나는 내가 나갈

수 있다는 걸 깨닫기까지 너무 오랫동안 캠핑카에서 살았고, 그 안에 사는 동안은 그 생활을 개선하는 방법을 전혀 알지 못했다.

"젠장."

불 때문에 한 소린 줄 알았는데 칼리가 이어 말했다.

"차에서 자는 거 너무 추웠겠다."

나는 칼리가 쌓을 장작을 하나 더 건넸다. 만약 매티가 숲 속으로 추방당했다면 제일 먼저 불 피울 구덩이를 팠겠지. 빛과 온기를 위해, 그리고 불장난을 하기 위해.

"내가 알았으면……"

칼리가 말했다.

"그랬으면 내가…… 그러니까."

그러다 웃었다.

"로즈메리는 아마 널 받아 주지 않으려고 했겠지만, 그래도 내가…… 너 지낼 곳은 알아봐 줬을 텐데."

"괜찮아요."

그렇게 말하는데 바보같이 눈이 따끔거렸다. 어차피 시간을 그때로 되돌려 내가 칼리의 괴짜 친구 중 하나와 함께 사는 건 불가능한 일이었다. 그리고 칼리가 지낼 곳이 필요했을 땐 애덤과 나와 지냈으니까. 그러니까 칼리의 마음은 진심일 테고, 그건 충분히 의미가 있었다.

"다 지난 일인데요, 뭐."

뭍에서도 호수를 느낄 수 있었다. 공기에서 호수 맛이 났다. 물이 자갈 깔린 물가로 밀려와 찰랑이는 것이 마치 나의 일부인 것처럼 당연하게 느껴졌다.

"여기에서 모든 게 시작된 것 같은 기분이에요."

나는 칼리에게 말했다.

"마치 그 전에 있었던 일은 다 무효인 것처럼."

"나도 이타카에 같은 감정이야."

칼리가 말했다. 그리고 주머니에서 라이터를 꺼냈다. 담뱃갑 안의 담배를 모두 손에 쏟더니 하나는 피우려고 빼놓고 나머지는 주머니에 쑤셔 넣었다. 담배에 불을 붙인 다음, 담뱃갑에도 불을 붙여 땔감으로 쌓은 탑 아래에 던져 넣었다.

"혹시 종이 같은 거 있어?"

연기를 내뿜으며 칼리가 물었다.

"낙엽은 다 젖어 있어서."

나는 주머니의 보풀 뭉치와 껌 종이를 한 줌 건넸다.

"이걸로 되려나?"

"할 수 있어."

칼리가 그렇게 말하자, 비록 우리를 둘러싼 모든 것이 물기에 젖어 달빛 아래 빛나고 있었지만 그녀가 할 수 있을 거라는 믿음이 생겨났다. 칼리는 보풀을 공처럼 뭉쳐 장작더미 아래로 던졌다. 불길이 타오르기 시작하면 불이 붙을 터였다. 불길이 죽지 않도록 껌 종이도 한 자리에 전략적으로 하나씩 던져 넣었다.

"하하!"

장작이 처음으로 탁탁 소리를 내자 그렇게 될 줄 알았다는 듯 칼리가 웃었다. 여기에서 칼리는 달랐다. 이 어둠 속에선 화장이 칼리의 얼굴을 꾸며 내지 못했다. 달빛 아래 그녀는 앳되어 보였고, 강했고, 이상한 점이 하나도 없었다. 칼리는 자기가 쌓은 탑을 바라봤다.

"하하!"

불길이 다른 장작으로 옮겨가자 칼리가 또 한 번 웃었다.

불길이 온전히 타오르기 시작한 다음부터, 우린 지글거리는 소리를 들으려고 젖은 나뭇가지들을 던져 넣기 시작했다. 불이 너무 뜨거워졌지만 멀리 물러나 앉는 대신 재킷을 벗어서 나뭇가지에 걸었다.

"너희 엄마는 어떤 분이셔?"

칼리가 물었다. 나는 웨딩드레스를 입은 여자와 내 뺨을 간질이던 구릿빛 머리카락을 떠올렸다.

"기억이 별로 없어요."

엄마에 대한 기억은 내가 떠올리고 싶다고 해서 늘 생각나는 건 아니라서 그냥 그렇게 대답했다.

"그래도 엄마는 진짜 미인이었고, 사람들이 엄마를 좋아했고, 엄마는 날 기다려 주는 걸 싫어했다는 것 정도는 생각나요."

"그게 무슨 말이야?"

칼리는 막대기로 불을 쿡쿡 찔러 불길을 중앙으로 몰면서 물었다.

"날 놀이터 같은 데 데려갔다가 같이 대화하고 싶은 흥미로운 사람을 못 찾으면 그냥 돌아서서 집에 가고 싶어 했으니까."

"그리고 그냥 가버렸어?"

"네."

엄마가 영원히 떠난 걸 묻는 걸까, 놀이터에서 가버린 걸 묻는 걸까. 하지만 둘 다 사실이니까. 엄마를 놓칠까 봐 걱정이 되어 그네에서 뛰어내릴 때 종아리에서 느껴지던 충격을 나는 아직 기억하고 있었다.

"이 말이 위로가 될지는 모르겠는데, 떠나고 싶으면서도 못 떠나고 남아 있는 엄마를 보는 것도 별로 좋진 않아."

칼리가 말했다.

"너무나 간절히 다른 삶을 원하는 모습을 지켜보는 것도, 집안의 평화를 위해 그냥 주저앉는 모습을 보는 것도 힘들거든."

칼리는 젖은 낙엽으로 만든 폭탄을 또 하나 불 속에 던져 넣었고, 우린 불길이 확 일어나는 모습을 지켜봤다.

"원하는 거, 있어요?"

나는 자기 삶이라는 것을 어떻게 완성해 나가야 하는 건지 알 수 없어서 그렇게 물었다. 나는 우리 아빠나 엄마, 심지어 마고 아줌마처럼도 되고 싶지 않았다. 수학 선생님이나 매티 엄마나 아이린 같은 사람이 되고 싶지도 않았다. 나는 텔레비전에 나오는 사람들처럼 살 수 없다는 것 정도는 알고 있지만, 나에게 어디까지 허락되는지는 알 수 없었다.

"진짜로 원하는 거? 무엇이든 다 선택할 수 있다면?"

칼리는 담배를 마지막으로 한 모금 더 빨고 꽁초를 불 속에 던졌다. 나는 고개를 끄덕였다.

"모르겠어. 어쩌면 나는 무엇이 되거나 무엇을 갖고 싶은 게 아니라, 내가 어딘가 잘못된 사람이라고 느끼고 싶지 않은 것 같아. 무슨 말인지 알겠어?"

"네."

나도 그런 것 같다는 생각이 들었다.

"로즈메리는 늘……"

칼리는 재킷 주머니에서 담배 한 개비를 꺼내 마치 이미 피우고 있던 것처럼 손가락 사이에 끼우고 말했다.

"뭐랄까. 내가 지금의 나보다 더 나은 사람이 되어야만 나를 완전히 사랑해 줄 것 같았어."

칼리는 손가락 끝으로 담배를 잡고 불길에 살짝 스친 다음 얼른 입으로 가져가 불이 붙도록 미친 듯이 빨았다.

"뉴스 속봅니다! 이게 나의 최선이에요."

칼리는 슬퍼 보였고 스스로에게 실망한 것 같기도 했다. 나도 한때 밥 딜런의 노래를 외우거나 아빠 작업복의 단추를 다시 달아 주면 아이린에게서 아빠를 되찾아올 수 있을 거라고 생각했었다. 칼리는 그때의 나와 비슷한 마음인 것 같았다.

"난 그 모습 그대로가 좋은데."

그렇게 말하고 나니 좀 불안해졌다. 그게 내가 말할 수 있는 최선인데 칼리는 그런 말 따윈 듣고 싶지 않을지도 모르니까. 나는 내가 만났던 그 누구보다도 칼리가 좋았다.

"지금 이 순간엔 어딘가 잘못됐다는 느낌 같은 건 없어."

칼리가 말했다.

"너랑 애덤과 함께 있을 때도 그런 기분, 안 들어."

칼리는 다시 불을 쑤셨다.

"어쩌면 우린 오래오래 친구가 될 수도 있겠다."

칼리는 날 보고 미소 짓더니 눈길을 돌렸다.

"보디랑 있을 때도 내가 어디가 잘못됐다는 느낌은 없어."

칼리가 웃으며 덧붙였다.

"그냥…… 좀 못되게 굴고 싶을 뿐이지."

"보디한테는 그런 사람이 좀 필요해요."

"맞아."

우리는 불에 너무 바짝 붙어 있었다. 너무 뜨거워서 얼굴이 갈라질 것 같았다.

"나중에 여기 또 와서 캠프파이어 해도 되겠어요."

내가 말했다.

"그러니까 앞으로 한참, 한참, 한참 시간이 흐른 뒤에."

그리고 그 모습을 상상해 봤다. 미래의 이 작은 조각은 내 것일 수 있지 않을까. 친구와 모닥불과 그 누구도 어딘가 잘 못되지 않은 것 같은 기분. 그러자 난생처음으로 진짜로 나이 드는 것에 대해 생각해 본 것 같다는 실감이 들었다. 지금 나는 그냥 다른 상황에 처한 지금의 내가 아니라 달라진 나의 모습을 그려 볼 수 있었다. 내가 얼른 따라와 주길 기다리고 있는 새로운 사람, 어쩌면 그 미래의 나도 그땐 행복할지 모른다. 어쩌면 미래의 나는 자기가 있는 자리에 아주 잘 어울리는 사람이 되어 있을지도 모른다.

"나 하고 싶은 거 있어."

칼리가 말했다.

"나 저 호수에 뛰어들고 싶어."

나는 마치 우릴 지켜보는 사람이 있기라도 하듯 주위를 둘러봤다.

"괜찮아. 맹세해."

칼리가 말했다. 나 역시 하고 싶었다.

우리는 속옷만 남기고 옷을 다 벗었다. 칼리의 목에 있는 촉수들은 허리의 잘록한 부분까지 뻗어 내려가는 거대한 문어의 일부였다. 움직이는 그녀의 몸 위에서, 깜빡거리는 불빛을 받아, 그놈이 살아 움직였다. 너울거리는 촉수 중 하나는 칼리의 흉곽을 감고 브래지어 밴드 아래에서 심장을 향해 뻗어 올라오고 있었다.

"기억하기 위해서야."

내가 문어를 빤히 보고 있는 걸 눈치 챈 칼리가 말했다.

"이놈이 날 물 밑으로 끌어내릴 수 없게 하겠다는 걸. 무슨 말인지 이해돼?"

"네."

나는 칼리의 몸을 다른 차원의 무언가로 만드는 그 선들을 자세히 살펴봤다. 나는 '놈'의 진짜 정체가 무엇인지 잘은 모르지만 어떤 의미인지는 알 것 같은 기분이었다.

"준비 됐어?"

칼리가 물었고 나는 고개를 끄덕였다.

우리는 호수를 향해 미친 듯이 돌진했다. 발목에 닿은 물이 너무 차가워서 비명을 지르고 싶었지만 난 오히려 더 힘차게, 더 빨리 달렸다. 칼리가 일으킨 물결이 내가 만든 물결과 충돌했다. 우리는 동시에 물속으로 뛰어들며 컴컴한 어둠 속으로 빠져들었다. 나는 발을 차며 물 밑에 더 머물려고 안간힘을 썼다. 그렇게 내 안으로 스며드는 냉기를 느끼고 싶었다. 내 몸의 모든 부분을 감각하고 싶었다. 나는 다시 따뜻해질 수 있어. 모닥불 옆에서, 칼리의 차 안에서, 애덤의 침대 안에서. 추위는 더 이상 나의 적이 아니야. 나는 눈을 뜨고 수면을 바라봤다. 물 때문에 달이 여러 조각으로 갈라졌다. 나는 터질 것 같은 느낌이 들 때까지 숨을 참았다.

내가 올라온 다음에 칼리도 곧 숨을 헐떡거리며 올라왔다. 우리는 웃으며 소리 질렀고, 그 소리가 수면을 가로질러 메아리쳤다. 누가 들어도 상관없었다. 우리는 이 자연의 일부였으니까.

우리는 물속으로 들어갔다가 수면 위로 올라왔다가 다시 물속으로 뛰어들었다. 이가 딱딱 부딪힐 때까지. 그러다가 마치 바다의 생명체들처럼 물에서 걸어 나왔다. 칼리의 발목엔 살아 움직이는 타투처럼 수초 한 가닥이 감겨 있었다.

"얘가 날 좋아해."

칼리가 다리에서 수초를 떼어내며 말했다. 칼리의 눈 밑엔 화장이 번져서 둥근 고리가 찍혀 있었고, 나도 같은 모습일 거란 생각이 들었다. 우리는 너구리가 되어 가고 있었다.

몸을 말리기 위해 모닥불은 계속 살려 뒀다. 그리고 몸속의 피를 돌게 하기 위해 괴상한 춤을 추며 그 주변을 뛰어다녔다. 칼리가 수초를 꼬아 왕관을 만들더니 내 머리 위에 씌워줬다. 이른 봄의 진흙 냄새가 났다. 나는 달을 보며 울부짖었다. 칼리가 웃었다.

"누가 보면 늑대가 키운 아인 줄 알겠어."

"바라는 바예요."

내가 말하자 칼리는 더 크게 웃었다.

"나도. 늑대는 새끼를 버리지 않아."

나는 왕관을 칼리의 머리에 씌웠다. 칼리의 울부짖음은 길고 슬픈 노래 같았다.

마침내 스타킹, 셔츠, 그리고 나머지 옷을 입을 수 있을 정도로 몸이 말랐다. 그러고는 재킷을 다시 입어야 할 만큼 불길이 사그라졌다. 칼리는 부츠 옆면으로 꺼져가는 불을 흙으로 덮었다. 나도 칼리를 따라했다. 곧 불빛은 완전히 사라졌다. 그리고 달빛 아래 우리 둘, 우리 얼굴로 부는 찬바람, 그리고 차를 향해 걸어가는 우리의 부츠 소리만 남았다. 노래를 부르는 대신, 나는 칼리에게 내가 살던 캠핑카와 그 땅덩이와 그 위에 짓지 못한 집, 아이린을 만나 나를 떠난 아빠 이야기를 들려줬다.

"혹시 말이야."

칼리가 물었다.

"좋은 사람들이 아닌 사람들과 함께 사느니 숲에서 혼자 사는 게 나았다는 생각은 안 들어?"

"모르겠어요."

내가 대답한 다음부터 우린 말이 없었다. 이번엔 우리 발자국은 「세실리아」의 박자로 들리지 않았다.

"내 생각에 중요한 건 그 사람들은 좋은 사람들이 아니었고, 우리에겐 좋은 사람들이 필요했다는 것 같아."

그렇게 말하며 칼리가 내 허리에 팔을 둘렀다. 그래서 우리 둘 다 걸음이 느려졌지만, 그래도 나는 괜찮았다.

○

칼리가 애덤의 집 앞에 차를 세웠다. 히터를 켜두어서 머리카락은 아직 축축했지만 뒷목은 팔월의 후텁지근한 오후를 보낸 사람 같았다. 우리의 따뜻한 비눗방울 밖으로 나가고 싶지 않았다. 나는 우리의 밤이 끝나지 않길 바랐다.

"자고 갈래요?"

내가 물었다. 애덤은 개의치 않을 사람이니까. 그러나 칼리는 고개를 저었다.

"내 침대에서 완전 기절해서 잘래. 침대 혼자 독차지하고. 그 담에 일어나서 속옷 바람으로 시리얼 먹으면서 만화영화를 보다가 입 속에 음식이 잔뜩 든 채로 깔깔거릴 거야."

나는 칼리와 칼리의 문어가 커다랗게 퍼져서 행복하게 자는 모습을 그려 봤다.

"문제는."

내가 좌석 아래에서 가방을 꺼내는데 칼리가 물었다.

"우리가 이걸 일월에 또 할 수 있을 정도로 강하냐, 이거지."

내가 웃으며 말했다.

"칼리가 하면 나도 할게요."

내 뺨은 다 말라서 뜨거웠고, 눈꺼풀이 무거웠다.

"호수가 얼지만 않으면 하자."

칼리가 말했다.

내가 내리기 전에 칼리는 나를 안아 줬고, 내가 건물 출입문을 열고 들어갈 때까지 헤드라이트로 나를 비춰 주다가 떠났다.

나는 삐걱거리는 부분을 피해가며 계단을 올라가 현관문을 열 때는 끽 소리가 나지 않도록 문을 위로 살짝 들어올렸다. 화장실로 들어가 옷을 벗고 애덤의 베개가 젖지 않도록 머리를 수건으로 감쌌다.

내가 침대로 기어오르자 애덤이 깨서 말했다.

"모닥불 냄새가 나요."

"캠프파이어를 했거든요."

그는 내게 팔을 감았다. 그의 몸은 너무나 따뜻했고 나의 두 눈은 너무 고단했고, 두 눈을 감자 호숫가에 찰싹이던 물결과 거침없던 우리의 모습이 그대로 살아났다. 나의 그 어떤 부분도 잘못됐다고 느껴지지 않는, 그런 밤이었다.

28

하루 휴일을 얻은 덕분에 크리스마스 음식을 사러 마트에 가기로 했다. 호수에 뛰어들었을 귓속에 찼던 물이 아직 빠지지 않아서 라이브 공연 때처럼 귀가 울려 댔다. 그래서 모든 게 약간 비현실적으로 느껴졌다.

마트에서는 쇼핑리스트대로 사기만 하면 됐다. 아침을 먹으며 둘이 주말 식사 계획을 다 짜두었기 때문이다.

"고구마!"

내가 외쳤다.

"마시멜로랑 같이 아님 마시멜로 빼고?"

애덤이 물었다.

"엥, 그걸 말이라고."

내가 웃으며 말했다.

애덤은 리스트에 '마시멜로'라고 적었다.

"크랜베리 소스는 어때요?"

"그건 있어도 없어도 그만."

"나는 통조림처럼 나오는 게 좋던데."

"그럼 그것도 적어요!"

나는 우리가 원하는 걸 전부 카트에 담았다. 애덤은 평소
내가 돈 내는 걸 한사코 말렸지만, 우리의 크리스마스 파티
를 위해 나는 따로 돈을 모아 두었다. 애덤은 크리스마스이브
에 빌리의 일손을 돕기로 약속했는데, 일을 마치고 돌아오는
길에 장을 봐올 계획이었다. 하지만 그가 샤워하는 동안 나는
그의 가방에서 쇼핑리스트를 슬쩍 빼냈고, 퇴근 후 빌리의 농
장에 있는 애덤에게 전화를 걸어 장은 이미 다 봐왔다고 말
했다.

마트에서 산 것들을 봉투에 다 담고 나니 계산원이 구십칠
달러라고 했다. 값을 치르려고 가방 속을 더듬는데 지갑이 없
었다. 오 초정도는 당황하지 않았다. 가방이 워낙 커서 물건
을 못 찾는 일이 종종 있었기 때문이다. 하지만 나이트클럽
화장실에서 물건이 다 쏟아졌던 게 생각난 순간 땀이 나기 시
작했다. 나는 미친 듯이 땀을 흘렸다. 코트를 빨리 벗을 수도
없을 정도로 땀이 났고, 사람들이 나를 쳐다보기 시작했다.
내야 할 돈은 안 내고 마트 한가운데서 코트를 벗고 있었기
때문이었다. 그러다가 애초에 왜 내 물건들이 화장실 바닥에
다 쏟아졌는지 떠오르자 눈물이 나기 시작했다. 굵은 눈물방

울이 뚝뚝 흘렀고 입술이 떨렸다. 이걸 수습할 수 없다는 게 너무 당황스러웠다.

"다시 올게요."

나는 울먹이면서, 계산원의 눈길을 피해 내 손만 내려다보며 말했다.

"물건은 다시 가지러 올게요."

그리고 그냥 밖으로 나와 버렸다.

차에 탄 다음에도 전신이 부들부들 떨렸다. 지갑은 화장실에서 잃어버린 걸 수도 있었다. 미끄러져서 화장실의 어느 칸 안으로 들어갔을 수도 있고, 세면대 끝 라디에이터나 휴지통 뒤에 박혀 있을 수도 있었다. 하지만 그렇게 된 일이 아니란 걸 나는 알았다. 지갑을 찾으려면 어디로 가야 할지도 잘 알았다.

29

나는 로즈메리의 아파트 문을 주먹으로 쾅쾅 두드렸다. 손이 얼어서 두드릴 때마다 아팠지만 멈추지 않았다. 진입로에 있던 차는 로즈메리의 것이 확실했고, 그 말은 그녀가 집에 있는 게 분명하다는 뜻이었다. 나는 문을 부수고 들어갈 기세로 두드렸다. 아무도 나오지 않자, 문을 발로 차기 시작했다.

마침내 로즈메리가 문을 열고 지루해 죽겠다는 듯 한숨을 푹 쉬었지만, 그녀의 뺨은 떨리고 있었다.

"지갑 돌려줘."

내가 말했다.

"기다려."

그녀는 커다란 회색 스웨터를 입고 노란색 타이즈를 신고 있었는데, 그래서 무릎이 꼭 문손잡이처럼 보였다.

나는 그녀를 따라 부엌으로 들어갔다. 조리대 위, 커피 머그 안에 죽은 장미가 꽂혀 있었다. 싱크대 안엔 접시가 쌓여 있었다. 집 안 정리는 칼리가 맡아 했던 모양이었다.

"들어오라고는 안 했는데."

로즈메리가 말했다.

"나도 내 지갑 가지라고 준 적 없는데."

조리대 위의 지갑을 집어 드는 그녀의 손이 떨렸다. 나는 지갑을 낚아채서 돈을 세 봤다.

"하, 돈은 그대로 다 있어. 네가 팁으로 받은 잔돈 따위 내가 필요할 것 같아?"

그 집을 나가려고 돌아서서 거의 현관까지 갔을 때 그녀가 말했다.

"하나 물어볼게 있는데. 궁금해서 말이야. 어린애가 대학생하고 붙어 다니면서 뭘 하는 거야? 법이란 게 있지 않나?"

"무슨 소리야?"

맥박이 너무 심하게 뛰어서 로즈메리도 느낄 수 있을 정도였지만 나는 얼굴에서 충격을 지우려고 애쓰며 말했다.

"네 면허증 내가 닦아 봤어. 바로 지워지던데."

"행정 착오일 뿐이야. 차량관리국에서 날짜를 잘못 찍은 거라고."

"개소리."

로즈메리는 더 이상 떨지 않았다.

"넌 그냥 쓰레기 같은 어린애일 뿐이야. 리틀 리버란 촌구석이 어딘진 모르겠지만 우리한테서 떨어져서 당장 돌아가."

나의 눈과 마주친 그녀의 두 눈은 분노를 담으려 애쓰고 있었지만 그녀도 상처받은 모습이었다.

"우리는 어떻게든 이겨 냈을 거야. 네가 비집고 들어오지만 않았어도 칼리는 날 떠나지 않았을 거라고."

"너 때문에 칼리는 많은 걸 잃었어."

내가 말했다.

"누군가의 도움이 필요했어."

내가 칼리를 대신해서 말할 입장이 아니라는 건 알았지만 내가 노력하면 로즈메리도 마음을 바꿀 수 있지 않을까 싶었다.

"네가 뭘 알아. 넌 그냥 어린아이일 뿐이야."

로즈메리는 나한테 바짝 다가오더니 비웃으며 입술을 일그러뜨렸다. 너무 추했다. 그녀의 뜨거운 입김이 내 얼굴에 닿았다.

"집에 가서 엄마 품에 안겨 울지 그래."

"네가 나에 대해 뭘 알아!"

나는 소리쳤지만 그저 헛된 소리로 들릴 뿐이었다.

"알 만큼 알거든. 데카당스로 갈 거야. 가서 사람들한테 칼리가 어린애랑 섹스하고 있었다고 말할 거야."

나의 세상이 허리케인을 맞은 낡은 헛간처럼 박살나는 기분이었다.

"나, 칼리랑 같이 자는 사이 아니야."

"나 바보 아니거든."

로즈메리가 말했다.

나는 남자 친구가 있다고 말을 뱉기 직전에 가까스로 멈췄다. 칼리는 나보다 나이가 그렇게 많지도 않고 우리가 친구 사이라는 건 거짓이 아니었다. 하지만 이 상황이 애덤한테 옮겨 붙는다면 그땐 정말 큰일이었다.

"칼리 체면 세워 주려고 그런 척했던 것뿐이야."

내가 말했다.

"지난주에 너희 둘이 커먼스에서 손잡고 가는 거 다 봤어. 너희들은 날 보지도 못 하더라. 헌트 화장실에서도 나 보라고 그런 거 아니잖아."

"우린 그냥 친구야."

목이 조여드는 것 같았다.

"퍽이나."

"그런 거 아니라고!"

나는 울지 않으려고 입 안의 속살을 깨물었다.

"칼리는 내 베프일 뿐이야."

"칼리는 스무 살이야. 걔가 왜 너 따위랑 친구가 되고 싶겠니? 넌 아무것도 모르는 어린앤데."

나는 마음이 이상하게 비뚤어지는 기분이었다. 모든 게 느린 화면처럼 움직이며 또렷하게 보였다. 로즈메리가 얼마나 보호받고 살아왔으며, 얼마나 연약하고 바보 같은 존재인지. 말라비틀어진 잔가지를 두 동강 내듯 그녀를 반으로 쪼개면 어떤 기분일까 궁금했다.

"칼리가 널 사랑하지 않는다면."

나는 말했다.

"그건 너 때문이야, 나 때문이 아니라."

로즈메리의 얼굴이 붉어졌다. 그리고 다시 떨기 시작했다.

"내 집에서 당장 나가!"

내 발이 현관의 계단에 닿았을 때 그녀가 말했다.

"네 면허증 내가 복사해 뒀어. 당장이라도 경찰에 신고할 수 있어. 사람들이 너희의 그 '우정'에 대해서 어떻게 생각할 것 같니?"

내 뒤로 문이 어찌나 세게 닫히던지 둘로 쪼개지는 것 같은 소리가 났다. 나는 굳이 확인하려고 뒤돌아보지 않았다. 그냥 그 자릴 떴다.

30

애덤의 집까지 어떻게 왔는지 기억도 나지 않았다. 어느새 그냥 여기 와 있었다. 집 밖, 차 안에서 덜덜 떨며 있다가 집에 들어와서는 화장실로 달려가 아침 먹은 걸 다 토했고, 속에 아무것도 남지 않을 때까지 구역질을 했다. 울 시간은 없었다. 그런 것 따윈 없었다.

나는 애덤이 부엌 싱크대 밑, 빈 키친타월 심지 안에 꽂아 둔 비닐봉지를 꺼내 옷을 쓸어 담았다. 그리고 이 상황을 어떻게 수습해야 할지 생각했다. 로즈메리에게 뇌물을 먹일까? 칼리에게 털어놓고 로즈메리를 설득해 달라고 할까? 하지만 어떻게 해도 화살은 애덤에게로 향할 것이다. 결국은 누군가 가 알아내게 될 테고, 그때 상처받을 사람은 애덤일 것이다. 설사 여기 남으려고 노력한다 해도 언젠가는 비슷한 일이 또 일어날 테고, 나는 그냥 손 놓고 앉아 애덤의 삶이 송두리째 무너질 날을 기다리고 있어야 할 것이다. 그가 알았더라면 절대로 결단코 저지르지 않았을 일 때문에.

애덤이 나를 위해 비워 줬던 서랍을 다시 비우고, 침대 밑에서 슬리퍼를 꺼냈다. 애덤에게 주려고 산 레코드플레이어와 레코드들은 크리스마스트리 아래 놓았다. 포장할 시간이 있었더라면 좋았을걸. 크리스마스 아침에 그가 그걸 뜯는 모습을 지켜보고 싶었는데. 나는 간이 식탁에 앉아 봉투 뒷면에 메모를 남겼다. 그냥 나한테 문제가 생겨서 떠나게 됐다고, 마음이 아파 죽을 것 같다고, 영원히 그를 그리워할 거라고. 그리고 '영원히 사랑해요, 에이프릴'이라고 적었다.

그의 코듀로이 재킷을 가져가고 싶었다. 늘 내게 입혀 주던, 소매 끝이 다 닳은 검은색 그 재킷. 그 재킷에선 그의 체취를 맡을 수 있었고 그걸 입으면 그에게 안겨 있는 기분이 들었다. 옷장 안을 들여다보는데 커다란 빨간색 리본이 보였다. 그 리본은 기타의 넥에 묶여 있었다.

기타는 가져가기로 했다. 도저히 남겨 두고 갈 수 없었다. 도저히 그냥은 떠날 수 없었다. 부엌으로 도로 들어가 내가 쓴 메모 위에 엄마의 검은색 벨벳 반지 케이스를 올려놓았다. 그리고 메모 맨 아래에 적었다.

'이걸로 충분하길.'

31

카페에는 골목길을 통해 몰래 숨어들어가기로 했다. 어제가 월급날이었는데 봉투를 깜빡하고 챙겨 오지 않았기 때문이다. 수표는 아무래도 포기해야 할 듯 싶었다. 수표를 받으면 늘 애덤에게 맡기고, 나 대신 그가 현금으로 찾아 주곤 했으니까. 그래도 일주일간 팁 병에 모인 돈에서 내 몫은 챙길수 있을 터였다. 내겐 그것도 큰돈이었다.

골목에는 산타 모자를 쓴 보디가 담배를 피우고 있었다.

"필그림."

그는 특유의 느릿하고 몽롱한 목소리로 날 불렀다.

"일 중독이야 뭐야. 오늘 쉬는 날이잖아."

그는 머릿속에 예쁜 그림이라도 떠오른 것처럼 미소를 지으며 눈을 감았다.

"월급 가지러 왔어요."

내가 말했다. 보디가 내 목소리를 듣더니 나를 쳐다봤다.

"이 녀석."

내가 울고 있었다는 것을 눈치 챈 거였다. 하긴, 내 꼴이 엉망이었을 테니까.

"들어가서 살짝 가지고 나와 줄 수 있어요?"

그렇게 묻는데 또 눈물이 차올랐다.

"그럼. 필그림, 널 위해서라면 뭐든."

그는 손바닥으로 내 어깨를 두드리더니 안으로 들어갔다. 기다리는 동안 나는 골목 안을 찬찬히 살폈다. 이 골목 안의 모든 걸 기억하고 싶었다. 젖은 낙엽과 축축한 담배꽁초 냄새. 비상계단에서 똑똑 떨어지는 물방울 소리의 울림. 그것들을 간직하고 싶었다. 하나도 빠짐없이. 여기 계속 머물고 싶었다. 나는 가방에서 구겨진 냅킨을 한 장 꺼내 무릎에 올려놓고 잘 펴서 잉크가 다 돼가는 볼펜으로 새겨 넣듯 적었다.

'나, 에이프릴은, 모두를 그리워할 거예요.'

"가져왔어."

보디가 다시 밖으로 나와 조금 큰 소리로 속삭였다.

"아무도 모르길 바라는 것 같아서 칼리가 손님 상대하는 동안 얼른 갖고 나왔어."

"고마워요."

나는 두 번 접은 냅킨을 보디에게 건넸다.

"이것 좀 칼리에게 전해 줄래요? 게시판에 붙여 주세요. 한

한 시간 뒤쯤?"

"에이프릴."

보디가 내 이름을 불렀다. 나를 필그림이라고 부르지 않은
게 처음이란 생각이 들었다

"괜찮은 거야?"

"그럼요."

"왜 난 그 말을 못 믿겠지?"

"보디는 정말 좋은 사람이에요."

나는 내가 무슨 짓을 하는지 깨닫기도 전에 그를 끌어안
았다.

"내가 도와줄 일 없어?"

"그럴 수 있다면 좋겠네요."

나는 그를 더 꼭 끌어안았다. 내가 그를 올려다보자 그가
내 뺨의 눈물을 닦아 줬다. 나는 그에게 입을 맞췄다. 그냥 키
를 높여 그의 얼굴을 잡고 입을 맞췄다. 처음에는 그가 애덤
이라고 생각하기로 했다. 제대로 작별 인사를 하는 거라고.
그리고 더 진하게 키스를 하고 나니 그가 보디라는 생각이 들
었다. 나는 이 입맞춤이 환상적인 키스가 되어 내 무릎이 꺾
이고 심장이 철렁하길 바랐다. 마치 롤러코스터를 탄 것처럼.
그렇다면 애덤과 내가 나눈 것들도 특별할 것 없는 일이 되지
않을까 하고. 하지만 그건 그냥 키스일 뿐이었다. 보디 때문

에 종종 볼을 붉히고 그에게 말붙일 핑계를 그렇게 찾았건만 그건 그냥 키스일 뿐이었다. 심지어 별로 좋지도 않았다.

"미안해요."

나는 그에게서 몸을 빼며 말했다.

"이제 가야겠어요."

나는 골목을 뛰어 내려갔다. 보디가 "야, 필그림!" 하고 외치는 소리가 들렸지만 돌아보지 않았다.

○

커먼스 끄트머리에 거의 다 도달했을 때쯤 칼리가 날 부르는 소리가 들렸다. 그냥 가고 싶었지만, 칼리니까, 그럴 수 없었다.

"에이프릴."

칼리가 숨을 헐떡이며 나를 쫓아왔다. 그리고 내가 떠나기로 한 걸 이미 다 안다는 듯한 눈빛으로 나를 봤다. 이제 내가 떠날 시간이라는 걸 칼리는 알고 있었다.

"이유는 말 할 수 없어요."

"나한텐 말해도 괜찮아."

칼리가 나를 안으며 말했다.

"아무한테도 아무 말도 안 할게. 때론 누군가에겐 비밀을 말해도 괜찮아, 안 그래?"

"내가 말하면, 칼리가 평생 그걸 품고 살아야할 거예요."

내가 속삭였다.

"내가 이대로 떠나면 나만 알고 살면 돼요."

"내가 도와주면 되잖아. 무슨 일인지 모르겠지만 우리가 해결할 수 있어. 뭐든 할 수 있어."

"내가 떠나야 해요. 내가 여기 있으면 애덤이 너무 큰 상처를 입게 될 거예요."

나는 무너져 내리기 시작했다. 나를 껴안고 있던 칼리는 이제 나를 붙들고 있었다.

"그에게 다 내 잘못이라고, 그 사람은 잘못이 없다고 말해 줘요."

겨우 목소리를 낼 수 있게 됐을 때 난 그렇게 말했다.

"그가 내게 해준 모든 것이, 그라는 존재 자체가 평생 내게 허락됐던 모든 것을 통틀어 가장 좋은 일이었다고. 내가 누릴 수 있다고 상상조차 하지 못한 것들이었다고. 남겨진 사람 잘못이 아니라고 말해 줘요. 내가 무슨 짓을 해도, 암만 노력해도, 무슨 말을 해도 내 잘못된 부분을 도저히 바로잡을 수 없어서 떠난다고. 그렇게 전해 줘요, 응?"

칼리가 고개를 끄덕였다. 칼리도 울고 있었다. 우린 둘 다 엉망이었다. 칼리에게 작별인사를 하지 않는 편이 더 나았겠다는 생각이 들었다. 생각했던 것보다 훨씬 더 힘들었기 때문이다.

"그리고 그의 곁에 있어 줄 거죠?"

내가 물었다.

"그가 슬퍼할 때."

칼리가 두 뺨을 문질렀다.

"애덤에게 팬케이크 모양 팬케이크를 만들어 줄게."

"칼리는."

나는 그렇게 말문을 열고, 칼리는 맹세코 나의 첫 번째 진짜 친구였다고, 내겐 친언니 같았다고 말하려고 했다. 내게 그녀가 얼마나 많은 일을 해줬고, 내가 그녀를 얼마나 사랑하는지도. 하지만 아무것도 말할 수 없었다. 그런 말들을 해놓고 가버릴 순 없었다. 그래서 내가 할 수 있는 말은 "칼리는" 뿐이었다. 그리고 애덤의 열쇠를 칼리의 주머니 안에 넣고 뺨에 입을 맞춘 후 돌아서서 최대한 빨리 걷기 시작했다. 더 빨리, 더 빨리, 그러다 어느새 차를 향해 달리고 있었다. 부츠의 밑창이 보도를 때렸고 녹고 있던 얼음과 소금이 다리에 튀었다. 스타킹을 신은 다리가 따가웠다. 그리고 차에 타서 문을 닫자 바깥의 모든 소리로부터 한 겹 멀어졌고, 나와 함께 남겨진 건 나의 흐느낌과 나의 따가운 빨간 종아리와 방금 누군가 내 가죽을 모두 벗겨 버린 것 같은 느낌뿐이었다.

시동을 걸고 길을 따라 도시를 빠져나갔다. 그냥 운전만 했다. 어디로 가도 상관없었다. 어차피 내가 머물고 싶은 곳은 이타카뿐이었으니까.

2부

32

'펙스'에는 입석만 남아 있었는데 그나마도 마땅히 서 있을 만한 자리를 찾기는 어려웠다. 여기서는 전에도 공연을 한 적이 있었다. 낡아빠진 깔개를 깔아 놓은 무대 위, 당장이라도 무너질 듯한 목재 스툴에 앉아 무대에 너무 바짝 붙은 조명을 받으며 노래를 했었다. 이번에는 지난번 공연을 보고 다시 날 보러 온 사람들이 있어 낯익은 얼굴도 보였다.

나는 스툴의 평형이 잘 맞는지 확인하고 기타 조율 상태를 점검한 다음, 기타의 헤드 쪽에 카포*를 고정하고 여분의 피크 세 개를 마이크 스탠드에 테이프로 붙였다. 그 중 하나는 아빠가 쓰던 두꺼운 검은색 깁슨 피크다. 여기저기 금도 간 데다 내가 평소에 쓰는 건 얇은 피크지만, 어쨌든 붙여 뒀다.

---

* 카포: capo, 현을 눌러 음정을 조절해 주는 기구.

늘 그래 왔기 때문이다. 그건 내가 치르는 의식—나의 출신과 내가 처음 쓴 곡들의 의미가 무엇인지 기억하기 위한— 중 하나였지만 이제는 그저 공연을 위한 수순이다.

무대에 선 나도 정해진 수순대로 움직일 뿐이다. 먼저 관객들을 보고 놀란 척 한다. 마치 허황된 꿈이 이루어지기라도 한 것처럼 눈을 커다랗게 뜨고 부끄러워하는 것이다. 두 눈을 감고, 크게 세 번 심호흡을 하고, 기타를 치고, 눈을 뜬다. 그 다음부턴 연주를 잘해 낸다. 나의 목소리가 관객들에게 탄식하듯 말을 건네고, 손가락은 현을 가지고 논다.

이젠 더 이상 떨지 않는다. 사실 그 느낌이 그립다. 어떤 면에선 참 별로였는데도 그렇다. 덜덜 떨고, 손가락이 뇌의 명령대로 움직이지 못하면 어떡하나 걱정하고, 가사만 잊어버린 게 아니라 내가 아는 단어들을 전부 잊어버린 것 같은 느낌에 휩싸이던 때가 있었다. 하지만 그때는 적어도 공연이 끝나면 날아갈 것 같았다. 온 세상이 다 내 것 같아 손만 뻗으면 다 가질 수 있을 것 같았다. 물론, 모두가 떠난 뒤에 바텐더가 문을 닫으면 완전히 흥분한 상태로 혼자 차에 남아야 했다. 그럴 때 나는 운전대를 잡은 손에 비로소 무게감이 느껴질 때까지 차를 몰았다.

이제 그렇게 날아갈 것 같은 기분은 거의 찾아오지 않았다. 나 역시 그 기분을 좇지 않으려 했다. 굳이 뭘 느끼려고 하지도 않았다. 긴장감을 느낄 정도로 관객에게 신경 쓰지 않으려고 했다. 들어가는 노력에 비해 보상이 너무 적기 때문이었다. 내가 무대에 오르는 건 나무 지판 위로 금속 줄을 누를 때만 내 손가락들이 온전한 느낌이 들기 때문이고, 이젠 이야기할 상대가 아무도 없어서 노래할 때만 내 목소리를 들을 수 있기 때문이다. 나는 오랜 습관처럼 연주를 하고 관객들을 상대하고, 그들은 내가 그들이 존재하지 않는다고 상상한다는 걸 알지 못한다. 나의 노래는 사사로운 것이고, 일종의 애도며, 사랑 노래였다. 내가 어디에서 왔는지를 알려 주는 지도며 그 누구의 것도 아닌 나만의 것이었다.

나는 「기다림Waiting」으로 공연을 시작했다. 이 곡은 내 첫 이피EP이자 첫 앨범에 수록된 곡이다. 그 이피는 이 년 전 레드 뱅크에 사는 콜이라는 남자의 집 지하실에서 녹음했었다. 내가 도입부 코드를 치자 관객 몇몇이 알아듣고 박수를 쳤다. 저 사람들은 저녁을 지으며, 장을 보러 차를 몰고 가며, 축구나 치어리딩 연습에 아이들을 데리러 가며, 그들의 평범한 삶 속에서 내 노래를 듣는 사람들이었다. 그들은 나의 가사를 본인들이 원하는 의미로 들을 것이다. 그들에겐 이 노래가 애덤에 대한 노래가 아닌 것이다. 그들에게 이 노래는 자신이 이별한 사람과의 노래였다.

동화 속 이야기일 뿐이라는 걸 알면서

나는 당신이 날 구하러 오길

기다리고 기다려

그냥 지나갈 한때라는 걸 알면서도

날 이 숨 막히는 안개 속에서 구해 주길

기다리고 기다려

작별을 고한 사람이 나란 걸 알면서

나는 기다리고, 기다리고, 기다리고……

당신을 기다려

두 눈을 감기 전에 아까 박수를 쳤던 사람들이 노래를 따라 부르고 있는 것을 알아차렸다. 적어도 저 사람들에겐 내 새 시디를 팔 수 있을 것 같았다. 오늘 새로 본 얼굴 중에는 시디를 두 장 다 살 사람도 있을지 몰랐다.

지갑을 잘 여는 건 커피하우스 관객들이지만 나는 바에서 연주하는 게 더 좋았다. 바에 오는 사람들은 시끌벅적하고 유쾌했다. 특이한 노래를 신청하고 함성을 지르고 환호하고 아는 곡이 나오면 라이터를 켜고 높이 들기도 했다. 그에 반해 커피하우스의 관객들은 너무 얌전했다. 금테 안경을 끼고 값비싼 양모 조끼를 입은, 머리가 희끗희끗한 꼰대들이 내 노래를 듣는 동안만큼은 아직 히피인 척했다. 남의 시선도 너무 의식했다. 노래 사이사이 내 이야기를 들을 때도 모두 같은 타이밍에 다 같이 낮은 소리로 웅웅거리듯 웃었다. 노래가 끝난 다음에도 마치 이 경험을 온전히 흡수할 시간이 필요하다는 듯 잠시 기다렸다가 박수를 쳤다. 그런 게 나를 돌아 버리게 했다.

공연을 좋아하지 않는다는 게 아니다. 그냥 기대했던 자유가 아니라는 것일 뿐이다. 음악은 늘 사슬을 동반했다. 그 사슬은 나를 있는 대로 잡아당기고 아주 구석구석 드러나게 한 후에야 떠났다. 사람들은 나에게 그렇게 굴어도 된다고, 그럴 자격이 있다고 생각하는 것 같았다. 처음 본 사람에게는 절대 하지 않을 질문, 심지어 친한 친구에게도 안 할 소리를 내게는 서슴없이 했다. 내가 돈을 얼마나 버는지, 어디에서 자는지. 내 노래가 누구에 관한 노래인지, 내 어린 시절은 어땠는지를 묻고 내 노래를 들었을 때의 느낌을 내게 말해 줬다. 자기가 살아온 이야기를 하기도 하고, 내 노래가 이별할 때, 섹스할 때, 혹은 아침 출근길에 배경음악이 됐다고 이야기했다. 마치 그게 내가 존재하는 유일한 이유인 것처럼. 마치 내 음악은 전부 내 이야기가 아닌 것처럼. 그들은 내게 그들의 추억을 건네주고 가버렸다. 마치 내가 남의 추억을 가지고 뭘 어떻게 해야 할지 알아야 한다는 듯이.

이건 가수를 꿈꾸는 사람들이 상상하는 삶은 아니었다. 있는 대로 취조를 당한 다음 컴컴한 주차장에 남겨져 고장 난 히터에서 온기를 쬐려고 안간힘을 쓰는 모습을 밤잠 못 이루며 흐뭇하게 그려 볼 사람이 누가 있을까. 하지만 그걸 괜찮다고 생각하고 그걸로 먹고 사는 사람들과 나도 음악을 해본 적이 있었다. 관객을 위해 음악을 하는 것이 전부인 사람들 말이다. 나는 그럭저럭 만족하는 정도지만, 그들은 엄청나게 행복한 사람들이었다. 나는 연주할 때 내 손가락이 온전하다고 느끼고 노래할 때 내 목소리가 의미 있다고 느끼긴 하지만 그건 엄청난 행복은 아니었다. 내가 간절히 원하는 건 훨씬 더 간단했다. 내가 가장 원하는 것은 완전히 내 것인 삶이었다.

○

관객 중에 어딘가 튀는 남자가 하나 있었다. 회색 머리카락이 가득한 가운데 그의 갈색 머리카락은 눈에 띄었다. 지난번 공연 때는 못 봤던 남자였다. 군 보급품 같은 레트로한 검은 뿔테 안경을 쓰고 공연 전단지를 손에 쥐고 있었다. 그는 첫 곡을 듣는 내내 그걸 계속 단단히 말았다 펼쳤다 했다.

공연 쉬는 시간에 그 남자와 나는 둘 다 화장실 대기 줄에 서 있었다. 남녀 공용인 한 칸짜리 화장실 문에는 프랑스어로 '남자와 여자'라는 금색 글자가 붙어 있었다. 문짝은 얇고 문 손잡이도 구멍에 헐겁게 매달려 있어서 원하기만 한다면 안쪽을 들여다 볼 수도 있었다. 우리 앞에 들어간 사람이 소변을 보는 소리가 다 들렸다. 정말이지 불편했다.

전단지 남자는 나를 보고 미소를 짓고 원통형으로 만 전단지를 꽉 쥐었다. 그는 마치 자기 신발을 더 잘 보고 싶은 사람처럼 동그랗게 만 전단지를 망원경 들여다보듯 눈에 갖다 댔다. 우리는 화장실 안의 여자가 손 씻는 소리를 함께 들었다. 그녀는 기침을 한 번 하고 문을 열었다. 그리고 애써 내게 미소를 지어 보이며 우리 사이를 비집고 나갔다.

"먼저 들어가세요."

전단지 남자가 말아 쥔 전단지로 화장실을 가리키며 말했다.

"아뇨, 먼저 쓰세요."

내가 말했다.

그가 진짜 괜찮겠냐고 물었다. 나는 그렇다고 했다. 그가 볼일 보는 소리를 듣지 않으려고 애쓰며 그 자리에 서 있는 건 불편할 수밖에 없었다. 나는 벽에 붙은 흑백사진들을 둘러봤다. 특이하게 보이려고 애쓴 티가 역력한 게 아주 가식적이었다. 데카당스와는 딴판이었다. 사진 속 과일들은 거친 질감의 목재 테이블 위에서 이슬과 관능미를 뚝뚝 떨어뜨리며 잔혹하고 코믹한 느낌의 채소들과 마치 대화를 하고 있는 것처럼 포즈를 취하고 있었다. 농담이 아니라, 고추가 복숭아더러

엉덩이가 뚱뚱하다고 말하고 있는 것 같은 사진도 한 장 있었다.

화장실 물 내려가는 소리가 들렸지만 그는 나오지 않았다. 나는 내 노래의 후렴구를 생각하면서 작은 원을 그리며 서성였다. 이타카에서부터 머릿속에 미완으로 남아 있는 노래인데 어딘가 만족스럽지 않았다. 부족한 부분이 가사인지 멜로디인지, 아직까지도 어떻게 고쳐야 하는지 알 수 없었다. 언젠간 알게 되겠지만.

핑거 피킹 리듬을 생각하며 원을 그리고 있는데 전단지 남자가 나왔다. 나는 지판을 누르고 있는 것처럼 손가락을 놀리는 중이었다. 약간 제정신이 아닌 것처럼 보였을 것 같았다.

"무슨 생각에 빠져 있었나 봐요?"

그가 씩 웃으며 말했다. 안경알 뒤로 정말 멋진 갈색 눈동자가 보였다. 눈빛이 형형했다.

"노래 생각을 하는 중이었어요."

나는 볼이 화끈 달아오르는 걸 느끼며 말했다.

"스키 타는 사람이 리프트에서 내리기 전에 산의 형세를 그려 보는 것 같은 건가요?"

"비슷해요."

나는 웃으며 대답했다.

"2부도 잘하길 바라요."

그가 말했다.

"행운을 빌게요!"

그의 미소가 마음에 들었다.

나는 화장실에 들어가 문을 잠갔다. 사실 화장실에 볼일은
없었다. 그저 숨을 고르기 위해 잠시 혼자 있을 시간이 필요
했던 것뿐이었다. 나는 흐르는 물 아래 손을 대고 손가락이
고드름으로 변하는 상상을 했다. 그리고 따뜻한 물을 틀었다.
이것도 공연을 위한 수순 중 하나였다.

○

2부의 마지막 곡을 거의 마칠 무렵 전단지 남자가 일어났
다. 그는 의자 사이를 비집고 나가더니 문 앞에 서서 주머니
에서 담뱃갑을 꺼냈다.

그는 돌아오지 않았다. 시디에 사인을 하면서 나는 사람들
을 꼼꼼히 둘러봤다. 어쩌면 오늘 밤은 모텔에 가서 자야 할
지도 모르겠다고 생각할 때였다. 그가 문간에 서서 나를 보며
미소를 짓고 있었다. 나도 미소를 지어 보였다.

커피하우스 매니저가 구겨진 일 달러짜리와 오 달러짜리
로 내게 일당을 지불하는 동안 그는 나를 기다렸다. 나는 돈
을 뭉쳐서 가방 안주머니에 되는 대로 쑤셔 넣었다.

"다음에 이쪽으로 오게 되면 연락 주세요."

매니저가 말했다.

"에이프릴 씨가 올 땐 언제나 사람들이 많이 오거든요."

전단지 남자도 다 들을 수 있게 매니저가 그런 말을 해주니 기분이 좋았다. 나는 아무것도 없는 상태에서 그만큼의 관객을 모았다. 처음엔 다른 가수들의 본 무대 전 오프닝이라도 따내기 위해 사정사정해야 했다. 식사 한 끼와 커피 한 잔을 얻기 위해 노래하기도 했다. 투쟁하다시피 해서 지금의 입지를 얻었다. 이제는 내가 공연할 곳이 노트 한 권 가득 적혀 있었다. 의미 있는 일이었다.

"술 한잔 사도 될까요?"

내가 문 쪽으로 걸어가는데 전단지 남자가 물었다.

"길 건너에 바가 있는데."

나는 보통 나이 든 남자를 잡으려고 노력했다. 기껏해야 나보다 대여섯 살 어린아이가 있는 이혼남. 나를 원하면서 바로 그 사실에 죄책감을 느낄 만한 남자. 그를 따라 집에 가도 되지만, 가서 팔을 쭉 뻗고 기지개를 켜며 피곤하다고 말하고 감사 인사를 하면 나를 자기 집 소파에 얌전히 재워 줄 남자. 혹은 자신의 더러운 상상에 대한 속죄로 내게 침대를 내주고 본인이 소파에서 잘 그런 남자. 나는 그런 남자들을 알았다. 어딜 가나 그런 남자들이 있었다. 그런 타입이 있었다. 그런 남자들이 쉬웠다.

그런데 이 남자는 달랐다. 아마도 이십 대 후반쯤 됐을 것이고, 귀여웠다. 자기도 그 사실을 알고 있었다. 그는 나를 원했다. 나도 그걸 알았다. 내가 그를 따라 그의 집에 간다면 소파에서 잠을 자게 되진 않을 것이다. 하지만 때론, 나도 그냥 평범한 여자처럼 평범한 데이트를 해도 되지 않을까. 그것이 바에서의 술 한잔이라 할지라도. 때론 나도 내 것을 누리고 살아도 괜찮지 않을까.

그래서 "좋아요"라고 하는데 떨렸다. 진짜로 떨려서 이걸 노래에 어떻게 묘사하면 좋을지 생각하는 것도 잊을 정도였다. 난 그냥 남자와 데이트를 하는 여자가 됐다는 걸 즐기기로 했다.

우리는 함께 길을 건넜다. 그는 조용했다. 담배를 만지작거리는 손이 살짝 떨리기까지 했다. 그 모습이 귀여워서 나도 덩달아 수줍은 기분이 들었다.

그가 나를 데려간 곳은 기차역 옆에 있었다. 네온사인과 낡은 목재가 섞여 있는 그곳은 어두웠고 다른 손님은 거의 없었다. 우리는 바에 앉았다. 그는 잭다니엘스를 온더록스로 시켰고, 나는 콜라를 주문했다. 낯선 사람과는 술을 마시지 않는 탓도 있지만 가장 큰 이유는 내 가짜 신분증이 허술하기 때문이었다. 꼭 필요할 때가 아니면 그걸 쓰지 않았다.

"에이프릴, 이젠 어디로 가요?"

우리 음료가 나오자 그가 물었다.

"뉴저지요."

"윽, 저지라니."

그가 움찔하자 나는 마치 나의 투어 스케줄과 뉴저지의 모든 이들을 대변해서 변호를 해야 할 것만 같았다.

"레드 뱅크는 진짜 좋아요. 저는 다운타운이란 곳에서 공연을 하는데, 관객들도 좋고. 그쪽에 가면 제 곡을 녹음하는 곳도 있고."

"무슨 다운타운이요?"

그가 물었다.

"그냥 다운타운이요."

그가 말장난을 하며 활짝 웃었다. 콧잔등에 잔주름이 잡히며 안경이 비뚤어졌다. 치아는 큰 편이었다. 그게 마음에 들었다. 그의 미소를 노래에 어떻게 담을 수 있을까 잠시 생각했다. 그러고 보니 그를 어떻게 불러야 하는지도 모르고 있었다.

"난 그쪽 이름도 모르잖아요. 내가 불리해요."

"레이예요."

그가 내게 손을 내밀었고, 내가 악수를 하려고 손을 내밀자 그가 다른 쪽 손을 내 손 위에 포개며 내 눈을 보고 말했다.

"만나서 정말로 반가워요, 에이프릴."

우린 바텐더가 마지막 주문을 받겠다고 할 때까지 이야기를 나눴다. 나는 이 세상에 내가 실제로 존재하고 있다는 이 느낌이 끝나지 않길 바랐다. 그는 자기가 밴드에 몸담았던 이야기를 했고, 우린 악기에 대한 이야기를 나눴다. 그는 내 기타가 진짜 좋은 것이라고 했다. 그가 '진짜'라고 강조하는데 엄마의 옛 반지가 기타 값에 훨씬 못 미치는 걸까 봐, 그래서 내가 애덤에게 아직도 빚을 진 걸까 봐 걱정이 됐다.

"전기 앰프를 연결할 장치를 달까 생각 중이에요."

"차라리 어쿠스틱-일렉트릭 기타를 하나 더 장만하는 게 나을지도 몰라요. 개조하겠다고 기타에 상처 내지 말아요. 기타의 영혼이 훼손된다고요. 이게 생업이잖아요, 맞죠? 기타 하나 더 있으면 좋잖아요."

"듣고 보니 그러네요. 장비 쪽으론 제가 좀 약해서."

나는 얼굴로 내려온 머리카락을 뒤로 넘기며 말했다.

"어쩌면 언젠가는 나만의 스피커 시스템도 장만해야 할 것 같아요. 그럼 공연할 수 있는 곳도 훨씬 더 늘어날 테고, 사운드도 늘 일정할 테니까."

"왜 아직 안 하고 있는 건데요?"

"돈이 드니까. 그리고 배워야 할 것도 너무 많고. 뭘 사야 할지 알려면 그 전에 기술적으로 다른 부분을 다 알아야 하잖아요."

"이렇게 하면 어때요? 나랑 우리 집에 가요."

그는 젖은 냅킨을 아주 잘게 찢고 있었다. 내가 그를 긴장시킨다는 사실이 좋았다. 그도 나 때문에 떨린다는 게 좋았다.

"글쎄요. 원랜 바로 레드 뱅크로 출발하려고 했는데. 그냥 밤새 가려고요. 거기 가면 잘 데가 있어서."

내가 아쉬워서가 아니라 상대가 나를 원해 자기 집으로 초대했다고 생각하게 하는 편이 언제나 더 나았다.

"여기도 잘 데 있어요. 내 기타랑 앰프를 보여 줄게요. 그걸로 연주해 보면 나중에 기타를 사야 할 때 참고가 되지 않겠어요?"

"진짜 그래도 돼요? 폐 끼치고 싶진 않은데."

"폐는 무슨."

그가 말했다. 그리고 그렇게 나는 오늘밤 잘 곳을 마련했다. 대화 상대도 생겼다. 어쩌면 그보다 더 많은 걸 갖게 될 지도 모를 일이었다.

○

길을 건너 주차해 둔 곳으로 갔을 때, 그가 자기 집까지 태워 주겠다고 했다. 난 그냥 내 차로 따라가겠다고 했다.

"그럼, 그러시든가."

그는 농담하듯 말했지만, 말에 뼈가 있었다. 나도 기분이 좀 상했지만 너무 피곤했다. 눈을 뜨고 있기도 힘들었다. 그래서 그냥 내 차에 타고 그를 따라갔다. 그는 운전이 거칠었다. 커브를 돌 땐 끼익 소릴 내며 핸들을 꺾었고, 빨간불에도 그냥 내달렸다. 나는 그의 미등을 놓치지 않기 위해 기를 써야 했다. 그냥 다른 방향으로 틀어 버릴까, 더 험한 꼴 보기 전에 다 관두고 그냥 차에서 잘까 하는 생각이 들기 시작했다. 하지만 지금은 돌이킬 수 없는 상황이었다. 그의 차만 따라갔다는 건 내가 길을 보며 가지 않았다는 뜻이었고, 그래서 나는 출발한 곳으로 돌아가는 길을 몰랐다. 할 수 없이 계속 그를 따라가야 했다.

그는 비포장도로의 막다른 곳에 차를 세웠다. 단층집과 조립식 주택들이 줄지어 서 있는 길이었다. 그는 바람 한 줄기에도 산산조각이 날 것 같은 집에 살았다. 현관으로 올라가는 계단은 썩어 가고 있었고, 외벽 등은 깨져 있었다. 진입로의 유일한 불빛은 옆집에서 새어 나오는 것이었다.

내가 차를 대는데 그는 이미 차에서 내려 현관문을 여는 중이었다. 나는 기타와 가방을 들고 내렸다. 웬만해선 그것들을 차에 남겨 두는 일은 없었다.

"들어와요."

그가 말했다.

그의 집엔 기타 네 대, 접이식 소파 베드, 상판이 유리로 된 탁자, 그리고 텔레비전이 있었다. 텔레비전은 앞에 다이얼이 달린 고대 유물 같은 것이었고, 거기 달린 아테나 끝엔 은박지가 감겨 있었다.

그의 집에선 오래된 타이어 냄새가 났다. 들숨의 끝에 그런 기미가 살짝 느껴지는 정도로. 고속도로에서 얼마나 떨어진 곳일까. 유심히 들어 봤지만 대로변의 소음은 들리지 않았다. 나는 기타와 가방을 문 옆에 내려놓았다.

"자, 그럼 마틴부터 연주해 볼래요? 그게 내 최애예요. 공돈이 생기면 사야 하는 기타가 바로 그거니까. 난 몇 년 전에 물물교환으로 갖게 됐어요. 맹세컨대, 연주하면 할수록 소리가 더 좋아져요. 돈은 좀 들겠지만 톤이 정말 믿기지 않을 정도로 좋아요."

그는 기타의 조율 상태를 점검하고 내게 건넸다. 내 기타보다 훨씬 무거웠다. 내가 기타를 치는 동안 그는 작은 봉지에 든 코카인을 탁자 위에 쏟더니 기타 피크로 가르기 시작했다.

될 수 있으면 무시하고 기타를 치려고 했다. 지금까지 마약하는 사람을 못 본 것도 아니고. 하지만 이렇게 가까이에 있는 건 처음이었다. 기껏해야 파티에 갔다가 옆방에서 하는 걸 힐끗 보거나 바 화장실에서 하얀 가루를 콧구멍에 묻히고 나오는 사람을 본 정도가 전부였다. 나는 내 손가락에, 나의 굳은살에 뻣뻣한 기타 줄이 박히는 느낌에 집중하려고 노력했지만, 그는 너무 가까이에 있었다. 마약 가루가 아무 데로나 다 날아들 것 같았다. 아주 작은 입자가 내 입술에 내려앉고 눈에 들어갈 것 같았다.

그는 오 달러짜리 지폐를 말아 코카인 한 줄을 코로 흡입한 뒤 한 줄 더 들이마셨다. 깊은 동굴처럼 텅 빈 코에서 요란한 소리가 났다. 그는 고개를 흔들더니 눈을 여러 번 깜빡거렸고, 다시 들이마셨다. 그의 얼굴이 빨개졌다.

"아, 저기요."

그가 내게 오 달러짜리를 건네려고 할 때 내가 말했다.

"좀 피곤해서요. 이른 시간에 출발해야 하니까 전 일찍 자야겠어요. 그냥 여기서 자면 돼요."

나는 소파를 툭툭 두드렸다.

"우리 아직 섹스도 안 했잖아."

"뭐라고요?"

"아, 이거 왜 이래. 네 수법 다 아는데."

온몸이 떨려 왔다.

"날 알지도 못하잖아요."

"다 똑같은 것들이지 뭐. 안 그래?"

그는 기타 피크로 코카인을 한 줄로 세우며 말했다.

"약 하고 싶어서 남자랑 자주고, 내일 아침이면 사라지고 없겠지. 내가 자는 동안 남은 약도 가져갈 거고. 그러니까 나도 내가 원하는 걸 지금 가져야겠어. 그래야 공평한 거래가 되지."

나는 일어나서 그의 기타를 소파에 기대어 놓았다.

"갈래요."

문을 향해 걷기 시작했다. 그가 일어나더니 재빨리 내 손목을 잡았다.

"나랑 밀당 같은 거 할 생각 마. 다 알면서 왜 이래."

그가 날 잡은 힘이 억셌다. 빠져나갈 구멍을 찾아보려고 손목을 돌려 봤지만 그의 손엔 점점 더 힘이 들어갔고 그가 너무 바짝 다가와서 모든 공기를 다 빨아들여 버리는 것 같았다.

나는 문을 향해 뒷걸음질 쳤다. 그가 다른 팔로 나를 잡았다.

"너, 엄청 어려 보인다."

그가 내게 키스하려고 했다. 나는 고개를 돌렸다. 내 등이 벽에 부딪혔다. 문 옆에 놓인 내 기타와 가방이 보였다. 나는 모든 과정을 철저하게 계획하고 머릿속에서 실행해 봤다. 아주 재빠르게 움직여야 했다.

"우리 아주 질펀하게 놀 수 있을 것 같아."

그가 말했다. 그의 입김에서 술 냄새와 플라스틱 타는 냄새가 났다.

"너도 그런 거 좋아할 것 같은데, 어때, 에이프릴?"

"그래?"

나는 그를 당황하게 만들려고 최대한 달콤한 목소리로 말했다. 살면서 이보다 힘든 일은 없던 것 같았다.

"네 말이 맞아. 나도 그런 거 좋아해."

마치 공기를 더 불어넣으면 내가 더 커지고 강해질 것처럼 나는 숨을 깊이 들이마셨다. 그리고 무릎으로 그의 급소를 힘껏 가격했다. 무릎이 두 쪽으로 쪼개질 것 같았다. 그는 내 손목을 놓고 사타구니로 손을 가져갔다. 그가 균형을 잃은 순간 나는 그를 밀쳤고, 기타와 가방을 챙겨 문을 열고 미친 듯이 내달렸다. 차 앞까지 갔을 땐 이미 열쇠를 꺼내 들고 있었다. 그는 문가에서 나를 잡으려고 비틀거리며 다가왔다.

"저리 가!"

나는 옆집에서 제발 듣기를 바라며 소리쳤다.

"꺼지라고!"

차 문을 열고 기타와 가방을 조수석에 던진 다음 아슬아슬하게 문을 닫았다. 그가 창유리를 내리쳤다. 그의 얼굴이 바로 거기 있었다. 커다랗게 튀어나온 그의 두 눈이 안경 때문에 더 크게 보였다.

나는 시동을 걸었다. 경적을 울렸고 라이트를 깜빡였다. 누군가가 알아채기를, 그의 이웃 중에 누군가가 나를 도우러 나와 주기를. 하지만 아무도 나오지 않았다.

"쌍년!"

그가 고함을 쳤다.

"씨발년!"

그가 유리창을 부술 듯이 주먹을 높이 쳐들었다. 나는 후진했다. 바퀴가 덜컹하더니 우두둑하고 부러지는 소리가 들렸다. 그가 비명을 질렀다. 내가 차바퀴로 그의 발을 뭉갠 모양이었다. 그는 몸을 반으로 접은 채 쓰러졌다. 내가 속도를 올리자 타이어에서 끼익 소리가 났다. 어디로 가야 할지 몰랐지만 멀어질 수만 있다면 어디든 괜찮았다. 그냥 직감대로 방향을 잡으며 가다가 마침내 고속도로로 빠졌다. 굳이 깨어 있으려 애쓰지 않아도 눈은 감기지 않았다.

날이 밝을 때까지 차를 몰다가 더 이상은 일 초도 깨어 있기 어려워졌을 때 놀이터 주차장에 차를 세웠다. 그리고 거기서 잤다. 아이들이 놀고 있었고, 엄마들이 주스 팩을 들고 기다리고 있었다. 그들이 만들어 내는 소리 덕분에 나는 겨우 마음을 놓고 눈을 붙일 수 있었다.

○

잠에서 깼을 땐 모든 게 너무 밝고 너무 시끄럽게 느껴졌다. 어젯밤 내가 있던 곳과는 완전히 다른 세상에 온 듯한 느낌. 이 세상이 진짜고 어제 그 세상이 진짜가 아니라고 느끼고 싶었지만 그 반대였다. 공원에 있는 이 엄마들, 이 아이들은 나의 현실과는 너무 멀었다. 그들은 모르는 사람들일 뿐이었다. 내가 그네를 탈 때 누군가 간식과 반창고를 가방에 챙겨 들고 벤치에 앉아 날 지켜봐 준 기억은 전혀 없었다. 그렇다고 앞으로 내가 저 여자들처럼 살 수도 없을 것이다. 어떻게 해야 그렇게 살 수 있는지 알지도 못했다. 나는 차 안에 앉아 그들을 지켜봤다. 내가 외계인 같다는 생각이 들었다.

공연 전단지 뒷장에 몽당연필로 글씨를 휘갈기다가 연필심이 너무 짧아지면 손톱으로 나무 부분을 긁어냈다. 모든 걸 다 적었다. 전부 다. 나는 언제나 그렇게 했다.

사방이 어두워지는 밤이 오면, 낯선 모텔 방에서도, 휴게소에 차를 세워 두고도, 가로등이든 텔레비전 불빛이든 글씨를 쓸 수 있을 만큼의 빛이 있기만 하면 나는 썼다. 펜 한 자루와 봉투 뒷면, 주유소 영수증, 모텔 엽서 등 가릴 것 없이 종이만 있으면 노래 가사, 이런저런 생각들, 노래에 써먹을 수 있는 단상들을 적었다.

그 글의 수신인은 대부분 칼리였다. 몇 년째 그렇게 해왔다. 떠난 뒤로 줄곧. 맹세나 선언 같은 것들이 고백으로 진화했다. 때론 내게도 누군가에게 원하는 걸 뭐든 말할 수 있다는 느낌이 필요했다. 이야기할 누군가가 있다는 그런 기분 말이다.

나, 에이프릴은,

너무 커져 버린 외로움이

산 아래까지 내가 짊어지고 가야 할 동상 걸린 동료 탐험가 같다고
느낀다.

나, 에이프릴은,

새벽 세 시에 루트9의 식당에서 칠리치즈프라이 한 접시를 혼자 다
먹었다.

며칠간 굶다 처음 먹은 음식이다.

소화가 잘 될 것 같진 않다.

나, 에이프릴은,

잿빛 하늘을 바탕으로 걸린 빨간 단풍이 달콤한 마법 같다고 생각
한다.

칼리, 버몬트에 한번 가봐.

네가 진짜 좋아할 것 같아.

나의 고백을 한 번도 부치진 못했다. 부칠 뻔했지만 못 부
쳤다. 하날 다 적고 나서 주머니에 넣고 다니다가 봉투와 우
표를 구하면 우체통에 넣어야지, 생각은 했다. 하지만 그러다
옷을 빨아야 할 때가 되면 주머니에 들었던 것들을 기타 케이

스 아래 숨겨 둔 냅킨들과 영수증 더미에 밀어 넣었다. 칼리에게 계속 이렇게 쓰다 보니 언젠가는 다시 만날 것 같다고 믿게 됐다. 그땐 어쩌면 정말로 모든 걸 다 말할 수 있을지도 몰랐다. 칼리는 내가 사귄 첫 번째 진짜 친구였고, 그 뒤로도 칼리 같은 사람은 만나지 못했다. 그런 사람을 어떻게 잊을 수 있을까.

나의 이번 고백은 이렇게 시작했다.

나, 에이프릴은,
정말 멍청하다.

○

공원이 아무리 안전하고 밝고, 햇빛이 빛나고 있다 해도 차 문을 열기는 정말 쉽지 않았다. 발이 보도에 닿는 순간 누군가 나를 공격할 수 있었다는 느낌에서 벗어나기도, 타이어를 보면서 누군가의 뼈가 부러지던 기억을 떨치기도 쉽지 않았다.

공중전화에선 어젯밤의 고무 탄내 비슷한 플라스틱 냄새가 났다. 그 냄새가 코에 박혀서 앞으로 나는 그 냄새밖에 못 맡는 건 아닌가 걱정이 됐다.

나는 콜에게 전화해서 이번엔 레드 뱅크에 갈 수 없을 것 같다고 했다. 이유는 말하지 않고, 그냥 일이 좀 생겼다고만 했다.

"보고 싶겠네, 우리 귀염이."

그의 목소리에는 너무 많은 담배와 늦게까지 지새운 밤의 무게가 실려 있었다.

"나도 보고 싶어요."

그렇게 말하는데, 예정돼 있던 공연이 끝난 뒤 콜과 마린 파크를 함께 걸을 기회를 잃었다는 생각에 가슴에 날카로운 슬픔이 파고들었다. 그는 마치 도전 과제를 주듯 후렴구 멜로디를 흥얼거렸고, 그러면 나는 거기에 맞는 가사를 만들곤 했다. 우리는 브로드가의 델리에서 네이브싱크강으로 떠오르는 해를 함께 지켜본 다음 더 이상 뜬 눈으로 버티기 힘들 때까지 그의 지하실에서 녹음을 했다. 그건 내가 즐겁게 시간을 보내는 몇 안 되는 일 중 하나였는데. 레이가 나를 따라올 가능성이 높진 않지만, 아니, 그럴 능력이 있기나 할지 의심스럽지만, 어쨌거나 등에 과녁을 붙이고 있는 느낌이었다. 나는 규칙을 어겼다. 그것도 너무 많이.

전화를 몇 군데 더 돌린 다음 나는 뉴욕시로 향했다.

33

레스토랑을 쭉 둘러봤다. 그는 아직 도착 전이었다. 누가 나를 보기 전에 빠져나가려는데 레스토랑 직원이 다가와 거절할 새도 없이 나를 창가 테이블로 안내해 줬다. 자리가 이러니 그가 날 먼저 발견하게 생겼다. 창밖을 뚫어지게 내다보고 있으면 그가 베드포드가를 걸어 내려오는 걸 먼저 발견할 수도 있겠지만, 그건 너무 없어 보일 것 같았다. 다이어리나 고급스런 지갑 같은 게—시간을 때우며 갖고 놀 격조 있는 물건— 있다면 얼마나 좋을까 생각하며 가방 안을 뒤져 봤다. 지저분한 머리와 긴 스커트는 이제 나를 자유로운 영혼이라기보다는 거리의 부랑자 쪽에 더 가까워 보이게 했다. 직원이 나를 창가 바로 앞에 앉혀 준 것도 신기할 따름이었다. 나는 이 식당이 광고하고 싶은 이미지가 아닐 텐데. 이곳에선 나만 빼고 모두 다 어두운 색 정장이나 백화점 마네킹에게서 막 벗겨 온 듯한 옷을 말끔히 차려입고 있었다. 차에서 매무새를 다듬으려고 애써 봤지만 나는 꼭 빨래 바구니 맨 밑에서 기어 나온 것 같은 꼴을 하고 있었다. 중고 옷 가게에서 사 입은 반 코트 팔꿈치엔 구멍도 있었다.

이 장소를 추천한 사람은 매튜였다.

"너도 좋아할 거야. 파니니가 아주 환상적이야."

그는 전화로 그렇게 말했다.

'환상적'이나 '파니니'라는 말이 그의 입에서 나오는 게 너 무 어색했다. 하지만 나는 그의 목소리를 들어야만 했다.

가방에서 시디를 한 장 꺼내 그가 오기 전에 사인을 해야겠 다고 생각하는데 갈색 가죽 재킷을 입은 그가 걸어 들어왔다. 빛나는 선글라스와 반짝이는 시계가 사방으로 빛을 반사시 켰다. 이런 그의 모습을 보니 그의 예전 삶은 말도 안 되는 것 처럼 느껴졌다. 지금의 그는 사슴 사냥 같은 건 절대로 하지 않을 것이다. 예전에 그가 원했던 것들은 한때의 악몽처럼 느 껴지겠지. 그는 이제 더 이상 '나의 매티'가 아니었다.

나는 시디를 가방 속에 집어넣고 일어섰다. 허벅지가 테이 블을 쳤다. 물이 깔끔한 종이 매트 위로 쏟아졌다. 얼음과 은 식기가 부딪혔다.

"이야, 에이프릴, 진짜 눈물 나게 반갑다."

그는 마치 대본을 읽듯 말했다. 선글라스를 쓰고 있었으므 로 진짜 눈물을 흘리는지는 확인할 길이 없었다. 그는 빈 의자에 재킷을 걸고 내게 다가왔다.

"매튜."

나는 새로운 그의 모습을 존중한다는 의미로 그렇게 불렀다. 그리고 그와 포옹을 하기 위해 다가가며 내 몸에서 땀 냄새가 많이 나지 않기를, 불타는 고무 냄새 같은 게 풍기지 않기를 바랐다.

그가 두 팔로 내 몸을 감싸는데 내 갈비뼈 위로 닿는 그의 팔이 두둑했다. 예전에는 뼈밖에 없던 그의 가슴이 이젠 마치 마네킹을 껴안는 것처럼 튼실하고 단단했다. 그의 벨트 버클이 내 배로 파고들었다. 부드럽고 얇은 검정 스웨터에선 새 옷 냄새가 났다. 보푸라기 하나 없이 깔끔하게 다려진 상태였다.

"좋아 보인다."

내 목소리는 아주 애처롭게 들렸다. 감탄에 겨운, 없어 보이는, 뻔한 말. 사람들은 우릴, 아니 그를 쳐다봤다. 사람들은 내가 아닌 그를 빤히 보고 있었다. 이제야 직원이 왜 나를 창가 자리로 안내했는지 감이 왔다. 매튜가 예약을 했기 때문이었다.

"넌!"

매튜는 내 팔을 붙잡고 나를 훑어봤다. 청바지마저 완벽하게 다려져 있었다.

"와우."

그의 선글라스에 비친 내 머리카락은 곱슬거린다기보다 부스스했다. 그가 뱉은 '와우'는 무슨 의미일까? 누군가가 그림 같아 보이긴 하는데 그게 어떤 그림인지는 굳이 밝히고 싶지 않을 때 쓰는 표현 같은 걸까. 매튜를 만나면 안전하다는 느낌을 받길 바랐다. 고향 같은 느낌, 평범한 사람들이 고향에 대해 느끼는 그런 감정. 돌아갈 수 있는 안전한 곳. 하지만 확 달라진 그의 모습은 나를 긴장하게 할 뿐이었다.

우리는 자리에 앉았다. 그의 자리로 햇빛이 들어 그가 선글라스를 아예 벗을 생각도 않을까 봐 걱정됐다. 그랬는데 그가 선글라스를 벗었고, 그러자 그는 다시 매티가 됐다. 눈동자 색이 너무 연해서 거의 노란색에 가까운 매티. 그런 그를 바라보고 있자니 곤두선 신경이 누그러졌다. 학교가 끝난 뒤, 우린 매티 여동생의 크레용으로 서로의 모습을 그려 주곤 했는데 내가 매티의 눈동자를 칠할 때 썼던 색이 황갈색이었다.

내가 테이블 위에 놓은 가방을 치우려는데 매티가 먼저 가방 밖으로 튀어나와 있던 시디를 잡았다.

"와, 이거 설마……"

매티는 시디를 뒤집어서 내 사진을 쓰다듬더니 말했다.

"에이프! 정말 환상이다."

그리고 케이스를 열고 디스크를 들여다봤다.

"나 가져도 돼?"

"그럼."

나는 나직이 말했다. 그리고 테이블을 쳐다보며 손톱으로 종이 매트를 긁어 젖은 종이 위에 물결무늬 자국을 만들었다. 그 시디 속 세 곡이 그를 떠난 것에 대한 노래였다. 매티는 금방 알아차릴 것이다.

그가 내 손목을 쳐다봤다. 멍들기 시작한 손가락 자국을 봤다는 걸 알 수 있었다. 종이 매트를 긁다가 나는 그대로 얼어붙었다. 젖은 종이가 손톱 밑에 낀 채. 그리고 그가 무슨 말이라도 해주길 기다렸다.

"저기, 내 친구 중에 음악 감독 하는 애가 있어."

매티가 헛기침을 하며 말했다.

"텔레비전 프로그램 음악 감독."

나는 옷소매를 손 위로 잡아당겼다. 이렇게 하는 편이 쉬웠다. 나도 손목에 대해 이야기하고 싶은 생각은 없었다.

매티는 시디 케이스를 닫더니 내 사진을 들여다봤다. 콜이 애즈베리 파크의 해변에서 찍어 준 사진이었다. 그리고 다시 나를 봤다. 모든 게 앞뒤가 맞는지 가늠이라도 해보는 듯.

"이걸 그 친구한테 주고 프로그램에서 쓸 수 있나 한번 보라고 할게."

죽었다 다시 살아서 나타난 여자와 그녀의 애인(실은 그 남자의 사악한 쌍둥이 형제)이 싸우는 장면에서 내 노래가 배경음악으로 깔리는 건 싫지만 솔직히 돈이 필요했다.

"그럼 하나 더 줄게."

나는 가방 속을 뒤져 시디를 하나 더 건넸다.

"너도 하나 가져야지."

웨이터가 다가와 주문하겠냐고 물었다. 메뉴는 펼쳐 보지도 못했다.

"저는 늘 먹던 걸로 할게요."

매티는 예전에 하던 대로 얼굴이 뒤틀릴 정도로 활짝 미소를 지으며 말했다. 매티가 주문한 건 바워리 바질이라는 샌드위치였다.

"저도 같은 걸로 할게요."

나는 간단히 끝내려고 그렇게 말했다.

"진짜 사람을 만나니 정말 좋네."

그는 마치 내가 그를 떠났다는 사실은 다 잊은 것처럼 따뜻함이 깃든 감탄 어린 표정으로 나를 바라봤다.

"그러게, 나도 널 만나니까 좋다."

그의 시선이 내 콧등에 내려앉았고, 내가 고개를 숙인 다음에도 그 자리에 머물며 나와 눈을 맞추려 했다.

"이건 언제 한 거야?"

그는 검지로 내 코를 톡 치며 물었다.

"그 뒤로……"

콧속으로 숨을 들이마시자 코의 피어싱이 콧속 점막을 건드리는 게 느껴졌다.

"그러니까 내가 떠난 뒤에 바로."

냅킨은 아직 포크와 나이프를 감싸고 있었다. 나는 그걸 펼쳐서 무릎에 올려놓았다.

내 머릿속엔 매티의 모습이 하나의 그림으로 남아 있었다. 매티가 학교를 마치고 집에 돌아와 거실의 푹 꺼진 노란색 격자무늬 소파에 앉아, 내가 그의 베개에 남겨 둔 편지를 읽고 또 읽는 모습. 나는 거기 없었지만 그 모습을 아주 또렷하게 그릴 수 있었다. 갈색 나무 블라인드 사이로 들어오는 오후 햇살이 그의 얼굴과 목재 벽에 줄을 긋고 있었겠지. 매티는 편지를 읽고 머리를 두 손에 묻었겠지. 내 머릿속에 그는 그 모습 그대로 남아 있었다. 그 뒤로 일어나지도 않고, 움직이지도 않았다. 그는 거기 그대로 머물렀다. 그는 이모를 보러 미네소타에 가지도 않았고, 가는 길에 쇼핑몰에서 누군가에게 캐스팅되지도 않았고, '데이타임 에미상'을 수상하지도 않았다. 그는 올해의 가장 아름다운 사람으로 뽑히지도 않았다. 그는 그저 매티일 뿐이고, 내게 줬던 커플링을 새끼손가락에 끼운 채 머리를 두 손에 파묻고 있을 뿐이었다. 그는 그렇게 계속 소파에 앉아 있었다. 거기서 내가 그에게 돌아오길 기다리고 있었다.

"미안해."

나는 고개를 들어 매튜를 보며 말했다.

"아니야."

그는 자애로운 영웅 같은 미소를 지었다. 캐스팅한 사람들이 그에게 이를 새로 해준 것 같았다.

"네 말이 맞았어. 우린 거기서 벗어나야 했어."

팁으로 들어온 돈 한 움큼을 겨우 챙겨 낡은 차를 타고 집을 떠나는 것과 캐스팅 디렉터에게 발탁되어 퍼스트클래스를 타고 뽑혀 가는 것은 아주 큰 차이가 있다고 나는 생각했다. 캐스팅되기 전 그의 꿈은 조립식 주택에 살며, 공장에 다니고, 이제야 마침내 맥주를 살 수 있는 나이가 된 어린 신부가 그에게 사슴 고기 버거를 만들어 주는 것이었다. 내가 무례한 말을 하기 전에, 웨이터가 음식을 들고 나와 나를 구해줬다.

여러 색깔의 소스들이 접시 위에 패턴을 그리며 뿌려져 있고, 빵에는 그릴 자국이 찍혀 있었다. 한쪽에는 뭔지 모를 드레싱이 뿌려진 껍질 콩이 장작개비처럼 쌓여 있었다.

매튜는 껍질 콩은 먹었지만 샌드위치는 손대지 않았다. 움직임이 기계적이었다. 한 입 먹고, 포크를 접시에 내려놓고, 씹고, 입을 닦고, 물을 한 모금 마시고, 물 잔에 맺힌 물방울을 냅킨으로 닦고, 포크를 집어 들고, 다시 시작. 껍질 콩 더미가 천천히 줄어들었다. 누군가 식사법을 가르친 걸까. 나는 그가 삼십 센티미터에 육박하는 샌드위치를 게 눈 감추듯 먹어 치우던 모습을 기억하고 있었다. 비어져 나온 양상추 조각들을 소파에 잔뜩 흘리면서.

나도 샌드위치는 손대지 않으려고 해봤지만 배가 고팠다. 뉴욕에 온 뒤 사 먹은 거라곤 길거리 프레첼 하나가 다였고, 최근 들어 내 식사라는 건 커피하우스에서 주는 샌드위치를 제외하면 거의 육포 조각과 구운 옥수수 과자 정도였다. 나는 포크를 내려놓을 때마다 테이블 밑에서 옷소매를 손목 아래로 잡아당겼다.

"몇 주 전에 집에 갔었어."

그가 콩을 먹는 사이에 말했다.

"빅M에서 사인회를 했는데, 장난 아니었어. 사람이 얼마나 많이 왔던지."

"리틀 리버 여자들은 거기 비누를 정말 좋아했지."

"브랜딘 베이커가 사인을 받으려고 줄을 서 있더라고."

"진짜?"

브랜딘 베이커는 치어리더 단장에 반장까지 했던 애다. 유치원 때부터 나랑 학교를 같이 다녔으면서 모교 방문 댄스파티에서 내 헤어스프레이를 빌리며 내 이름을 '준'이라고 불렸다.

"와, 걔 인생의 절정기는 고등학교 때였더라."

매튜는 웃으며 브랜딘이 얼마나 뚱뚱해졌는지 보여 주느라 양 옆으로 팔을 들어 올렸다.

"그렇게 세월이 많이 흐른 거지."

"벌써 애가 둘이래."

우리도 그랬겠지, 생각하는데 그게 좋았을지 나빴을지 이젠 확신이 들지 않았다.

"내 인생의 절정기가 고등학교 때였다고 생각할 사람은 없으면 좋겠다."

내가 말했다.

"너의 절정기는 아직 오지 않았어."

들이치는 햇살에 매튜가 황갈색 눈동자를 가늘게 뜨며 말했다. 칭찬의 의미로 한 말이라는 걸 알면서도 하려고만 든다면 그 말에서 모욕의 의미를 찾을 수도 있겠다는 생각이 들었다.

쇼핑백을 잔뜩 든 여자들이 식당 밖으로 나가는 길에 지나치다 싶을 정도로 우리 테이블에 가까이 다가왔다. 그 중 하나가 속삭인답시고 소릴 죽였지만 말소리는 아주 잘 들렸다.

"맞잖아!"

매튜가 고개를 들고 진주빛 도자기 같은 치아를 드러내며 그들을 향해 미소를 지었다. 여자들은 탄성을 뱉으며 쇼핑백 부스럭거리는 소리와 함께 허둥지둥 밖으로 나갔다. 이젠 비즈니스맨으로 보이는 사람들까지 이게 무슨 난리인가 궁금해 하며 우리를 쳐다보기 시작했다.

하필 나는 샌드위치를 너무 크게 베어 문 참이었다. 사람들이 죄다 쳐다보는데 음식을 씹는 건 정말 고역이었다. 물을 한 모금 마시며 입 안의 음식을 꿀떡 삼켜 보려 했다. 채 젖지 않은 빵이 목 안을 긁으며 내려갔다.

웨이터가 와서 우리 접시—설거지를 한 것처럼 깨끗한 내 접시와 샌드위치가 그대로 남아 있는 매튜의 접시—를 치우며 혹시 더 필요한 게 없는지 물었다. 내가 할 수 있는 최선은 매튜가 남긴 샌드위치를 포장해 달라는 말을 참고 하지 않는 것이었다. 그 말을 했다간 절대 채워지지 않는 나의 허기보다 더 아픈 눈총을 받게 될 테니까.

"계산서만 주세요."

나는 웨이터에게 의자를 두 개 더 가져다 달라고 부탁하고 싶었다. 하나는 예전에 내가 매티와 결혼한 뒤의 모습으로 그려 봤던 나를 위해, 또 하나는 매티와 진짜로 결혼했을 때의 나를 위해.

한 여자는 임신을 했는지 요가 레깅스 위에 헐렁한 싸구려 임부복을 입었다. 벌게진 얼굴 위로는 과산화수소로 탈색한 금발 머리카락이 정신없이 내려와 있었다. 퉁퉁 부은 손가락을 꽉 조이는 금반지에는 제대로 된 사이즈의 다이아몬드 한 알로 보이길 바라는 자잘한 다이아몬드들이 박혀 있었다.

또 다른 여자는 번지르르했다. 윤기 나는 갈색 보브 컷 머리카락이 얼굴로 찰랑찰랑 떨어지면 손으로 살짝 넘겼다. 말도 안 되게 새하얀 치아, 못생긴 덧니도 마침내 손을 본 상태였다. 손에는 커다란 다이아몬드가 박힌 백금 반지를 끼고 있고, 조각 같은 몸매를 감싼 검은색 원피스에는 팬티 라인이나 보풀의 흔적조차 없었다. 그녀는 늘 비닐이 아니라 제대로 된 포장지로 싸인 속옷을 세트로만 구매하고 내 기타보다 더 비싼, 아찔하게 높은 하이힐을 신고 있었다.

잠깐이나마, 둘 중 어느 여자와 바꾸자 해도 내 삶을 기꺼이 내놓을 수 있겠다는 생각이 들었다. 둘 다 지금의 나보다는 편한 삶일 것 같았다.

우리보다 적어도 스무 살은 더 들어 보이는 여자가 우리 테이블 옆으로 다가왔다. 손이 떨리고 있고, 날카로운 갈색 눈동자엔 눈물이 맺힐 듯 말 듯했다.

"실례가 안 된다면 혹시?"

그 여자가 핸드백에서 펜과 종이를 한 장 꺼내 건넸다.

"물론이죠."

매튜는 멋들어진 치아를 드러내며 대답했다.

"메리 조에게, 아니 제이에게."

마치 신의 은총이라도 받은 것처럼 목소리가 떨렸다.

"동생이에요. 아! 걘 제가 이렇게 만났다고 하면 절대 안 믿을 거예요."

그저 사인 하나를 더 할뿐이라는 듯 사인을 해주는 그를 보면서 나는 깨달았다. 내가 그의 곁에 남았다 해도 그 두 버전의 나는 실현되지 않았을 거라고. 내가 먼저 떠나지 않았다면 그가 나를 떠났을 거라고.

그 여자가 떠나고, 웨이터가 계산서를 가져왔다.

"안 좋은 소식이 있어."

매튜는 계산서를 보지도 않고 웨이터에게 카드를 건네며 말했다.

"오늘 밤, 네 공연엔 못 갈 것 같아."

어차피 나의 공연 같은 건 있지도 않았다. 그저 커피하우스에서 한 타임 노래하는 것일 뿐이었다. 막판에 가까스로 잡은 것이라 돈도 거의 못 받는 공연이지만 매튜에겐 그렇게 말하지 않았다. 나는 그가 생각하는 것보다도 더 못한 사람이 되고 싶지 않았다. 우리가 겉보기보다도 한참 더 차이 나는 신분이란 걸 굳이 알려 주고 싶지 않았다.

"미안해. 홍보 관련 일인데. 어떻게든 해보려고 했는데, 계약서에 적힌 사항이라."

"괜찮아."

나는 고개를 끄덕이며 말했다.

"이해해."

"그래도…… 묵을 곳은 있어?"

그는 내게 얼굴을 일그러뜨리는 매티 표 미소를 지어 보였다.

잠시 그를 따라 그의 집으로 가는 모습을 상상해 봤다. 그의 허벅지에 있는 딸기 모양 점과 비싼 침대 시트를. 그리고 감히 그가 다시 나를 원한다는 상상을 내게 허락해 보고 있는데 그가 말했다.

"손님방은 따로 없지만, 우리 집 소파가 진짜 편해."

그래, 그렇지. 누가 구운 옥수수 과자 냄새나 풍기는 멍든 여자애를 자기 침대에 불러들이고 싶을 거라고.

"응, 있어."

나는 무릎 위의 냅킨을 접어서 접시 옆에 올려놓았다.

"잘 데 있어."

그는 약간 실망한 눈치지만 내가 원하는 만큼은 아니었다. 이제 나는 더 이상 그에게 예전과 같은 존재가 아닌 것이다. 앞으로도 다시는 그렇게 되지 않을 것이다. 그는 절대 나의 고향이 돼줄 수 없었다.

웨이터가 카드와 영수증을 작고 까만 책자에 끼워서 가져왔다. 매튜는 팁을 계산해서 적고 꼬불꼬불 서명을 한 다음 책자를 탁 덮었다.

"만나서 진짜 반가웠어, 에이프. 정말로."

그가 일어나서 시디를 집어 들었다.

"십오 분 안에 의상 피팅이 있어서. 이제 서둘러야겠다."

그는 내 두 뺨에 번갈아 입을 맞춘 다음 나를 당겨 포옹을 했다.

"다음에 또 이쪽에 오면……"

"그럼."

내 목이 조여 왔다. 나는 그를 놓고 싶지 않지만 그가 몸을 뺐다. 눈물이 떨어지지 않도록 눈을 깜빡이며 천장을 올려다 봤다.

"연락할게."

나는 가능한 한 가장 큰 미소를 지어 보였다.

레스토랑 전체가 우릴 지켜보고 있었다. 그가 내 이마에 입을 맞추고 재킷을 집어 들더니 문 밖으로 서둘러 나갔다.

여기를 나가기 전에, 공연을 위해 화장실에 가서 매무새를 좀 고쳤다. 거울 속의 나와 눈을 맞추지 않으려고 애쓰면서 머리를 다듬는 데 집중했다. 화장실에서 나왔을 땐, 내가 떠나는 모습을 지켜보는 사람이 아무도 없었다.

○

공연을 끝내자마자 황급히 그곳을 떴다. 시디에 사인을 하기 위해 남지 않고 뒷문으로 슬쩍 빠져나갔다. 상대하기 쉽지 않은 관객들이었고 내 음악과도 맞지 않았다. 다른 가수들의 노래는 모두 멜로디 위주라기보다 개성이 강하고 독특한 것이었다. 도시의 주차 요금은 시디를 팔아 벌 수 있는 돈보다 훨씬 비쌌다. 나는 손해를 줄여야 할 때가 언제인지 잘 알았다.

스크랜튼까지 차를 몰았고, 81번 도로를 지나 모텔을 하나 찾았다. 서랍장을 끌어다 문 앞을 막아 두고 밤새 텔레비전을 켜둔 채 모텔 엽서 뒤에 잉크가 아슬아슬한 펜으로 단어들을 적어 나갔다.

나, 에이프릴은,
너무 많은 걸 원해서 늘 부족함을 느낀다.

서서히, 나는 단어들을 비틀었다. 단어가 가진 힘을 비틀었다. 그 단어들은 노래가 됐다.

네가 내게 다시 빠지길
원하지 않아

나 역시 널 원하고 싶지 않아

그건 너무 쉽잖니

난 너의 사랑을 원해

네가 날 원하길 원해

나를 향해 오길 바라

하지만 내게 빠지진 말아

나는 기타 줄을 손가락으로 눌렀지만 치지는 않았다. 너무
늦은 시간이었고 모텔에서 쫓겨나는 걸 감수할 수 없었기 때
문이다. 물집 잡힌 손끝으로 코드를 잡았다. 내 머릿속에서만
소리가 들릴 정도로 아주 낮게 흥얼거렸다. 더 많은 말들이
나를 밀고 밖으로 나왔다.

눈을 감고 싶지 않았지만, 결국 더는 버틸 수 없었다.

○

잠에서 깼을 때 모텔 커튼 사이로 들어오던 작은 빛의 조각
은 이미 강렬해져 있었다. 프런트에 전화를 걸어 늦은 체크아
웃을 하겠다고 말하고, 멍든 부분이 살갗과 함께 벗겨져 나갈
정도로 뜨거운 물로 샤워를 했다.

샤워를 끝낸 다음엔 젖은 수건을 두른 채 침대에 앉아 마

음에 드는 걸 찾을 때까지 텔레비전 채널을 이리저리 돌렸다. 거기 매튜가 있었다. 그는 프릴 달린 빨간 드레스를 입은 여자와 함께 방공호에 있었다. 저 여자도 우리 또래겠지만 나보다 훨씬 성숙해 보였다. 나는 저 드라마를 자주 보지도 않고, 저 여자도 처음 봤다. 매튜가 연기하는 캐릭터는 산드라의 딸과 약혼한 걸로 나오지만, 나는 매튜가 요즘 진짜로 관심을 가지고 있는 이성은 바로 저 여자일 거란 확신이 들었다. 채널을 막 돌렸을 땐 매튜가 그녀의 뒤쪽 선반 위에 놓인 배급품 통조림을 향해 손을 뻗는 참이었다. 두 사람이 막 키스를 할 것 같았는데 산드라가 언니의 유언장을 읽는 장면으로 넘어갔다.

옷을 입고 머리를 땋고 다시 텔레비전으로 시선을 옮기니 매튜가 아까 그 여자와 다시 등장했다. 그는 그녀와 키스를 하지 않았다. 아직은 아니다. 방 안을 아주 환히 밝히고 있던 초는 곧 꺼질 것 같았다. 그러면 두 사람은 서로를 찾을 수 없을 것이다. 그녀는 어둠이 두렵다고 했다. 그러자 매튜는 "그건 나와 함께 어둠 속에 있었던 적이 없기 때문이에요"라고 말하더니 입술이 비뚤어지는 매티 표 미소를 지어 보였다. 한때 내 것이었던 미소. 저 미소는 너무나 진짜 같았다. 어쩌면 매튜는 정말 진심이고 두 사람의 사이의 화학작용은 카메라와 조명과 메이크업을 다 넘어서서 실재하는 건지도 모른다.

매튜가 내게 소파를 내주겠다고 한 건 그녀 때문인지도 모른다. 아니, 어쩌면 애초부터 저 미소는 내 것이 아니었고, 다른 사람들처럼 나 혼자 그에게 반해 있었던 건지도 모른다. 이제 그는 더 이상 나의 매티가 아니다. 어쩌면 한 번도 나의 매티였던 적이 없었는지도 모른다.

○

스웨터는 모텔에 두고 가기로 했다. 나의 네이비블루 코튼 터틀넥스웨터..지금은 스웨터가 필요한 날씨라 여러 겹 껴입을수록 더 좋겠지만, 두고 가고 싶었다. 방구석의 우중충한 안락의자 위에 걸쳐 두고 가기로 했다. 오른쪽 소매 끝은 내 기타 케이스에 걸려서 올이 풀리고 있었다. 수선할 필요도 없어졌다. 안쪽 솔기에서 털실을 찾아내 올이 풀리지 않게 매듭을 지을 필요 따위 없었다. 나는 매티에게 뺨 맞고 스웨터에게 화풀이를 하는 걸까.

나는 스웨터에게 손을 반쯤 흔들고 연민에 찬 미소를 지어 보인 뒤 문을 닫았다.

34

그곳에서 아무리 멀어진다 해도 나는 결코 그 전의 나로 돌아갈 수 없었다. 손목의 멍이 누런색으로 엷어지고 있지만 두려움을 묻을 수 없었다. 타이어로 뭔가 밟고 지나가던 느낌과 레이의 비명소리, 차 아래에서 뼈가 부러지던 그 느낌이 잊히질 않았다. 머릿속에 잠깐만 틈이 생기면 그 생각이 바로 비집고 들어왔다.

나는 라디오를 듣지 않았다. 노래 사이사이에 대화를 나누는 사람들이 너무 진짜처럼 느껴져서 더 외로워지기 때문이었다. 카세트테이프 플레이어는 고장이 났다. 그래서 차도를 구르는 타이어 소리를 들으며 운전을 했다. 타이어의 무른 질감 때문에 바퀴가 길바닥에 밀착될 때의 소리까지 다 들렸다. 그걸 듣고 있노라면 어릴 적에 낡은 트럭 타이어 안쪽에 있던 튜브에 뺨을 대고 있던 기억이 떠올랐다. 고무가 햇볕을 받아 익어 갈 때의 냄새도 기억나고, 타이어를 손가락으로 두드릴 때의 소리도 생각났다. 팅, 팅. 금속성의 팽창된 울림. 수영복이 홀딱 젖을 때까지, 강물이 수영복 색깔을 진하게 만들며 번져 나가던 느낌보다도 나는 그 소리를 더 사랑했다.

○

빙엄턴까지 줄곧 차를 몰았다. 거기 메인 거리에는 내가 근처에 갈 때마다 공연을 하게 해주는 낡은 바가 있었다. 바 구석에는 먼지를 뒤집어쓴 오래된 음향 기기가 있어서, 바 주인인 아니는 내가 알아서 세팅만 하면 기꺼이 손님을 받고 공연 입장료에서 내 몫을 떼어 줬다. 음향 기기는 낡아서 소리가 튀고 지직거리고 왜곡되기 일쑤였지만, 관객들은 거의 대학생들인지라 늘 너무 취해 있거나 서로에게 몸이 달아올라 있어서 소리가 완벽한지 어떤지 따지지 않았다. 술 취한 애들은 내 시디도 잘 사주고, 내가 자기들이 아는 노래를 부르면 잘 따라 불렀다. 팬을 갖는다는 건, 그리고 때로 관객들 틈에서 낯익은 얼굴을 발견하는 건, 기분 좋은 일이었다. 지금은 내게 그런 게 필요했다.

시내에 도착했을 땐 오전 열 시였다. 아니는 바 뒤에서 술병들을 닦고 재고 목록을 확인하고 있었다. 내가 창문을 두드리자 "아직 영업전이야!"라고 소리쳤다. 하지만 곧 내 얼굴을 보자 문을 열어 줬다.

"삼월에 사월이 찾아왔네!"

그가 말했다.

"웬일이야? 추울 땐 얼씬도 않더니."

"보고 싶어서요."

나는 그에게 말하고 행주를 하나 집어 들어 함께 병을 닦기 시작했다. 그는 파인트 유리잔에 커피를 따른 다음, 그가 마시던 커피처럼 뿌옇게 될 때까지 우유와 설탕을 넣었다.

"내가 아는 사람 중에 너처럼 예측 안 되는 애도 없을 거야. 발길 닿는 대로 맘대로 돌아다니다가 삼월에 서던 티어*에 나타나는 애가 어디 있어?"

"쿨한 애들만 그럴 수 있죠."

나는 행주로 그의 팔을 찰싹 치며 대꾸했다.

"어쨌든 얼굴 보니 반갑네."

"네, 저도요."

나는 아니가 좋았다. 그의 머리엔 서리가 내려앉기 시작했고 턱수염도 희끗희끗했다. 평생 술 취한 대학생들을 상대하며 살았지만 인상 쓰느라 생긴 주름보다 웃느라 생긴 주름이 더 많은 사람이었다. 그는 낡은 청바지와 닳고 닳은 콘서트 기념 티셔츠를 교복처럼 입었다. 오늘은 노란색 '윙스 오브

---

* 서던 티어: Southern Tier, 펜실베이니아 북부에 접해 있는 뉴욕주 북부.

아메리카Wings of America' 티셔츠를 입고 있었는데, 세탁기 안에서 다른 옷 지퍼에 뜯기기라도 했는지 등에 작은 구멍들이 대각선을 그리며 주르륵 나 있었다.

"타이밍이 좋았어."

맨 위 선반의 병을 잡으려고 뒤쪽 바 위로 올라서려는데 아니가 말했다.

"다음 주가 봄방학이야. 다들 뛰쳐나오고 싶어 안달이라고."

"저는 언제나 타이밍을 잘 맞춘다니까요."

"네가 여기 있을 때는 항상 좋은 타이밍이지."

내겐 이런 게 필요했다. 여기 와서 병들을 닦으며 아니와 이야기를 나누는 것, 마치 지난주에 오고 다시 온 것처럼, 내가 여기에 속한 사람인 것처럼. 나는 바에서 일하는 사람들의 이런 점이 좋았다. 우리는 늘 다른 사람들을 위해 쇼를 하며 살아야 하지만 사람들이 없을 땐 서로 질문을 많이 하지도 않고 거창한 대답을 기대하지도 않았다. 그냥 기분 좋은 대화를 나눌 뿐이었다. 아니 같은 사람들이 바로 최고의 휴식이었다.

○

한 시간 가량 술병들을 닦았다. 나는 바 뒤쪽에 서서 아니에게 술이 얼마만큼 남았는지 불러 줬다.

"투아카 사분의 삼쯤, 티아 마리아는 거의 비었어요."

"투아카라니!"

아니가 웃었다.

"그 병은 이 바를 인수할 때부터 있던 거야. 그걸 찾는 사람이 아무도 없었나 보네."

"어디 한번 덤벼 보실래요?"

나는 술병을 들고 바닥으로 뛰어내린 다음 술을 따랐다.

"건배."

그리고 바 위로 그의 잔을 쓱 밀어 줬다. 우리는 잔을 부딪쳤다.

"하나, 둘, 셋"

그가 외쳤고, 우린 함께 잔을 쭉 비웠다.

"생각보단 안 이상한데요?"

나는 코로 숨을 확 들이마시면서 뒷맛을 음미해 봤다.

"넌 나한테 나쁜 영향을 준다니까. 정오도 되기 전에 술이나 마시게 하고 말이야."

"오후 한 시 반인데요."

나는 웃으며 그렇게 말했지만 실은 몇 시인지 알지도 못했다.

"점심 먹어야지."

아니는 그렇게 말하고 주방으로 들어갔다. 그는 내가 작년

에 여기 왔을 때보다 다리를 더 심하게 절고 있었다. 아니는
너무 오래 서 있어서 무릎이 많이 안 좋았다. 수술을 해야 했
지만 쉴 수가 없었다. 나는 싱크대 아래에서 광택제를 꺼내
아니 대신 상판을 윤이 나게 닦았다.

아니는 푸짐한 햄버거 두 개와 바삭하게 튀긴 감자튀김을
커다란 접시에 담아 들고 나왔다. 우리는 바에 나란히 앉아
깨끗한 술병들을 쳐다보며 햄버거를 먹었다.

"점심 감사해요."

내가 말했다.

"너 빈혈 걸린 것 같아 보여."

"하여간 여자들이 좋아할 말만 하신다니까."

나는 햄버거를 크게 한 입 베어 물며 말했다.

"괜찮은 거야?"

아니가 물었다. 그는 내 손목의 멍을 보고 있었다. 햄버거
를 입 쪽으로 들고 있느라 소매가 내려가 있었다. 더 조심했
어야 했는데.

"제가 더 많이 때렸어요."

이젠 선반 꼭대기에서 반짝반짝 빛나고 있는 투아카 술병
만 뚫어지게 보며 나는 말했다. 아니는 내 등을 두드렸다. 딱
한 번, 그리고 그의 손이 아주 잠깐 내 어깨에 머물렀다.

"고마워요."

우리는 햄버거를 다 먹고 말없이 감자튀김을 나눠 먹었다. 기분 좋은 침묵이었다. 햄버거도 맛있었다. 아니는 내가 바삭바삭한 감자튀김을 좋아한다는 걸 기억하고 있었다.

○

"샤워 할래?"

버거를 다 먹고 나자 아니가 내게 열쇠를 던져 주며 말했다. 질문의 형태를 한 지시였다.

"나한테서 냄새 나요?"

나는 겨드랑이 쪽을 킁킁거리며 물었다.

"응, 장미 향기."

그는 빈 접시들을 챙기며 말했다.

"근데 머리카락에 잔가지 같은 게 붙어 있어."

"그럼 한 시간 전에 말해 주면 좋았잖아요."

나는 머리카락을 손가락으로 빗어 내리며 나뭇잎을 떼어 냈다. 아마 차에 있던 게 붙은 모양이었다. 하지만 따뜻한 물과 조용함을 거절할 이유는 없다.

"그럼 재미가 없잖니."

"바보."

내가 씩 웃었다.

"올라가서 면도기 세팅을 막 바꿔 놔야지."

"맘대로 해."

아니가 내 머리카락 한 가닥을 잡아당기며 말했다.

"이참에 스타일이나 좀 바꿔 보게."

○

아니가 사는 바의 위층은 낡고 비좁지만, 매일 새벽 세 시까지 일하는 남자 혼자 사는 집치곤 제법 깨끗했다. 예전에도 들어와 본 적이 있었다. 아니는 내가 여기서 샤워를 할 수 있게 해주고 다음 공연을 위해 전화도 쓰게 해줬다. 여름 방학 때나 콜럼버스 기념일 같은 때 이 동네에 들르면 소파에서 재워 주기도 했다. 그리고 단 한 번도 내게 수작을 걸거나 그러고 싶다는 암시조차 준 적 없었다. 그의 나이가 내 아빠뻘이라고는 하나 모든 남자들에게 그게 걸림돌이 되는 건 아니었다. 그런 나이차를 더 좋아하는 남자들도 있었다. 아니는 그저 조용하고 편안한 사람이고, 자길 너무 귀찮게 하지 않는 말벗을 원할 뿐이었다. 그의 집에는 대단한 것들이 갖춰져 있지 않지만, 필요한 건 다 있었다.

나는 참기 어려울 정도로 뜨거운 물이 나올 때까지 물을 틀어 두었다가 샤워를 하기 시작했다. 거품을 낸 샤워 수건으로 온몸을 구석구석 문질렀다. 샤워 부스의 반투명 유리창으로 햇살이 들어왔고, 나는 햇살을 받아 피부 위로 물이 반짝거리는 걸 바라봤다. 그리고 참았던 울음을 터뜨렸다. 여기선 울어도 안전했다. 결국은 물도 식을 것이다. 아니가 시디를 찾으러, 아니면 셔츠를 갈아입으러 올라올 것이다. 해가 질 것이고 그러다 공연할 시간이 될 것이다. 이렇게 눈앞에 끝맺음이 보일 땐 감정을 좀 풀어 놓아도 괜찮았다. 하지만 혼자일 때, 길 위에 있을 땐 그럴 수 없었다. 그러면 영원히 멈출 수 없을지도 모르니까.

35

봄방학 전 마지막 금요일 밤이라니. 왜 진작 이 생각을 못 했는지 모르겠다. 바는 사람들로 꽉 찼다. 아니는 입장료를 받고 나한테 육십 퍼센트를 주기로 했다. 꽤 괜찮은 조건이었다. 게다가 이런 공연은 나의 자존심을 지키는 데도 좋았다. 여기서는 나이 많은 사람들이 술에 취해 청하곤 하는 끔찍한 옛날 유행가를 부를 필요가 없었기 때문이다. 여기 모인 관객들은 내 노래를 듣길 원했다. 그들은 나를 알고 있었다. 이 친구들은 아니가 밖에 내건 광고판을 보고 온 친구들이었다. 나를 보러 온 것이다.

헤어스타일을 짧게 바꾼 저스틴이 보였다. 일부러 찾고 있었던 것도 아닌데 눈에 들어왔다. 벽에 기대서서 맥주병을 목 언저리까지 들고 연주하는 나를 응시하고 있었다. 내가 눈을 맞추자 미소를 지었다. 어느 유월이었나, 지난번에 그를 봤을 땐 흘러내린 머리카락이 눈가를 덮고 어깨까지 늘어져 있었는데. 나의 손가락 사이로 걸리던 굵고 뻣뻣한 그 머리카락의 질감을 나는 기억했다. 이젠 짧고 삐죽삐죽해서 하마터면 못 알아볼 뻔했다. 저스틴은 곱슬머리가 풍성한 남자애와 함께 와 있었다. 1부가 끝나자 둘이 내게 다가왔다.

"저스트! 진짜 반갑다."

그가 내 볼에 입을 맞추자 내가 인사를 건넸다.

"원래 삼월엔 여기 안 오잖아!"

"이런 서프라이즈, 좋지 않아?"

지금은 저스틴에게 만나는 여자가 있을지 궁금해 하며 내가 말했다.

"좋은 정도가 아니지."

그가 활짝 웃었다.

"보고 싶었어."

사실 지난번에 빙엄턴에 들렀던 이후로 단 한 번도 그를 생각한 적이 없었는데, 막상 얼굴을 보니 진짜 보고 싶었던 것처럼 느껴졌다.

"샘한테 네 이야기했어. 원래 워터가에 있는 바에 가는 중이었는데 광고판을 보고 여기로 와야 한다고 했지."

저스틴은 곱슬머리 친구를 가리키며 말했다.

"와줘서 고마워요, 샘."

나는 까먹기 전에 그를 이름으로 불렀다. 그래야 다음번에 내가 그를 그냥 '친구'라고 불러도 이름을 기억 못해서 그런 거라고 생각하지 않을 테니까. 이건 너무 많은 이름과 얼굴들을 상대해야 하는 직업 때문에 내가 자주 쓰는 작전이었다.

"정말 잘하시던데요."

샘이 손을 내밀어 악수를 청했다. 마치 한참 주무르고 있던 지우개처럼 그의 손바닥은 뜨뜻하고 끈적거렸다.

"아, 감사합니다."

나는 모텔 거울을 보며 수없이 여러 번 연습한 겸손하고 진정성 있는 표정을 지었다. 칭찬을 듣는 건 정말 어색한 일이었다. 생각보다 쉽지 않았다.

"제가 맥주 한잔 사도 될까요?"

샘이 자기 뒷주머니를 툭툭 치며 말했다.

"고마워요, 친구. 전 매직 햇으로 마실게요. 바에 제 거라고 말만 하면 돼요."

나는 아니를 향해 손을 흔들며 샘을 가리켰다. 아니가 고개를 끄떡해 보였다.

"제가 마시는 건 돈 안 받으세요."

저스틴은 땋은 내 머리를 당기며 말했다.

"잘 데는 있어?"

나는 저스틴의 손 위로 내 손을 올리며 말했다.

"있나?"

"올해는 다른 애들 몇 명이랑 같이 살고 있는데, 다들 방학이라고 벌써 집에 갔어."

"완전 좋다."

나는 미소를 지었다. 우리 사이에 찌릿찌릿 흐르는 전류가 느껴졌다. 이 애는 그 속에 빠져 강아지처럼 첨벙거리며 미친 듯이 꼬리를 치고 있었다. 나는 이게 어떤 상황인지 잘 알았다. 이 애 역시 알고 있었다. 이 애는 내가 머물 공간이고, 나는 이 애에게 흥분되는 사건이다. 우리에겐 역사가 있었다.

언젠가 이 애가 중년의 유부남이 되면, 세발자전거가 세워져 있고 따뜻한 저녁이 기다리는 집으로 돌아가며 차 안에서 내 노래를 들을 것이다. 빨간불 앞에 멈춰 섰을 때 내 시디 케이스를 의자와 콘솔 사이에서 꺼내 굵은 손가락으로 내 사진을 쓰다듬으며, 내 머리카락이 그의 팔로 흘러내리고, 내 가슴을 더듬던 순간의 느낌을 떠올릴지도 모른다. 우리는 절대 이루어질 사이가 아니지만 그는 나를 결코 잊지 않을 터였다.

샘이 내 맥주를 들고 돌아왔다. 나는 미소를 짓고 소매로 병 입구를 닦았다.

"고마워요, 친구."

"언제든지요."

그는 윙크를 하고 나를 향해 손가락 권총을 쏘았다.

나는 저스틴과 병을 맞부딪치고 2부 준비를 위해 무대로 올라갔다. 내 첫 번째 시디에 있는 곡으로 시작했다. 이 곡에는 내 불안함과 격렬함이 담겨 있다. '뱀에게 물린 상처와 심장의 고통. 난 절대 널 내 것으로 만들지 않을 거야, 돌아가.' 사람들이 노래를 따라 불렀다. 이제야 마침내 다른 것은 아무 것도 생각하지 않아도 될 것 같은 느낌이 들었다. 가사와 기타 코드와 관객의 얼굴만 생각해도 되는 것이다.

○

2부가 끝났을 땐 샘은 보이지 않았고 저스틴만 나를 기다리고 있었다. 우리는 아니가 내 몫을 떼어 주기 위해 결산을 하는 동안 바에서 기다렸다. 아니가 기다리는 동안 마시라고 바 위로 맥주를 쭉 밀어 줬다.

저스틴은 내 허벅지에 손을 얹고 맥주를 꿀꺽꿀꺽 마셨다. 나는 저스틴의 삶에 대해 아는 게 없었다. 내가 이곳에 없을 때 그가 무엇을 하는지 전혀 몰랐다. 저스틴은 이제 남자가 다 되어 있었고 더 이상 서투른 소년처럼 보이지 않았다. 여자 친구가 있을 법한데, 내가 여기 올 때마다 그는 늘 날 만날 여유가 있는 것 같았다. 우리는 그런 이야기는 하지 않았다. 알게 된 것들이 있었다 해도 나는 금방 잊었다. 그의 전공이 무엇인지 어디 출신인지. 사실 성조차 기억나지 않았다.

아니는 지폐 뭉치를 내게 밀어 줬다.

"마법 같은 아가씨야."

아니가 말했다.

"오늘 수입이 아주 짭짤해."

나는 그와 포옹을 하려고 바에 훌쩍 올라앉았다.

"고마워요."

나는 그의 볼에 입을 맞췄다. 아니의 얼굴이 살짝 붉어졌다.

"가끔 연락하고."

아니는 내 눈을 바라보며 내 상태를 살피듯 나직이 말했다.

"알았지?"

이것이 그가 나를 보살피는 방식이었다.

"알았지?"

내가 무너지지 않도록 힘을 실어 주는 것이다. 손목의 멍도 나아질 거라고. 아니는 구체적인 이야기를 하지 않으면서도 내게 할 말을 했다. 나는 그래서 아니가 정말 좋았다.

"네."

나는 말했다.

"알겠어요."

○

저스틴이 이사한 집은 메인 거리에서 두 블록 올라간 곳에 있었다. 우리는 둘 다 취해서 운전을 할 수 없었기 때문에, 아니의 바 앞에 차를 두고 걸어서 갔다. 저스틴이 내 기타를 들었다. 주변에 걸어 다니는 사람들이 별로 없었다. 아직도 날씨가 춥고 공기가 차서 밤이면 물웅덩이가 얼어붙었다. 빙엄턴에는 앞으로도 몇 달간 눈이 더 내릴 것이다.

나는 저스틴의 집에서 샤워를 했다. 집은 넓고 텅 비어 있었다. 저스틴과 나뿐이었다. 나는 그게 좋았다. 왜냐하면 나의 지인 중에, 나의 인맥을 통틀어 나는 저스틴을 제일 좋아하기 때문이었다. 그는 나의 기준점이었다. 나는 그를 기준으로 내 나이를 헤아렸다. 나는 저스틴이 성장하는 걸 지켜봐 왔다. 저스틴은 나보다 두 살 많을 것이다. 그러니까 이제 스물한 살일 텐데 아직도 애처럼 느껴졌다. 그리고 나는 애가 아닌 다른 무엇이 된 것 같았다.

나는 머리를 틀어 올려 가방에 있던 머리핀으로 고정했다. 그리고 수건을 두르고 복도를 지나 저스틴의 방으로 갔다.

내가 샤워하는 동안 저스틴은 방에 초를 켜두었다. 둥그런 초는 심지가 타들어 가면서 사이키델릭한 패턴의 빛을 냈다. 스포츠 잡지의 유광 포스터가 촛불의 빛을 반사하고 있었다. 파촐리 향이 방을 채우고 있었지만, 그 향이 그가 마리화나에 취한 것을 감추진 못했다.

"와."

저스틴이 나를 보고 말했다. 그는 콘돔을 벌써 꺼내 뒀다. 선반 위 해골 모양 초 옆에 반짝이는 콘돔 포장지가 보였다. 그가 세운 목표를 보여 주기라도 하듯 세 개가 나란히 놓여 있었다.

"머리는 어떻게 된 거야?"

내가 그의 머리를 손으로 쓰다듬으며 물었다. 머리에 바른 왁스 때문에 손바닥이 끈적거렸다.

"깎았어."

"난 긴 게 좋았는데."

나는 그가 보지 않을 때 이불에 손을 문질렀다.

"인턴 면접 때문에. 나 이제 3학년이거든."

그는 눈썹을 치켜 올리고, 턱을 아래로 끌어내리더니 천정을 올려다봤다. '내가 얼마나 컸는지 봐' 하고 내게 보란 듯이 포즈를 취하는 것이다.

"아."

나는 고개를 끄덕이고는 그의 위로 팔을 뻗어 재떨이에서 마리화나 꽁초를 집었다.

"널 위해 좀 남겨 뒀지."

그가 말했다.

"잘했어."

나는 불을 붙여 한껏 들이마셨다. 그리고 눈동자가 풀리는 느낌이 들 때까지 숨을 참았다가 내 입술이 만든 작은 동그라미 사이로 연기를 내뿜었다. 연기가 채 다 나가기도 전에 저스틴은 그 동그라미 사이로 혀를 집어넣으려 했다.

그가 내 머리핀을 풀었다. 머리카락이 흘러내리며 젖은 몇 가닥이 어깨로 떨어졌다. 물방울이 내 등을 타고 흘러내리자 저스틴은 그 물방울을 핥았다. 그는 손을 내 턱에 대고 내 머리를 그의 어깨에 기대 놓으며 반대편 목을 혀로 핥았다. 작년에 우리가 만난 이후로 새로운 기술을 좀 배운 모양이었다.

우리는 몸을 눕힐 수 있을 때까지 미끄러져 내려갔다. 내 허벅지 사이에서 그가 단단해진 것을 느꼈다. 그의 팔은 부드럽고 굴곡진 근육은 단단했다. 옷을 벗으면서 이미 흥분한 그가 콘돔을 끼웠다. 속옷이 발목에 걸렸다.

"앗, 젠장. 눈 좀 감아 줄래?"

그의 말에 나는 눈을 감았다. 잠깐 불이 들어왔다.

"됐어."

다시 불이 꺼졌다. 그가 콘돔을 만지작거리는 소리가 들렸다. 끝부분을 잡아당겨 공간을 좀 남겨 둬야 할 텐데. 지난번에는 콘돔을 어떻게 끼우는지 내가 보여 줘야 했다.

섹스가 시작되자 좋긴 했지만 엄청 좋은 건 또 아니었다. 저스틴은 너무 애를 썼다. 양말도 아직 안 벗은 채였다. 뭘 해 보겠다고 나를 번쩍 들어 올려 벽에 갖다 붙였는데, 차가운

벽엔 벽토가 발라져 있어서 우툴두툴한 부분에 등이 긁혔다.

"지난번 생각나?"

내가 그의 귀에 대고 속삭였다.

"우리 책상에서 했던 거?"

"응."

그가 속삭이더니 나를 책상으로 안고 갔다. 그리고 노트들을 바닥으로 내던지는 동안에도 나를 안고 있었다. 나는 팔로 그의 목을 더 단단히 감싸고 이 애 옆에 남는다면 어떻게 살게 될까 생각해 봤다. 그가 나를 책상에 가만히 내려놓은 다음엔 끝날 때까지 그리 오래 걸리지 않았다.

우리는 아침이 다 되어서야 목표를 달성했다.

○

"하루 더 있다 가."

잠에서 깼을 때 그가 말했다. 나는 고개를 끄덕이고 그의 얼굴에 입을 맞췄다. 수염의 흔적은 찾기 어려웠다.

"아니, 진짜로. 알았다고 해놓고 내가 샤워하는 사이에 가 버리지 말고. 이번에는 진짜로 더 있다 가."

나는 그에게 강하게 키스했다. 손가락으로 그의 아랫입술과 턱의 팬 부분을 어루만지며 그의 입술의 느낌을 기억에 새겼다. 그리고 한 곳에 오래 머무를 생각을 해볼 때마다 날 덮치는 공포감이 오길 기다렸다. 혈관을 타고 흐르는 전기 자극 같은 그 느낌을. 하지만 이번엔 어쩐지 별 느낌이 없었다.

"샤워 후딱 하고 나올게. 엄청 빨리. 가지 말고 있어."

그가 내 위를 타 넘어 침대에서 내려가며 말했다. 그리고 사각팬티를 주워 입고 방을 나갔다.

효율적인 퇴장을 위해 방 안을 둘러보며 나는 내 물건들의 위치를 확인했다. 여기 머물 순 없었다. 계속 움직이지 않으면 꼼짝 없이 갇히고 말 것이다. 나에게 주어진 선택지는 머물거나 떠나거나, 두 가지뿐이었다. 내가 만약 저스틴과 아침을 먹으러 간다면 나도 모르는 사이 여기에 주저앉게 될 터였다. 아니의 바에서 일하게 될 테고, 저스틴이 내게 품었던 환상은 모조리 깨져 버리게 될 것이 분명했다. 사람들이 나를 좋아하는 이유는 내가 늘 아쉬울 때 한발 먼저 떠나버리기 때문이니까.

샤워기에서 물이 나오기 전에 윙윙거리는 소리가 들렸다. 남은 시간은 길어야 십 분. 사지가 나른하고 무겁고 머릿속은 어지러웠다. 일어날 수가 없었다. 밖은 춥고, 외로웠다. 정신을 차려 보려고 한쪽 손으로 다른 쪽 손목 안쪽을 꼬집었다. 하지만 눈꺼풀이 무거웠다. 이젠 전투의지를 모두 잃고 말았다.

어느새 저스틴이 돌아와 내 몸에 자기 몸을 포갰다. 두르고 있던 수건이 옆으로 떨어졌다.

○

"다음엔 어디로 가?"

저스틴이 나를 보기 위해 옆으로 누우며 물었다. 나는 어깨를 으쓱했다.

"계획에 차질이 좀 생겼어."

원래는 레드 뱅크에서 공연을 좀 더 잡을 생각이었다. 내일정에 이렇게 빈 공간이 생긴 건 아주 오랜만이었다. 아니의 바에서 몇 군데 전화를 돌렸어야 했는데 그냥 거기서 그렇게 시간을 보내는 게 좋았다.

"그러니까 가고 싶을 때 아무 데나 갈 수 있는 거야?"

"응, 그렇다고 할 수 있지. 하지만 자금이 필요하니까 일은 계속해야 해."

"와, 진짜 좋겠다. 나는 봄방학에도 본가로 가서 별로 하고 싶지도 않은 여름 인턴 면접을 봐야 하는데."

"가기 싫은데 왜 가?"

"아빠가 시키니까. 나는 뉴욕이나 워싱턴처럼 좀 멋진 데서 인턴을 하고 싶거든. 근데 여름 내내 로체스터에 있어야 해. 다른 데서 살 돈은 안 내주실 거야. 아빠는 내가 인생을 즐기는 꼴을 못 본다니까."

432

저스틴은 너무 풀 죽어 보였다. 자기가 재미 볼 돈을 아빠가 안 주는 게 이 애에겐 너무나도 큰 상처인 것이다. 나로선 상상도 못 할 세상이었다. 이 애도 나의 세상을 상상도 못 하겠지. 하지만 제대로 이해받지 못하고 어딘가 처박혀 있어야 하는 기분만큼은 이해할 수 있었다.

"집에 안 가고 네가 날 따라오면 어떻게 될까?"

내가 물었다. 가정일 뿐이었다. 자기에게도 선택권이 있다는 기분을 느껴 보라는, 내가 그에게 주는 안전한 선물이었다. 내 제안을 받아들일 리 없으니까.

내 말에 저스틴이 웃었다.

"아빠가 열 받아서 펄펄 뛰겠지."

나도 따라 웃고 손가락으로 그의 팔을 어루만졌다.

"봐, 엄밀히 따지면 못 할 것도 없다니까. 네 앞엔 좁은 길 하나만 있는 건 아니야."

"맞아."

그가 말했다.

"엄밀히 따지면 못 할 것도 없지."

기어가 바뀌었다. 그는 어쩌면 진짜로 고민해 볼지도 몰랐다. 두려움이 나를 강타할 거라 생각했는데, 별일 없었다. 대신 그가 내 몸에 팔을 둘렀고 나는 여전히 편하게 숨을 들이쉬고 내쉴 수 있었다. 나한테 무슨 일이 일어난 걸까. 다른 사람과 함께 다녀선 안 된다는 건 일찍이 깨달은 사실이었다.
하지만 이번엔 달랐다. 저스틴이니까. 이 애는 내가 이타카를
떠난 후 처음 만난 사람이었다. 아주 오랫동안 알아 온 사이
였다. 나는 그의 팔에 난 점들을 손가락으로 이어 봤다. 마치
별과 별 사이를 연결하는 것처럼.

○

스테이트가의 식당에서 해시브라운과 커피로 아침을 때우
고, 계획을 짜기 시작했다. 우린 바다 수영을 할 수 있을 정도
로 기온이 올라갈 때까지 남쪽으로 내려가기로 했다. 저스틴
에겐 노래를 녹음한 카세트테이프가 엄청 많았다. 기름값은
내가 내고, 방값은 그가 내기로 했다. 그는 아버지의 신용카
드를 갖고 있었다. 비상용이라고 했다.

"지금이 바로 비상시야."

그가 농담반 진담반으로 말했다.

"난 3학년이 되도록 봄방학 때 여행 한 번 가본 적이 없어.
나도 한 번쯤은 내 인생 살아야지, 안 그래?"

나는 고개를 끄덕였다. 우리 사이의 간극이 얼마나 큰지는
애써 무시했다. 나는 내 자신으로부터 휴식이 필요했다. 그리
고 이건 내가 누릴 수 있는 휴식에 가장 가까운 일이었다. 우
리는 아니의 바에 들러 인사하는 것도 생략하고 그 앞에서 차

만 가져갔다. 이 추진력을 잃으면 우리의 도주 계획은 금세 빛이 바랠 거라는 걸 둘 다 잘 알고 있었기 때문이다.

저스틴의 집으로 돌아가 여행 가방에 물건을 급히 쌌다. 마치 빨리 나가지 않으면 집이 불타서 무너져 내리기라도 할 듯이.

그렇게 우린 길을 떠났다.

36

저스틴의 음악 취향은 정말 형편없었다. 그가 내 노래를 좋아한다는 게 기분 나쁠 정도였다. 내 차의 카세트플레이어가 고장 났다는 사실은 그에게 문젯거리도 아니었다. 챙겨 온 테이프 백만 개를 다 들을 수 있게 커다란 휴대용 카세트플레이어도 가져왔기 때문이다. 그래서 우리는 선곡 순서만 약간씩 다른, 정말 구린 대학생 밴드의 노래가 섞여 있는 테이프를 계속 들어야 했다. 저스틴은 지도도 볼 줄 몰랐다. 길에서는 소변도 못 보겠다고 하고, 하루 종일 배가 고프다고 했다. 정말 써먹을 데라곤 눈 씻고 찾아도 없는 애였다.

이건 우리가 휴게소에 처음 들렀을 때 저스틴이 구입한 것이다.

-돼지 껍데기 튀김 스낵, 특대형 피자 맛 과자, 특대형 슬러시 두 개(파란색과 빨간색, 왜냐고 물었더니 '굳이 꼭 하날 고를 필요는 없잖아?'라고 했다), 나중에 마실 콜라 몇 캔, 과일 맛 껌, 그리고 포장지

가 햇빛에 바랜 먼지투성이 재그넛 캔디바. 이유는 처음 보는 간식이었기 때문이다. 그냥 재그넛이라는 말이 재미있어서 산 것이니 절대로 먹지 않고 간직하기만 할 거라고 했다.

그리고 내가 구입한 것은 이것이다.

-기름 십삼 갤런.

이게 전부였다.

우리는 대부분 편의점 음식으로 배를 채웠다. 즐거운 일은 아니었다. 그냥 편할 뿐이었다. 저스틴이 간식을 고르느라 고심하며 낮 시간을 허비할 때마다 핀잔을 주지 않고 참는 건 결코 쉬운 일이 아니었다. 하지만 그가 화석이 된 재그넛을 먹다가 나를 보고 "한입 줄까? 완전 우웩이야!" 하면서 씩 웃자, 나도 이 모든 게 새롭고 재미있는 척 기분을 맞춰 줘야 할 것 같았다. 마치 내가 산타의 진실을 알게 된 뒤에도 다른 아이들에겐 말하지 않았던 것처럼. 다른 사람에게 영화의 결말을 스포일러 할 수는 없으니까. 하지만 확실한 건 저스틴의 영화는 내 영화보다 훨씬 나은 결말을 맞이할 것이란 점이었다. 하룻밤만 지내고 내 갈 길을 갈 땐 이런 것은 생각할 필요도 없었지만 가까이 붙어 지내며 보니 조금 슬퍼졌다. 아무래도 다른 종류의 외로움을 발견한 것 같은 기분이 들었다.

"난 괜찮아."

나는 재그넛을 밀며 말했다.

"혼자 다 드세요."

"오래돼서 맛이 간 것 같아!"

저스틴이 웃으며 말할 때 썩어 가는 초콜릿 조각들이 사방으로 튀었다. 이 여행은 그에겐 모험일 테니 나 역시 같은 기분으로 즐기기로 마음먹었다. 나는 세상에는 빛이 바래고 칙칙한 것만 가득한 게 아니라고, 여전히 나를 위한 새로운 것이 존재하리라고 믿고 싶었다. 몇 킬로미터를 더 달린 다음부터 저스틴은 누군가가 고래고래 악을 쓰며 녹음한 가짜 이집트풍 노래를 따라 부르기 시작했다. 마치 보호소에서 탈출한 개처럼 웃으면서. 이 애를 이렇게 행복하게 만들어 준 사람이 나라는 사실은 내 배 속의 소용돌이를 진정시키고, 다음 휴게소 화장실에 이 애를 버리고 가고 싶은 충동을 억누르는 데 도움이 됐다. 맹세코 그가 싫은 건 아니었다. 맹세한다. 다만 누군가를 좋아하는 것 자체가 어려운 일이었다. 내겐 영원한 숙제로 남아 있는 일이니까.

○

"있잖아."

저스틴이 출구 표지판을 가리키며 말했다.

"뉴저지 바닷물은 따뜻할까?"

농담이라고 생각하고 웃었는데 얼굴을 보니 진지했다.

"아니."

나는 조심스럽게 말했다.

"뉴저지는 봄에 수영을 할 수 있을 정도로 남쪽이 아니지."

"아."

그러더니 물었다.

"잠깐 쉬었다 가도 될까? 화장실 좀 가게?"

우리가 다시 차에 탄 다음 저스틴은 잠들었다. 그의 테이프
가 다 돌아가자 나는 길가의 소음과 함께 나의 생각들 속에
남겨졌다.

때때로 저스틴을 힐끔힐끔 봤다. 누군가가 내 옆에서 잠들
정도로 편안함을 느낀다는 건 기분 좋은 일이었다. 저무는 해
의 빛을 받아 그의 속눈썹이 빛났다. 그는 자기 앞에 펼쳐진
삶이 뜻대로 순탄하게 풀려 나갈 것이라 믿고 있고, 아마도
그렇게 될 터였다. 나쁘고, 역겹기까지 한 생각이지만, 이 애
를 따라가면 어떨까 생각해 봤다. 내가 이 애의 삶에 업혀 간
다면 그의 결말이 나의 것이 될 수 있지 않을까. 이 애가 대학
을 졸업할 때까지 빙엄턴에 함께 있으면 되겠지. 아니는 무릎
수술을 받을 수 있을 테고, 아니가 회복하는 동안 내가 바를
맡아 운영하면 되겠지. 나는 안전하고 따뜻하고 깨끗하게 살
수 있을 거야. 어쩌면, 이 여행이 잘 풀리기만 한다면, 저스틴
은 내가 그와 함께 남길 바라지 않을까. 아니면 적어도 이 애

를 좀 더 자주 찾아올 수 있지 않을까. 나도 좀, 쉴 수 있지 않을까.

작은 조각이었던 해가 완전히 사라져 버렸다. 저스틴이 코를 골았다.

37

차라리 로맨스에 안주하는 편이 더 쉽다. 아니면 욕정이라고 해야 할까? 아무튼 저스틴과 나는 우리 관계에서 각자의 역할이 무엇인지, 또 이 관계가 어디로 갈 것인지 알고 있었다. 우리에겐 대본이 있었다. 연기 지침이 있었다. 우정이란건 훨씬 더 힘들다. 우정에는 시간이 필요한데 내겐 그런 시간이 주어진 적이 한 번도 없었다. 누군가와 친구가 될 만큼 어딘가에 오래 머문 적이 없었다. 길을 떠난 후 딱 한 번 친구를 사귀려고 노력했던 그때, 모든 게 엉망이 됐다. 그렇게 될줄은 정말 몰랐다.

이타카를 떠난 지 반년쯤 됐을 때 공연에서 한 여자애를 만났다. 그 애도 기타를 쳤다. 그 애의 차에 문제가 생겼는데, 같이 다니면 더 재미있을 것 같았다. 그러지 않을 이유가 없었다. 처음부터 모든 게 술술 풀려나갔다. 그걸 경고로 받아들였어야 했다. 칼리는 처음부터 대뜸 내게 다가와, "우리 친구하자"라고 말하지 않았다. 하지만 미심쩍은 마음을 품기엔 나는 너무 외로웠다. 그리고 그 애랑 있으면 내가 중요한 사람이 된 것 같은 기분이 들었다.

그 애는 내게 손가락 하나로 여러 줄을 동시에 누르는 바레 코드 연주법과 비어 있는 임대 주택의 잠금장치 비밀번호를 알아내는 법을 가르쳐 줬다. 입장료 수입이 많이 들어왔는데도 거짓말을 하고 적게 주려는 바 사장들에게 항의하는 법, 집으로 따라가도 될 만한 남자를 고르는 법, 모텔비도 아끼면서 내가 원하는 것 이상을 그 남자에게 주지 않는 법까지도. 내겐 그 애가 필요했다.

우리가 함께 다닌 지 사흘째 되던 날, 내가 바다를 한 번도 보지 못했다는 사실을 알게 된 그 애는 오스베리 파크의 지인에게 연락해서 우리 공연을 잡았다. 이틀 후, 우리는 해변의 나무 데크 위에 서 있었다. 그 애는 옷을 다 입은 채로 파도를 향해 돌진했다. 나도 따라 했다. 그리고 그 애에게 눈물을 들키지 않으려고 머리를 물속에 담갔다. 마치 그 애가 내게 바다를 선물한 것 같은, 온 바다가 우리 것 같은 기분이 들었다.

내 노트에 적힌 연락처의 절반이 그 애가 소개해 준 사람들이거나 그 애가 소개해 준 사람이 소개해 준 사람들이다.

그 애는 정말 재미있는 사람이었다. 재미없어지기 전까지는 말이다. 그러니까 내 기타를 전당포에 가져가려다가 나한테 걸리기 전까지는 그랬다. 그 애는 자기 기타를 같이 쓰면 되지 않느냐고 했다. 나한테 아직은 말 할 수 없는 '무언가' 때문에 돈이 필요하다고, 그리고 내 기타를 맡겨야 돈을 더 많이 받을 수 있기 때문이라고 했다. 우리의 싸움은 격렬했고, 관계는 최악으로 망가졌다. 나는 그 애를 떠나야 했다. 믿을 수 없는 사람과는 함께 다닐 수 없었다. 나는 가능한 한 좋게 헤어지려고 최선을 다했다. 내가 떠날 거라 말해 줬다. 버스 표와 이십 달러짜리 몇 장을 그 애 가방에 넣어 주고 차를 몰고 떠났다. 그런데도 죄책감 때문에 숨이 막힐 것 같았고, 사방이 조용해질 때마다 그 느낌은 여전히 찾아왔다.

여자들은 더 많은 걸 감지한다. 아주 미세한 디테일까지 다 알아차리기 때문에 여자들은 상대의 내면 깊숙이 상처를 낼 수 있다. 어쩌면 나는 기꺼이 내 기타를 함께 써야 했는지도 모른다. 어쩌면 그 '무언가'는 그 애가 하루에 다 비워 버릴 작은 비닐봉지가 아닐 수도 있었는데, 그것일 거라고 단정 지은 내가 끔찍한 사람인지도 모른다. 어쩌면 나는 너무 냉소적이고 진부하고 어딘가 망가져 버린 사람인지도 모른다. 늘 최악을 기다리고 있기 때문에 최악의 상황을 발견하는지도 모른다.

이제는 공연을 예약하기 전에 다른 가수들은 누가 오는지 꼭 확인한다. 혹시라도 그 애랑 동선이 겹칠까 봐. 하지만 그 애가 온 적은 한 번도 없었다. 콜의 말에 따르면 그 애가 마지막으로 다운타운에서 공연을 했을 땐 '마약에 절어' 있는 것 같았고, 레퍼토리도 거의 내 노래였다고 했다. 좀 더 힘들게 살고 금방 번아웃 돼버리는 사람들도 있는 것이니 그런 것에 너무 슬퍼하지 않는 게 좋다고 콜이 내게 말했다. 나는 이제 그 애의 이름조차 떠올리지 않으려고 노력한다.

◦

밤이 늦었다. 피곤했다. 저스틴은 이번 여정 내내 잠을 잤으므로 그 애가 뒤척이면서 바보 같은 미소를 지었을 땐, 밤 운전을 맡으라고 했다. 이 애에게 내 차를 몰게 하는 게 기분이 이상했지만 어쩔 수 없었다.

"그냥 싼 호텔에서 자고 가자."

저스틴이 큰소리로 하품을 하며 말했다.

"급할 것도 없잖아."

그는 숙소 간판을 찾기 위해 깨어 있기로 했다. 녹음테이프가 다시 돌아가기 시작했고, 나는 조용한 시간이 그리워졌다.

◦

저스틴이 생각하는 싼 호텔과 내가 생각하는 싼 호텔에는 큰 차이가 있었다. 방의 잠금장치가 허술하지 않고 매트리스에서 소변 냄새만 안 나도 내겐 충분히 고급스러운 방이었다. 사실 그마저도 낭비라고 느껴질 때가 많았다. 내 노트에는 그럭저럭 괜찮았던 모텔과 죽었다 깨어나도 다시 발을 들여놓지 않을 모텔의 리스트가 있었다. 그걸 들여다보면 되겠다고 생각하고 있는데 저스틴은 고속도로의 '홀리데이 인' 표지판을 가리키더니 말했다.

"저기. 저기면 되겠다."

그리고 일 박 요금이 얼만지 물어보지도 않고 자기 아빠 카드를 건넸다. 룸서비스로 우리 둘이 먹을 햄버거도 주문했다.

방에선 깨끗한 냄새가 났고, 나는 잠금장치를 확인해야겠다는 필요조차 느끼지 않았다.

○

"룸서비스를 안 먹고 다녔다니 믿을 수가 없다."

저스틴이 감자튀김을 입에 쑤셔 넣으며 말했다.

"나 같으면 룸서비스만 먹고 다닐 텐데."

"난 원래 룸서비스가 있는 데서 묵질 않아. 그리고……"

나는 현실을 조금 더 낫게 포장하기 위해 말을 골랐다.

"내가 연주하는 데선 보통 식사를 제공해 주니까."

"옮겨 다니지 않을 땐 어디에 살아?"

저스틴은 자기 피클을 내 접시에 덜어 주며 말했다. 저스틴이 이런 내 취향을 알고 있었다는 것조차 나는 잊었는데, 이 애는 나에 관한 것들을 언제나 기억하고 있었다.

"아무 데서도 안 살아."

나는 그 말이 내 뇌리에 박히지 않도록 애쓰며 말했다.

"그럼 계속 옮겨 다니는 거야?"

그는 입을 딱 벌리고 질겁한 사람처럼 나를 쳐다봤다. 혀 위에는 아직도 감자튀김이 몇 개 붙어 있었다.

"꼭 그런 건 아니고."

나는 억지로 미소를 지어 보이며 말했다. 내가 얼마나 가진 게 없는지 이 애가 차츰차츰 깨달아 가는 모습을 보는 게 괴로웠다.

"몇 군데 지내는 데가 있긴 하지. 좀 쉬고 싶을 땐 친구들이 일이 주 묵게 해주고 그래."

"부모님은? 집엔 아예 안 가?"

"그건…… 그건 내 선택지에 없어."

그가 나를 바짝 끌어안았다.

"나도 그 친구 리스트에 올려 줘. 쉬고 싶을 땐 언제든지 나한테 와도 돼."

그의 부드럽고 깨끗한 셔츠 아래 느껴지는 팔의 감촉이 정말 좋았다. 그가 내게 강하게 키스했다. 그의 입술 아래 있는 치아의 굴곡이 느껴졌다. 이제 그는 마치 나를 전부 기억하려는 듯 내 몸 구석구석 입을 맞췄다. 우리는 텔레비전과 불을 모두 켜놓은 채 느긋한 섹스를 했다.

모든 게 끝났을 땐 내게 잠재된 도망치고 싶다는 근질거림은 다 희석돼 버려 거의 느낄 수조차 없게 됐다. 나는 그의 가슴에 머리를 기댔다. 그는 「백만장자 빌리」라는 영화를 보고 있었다. 그의 몸 안에서 울리는 웃음소리를 듣는 게 좋았다. 잠에 빠져드는 걸 느꼈지만 굳이 깨어 있으려고 애쓰지 않았다.

○

깜짝 놀라 잠에서 깼다. 왜 깼는지는 알 수 없었다. 눈을 뜬 순간 사라져 버린 꿈 때문이었을 수도 있고, 내 몸이 잠을 거부하고 있었기 때문일 수도 있었다. 그의 가슴에 닿은 내 뺨이 젖어 있었다.

"안녕, 잠꾸러기."

그가 말했다. 저 애의 엄마는 아들을 그렇게 불렀던 걸까.

"완전 곯아떨어졌어, 너. 침까지 흘리고."

"미안."

그의 가슴에 생긴 웅덩이를 닦아 주는데 뺨이 달아올랐다. 저스틴이 웃었다.

"미안하긴."

그는 내 머리를 쓰다듬어 주고 다시 기대게 하더니 무심히 내 등을 문질러 줬다. 이제 영화는 짐 캐리가 나오는 걸로 바뀌어 있었지만 눈을 뜨고 있기가 힘들었다. 지난 몇 년을 통틀어 가장 달게 잔 것 같았다.

38

아침이 되자 저스틴은 서랍장 위의 커피머신으로 커피를 내렸다. 우리는 침대 위에 지도를 펼쳐 놓고 루트를 살펴봤다. 목적지는 플로리다로 정해져 있었지만, 그 중에서도 어디에 갈지를 아직 정하지 못한 상태였다. 저스틴은 인어를 보러 헤르난도 카운티의 도시, 위키와치에 가고 싶다고 했다. 어처구니없는 생각 같긴 했지만 못갈 것도 없었다. 휴가라는 게 그런 것 아니겠는가. 다른 특별한 목적 없이 그냥 어딘가로 가서 거기 있는 걸 보는 것. 사실 휴가에 대해 나는 그 이상은 알지도 못했다

나는 지출에는 늘 신중했다. 모아 둔 돈이 있긴 했다. 이백 달러, 거기다 기타 케이스에 숨겨둔 사십 달러. 하지만 플로리다의 왼쪽 끝까지 가지 않아도 바닷물은 따뜻한데, 위키와치까지 가야 하나 망설였더니, 저스틴이 대뜸 말했다.

"내가 기름 값까지 다 낼 테니까 걱정하지 마."

상황이 이렇게 되니 정말로 인어를 보러 가지 않을 이유가 없었다.

내가 이를 닦고 머리를 말리는 동안 저스틴은 체크아웃을 하러 아래층으로 내려갔다. 하지만 몇 분 후, 저스틴에게 전화가 걸려 왔다.

"잠깐 내려와 줄 수 있어?"

그래서 물건들을 방에 둔 채 로비로 달려 내려갔다. 목소리가 절박한 것 같았는데 엘리베이터보다는 그 편이 빠를 것 같았기 때문이다.

엄격해 보이는 인상의 매니저가 프런트데스크에 서 있었다. 얼굴이 벌겋게 된 저스틴은 손을 떨고 있었다.

"아빠가 카드를 막아 버렸어."

저스틴이 내 귀에 대고 속삭였다.

"승인 거부래. 매니저 말이 내가 체포될 수도 있대."

저스틴은 금방이라도 흐느껴 울 것 같았다. 그리고 내게 계산서를 건넸다. 어젯밤에 본 영화도 일반 채널이 아니라 유료 채널이었다. 거기다 룸서비스. 거기다 세금. 총 백하고도 삼십칠 달러였다. 전화를 걸어 나까지 여기 끌어들인 저스틴에게 고함을 지르고 싶은 심정이었다. 호텔에서 우리 방에 벌써 사람들을 올려 보냈다고 했다. 그들이 내 기타를 가져가 버릴까봐 나는 겁에 질렸다. 하지만 저스틴은 이미 맛이 가 있었다.

이 애는 어렸고, 절망했고, 무엇보다 이런 상황을 해결할 능력이 없었다.

나는 손을 내밀어 매니저에게 악수를 청했다. 매니저가 당황했다. 그게 나의 노림수였다.

"착오가 있었던 것 같은데 죄송해요."

나는 웨이트리스의 경험을 살려 가장 프로다운 목소리로 말했다.

"저희가 방으로 올라가서 전화 한 통만 할 수 있게 해주시면, 제가 책임지고……"

"죄송하지만 그렇게는……"

"그럼 여기 로비에서 전화를 하는 건 괜찮을까요? 약간의 오해가 있었던 것뿐이에요."

나는 상냥하게 미소를 지어 보였다. 로비에는 다른 손님들도 있었다. 저스틴은 목격자들이 있는 게 창피한 눈치였지만 그건 우리의 자산이었다. 매니저는 다른 고객 앞에서 소란을 일으키고 싶지 않을 것이고, 내가 차분하고 이성적인 목소리를 고수하기만 한다면 그가 냉정을 잃는 것이 오히려 모양새가 안 좋을 터였다.

로비의 연보라색 소파와 조화로 장식된 테이블 옆에 전화기가 놓여 있었다. 매니저는 저스틴에게 공짜로 그 전화를 쓰게 해줬다. 나와 매니저는 프런트데스크 한쪽에 서서 저스틴이 통화하는 모습을 지켜봤다. 저스틴은 수신자 부담으로 전화를 걸었다. 다이얼을 돌리고, 기다리고, 수화기를 내려놓았다가, 다시 다이얼을 돌렸다. 저스틴의 아빠는 처음 세 통은 거절했지만 네 번째에는 전화를 받았다. 저스틴은 통화를 하면서 눈물을 훔쳤고, 자기 말이 들리지 않도록 손으로 수화기를 가렸다.

매니저가 체중을 한쪽 발에서 다른 한쪽 발로 옮겨 실었다. 그의 이름은 브라이언. 명찰에 그렇게 적혀 있었다. 그는 한숨을 쉬었다. 나는 그를 향해 미소를 지어 보였다. 아주 침착하게, 그리고 침묵을 지켰다. 나는 정적이 아무렇지도 않은 사람이지만 그는 그렇지 않을 것이다. 그러므로 이번에도 내게 유리했다.

나는 그의 얼굴을 유심히 살피며 그의 삶을 상상해 봤다. 그도 고등학생 때는 귀여운 남학생이었을 것이다. 아직 여학생들이 그가 호텔 매니저 이상의 무언가가 될 거라고 꿈꾸던 그땐 말이다. 단추 같은 코, 갈색 눈동자, 관자놀이부터 희끗해지기 시작한 적갈색 머리카락. 주근깨. 그의 턱선은 머지않아 사라질 것이다. 이혼남, 이건 확실했다. 그것도 약지의 옅은 결혼반지 자국이 다시 햇볕에 타기 시작했을 정도로 오래전에. 그의 전처는 아이보리 비누를 연상시키는 순수하게 예쁜 사람이고, 두 아이는 주말마다 그의 칙칙한 아파트에 오는 걸 좋아하지 않을 것이다. 그 역시 아이들이 오는 걸 반기지 않고, 그런 자신을 자책할 것이다. 그런 이유로 그는 술을 마신다. 늦은 밤, 퇴근 후에 레토르트 햄버그스테이크를 전자레인지에 데워 먹고 토크쇼 재방송이 시작될 때쯤 장기 렌트 가구점에서 할부로 들인 커피 탁자에 한 줄 아니면 두 줄쯤 코카인을 깔고 코로 흡입할지도 모른다. 탁자의 할부금은 절대다 갚지 못할 것이다.

나의 시선에 그는 얼굴을 붉혔다. 그의 손이 자기 뺨으로 갔다. 주근깨를 신경 쓰는 것 같았다. 그럴 것 같아서 그걸 보고 있었는데, 역시 내 추측이 맞았다.

"손님은 어디서 오셨나요?"

저스틴이 전화 통화하는 걸 몇 분간 지켜보다가 그가 물었다.

"뉴욕 서부요."

나는 그와 대화하는 게 아주 즐겁다는 듯 밝게 대답했다.

"스태튼 아일랜드요?"

"버펄로 외곽이요."

그가 고개를 끄덕였다. 사람들은 뉴욕에 브롱크스, 브루클린, 맨해튼, 퀸즈, 스태튼 아일랜드의 다섯 개 자치구 외에 다른 곳이 있다는 걸 도무지 기억하지 못했다. 그 바깥에도 세상이 있고 거기에도 진짜로 사람들이 살아가고 있었다. 하지만 나는 그에게 오만한 인상을 주고 싶지 않았고 혹시라도 그랬을까 봐 걱정이 됐다. 무슨 말이라도 더 하려고 하는데 저스틴이 전화를 끊더니 내게 손을 흔들었다. 나는 브라이언에게 미소를 짓고 말했다.

"잠시만 실례할게요."

내가 옆에 앉자 저스틴이 내 귀에 대고 귓속말을 하려고 했다.

"아니."

나는 조용히 말했다.

"웃어. 그리고 조용히 말해, 하지만 웃어."

"내가 인턴 면접 보러 집에 안 갔다고 아빠가 열받았어. 그리고 내가 '놀아난' 비용은 대주지 않겠대."

저스틴은 손가락으로 따옴표를 만들어 보이며 말했다.

"대신 날 신고하진 않겠다고 했어."

두 손에 힘이 풀렸다. 여태 주먹을 꼭 쥐고 있었다는 사실조차 모르고 있었다.

"카드는 안 풀어 줄 거래."

저스틴이 말했다.

"만약 호텔에서 나를 체포하기로 결정해도 도와주지 않을 거래. 내가 할 수 있는 게 없어. 나한테 한 십 달러쯤 남아 있나."

저스틴이 흐느끼며 내 어깨에 고개를 묻었다. 내가 지금 곧장 이 애를 로체스터로 데려다준다면 아빠라는 사람이 돈을 내줄 것 같은지 묻고 싶었지만 애가 어찌나 펑펑 우는지 도저히 물을 수가 없었다. 상황은 완전히 달랐지만, 이런 실망감에 나는 친숙했다.

"돈은 내가 낼게. 나 현금 있어. 내가 해결할게."

내가 말했다. 저스틴의 안도감은 즉각적이고도 찬란했다. 그런 걸 누군가에게 줄 수 있었다는 건 정말 의기양양한 일이었다. 이제 나는 생존하는 것 이상의 무언가를 할 수 있게 됐다. 받는 것 말고도 할 수 있는 게 생겼다. 저스틴이 내게 진한 키스를 했다.

브라이언은 아직 우리를 지켜보고 있었다. 나는 그에게 엄지손가락을 들어 보였다. 아주 쿨하게. 하지만 내가 브라이언에게 방에 올라가서 돈을 가지고 내려와야 방값을 낼 수 있다고 하자 약간의 실랑이가 벌어졌다. 결국 저스틴을 로비에 잡아 두고 자기가 나를 방까지 따라가겠다고 했다.

"그러니까 버펄로에서 오셨다고요."

브라이언이 엘리베이터에서 말했다. 비좁은 공간에서 그의 숨소리가 크게 들렸다. 그가 필요 이상으로 가까이 섰고, 나는 그가 굳이 따라 올라오겠다고 한 데에 다른 생각이 있는 건 아니었을까 생각하게 됐다.

"거기 윙이 맛있죠."

"맞아요."

내가 미소를 지으며 말했다.

"저도 윙을 좋아해요."

그도 미소를 지었다.

나는 돈 말고도 이 일을 해결할 방법이 있을 수도 있겠다는 느낌을 받았다. 이 사람은 그렇게 형편없는 사람이 아니었다. 그저 슬프고 지쳐 있을 뿐이다. 나쁜 상황에서 벗어나는 데 그게 최악의 선택은 아니지 않을까.

엘리베이터 문이 열렸다. 우리가 함께 복도를 걷는 동안 나는 레이와 타이어 아래에서 그의 뼈가 부러지던 소리를 떠올렸다. 그의 검은 테 안경을. 그가 내 공연의 전단지를 둘둘 말아 쥐고 있던 모습과 그가 얼마나 무해하고 성실해 보였는지를. 나는 그 고무 탄내를 생각하지 않으려고 했지만, 갑자기 공기가 더 이상 폐로 가지 않는 것 같은 느낌이 들면서 진짜 현실이 내 생각 뒤로 다 숨어 버리는 듯한 기분에 사로잡혔다.

나는 브라이언에게 짓고 있던 미소를 거뒀다. 그리고 방 카드 키를 긁었다. 가방 안을 뒤졌다. 문 앞에 서서 나를 지켜보고 있는 그를 못 본 척 했다. 그는 열린 문을 등으로 받치고 있었기 때문에 내가 고함을 치면 밖에서 들릴 터였다. 안심이 됐다. 그가 그 정도의 예의를 갖춘 사람이라는 것도.

"여기 있어요."

나는 브라이언에게 백사십 달러를 건네며 말했다.

"저스틴에게 차에서 만나자고 좀 전해 주시겠어요?"

그는 나를 방에 두고 가기 싫은 눈치였다.

"짐을 마저 챙기고 화장실을 좀 써야 해서요."

내 말을 듣고 그가 몸을 살짝 움직였다. 체중이 옮겨지자 문이 닫혔고 내 입에서는 헉, 하는 소리가 나왔다. 그럴 생각은 아니었지만 그도 깜짝 놀랐다. 일부러 문을 닫은 것이 아니었다. 그는 자기가 나를 그렇게 놀라게 했다는 사실에 더 놀란 것 같았다. 내가 무슨 생각을 하는지 걱정하는 듯했다. 그는 문손잡이를 향해 손을 뻗었다.

"알겠습니다. 거스름돈은 일행 분께 드릴까요?"

"거스름돈은 됐어요."

팁을 줘야 하는 건지도 알 수 없었다. 이렇게 좋은 데선 처음 묵어 봤으니까. 만약 팁을 기대하고 있었다면 정말 형편없는 액수였다.

"즐거운 여행 하시길 바랍니다."

그가 말했다.

"아까는 죄송했습니다…… 오해해서 죄송합니다."

그가 문을 닫자마자 눈물이 쏟아졌다. 화장실로 달려가 찬

물을 얼굴에 끼얹는데 꼭 물에 빠져 죽을 것 같은 기분이었다. 나는 기침을 했고, 숨을 거칠게 몰아쉬며 울었다. 마치 무언가가 내 안에서 빠져나가려는 것 같았다.

나는 깊게 호흡을 하며 침대에 앉아 무릎 사이에 얼굴을 묻었다. 들이마시고. 내쉬고. 한쪽 엄지손톱으로 다른 쪽 손의 살을 꾹꾹 눌렀다. 그렇게 감정을 다스렸다. 꿀꺽 삼켰다. 폐의 가장 밑바닥으로 쫓아 버렸다. 하지만 아주 사라진 건 아니었다.

○

차로 다가가자 저스틴이 트렁크 위에 앉아 더플백을 무릎에 얹고 다리를 흔들고 있었다. 나를 보자 그가 미소를 지으며 손을 흔들었다. 아버지 때문에 기분이 안 좋을 줄 알았는데 이제 안심했는지 다시 생기를 찾은 모습이었다.

"내가 가진 돈으로 널 빙엄턴까지 데려다줄 수는 있을 것 같아."

아니는 공연을 시켜 주거나 바에서 일하게 해줄 테고, 그러면 내가 오늘 잃은 돈을 만회할 수 있을 거란 확신이 있었다.

"난 돌아가기 싫은데."

저스틴이 말했다.

"이렇게 돌아가면 아빠가 이기는 거잖아."

이 애는 내가 모아 둔 돈을 다 써버린 건 걱정도 안 되는 모양이었다. 돈을 냈으니 끝난 일인 것이다. 체포될 염려도 없다. 이 애는 나로선 이해조차 불가한 아빠와의 싸움에서 이기고 싶을 뿐이었다. 하지만 나는 관두고 싶다는 이야기를 할 자신이 없었다. 실망한 이 애와 빙엄턴까지 같이 차를 타고 가는 것도. 그리고 다시 혼자가 되는 것도.

하지만 계속 이렇게 나가다간 저스틴이 어떻게 제자리로 돌아갈 수 있을지 잘 알 수가 없었다. 그렇다고 그걸 문제 삼진 않았다. 이 애도 나에게 얼마가 남았는지는 알고 있으니까. 스스로 결정하게 해야지, 결심하는데 저스틴이 말했다.

"우리한텐 다른 모텔도 있으니까."

아, 이 애는 정말 상황 파악이란 걸 못 하는구나.

"우리가 묵을 만한 데는 내가 알아."

내가 말했다.

"안나마리아섬으로 가자."

"거기 해변이 있어?"

저스틴이 물었다.

"응."

예전에 가본 적이 있었다. 그쪽은 익숙했다. 공짜로 묵고, 공연을 잡거나 안 되면 해변에서 연주를 해도 됐다. 플로리다의 브레이든턴은 여기서 빙엄턴까지 가는 거리의 절반밖에 안 됐고, 나는 피곤했다. 힘든 순간은 일단 주말로 미뤄 두고 싶었다.

"그럼 좋아."

저스틴이 웃으며 말했다. 그리고 트렁크에서 뛰어내려 조수석에 탔다.

39

우리는 자정이 넘어서야 그 집에 도착했다. 진입로에는 차가 한 대도 없고 잔디는 길게 자라 있었다. 집 주인은 렌트한 사람이 올 때만 미리 잔디 깎는 사람을 보내곤 했다.

저스틴이 차문을 너무 세게 닫았다. 현관을 향해 걸어가는데 심장이 베이스의 저음처럼 쿵쿵 울렸다. 저스틴이 못 듣는다는 게 신기할 정도였다.

현관 비밀번호가 바뀌어 있었다면 이야기를 꾸며 내야 했다. 나는 여기서 몇 블록 떨어진 집의 비밀번호도 알고 있었다. 작년에는 이 집과 그 집을 왔다 갔다 하면서 지냈다. 하지만 두 집은 생김새가 완전히 달랐다. 혼동했다고 얼버무리긴 어려웠다. 뭐라고 이야기를 꾸며 내야 할까. 사실 해변에서 자도 상관없긴 했다. 적어도 춥지는 않았으니까.

나는 숨을 죽였다. 그리고 번호를 보기 위해 열쇠고리의 손전등을 꾹 눌렀다. 2, 3, 5, 6을 차례로 누르자 잠겨 있던 열쇠

함이 열렸고 그 안에 열쇠가 들어 있었다.

"여기 누구 집이야?"

열쇠를 돌리고 문을 밀어서 열자 저스틴이 물었다.

"삼촌."

아빠에겐 형이 하나 있었지만 베트남에서 전사했다. 하지만 이렇게 말하는 편이 쉬웠다. 작년 여름에 내가 이 집의 비밀번호를 알아내기 위해 어둠 속에서 손전등을 들고 몇 시간씩 씨름했다는 걸 저스틴은 굳이 알 필요가 없었다. 어려운 일은 아니었다. 열 개의 번호 중에 손때가 묻고 닳아 있는 건 여섯 개였으므로, 비밀번호는 지난 몇 년간 두세 번밖에 안 바뀌었을 확률이 높았다. 이 열쇠 함은 순서와 상관없이 지정된 번호만 누르면 되는 구조라 번호만 맞게 고르면 됐다.

저스틴이 거실 불을 켰고 나는 당장 불을 끄라고 말하고 싶은 충동을 눌러야 했다. 고리버들로 만든 가구에 야자수가 프린트된 쿠션이 놓여 있었다. 집 안 공기는 퀴퀴하고 습했고, 탁자에는 먼지가 쌓여 있었다. 운이 좋으면 하루나 이틀 정도 지낼 수 있을 것 같았지만 조심해야 했다. 그러나 자세한 설명 없이 저스틴에게 조심하라고 말할 방법은 없었다.

별탈은 없을 거란 생각이 들었다. 마치 합법적인 것처럼 남의 집에서 긴 샤워를 즐기고 불을 켜두고 가는 사람들을 나는 여럿 알고 있었다. 여기 사람들은 그런 사람들의 뒤를 캐지 않는다. 이 근처 집을 일이 주 정도 렌트해서 그저 휴가나 즐기러 오는 사람들이 대부분이기 때문이다. 그들은 누가 어디 사는지도, 어느 집이 비어 있어야 하는지도 알지 못했다. 어쩌면 레이더에 걸리지 않으려고 노력하는 것이 사람들의 눈길을 더 끌지도 모를 일이다. 차라리 저스틴과 내가 사람들 눈에 자연스럽게 띄는 것이 더 안전할지도 몰랐다.

우리는 옷을 집으로 들여왔다. 이런 집에 묵을 때 기타는 차에 뒀다. 평소에는 절대 그렇게 하지 않지만, 도망칠 일이 생길 때를 생각하면 이렇게 하는 게 훨씬 편했다. 저스틴은 그런 내 행동을 이상하게 생각할 정도로 나를 잘 알지 못했다.

"해변에 산책 가자."

짐을 침실에 던져 넣은 다음 저스틴이 말했다.

"늦었어. 난 하루 종일 운전도 했고."

"그러니까 산책을 해야지. 얼른!"

가지 말아야 할 유일한 이유는 그에게 말할 수 없는 것뿐이었기 때문에, 나는 그냥 그를 따라 나섰다.

어둠 속에서 길을 걸어 내려가며 그가 내 손을 잡았고, 우린 해변을 향해 길을 건넜다. 달은 구름 뒤로 숨어 아주 작은 조각만 내보이고 있었다. 수평선이 암흑이었다. 내 머리카락이 바람에 날렸다. 분명히 보이진 않았지만 나는 파도의 힘을 느낄 수 있었다. 파도는 어두운 음악을 만들어 내고 있었다.

물속으로 곧장 걸어 들어가 그 움직임의 일부가 될 수도 있었지만, 내 손가락은 저스틴의 손가락과 얽혀 있었고 나는 그렇게 그에게 묶여 있었다. 우리 발이 모래 속에 잠겼다. 후텁지근한 공기에서 충만한 생명의 냄새가 났다.

"우리가 해냈어."

그가 웃으며 말했다.

"그랬네."

"아빠, 엿 먹어!"

그가 파도에 대고 외쳤다. 그의 목소리는 지쳐 있고, 너덜너덜하고, 어렸다.

"너도 해."

그가 내 손을 꼭 쥐었다.

"네 차례야."

"아빠, 엿 먹어!"

내가 소리쳤다. 파도 소리가 너무 커서 아무도 우리 소리를 들을 수 없을 테니까. 내 목소리가 나한테도 잘 안 들렸으니까.

"좋아!"

저스틴이 외치더니 나를 번쩍 들어 올려 입을 맞췄다. 그의 얼굴이 촉촉했다. 나는 그의 뺨을 닦아 줬다.

"둘 다 엿이나 먹으라고 하자."

내가 말했다.

그가 비틀거렸고 우린 같이 넘어졌고 부드러운 모래에 착지했다. 나는 세상이 언제나 나를 이런 식으로 대해 주면 좋겠다고 생각했다. 저스틴이 내게 가만히 기대고 고개를 내 목에 갖다 댔다.

"고마워."

그가 말했다.

"나도 때론 그냥 내 마음에 충실하고 싶어."

그의 입김은 따뜻했다. 나는 내 입술로 그의 입술을 찾았다. 파도 소리는 요란하고 밤은 어두웠다. 아무도 우릴 보지 못했다.

○

베개는 퀴퀴한 냄새가 났고 침대 시트에는 모래가 버석거렸다. 매트리스도 낡아서 푹 꺼졌지만 우린 늦게까지 잘 잤다. 저스틴은 쉽게 잠에서 깨지 못했다. 내가 그의 품에서 몸을 빼서 침대에서 빠져나왔는데도 느린 박자로 숨을 쉬며 그대로 누워 있었다. 지금 나가야 했다. 오래 꾸물거릴 수 있는 곳이 아니었다.

"집시 규칙!"

나는 저스틴이 바닥에 벗어 던진 옷들을 여행 가방에 쑤셔 넣으며 말했다.

"뭐라고?"

저스틴이 벌떡 일어나 앉았다. 그리고 주위를 둘러보며 여기가 어딘지 기억해 내려 하는 것 같았다.

"우리는 모험을 떠났잖아. 어디든 갈 수 있다고. 그러니까 짐을 트렁크에 실어 두는 편이 나아. 그래야 다음 목적지를 멕시코로 정해도 집으로 다시 돌아오지 않고 바로 떠날 수 있을 거 아냐."

"멕시코는 좀 멀지 않아? 멕시코로 가면 내가 제 날짜에 학교에 못 갈 수도 있을 텐데."

"그냥 어디든 갈 수 있다는 말이야."

내가 말했다.

"하지만 우리 그냥 해변으로 걸어가는 거 아냐?"

"매너티 해변이 훨씬 좋아."

나는 어떻게든 저스틴을 차에 태우려고 애쓰며 말했다.

"그리고 꽤 걸어야 돼. 차로 가는 게 나아."

사실 별로 먼 거리가 아니었지만 동네를 좀 돌아서 가면 원래 거리보다 멀어 보일 터였다. 그래야 저스틴이 뭘 가지러 집에 갔다 오겠다고 하지 않을 것이다. 누군가 올 수도 있으니 집에서 짐을 빼두어야 했다. 사람들은 보통 어두워지기 전에 체크인을 하니까. 밤에도 누군가 찾아올 위험이 없는 건 아니지만, 일요일 밤에도 온 사람이 없는데 이제 와서 누가 올 확률은 매우 낮았다. 금요일엔 다시 위험해진다. 하지만 내가 이 집을 좋아하는 이유는 낡은 곳이라 렌트하는 사람이 적기 때문이었다. 아무래도 돈을 내고 굳이 머물 집은 아니었다.

"우리 삼촌도 매너티까지는 항상 차로 가거든."

○

밝고 화창하고 따뜻한 곳에 있을 때도 눈을 감았다가 뜨면 앙상한 나뭇가지와 차갑게 비가 내리는 풍경을 보게 될 것이라 생각하고 마는 것이 참 우스웠다. 눈을 한 번 깜빡이기만 했는데 빛나는 야자수와 밝고 노란 태양이 보인다는 것에 새삼 놀랐다.

저스틴은 물이 허리까지 올 때까지 물속으로 달려 들어가더니 몸을 담그고 팔을 뒤로 저으며 앞으로 나아갔다. 힘차게 팔을 젓는 모양새가 깨끗한 푸른 물에 로프로 레인을 표시한 수영장에서 레슨을 받으며 배운 것 같았다.

엄마는 수면이 낮아지고 잔잔해지는 늦여름이면 강에서 내게 수영을 가르쳐 줬다. 내 배 아래쪽을 두 손으로 잡고 엄마는 말했다.

"아가야, 발을 차야지."

그러면 나는 다 컸는데도 나를 아가라고 부른다고 화를

냈다.

그 다음해 여름에 그곳에 갔을 때, 엄마는 강변의 바위 위에 앉아 노래를 흥얼거리며 검지로 자기 머리카락을 꼬았다가 풀리는 모양을 바라보고 있었다. 나는 혼자서 수영을 했다. 인어 흉내를 내며 물 밑으로 들어가 한 번의 호흡으로 내 폐가 얼마나 버틸 수 있는지 시험해 봤다. 내가 황토빛 물속으로 사라졌을 때 엄마는 한 번이라도 공포감을 느낀 적이 있을까. 어쩌면 엄마는 내가 다시 나타나지 않기를 바랐는지도 모른다.

그리고 그 다음해 여름, 엄마는 떠나 버렸다.

나는 저스틴을 따라 저 멀리 커다랗게 다가오는 파도 속으로 들어가지 않았다. 완벽하게 균일한 스트로크를 선보이는 저스틴 앞에서 섣부른 인어 흉내는 바보 같으니까. 나는 한 번도 머리를 수면 위로 올리는 수영을 정식으로 배운지 못했다. 치마를 벗고 물이 어깨까지 찰 정도로만 걸어 들어가 누운 채로 파도가 나를 다시 해안으로 밀어 줄 때까지 둥둥 떠 있기만 했다.

○

"젠장."

저스틴이 귀 속의 물을 빼기 위해 고개를 옆으로 기울여 흔들며 말했다.

"수건을 안 가져왔네."

"자."

나는 내 치마를 건네줬다. 그는 우습다는 듯 나를 쳐다보다가 결국 그걸 받아 얼굴을 닦았다. 그는 수중에 있는 걸로 어떻게든 해결하며 생활하는 데에 익숙지 않았다.

"햇볕에 앉아 있으면 금방 말라."

내가 말했다. 그러고는 그가 돌려준 치마를 모래 위에 펼쳐 우리가 그 위에 앉을 수 있도록 했다.

"다시 입고 싶지 않아?"

그가 내 탱크톱과 팬티에 눈길을 주며 물었다. 저스틴이 당황한 것 같았지만, 그래도 팬티는 까만색이었다. 속이 비치는 것도 아니고. 가릴 건 다 제대로 가리고 있었다. 수영복은 비싸다.

"괜찮아."

그렇게 말은 했지만 그가 내 탱크톱의 너덜너덜한 끈을 보는 것도, 젖은 천 아래 내 젖꼭지의 윤곽을 보는 것도 정말 싫었다. 누가 우리를 쳐다보지는 않는지 두리번거리는 것도 싫었다. 나는 가슴속에서 기어 올라오는 찌릿한 부끄러움을 애써 무시했다. 새 학년이 시작되는 구월, 우리 반의 다른 애들은 전부 커다란 새 색연필 세트를 갖고 왔는데 나만 벼룩시장에서 산, 다 부러진 색연필을 지퍼 백에 넣어 갔을 때도 이런 기분이 들었다.

아무도 특별히 우리를 쳐다보고 있지 않다는 사실을 확인하고 나서야 저스틴은 내 옆에 앉았다.

"수영 별로 안 좋아하나 보지?"

그가 물었다.

"응, 별로."

사실 나는 물을 정말 사랑했다. 물에 들어가면 기분이 나아졌다. 만약 여기 저스틴만 없었다면 손가락이 쪼글쪼글해지고 소금기로 코가 찡해질 때까지 물결 아래를 헤엄치며 물속에 있었을 것이다. 우리는 모두 바다에선 작은 존재다. 그 누구도 바다를 통제할 순 없다. 그걸 다시 기억할 수 있다는 게 좋았다.

우리는 파도를 바라보고 있었다. 물에 흠뻑 젖은 우리는 햇볕에 달구어지고 있었다. 햇볕이 우리를 잠잠하게 만들었다.

몸이 거의 다 말랐을 때, 해변 건너편의 스낵바에 핫도그를 사러 갔다. 나는 핫도그가 정말 싫지만 값이 쌌다. 저스틴은 핫도그 세 개에 음료까지 시켰다. 이 애는 경제관념이 전혀 없고, 모든 게 보이는 것보다 훨씬 더 돈이 많이 든다는 사실도 알지 못했다. 나는 하루 종일 계산만 하는 사람이 되고 싶지 않지만 머리가 말을 듣지 않았다. 내게 남은 돈으로는 빙엄턴으로 돌아갈 수도 없었다.

나는 계산대 옆의 플라스틱 가판대에서 무료 관광 지도를 하나 챙겼다. 그리고 유일하게 남아 있는 빈자리에서 갈매기를 쫓아냈다. 저스틴은 첫 번째 핫도그를 두 입으로 끝내 버리고 내가 내 핫도그를 먹기 시작하기도 전에 두 번째 걸 먹기 시작했다. 나는 신문을 넘겨 '공연' 페이지를 찾은 다음, 핫도그를 먹으면서 공연 일정을 확인했다. 내가 여기 오면 늘 공연을 하던 '올리'는 이번 주말까지 일정이 다 차 있었다. 커버 밴드, 한 번도 들어 본 적 없는 여자 가수, 레게 밴드, 그리고 우쿨렐레로 비틀스 노래를 커버하는 남자 가수. 우쿨렐레 가수는 내가 지난번에 여기 왔을 때 본 사람이었다. 그 사람은 정말로 구렸는데 매번 공연이 잡혀 있었다. 공연할 사람이 없으면 내가 할 수 있었을 텐데. 거기 사람들은 내가 올 때마다 늘 잘해 줬다. 하지만 지금 물어보는 건 의미가 없었다. 괜히 누구라도 불편하게 만들었다가 다음에 있을 기회까지 망치고 싶지 않았다.

"핫도그 맛없어?"

저스틴이 세 개를 다 먹고 물었다. 그리고 종이 접시를 구겨서 쓰레기통에 던졌다.

"괜찮아."

나는 억지로 미소를 지어 보였다.

"근데 왜 표정이⋯⋯"

저스틴은 과장되게 뿌루퉁한 표정을 지어 보였다.

"그냥 생각 좀 하느라고."

나는 고개를 저으며 말했다.

"돈이 필요해. 공연을 해야 할 것 같아."

"오, 좋다."

저스틴은 씹던 핫도그 조각을 한껏 드러내며 미소 지었다. 그리고 테이블 아래로 손을 뻗어 내 손을 잡았다.

"난 네 연주 듣는 거 좋아."

그게 좋았다. 그가 나를 좋아하는 방식이. 참 좋았다.

○

"나는 바 같은 데서 공연한다는 건 줄 알았지."

해변으로 돌아가는 길에 기타를 챙기려고 차에 잠깐 들렀을 때 저스틴이 말했다.

"공연을 잡으려면 시간이 걸려."

내가 말했다.

"여기 내가 아는 곳들은 출연할 사람들이 다 찼어. 그냥 아무 데나 불쑥 들어가서 공연을 할 순 없어."

"아니스에선 그렇게 하잖아."

"그건 아니 아저씨니까 그렇고. 여긴 그런 사람 없어."

"불법은 아닌 거야?"

그가 물었다. 진짜 걱정이 되는 표정이었다. 감옥에서 자기 아버지에게 전화를 하는 상상을 하는 건 아닌가 싶었다.

"내가 뭐 살인을 하는 것도 아니고."

"내 말은, 그래도 허가를 받아야 하는 거 아니냐고."

"누가 민원 넣기 전엔 괜찮아."

"누가 넣으면 어떡해?"

"그런다고 잡혀가진 않아. 최악의 경우, 그냥 철수하라고 하는 정도지."

저스틴은 마치 내가 주류 판매점을 털자고 하거나 아기들한테 물 풍선을 던지자고 제안하기라도 한 것처럼 나를 쳐다봤다.

"괜찮아. 다른 선택지는 없어."

내가 말했다. 그리고 주차장에서 해변으로 가려면 반드시 지나가야 하는 길 근처 모래사장에 자릴 잡았다. 기타를 잡고 책상다리를 하고 앉았다. 사람들이 내가 뭘 하는지 알 수 있도록 기타 케이스를 열어 놓고 그 안에 구겨진 지폐를 몇 장 던져 넣었다. 저스틴은 옆에 어색하게 서서 내가 기타를 조율하는 동안 체중을 이쪽 발에서 저쪽 발로 옮겨 실었다.

"앉는 게 낫지 않겠어?"

내가 말했다.

"네가 그러고 있으면 사람들이 불안해할 것 같아."

"우리 지금 돈이 완전히 다 떨어진 것도 아니잖아."

그가 내 옆에 무릎을 꿇고 앉으며 말했다. 나는 그의 '우리'라는 말에 화가 났다.

"그럼 집까진 어떻게 갈 건데?"

어쩌면 조금은 기분 나쁘게 말이 나갔는지도 모르겠다. 장차 회계사가 될 인물이라 해도 해변에 자릴 깔고 앉은 채 잔돈을 벌어들이지는 못한다. 빙엄턴으로 돌아갈 여비를 벌 수 있는 사람은 오직 나뿐이었다.

저스틴은 나를 쳐다보지 않고 손가락으로 모래만 긁었다. 어쩌면 내가 창피한 게 아니라 자기 상황이 부끄러운 건지도 몰랐다. 나는 저스틴을 골칫거리라 생각하고 싶지 않았다. 짐짝 취급하고 싶지도 않았다. 그냥 나란 사람 자체가 다른 사람들과 어울리는 재주가 없는 걸까 봐 겁이 날 뿐이었다. 엄마도 같은 걸 느꼈던 걸까 봐, 엄마도 혼자서 세상을 떠돌아다니는 게 제일 마음 편하다고 생각했을까 봐, 저스틴이 내 다리에 묶인 쇳덩이 같다는 이 기분이 엄마가 내게서 느낀 것과 같은 것일까 봐 무서웠다.

"가서 수영해."

내가 저스틴에게 말했다.

"나도 혼자 있어야 더 잘할 것 같아."

그의 얼굴에 안도의 빛이 지나가긴 했지만, 몇 번씩이나 뒤를 돌아보며 천천히 바다를 향해 걸어갔다. 내가 괜찮은지 확인하는 것 같기도 했고, 내가 화가 난 건 아닌지 알고 싶어 하는 것 같기도 했다.

나는 「몇 양동이의 빗물Buckets of Rain」을 연주했다. 밥 딜런은 언제고 의지할 수 있는 존재니까.

저스틴은 파도 속으로 뛰어들었다. 그때 체구며 옷차림이 제각각인 어린아이 넷과 엄마, 아빠, 그리고 청소년이 함께인 대식구가 내 앞을 지나갔다. 그들은 마치 바다와 한판 뜨러 가는 사람들처럼 해변용 의자에다 파라솔까지 야무지게 들고 있었다. 어린아이들 중 가장 작은 아이가 내게 곧장 걸어왔다. 곱슬곱슬한 빨간 머리에 기저귀만 찬 그 어린 여자아이는 작고 통통한 두 발을 모래 속에 담그고 섰다. 그러고는 연주 중인 나의 기타를 만졌다.

"이모진!"

아이 엄마가 이름을 부르며 제지했다.

"괜찮아요."

나는 미소를 지으며 말했다. 그리고 「우리 모두 다 같이 손뼉을」이란 동요를 부르기 시작했다. 이모진은 꺅꺅 소리를 지르며 손뼉을 치고 발을 굴렀다. 그리고 무릎을 꿇고 내 앞에 앉았다. 다른 아이들도 그 애 옆에 앉았다.

아이들은 자석 같았다. 해변으로 가기 위해 그 길을 지나가던 사람들이, 무슨 일인지 보려고 잠깐씩이라도 멈춰 섰다. 애들 노래는 많이 알지 못해서 부모들이 알 만한 곡들을 중간 중간 섞었다. 랩 메탈 곡도 코드를 좀 밝게 편곡하고 아이들 이 가사를 알아듣지 못하게 좀 빨리 불러 버리면 동요처럼 들렸다.

○

열 곡째 부르는데 저스틴이 물을 뚝뚝 흘리면서 돌아왔다. 어깨는 빨갛게 익었고 발목에는 설탕에 굴린 도넛처럼 모래가 붙어 있었다. 내 앞에는 적어도 열 명은 되는 아이들이 반원을 그리고 앉아 있었고, 그 아이들을 지키느라 부모들이 주위를 서성거렸다. 저스틴은 어른들과 함께 뒤쪽에 서 있다가 나와 눈이 마주치자 눈을 찡긋해 보였다. 제법 감탄한 것도 같았다.

꼬마 관객들이 들고 나는 동안 나는 두 시간 넘게 노래를 불렀다. 관객이 바뀔 때마다 같은 레퍼토리를 돌려 가면서. 손가락에 물집이 잡혔고 목이 칼칼했지만 내 기타 케이스에는 돈 뭉치가 쌓여 갔다.

저스틴은 얼마간 자리를 떴다가 술병이 들어 있는 봉투 하나와 중국 음식 포장 용기 세 개를 들고 다시 나타났다. 어느새 저녁 식사 시간이었고 관객이라곤 아이 둘과 지칠 대로 지

친 보모 한 명만 남아 있었다. 그 보모는 저스틴을 보자 눈치를 채고 아이들을 데리고 자리를 떴다

"배고프지?"

저스틴이 내게 말하며 음식을 내 옆에 내려놓았다.

"엄청."

저스틴은 주머니에서 젓가락 두 벌을 꺼내 놓고, 에그 롤과 닭고기 볶음밥, 그리고 바닐라 아이스크림 통 뚜껑을 열었다.

"이게 스페셜 메뉴래. 파는 여자가 이걸 제일 추천하더라고."

저스틴이 말했다.

"불만 없어."

우리는 이미 녹기 시작한 아이스크림부터 먹었다. 젓가락 두 개를 딱 붙여서 잡고 그걸로 아이스크림을 떠먹었다.

와인은 코르크가 아니라 돌려 따는 방식이었고 식초처럼 신맛이 강했지만 그래도 달콤했다. 저스틴에게 남은 돈은 십 달러뿐이었다. 꼭 필요하지 않은 것에 돈을 썼다고 화낼 생각은 없었다. 나는 저스틴이 보탬이 되기 위해 노력했다는 것, 혼자 저녁을 먹지 않아도 된다는 것, 그리고 나의 하루에 대해 대화를 나눌 사람이 있다는 것에 감사했다.

우리는 해가 수평선 너머로 기어들어가는 걸 지켜보며 천천히 먹었다. 나는 발가락을 모래 속으로 집어넣고 있었다.

그때 한 어린아이가 우릴 향해 달려왔다. 아이 엄마는 뒤에서 쫓아오고 있었다. 아까 꼬마 관객들 속에서 봤던 아이였다. 대여섯 살쯤 됐을까? 벙거지 모자를 썼는데 귀가 꼭 영화 캐릭터처럼 컸다.

"혹시 용 노래도 할 줄 알아요?"

아이는 혀 짧은 발음으로 묻더니 손가락을 용의 발톱처럼 구부린 채 두 손을 들어올렸다.

"코리!"

아이 엄마가 쫓아와서 버럭 소리를 질렀다.

"이 친절한 분을 귀찮게 하면 안 돼."

엄마가 허리를 숙여 팔을 잡았지만 아이는 그 손을 뿌리쳤다.

"하지만……"

아이가 엄마를 쳐다보더니 두 손을 모아 엄마 귀에 대고 큰 소리로 속삭였다.

"예쁘게 말했단 말이야."

저스틴은 아이를 향해 고개를 끄덕이며 나를 보고 씩 웃었다. 모든 게 다 사랑스러웠다.

"걱정 마세요."

나는 코리의 엄마에게 말했다.

"저 그 노래 알아요."

나는 기타를 집어 들고 「마법 용 퍼프Puff the Magic Dragon」를 불렀다. 코리의 엄마가 모래사장에 털썩 앉았다. 코리는 엄마 무릎에 앉았다. 저스틴도 전혀 어색해 보이지 않았다. 후렴구를 입으로 따라하는 것 같기도 했다. 나는 코리를 위해 노래를 두 곡 더 불렀고, 코리의 엄마는 일어서기 전에 아이에게 십 달러를 쥐어 주며 기타 케이스에 넣게 했다.

"고마워, 친구."

나는 코리에게 말했다.

"나도 이 노래 재미있었어."

"네, 용은 멋지거든요."

아이는 다시 혀 짧은 소리로 말했다. 나는 코를 찡긋하며 미소 지었다. 아이도 코를 찡긋했다. 이 아이는 정말 끝내주게 귀여웠다.

코리와 코리의 엄마가 접이식 의자를 가지러 모래사장을 터덜터덜 걸어가는 모습을 저스틴과 함께 지켜봤다. 태양이 내뿜는 주홍빛이 물결 위에서 점점 희미해지다가 사라졌다.

나는 한 손으로 저스틴의 손을 잡고 나머지 한 손으로 운전대를 잡고 집으로 차를 몰았다

○

매트리스 스프링이 너무 요란하게 삐걱댔다. 저스틴은 결

의에 찬 표정을 유지하려고 노력 중이었다. 진지한, 매우 진지한 섹스를 위해. 하지만 한쪽만 삐걱거리던 매트리스가 갑자기 양쪽 모두 삐걱거리기 시작했다. 힘이 들어갔던 몸의 긴장이 풀려 버렸다. 이제 침대는 늙은 당나귀 같은 소리를 내기 시작했고, 나는 그만 빵 터지고 말았다. 저스틴도 결국 참지 못하고 낄낄거리며 내 위로 무너져 내렸다. 우리는 함께 몸을 떨었다. 그리고 키스를 나눈 뒤 또 웃었다. 내가 몸을 굴려 그의 위로 올라갔다. 그러자 침대가 또 삐걱거렸다. 그의 미소가 아름다웠다. 노력만 했다면 난 그 미소를 사랑할 수 있었을 것이다. 마음의 걸쇠를 풀고 그를 내 안으로 들여놓을 수도 있었을 것이다. 그게 그렇게 나쁜 일은 아니었을 텐데.

40

내가 일어났을 때 저스틴은 아직도 죽은 듯이 자고 있었다. 저스틴은 등을 대고 누워 잘 때면 목구멍 안쪽에서 꼴깍거리는 소리를 냈다. 내가 화장실에 가려고 침대에서 나오는데도 저스틴은 꿈쩍도 하지 않았다. 그래도 다시 침대로 올라갔다가 혹시라도 깨울까 봐 걱정이 됐다. 침실 문가에 서서 그가 몸을 뒤척이지는 않는지 지켜봤지만, 그럴 기미는 전혀 없었다. 한쪽 손은 가슴 위에 얹혀 있었는데, 계속 저 자세로 있으면 깨고 나서 분명 손이 저릴 것 같았다. 손을 다른 쪽으로 옮겨 줄까 생각해 봤지만, 그랬다간 깜짝 놀라 깰 게 분명했다. 나는 손을 대고 싶은 유혹에서 벗어나기 위해 방에서 나왔다.

저스틴이 일어나면 바로 여기서 철수할 수 있도록 미리 샤워를 하기로 했다. 이 집은 물이 데워지는 데 이상할 정도로 시간이 오래 걸렸다. 북쪽 동네처럼 차가운 파이프를 거쳐 물이 나오는 것도 아닌데. 일단 따뜻한 물이 나오기 시작하자 나는 좀 느긋해져서 콧노래를 흥얼거리고 다리 제모도 했다. 젖은 다리에 마른 면도기로 몇 번 쓱쓱 밀고 마는 식이 아니라 비누 거품을 바르고 제대로 했다. 마고 아줌마는 어차피 이러나저러나 별 차이는 없다고 했지만. 저스틴이 자기 알 바 아니라는 듯 물과 전기를 펑펑 쓰고 있는데 내가 아껴 쓰려고 애써 봐야 티도 안 날 터였다. 나는 욕조 한쪽 끝에 놓인 폴미첼Paul Mitchell 제품으로 두 번 샴푸하고 용기에 적힌 대로 컨디셔너가 머리카락에 스며들도록 120까지 숫자를 세며 이 분간 방치했다.

샤워를 하고 나오자 저스틴이 깨서 침대에 앉아 있었다. 그는 전화기를 내려놓는 중이었다.

"전화 썼어?"

내가 물었다.

"응."

그의 목소리가 딱딱했다. 나와 눈도 마주치지 않았다.

"누구한테 걸었어?"

서핑 프로그램이나 영화 시간을 알아봤다고 하길, 부디 장거리 전화가 아니길 바라며 물었다.

"아빠."

"아."

심장이 막 잡힌 물고기처럼 펄떡였지만 나는 아무렇지 않은 척 하려 애썼다. 그럼 전화 요금 고지서에 찍혀 나올 것이다. 이것으로 집 주인이 의심할 빌미가 확실해졌다.

"여기 네 삼촌 집 아니지."

그가 말했다. 질문이 아니었다. 그는 이미 확신하고 있었다. 그가 서랍장의 사진을 가리켰다. 난 그런 게 거기 있는지도 몰랐다. 그러니까 '우리' 둘 다 모르고 있었다. 해변에서 찍은 가족사진이었다. 엄마, 아빠, 딸, 아들, 완벽한 인형의 집 세트 같은 구성. 그들의 갈색 피부는 모래 위에서 따뜻하고 아름다워 보였다. 나와는 닮은 구석이 전혀 없었다.

말의 앞뒤를 맞추기 위해 이야기를 꾸며 낼 수도 있었다. 내가 저들의 사촌이 되지 말란 법은 없었으니까. 하지만 갑자기 너무나 피곤했다. 이젠 꾸며 낼 이야기도 다 떨어지고 없었다.

"응, 아니야."

"현관 비밀번호는 어떻게 알아냈어?"

그가 물었다. 흐릿한 눈빛. 그의 마음은 이미 떠났다. 나는 고개를 저었다. 입을 열면 울음이 터질 것 같았다.

"아빠가 비행기 표를 예약해 주신대."

그가 말했다. 그리고 이를 악물었다. 턱 근육이 꿈틀거리는 것이 보였다.

나는 가지 말라고 설득조차 하지 않았다. 그가 떠나야 하는 이유를 줄줄이 나열하는 걸 듣고 싶지 않았다. 표정에서 다 읽을 수 있었다. 이 집 때문만은 아닌 것이다.

"공항으로 가야 해."

그가 말했다. 그가 빈털터리인 것과 내가 빈털터리인 것은 전혀 다른 개념이란 걸 굳이 지적하지는 않기로 했다. 그는 전화 한 통으로 이 여정을 벗어날 수 있었다. 우리의 단어들은 의미가 같지 않았다. 어차피 관심도 없을 것이다. 나는 이 아이를 위해 몸을 던졌다. 이 아이도 나를 위해 몸을 던졌다. 하지만 이 애를 여기까지 이끌고 오느라 나는 정말 온 힘을 다 했기 때문에 더 마음이 아팠다.

저스틴은 이를 닦으러 욕실에 갔다. 나는 그냥 떠나 버리고 싶었다. 공항까진 알아서 가라고, 그 정도 고생은 좀 해보라고. 하지만 그러지 않았다. 나는 침대 위, 그의 가방 옆에 앉아 있었다. 가방에선 그의 냄새가 났다. 소년과 대학의 냄새. 지퍼는 끝까지 닫혀 있지 않았다. 나는 티셔츠를 한 장 꺼냈다. 파란색 긴 소매에 앞면에 NOFX라고 제대로 적혀 있고, 뒷면엔 반대로 적혀 있었다. 마치 누가 그걸 입고 있어도 티셔츠를 관통해서 글자의 반대 면이 보이는 것처럼. 처음엔 그저 냄새나 맡으려고 꺼낸 거였는데 변기 물 내리는 소리에 이어 손 씻는 소리가 들려오자, 나도 모르게 내 가방에 쑤셔 넣고 말았다. 그게 왜 갖고 싶어졌는지 알 수 없었다. 그는 돈도 너무 많이 듣고, 시끄럽고, 형편없는 음악만 듣고, 우리가 가진 돈으로는 살아갈 수도 없는 앤데. 그런 애를 곁에 두고 싶은 건 어차피 바보 같은 짓인데.

41

공항에 가려면 백 킬로미터쯤 떨어져 있는 탬파까지 가야
했다. 출발하기 전에 나는 머리카락으로 지도상의 거리를 재
봤다. 내가 열쇠 함에 열쇠를 집어넣는 동안 그는 차에 올라
타 버렸다. 내가 운전석에 앉아도 쳐다보지도 않았다. 녹음한
테이프를 틀지도 않았다. 들리는 건 길의 소음과 숨소리뿐이
었다. 그는 내 차의 매뉴얼 북을 읽는 척했지만 도저히 글자
를 읽을 수 없는 속도로 책장을 넘겼다. 그러더니 창밖만 내
다봤다. 그건 더 견디기 힘들었다. 그는 마치 나란 인간이 존
재하지 않는 것처럼 고개를 돌리고 있었다.

마침내, 마침내, 그가 말했다.

"좀 있으면 출구야. 39번."

나는 고개를 끄덕이고 차선을 바꿨다.

"몇 시 출발이야?"

내가 물었다.

"다섯 시 십오 분."

지금은 겨우 열한 시 사십오 분이었다.

"잠깐 쉬었다 갈래? 뭐 좀 먹고?"

"아니."

그뿐이었다.

"오래 기다려야 할 텐데."

침묵이 나를 잡아먹을 것 같다는 기분이 들 때쯤 말했다.

"그냥 가고 싶어."

그는 역겹다는 듯 한숨을 내쉬었다. 세상 최고로 나쁜 년이
된 기분이었다. 더럽고 하찮은 나쁜 년. 그런 생각에 사로잡
히자 화가 났다.

"그 집에서 자는 게 너희 아빠 신용카드를 훔치는 거랑 뭐
가 그렇게 달라?"

"훔친 거 아니야!"

그가 소리쳤다.

"아빠가 준 거야. 그 사람은 내 아빠고. 너는 남의 집에 침
입한 거라고. 넌 나를 도둑으로 만들었는데 난 알지도 못
했어."

"아무것도 안 훔쳤어."

내가 말했다.

"우린 그냥 그 집을……"

"밤에 어디 들어가 잘 수만 있다면 못 할 게 없겠지."

나는 공항으로의 이정표를 따라갔다. 내가 설명하고 싶은 말은 너무 하찮고 보잘 것 없었다. 말로 표현하기엔 너무 미묘했다. 그의 삶은 아주 단순했고 나의 삶은 여기저기에 엉켜 있는 매듭이 너무 많았다. 그는 집으로 날아가 나를 잊을 것이다. 이런 일은 일어나지도 않았던 것처럼 살아갈 것이다. 술 한잔하다가 자기의 거친 면을 누군가에게 꺼내 보이고 싶을 때 써먹을지도 모르겠다. 딱 한 번 계획 없이 무작정 떠났던 이야기. 웬 미친 여자애랑 남의 집에 무단침입해서 지낸 이야기. 하지만 그렇게 이야기하면서 그때를 자기 마음속 소리를 따라 자유롭게 떠났던 때라고 말하진 않을 것이다. 나를 그 정도로 중요하게 생각할 리 없었다.

나는 공항의 출발 쪽 인도 앞에 차를 세웠다.

"안녕."

그는 나를 쳐다보지도 않고 차에서 내리면서 웅얼거리듯 말했다.

문이 탁 닫혔다. 나는 차를 몰았다. 울었다. 지금 내 시야엔 '끝'이 보이지 않았다. 시간에 맞춰 가야 할 공연도 없었다. 나를 기다리는 사람도, 그리워하는 사람도 없었다. 아무것도 없었다. 내가 이대로 그냥 사라져 버려도 아무도 알지 못 할 것이다.

○

길 위를 달리는 것이 점점 더 힘겨워졌다. 북받치는 울음을 참느라 갈비뼈 있는 데가 아팠고, 내리쬐는 햇빛만으로도 내 눈은 괴로웠다.

나는 공중전화 앞에 차를 세우고 가방 밑바닥에 깔려 있던 동전들을 전부 다 투입구에 집어넣었다. 전화를 한 지 너무 오래됐다. 일 년. 어쩌면 그보다 더 오래. 어쩌면 전화를 해서는 안 되는 일인지도 몰랐다.

신호가 네 번 가고, 막 끊으려는데 목소리가 들렸다.

"마고스 식당입니다! 오늘의 스페셜은 소고기 스튜입니다!"

여자아이 목소린데 내가 아는 목소리는 아니었다. 나는 눈물을 삼키고 마고 아줌마를 바꿔 달라고 했다. 그 애가 전화기를 내려놓고 아줌마를 부르러 간 동안, 희미한 대화 소리와 접시 부딪히는 소리, 그리고 왕왕 울리는 텔레비전의 일기예보 소리가 들렸다. 그렇게 나의 예전 삶이 나 없이도 잘 돌아가는 소리를 듣고 있었다. 끔찍한 기분이 들었다. 마고 아줌마가 전화기에 대고 말했다.

"마고입니다."

공중전화에서는 동전을 더 넣으라는 안내 음성이 나오고 있었다. 내가 가지고 있는 동전은 몇 페니뿐이었다. 나는 더 크게 흐느꼈다.

"왜 아무도 날 소중하게 여기지 않는 거예요?"

웅얼거리는 내 말이 제대로 들린 것 같지도 않았는데, 아줌마는 대번에 나라는 걸 알았다.

"아, 이 계집애."

그리고 전화가 끊어지기 직전, 나는 아줌마가 이렇게 말하는 걸 상상했다.

"넌 내게 소중해."

왜냐하면 내겐 그 말이 필요했기 때문이다. 나는 누구에게라도 소중한 사람이어야만 했다.

○

그 집으로 돌아가진 않았다. 너무 멀고 갈 이유도 없었다. 이제 내 것이 될 수 없는 것을 원하는 것에도 지쳤다. 더 이상 눈을 뜨고 있기가 힘들 때까지 차를 몰았고 트럭 휴게소에 차를 세우고 차 안에서 잤다. 그래도 주차장 가로등 옆에 차를 세운 건 그나마 안전한 기분을 느끼고 싶어서였다.

42

해가 뜨려면 몇 시간 더 남아 있었지만, 트럭 시동이 걸리는 소리에 잠이 깨고 말았다. 트럭 휴게소를 떠나기 전에 엽서와 우표를 샀다. 호숫가에 커다란 파라솔과 해변용 의자가 두 개 놓여 있는 사진이었다.

이번 엽서는 부쳤다. 내용은 없이 칼리의 주소만 적어서. 나는 그 엽서를 파란 우체통에 집어넣었다. 칼리는 내가 떠난 곳에 여전히 남아 있을 것이며 이 엽서를 받으면 모든 것을 다 이해하리라 생각하기로 했다. 칼리가 내게 의미 있는 만큼 나도 칼리에게 의미 있는 사람이라고. 칼리도 그 의자 두 개를 보면 우리가 함께 앉아 있는 모습을 떠올릴 거라고. 나는 기타를 들고, 칼리는 파란색 담뱃갑을 의자 팔걸이 위에 올려놓은 채, 내가 없던 사이 일어난 일들을 전부 이야기해 주면서 호수를 향해 연기를 내뿜을 거라고.

나는 기름을 오 달러치만 넣고 다시 길을 떠났다.

해가 뜨기 직전, 하늘이 더 밝은 파랑으로 바뀔 때쯤 노스캐롤라이나 애슈빌의 표지판이 보였다. 그곳으로 가기로 했다. 애슈빌은 더 넓지만 이타카와 비슷한 곳이라는 말을 많이 들었다. 내가 제일 좋아하는 곳은 이타카였지만, 이타카는 내가 돌아갈 수 없는 유일한 곳이었으니까.

○

차의 기름이 간당간당해질 무렵, 애슈빌에 도착했다. 도시 한가운데의 자그마한 공원에서 버스킹을 했다. 햇볕이 내리쬐고, 산들바람이 불고, 구경하는 사람들은 친절했다. 나는 기타 케이스를 열고 코리 엄마가 준 십 달러를 놓아뒀다. 그 돈이 내게 행운을 가져다줄 거라고 생각했는데 정말 그랬다. 사람들이 꾸준히 지나다녔다. 아이들이 부모한테 받은 이십오 센트짜리를 쥐고 내 기타 케이스 앞으로 다가왔고, 내가 연주를 하다가 그 애들 팔을 확 잡아채기라도 할세라 돈을 놓으면서 나를 경계하듯 쳐다봤다. 대학생 애들은 주머니에 있던 보풀과 함께 일 센트짜리를 던져 넣었다. 그보다 나이 많은 사람들, 대학 교수 같은 부류의 사람들은 접힌 일 달러짜리를 손가락에 끼고 서성이다가 나와 눈이 마주치면 돈을 떨어뜨렸다. 세 시간을 연주하고 삼십삼 달러, 그리고 귀찮아서 굳이 세지 않은 동전을 잔뜩 벌었다.

짐을 챙기는데 한 남자가 다가와 자신을 소개했다. 에단이라고 했다. 그는 구겨진 하얀 셔츠에 헐렁하고 색 바랜 면바지를 입고 있었다. 눈동자는 밝은 파란색이었고 미소를 지을 때 눈가에 잔주름이 잡혔다. 나의 예리한 촉으로 추정하건데 그는 곧 마흔을 앞두고 있는 것 같았다. 동안이라는 점을 고려해서 내린 결론이었다.

"오후 내내 들었어요."

그는 일 미터쯤 떨어진 곳의 벤치를 가리키며 말했다. 그는 나직하게 말했지만, 목소리엔 실로폰의 짧은 막대들을 떠올리게 하는 멜로디가 담겨 있었다.

"감사합니다."

기타 케이스를 좀 더 천천히 닫을 걸 싶었다. 오후 내내 들었다면 돈을 좀 받아야 마땅한데 낯선 사람이 손으로 직접 건네주는 돈을 받긴 싫었기 때문이다. 그 남자도, 벤치도 의식하지 못하고 있었다는 게 좀 기분이 묘했다. 보통 내 주변 상황은 잘 파악하는 편인데 아무래도 저스틴에 대한 생각을 하지 않으려다 보니 정신이 자꾸 딴 데로 가는 모양이었다.

"저기, 제가 저녁을 사도 될까요?"

그가 물었다. 초조하거나 어색한 기미는 전혀 없었지만 내가 승낙하길 무척 강하게 원하는 것 같긴 했다. 우리가 같이 식사를 하는 것이 그의 삶에 새로운 이벤트가 된다고 생각하는 걸까. 나한테 들이대는 것 같진 않았다. 내 느낌으론 그의 눈빛이 어쩐지 슬퍼 보였다.

"가스파초라고 스페인식 차가운 수프를 아주 잘하는 집을 알거든요."

그가 말했다.

"오늘이 아마 이번 시즌 개시일 거예요."

내 꼴이 말이 아닌 모양이었다. 그럴 때는 사람들이 내게 음식을 권하는 일이 더 잦아졌다. 하지만 보통은 기타 케이스에 포장한 음식을 두고 가지, 이렇게 사람들 많은 곳에 마주 앉아 차가운 수프를 먹자는 제안을 하는 사람은 없었다.

"고맙습니다. 하지만 이제 다시 출발해야 해서요."

텅 빈 배 속이 쓰렸지만, 이젠 단지 사람이 좋아 보인다는 이유로 빠져드는 일은 그만둬야 했다. 나는 기타 케이스를 집어 들었다.

"여기서 걸어서 금방인데. 어쨌든 밥은 먹어야 하잖아요."

그는 어깨를 살짝 으쓱했다. 나는 그의 얼굴을 뜯어봤다. 얼굴에 잡힌 주름들은 그가 많이 웃지만 걱정도 많은 사람이란 걸 말해 주고 있었다. 나는 그가 내 손목을 잡고 나를 벽으로 내동댕이치는 모습을 그려 보려 했다. 잘 안 됐다. 정말 말도 안 되는 생각이었다. 그러기엔 내게 너무 신경을 많이 써 줬다. 그 감정이 고스란히 드러났다. 진심을 담아 저녁 초대를 했고, 내가 그의 진심을 다치게 하지 않을 거란 믿음을 보여 줬다. 그에게도 내 눈동자가 친숙해 보이는 걸까, 그래서 내 음악을 좋아하는 걸까. 내가 겪은 일 때문에 사람들을 너무 경계하는 걸지도 모르겠다.

"먹긴 해야죠."

나는 말했다. 바보 같지만, 배가 고팠다. 바보 같지만, 외로웠다.

"그거 제가 들어 드려도 될까요?"

에단이 내 기타를 가리켰다.

"무거워 보여서요."

그의 치아는 큼직하고 가지런했다. 말랐지만 뺨은 다람쥐처럼 볼록했다.

"괜찮아요. 드는 따로 방법이 있어서요. 안 그러면 핸들이 떨어지거든요."

거짓말이었다. 하지만 내가 그를 믿지 않는다는 티를 내면 분위기를 망칠 것 같았다. 그는 나와 키가 비슷했고 그 점이 어쩐지 편안한 느낌을 줬다. 우리가 마치 오랜 친구인 것처럼. 내가 고개를 돌리면 그의 눈이 바로 옆에 있었다.

그는 스스로를 화가라 여기고 있긴 하지만, 대학에서 가르치는 것을 업으로 삼고 있고 부업으로 프리랜서 디자이너 일도 하기 때문에 없이 살진 않는다고 말했다.

"예술을 하며 굶기엔 난 육체적 안락에 너무 약한 사람이라서요."

그가 반짝이는 치아를 드러내며 말했다. 이 사람, 나도 개종시키려는 건가, 하는 생각이 들었다.

그가 나를 데려간 레스토랑은 보헤미안 분위기를 풍기려는 시도를 한 것 같았지만 그러기엔 너무 깔끔하고 계획적으로 보였다. 벽은 겨자색과 녹이 슨 듯한 색이 정확하게 교차로 칠해져 있었다. 조명 기구는 구리 철망으로 싸여 있었고, 메뉴에 쓰인 요리에는 전부 염소젖 치즈와 잣이 들어 있었다.

에단은 우리가 자리에 앉자마자 가스파초를 두 그릇 시키고 동의를 구하듯 나를 향해 고개를 끄덕여 보였다. 나도 고개를 끄덕이며 다정한 미소를 지었다. 웨이터가 우리 수프를 들고 왔을 때 나는 메인 요리로 에단이 주문한 것과 같은 걸 시켰다.

"내가 맛있다고 했죠."

그는 이 사이에 커다란 초록색 음식이 낀 것도 모른 채 말했다. 내가 수프를 아직 맛보지도 않았다는 걸 모르는 눈치였다.

"음. 감사합니다. 오길 잘했네요."

내 말에 그의 얼굴이 환해졌다. 이제야 알 수 있었다. 예전에도 이런 사람을 본 적이 있었다. 그의 내면에는 나처럼 살고 싶은 부분이 있는 것이다. 꿈을 맹목적으로 추구하고자 하는 용기와 멍청함으로 차에서 살면서 오직 자기의 예술을 위해 먹고 자고 숨 쉬는 사람. 우리가 함께 앉아 있는 동안에는 그도 육체적 안락을 다 포기할 용기를 가진 화가가 될 수 있고, 세상에 멍들지 않으면서 자기 꿈대로 사는 것 같은 느낌을 가질 수 있는 것이다.

"가사가 참 좋더라고요."

에단이 말했다.

"커다란 사안들을 간단한 단어들로 이야기하는 아주 흥미로운 화법을 가진 것 같아요."

내 노래는 몇 곡 하지도 않았는데, 혹시 밥 딜런의 노래를 내 것이라 착각한 게 아닐까 싶었다.

"고맙습니다."

"기타는 어디서 배웠어요?"

"독학했어요."

"나도 그렇게 그림을 시작했는데. 우리가 이런 거에 빠져들었다는 거, 신기하지 않아요? 그냥 우리에게 박혀 버리는 것들. 나는 그림을 그리기 시작하자마자 이게 내 것이라는 걸 알았죠. 그쪽도 기타에 그런 감정이었나요?"

나는 미소를 지었다. 나도 그랬으니까. 하지만 지금까진 내게 그런 감정을 묘사한 사람이 아무도 없었다. 생각해 보면 나는 시작하기 전부터 알았던 것 같다. 아빠가 연주하는 모습을 보면서 이 음악이 바로 내게 필요한 것이라고.

"네, 저도 그랬어요."

"나의 일부를 꺼내 보여 줄 수 있는 나만의 방법을 찾을 때까진 참 힘든 것 같아요, 안 그런가요?"

우리가 수프의 마지막 한 스푼을 끝내자마자 짙은 갈색 머리카락을 짧은 포니테일로 묶은, 키 크고 꼿꼿한 자세의 남자가 채소가 산더미처럼 쌓인 접시를 들고 나타났다.

"에단, 음식이 괜찮아?"

메인 요리를 위해 그릇을 바꿔 주며 그가 말했다. 그는 색이 바랜 데님셔츠를 근육이 잡힌 팔 한 가운데까지 둘둘 걷어 올리고 있었다.

"그레그가 왔다고 알려 줬어."

에단이 일어섰다. 두 사람은 악수를 하고 가볍게 포옹을 하더니 서로 등을 두드렸다. 그들의 몸에선 마치 드럼 프레임 위로 살갗을 씌운 것처럼 속이 빈 소리가 났다.

"로버트, 이쪽은 에이프릴."

"만나서 반가워요, 에이프릴."

그가 내게 손을 내밀었다. 앉아 있는 사람은 나뿐이었다. 그래서 냅킨을 접시 옆에 내려놓고 일어섰다.

"만나서 반가워요."

이제 우린 모두 서 있었고, 완전 어색했다. 그가 가져온 요리는 꼭 가짜 고기가 비싼 양상추 침대 위에 올라가 있는 것처럼 보였지만, 그래도 음식 냄새를 맡자 내 배 속에서는 꾸르륵 소리가 요란하게 났다.

"로버트, 우리랑 같이 앉지 그래."

에단이 앉으며 말했다. 왜 다른 남자처럼 롭이나 밥이라고 줄여 부르지 않고 꼬박꼬박 로버트라고 부르는 걸까. 어쩌면 둘 다 게이일지도 모르겠다고 생각하는데 로버트가 내 의자를 밀어 주면서 우리의 눈이 마주쳤다. 밝은 녹색인 그의 눈동자는 내게서 좀처럼 떠나질 못했다. 내가 미소를 짓자 그의 입술이 내 입술을 그대로 흉내 냈다. 나는 그의 눈을 피했다. 이젠 절대 다시 걸려들지 않을 것이다. 아무 의미 없는 짓이니까.

로버트는 다른 테이블에서 의자를 하나 당겨 고등학생처럼 거꾸로 놓고 앉았다.

"이 밀고기seitan 정말 맛있네."

에단이 가짜 고기를 포크로 찍으며 말했다.

채소를 포크로 찍어 처음 입술로 가져갔는데 그게 입술에 부딪히며 드레싱이 내 뺨에 흩뿌려졌다. 나는 냅킨으로 얼굴을 닦은 다음 포크로 잎사귀들을 잘 접어 찍는 데 집중했다. 이 음식으론 내 굶주림의 깊이를 도저히 채울 수 없을 것 같앉다. 이런 풀때기나 얻어먹자고 낯선 남자들과 앉아 있다니. 버스킹을 하거나 운전을 하거나 전화를 돌리며 공연을 잡는 편이 나을 것 같았다.

"에이프릴은 기타를 쳐."

에단이 내 케이스를 가리키며 말했다. 기타는 내 의자와 테이블 사이에 끼어 있었다. 기타가 잘 있는지 한쪽 발로 계속 확인할 수 있기 위해서였다.

"이제 내 스카우터로 일하기로 한 거야?"

로버트는 주먹으로 에단의 팔을 쿡 찔렀다.

"운 좋은 줄 알아."

에단이 씩 웃었다. 그리고 테이블 맞은편의 내 쪽으로 몸을 기울이며 마치 비밀을 속삭이듯 말했다.

"나는 아주 취향이 완벽하니까."

"몸 둘 바를 모르겠네요."

나는 코를 찡긋하며 미소를 지었다. 목이 뻣뻣하고 눈이 아팠지만 매력적으로 보이기 위해 최선을 다했다. 사람들이 나에게 좋은 인상을 가지게 하는 것이야말로 내가 가장 신경 쓰는 일이었다.

"몸 둘 바를 모를 사람은 로버트여야 한다니까."

에단이 로버트를 향해 돌아앉으며 말했다.

"이 사람, 정말 실력이 좋다고. 농담이 아니라."

"정말로 지금 일자리를 구하는 중이에요?"

로버트가 의자의 등받이를 끌어안으며 물었다. 그는 에단이 호들갑을 떠는 게 재미있는 것 같았다.

"보통은 플로리다에서 공연을 하며 여름을 보내요. 이번에는 좀 일찍 출발할 거지만."

나는 마치 그곳엔 아직 가지도 않은 것처럼, 내가 지금 도망치는 중이 아닌 것처럼 말했다.

"누가 플로리다에서 여름을 보낸대요?"

에단이 말했다.

"에이프릴, 가지 말아요! 여기 있어요."

로버트가 웃었다.

"이 사람이 그쪽을 만난 지 뭐, 십 분쯤 됐나요?"

"십오 분이요."

내가 말했다.

"공원에서 같이 걸어온 게 다예요."

"근데 맞는 말이긴 해요."

로버트가 말했다.

"일할 사람이 필요하거든요. 내일 공연하기로 한 밴드가 또 취소를 해버려서."

그는 의자 윗면을 손바닥으로 문질렀다.

"부담 가지라고 하는 말은 아니지만, 제가 길 건너의 바도

운영하고 있거든요. 만약 서로 조건만 맞는다면 저녁 시간에 정기적으로 공연을 해주셔도 괜찮을 것 같은데. 그리고 오픈 마이크를 진행해 줄 사람도 필요하고요. 그러니까 여기 계실 만한 가치가 있지 않을까요? 내일은 어때요?"

그가 미소를 지었다.

"저를 잘 알지도 못 하시잖아요."

나는 그의 시선을 너무 오래 받으며 미소로 화답했다. 바보 같은 짓이란 걸 알지만, 이미 이 두 사람이 필요 이상으로 좋아져 버렸다.

"그쪽도 나를 모르잖아요, 그러니까 비긴 거죠."

그의 말투에 남쪽 억양이 약간 있었다. 강하지는 않지만 분명했다.

"나는 사람이 필요하고, 취향이 아주 까다로운 에단이 그쪽 실력이 좋다고 하잖아요. 내일 한번 해보기로 해요. 그쪽이 못하거나, 그쪽이 내 가게가 마음에 안 들면 각자의 길을 가면 되고. 서로 잘 맞으면 그때 이야기를 다시 하기로 하고. 어때요?"

이 사람은 유능한 세일즈맨이었다. 이 모든 상황을 아주 현실적으로 들리게 만들었다. 하지만 나는 레이를 만나 나의 규칙을 깼고, 저스틴을 만나 나의 규칙을 어겼다. 이젠 그렇게 하지 않을 것이다.

"고마워요, 하지만 플로리다에 가기로 한 곳이 있어요."

거짓말은 아니었다. 렌트 하우스들을 옮겨 다니며 지내면 되니까. 올리에서 공연 스케줄을 잡고 매너티 해변에서 아이들에게 노래를 들려주면 되니까. 그 낡은 집은 내가 마음먹기 따라서 유령의 집처럼 느껴지지 않을 수도 있으니까.

"나랑 지내면 돼요."

에단이 말했다.

"우리 집에 방이 하나 남아요."

에단이 코카인을 코로 흡입하거나 나를 공격하는 모습은 아무리 애를 써도 상상이 안 됐다. 불가능한 생각이었다. 그는 내가 자기를 좋아하길 몹시 바라고 있었다. 하지만 어쩌면 내 직감이란 것 자체가 개코같은 것인지도 몰랐고, 어쩌면 나는 이제야 그 사실을 배운 것인지도 몰랐다.

"두 분 다 너무 친절하세요. 하지만 그렇게 폐를 끼치고 싶진 않아요."

나는 다시 샐러드를 추접스럽게 한 입 먹었다. 얼른 입에다 퍼 넣고 그들이 내 마음을 약하게 하기 전에 빨리 여길 떠야 했다.

"내 생각엔 오히려 그쪽이 에단을 도울 수 있을 것 같은데요."

로버트가 에단의 어깨를 꽉 잡으며 말했다.

"지난주에 남자 친구가 이사를 나갔어요."

에단이 한숨을 쉬었다.

"전 남친이죠. 내가 혼자 사는 데 익숙하질 않아요."

로버트가 웃었다.

"그건 너무 완곡한 표현이고, 이 남자가 지금 많이 외로워요."

"그래도 내가 아이스크림은 사가잖아."

에단이 말했다.

"그리고 내 소파에 앉아서 밤새 슬픈 영화나 보고."

"저기요, 에이프릴 씨."

에단이 말했다.

"여기 남기로 하면 로버트에게 정말 도움이 될 거예요."

마치 누가 내 관자놀이를 고무줄로 조이는 것처럼 머리가 아파 왔다. 매너티 해안의 안나마리아섬까지 가는 데는 열 시간이나 걸렸다. 가는 길에 모텔에 묵을 돈도 없었고, 내 노트에 적혀 있는 캠핑장과 트럭 휴게소 목록에 그쪽 지역은 없었다. 그리고 무엇보다 나 역시 외로웠다.

"실은 제가 지금 당장 방세를 낼 형편이 안 돼요."

내가 말했다.

"제가 지금 룸메이트를 구하는 게 아니에요."

에단이 말했다. 그의 눈동자에는 회색이 파란색에 섞인 듯

한 바람개비가 들어 있었다.

"집이 텅 빈 느낌이 안 들었으면 할 뿐이에요."

"제가 자리를 좀 많이 차지하긴 해요."

그렇게 말하는데 힘이 잔뜩 들어갔던 어깨가 아주 약간 풀리는 기분이었다. 일단 오늘 하룻밤만. 그냥 규칙에 약간 융통성을 주는 거지, 깨는 건 아니다. 한잠 푹 자고, 아스피린을 먹고 자도 좋겠고, 에단이 깨기 전에 아침에 떠나면 될 것이다.

"혹시 요리할 줄 알아요?"

에단이 마치 내가 장기 계약에 동의하기라도 한 것처럼 물었다.

"아뇨."

"나도 안 해요. 요리는 이반이 정말 잘했죠."

로버트가 헛기침을 했다.

"로버트만큼은 아니지만. 여하튼 네가 날 위해 요리를 해주진 않잖아."

에단이 말했다.

"이건 대체 뭔데?"

"내 말은 집에서 말이야."

에단이 내 팔을 두드렸다.

"로버트는 옆집에 살아요."

"제가 여기 남기로 한다면 건너 오셔서 요리를 좀 해주시면 되겠네요."

내가 말했다. 반사적으로 나온 말이었다. 우리 관계가 완전히 정립된 건 아니었지만, 나는 내가 원하는 것을 얻고자 할 때면 우리가 이미 좋은 친구 사이인 척하는 방법을 썼다.

"해줄 거예요."

에단이 환하게 웃으며 말했고, 나도 거기에 장단을 맞춰 보기로 했다.

43

에단의 집은 낡고 자그마했지만 정말 사랑스러운 곳이었다. 바닥은 아주 살짝 기울어 있었다. 내가 살짝 균형을 잃을 정도로만. 바닥이 삐뚜름한 게 아니라 내가 삐뚜로 서 있는 거라 착각할 정도로만 살짝. 창문마다 글라스 볼이나 풍경, 드림캐쳐dreamcatcher가 걸려 있었다. 커튼은 노란색 리넨이었고, 공기 중에선 백단유와 애프터셰이브 로션 냄새가 났다.

"마음 편히 써요."

에단이 아주 작은 방문을 열며 말했다. 하얀 철제 침대 겸 소파에는 퀼트 이불이 깔려 있었다. 바닥에는 물감 얼룩이 묻어 있었고 구석에는 커다란 캔버스 두루마리가 세워져 있었다.

"아직 다 치우지 못 해서 미안해요. 이반이 스튜디오로 쓰던 방이에요. 저는 선룸을 스튜디오로 쓰고 있어요."

"제 차보단 좋은데요."

"진짜 차에서 자요?"

그는 마치 내가 걱정되는 것처럼 손을 입술로 가져가더니 한숨을 쉬었다.

"가끔은요."

내가 말했다.

"우리 어린 노숙자 아가씨한테 침대가 생겼네요."

그가 나를 구원했다는 사실에 기뻐하고 있다는 걸 알 수 있었다. 그가 그렇게 믿도록 놔둬도 상관없었다. 인간은 원래 자기가 중요한 사람이라는 기분을 맛보고 싶어 별별 끔찍한 일을 잘만 저지른다. 그러니 그가 친절한 행동을 함으로써 스스로를 중요한 사람이라 느낀다는 것은 그가 대부분의 사람보다 괜찮은 사람이란 뜻이다.

"고마워요, 에단. 방이 정말 좋아요."

"여기 오래 머물게 될 것 같아요?"

그가 두 손을 머리 위로 올려 문틀 꼭대기를 붙들고 매달렸다.

"모르겠어요."

내가 말했다. 나는 아직도 내가 뭘 하고 있는 건지 알 수가 없었다. 혼자 떠돌아다니는 것에 이젠 정말 신물이 났지만 이러는 것도 어처구니없는 짓이긴 마찬가지였다. 길거리에서 만난 남자를 무턱대고 따라 들어가 사는 사람이 세상 천지에 어디 있겠는가.

"저 엄청 애정에 굶주린 것처럼 보이죠?"

그는 팔로 그녀를 타며 미소를 지었다.

"약간요."

나도 미소를 지으며 말했다. 그런 질문을 자기 이 사이에 시금치가 꼈냐고 묻는 것처럼 했기 때문이다.

"굶주린 거 맞는 것 같아요. 이반이 떠난 지 얼마 되지도 않았는데, 친구 해 달라고 길거리에서 만난 아가씨를 데리고 들어왔으니. 곧 나아지겠죠. 좋아지겠죠."

그의 어떤 연약한 구석이 내 마음을 아프게 했다. 그는 그걸 숨기질 못 하고 있었다. 그는 상처받았고, 무언가가 새어 나가고 있고, 자기 상태가 그렇다는 걸 알고 있으며, 어찌됐든 나아지려고 노력하고 있었다.

"술집에서 여자를 데려오는 것보단 나은데요, 뭐."

내가 말했다.

에단이 웃다가 코 먹는 소리를 냈고 그게 웃겨서 나도 웃었다. 그는 짐을 풀라며 나가 줬다. 나는 기타 케이스를 벽에 세워 두고 침대에 털썩 앉았다. 퀼트 이불은 낡았고, 보드라웠고, 물감 냄새가 났다.

○

잠에서 깼는데 깜깜했다. 나는 어디에 있는 걸까, 기억나질 않았다. 분명 이불 위에 누워 그냥 잠들었던 것 같은데 담요가 내 팔 위, 턱까지 덮여 있었다.

누군가가 내 앞에 서서 내가 자는 동안 내게 손을 댔지만 깨지 않았다는 이야기였다. 여기까지 온 과정을 되짚어 보려 했지만, 내 손목 깊숙이 파고들던 레이의 손가락이 머릿속을 꽉 채워 버렸다. 그건 진짜가 아니었다. 진짜가 아니란 걸 나도 잘 알았다. 하지만 그 기억이 너무나 선명하고 너무나 요란해서, 마치 그 전이나 그 이후로 다른 일은 아무것도 일어나지 않은 것처럼 다른 생각이 밀고 들어오질 못했다.

나는 바닥을 이리저리 더듬다가 열쇠 짤랑거리는 소리를 듣고 가방 속을 뒤져 주머니칼을 꺼냈다. 가로등이 나뭇가지의 그림자를 바닥에 그렸다. 나는 물감 얼룩을 보고서야 내가 어디에 있는지 기억해 냈다.

○

다시 잠에서 깼을 땐 주위가 밝았다. 나는 눈꺼풀 사이로 반짝이는 햇살을 보고, 눈을 뜨기 전에 내가 어느 방에 있는 건지 기억해 내려 했다. 물감 얼룩. 문 앞에 서 있던 에단. 에단은 친절했다. 그가 친절했다는 기억이 났다. 나는 눈을 떴다. 주머니칼이 내 옆, 베개 위에 놓여 있었다. 담요는 화려한 색으로 짜여 있었다. 창문에 달린 수정구가 바닥에 무지개를 띄웠다.

지글거리는 소리가 들렸다. 접시 부딪히는 소리. 뒤집개가 프라이팬 긁는 소리. 몰래 빠져나가기엔 너무 늦게 일어났다. 하지만 저런 소리는 우호적인 소리였다. 그리고 나는 배가 고팠다.

주머니칼의 칼날이 안쪽으로 들어가도록 치마 고무줄 사이에 꽂았다. 그리고 칼 손잡이 위로 셔츠 자락을 뺐다. 일단 아침을 먹고 핑계거리를 찾기로 했다. 이건 그냥 내 규칙에 융통성을 좀 부여하는 것뿐이라고 되뇌면서.

나는 소리를 따라 부엌으로 갔다. 에단이 있을 거라고 생각했지만, 플립플롭에 색 바랜 파란색 파자마 바지 차림으로 가스레인지 앞에 서 있는 것은 로버트였다. 상체에는 아무것도 걸치지 않았다. 눈이 호강하는 기분이었다. 그는 말랐지만 온몸이 근육이었다. 거의 어깨까지 내려온 그의 머리카락은 내 것과 바꾸고 싶을 정도로 윤기 나고 매끄러웠다.

"굿 모닝!"

그의 편안한 미소는 어색함을 느낄 여지마저 날려 버렸다.

"여기서 잤어요?"

내가 물었다. 이 사람은 이성애자라고 확신했는데.

"옆집 살아요."

그는 달걀을 깨서 커다란 프라이팬에 올렸다.

"저 남자는 가진 게 물감이랑 캔버스뿐이라서."

그가 고개를 절레절레 저으며 말했다.

"내 프라이팬까지 챙겨 왔다니까요."

로버트는 나를 부엌 식탁에 앉히고 향신료 냄새가 나는 커피를 한 잔 줬다. 나는 그가 달걀과 버터 토스트를 뒤집는 걸 지켜봤다. 우리는 이야기를 나누지 않지만 굳이 그래야 할 필요도 느끼지 않았다.

화사한 색깔의 잡동사니들과 잘 자란 식물들이 부엌을 채우고 있었다. 커튼에는 튤립이 수놓아져 있었고 냉장고 문짝에는 관광지의 마그넷이 잔뜩 붙어 있었다. 뒷문 옆에는 물동이를 머리에 인 여자의 콘크리트 조각상이 있었고, 화초가 베일처럼 그녀의 얼굴로 잎들을 드리우고 있었다. 싱크대 앞 선반에서 시작된 담쟁이덩굴은 벽에 걸린 고리를 따라 부엌의 절반까지 이어졌다. 식탁 위의 소금 통과 후추 통은 핫도그 빵을 입은 닥스훈트 모형이었다.

잠에서 깬 에단이 맨발로 조용히 부엌에 들어왔다. 물감 얼룩이 묻은 고무줄 바지에 색이 바랜 R.E.M.의 티셔츠를 입고 얼굴의 절반을 차지하는 금테 안경을 끼고 있었다. 그는 내 어깨를 두드리며 말했다.

"반라의 남자가 아침을 차리고 있다니. 우리 이런 데에 익숙해질 수 있죠, 에이프릴?"

아무래도 에단도 나의 전략을 쓰는 것 같았다. 우리가 서로에게 속한 사람들이라는 느낌을 가질 수 있도록 일부러 처음부터 스스럼없이 구는 것 말이다.

로버트가 에단에게 커피 머그를 건넸다. 에단은 한 모금 마시고 한숨을 쉬었다.

"오, 시나몬. 로버트, 이반이 끓여 준 커피보다 더 맛있어."

에단은 나를 보며 말했다.

"나, 이반 같은 거, 하나도 필요 없다고, 안 그래요?"

그의 말투는 마치 내게서 진짜 대답을 바라는 것 같이 들렸다.

"맞아요."

마치 나는 이 상황을 다 알고 있던 사람처럼 단호하게 말했다. 주머니칼이 내 옆구리를 파고들었다. 그걸 차고 있었다는 게 너무나 우스꽝스럽게 느껴지는 분위기였다.

"좋은 커피. 좋은 사람들."

에단이 말했다.

"여기서 이 이상 바랄 게 뭐가 있겠어?"

그를 안아 주고 모든 게 다 괜찮아질 거라고 말하고 싶은 충동이 걷잡을 수 없이 치밀어 올랐다. 하지는 않았지만, 그렇게 해주고 싶었다.

"에이프릴, 달걀은 어떻게 먹을래요?"

로버트가 물었다.

"한쪽은 살짝만 익힌 거요."

나는 한 번도 달걀을 좋아한 적이 없지만 마고 아줌마 식당에 오는 손님들은 늘 그렇게 주문했고 그러면 그 달걀은 그렇게 역해 보이지 않았다.

"나는 막 휘젓는 게 좋아."

에단이 말했다.

"달걀 얘길 하는 거야, 남자 얘길 하는 거야?"

"어머, 둘 다."

에단이 나를 향해 씩 웃어 보이며 말했다.

○

로버트는 점심 장사 준비를 위해 식당에 출근해야 했다. 그는 나와 에단의 배를 달걀과 감자로 가득 채워 주고, 머그 하나 가득 커피를 따라 주고 갔다.

"그럼 이따 봐, 엘리게이터!"

에단이 로버트 등에 대고 소리치더니 내게 말했다.

"교육방송을 보게 하거든요, 쟤가."

"이따 봐, 크로커다일."

로버트가 웃으며 답했다. 두 사람은 잠시 후 다시 만나 모래판에서 트럭을 갖고 놀기로 약속하는 어린아이들 같았다.

에단이 일어나서 접시를 싱크대에 놓았다.

"그럼 오늘 공연을 위해 뭘 준비해야 해요?"

"기타를 조율해야죠."

나는 어깨를 으쓱하며 말했다.

"하지만 그것도 일단 도착해서 해야 돼요."

이쯤 되면 공연할 때까지도 이 집에 있어야 할 듯했다. 대신 내일 아침에 빠져나가면 될 것 같았다. 어쩌면 공연 전에 시내에서 버스킹을 해서 여윳돈을 조금 벌어도 좋을 터였다.

내 말에 에단은 실망한 것 같았다.

"공연 전 의식 같은 게 없단 말이에요? 세이지를 태운다거나 허브차를 마시고 침묵 속에서 뮤즈를 소환한다거나?"

그가 내 접시를 대신 치우며 말했다.

"뮤즈요?"

내가 웃었다.

"그냥 무대에 올라가서 연주하면 돼요. 끝나면 맥주 같은 거 한잔 마시고. 그게 다예요."

"팡파르 울리면서 기념 안 해요?"

그는 내게 커피를 좀 더 따라 주고 포트에 남은 커피를 자기 머그에 다 부었다.

"운이 좋을 때는 한 주에 공연을 세 타임에서 다섯 타임정도 하고 나머지 시간에는 계속 운전해서 이동해요. 팡파르 같은 거 울리고 할 시간은 없어요."

나는 에단에게 아빠의 기타 피크에 대해 이야기해 줄 수도 있었다. 그는 분명 듣고 싶어 할 터였다. 하지만 그 이야기를 내가 입 밖에 낸 적은 한 번도 없었다.

에단이 식탁을 탁 내리쳤다.

"내가 울려 줄게요, 팡파르! 일어나요."

그가 남은 커피를 비웠다. 그의 눈가에 살짝 눈물이 맺혀 있었다.

"기타 챙겨요."

"어디 가는데요?"

"일어나요, 일어나. 가보면 알아요."

○

우리는 걸어서 동네를 가로질렀다. 나는 우리의 발걸음이 만드는 소리가 좋았다. 반 박자의 간격. 날씨는 화창하고 뉴욕보다 훨씬 따뜻했다. 삼월에도 이렇게 해를 보고 살 수 있는데 굳이 겨울이 긴 곳을 터전으로 선택하는 사람들이 있다는 게 신기했다.

걸어가는 동안 에단은 이런저런 것들을 가리켰다. 하늘에 떠 있는 완벽한 구름 한 조각, 축축한 봄의 토양 위로 얼굴을 내밀고 올라오는 크로커스의 싹. 뒷면이 위로 향하게 떨어진

516

동전은 다음에 볼 사람의 행운을 위해 뒤집어 놓기도 했다.

우리는 캠퍼스를 관통해서 커다란 벽돌 건물 앞까지 간 다음, 회색 철제 문 앞에 섰다. 뒷문이었다. 팻말도 창문도 없었다. 에단은 재킷 주머니에서 열쇠를 꺼냈다.

"눈 감아요."

그가 나의 빈손을 찾아 잡더니 꼭 쥐며 말했다. 나는 하라는 대로 했다. 정말 바보 같은 짓이지만 그냥 했다. 나도 그의 손을 꼭 쥐었다.

그가 문을 따는 소리가 들렸다. 그리고 나를 안으로 이끌었다. 문이 쾅 닫히는 소리에 심장이 철렁했다. 그는 계속 걸었다. 내 발에 걸려 넘어지지 않도록 조심하면서, 혹시나 앞에 있을 무언가와 부딪힐까 봐 아주 작은 보폭으로 걸었다. 나는 두 손이 다 자유롭지 않았다. 한 손으론 기타를 들었고 한 손은 차고 메마른 손에 붙들려 있었다. 대체 어디에서 뭘 하고 있는 건지 알아보려고 한쪽 눈을 떴다. 사방이 깜깜했다. 달걀과 버터를 바른 토스트가 위장에 무겁게 얹혔다. 나는 잘 알지도 못하는 남자와 어둠 속에 갇혀 있었다.

이번엔 두 눈을 다 떴다. 새 달이 뜬 캠핑카 뒤편의 숲속보다 더 깜깜했다. 천정에 매달린 무언가가 내 팔을 건드렸다. 밧줄 같은 건가.

젠장. 젠장. 젠장.

내 맥박이 폭주하고 있었다는 걸 에단은 감지했을까. 나는 내 눈이 어둠에 더 빨리 적응하게 해보려 했다. 잘 안 됐다.

망했어. 바보 같이 또 경계를 풀었어. 이 정도로 멍청하진 않았잖아. 그동안 배울 만큼 배웠잖아. 나는 마고 아줌마가 늘 경고하던 바로 그 상황 속에 내 발로 걸어 들어왔다.

에단의 손이 내 손을 너무 꽉 움켜잡고 있었다. 나는 차분하게 호흡하며 머릿속으로 탈출 전략을 짰다. 우리는 한 번도 방향을 틀지 않았다. 출구는 우리 뒤 쪽 일 미터 가량 떨어진 쪽에 있었다. 내 칼은 허리춤이 아닌 가방에 있었다. 칼을 찾으려면 먼저 기타를 내려놓아야 했다. 에단의 손에 잡힌 내 손에서 땀이 났다. 아니면 그의 손에서 땀이 나는 걸까?

그가 내 손을 놓았다.

"여기 잠깐 있어요."

나는 뒤로 조금 물러나 빈손으로 가방을 뒤졌다. 지갑. 손전등. 탐폰. 립밤이 만져졌다. 칼이 없었다.

나는 에단의 발자국 소리가 멀어지는 걸 들으며 여차하면 휘두르기 위해 기타 케이스 손잡이를 꽉 잡았다. 별일 아닐 수도 있었다. 나는 그의 얼굴을 그려 보려 했다. 선한 눈, 상냥한 미소. 그런 남자가 나를 천정에 매달아 난도질할 리 없었다. 그런 사람 아닐 거야. 별일 아닐 거야. 하지만 나는 이제 정말이지 스스로를 믿을 수가 없었다.

"좋아요."

에단이 말했다.

"눈 떠요."

스위치가 딸깍 켜지는 소리가 들렸다. 그 순간 너무 밝은 빛에 둘러싸여 아무것도 보이질 않았다. 잠시 후 내 눈이 밝기에 적응하자 주변이 눈에 들어왔다.

불빛이 우리 주변에 파란색과 보라색 웅덩이를 만들고 있었다. 우리는 무대 위 커튼 뒤에 서 있었다. 나선형 계단이 목적지 없이 허공에 닿아 있었고, 은빛 반짝이로 뒤덮인 거대한 초승달 옆으로 샹들리에가 낮게 걸려 있었다. 이제 적어도 밧줄의 정체가 뭔지 알게 된 셈이었다. 문이 보였다. 에단이 나를 잡으러 오기 전에 도망칠 수 있다는 걸 깨닫자 심장박동이 안정되기 시작했다.

"이게 다 뭐예요?"

나는 손바닥을 치마에 문지르며 물었다.

"「메임Mame」이란 뮤지컬을 준비 중이에요."

에단은 유치한 게임 프로그램 진행자처럼 해맑게 웃으며 초승달을 가리켰다. 이런 사람을 무서워했다니. 나는 아무 때나 불꽃이 튀는 너덜너덜한 전선이 된 기분이었다.

"연극반에서요?"

내가 물었다. 이제 심장박동은 거의 정상으로 돌아왔다. 내 말에 에단이 웃으며 대답했다.

"연극 '과'에서요."

"그래서 그게 정확히 무슨 뜻인데요?"

나는 마고 아줌마가 자기가 얼마나 모르는지 드러내고 싶지 않을 때 하던 말을 써먹었다.

"우리 학생들은 연기, 무대 연출, 세트 디자인, 극작법을 공부해요."

에단은 홈쇼핑의 쇼호스트 같은 목소리로 말했다.

"나중에 프로 연극 무대에서 일하는 게 목표죠."

그는 바닥에 감겨 있는 밧줄을 발로 찼다.

"나는 무대 기술과 디자인을 가르쳐요."

"그런 걸 배우러 대학에 가요?"

나는 기타 케이스를 바닥에 내려놓고 계단의 난간을 손으로 쓸어 봤다. 황동처럼 보였는데 감촉은 목재 같았다.

"넵."

에단이 말했다.

"이걸 에단이 다 한 거예요?"

"우리 학생들이 했죠."

에단이 초승달 안쪽으로 들어가며 말했다. 그는 내게 손을 내밀어 나도 그 안으로 들어갈 수 있게 도와줬다. 초승달 안에는 발을 디딜 수 있게 비계飛階가 설치돼 있었고 반짝이 바로 뒤로 의자가 숨겨져 있었다.

"밧줄 액션을 실습해 보고 싶다는 학생이 있어서요. 마침 뮤지컬에 「달의 얼굴The Man In The Moon」이란 곡이 나오거든요. 그때 베라라는 극중 인물이 공중에서 달을 향해 내려오는 장면을 만들려고 노력하고 있어요."

"학생들이 이런 걸 만들도록 도우면서 월급을 받는단 말이에요?"

나는 놀랍다는 듯 고개를 저었다.

"에이프릴은 여행 다니면서 사람들한테 노래를 불러 주고 돈을 받잖아요."

"그건 먹고살려고 하는 거고요."

"에이프릴이 먹고살려고 하는 일이 많은 사람들의 꿈이란 걸 알아야 해요."

"사람들의 꿈은 록 스타가 되는 거죠. 차에서 먹고 자는 걸 꿈꾸진 않을 거잖아요."

에단이 또 날 보며 걱정스런 표정을 지었다.

"그럴 수도 있죠. 하지만 사람들은 하늘을 나는 꿈을 꾼답니다."

그는 의자를 가리켰다.

"앉아요."

나는 앉았다. 길에서 처음 만난 남자와 달 속으로 기어 들어가면 안 되는 걸지도 모르지만, 나는 칠흑 같은 어둠 속에서도 살아남은 사람이었으니까.

"좋아요. 이제 발을 달 앞쪽으로 내밀고. 발판에 발이 닿아요?"

그는 내 두 발을 작은 철판으로 이끌더니 내 손목에 벨트를 묶었다. 그에게선 숲의 향이 났다. 버클을 조이는 그는 차분하고 인내심이 강했으며 자신감도 있었다. 어떤 각도에서 보면 약간 엘비스 프레슬리처럼 보이기도 했다. 나른한 눈동자, 도톰한 입술, 턱 사이에 살짝 팬 부분. 엘비스가 만약 살찌지 않고 나이만 들었다면 이런 모습일 것 같았다.

"이거 안전해요?"

내가 물었다.

"완전. 안전도를 측정할 때 학생들 대신 내가 실험체로 나서거든요."

에단은 달에서 뛰어내리더니 내 기타 케이스를 열고 마치 갓난아기를 안아 올리듯 내 기타를 꺼냈다. 그는 내 머리카락을 한쪽 어깨로 몰아서 넘기고는 기타 스트랩을 다른 쪽 어깨에 걸어 주고 길이까지 맞춰 줬다.

그의 그런 모습은 칼리를 생각나게 했다. 캣스킨 공연에 가기 전 준비를 할 때의 모습. 나를 돌봐 주던 모습. 나는 애슈빌을 내가 머물 수 있는 이타카로 만들지 않을 것이라고 다짐했다. 에단이 칼리처럼 내 친구가 될 수 있을 거라 생각하지도 않을 것이고, 로버트가 나의 누군가가 될 것이라 생각하지 않을 것이라고. 상처받지 않게 나를 지키려면 애초에 기대 같은 건 하지 말아야 했다.

에단이 내 허리에 벨트를 감은 다음 끄트머리를 묶었다.

"짜잔! 팡파르."

그가 말했다.

"달에서 노래를 부르는 거예요."

그는 무대에서 뛰어 내려갔다.

조명은 어둑했다. 나는 마치 기타가 나를 안전하게 지켜 주기라도 할 것처럼 꽉 붙잡고 마음의 준비를 했다.

공중에 뜨는 기분이 너무 부드러워서, 내가 뜨는 게 아니라 꼭 땅이 나에게서 멀어지는 것 같았다. 나는 발아래를 힐끗 보며 거리가 멀어지는 걸 확인했다. 배 속이 동요했다.

"고정됐어요!"

에단이 소리쳤다. 그러자 커튼이 활짝 열리며 텅 빈 빨간 벨벳 좌석들의 바다가 펼쳐졌다.

"잠깐! 잠깐."

그는 극장 뒤편의 어둠 속으로 달려갔다. 딸깍 소리가 크게 들리더니 어느새 나는 반짝반짝 빛나는 조명을 받고 있었다.

"노래해요, 벨리시마*! 노래해요!"

에단이 관객석에서 외쳤다.

"알겠어요."

나직이 대답했는데 내 목소리가 아주 멀리까지 나가 깜짝 놀랐다. 에단만 앞에 두고 연주하는 게 좀 바보같이 느껴지기도 했지만, 이런 극장에서 노래하고 내 목소리가 메아리처럼 다시 내게 돌아오는 건 어떤 느낌일지 알고 싶은 마음도 간절했다.

나는 공연에선 절대 부르지 않는 노래로 시작했다. 너무 사랑해서 다른 사람들과 나눠 갖고 싶지 않은 곡. 하지만 이 곡이 내게 어떤 의미인지까지 에단이 알 필요는 없었다.

나는 북쪽으로도 가봤고, 남쪽으로도 가봤지

여기저길 떠돌아다녔지

내가 두고 떠나온 삶은

한 치의 미련도 없이 벗어 두고 왔어

위쪽으로도 가봤고 아래쪽으로도 가봤지

언제나 자유롭게 방랑하지

하지만 내 평생 단 한 번도

* 벨리시마: bellissima, 이탈리아어로 '아름다운 여성'이라는 뜻.

내 집을 가져 본 적은 없어

나를 감싸는 소리를 자세히 듣기 위해 처음부터 끝까지 눈을 감고 불렀다. 기타를 칠 때 달이 흔들려서 정말로 내가 날고 있는 것 같은 기분이었다. 만석이 된 극장을 내려다보며 극장을 가득 메운 박수 소리가 내 가슴속에서 어떻게 울릴지 상상해 봤다.

노래를 마치자 에단이 일어서서 박수를 쳤다.

"유후!"

그의 외침이 극장 전체를 채웠다.

○

"정말 세상에서 제일 가늘고 귀여운 허리네."

내가 바닥에 무사히 안착한 다음 에단이 벨트를 끌러 주며 말했다. 그는 내가 부를 곡이 하나도 남지 않을 때까지 앙코르를 외쳤다.

"비결이 뭐예요?"

"구운 옥수수 과자랑 다이어트 코크?"

나에게 비결이 필요하긴 했나 긴가민가하며 대답했다. 내 몸은 있는 그대로일 뿐이고, 그에 관해 이래저래 생각해 본 적이 별로 없었다. 겨우 한 사람만 앞에 두고 공연한 것인데도 그보다 훨씬 많은 관객을 두고 공연했을 때보다 더 내 자신이 노출된 기분에 사로잡혔다. 도망칠 이유는 하나도 없는데 왠지 그러고 싶은 충동이 들었다. 무대 끝으로 달려가 저두꺼운 벨벳 커튼으로 몸을 감고 세상으로부터 숨고 싶었다.

"구운 옥수수 과자랑 다이어트 코크라니!"

에단이 웃으며 말했다.

"유전자가 좋나 보네. 여기 학생들 중엔 그런 몸매를 가질 수 있다면 목숨이라도 내놓을 애들이 많다니까요."

그가 마지막 벨트를 풀었다.

"농담 아니고 진짜로."

"저는 이런 학교를 다닐 수 있다면 목숨을 내놓겠어요."

나는 무대 밑으로 뛰어내리기 위해 에단에게 기타를 건넸다. 그리고 내가 한 말이 진심이라는 데에 놀랐다. 내게 학교란 곳은 거지 같은 수학 문제나 풀고, 여자애들이 노트를 뜯어 적은 쪽지를 나만 빼놓고 자기들끼리 돌려 보는 곳이었다. 하지만 이런 학교라면, 학생들이 무대 위에 올라가 노래를 부르는 것이 중요하게 여겨지는 곳이라면, 나도 그렇게 튀진 않을 것 같았다. 만약에 대학이 이런 곳일 수도 있다는 걸 알았더라면 어떻게든 고등학교는 제대로 졸업했을 것이다. 물론 아빠가 내 등록금을 모아 놓았을 리도 없었고, 모터 없는 캠핑카에 사는 괴짜 아이를 연극과에 보내 줄 장학금 같은 게 있을 리 만무했지만.

"정말 대단해요, 엔젤!"

에단이 내 기타를 돌려주며 말했다.

"에이프릴이에요."

그가 내 이름도 기억 못 한다는 게 어쩐지 머쓱했다.

"알아요."

에단이 미소를 지었다.

"애정을 담은 표현이에요."

"절 잘 알지도 못 하잖아요."

"그러면 에이프릴이 얼마나 사랑스러운 존재인지 증명해
주는 말이라고 해두죠."

에단은 내 얼굴을 가만히 들여다봤다. 내가 거의 말해 준
게 없는데도 어쩐지 그는 나를 잘 아는 것 같은 기분이 들
었다.

○

대학은 지금 봄방학 중이라 에단은 수업이 없었다. 그는 식
료품점에서 두 사람 몫의 콘비프 샌드위치를 샀고 우린 그걸
들고 다시 그의 집으로 갔다. 나는 내 걸 다 먹고 그의 것도 반
이나 먹었다. 이상하게 그는 내가 먹는 걸 보는 것만으로 배
가 부르다는 듯한 얼굴을 했다.

점심을 먹은 후, 그는 선룸으로 나가 그림을 그릴 거라며 원하면 자기 책장에서 아무거나 빼다 읽어도 괜찮다고 했다. 나는 시내로 가서 버스킹을 해야 할 형편이란 걸 알면서도 그냥 『콩나무The Bean Trees』라는 책을 골라 들었다. 그리고 에단이 하얀 새 캔버스에 파란 줄을 그려 넣는 동안 삐걱거리는 선룸의 그네에 앉아 햇볕을 쪼였다. 에단은 노래를 흥얼거렸다. 아빠가 부르곤 했던 노래였다. "바다가 너무 드넓어, 나는 건너갈 수 없네The Water is Wide, I can't cross o'er." 내가 언제부터 그를 따라 같이 흥얼거렸는지는 기억도 안 났다. 하지만 언젠가부터 나는 그의 노래 위를 넘나들며 내 목소리를 얹고 있었고, 그 사실이 나를 미소 짓게 했다. 그는 내게 등을 돌리고 있었지만, 그도 미소 짓고 있기를 나는 바랐다.

○

얼마 뒤, 우리는 공연을 위해 로버트의 레스토랑으로 향했다. 에단이 기타를 들어 주겠다고 했을 때 나는 거절하지 않았다. 가로등 옆을 지날 때 길 잃은 달의 한 조각이 내 뺨에서 반짝였다.

44

레스토랑은 따뜻하고 습했으며, 마늘과 갓 구운 빵 냄새가 났다. 공연 전의 긴장감을 잊은 지 적어도 이 년은 된 것 같은 데 이번엔 초조했다. 바라는 게 생기면 힘들어진다는 걸 알면 서도 에단과 함께 보낸 오후가 너무 좋았기 때문에, 언제나 따뜻하고 배부르고 깨끗하고 쉴 수 있다는 사실이 얼마나 좋은지 실감해 버렸기 때문에, 나도 모르게 잔뜩 긴장하고 말 았다.

무대 자리를 마련하기 위해 테이블 몇 개가 레스토랑 한쪽 구석에 옮겨져 있었다. 무대 자리에는 나무 스툴과 마이크가 두 개 놓여 있고, 스툴 옆 테이블엔 깨끗한 하얀 수건, 그리고 민트와 라임 한 조각을 띄운 물이 한 잔 준비돼 있었다. 내 기 타를 들고 온 에단이 말했다.

"공연 무대도 이렇게 마련돼 있고, 엔젤, 멋진데요."

우리가 온 것을 본 로버트가 주방에서 나와 내 뺨에 입을 맞춰 인사를 했다.

"도와줘서 진짜 고마워요. 사람들이 많이 오면 좋겠네요."

"그렇게 될 거야, 내가 장담한다니까."

에단이 말했다.

"어제 공원에서 연주를 들으려고 모여든 사람들을 봤어야 하는데."

에단은 확신에 차 있었지만 이런 건 증명하기 쉽지 않았다. 나는 그냥 어느 운 좋은 날 마침 사람 많은 시간에 그들과 마주쳤던 것뿐이었다. 그들은 내 이름도 모르므로 가게 밖 게시판에서 내 이름을 알아볼 수도 없고, 그래서 들어와서 내 노래를 좀 더 듣고자 하는 사람도 없을 터였다.

사운드 체크를 했다. 혹시라도 치직거리는 잡음이 날까 봐 나는 늘 마이크를 후후 불어 확인했다. 기타를 쳤는데 붕 뜬 가벼운 소리가 마치 스피커를 통해 바람굴이 울리는 것처럼 나오는 건 진짜 싫었다. 나는 기타를 조율한 다음 기타 마이크 위치를 조정했다.

나는 마음속으로 끊임없이 나를 달랬다. 이건 아무것도 아니야. 여기보다 더 큰 곳에서도 공연했잖아. 길거리에서 연주할 때도 사람들이 모여들게 하잖아. 여긴 그저 작은 도시의 작은 식당이니까 잃을 것도 없어. 진짜로 여기 남을 것도 아니잖아. 로버트가 원한다고 해도, 에단이 원한다고 해도 나는 플로리다로 갈 거잖아. 그저 저녁 한 끼를 위해 연주하는 거야. 내일 아침에 떠날 거야. 그럼 되는 거야.

하지만 문 위쪽의 시계가 여섯 시 오십칠 분을 가리켰을 때, 일곱 시부터 연주를 해야 하는데 손님이 앉아 있는 테이블은 두 개뿐이고, 그나마 한 팀도 계산을 마치고 나가려고 막 일어서는 걸 보고 나니, 떨리는 손을 진정시키기 위해 심호흡을 아주 여러 번 해야 했다.

첫 곡은 미스터 빅Mr. Big의 「험한 세상Wild World」으로 시작했다. 나는 자작곡을 부르는 게 좋았지만 사람들은 커버 곡을 더 좋아했다. 자기가 아는 노래니까. 나는 커버 곡을 부를 때도 박자를 바꾸거나 편곡을 새롭게 해서 원곡과 똑같이 부르진 않았다. 그 대신 관객의 귀에 친숙하게 들리도록 원곡의 가장 중요한 부분은 건드리지 않았다. 그렇게 하면 마치 퀴즈를 맞히려는 사람들처럼 관객은 더 집중해서 들었다. 후렴구가 나오기 전에 사람들이 무슨 노래인지 알아차릴 수 있을까, 생각하며 연주하다 보면 관객은 내 공연에 더 몰입했고, 그때부터는 내 자작곡을 몇 곡 끼워 넣어 부를 수 있었다. 내 자작곡을 마음껏 부를 수 있는 건 아니스 바처럼 관객이 나를 다 아는 곳에서나 가능했다. 심지어 그런 곳에서도 관객과 신나게 놀기 위해 커버 곡을 몇 곡은 불렀다. 다 같이 떼창을 할 수 있는 바보 같은 곡, 「여자들은 그저 즐기고 싶은 거예요Girls Just

Want to Have Fun」혹은 영화 「마네킹」의 주제가 같은 것들. 왜냐하면 그때쯤엔 모두 다 취해 있기 때문이다.

테이블에 앉아 있는 커플은 둘 다 중년이었다. 남자는 엄청 크고 번쩍이는 시계를 차고 있었고, 그의 아내는 윤기 나는 은빛 머리카락을 보브 컷으로 자른 모습이었다. 그래서 나는 그들이 대학생이었을 때 들었음직한 곡을 부르기로 했다. 그들이 머리에 데이지꽃을 꽂고 손가락으로 브이 자를 만들어 보이던 시절의 노래를.

「험한 세상」이 끝났을 때 그들에게선 박수가 나오지 않았지만, 내가 밥 딜런의 「구르는 돌처럼Like a Rolling Stone」의 도입부를 연주하기 시작하자 남자가 벗어지기 시작한 머리를 끄덕이며 만족스러운 얼굴을 했다. 그리고 칼리 사이먼Carly Simon의 「당신은 자기가 참 잘났다고 생각하지You're So Vain」를 연주하자 두 사람은 노래를 따라 불렀다. 그들은 저녁 식사가 끝난 뒤에도 자리를 뜨지 않았다. 커피를 더 시키고 나를 보기 위해 의자의 방향을 돌렸다. 하지만 새로 들어온 사람들은 하나도 없었고 그건 내 역량 밖의 일이었다.

에단은 구석 테이블에 혼자 앉아 수프 한 그릇과 와인 한 잔을 주문했다. 식당 종업원들이 나를 구경하기 위해 멈춰 서 있었다. 그들은 달리 할 일이 없었으니까. 내 노래가 끝날 때마다 그들이 에단만큼이나 크게 박수를 쳐주지 않았다면 박수 소리는 고통스러울 정도로 작았을 것이다.

마침내 다른 커플이 한 쌍 들어왔다. 이십 대 중반으로 보였는데, 첫 데이트인지 서로 어색해하고 있었다. 남자는 여자가 하는 말에 집중하는 대신 나를 계속 쳐다봤다. 나는 노래를 멈추고 그에게 말해 주고 싶었다. 저 가엾은 여자가 너에게 잘 보이려고 저렇게 차려입고 왔으니 그녀에게 집중 좀 하라고.

나는 보니 레이트Bonnie Raitt의 「난 네가 날 사랑하게 할 수 없어I can't Make You Love Me」와 하트Heart의 「혼자Alone」를 불렀다. 노래가 끝났을 때 그 여자는 돌아앉기까지 해서 박수를 쳤다. 에단은 일어나서 휘파람을 불었다. 로버트가 내게 다가와 말했다.

"정말 좋았어요! 잠깐 쉬면서 저녁 먹을래요?"

그의 얼굴이 반짝였다. 주방이 더운 게 틀림없었다. 티셔츠도 등에 달라붙어 있었다.

"괜찮아요. 공연 중에 먹는 거 별로 안 좋아해서요."

"알겠어요. 그러면 마실 거랑 간단한 것 좀 가져올게요."

내가 뭐라고 더 말하기도 전에 그는 주방으로 들어가더니 기다란 유리잔에 담긴 아이스티와 토스트 위에 토마토 비슷한 뭔가가 얹어진 것을 가지고 나왔다.

"살짝 허기질 수도 있으니까요."

그가 간식을 건네주며 말했다.

로버트는 다시 주방으로 들어갔고 에단은 간이 무대와 가장 가까운 테이블로 옮겨 앉았다.

"정말 대단해요."

그가 손을 뻗어 내 손을 꽉 잡고 말했다.

"당신이 정말 자랑스러워요."

에단이 그런 말을 한다는 건 뭔가 어색했다. 나는 늘 누군가를 자랑스럽게 여기는 것은 그 사람이 어떤 노력을 하며 살아왔는지 다 지켜본 사람에게나 가능한 일이라고 생각했다. 뭔가를 해내기 위해 그 사람이 얼마나 힘들었는지 익히 알고 있는, 또 그 사람의 성공에 투자한 바가 있는 사람에게만 가능한 일이라고 말이다. 그런데 에단은 내가 자랑스럽다고 아주 확신에 찬 어조로 말했다. 내가 힘들게 살아왔다는 것이 뻔히 보였을 수도 있고, 우리가 한창 우정을 쌓아 가는 중이라고 에단이 그냥 믿고 있는 것일 수도 있었다. 사실 그가 어떤 식으로 생각하는지는 상관없었다. 나를 응원해 주는 사람이 있다는 것은 그 자체로 좋은 일이었으니까.

나는 토스트를 두 쪽 먹었다. 속에 잼이 들어 있는 껌처럼 토마토 조각이 입 안에서 터졌다. 토마토에서 순수하고 깔끔한 맛이 나서, 마고 아줌마가 여름이면 비상계단에 놓고 키우려고 애썼던 작은 토마토 화분이 떠올랐다. 계속 먹을 수 있었지만 두 쪽만 먹고 멈췄다. 다음 곡을 부를 때 배 속이 더부룩하고 둔한 기분이 드는 게 싫었다. 나머지는 에단이 먹었다. 그는 나와 가장 가까운 테이블에 남아 있었다가 내가 다시 기타를 집어 들자 큰소리로 박수를 쳤다.

공연을 시작하는 소리—기타의 스트랩 버클을 딸깍 채우는 소리, 마이크 전원을 켰을 때 '펑' 하는 소리, 다리 위에 기타를 얹을 때 기타 줄이 아주 미세하게 진동하는 소리—는 내가 가장 좋아하는 소리다. 예전에는 공연을 할 때마다 그 소리를 인식했는데. 이렇게 제대로 들은 것은 정말 오랜만이었다.

진작 식사를 마쳤던 중년 커플은 일어나려다 내가 연주를 다시 시작하자 도로 앉아 와인을 한 병 주문했다. 첫 데이트 커플은 디저트를 주문했다. 남자는 포크를 테이블 위로 뻗어 자기 몫의 레몬 머랭 파이를 여자에게 한 입 주려고 했다. 부스러기가 떨어지면 받으려고 다른 한 손으론 포크 아래를 받친 채. 나는 속으로 그녀를 응원하며 다음 곡으로 「그녀가 움직이는 방식에는 뭔가가 있어Something in the Way She Moves」를 불렀다. 비틀스 말고 제임스 테일러의 곡으로. 왜냐하면 내가 아는 노래 중에 이게 가장 달콤한 노래였으니까. 이 노래가 두 사람에게 도움이 될지도 몰랐으니까. 사람들은 사랑에 빠질 수 있고 사랑을 이어 갈 수 있었다고 나는 아직 믿었으니까. 마고 아줌마가 르네상스 축제에 데려가 보여 줬던 유니콘이 한쪽 뿔을 잘라 낸 염소가 아니었다고 간절하게 믿고 싶었던 것처럼.

사람들이 많이 모이길 바랐지만 결국 그렇게 되진 않았다. 웬 남자 하나가 들어와 구석에 혼자 앉았을 뿐이었다. 그는 커피와 파이를 시켜 놓고 나라는 사람은 아예 존재하지 않는 것처럼 내내 책만 읽었다. 거리로 새어 나가는 음악을 듣고 감동해서 뛰어 들어온 사람은 아무도 없었다. 로버트는 이제 나를 부르지 않을 터였다. 이 정도론 어림없었다.

기타를 챙기며 머릿속으로 내가 에단의 집에서 챙겨 가야 하는 것들의 목록을 작성했다. 그가 눈 뜨기 전에 플로리다로 향할 수 있도록. 아침을 먹으며 서로 곤란한 이야기를 하지 않아도 되도록. 작별 인사와 자주 연락하자는 인사말에 대한 부담이 없을 때 떠나는 게 덜 힘드니까.

로버트가 주방에서 나와 말했다.

"고마워요, 에이프릴."

그는 격식을 차려 말하며 손에 든 주문 수첩을 들여다봤다. 힘 있고 거만한 사람들은 저런 식으로 사람들을 내보내는 모양이었다. '고마워요, 에이프릴. 그 정도면 충분히 들었어요.'

하지만 그는 수첩을 한 장 넘기더니 말했다.

"내일은 바에서 공연을 하고 토요일엔 다시 여기에서 해줄 수 있을까요?"

"네."

나는 천천히 말했다.

"그렇게 할 수 있을 것 같아요, 아마도."

모름지기 인간은 적응이 빨라야 하는 법이다. 너무 절박해 보일 순 없었다. 절박한 사람은 망하기 십상이다. 하지만 실은 안도감에 눈물이 날 지경이었다.

로버트가 말했다.

"아, 정말 잘됐네요!"

그리고 흥분해서 내 팔을 손으로 막 두드렸다.

"아까 그 커플 말이에요."

그는 지금은 비어 있는 테이블을 가리켰다.

"엄청 비싼 와인을 두 병이나 시켰어요. 에이프릴이 여기 없었으면 아마 한 병 마시고 말았을 텐데. 그리고 저 사람들."

그는 첫 데이트 커플이 앉았던 자리를 가리켰다.

"저 사람들은 에이프릴이 아녔다면 디저트는 절대 안 시켰을 거예요. 목요일은 항상 좀 한산한 편인데 덕분에 수입이 짭짤해요."

"그게 제 일인 걸요."

그가 뒷주머니에서 작은 지폐 뭉치를 꺼내 내게 건넬 때 나는 미소를 지으며 말했다. 우연히 좋은 일이 생긴다면 그걸 온전히 누려야 했다. 그런 일은 자주 일어나지 않으니까.

45

다음날 밤 바에서 한 공연은 딱히 대단할 것 없는 평범한 것이었고 그냥저냥 괜찮았다. 그러나 토요일 밤, 레스토랑에 서 한 공연에는 중년 와인 커플이 또 찾아왔다. 그들은 친구 들을 데려왔고, 와인 병은 내가 더 이상 셀 수 없을 정도로 나 오고 들어갔다.

그 다음 주에 식당에서 공연할 땐 사람이 엄청나게 많이 왔 다. 빈자리가 나길 기다리며 사람들은 서서 내 노래를 들었 다. 로버트는 엄청 바쁘게 돌아다녔다. 그리고 나와 눈이 마 주칠 때마다 미소를 지었다. 에단은 두 사람 자리에 혼자 앉 아 커피 잔을 두 손으로 들고 모든 노래를 조용히 따라 불렀 다. 내가 연습할 때 듣고 있었기 때문이다.

○

월요일 아침에 일어났을 땐 에단 집의 내 방에 걸린 레이스

커튼 사이로 햇살이 쏟아져 들어오고 있었다. 내가 내 자신에게 허락하는 것보다 훨씬 더 늦게까지 잔 게 분명했다.

"안녕, 선샤인."

내가 휘청거리며 부엌으로 나가자 에단이 말했다. 그는 식탁에 종이와 팸플릿을 잔뜩 깔아놓고 있었다.

"뭐 하는 거예요?"

"지원서 쓰는 중."

그가 내게 팸플릿을 하나 건네며 말했다.

"도와줘요!"

그건 보스턴의 에머슨대학교 지원서였다.

"학교를 다시 다니게요?"

"새 직장을 알아보는 중이에요."

에단이 커피포트를 가리켰다. 나는 내 걸 따르고 에단에게도 새로 한 잔 따라줬다. 나는 식탁에 앉아, 팸플릿들이 더 잘 보이도록 잘 펼쳐 놓았다.

"아무래도 더 추운 지역으로 이사 가게 될 것 같아요. 좋은 연극 학교들은 다 북쪽에 있는 것 같으니."

"북쪽도 나쁘지 않아요."

나는 미들베리대학교 책자를 들어 올리며 말했다.

"작년에 미들베리 근처 바에서 공연을 했는데, 좋았어요."

"거기 좋아해요?"

"네. 산도 정말 멋지고. 눈이 엄청나게 쏟아지는데 스노타이어가 없어서 할 수 없이 계획보다 일주일을 더 묶여 있었지만, 알다시피…… 거기서 살게 되면 다른 데 갈 필요가 없으니까 좋을 거예요. 집에 있으면서 와플 먹고. 거기 메이플시럽은 진짜거든요."

에단은 아무 말 없이 두 손에 얼굴을 묻었다.

"아니면 스노타이어를 장만하든가."

내가 말했다.

"이참에 차를 지프로 바꾸면 어때요?"

"나 추위에 엄청 약해요."

에단은 얼굴을 손에 묻은 채 말하며 고개를 절레절레 저었다.

"나는 남쪽 피가 흐르는 사람이라 아마 얼어 죽을 거예요."

그는 두 팔로 자기 품을 껴안고 이를 딱딱 부딪쳤다.

"생각만 해도 춥네."

그가 극장에서 일하는 이유가 있었다. 나는 그가 왜 무대에 오르지 않고 무대 뒤에서 일하는 건지 궁금했다.

"왜 여기서 안 살고요?"

나는 실망감을 감추며 물었다. 내가 뭐 영원히 애슈빌에서 살 수 있을 거라고 생각했던 건 아니었다. 정기적인 공연이 잡혀 있고, 안락한 침대와 에단이 방값을 받지 않는 이 상황이 계속되리라 생각하진 않았다. 하지만 그렇다고 이렇게 끝낼 준비가 된 것도 아니었다.

"아, 그게, 너무 혹독한 이별을 해서요. 변화가 필요한 것 같아요. 헤어지지 않았다면 내일이 우리 기념일이거든요. 삼 년을 누군가에게 허비하고 나니 어느 날 갑자기 여길 떠나는 게 좋겠다는 생각이 들더라고요."

나는 커피를 마시고 팸플릿을 식탁 위에서 이리저리 옮겼다. 거의 다 내가 모르는 이상한 이름들이었다. 카네기 멜론. 브랜디스. 사라 로렌스. 그런데 내가 아는 이름이 있었다. 이타카대학.

"여기."

나는 이타카대학 책자를 손가락으로 두드리며 말했다.

"여기로 가세요."

"이타카?"

에단이 물었다.

"거기 프로그램 정말 좋죠. 춥지만, 좋긴 좋아요."

"내가 자란 곳보단 따뜻해요."

내가 말했다.

"그리고 이타카에선 눈도 더 좋게 느껴져요. 왜 그런지는 모르겠는데. 거기선 모든 게 다 더 좋았어요."

"이타카에서 공연 많이 했어요?"

에단이 물었다.

"잠깐 동안 살았어요."

그 말을 하는데 목이 메려고 했다.

"발이 쉽게 떨어지지 않는 곳이에요."

나는 커피 잔을 노려보며 눈물을 흘리지 않으려고 안간힘을 썼다.

"그리고……"

나는 감정을 추스르며 깊게 한숨을 쉬었다.

"완전 게이스러운 곳이에요. 에단 마음에 쏙 들걸요."

"완전 게이스럽다? 그럼 망토를 하나 장만해야 할까?"

"아뇨."

나는 말했다.

"하지만 레깅스를 입고 나가도 눈살 찌푸리는 사람은 없어요."

46

에단의 지원서를 다 발송하고, 에단의 삼 주년 기념일에 대항하는 마음을 담아 내가 저녁을 만들어 대접하기로 했다. 장을 보러 마트에 가서는 계산대 앞에 서기 전까지 지갑이 제대로 있는지 수도 없이 확인했다. 마트를 빠져나오는 순간까지도 심장이 목구멍으로 올라와 쿵쾅대는 것 같았다. 아니라는 걸 알면서도 마치 마트는 모든 끝의 시작인 것만 같은 느낌이었다. 어떤 것은 몸과 마음에 깊이 각인되어 있어, 이성이 아무리 애를 써도 지워지지 않는다.

나는 봉투에 가득 담긴 장거리를 들고 집까지 걸어갔다. 파스타 면과 병에 든 레토르트 소스, 그리고 요리를 장식하기 위한 양파와 피망. 내가 만들 수 있는 음식의 종류는 정말 적었기 때문에 이게 최선이었지만, 그래도 이 정도면 나쁘지 않은 것 같았다. 눈에 보이는 결과보다는 이런 내 마음을 더 의미 있게 받아들여 주길 바랄 뿐이었다.

앞마당 화단에는 튤립이 피어 있고 공기에는 가슴 벅찬 향기와 이끼 냄새가 풍겼다. 집에 도착했을 즈음에는 어둠이 막 내려앉고 있었다. 집에 들어서자 선룸의 문이 활짝 열려 있고 거실 문도 잠겨 있지 않은 것이 보였다. 그때 에단의 목소리가 들려왔다.

"그런 뜻으로 한 말이 아니야."

그의 목소리에 눈물이 가득했다.

나는 선룸 앞에 서서 열린 문 사이를 살짝 들여다봤다. 거실에서 웬 남자가 에단을 벽에 밀친 채 붙잡고 있었다. 에단의 코에선 피가 흘러 목까지 적시고 있었다. 나는 숨을 죽이고 거실 문을 천천히 열었다.

그 남자가 소리쳤다.

"미안해야 할 사람은 너야. 그걸 문제 삼은 건 바로 너였다고!"

그는 고함을 질러 대느라 내가 들어가는 소리도 듣지 못했다. 에단은 나를 발견하자 고개를 돌려 버렸다. 그러자 그 남자가 에단의 뺨을 때리더니 연달아 다른 한쪽도 쳤다.

"내가 말할 땐 내 얼굴을 봐!"

온몸이 얼어붙어 다시는 움직일 수 없을 것만 같았지만 에단이 울고 있었고 그 남자는 폭력을 멈출 것 같지 않았다. 장본 것들을 아직 들고 있던 나는 소스 병을 그 남자를 향해 던졌다. 병은 그의 양 어깨 사이를 툭 때리고 바닥에 떨어졌고 소스와 유리 조각이 사방에 흩어졌다.

"그만해!"

나는 악을 썼다.

"그만하라고!"

그는 에단을 잡고 있던 손을 놓고 돌아섰다. 그의 얼굴은 부어 있고 뺨에는 경련이 일고 있었다. 벌겋게 충혈된 두 눈과 살갗이 벗겨져 피가 흐르는 손가락 관절이 보였다. 이제 그는 에단 대신 나를 붙잡으러 올 것 같았다. 나는 피망을 냅다 던져 그의 옆통수를 때렸고, 그 다음엔 양파를 던져 오른쪽 눈을 정통으로 맞혔다. 그리고 비명을 계속 질러 대며 봉투에 든 것들을 전부 다 던졌다. 나는 그 남자보다도 크다고, 이 세상 그 누구보다도 크다고 상상하며, 그를 매섭게 노려보기만 한다면 그는 불타서 죽어 버릴지도 모른다고, 그냥 사라져 버릴지도 모른다고 상상했다. 그가 내 얼굴에 바짝 다가서자 그의 입에서 시큼한 냄새가 났다. 그가 나도 때리려 한다는 걸 그의 눈빛에서 읽을 수 있었다. 이제 봉투는 비었다. 더 던질 것도 없었다. 그는 내 머리카락을 한 손으로 거머쥐더니 나를 옆으로 밀어냈다. 문 앞에서 나를 치우고 뭘 하려는 건지 도저히 알 수가 없었다. 그가 나를 너무 세게 밀었기 때문에 나는 휘청거리며 넘어졌고 엉덩이부터 바닥에 떨어졌다.

얼마나 크게 멍이 들까 하는 생각이 들었다. 짙은 보라색이겠지. 그쪽으로 피가 고이고 있었다는 걸 느낄 수 있었다.

"이젠 어린 여자애가 좋아졌나 봐?"

그가 에단에게 말했다.

"가!"

에단이 비명을 지르듯 외쳤다.

"이반, 당장 나가라고!"

에단은 눈물로 범벅이 된 채 코피와 콧물을 쏟아 내고 있었다. 온 몸에서 피가 다 빠져 나가기라도 한 듯 창백한 얼굴이었다. 그 모습을 본 이반은 내 다리를 걸어찼다. 그것도 있는 힘껏. 그러더니 밖으로 나가 문을 쾅 닫았다. 나는 급히 문을 잠그고 문손잡이가 열리지 않게 의자를 끼워 놓은 다음 에단에게 뛰어갔다. 그는 얼굴을 감싸 쥐고 흐느껴 울었다. 그를 안아 주면 아플지도 몰랐지만, 그렇다고 안아 주지 않는 건 최악의 선택일 듯한 걱정이 들었다.

"경찰 부를게요."

내가 말했다.

"설마 게이들 싸움에 경찰이 달려올 거라 생각하는 건 아니죠?"

에단이 코를 훌쩍거리며 손등으로 얼굴을 문지르며 말했다. 피가 그의 뺨에 길게 번졌다.

"그럼 병원 갈래요?"

"아무한테도 이런 꼴을 보여 주기 싫어요. 밖에 나가기도 싫고. 난 아무것도……"

그의 얼굴에 다시 주름이 잡혔다. 자기가 울고 있다는 사실이 그를 상처 입혔고, 그래서 그의 울음은 점점 더 커져 갔다. 그가 지금 얼마나 크게 상처받았는지가 다 보였다.

"괜찮아요. 괜찮아요."

나는 그 말만 하고 또 했다. 달리 할 말이 없었기 때문이다. 화장실로 뛰어가 수건에 물을 적셔 그에게 갖다 줬다. 그는 울면서 온몸을 떨었다. 나는 그의 얼굴을 닦아 줬다. 최선을 다해서 머리에 묻은 피를 닦아 냈다. 우리는 그렇게, 박살난 식재료들 한가운데에 앉아 있었다. 나는 그를 안고 모든 게 다 괜찮아질 거라고 말했다. 그게 내가 상처를 받을 때마다 누군가에게서 듣고 싶었던 말이기 때문이다.

"시도도 하지 말았어야 했는데."

에단이 말했다.

"소용없다는 거 다 알면서. 그런데 집에 오니 그가 와 있었어요. 아직 열쇠를 갖고 있거든요. 그리고 나는 그가 그리웠어요. 그가 술에 취해 있었다는 건 몰랐어요. 또 희망을 갖고 말았던 거지."

○

그가 울음을 그친 뒤, 나는 냉장고를 부엌 뒷문 앞에 밀어서 막아 놓았다. 미는데 엉덩이가 아팠다. 현관 앞에는 가구를 더 쌓아 놓고 창문이 잠겼는지 전부 다 확인했다. 우리는 에단 방에서 같이 잤다. 내가 두 팔로 에단을 감싸고, 텔레비전을 조명처럼 켜두고, 혹시 몰라 내 주머니칼을 매트리스 아래 숨겨 두었다.

다음날 아침엔 에단보다 먼저 일어나 카펫의 토마토소스와 핏자국과 깨진 유리를 치울 수 있는 한 최선을 다해 치웠다. 그리고 로버트에게 전화해서 현관 열쇠 바꾸는 일을 좀 도와 달라고 부탁했다.

잠에서 깬 에단은 또 울기 시작했다. 그의 울음소리가 아래층까지 들렸다. 나는 그에게 핸드 타월을 가져다줬다. 에단의 코는 멍든 채 부어 있었다. 광대뼈의 상처는 꽤 깊었고 딱지가 앉기 시작하는 중이었다. 하나의 멍이 어디에서 끝나고 다음 멍이 어디에서 시작되는지 분간이 잘 안 됐다. 그는 배를 감싸 안고 울음을 그치려고 해봤지만 잘 되지는 않았다. 나는 그의 이마에 입을 맞추고 얼굴을 닦아 줬다. 내가 피로 얼룩진 베갯잇을 가는 동안 로버트가 침대에 앉아 에단의 머리를 자기 무릎에 올렸다.

로버트는 작년에 허리를 다쳤을 때 먹던 진통제를 에단에게 먹였고 나는 코에 댈 얼음을 더 가져오고 에단의 손을 잡아 줬다. 에단이 잠든 다음 우리는 부엌으로 내려가서 에단에게 먹일 것을 준비했다. 다친 턱으로 그나마 먹기 쉬울 것 같은 스크램블드에그, 요거트, 그리고 복숭아 통조림을 준비했다. 에단은 우리를 쳐다볼 뿐이었다. 우리가 먹으라고 하니 시키는 대로 하긴 했지만, 꼭 영혼이 빠져나간 것 같은 모습이었다. 그러지 않는 편이 훨씬 어려울 거란 생각이 들었다.

"에이프릴이 로드니를 만났으면 얼마나 좋았을까요."

설거지를 하는 동안 로버트가 말했다. 그는 주스 잔을 밝은 파란색 스펀지로 뽀드득 소리가 나게 닦는 중이었다.

"에단과 로드니는 모두가 꿈꾸는 연인이었죠."

그는 유리잔을 건조대에 가만히 올려놓았다.

"두 사람은 정말 행복했어요. 저런 사랑이 세상에 존재한다는 걸 보는 것만으로 주위 사람들까지 행복해졌으니까요."

로버트가 프라이팬을 문지르자 노랗게 들러붙은 달걀 조각이 낙엽처럼 팔랑팔랑 싱크대로 떨어졌다.

"그런데 왜 헤어졌어요?"

나는 남은 커피를 비우고 잔을 로버트가 씻을 수 있게 건네주며 물었다. 그가 잔을 도자기 재질의 싱크대 안에 내려놓자 탈칵 소리가 났다.

"나는 왜 에이프릴이 이미 다 알고 있다고 생각했을까요?"

"전 여기 온 지 얼마 되지도 않는 걸요. 사실 남이나 마찬가지죠."

"이걸."

로버트는 절대로 지워지지 않을 피가 묻은 카펫을 향해 손을 흔들어 보이며 말했다.

"이걸 같이 겪었으니 이제 우린 남일 수 없어요."

그는 머그를 집어 들고 세제가 묻은 스펀지로 문질렀다. 나한텐 이야기해 주지 않으려나 보다 생각하는데 그가 말했다.

"로드니는 사 년 전 교통사고로 죽었어요."

에단의 눈동자가 그의 다른 부분들보다 나이 들어 보인다는 게, 하루가 끝나고 침대로 가는 그의 모습이 지쳐 보인다는 게 떠올랐다.

"둘이 함께 아이도 입양하려고 했는데."

로버트가 말했다. 그의 눈이 빨개졌다. 굳이 숨기려고 하지도 않았다.

"멕시코에서 예쁜 여자아이를 데려오기로 돼 있었어요. 정말 아름다운 아이였어요. 메일로 사진을 받았거든요. 둘이 아이를 데리러 갈 여행을 계획 중이었는데, 그런데 로드니가 퇴근하고 집으로 오는 길에 견인 트레일러가……"

나는 손바닥으로 입을 가렸다. 로버트는 머그를 싱크대에 내려놓고 손등으로 눈가를 닦았다.

"에단은 퇴근하고 집으로 오는 길에 사고 현장을 봐버렸어요. 로드니의 차를 봤어요. 구급차를 따라 병원으로 갔지만 로드니를 만나게 해주지 않았어요. '직계가족'이 아니라는 이유로."

로버트의 머리카락이 그의 눈가로 떨어졌다. 로버트는 머리카락을 쓸어 넘겼다.

"그래서 에단이 대기실에 앉아 있는 동안 로드니는 혼자 죽었어요. 그런데도 들여보내 주지 않았어요. 에단은 완전히 무너져 버렸고, 혼자 그 아이를 입양할 수도 없었으니 둘을 한꺼번에 잃은 거죠."

"정말 유감이네요."

이런 상황에 이 말이 어울리는 것 같지는 않았지만 더 적당한 말을 찾을 수가 없었다.

"그 이후로 에단은 자기가 잃어버린 것을 대체하려고 제정신이 아닌 것 같았어요. 아니, 어쩌면 절대로 대체할 수 없다는 걸 알기 때문에 대충 안주하려고 했던 것 같기도 해요. 그게 뭐였든 간에 이반이 그걸 이용했고."

로버트가 머리를 묶고 있던 고무줄을 잡아 빼자 머리카락이 얼굴 옆으로 쏟아졌다. 로버트는 머리를 다시 모아 고무줄로 묶었다.

"정말 지켜보기 힘들었어요. 하지만 친구를 누군가와 헤어지게 만들 순 없잖아요. 그런 일로 이래라저래라 하면 친구를 잃게 되니까. 우정을 위태롭게 하고 싶진 않았어요."

"로버트가 자책할 일은 아닌 것 같아요."

로버트가 그렇게 느끼는 것 같아 그렇게 말했다. 그의 눈이 너무 슬펐다.

"난 이반이 이 정도일 줄은 몰랐어요. 사실 좋아하진 않았지만 에단이 계속 정말 좋은 사람이라고 했고, 그리고 또······ 로드니는 내 친구였거든요. 내가 이반을 받아들이기 싫은 이유가 로드니가 영원히 잊히는 게 싫어서는 아닐까, 생각했어요. 만약 이반이 이 정도인 줄 알았다면 가만히 있진 않았을 거예요."

로버트는 설거지를 포기했다. 우리는 에단이 깨는 소리를 놓치지 않기 위해 맨 아래 계단에 앉아 있었다. 우리가 필요하면 즉시 달려 갈 수 있도록. 말은 별로 하지 않았다. 무릎을 맞대고 그냥 그렇게 앉아 있었다. 그러다가 로버트가 울기 시작하자 내가 그의 손을 잡아 줬다.

47

에단은 며칠을 누워 있었다. 에단이 절대 혼자 있지 않도록 로버트와 내가 교대하며 곁을 지켰다. 내가 식당에서 공연을 할 땐 로버트가 임시 주방장을 구했고, 공연이 없을 땐 내가 에단 옆에 있었다.

우리는 침대에 누워 드라마를 봤다. 매티가 혼수상태였다. 그가 깨어나면 그의 약혼녀는 그가 아기 아버지가 아니라는 말을 할 예정이었다. 매티의 약혼녀는 병실에서 새 연인과 그런 이야기를 나누고 있었다.

"약혼자가 저기 떡하니 누워 있는데!"

내가 에단의 퀼트 이불을 손으로 쥐어짜며 소릴 질렀다.

"완전 나쁜 년이잖아!"

"드라마광인 줄은 몰랐네."

에단이 말했다. 에단은 애써 미소란 걸 지어 보였다. 코 주위의 멍은 사라지지 않았고 턱은 아직 짙은 보라색이었다.

"나랑 아는 애예요."

내가 텔레비전을 가리키며 말했다.

"제이크 제이콥슨. 쟤를 알아요."

에단이 멍한 얼굴로 나를 봤다.

"이게 드라마라는 건 알고 있는 거죠?"

"그러니까 제이크 제이콥슨 역을 맡은 배우를 안다고요. 매티…… 매튜 스펜서. 쟬 안다고요. 과거형이지만."

"그냥 아는 거예요, 아님 진짜 '아는 사이'?"

"후자요."

"그리워요?"

"만약 누군가가 너무 많이 변해서 예전과 더는 같은 사람이 아니라면, 대체 누굴 그리워해야 하는 걸까요?"

"나는 그가 그리워요."

에단이 말했다. 아마도 로드니 이야기일 거라고 생각했는데, 에단이 덧붙였다.

"이런 말 듣고 싶은 사람 아무도 없겠지만, 내가 이반을 사랑하지 않은 건 아니에요. 그의 모든 부분이 엉망이었던 건 아니에요. 처음엔 안 그랬어요."

그가 나를 봤다. 그의 얼굴의 멍과 두 눈의 슬픔은 차마 보기 힘들 정도였다. 나는 이불 아래에서 그의 손을 찾아 꼭 잡았다.

"나는 아직도 그립고, 마음이 아프고, 그가 돌아와서 나를 사랑해 주고 다시는 날 아프게 하지 않았으면 좋겠어요."

에단이 단숨에 말했다. 마치 그 말을 해야 안심이 된다는 듯이.

"좋은 시간도 있었어요. 그에게도 선한 부분이 아주 조금 있었고, 그 작은 부분이 전체가 될 거란 희망이 있던 때가 그리워요."

에단이 다시 울기 시작했다. 그가 고개를 내 어깨에 묻었고 나는 그의 등을 쓸어 줬다.

그가 잠이 들자 나는 화장실로 들어가 거울 위에 수건을 걸쳐 가려 놓았다. 좀 더 나을 때까지 에단이 자기 얼굴을 보지 못하게 하기 위해서였다.

48

로버트의 바에서 금요일에 공연하던 밴드가 일정을 취소했다. 원하던 상황은 아니었다. 에단에게도 마찬가지였다. 그래서 에단은 집에서 그림을 그리기로 했다. 이반이 찾아왔던 이후 에단을 혼자 두는 건 처음이었다. 이제 그의 멍은 보라색에서 녹색으로 옅어졌다. 이젠 음영처럼 보이기도 했다. 에단은 자긴 정말 괜찮다고, 혼자 있는 시간도 도움이 될 거라고 했다. 나는 집을 나오기 전에 문이 잘 잠겼는지 다시 확인했다.

바에 모인 사람들은 블루 오이스터 컬트Blue Öyster Cult의 커버 밴드를 기다리고 있었다. 나는 어느 방향에서 봐도 머리카락의 컬이 살아 있도록 스프레이를 뿌렸고, 눈의 윤곽을 따라 까만 아이섀도를 발랐다. 바에는 잔뜩 부풀린 머리스타일을 하고 물 빠진 청바지를 입은 사람들이 가득했다. 블루 오이스터 컬트의 곡인 「사신을 두려워 말라Don't Fear the Reaper」를 부를

까도 생각했지만 섣불리 그랬다가 상황이 더 악화될 수도 있고, 어쨌거나 내 실력에 비해 기타 부분이 너무 복잡하기도 했다. 그냥 내 레퍼토리 중에 분노가 넘치는 곡을 골라 기타를 최대한 세게 치는 쪽을 선택했다. 나는 계속 손가락 관절로 기타 줄을 쳤다. 사람들은 가끔 노래를 듣기도 했지만 대부분은 술을 마셨다. 몇 곡을 부르고 났을 땐 사람들이 반밖에 남아 있지 않았다. 남은 사람들은 그래도 나를 좋아하는 것 같았다. 적어도 맥주는 많이 팔렸다.

로버트는 바에서 일했다. 주류 선반의 조명은 파란색에서 보라색으로 변했다가 다시 파란색이 되며 바의 이쪽 끝에서 저쪽 끝을 오가는 그의 얼굴을 날렵한 선으로 조각했다. 커다란 가슴을 가죽조끼 안에 모아 넣은 웬 여자가 주문할 때 앞으로 몸을 내밀며 가슴을 드러냈다. 로버트는 그녀가 술을 사고 바 위에 지폐 뭉치를 올려놓고 갈 정도의 관심만 보여 줬다.

로버트가 내게도 맥주를 갖다 줬다. 나는 그걸 스툴 아래 두었다가 휴식 시간에 화장실에 들고 갔다. 무례하게 굴고 싶진 않지만 이반의 입김이 얼굴에 닿은 이후로는 알코올 냄새만 맡아도 토할 것 같았다. 나는 맥주를 싱크대에 쏟아 버리고 빈 병을 바 한쪽 끝에 올려 두었다.

손님들이 다 떠난 뒤 로버트가 테이블 매트에 낀 찌꺼기를 닦아 내는 동안 나도 바로 들어가 그를 도왔다.

"뭐 하시는 거지예, 카우걸 아가씨?"

로버트가 장난스럽게 사투리를 쓰며 발가락으로 내 부츠를 톡 찼다.

"돕고 있잖아요."

세상 밖으로 나와 그와 함께 있는 기분이 이상했다. 우리는 너무 많은 밤을 에단의 집에서만 보냈다. 밖에 나오니 어딘가 달랐다. 로버트는 머리를 풀어 귀 뒤로 넘겼다. 그는 아름다웠다.

"고마워요, 에이프릴"

내 이름을 부르는 그의 목소리에서 그도 뭔가 다르다고 느낀다는 걸 알 수 있었다.

"로버트."

나도 그의 이름을 불렀다. 얼굴이 화끈 붉어졌다. 나는 그의 뒷주머니에 꽂혀 있던 행주를 뽑아 그 위에 탄산수를 뿌렸다. 그리고 바를 닦았다. 그는 냅킨 함을 새로 채웠다.

"왜 사람들이 롭이라고 안 불러요?"

"잘 모르겠네요."

그가 솔직히 말했다. 마치 그가 원하기만 하면 롭이 될 수 있었다는 사실을 방금 깨달은 사람처럼.

"그럼, 한번 생각해 보고 알려 줘요."

나는 웃으며 말했다. 그냥 아무 말이나 하고 싶어서 그렇게 말했다. 내가 지금 느끼는 이 감정이 내게 허락된 것인지 확신이 없었다. 우리는 많은 일을 함께 겪었지만 그 시간이 우리를 어디까지 데려다줬는지 알 수는 없었다.

바를 다 닦은 다음 나는 바 위에 풀쩍 올라가 로버트가 결산을 하는 동안 다리를 흔들며 앉아 있었다. 그의 미간에 고랑이 팼고 지폐를 셀 땐 입술이 아주 미세하게 움직였다.

결산을 마친 다음, 그는 술을 한 잔 따라 내 옆에 앉았다.

"도와줘서 고마워요."

그가 내게 몸을 숙여 입을 맞추었다. 친구 같은 입맞춤은 순식간에 서로를 갈구하는 키스로 바뀌었다. 마치 에단의 계단참에 함께 앉아 있던 시간들과 부엌에서 서로를 스치며 지나다니던 순간들이 모두 쌓여 이 순간이 된 것처럼.

술 취한 사람들이 창문을 두드렸다. 맥주 광고 네온사인이 아직 켜져 있어서 밖에서 우리를 볼 수 있었다.

"잠깐만요."

로버트는 그렇게 말하곤, 아무도 우리가 무엇을 하려는지 알 수 없도록 가게 안을 뛰어다니며 네온사인을 전부 껐다. 그리고 바 위로 도로 올라앉았다.

49

공연이 없는 날이면 나와 에단은 팝콘과 아이스크림을 들고 소파 위에 올라앉아 옛날 흑백영화를 함께 봤다. 오늘 밤의 영화는 「톱 햇Top Hat」이고, 아이스크림은 엄청난 양의 민트 초콜릿 칩이었다. 영화가 끝나자 에단이 리모컨으로 스테레오를 켜고 나를 일으켜 세워 「톱 햇」의 여주인공 신저 로저스처럼 빙빙 돌리려 했다.

"너무 뻣뻣하잖아요."

그가 나의 긴장을 풀어 주려고 내 팔을 흔들며 말했다.

"30년대 영화의 주인공이 R.E.M.의 음악에 맞춰 춤추려는 게 첫 번째 문제고."

나도 그의 팔을 흔들며 말했다.

"두 번째 문제는 내가 춤을 엄청 못 춘다는 거예요. 나, 진짜 못 춰요."

나는 다시 앉으려고 소파를 향해 갔다.

"그 시디가 들어 있었단 말이에요."

에단이 미소를 지으며 말했다. 그의 미소를 보니 좋았다. 이제 그의 멍은 노란색으로 희미해졌고 특정한 각도에서 봐야만 눈에 들어왔다.

"어서요, 해보자고요. 내가 좀 더 어울리는 걸 찾아볼 테니까."

에단은 시디들을 차례로 넘기며 보다가 엘라 피츠제럴드의 시디를 골랐고, 내게 손을 내밀었다. 나는 그 손을 잡았다. 그는 내게 사교댄스를 가르치려고 했고, 나는 계속 그의 발가락을 밟았다. 결국 에단은 내가 스텝을 익힐 때까지 자기 발 위에 날 올라서게 했다. 엘라 피츠제럴드는 완전히 다른 노래를 부르고 있는데, 에단은 최선을 다해 「톱 햇」의 남자 주인공 목소리를 흉내 내며 「뺨과 뺨을 맞대고Cheek to Cheek」를 불렀다. 에단은 나를 바깥 방향으로 회전시켰다가 안쪽으로 회전해서 들어오게 돌렸고, 마침내 내 발이 제대로 움직이기 시작했다.

"잘하네, 진저!"

그가 자기 뺨을 내 뺨에 갖다 댔다.

"에이프릴이 여기 오고 내 삶이 훨씬 더 좋아졌어."

나는 울었다. 굵은 눈물이 얼굴을 타고 흘러내리며 에단의 뺨을 적셨다.

"재수 없어."

나는 훌쩍이다가 웃다가 눈물을 닦으며 말했다.

"왜 지금 그런 말을 하는 거예요?"

"왜냐하면."

그는 자기 옷소매로 내 뺨의 눈물을 닦아 주며 말했다.

"그게 사실이니까. 그리고 이건 내 느낌인데, 지금까지 에이프릴이 얼마나 소중한 사람인지 말해 준 사람이 별로 없었던 것 같으니까. 에이프릴이 얼마나 멋진 사람인지."

"그렇게 생각할 정도로 제정신이 아닌 사람은 에단밖에 없어요."

"그럴지도."

그는 그렇게 말하면서도 고개는 저었다.

"나도 뭐 하나 말해 줄까요?"

이번엔 내가 그를 리드해서 회전시키며 말했다.

"여기서 지내면서 내 삶도 훨씬 좋아졌어요."

"우린 참 복도 많지."

그가 말했다.

우리는 같이 춤도 추고 이야기도 하고 냉장고에서 아이스크림도 더 갖다 먹었다. 그는 로드니와 끝내 자기 품에 오지 못한 여자아이에 대해 말해 줬다. 이미 알고 있었다고는 말하지 않았다. 로버트가 내가 어떻게 하길 원하는지 모르니까.

에단은 입양기관에서 보내 줬던 사진을 내게 보여 줬다. 꼭 사과 같은 아이의 양 볼이 귀여웠다. 이름은 러즈Luz인데 빛이라는 의미라고 했다. 입양기관에서 그 아이에게 좋은 집을 찾아 줄 거라고 약속했다며, 한 번도 만나 보지도 못한 사람을 이렇게나 그리워할 수 있다는 게 정말 신기하다고 에단은 말했다.

나는 에단에게 리틀 리버와 마고 아줌마와 아빠에 대해 이야기해 줬다. 플로리다의 렌트 하우스에 몰래 들어가 잔 일, 레이와 저스틴의 일, 그리고 이제 더 이상 나를 사랑하지 않는 매티 이야기도 했다. 애덤과 칼리와 팬케이크 모양 팬케이크, 로즈메리, 그리고 내가 다시 이타카로 돌아갈 수 없는 이유에 대해서도 말했다. 아주 짧게 완벽한 시간을 함께 보낸 사람들을 이렇게나 그리워할 수 있다는 게, 그리고 얼마 살지도 못한 곳을 고향처럼 느낄 수 있다는 게 신기하다는 이야기도 했다. 에단은 그 모든 이야기를 다 듣고 나서도 여전히 나를 좋아했다. 에단은 그렇게 내가 모든 것을 다 털어놓은 유일한 사람이 됐다.

50

"로버트랑 그렇고 그런 사이가 됐다고 성소수자 가장 무도
회에서 내 댄스 상대가 될 수 없다는 건 아니겠죠?"

에단이 말했다. 내가 출근할 준비를 하는 동안, 에단은 내
내 화장실 입구에 서 있었다. 로버트의 레스토랑에 점심 일손
이 부족해서 내가 서빙을 돕기로 약속했기 때문이다.

"당연하죠."

나는 마스카라를 바르기 위해 거울 앞으로 바짝 다가가며
말했다. 에단이 로버트와 내 사이를 아는지는 몰랐다. 특별
히 에단에게 숨기고 싶었던 건 아니었다. 다만 깍두기가 되고
싶은 사람은 아무도 없고 에단은 아직도 이반의 일로 슬퍼하
고 있었기 때문에 말하지 않았던 것뿐이다. 그는 용감한 얼굴
을 하고 다니며 내가 눈치 채지 못할 거라 생각하지만, 그가
새로 그리고 있는 그림은 어둡고 우중충한 파란색 바탕에 빨
간색 사선이 마구 그어져 있었다. 아무리 추상화라고 해도 뭘

그리고 싶은 건진 알 수 있었다. 게다가 나는 로버트가 나와 같은 감정인지 알지도 못했다.

"당연히 내 댄스 상대가 안 된다는 거예요?"

에단이 물었다.

"아니면 당연히 댄스 상대가 되지 말란 법은 없다는 거예요?"

경험을 통해 알게 된 건데, 이걸 한 번 시작하면 끝이 나질 않았다. 말의 꼬리를 계속 물고 이어 가는 건, 우리끼리 하는 게임 같은 것이었다. 평소엔 나도 에단과 말꼬리 잡기를 즐기지만 지금은 서둘러 나가야 했다. 아침에 샤워를 하고 머리가 젖은 채로 다시 잠이 들었더니 머리가 사방으로 뻗쳐 있었다. 나는 이렇게 말하면서 게임을 끝내 버렸다.

"에단 터너, 사랑하는 나의 자기, 이 세상에 당신의 댄스 상대가 되는 것보다 내가 더 원하는 건 없어요. 사실 당신의 댄스 상대가 될 수 있다면 나는 이 세상에서 가장 행복한 여자일 거예요."

"좋아요."

그가 말했다.

"나도 그래요."

"당신도 이 세상에서 가장 행복한 여자일 거라고요?"

나는 씩 웃으며 말했다.

"네."

에단이 말했다.

"그럼 데이트하는 거예요."

"좋아요. 하지만 코르사주는 꼭 사줘야 돼요."

나는 뻗친 머리를 해결하려는 노력을 그만두고 그냥 포니테일로 묶어 버렸다.

"그리고 누가 나랑 로버트랑 그렇고 그런 사이래요?"

"로버트가."

에단이 커다란 미소를 지으며 말했다. 내 얼굴이 화끈 달아올랐고 내 얼굴이 빨개지는 걸 에단은 다 보고 있었다.

"그렇답니다."

에단이 내 포니테일을 잡아당기며 말했다.

"아주 에이프릴이 좋아 죽겠나 보더라고요."

○

내가 일을 마치고 집에 돌아왔을 때, 침대에는 금발 가발과 빈티지 가게 상표가 달린 은빛 비즈 드레스가 아주 멋스럽게 놓여 있었다. 무도회는 아직도 이 주나 남았는데. 나는 드레스를 입어 봤다. 허리도 아주 꼭 맞았고 치맛자락은 휙휙 소리를 내며 살랑살랑 움직였다. 내가 입어 본 중 제일 예쁜 옷이었다. 마치 맞춘 듯이 완벽했다.

51

로버트가 나를 자기 집으로 불러 저녁을 만들어 줬다. 에단
은 초대를 받지 못해서 약간 마음이 상한 듯 했지만 티 내지
않으려고 엄청 열심히 노력했다. 내가 로버트를 만나러 가면
자기는 그 시간에 그림을 그릴 수 있어서 좋다고도 했다. 다
양한 시간대에 캔버스에 작업을 해야 모든 색을 제대로 구현
할 수 있다면서. 파란색과 빨간색으로 칠했던 그림은 태워 버
린 것 같았다. 어느 날 집에 왔더니 벽난로에 재가 쌓여 있고
집 안에서 플라스틱 탄 냄새가 진동했다. 에단이 아무 말도
하지 않아서 나도 아무것도 묻지 않았다. 혼자만 알고 싶은
일일 수도 있으니까.

에단이 새로 시작한 작품도 추상화였다. 구불구불한 갈색
곡선들이 빼곡했다. 무엇으로도 보이지 않는데 에단은 이게
완성이 됐다는 걸 어떻게 아는 걸까. 하지만 기분을 다치게
하고 싶지 않아 물어보진 않았다. 뭘 그리는 건지 모르는데도

나는 그 그림이 좋았다. 어딘가 부드럽고 다정한 구석이 있었다.

로버트의 집에 가서 문을 두드리기도 전에 로버트가 벌컥 문을 열더니 라자냐가 가득 담긴 접시를 건네며 말했다.

"부탁 좀 할게요. 이거 에단한테 좀 갖다 주고 올래요? 그 인간, 그림 그릴 땐 절대 끼니를 안 챙기거든요."

나는 에단에게 라자냐를 갖다 줬고 우린 로버트처럼 착한 사람은 없을 거라고 입이 마르게 칭찬했다. 에단은 내 뺨에 뽀뽀를 쪽 해줬다.

"얼른 데이트나 하러 가요, 바보 아가씨! 난 안 기다릴 거예요."

그는 라자냐를 먹으면서 그림을 연구할 생각으로 그 앞에 자릴 잡고 앉았다.

○

로버트에게는 특유의 고요함이 있었다. 부엌에서 돌아다니며 샐러드에 넣을 오이를 자르고, 내 잔에 와인을 따라 줄 때도 서두르는 기색이 없었다. 마치 그 순간에는 오직 그 일이 자기가 하고 싶은 유일한 것이라는 듯 모든 행동에 단호함이 있었다.

에단에게는 나에 대한 아주 작은 일들까지도 말해도 될 것 같은 기분이 들었다. 내 머릿속의 모든 것들을, 심지어 아주 바보 같은 것들까지도. 그리고 에단은 언제나 내 이야기를 듣고 싶어 하고 언제나 잘 이해해 줬다. 하지만 로버트와 있을 때 나는 말을 많이 하지 않았다. 말을 하려고 하면 그 말들의 무게가 너무 무겁게 느껴졌다. 몸짓에 더 많은 의미가 담겨 있었다. 내 손등을 스치는 그의 손가락. 시선. 그런 것들이 마음을 차분하게 했다. 나만의 고요함을 즐길 여지를 주는 것이다.

로버트는 나와 식탁에 앉아 내게 미소를 지었고, 나도 따라서 미소를 지었다. 편안하면서 동시에 흥분감이 차올랐다. 버섯과 훈제 소시지가 여러 겹 깔린 라자냐가 끈적거렸다.

"듣자하니."

내가 나직하게 말문을 열었다.

"그쪽이 날 좋아한다는 소문이 돌던데요."

"소문이 사실인 것 같아요?"

그가 물었다. 그가 웃으며 눈가에 주름이 잡히는 모습이 좋았다.

"네."

그리고 나는 식탁 아래에서 그의 부츠를 찼다. 그가 두 다리로 나의 발목을 붙들었다. 우리는 서로의 발이 얽힌 채로 저녁을 먹었다.

접시를 깨끗이 비우고 남은 소스는 로즈메리빵으로 다 찍어 먹었다. 나는 와인을 마시지 않았다. 와인은 식탁에 그대로 남아 나를 비웃고 있었다. 에단도 이제 더 이상 술을 마시지 않았다. 우린 마실 수 없었다.

"와인이 너무 드라이한가요?"

로버트가 두 번째 잔을 채우며 물었다.

"아뇨. 딱 좋아요. 그냥…… 오늘 두통이 좀 있거든요."

"두통에 제일 좋은 약이 뭔지 알아요?'

나는 그가 섹스라고 말할 거라 생각했다. 예전에 들어 본 멘트였기 때문이다. 너무 자주 들은 이야기다. 그래서 약간 실망스러웠다. 로버트도 그런 멘트를 치는 부류의 남자라는 게. 하지만 로버트는 내 등 뒤에 와서 서며 말했다.

"바로 이거예요."

그리고 아주, 아주 강한 두 손으로 내 어깨를 주물러 줬다. 물론 그건 섹스로 이어졌다. 부엌 바닥에서, 계단에서, 그의 침대에서. 하지만 그 중에 실망스러운 부분은 하나도 없었다.

○

나는 로버트의 집에서 잤다. 밤새. 그가 일어나기 전에 떠나지도 않았다. 섹스는 섹스일 뿐이었다. 그저 몸의 일부를 겹치는 것. 그러나 함께 존재한다는 것은 완전히 다른 이야기였다. 로버트는 내가 함께 존재하고 싶은 사람이었다.

52

에단은 가장 무도회로 너무 들뜬 나머지, 내가 레스토랑 서빙을 마치고 집에 도착하기도 전부터 연미복을 입고 실크해트를 쓰고 있었다. 준비를 미리 마친 에단은 내 준비를 도왔다. 우리는 내 머리카락을 조금씩 잡아 꼰 다음 최대한 두피에 밀착시켜 핀으로 고정했다.

"있잖아요."

우리가 마침내 가발을 내 머리에 씌우는데 성공했을 때 에단이 말했다.

"금발이 더 예쁜 것 같아요."

"개인적으로."

나는 그에게 말했다.

"에단은 그 실크해트를 매일 쓰고 있는 게 좋을 것 같아요."

나는 에단이 나를 위해 찾아 준 사진을 보고 메이크업을 완벽하게 따라했다. 입술은 빨갛고 과감하게. 아이라이너는 속눈썹 바로 윗부분에만.

드레스를 입으려고 방으로 갔는데 지퍼를 끝까지 올릴 수가 없었다. 지난번엔 잘 맞았는데 이번엔 엉덩이 위로 올린 다음부터는 더 올라가질 않았다.

"다 돼 가요?"

에단이 복도에서 외쳤다.

"거의요."

일단 그렇게 말하고 내 폐에 남아 있던 마지막 숨까지 다 비워 낸 다음 배를 있는 힘껏 집어넣었다. 그리고 지퍼를 세게 잡아당겼더니 겨우 끝까지 올라갔다. 언뜻 떠오른 생각 때문에 심장이 멈추고 속이 뒤집히는 것 같았지만 나는 그 생각을 한구석으로 몰아내 버렸다. 이곳에 온 이후론 보통 사람들처럼 하루 세끼를 꼬박꼬박 챙겨 먹고 있지 않은가. 그게 다 살로 간 것이 분명했다. 솔기 부분이 팽팽했지만 드레스의 비즈와 광택 때문에 이 치마가 꽉 낀다는 사실을 아무도 눈치채지 않기만을 바랐다. 마침 지난주에 중고 옷 가게에서 사둔 레이스 숄이 있었다. 드레스가 터지기 직전이란 걸 에단이 눈치 채지 못하도록 숄을 몸에 두르고 복도로 나갔다. 에단은 오늘 밤 모든 것이 완벽하기를 간절히 바라고 있었다. 몸을 최대한 숄로 감싸고 있는 수밖에 없었다.

"눈이 부십니다, 아가씨. 눈부시게 예뻐요."

내가 거실로 나가자 에단이 말했다. 그는 거대한 연분홍 장미 코르사주가 든 투명한 상자를 들고 있었다. 나는 난생처음 장미를 선물 받았다. 매티는 나를 파티에 데려갈 때 꽃을 사 준 적이 한 번도 없었다.

에단이 상자를 열고 코르사주를 손목에 달아 줬다.

"약속한 대로."

○

우리는 무도회 의상을 로버트에게 보여 주고 전자레인지에 데운 라자냐도 줄 겸 로버트의 바에 들렀다. 로버트가 웃었다.

"여기서 음식도 파는 건 알고 있는 거죠?"

"이건 우리의 전통 같은 거잖아요."

내가 말했다.

"데이트가 없는 사람에게 라자냐 갖다 주기."

"소외감 느낄까 봐 신경 좀 썼지."

에단이 말했다. 로버트는 입술에 온통 빨간 립스틱이 묻을 때까지 내게 키스했다.

○

에단이 나를 데려간 곳은 옛날 무도회장처럼 장식한 그로 브가의 어느 클럽이었다. 커다란 유리그릇에 과일주가 담겨 있고, 천장에 색 테이프가 걸려 있었다. 우리는 밤새 「톱 햇」의 주인공처럼 춤을 췄다. 영화와는 음악도 달랐고, 다른 사람들은 모두 스윙댄스를 추고 있었지만 상관하지 않았다. 우리가 베스트 코스튬 상을 탈 뻔했는데 내가 여장 남자가 아니라는 게 밝혀지자 상은 다른 팀에게 돌아갔다.

"내년엔 내가 진저처럼 입어야겠네요. 그럼 우리 팀이 일등할 거 아냐."

에단은 그렇게 말하고 사람들이 나를 여장 남자로 착각한 게 우습다며 바지가 온통 젖은 사람처럼 엉거주춤한 자세로 웃어 댔다.

집으로 돌아오는 길엔 에단의 집 앞 보도를 춤을 추며 걸었다. 에단은 「톱 햇, 흰 넥타이와 연미복Top Hat, White Tie and Tails」을 목청껏 부르며 나를 빙빙 돌렸다. 그리고 나의 상체를 바닥쪽으로 휙 눕히는 동작을 하려다 둘 다 바닥에 넘어져 버렸다. 우리는 보도에 누운 채로 웃으며 별을 올려다봤다. 꼭 영화의 한 장면 같았다. 나는 고등학교 졸업 무도회에 가지 못했지만 이 순간엔 비할 바가 아닐 거란 확신이 들었다.

"저거 보여요?"

에단이 별자리일 수도 있고 아닐 수도 있는 별 한 무리를 가리키며 말했다.

"저건 카시오페이아예요. 그리고 저건 오리온이고, 저건 스티브예요."

내가 낄낄거리자 에단은 발동이 걸렸다.

"저건 필리스, 그리고 저건 찰리. 저쪽에 저건 에스메랄다."

"그리고 저건……"

그리고 내 말을 뒷받침해 줄 만큼 별들이 많이 떠 있지도 않았지만, 나는 실크해트 모양을 손가락으로 그리며 말했다.

"에단이에요."

에단은 실크해트 끝을 살짝 옆으로 젖히고 말했다.

"아, 사랑해요, 우리 엔젤. 오늘처럼 좋은 밤은 정말 오랜만 이에요."

"나도 사랑해요, 이티E.T., 오늘 밤은 내 인생 최고의 밤이 에요."

그가 내 손을 잡았다.

"그렇지."

그가 웃으며 말했다.

"기어이 날 이겨 먹어야 직성이 풀리지."

53

또 로버트가 아침 식사를 준비 하고 있었다. 목요일 아침이었다. 나는 어젯밤 레스토랑에서 공연을 했고 주말에는 바에서 공연했다. 로버트는 아직 믿을 만한 밴드를 찾지 못했다. 나는 관객을 제법 끄는 중이었고 시디도 팔렸다. 그러니 불평할 일은 아니지만 피곤하긴 했다. 아침에 눈 뜰 때마다 몸이 천근만근이었다.

에단은 커피를 마시며 접시 위의 스크램블드에그를 뒤적거리고 있었다.

"왜 팬케이크는 안 만드는데?"

에단이 물었다.

"에이프릴이 싫어하잖아. 안녕, 자기야."

내가 들어가자 로버트가 내 볼에 입을 맞췄다.

"부탁이 있어. 그 켈트 밴드가 또 공연을 취소했어."

그 순간 배 속부터 목구멍까지 확 조여드는 것 같았다. 나는 눈물이 왈칵 쏟아져 화장실로 뛰어갔다. 로버트가 뭐라고 하는 것 같은데 무슨 말인지는 들리지 않았다. 그런데 에단이 대답하는 소리는 또렷하게 들렸다.

"임신한 거잖아, 이 멍청아."

에단은 어떻게 알았을까. 나는 생각조차 하지 않으려 했던 일인데.

로버트는 노크도 없이 화장실 문을 벌컥 열었다. 그리고 욕조에 걸터앉아 있는 내 옆에 앉았다. 물기 가득한 그의 둔 눈이 반짝였다. 그가 나를 안고 머리에 입을 맞췄다.

"정말 예쁜 딸일 거야."

그가 말했다.

54

에단은 오벌린, 드폴, 이타카대학에서 교수 제안을 받았지
만 자긴 이미 원하는 곳에 있다고 회신했다. 그는 아기를 너
무나 사랑했다. 그는 나를 너무나 사랑하고 내가 그를 필요
로 하기 때문에 도저히 갈 수 없었다. 그는 자기를 필요로 하
는 사람이 필요하다고 했다. 정말 가슴 아픈 일이었다. 왜냐
하면 새로운 곳으로 떠나는 게 에단에게 낫다는 걸 우린 모두
다 잘 알았기 때문이다. 하지만 그 없이 여기서 산다는 건 상
상만으로도 힘든 일이었다. 내가 그를 필요로 한다는 건 정말
이기적인 일이지만 어쩔 수가 없었다.

에단은 지난주에 이반과 우연히 마주쳤다. 슈퍼마켓에서.
에단은 창고에 숨었고 거기 사람들은 그가 물건을 훔치려는
걸로 오해했다. 에단이 몸에 지닌 게 아무것도 없었는데도 그
사람들은 어찌나 창의적 사고가 떨어지는지, 땀투성이가 되
어 창고에서 덜덜 떨고 있는 사람에게 다른 이유가 있을 거라

고는 생각을 하지 못했다. 자몽을 바지 안에 쑤셔 넣고 있었던 것도 아닌데 말이다. 로버트가 그 슈퍼마켓의 보안 사무실로 찾아가 보증을 서고(그게 정확히 무슨 의미인진 모르겠으나) 에단을 데려와야 했다.

새 출발을 해야 할 사람이 있었다면 그건 에단이었다. 우리 모두가 에단과 함께 갈 수 있다면 좋을 텐데. 나, 로버트, 그리고 아기까지. 하지만 로버트는 바와 식당을 두고 갈 수 없고, 나는 로버트를 떠날 수 없고, 에단은 이 이상하고도 멋진 작은 가족을 깨뜨리는 걸 원하지 않았다. 내가 좀 더 좋은 사람이고, 더 좋은 친구라면 에단에게 떠나라고 했을 텐데. 에단에게 떠나라고 말할 방법을 생각해 보긴 했다. 머릿속으로 계획도 다 짰다. 에단을 앉혀 놓고 빌트모어에서 사온 에단이 좋아하는 쿠키와 커피를 차려 준 다음, 전화도 자주 하고 자주 찾아가고 편지도 쓰고 사진도 엄청 많이 보내 주겠다고 하는 것이다. 거기 가면 그를 사랑해 줄 새로운 사람들을 사귀게 될 거라고. 하지만 나는 할 수 없었다. 그를 옆에 두려는 것이 잘못된 행동이라는 것은 알고 있었다. 하지만 난 그를 보낼 수 없었다.

55

로버트는 나를 위해 병원을 예약해 줬다. 결혼 이야기와 건강 보험, 너무 많이 생각하면 숨이 막힐 것 같은 그런 문제들에 대한 이야기도 오갔다. 하지만 이번 첫 진료비는 그냥 로버트가 내주기로 했다. 우리는 그 많은 서류를 채우기 전에 우선 아이의 심장 소리를 듣고 싶었기 때문이다.

익사하기 직전에 사람은 행복에 도취되는 기분을 느낀다는 이야기를 들은 적이 있었다. 내가 지금 느끼는 게 그런 것 같았다. 행복한 익사. 이제 내게도 가족이 생겼다. 집이 생겼다. 너무 무서웠다.

간호사가 말해 준 대로 종이 가운으로 갈아입는 동안 로버트는 진료실 밖에서 기다렸다. 섹스를 할 때도 옷을 벗고, 진료실에 와서도 옷을 벗는다는 게, 그리고 그게 전혀 다른 성질이라는 게 우스웠다.

로버트가 들어오자 엄청나게 어색했다. 그는 내 손을 잡은 채 내 몸을 보지 않고 내 얼굴에 집중하려고 노력했다. 내가 정육점에서 끊어 낸 고깃덩이처럼 종이로 몸을 감싸고 있었기 때문이다.

"자."

카팀이라는 명찰을 단 의사가 들어와 차트를 보면서 말했다.

"에이프릴 씨 그리고 로버트 씨. 우리, 아기를 가진 것 같은데요!"

의사는 젊었다. 의대생으로 보일 정도로 젊었다. 완벽한 생머리에 검정 뿔테 안경을 썼는데, 안경은 그냥 똑똑해 보이려고 쓴 것 같았다. 저런 여자는 안경을 쓰기엔 너무 완벽하기 때문이다.

나는 그녀가 '우리'라고 하는 게 싫었다. '우리, 아기를 가진 것 같은데요'라니. 이 '아기 팀'에는 이미 사람이 너무 많았다. 그리고 자기가 우리 아기 기저귀를 갈아 줄 것도 아니지 않은가.

"임신 검사는 해보셨나요?"

그녀가 내 서류를 넘기며 물었다.

"네."

내가 대답하자 로버트가 미소를 지었다. 에단이 약국에서 임신 진단기란 진단기는 죄다 사왔기 때문이다. 에단과 로버트는 화장실 문밖에 서서 내가 두 줄이 뜬 진단기를 내놓을 때마다 환호성을 질렀다. 결과는 전부 임신으로 나왔다.

의사는 내 가운을 위로 올리고 바지는 내렸다.

"그럼, 이제 얼마나 됐나요?"

"한 달 정도요."

내가 말했다. 그녀는 책상에서 달력을 집어 들어 우리에게 보여 줬다. 로버트가 그 날을 짚었다. 바에서. 우리가 처음한 날.

"이때였던 것 같아요."

그가 말했다.

"마지막 생리는 언제 하셨죠?"

그녀가 물었고 나는 얼굴이 홍당무처럼 빨개졌다. 나는 한 번도 날짜를 세어 본 적이 없었다.

"잘 모르겠어요."

그렇게 말하고 나니 바보가 된 것 같았다. 나는 먼 곳을 응시하며 날짜를 헤아리는 척 했지만 아무것도 떠오르지 않았다. 나는 고개를 저었다.

"괜찮아요."

의사가 말했다.

"그럼, 오늘 검사를 하고 아기가 뭘 알려 줄 수 있는지 보기로 하죠."

그리고 케첩이나 머스터드 통처럼 생겼지만 색이 하얀 무슨 통을 잡더니 내 배 위에 올리고 밑을 턱 쳐서 차가운 파란색 젤을 배에 뿌렸다. 정말 징그러웠다. 임신을 하면 나의 모든 것이 만만한 대상이 된다는 게 정말 싫었다. 나의 소변, 나의 배, 나의 생리 주기까지도.

"어쩌면 심장박동을 듣기엔 너무 이를 수도 있어요. 그러니까 안 들려도 걱정은 안 하셔도 돼요."

의사는 납작한 요술봉처럼 생긴 걸 내 배에 갖다 댔다. 아프진 않았는데 점점 더 세게 압박하자 속이 메스꺼웠다.

그리고 그때 들렸다. 심장박동. 크게 쿵쿵대는 잡음 같은 소리. 외계인이 보내는 통신 같은 소리. 마치 아기가 우리에게 안녕이라고 인사하는 듯한 소리. 나는 울었다. 로버트도 울었다. 그 쿵쿵 소리가 우리가 들은 것 중 가장 아름다운 소리라는 듯이.

우리는 의사가 가리키는 모니터를 들여다봤다.

"보세요, 여기 이게 아기에요!"

의사가 그렇게 말하긴 했지만 모니터에 비치는 건 그냥 눈보라 치는 날의 텔레비전 화면 같기만 했다. 그래서 우리는 소리에 집중했다. 심장박동에 맞춰 내 손을 잡은 로버트의 손에 힘이 들어갔다. 로버트는 의식도 못 하고 있는 것 같았다. 나는 그 순간이 멈추지 않았으면 했는데 카팀 선생이 내 배에서 요술봉을 떼고 말했다.

"좋아요, 이제 아기 엄마랑 여자들끼리 볼일을 좀 보는 동안 아빠는 잠깐 나가서 기다릴게요."

로버트는 패닉에 빠진 것 같았다. 나는 그 아기 엄마라는 게 나라는 걸 깨닫는 데 한참이 걸렸다. 나는 로버트가 옆에 있길 바랐지만 카팀 선생이 말했다.

"걱정하실 거 하나도 없어요."

그리고 티슈를 한 장 집어 내 배를 닦아 줬다. 하지만 그 찐득한 젤을 다 닦아 내진 못했다. 내 배꼽 바로 옆에 아직 한 덩이 남았는데 못 본 것 같았다. 그녀는 기계의 버튼을 몇 개 누르고 말했다.

"간단한 검사 몇 개 할 건데요, 썩 보기 좋은 광경은 아니라 그래요. 두 분 관계에 그래도 약간의 신비감은 남겨 두는 게 좋을 것 같아서요."

그녀가 차트를 내려다보며 몇 가지 적는 동안 로버트는 일어나서 내게 입을 맞추었다. 그는 이마를 문지르며 천천히 걸어 나갔다. 마치 방금 들은 심장박동이 잘 믿기지 않는다는 듯이. 나는 손바닥으로 내 배를 닦아 내고 손바닥을 종이 가운 끄트머리에 문질렀다.

문이 닫히자마자 카팀 선생은 차트에서 눈을 뗐다. 마치 그동안 그냥 읽는 척만 하고 있었다는 듯이.

"에이프릴 씨"

그녀가 내 이름을 부르더니 의자를 발로 밀어 내 옆으로 바짝 다가왔다.

"둘이서만 이야기를 좀 나누고 싶었어요. 두 분이 어떤 관계인지 제가 몰라서요."

"저 사람이 아기 아빠예요."

나는 입을 열었다.

"저 사람이 내……"

적당한 말이 떠오르지 않았다. 왜냐하면 매티가 내 남자 친구였을 때를 생각하면 남자 친구보다는 가까운 사이인데, 결혼은 하지 않았기 때문이다. 이제 행복감은 사라지고 물에 깊이 가라앉는 기분만 느껴졌다.

"아기는 괜찮은 건가요?"

그녀가 뭐라고 대답할지 알면서도 그냥 물었다.

"아기는 아주 건강해 보여요. 심장박동도 강하고, 적어도 팔 주는 된 것 같아요."

그녀는 기계에서 인쇄한 종이를 내게 보여 줬다. 지직거리는 화면 같은데 자세히 잘 들여다보니 형태가 보였다. 심지어 얼굴도 보이는 것 같았다.

"여길 보세요."

눈보라 속의 점을 펜으로 짚으며 그녀가 말했다.

"이게 아기 팔꿈치예요. 발이랑 손도 보이고, 심지어 손가락도 자라기 시작했어요."

그녀가 아기의 각 부분을 가리킬 때 펜 끝의 심에서 나온 파란 잉크가 사진을 가로질렀다. "이건 팔 주가 되어서야 나타나는 발달 단계라 로버트가 말한 날짜랑은 좀 달라요."

그녀가 내게 사진을 건넸다. 내 손이 떨렸다.

"아기의 나이는 사진에 입력하지 않았어요."

그녀가 말했다.

"이런 문제는 본인이 바라는 방식으로 의논하고 싶으실 것 같아서요."

그녀가 다가와 자기 손을 내 손에 포갰다.

"만약 의논이 필요한 상황이라면요."

○

"괜찮아요?"

내가 대기실로 나오자 로버트가 물었다.

"아기는 괜찮대요?"

"네. 그냥 너무 정신이 없어서요. 그냥…… 그냥 너무 엄청난 일이라."

사진은 접힌 채 주머니에 들어 있었다. 로버트에겐 보여 주지 않았다. 그는 분명 에단에게 보여 주려 할 텐데 에단은 아기에 대한 공부를 너무 많이 하고 있었다. 그러면 아기 팔꿈치를 발견할 것이고, 알아차릴 터였다.

주차장으로 향하는 동안 로버트가 내 손을 잡았다. 그의 손가락은 여전히 심장박동에 맞춰 움직이고 있었다.

56

책을 한 권 샀다. 임신과 출산에 관해 알아야 할 모든 것이 실린 책이었다. 에단이 미팅이 있어 나간 사이 식탁에 앉아 끝까지 다 읽었다. 머릿속의 모든 것들을 잘 정리할 수 있는 지혜를 찾길 바랐지만 읽으면 읽을수록 더 심난해졌다. 꼭 먹어야 할 것과 먹으면 안 되는 것들, 통증 관리, 그리고 찢어질 수 있다고는 상상도 못 한 부분들이 찢어진다는 이야기 같은 것이 잔뜩 적혀 있었다. 그 다음에는 아기가 진짜 세상에 나온 다음에 돌보는 방법들이 나왔다. 내가 지금 꼭 알아야 할 것에 대한 정보는 없었다.

나는 내 몸 안에 사람을 키우고 싶지 않았다. 아기가 로버트의 아기라 했어도 내가 내 안에 갇혀 버리는 느낌을 지울 수는 없었을 것이다. 아기가 자라기엔 내 몸이 너무 작았다. 폐의 가장 깊숙한 곳까지 공기가 채워지지 않는 기분이 들었다. 나는 에나멜 식탁 상판에 이마를 대고 팔월 오후의 강아지처럼 헉헉댔다.

"뭐 하는 거예요, 엔젤?"

에단이 문을 열고 들어오며 물었다.

"괜찮아요? 아기도……"

"에단……"

나는 제대로 숨을 쉬어 보려고 했다.

"에단……"

그리고 잠깐 그에게 다 털어놓을까 생각했다. 어떻게 해야 하나 물어볼까? 하지만 에단이 알게 되면 이 가족은 지금처럼 유지될 수 없었다. 에단은 로버트에게 모든 것을 말할 수 있었다. 혹은 로버트에게 아무 말도 못 할 수 있었다. 어느 쪽이 더 끔찍한 것인지 확신할 수 없었다. 나는 에단이 내 비밀을 떠안기를 원하지 않았고, 그가 중간에서 난처해지는 것도 바라지 않았다. 그는 나보다 로버트와 먼저 친구였으니까.

"에단, 내 배 속에 뼈가 있어요."

내가 말했다.

"응?"

"뼈가 있다고요. 진짜 아기의 뼈가 내 배 속에서 자라고 있어요."

"그래야 하는 거잖아요?"

에단이 가방을 내려놓으며 말했다.

"아기는 뼈가 있어야 해요. 뼈가 없는 게 오히려 문제지."

에단은 내 정수리에 입을 맞추고 어깨를 꽉 잡았다.

"뭐가 걱정인 거예요?"

그래서 나는 대신 다른 걱정거리를 이야기했다.

"내가 해낼 수 없다면 어떡해요? 내가 한 곳에 정착할 수 없는 사람이라면요? 나도 우리 엄마 같은 사람이라 그냥 감당할 수 없다면요?"

이것도 진짜로 나의 두려움이기 때문에 로버트의 문제를 잠시 밀어 두는 건 그리 어려운 일이 아니었다. 나는 엄마가 여행 가방에 옷을 싸는 모습을 지켜보던 순간을 기억했다. 그리고 내가 엄마와 같은 입장에서 이렇게 말하는 모습도 생생하게 그려졌다.

'하루 이틀만 다녀오는 거야. 머리를 좀 비우고 올게, 아가. 주말쯤엔 돌아올 거야.'

그렇게 허무맹랑한 생각이 아니었다.

"에이프릴은 자기 자식에게 겁을 먹고 도망칠 사람이 아니에요."

에단이 말했다.

"내가 아는 사람 중에 제일 강한 사람이니까."

그는 유리잔에 얼음을 채우고 달콤한 차를 따라 내게 한 잔 건넸다. 그리고 나의 맞은편에 앉아 두 손을 식탁 위에 포갰다. 마치 우리가 회의 중이고 그는 내게 완전히 집중하고 있었다는 듯이.

"난 그 기분이 뭔지 알아요."

나는 얼음 조각들이 부딪히는 소리를 들으려고 유리잔을 돌리며 고백했다.

"엄마가 느꼈을 그 기분. 가만히 있으면 미쳐 버릴 것 같은 그 기분을 진정시키려면 내가 있던 그곳에서 멀어지는 수밖에 없는 거예요."

"에이프릴은 살겠다는 의지로 스스로를 치료해 왔던 거예요."

에단이 내 얼굴에서 무슨 실마리를 찾으려는 듯 내 얼굴을 뜯어봤다.

"극적인 드라마에 너무 중독되어 있고."

"맞아요."

나는 그가 무슨 말을 하는지 정확히 알아듣는 척하며 말했다. 그러면 이제 그만하지 않을까 싶어서. 그가 잡아당기는 실이 내가 감추려는 것까지 드러낼까 봐 걱정됐다.

"생존 모드로 돌입하면 모든 문제들을 그냥 묻어 둘 수 있었죠. 왜냐하면 에이프릴의 성장기엔 문제가 많았으니까. 삶을 뒤집어 버리지 않으면 그 부당한 일들을 다 그냥 참으면서 버텨야 했을 테니까. 그리고 에이프릴이 만든 극적인 드라마가 무엇이었든 간에 늘 지고 다니던 분노와 상처보단 나았을 테니까. 왜냐, 그 분노와 상처가 근본적인 상처니까요. 가장 깊은 상처."

자기가 이해하는 부분에 관해선 에단의 생각이 맞는 것 같았다. 눈을 감으면 언제나 보이는 것들이 있었다. 솔잎, 엄마의 다이아몬드 반지, 그리고 박살난 나의 기타, 아이린의 크리스마스트리, 그리고 매티 방 천장의 별들. 마치 내 삶의 모든 순간들이 그 캠핑카에 실려 있는 것처럼. 내가 어디를 가든 나는 그것들을 끌고 다니며, 더 많은 상처와 상실과 간직하고 싶지 않은 달콤하고도 씁쓸한 추억들을 쌓아 갔다. 하지만 이번에 맞닥뜨린 드라마는 정말 가장 끔찍한 고통이 될 것 같단 생각이 들었다. 내가 에단과 로버트에게 진실을 말한다면 내 삶의 좋은 것들은 전부 잃게 될 것이고, 말하지 않는다고 해도 좋은 것들을 다 망쳐 버리는 건 마찬가지일 것이다.

"내가 에이프릴의 드라마 스폰서가 되어 줄게요."

에단이 말했다.

"이렇게 미팅을 하자고요. 차 열쇠를 들고 떠나고 싶은 충동이 들 때면 날 불러요. 그럼 둘이 조정의 시간을 갖는 거죠. 내가 도넛을 사올게요."

"그렇게 해결할 수 있는 문제는 아닌 것 같아요."

에단이 생각하는 것처럼 모든 게 해결된다면 정말 좋을 것 같았다.

"도넛은 거부하는 게 아닌데."

에단이 웃으며 말했다. 에단이 나에 대해 모든 걸 다 알던 때의 그 기분을 다시 느낄 수 있다면 정말로 좋았을 텐데.

57

아기는 실제론 사 개월 반이 됐지만 로버트와 에단은 삼 개월 반으로 알고 있었다. 그들이 알고 있는 개월 수가 진짜가 아니라는 사실을 기억하는 것이 매일 점점 더 힘들어졌다. 늦은 밤, 로버트는 퇴근 전이고 나는 공연이 없고, 에단은 잠들어서 나 혼자 있을 때, 나는 그 사실을 상기했다. 나와 아기만 있는 시간이면 배 위에 손을 얹고 진실을 되뇌었다.

로버트는 언제나 내 배를 문지르며 말했다.

"당신은 아주 귀중한 걸 운반하는 중인 거예요."

그러면 나는 내가 무슨 짐짝이 된 것 같은 기분이었다.

로버트네 부엌 냉장고에는 그가 바라는 아빠 역할 리스트가 붙어 있는데, 그 리스트는 로버트의 집에 건너갈 때마다 늘어 있었다. 낚시, 자전거 타기, 롤링스톤스 콘서트 가기, 그레이트 스모키 산맥 국립공원에 캠핑 가기, 율리안호 항해하기, 공원에서 프리스비 던지기, 트리하우스 짓기, 반딧불이 잡아서 병에 담기.

"나는 양아버지 밑에서 자랐어요."

하루는 저녁을 먹고 소파에 같이 누워 있는데 로버트가 말했다. 그는 엉킨 부분을 풀며 손가락으로 내 머리카락을 빗어 내렸다.

"언제나 손님 같은 기분이었어요. 내 아이가 태어난다니 정말 좋아요."

그의 손가락이 내 머리카락의 엉킨 부분에 걸렸고, 그래서 내 눈에 눈물이 고였다고 그는 생각했다.

"진짜 미안해요."

그가 말했다.

아기는 에단이 만지면 태동을 하는데, 로버트에겐 하지 않았다. 로버트는 계속 시도했다. 에단은 빨리 태동을 시작했다고 아기를 '우리 꼬마 우등생'이라고 불렀다. 매번 에단이 그말을 할 때마다 그 속에 '에이프릴은 거짓말쟁이'라는 뜻이 숨어 있는 것만 같았다. 그들이 그냥 눈치챘어야 하는 것이 아닌가 하는 생각이 들기도 했다. 그들이 알았어야만 했다고. 때로는 그것도 알아차리지 못하는 그들이 미워지기도 했다. 그렇지만 진실을 말하기엔 난 그들을 너무 사랑했다.

로버트가 늦게까지 일하기 때문에 나는 대부분 에단과 함께 지냈다. 에단은 혹시 모른다며 나를 혼자 두려 하지 않았다.

로버트는 에단 집의 내 방에 놓으려고 오래된 서랍장을 하나 샀다. 차고에서 칠을 벗겨 내고 내 간이 침대와 색을 맞추기 위해 흰색 페인트를 칠했다.

"나중엔 옆집 아기 방으로 이사를 해야지."

마치 내가 살 곳이 이미 정해져 있는 것처럼 그는 그렇게 말했다. 나는 집이 두 개인 게 좋았다. 에단과 사는 게 좋았다. 하지만 집이 하나면 그 안에 갇히는 느낌일 것 같단 말은 로버트에게 하지 않았다. 심지어 집이 두 개여도 공간이 충분하지 않다고 느껴질 때가 있다는 이야기도 하지 않았다.

밤이면 멍하게 에단이 화장실에서 이 닦는 소릴 들으면서 저스틴에게 전화를 해야 하나 생각하기도 했다. 뱉고, 헹구고, 다시 뱉고. 소변을 보고, 물을 내리고, 복도로 걸어 나오고. 나는 마치 노랫말처럼 그의 패턴을 기억했다. 두 걸음, 삐걱. 한 걸음, 삐걱. 다섯 걸음, 커다랗게 삐걱대는 소리.

"잘 자요, 엔젤."

그가 소리쳤다.

"잘 자요, 이티"

나도 소리쳤다.

"자다가 빈대한테 물리지 말고요."

나는 그의 맨발이 계단에 닿는 소리를 들었다. 그리고 그의 방문이 닫혔다가, 열렸다가, 다시 세게 닫히는 소릴 들었다. 작은 흰색 페인트 조각이 바닥에 떨어지는 모습을 상상해 봤다.

이 집을 나가 빙엄턴으로 차를 몰고 가 저스틴에게 말할까 생각해 봤다. 그의 턱에 팬 부분과 새로 자른 삐죽삐죽한 머리를 손가락으로 어루만지던 것을 떠올렸다.

저스틴의 티셔츠에선 더 이상 저스틴의 냄새가 나지 않았다. 에단이 아무 데나 두는 작은 체다 치즈 큐브에서 나는 토끼장 냄새 같은 냄새가 났다.

○

에단은 아기가 딸일 거라고 생각했다. 그는 내 배의 "윗부분이 나왔다"고 말했다. 나는 아들일 거라 확신했다. 이유는 알 수 없었다. 그냥 알 수 있었다. 이름은 맥스라고 짓고 싶었다. 로버트는 리어덴이라고 부르고 싶어 했다. 자기 엄마가 결혼하기 전에 쓰던 성이 리어덴이라고 했다. 에단은 에단으로 하길 원했다. 아이의 성에 대해선 한 번도 의논한 적 없었다. 언젠가 나는 아이에게 저스틴의 티셔츠를 줄 생각이었다. 대학에 들어갈 때쯤. 그때쯤이면 나팔바지나 롤링스톤스의 공연 티셔츠처럼 아주 쿨한 레트로 티셔츠가 돼 있겠지. 어디서 났는지는 말해 주지 않을 것이다.

58

아무도 모르게 혼자 카팀 선생님을 만나러 갔다. 그 전에
이십 달러짜리 지폐를 몇 장 세어 지갑에 넣었다. 나는 아직
도 보험이 없었다. 로버트는 틈만 나면 그 문제를 해결해야
한다고 말했다. 나는 기나긴 서류 작업을 하다가 아기의 실제
나이가 탄로 나지는 않을까 걱정이었다.

"로버트에겐 말했나요?"

의사가 물었다.

"못 했어요."

나는 두 손으로 얼굴을 가리고 흐느꼈다. 카팀 선생은 내
팔 위로 어색하게 나를 안았다. 그녀에게서 구강청결제 냄새
가 났다.

아들이라고 했다. 역시 내가 알고 있던 그대로였다. 의사는
내게 또 사진을 줬다. 집에 돌아온 후 기타 케이스 안감을 벗
겨 내어 처음에 받았던 사진과 함께 숨겨 두었다.

○

다음 날 아침, 에단은 아침도 먹지 않고 일찍 나갔다. 로버트는 달걀을 한쪽만 살짝 익혀 줬다. 식탁에는 꽃이 놓여 있었다. 그는 우리가 먹는 동안엔 말을 하지 않았다. 나도 말을 하지 않았다. 내 입에서 무슨 말이 나올지 무서웠기 때문이다. 나는 실수로 포크를 떨어뜨렸다. 아니 어쩌면 떨어지는 소리라도 들으려고 무슨 일이라도 벌어지라고 그런 건지도 몰랐다. 그가 포크를 주워 주려고 와서 무릎을 꿇었다. 그는 반지 케이스를 들고 떨고 있었다.

"훨씬 전에 물었어야 했는데."

그가 말했다.

"난……, 난 무서웠어요. 거절하지 말아요. 제발 거절하지 말아요. 나는 우리가 가족이 됐으면 좋겠어요."

당연히, 승낙했다. 다른 말은 도저히 할 수 없었으니까.

반지는 로버트의 할머니 것이라고 했다. 그는 시청에 가고 싶다고 했다. 아기가 태어나기 전에 결혼하고 싶다고.

그가 나를 안았다. 나의 심장은 마치 얼어붙은 강물이 산산조각 나듯 갈라져 부엌 바닥을 다 덮을 것만 같았다.

59

물건은 거의 다 두고 가기로 했다. 기타와 치마 몇 벌, 그리고 아직 내 배를 완전히 가릴 수 있는 티셔츠 몇 벌만 챙겼다. 진저의 드레스와 로버트 할머니의 반지는 남겨 두었다. 그리고 에단에게 편지를 남겼다. 모든 걸 다 적었다. 그 편이 낫다고 생각했다. 로버트는 그런 것을 읽을 필요가 없었다. 친구에게 듣는 편이 나았다. 에단에겐 미안한 일이지만 나는 이미 미안한 짓을 저질렀다. 결국은 무엇으로도 이 상황을 낫게 만들 수 없었다. 결국은 모든 걸 알게 될 테고, 그때 에단이 내 곁에 있어 줘야 한다는 의무감을 느끼게 하고 싶지 않았다.

나는 편지를 에단의 선룸에 놓아두었다. 내 주머니칼도 함께 남겨 두었다. 구불거리는 곡선들을 그린 갈색 캔버스 앞에 주머니칼과 편지를 세워 놓았다. 정말 오랫동안 그려 온 저 그림엔 이제 정말 많은 빛과 색채가 겹겹이 쌓여 있었다. 그런데 갑자기 그게 무엇인지 보였다. 나였다. 내 머리카락이 내 기타의 몸체에 흘러내린 모습이었다. 그림은 갈색이고, 금빛이고, 부드럽고, 아름다웠다. 그건 나고, 에단이 생각하는 나의 모습이고, 하마터면 그 그림 때문에 떠나는 게 불가능해질 뻔했다. 그림 때문에 거짓말을 계속 할 뻔했다. 하지만 그럴 수 없었다. 그러기엔 그들을 너무 사랑했으니까. 그들과 아무 상관 없는 나의 일부분을 책임지게 할 수 없었다.

3부

60

안나마리아섬에서 리틀 리버까지는 이천삼십 킬로미터 떨어져 있었다. 늘 하던 대로 머리카락 한 가닥으로 지도상의 거리를 재봐서 알고 있었다. 내 차 엔진에서는 이제 헐떡거리는 소리까지 나고 있는데, 육지까지 가려면 아직 섬을 두 개나 건너야 했다. 게다가 오늘은 빌어먹을 일요일 오후라 휴가를 마치고 현실로 돌아가려는 관광객들로 도로는 꽉 막혀 있었다. 그들이 향할 현실에는 좀약 냄새를 풍기는 하와이안 셔츠나, 클럽 올리에서 가여운 임산부 가수에게 밤이면 밤마다 「마가리타빌Margaritaville」을 부르라고 조르는 사람들은 없을 것이다.

차라리 섬에 남는 편이 나을지도 몰랐지만, 어차피 갈 거라면 속도를 내고 싶었다. 이제 나는 임신 팔 개월 차다. 맥스는 임신 기간 내내 내 방광에 끝도 없이 발차기를 하며 자라났다. 어쩌면 내 배 속에서 막 생겨났을 즈음부터 내가 에단과 함께 줄곧 본 뮤지컬 영화들을 보고 배운 것인지도 몰랐다. 어쨌든 나는 운전하는 동안 너무 자주 쉬었다 가야 했고, 이대로라면 목적지에는 도착하지 못할 거란 기분에 사로잡혀 있었다.

나는 인간적으로 가능한 한 리틀 리버에서 최대한 멀리 떨어져 살고 싶은 사람이었다. 차라리 녹슨 못을 먹고 더러운 운동화 끈을 국수처럼 집어 먹을지언정 리틀 리버로 돌아가고 싶진 않았다. 하지만 자기 아빠가 죽어 가고 있다는데 만나러 가지 않으면, 그게 사람이 할 짓이겠는가.

○

매주 일요일 오후 두 시, 나는 마고 아줌마에게 전화를 걸기 위해 도서관 밖의 공중전화로 갔다. 그것이 우리의 약속이었다. 나는 플로리다에 온 이후로 다시 아줌마에게 전화를 걸기 시작했다. 아줌마는 내게 아이다 윈튼이 요즘 들어 혐오하기 시작한 음식에 관한 소식이며 개리 아저씨가 새로 사귄 스물다섯 살짜리 헤픈 여자 친구에 대한 소식을 업데이트해 주고, 나는 내가 잘 지내고 있었다는 이야기를 했다. 내 이야기의 내용은 대개 플로리다 바다의 조류나 오렌지에 대한 것 정도였고, 아줌마가 일기예보에서 본 플로리다 날씨가 맞는지 확인해 주기도 했다. 아기에 대해선 아무 말도 하지 않았다. 어떻게 해야 할지도 몰랐고, 집으로 돌아오라고 하는 것도 듣기 싫었다.

그런데 이번에는 달랐다. 전화를 하고 아직 연결음이 채 울리기도 전, 아주 미세한 신호음이 들리려는 찰나에 아줌마는 수화기를 집어 들었다.

"얘야, 에이프릴."

아줌마가 나직하게 말했다.

"마고 아줌마, 무슨 일 있어요?"

아줌마가 심호흡하는 소리가 들렸다.

"무슨 일이에요?"

"얘, 너희 아빠가 죽을병이란다."

그리고 아줌마는 울음을 터뜨렸다. 나는 지금껏 아줌마가 우는 걸 한 번도 본 적이 없었다. 무슨 말을 해야 할지도 몰랐다. 너무 급작스러워서 아무것도 느낄 수가 없었다.

"폐암이래. 많이 안 좋대. 살날이 얼마 안 남은 것 같아."

"왜 진작 이야기 안 해줬어요? 지난 주 일요일엔? 그 전주에는?"

"얘, 너희 아빠 빼고 아무도 몰랐다. 아이린도 몰랐대."

아줌마는 큰소리로 흐느꼈다.

"치료를 원치 않는단다. 머리 빠지는 거 싫다고. 오래 사는 것보다 담배 피우는 게 더 좋대."

"얼마나 살 수 있대요?"

나는 손가락으로 숫자 버튼을 매만지고 있었다.

"어쩌면 일주일, 어쩌면 며칠."

"어떻게 아이린이 모를 수가 있어요? 이렇게 나빠질 때까지 어떻게 그냥 둘 수가 있냐고요?"

나는 숫자 버튼에 적힌 알파벳을 내 이름대로 눌러 봤다. 2-7-7-4-5.

"너희 아빠가 자기 고집대로만 사는 거 알잖니. 너희 아빠랑 아이린이랑 사이가 안 좋아진 지 꽤 됐나 봐. 너희 아빠는 지난 몇 달 동안 캠핑카에서 살았대. 아이린을 피해서. 지금은 아이린이 아빠 곁에 있어. 내 말 잘 들어, 아이린은 성인聖人 같은 사람이야. 아빠 병을 몰랐던 게 아이린 잘못은 아냐."

"끊을게요."

나는 마고 아줌마가 아이린을 무슨 여신처럼 말하는 게 듣기 싫어 그렇게 말했다.

"저녁 공연 준비 때문에 올리 사장님을 도와야 해서요."

"얘, 너더러 꼭 오라고 한 말은 아니야. 네가 이 일에 여러 복잡한 감정을 느끼고 있다는 걸 하느님도 아실 거야. 네가 오고 싶은 마음이 있을까 봐, 아니면 여기 오지 않은 걸 나중에 후회하게 될까 봐, 그래서 말하는 거야. 그렇다면 오는 게 나을 테니까."

"사랑해요."

나는 그렇게만 말하고 아줌마가 뭐라고 더 말할 새도 없이
전화를 끊었다.

나는 해변으로 걸어 나가 그냥 여기 머물면 어떨까 생각했
다. 바다에 뛰어들어 하늘을 바라보며 누운 채로 내 배에 파
도가 찰싹찰싹 부딪히는 걸 바라보며 내게 아빠가 있다는 사
실조차 잊어버리면 어떨까. 하지만 결국 나는 차에 타는 쪽을
선택했다.

61

나는 원래 플로리다에서 출발해서 북쪽으로 올라가는 걸 좋아했다. 예전에 공연했던 곳에 미리 연락해서 공연을 몇 개 잡아 두고, 삼사 주에 걸쳐 해안을 따라 드라이브하며 올라가는 것이다. 경치 좋은 도로를 달리며 야자수들이 산과 가을의 빛깔 속으로 사라지는 풍경을 바라보는 것도 좋았다. 도착하면 인맥이라 부를 수 있을 만한 사람들은 모두 찾아가 인사하고 그중 연락이 닿지 않는 사람을 대신할 새로운 인맥도 만들어 갔다. 친구인 슬림이 내게 줄 일감이 있다고 하면 내슈빌로 가서 며칠 간 백업 트랙을 몇 곡 녹음하기도 했고, 그런 일거리가 없으면 조지아주의 서배너로 곧장 가서 베이 스트리트의 바에서 연주하는 하우스 밴드와 함께 며칠 밤 노래를 했다. 그리고 케이프 메이에서 며칠 묵고 레드 뱅크로 가서 다운타운에서 연주를 하고 콜과 함께 지내며 다음 여정에서 할 공연을 미리 잡아 뒀다. 그게 내가 시간을 보내던 방식이었다. 내게 맞는 시스템이었고 이만하면 나쁘지 않은 삶이라고 생각했다. 내가 사랑하는 사람들에게 멋진 모습만 보여 주고 진부해지기 전에 이동하는 것 말이다. 하지만 이번 여정에는 공연할 시간도, 찾아가거나 만날 오랜 친구도, 해안을 따라 드라이브할 여유도 없었다.

올해는 남쪽에만 머무를 계획이었다. 여름 동안 공연이 없을 때는 올리에서 서빙을 했다. 퉁퉁 부은 내 발이 감당할 수 있는 한 계속 일했다. 비미니 해안에서 예산 부족으로 건설이 중단된 건지 지붕이 방수포로 반만 덮인 집을 발견했는데, 물은 나왔고 근처에 오는 사람이 아무도 없었다. 나는 거기서 잠을 자고 끼니는 일할 때 나오는 식사로 때우면서 아기가 태어난 다음 몇 달이라도 지낼 아파트 렌트비를 모았다. 올리의 웨이트리스인 마리아에게 막 아장아장 걷기 시작한 아기가 있었는데, 나중에 어쩌면 둘이 교대로 아이들을 봐주면서 일을 할 수도 있을 것 같았다. 정착에 대한 두려움은 맥스가 좀 자라고 나면 다시 떠날 수 있을 거라는 생각으로 억눌렀다. 나는 맥스가 섬에 갇히지 않고 큰 세상으로 나아가길 바랐다. 아이가 바다를 알았으면 했지만, 여러 계절을 느끼고 내 지인을 만났으면 하는 바람도 있었다.

왠지 모르겠지만 나는 맥스가 여행하는 아기가 될 거란 확신이 들었다. 카시트에 앉아 있는 것도 좋아하고, 길에서 들려오는 소리에 잠드는 그런 아기. 육지에 도착한 이후로 내가 운전하는 동안 배 속의 맥스는 잠잠해졌다. 어쩌면 이미 길을 사랑하게 된 건지도 몰랐다. 나는 맥스를 갖게 되어 기뻤다. 내가 철저히 혼자는 아니라는 느낌이 좋았다. 나는 플로리다 중부를 별로 좋아하지 않았다. 소 떼와 농지도 그렇고, 보이는 물가마다 악어나 거대한 뱀이 숨어 있을 것만 같은 느낌이 들었다. 나는 조지아와의 경계까지 곧장 차를 몰았다. 화장실에 가지 않아도 되도록 아무것도 마시지 않았다.

예전에 보스턴에서 지낼 때 친구 슬림이 내가 공연하는 바에 전화를 해서 어떤 컨트리 가수의 싱글을 녹음하는 중인데 소리를 채우기 위해 딱 내 목소리가 필요하다고 한 적이 있었다. 나는 공연을 끝내고 보스턴에서 내슈빌까지 곧장 내달렸다. 도착했을 땐 눈앞이 제대로 보이지도 않았지만 슬림이 커피를 한 잔 가득 따라 주고 내 기타를 조율해 주고 나니 도로 멀쩡해졌다. 그 노래는 제대로 뜨진 못했지만 컨트리 송 채널을 한참 듣다 보면 어쩌다 한 번씩 흘러나왔고 나는 라디오 잡음 사이로 '우', '아와후' 하고 노래하는 내 목소리를 캐치할 수 있었다. 지금은 그때보다 상황이 안 좋지만—일단 내가 가고 싶어서 가는 게 아니므로— 딱 네 번 정차하고, 토막 잠을 한 번 자고, 자궁에 짓눌리는 방광과 허리 통증과 기타 등등을 이겨 내며 천육백 킬로미터 넘게 달렸다.

다섯 번째로 차를 세운 건, 펜실베이니아의 경계를 막 건넌 다음 마고 아줌마에게 이제 네다섯 시간이면 도착한다고 전화를 하기 위해서였다.

"아이고, 아가."

아줌마가 말했다.

"이미 떠나셨다."

그래서 그렇게, 마치 삼류 컨트리 송 가사처럼, 더럽고, 냄새나고, 배고프고, 임신한 여자아이는 트럭 쉼터 공중전화 부스 안에서 울었다.

"내가 너무 늦장을 부렸어요."

전화가 이십 센트를 먹어 버린 다음, 겨우 말을 할 수 있게 됐을 때 나는 속삭였다.

"그런 옛말이 있잖니. 네가 꾸물거렸다고 내가 급해지는 건 아니다, 였던가?"

아줌마가 말했다.

"이 일을 긴급하게 만든 건 너희 아빠지, 네가 아니라는 말이야. 너희 아빠에겐 노력해 볼 수 있는 시간이 삼 년이나 있었어. 너를 찾아 나설 시간이 삼 년이나 있었다고."

아줌마는 잠자코 내가 전화기에 대고 흐느끼는 소리를 들었다. 아줌마가 듣고 있다고 생각하니 내 눈물이 그렇게 헛된 것은 아니라는 느낌이 들었다. 아줌마는 나의 증인이었다. 언제나 그래 왔다. 아줌마는 내게 장례식에 오라고 했다.

"그럴 수 없어요. 돌아갈 수 없어요. 아이린도, 그 아들도, 그리고 그 아기도 보고 싶지 않아요. 그러고 싶지 않아요. 아빠는 이미 죽었잖아요. 내가 간다고 반길 것도 아니잖아요."

"장례식은 산 사람들을 위한 거야. 남겨진 사람들이 무너지지 않도록 붙들어 주는 거지."

"나는 아이린을 붙들어 주고 싶지 않아요. 아이린도 내가 그러길 바라지 않을 거예요."

"내가 '널' 붙들어 줄게."

그 순간 나는 마고 아줌마가 절실했다.

62

임신 오 개월에 접어든 이후로는 한 번도 토하지 않았다. 하지만 I-90 고속도로에서 빠져나와 국도로 접어들며 익숙한 길을 달리기 시작하자 속에서 뭔가 올라오는 느낌이 들었다. 처음엔 잔잔하게 시작되더니 점점 거세졌다. 땀이 났다. 운전 대를 아무리 세게 잡아도 몸이 계속 떨렸다. 결국은 갓길에 차를 세우고 배수로에 토하고 말았다. 심지어 토하고 났는데도 나아지는 기미가 없었다. 그냥 힘이 쭉 빠지고 입 안이 시큼할 뿐이었다. 언제부터 차에 뒀는지도 알 수 없는 김이 다 빠진 미지근한 스프라이트로 입 안을 헹궜다. 내게 남은 건 그것뿐이었다.

○

마고스 식당은 똑같아 보였다. 단지 내 기억보다 조금 더 작아져 있기만 할 뿐. 리틀 리버의 모든 것이 예전보다 작아 보였다.

마고 아줌마는 계속 창밖을 내다보고 있었는지 내가 식당 앞에 차를 세우기가 무섭게 문밖으로 달려 나와 마치 내가 아줌마를 놓치기라도 할 것처럼 손을 흔들었다. 아줌마도 작아 보였다. 머리도 많이 세고 예전만큼 풍성해 보이지 않았다. 얼굴은 창백하고 핼쑥했다. 아줌마는 개리 아저씨와 좋게 헤어지지 못했다. 아직도 손바닥만 한 짧은 치마를 입고 있었지만, 이젠 아줌마의 치명적인 무기도 어딘가 매력이 떨어져 보였다.

내가 차 문의 잠금을 풀기도 전에 아줌마는 문을 열려고 했다. 그냥 내빼 버릴까도 생각했다. 아줌마가 뭐라고 할지 무서웠다. 나라는 사람에 대해 어떻게 생각할지 무서웠다. 하지만 차 유리에 비친 아줌마의 얼굴과 밝고 커다란 미소가 아줌마는 단 한 번도 고의로 내게 안 좋은 소리를 한 적이 없다는 사실을 떠올리게 했다. 지금이라고 갑자기 그럴 리가 없었다.

"계집애."

내가 문을 열자 아줌마가 말했다.

"이게 얼마만이…… 어머나 세상에!"

아줌마는 내 배를 보더니 금방이라도 놀라 자빠질 것 같은 얼굴을 했다. 차에서 나와 서는데 다리가 후들거렸다.

"얘는 맥스예요."

나는 불룩 나온 배 위에 손을 얹으며 말했다. 아줌마는 잠시 아무 말도 없이 식당 불빛 아래 선 나를 물끄러미 쳐다봤다. 나는 숨을 죽였다. 아줌마는 내가 실제 사람이 맞는지 확인하려는 듯 내 얼굴을 만지려고 손을 뻗었다.

"원래 나한테 말을 걸러 하는 건 알고 있었지만, 어떻게 여태까지……"

아줌마는 손으로 자기 배 위를 둥그렇게 그렸다.

"한마디도 안 할 수가 있어?"

"걱정 끼치고 싶지 않아서요."

"걱정 끼치고 싶지 않았다고? 내가 네 걱정으로 파고 들어간 우물이 지구의 핵까지 닿았다, 이 계집애야."

아줌마는 웃었지만 내가 아줌마에게 얼마나 큰 걱정거리였는지 알 수 있었고, 아줌마는 이제 내가 그 사실을 알고 있다는 걸 아는 것 같았다. 아줌마는 내 이마에 입을 맞췄다.

"내가 너, 그리고 이 아기를 이렇게나 사랑하지만 않았어도 벌써 네 목을 졸랐을 거야."

아줌마는 내 배를 쓰다듬으며 말했다.

"너는 조금만 기다리렴. 이 마고 할머니가 네 엄마에 대한 이야기를 빠짐없이 다 들려줄 테니까."

그리고 눈물이 그렁그렁해서 나를 쳐다보는데, 아줌마를 맥스의 할머니라고 부르는 것에 내가 반대하지 않길 바라는 눈빛이었다.

나는 아줌마와 나 사이에 내 배를 두고, 할 수 있는 한 힘껏 아줌마를 껴안았다.

○

문 닫기 직전이라 식당 안은 비어 있었다. 마고 아줌마는 내게 버거와 감자튀김을 주고, 칼슘을 위해 밀크셰이크를, 그리고 내겐 철분이 필요하다며 시금치를 한 접시 가득 담아 줬다. 아줌마는 시금치를 버터에 완전히 빠뜨리다시피 해서 줬는데, 그래야만 내가 넘길 수 있다는 걸 알기 때문이었다. 우리는 테이블 자리에 앉았다. 예전처럼 카운터 스툴에 걸터앉아 균형을 잡기엔 내가 너무 거대해졌으니 어쩔 수 없었다.

아줌마는 자꾸만 내 배를 쳐다봤다. 맥스가 몸을 잔뜩 웅크리고 낮잠을 자는 모습을 상상해 보는 걸까. 어쩌면 엄지손가락을 빨고 있는지도 몰랐다. 아기들은 태어나기 전에도 가끔 그런다고 했다. 나는 언제나 맥스의 모습을 그려 보려고 했다. 그래서 처음 만날 때부터 친숙하게 느낄지도 모른다고 생각했다.

아줌마는 아빠가 누군지도, 아이랑 어디서 살 계획인지도, 출산 예정일이 언제인지도 물어보지 않았다. 지난 몇 년간 아줌마는 말하고 싶은 것만 말하는 나에게 익숙해져 버렸다. 하지만 나는 아줌마가 물어보길 바랐다. 때론 누가 물어봐 주지 않으면 그냥 말하기 힘든 것들이 있기 때문이다. 나는 아줌마에게 로버트에 대해 말하고 내가 한 일이 옳은 일이었는지 묻고 싶었지만 이야기를 어디서부터 어떻게 시작해야 할지도 몰랐다. 나는 그저 에단에 대해서만 말했다. 그의 집에서 한동안 지냈고, 우리는 뮤지컬 영화 속 배우처럼 차려입었다고, 그리고 그는 언뜻 보면 선과 곡선으로만 보이는 그림을 그렸는데 그게 사실은 나였다고도 말했다.

"진정한 친구가 있다니 정말 다행이구나."

내가 결국은 늘 그들을 떠나 버린다는 걸 모르는 아줌마는 그렇게 말했다.

마치 밤늦은 시간에 동네를 산책하는 게 일상인 양 갑자기 나타난 스펜서 부인이 느릿느릿 걸어 식당 앞을 지나가는 모습이 보였다. 그녀는 창을 통해 우리를 빤히 봤지만 마고 아줌마가 손을 흔들자 우리를 전혀 못 본 사람처럼 고개를 돌려 버렸다. 매티와 그의 엄마가 얼마나 대화를 하는지 궁금했다. 만약 아홉 달 전에 내가 매티를 만났다는 사실을 알고 있다면 맥스가 매티의 아이일까 봐 걱정이 되겠지. 누가 날 봤다고 전화를 해준 걸까, 혹시 온 마을이 내가 임신해서 여기에 왔다는 걸 알고 있는 걸까. 동네 사람이 전부 알게 되는 데는 십분이면 충분할 터였다.

"저 여자 말이야."

마고 아줌마가 입을 열었다.

"자기가 요즘 엄청 고매하고 막강한 자리에 있는 줄 안다니까. 대스타가 되신 아들이 캐딜락을 사줬다고 무슨 영원한 절대 권력을 손에 쥐기라도 한 줄 알더라."

마고 아줌마가 어이없다는 듯 눈을 굴렸다.

"캐시 스펜서가 더 재수 없는 년이 될 핑계거리가 필요하기나 했으려고."

스펜서 부인을 재수 없는 년이라고 생각하니 우스웠다. 나는 그녀를 언제나 어른이라고만 생각했으니까.

"걜 만났어요."

나는 아줌마한테 말했다.

"매티요. 올봄에. 이를 새로 한 것 같더라고요."

"그럼 이가 가짜란 말이야?"

"네. 원래 매티 이랑 달라졌어요."

"대단하다."

마고 아줌마가 고개를 저었다.

"다음엔 또 뭘 하려나? 안 뽑아도 되는 것들을 뽑아내 버리고. 완전 멀쩡한 이를 가진 애한테 가짜 이나 박아 넣고. 걘 애초에 이가 멀쩡했다고. 씹는 데 아무 지장도 없었잖아."

나는 하품을 했다. 조절이 되질 않았다.

"자, 이제 식당 문 닫고 들어가자. 얼마나 피곤하겠어."

아줌마가 말했다. 나는 캠핑카를 떠올려 봤다. 곰팡이와 녹냄새가 나는 캠핑카. 나는 비포장도로를 달려 거기로 가는 것을 생각했다. 결국은 또 갓길에 차를 세우고 토하게 되지 않을까.

"아무래도 안 되겠어요, 아줌마. 캠핑카로 가는 건. 아무래도⋯⋯"

"뭔 소리야. 소파를 밖으로 빼서 잘 수 있게 다 해놨어. 너내 침대에 재우려고."

"진짜요?"

"당연하지. 내가 이제 선을 좀 넘는대도 너희 아빠가 나한테 소리 지를 순 없을 거 아니냐, 안 그래?"

그리고 아줌마는 입 앞에서 손뼉을 쳤고, 낯빛은 창백해졌다.

"미안해. 난 그냥⋯⋯ 널 캠핑카로 데려다줄 때 마다 마음이 너무 안 좋았어 가지고. 그런 말은 하는 게 아닌데⋯⋯"

나는 금방이라도 울음이 터질 것 같았다. 아줌마가 진짜로 나를 원했을지도 모른다고, 할 수만 있었다면 진짜로 나를 아줌마네 집으로 데려갔을 거란 걸 알게 돼서. 하지만 내가 울기 시작하면 아줌마도 울 테고, 아줌마가 울면 나는 더 많이울게 될 거고, 우리 둘 사이엔 고인 눈물이 너무 많아 울기 시작하면 멈출 수가 없을 것이므로 난 이렇게 말했다.

"제가 소파에서 자면 돼요. 진짜로, 괜찮아요."

아줌마의 이런 친절에 익숙해지면 안 되니까. 그러면 난 또 빠져서 허우적댈 테니까. 너무 쉽게 빠져 버릴 테니까.

"에이프릴."

아줌마는 내 팔을 잡고 흔들며 말했다.

"네 상황을 좀 유리하게 이용해도 괜찮아. 침대에서 자."

                              ○

아줌마의 아파트는 예전과 거의 비슷했다. 다만 이젠 고양이를 키웠다.

"나도 이제 그런 사람이 됐다."

우리가 신발을 벗는데 까만 털 뭉치가 거실을 가로질러 내달리자 아줌마가 말했다.

"쟨 스튜어트야."

아줌마는 고양이가 자리 잡은 의자 밑을 가리키며 말했다. 노란색 눈동자가 우릴 빤히 쳐다봤다.

소화가 잘 안 될 게 분명한 초콜릿 케이크를 앞에 놓고 부엌에서 아줌마와 수다를 떨고 있는데 스튜어트가 나타나 마르고 작은 몸을 내 다리에 비볐다. 고양이의 갈비뼈가 내 종아리를 드르륵 긁는 게 느껴졌다. 스튜어트는 하얀색 주둥이와 발 세 개를 빼곤 먹물처럼 새까맸다. 발에는 발톱이 너무 많이 박혀 있었고, 귀는 콜리플라워 같았다. 예쁜 고양이는 아니었다.

"아줌마가 고양이를 좋아하는 줄은 몰랐네요."

"안 좋아해."

아줌마는 그렇게 말하고 아래로 손을 뻗어 고양이를 향해 손을 흔들었다. 스튜어트는 아줌마에게 달려가 아줌마 손의 옆면에 얼굴을 문질렀다.

"늙어 가면서 외로워졌나 봐."

아줌마는 슬픔이 어린, 지친 미소를 지었다.

그 모든 것의 무언가가 나를 무너지게 했다. 외로워진 마고 아줌마가 못생긴 작은 고양이를 들여야 했고, 아빠는 죽었고, 드라마 속에서 매티가 혼수상태에 빠져 있을 때처럼 뼈만 남은 아빠가 번쩍거리고 삑삑거리는 기계에 묶여 병원 침대에 누워 있었을 모습이 내가 그려볼 수 있는 전부였다. 그 모든 것들이 나를 너무 슬프게 만들어 도저히 참을 수가 없었다.

"임종을 지키지도 못하다니 난 정말 형편없는 사람이에요. 더 빨리 왔어야 했어요."

"아가."

마고 아줌마가 내게 냅킨을 건네주며 말했다.

"내가 너희 아빠를 나쁘게 이야기하지 않으려고 무진장 애

623

써 왔다는 건 알 거야. 기억을 더듬어서 내가 했던 말들을 잘 떠올려 보면 내가 나쁜 의도로 한 말은 찾기 어려울걸?"

아줌마가 한숨을 쉬었다.

"난 널 위해서 그렇게 했고, 또 그게 최선이었다고 생각해. 하지만 네가 이렇게 자책을 하는 건 아닌 것 같아. 다 네 아빠의 선택이었어. 치료를 받지 않겠다는 것도, 모두를 밀어낸 것도. 네가 떠났을 때 찾아 나서지 않은 것도 네 아빠의 선택이었어."

"개리 아저씨가 찾지 말라고 한 거잖아요."

내가 말했다.

"내가 아줌마한테 사정했잖아요. 개리 아저씨한테 나를 놓아 주라고 말하라고. 나 때문이에요. 아빠는 그냥 내가 원하는 대로 해준 거예요."

마고 아줌마는 깊은 한숨을 쉬더니 입술을 꼭 붙였다. 마치 하고 싶은 말들이 정리될 때까지 기다리는 것처럼.

"그때 개리가 너희 아빠에게 이야기를 하러 갔을 땐 너한테 차를 주라는 말을 하러 간 게 아니었어. 가서 널 데려오라는 말을 하러 간 거야. 개리는 자기 딸이 혼자 저렇게 떠나게 두는 아빠는 없다고. 그렇게 부모로서의 의무를 내던지면 안 되는 거라고. 사실은 그랬어."

차를 몰고 길을 떠났다가 뭔가를 두고 온 게 생각났을 때처럼 배 속에서 뭔가가 툭 떨어지고 혈관 속에서 피가 용솟음치는 느낌이었다. 아줌마는 식탁 위의 냅킨꽂이에서 냅킨을 하나 더 뽑아 내게 건넸다. 내가 들고 있는 건 이미 흠뻑 젖어 있었다.

"미안하다."

아줌마가 말했다.

"나는 너를 보호해야겠다고 생각했어. 내가 대놓고 지적하지 않으면 네가 너희 아빠가 얼마나 나쁜 아빠인지 알 수 없을 거라고 맘대로 생각해 버린 것 같아. 너희 아빠가 아무 생각이 없어서 널 그렇게 보낸 게 아니라고 네가 믿으면 더 좋을 것 같았어. 너희 아빠가 이렇게 된 게 네 탓이라고 생각하지 마. 네 탓이 아니야, 에이프릴."

"부모가 둘 다 버렸으니…… 공통분모는 나 아니겠어요."

아줌마가 내 손을 잡고 꼭 쥐었다.

"너는 망가진 두 사람에게서 태어난 선물 같은 존재야. 그들은 너무 나약했고, 상처받았고, 비겁했어. 그런데도 용케 그모든 걸 극복해 낸 이 씩씩한 기적 같은 소녀를 만들어 내긴 했네. 어쩌면 네가 애도해야 할 건 네 부모가 네게 해주지 못한 것들일지도 몰라. 그게 네가 여기 온 이유인지도 몰라."

"아줌마는 항상 저한테 넘치게 잘해 줘요."

나는 냅킨으로 얼굴을 닦아내며 말했다.

"아냐, 내가 더 잘했어야 했어."

그렇게 말하는 아줌마도 울고 있었다.

63

일어나 보니 아줌마는 이미 없었다. 오늘 아침 일찍 나가, 장례식 이후에 식당에 들를 조문객들을 위해 에그 캐서롤과 케이크를 만들 거라고 어젯밤에 미리 말했었다. 그러면서 안 그래도 힘든 일이 많은 '가엾은 아이린'이 조문객들 음식까지 준비하게 하고 싶진 않다고 했다.

그래도 혹시나 대답을 기대하며 아줌마를 불러 봤지만 들리는 건 히터가 덜덜거리는 소리뿐이었다. 어제 심하게 울었더니 상태가 엉망이었다. 얼굴은 퉁퉁 붓고, 코 속엔 시멘트가 꽉 차 있는 것 같았다. 마고 아줌마 집에 혼자 있으려니 기분이 이상했다. 거실로 나가자 고양이가 탁자 위에서 뛰어내려 소파 밑에 들어가 숨었다.

부엌 조리대 위엔 쪽지와 딸기 대니시 페이스트리, 그리고 오렌지 주스 한 잔이 놓여 있었다. 부엌에선 커피 냄새가 났지만 아줌마는 내가 마실 건 하나도 남겨 놓지 않았다. 일부러 그런 게 확실했다. 부엌 의자 등받이에는 남색 임부복 원 피스가 하나 걸려 있었다. 쪽지에는 '이게 필요할 것 같아서. 사랑해, 마고'라고 적혀 있었다. 저게 혹시 아이린의 임부복 이었던 건 아닐까. 원피스는 허리선이 낮고 치마에 주름이 잡 혀 있는 데다 세일러복처럼 하얀 테두리에 넓적한 직사각형 형태의 칼라가 달려 있었다. 임신한 여자들은 다 해군 출신이 기라도 한 건가.

칼리가 했던 것처럼 칼라를 잘라 내고 다른 형태로 수선을 해볼까도 생각했지만 아빠는 살아생전 내 외모에 신경을 쓴 적이 단 한 번도 없었으므로 이제 와서 이런 게 문제가 될 것 같진 않았다. 허리가 쭉쭉 늘어나는 내 긴 스커트면 충분했다.

아줌마는 메모지 뒷장에 장례식 시간과 조문 시간을 적어 두었다. 오늘 아침에는 고인과 인사 하는 시간이 잡혀 있었 다. 그러니까 교회로 가서 내가 죽은 아빠를 쳐다보는 걸 사 람들이 구경하게 하고 내가 애도조차 제대로 하지 않더라며 향후 삼 년간 입방아를 찧을 빌미를 줘야 했다. 나를 제대로 알지도 못하는 사람들이 그런 식으로 나를 꽤나 잘 아는 척 할 터였다.

장례식 시간을 기억하기 위해 그 쪽지를 챙겼다. 캠핑카를 보면 기분이 좋지 않을 거란 걸 알 정도로 나도 분별은 있었 지만, 나도 나 자신을 말릴 수가 없었다.

64

바닉 아줌마의 집은 이제 비어 있었다. 마고 아줌마 말로는 작년에 요양원으로 갔다고 했다. 아줌마의 아들은 모시고 싶어 했지만, 바닉 아줌마가 며느리를 '뚱뚱한 암소'라고 불러온 세월 때문에 마고 아줌마의 말을 빌면 바닉 아줌마는 '비호감 기피 대상'이 됐다고 했다.

잡초는 정말 빨리 자란다. 바닉 아줌마가 차를 세워 두던 자리에는 어린 옻나무가 자라고 있고, 아메리카담쟁이덩굴은 깨진 유리창 사이로 기어들어 가고 있었다.

그리고 길 끄트머리에 캠핑카가 서 있었다. 저건 클럽하우스가 아니다. 옷장이다. 무덤이다. 마치 새해가 되면 마고 아줌마가 가짜 크리스마스트리를 창고에 밀어 넣듯이 아빠가 나의 존재를 잊어버리려고 나를 버려 둔 곳이다.

흰색 금속판은 나사마다 전부 녹슬어 있고, 창 하나는 깨져 있었다. 나는 그 안에 들어가 나를 납득시킬 만한 무언가를 찾아야 할 것만 같은 기분이 들었다. 아니, 어쩌면 몽땅 다 치워 버려야 할 것 같기도 했다. 그 안이 얼마나 엉망일지는 모르겠지만 그게 한 사람이 남기고 간 전부여선 안 될 것 같았기 때문이다. 하지만 문 쪽으로 발이 떨어지질 않았다. 나는 아빠가 남기고 간 것을 보고 싶지 않았다. 그 안에서 살던 게 어떤 느낌이었는지 기억하고 싶지 않았다. 캠핑카는 마치 넘어지기라도 할 것처럼 한쪽으로 기울어 있었고, 나는 지금 민첩하게 움직일 수도 없는 상황이었다.

신기한 건 내가 그 안에서 살던 때보다 캠핑카가 더 형편없어 보이지 않는다는 점이었다. 변한 게 별로 없었다. 정말 열심히 찾으면 흙바닥에서 내 기타의 깨진 나무 조각도 찾을 수 있을 것 같았다. 아빠의 손이 내 뺨을 후려쳤을 때의 얼얼함마저 되살아날 듯했다.

나는 물에 잠긴 집 토대 쪽으로 가봤다. 이제 잡초가 너무 무성하고 온갖 뿌리들이 빙 둘러져 있어 덤불을 헤치며 나아가야 했다. 가시 같은 것에 긁혀서 손등에 가느다란 핏자국이 길게 났다. 나는 집터 가장자리에 앉아 우리 집 지하실로 내려가는 계단이 됐을 첫 번째 단에 두 발을 올렸다. 그 다음 계단 바로 아래부터 물에 잠겨 있었고, 계단 표면엔 나뭇잎이 붙어 있었다. 썩은 내가 났다.

어느새 다시 십일월이었다. 모든 것이 죽었거나 잠들어 있었다. 그러고 보면 이곳은 언제나 십일월이었던 것 같다. 이곳엔 온기나 빛처럼 사람에게 정말로 필요한 것들이 충분한 적이 한 번도 없었다. 나는 막대기로 나뭇잎을 찌르며 치맛자락 속으로 한기가 들어올 때까지 내 부모가 내게 해주지 않은 것들을 생각하다가 이런 생각들이 맥스에게 좋지 않을까 봐 걱정이 됐다. 이제 내 재킷은 배를 완전히 덮지 못했다. 배 속에서도 맥스가 추위를 느끼는 게 아닐까 싶었다.

65

교회에는 일찍 도착했다. 스테인드글라스와 계단이 있는 이 석조 건물은 마치 웨딩 사진을 위해 지어진 것처럼 보였다. 아마 리틀 리버에서 가장 화려한 건물이 아닐까. 교회에는 바자회가 열릴 때 건질 물건이 없나 지하실에 들어간 게 전부였고, 예배당에는 한 번도 들어가 본 적이 없었다. 일요일마다 아빠가 아이린과 함께 저 아치형 입구로 걸어 들어갔다고 생각하니 기분이 이상했다. 아이린이 강요하기 전까진 하나님을 믿지도 않던 사람이었다. 그리고 이 교회는 '예수님은 선하십니다. 그러니 여러분도 선하게 살아야 합니다' 운운하며 노숙자들에게 밥을 해 먹이고, 뭐 그런 교회도 아니었다. 그보다는 오히려 '다른 사람들을 심판함으로써 내가 남보다 우월하다고 느낄 만한 방법은 아주 많아요'라고 말하는 것 같은 교회, 에단에게 '너는 지옥에 떨어질 거야'라고 말할 법한 종류의 교회였다.

나는 차 안에서 기다렸다. 장례식이 시작되기 직전에 살짝 들어가 맨 뒷자리에 앉으면 내 앞을 지나가는 사람들을 일일이 상대할 필요가 없을 것 같았기 때문이다. 하지만 차에 앉아 교회로 들어가는 사람들을 보고 있자니 슬슬 화가 치밀었다. 온 마을 사람들이 전부 다 찾아오는 것 같았다. 헌터 부인, 아이다 윈톤, 몰리 워커, 개리 아저씨와 그의 창녀 여친, 스펜서 부부. 이 중에 아빠를 좋아했던 사람은 하나도 없었다. 그리고 이들은 전부 다 나를 아는 사람들이었다. 내가 어디 사는지 알았고, 아빠가 나를 두고 떠난 것도 알았다. 그들도 나를 버렸다. 캠핑카에 혼자 사는 어린애가 쿠키와 우유가 먹고 싶어 놀러 오진 않을까 생각하는 대신 자기 자식들에게 나와 놀지 말라고 했다. 마치 내가 나의 존재 자체를 부끄럽게 여겨야 한다는 눈빛으로 나를 쳐다보던 사람들. 내 부모가 이혼했고, 내 신발이 낡아 빠졌고, 내 머리가 지저분하고, 손톱 밑에 늘 때가 끼어 있었다는 이유로, 내가 가까이 다가가면 나의 수치스러움이 그들에게 옮기라도 할 것 같은 취급을 했다. 그들은 아빠가 그랬듯 기꺼이 나를 잊었다. 그래 놓고 다들 나타난 것이다. 주일예배 때 입는 가장 좋은 옷으로 차려 입고 애도할 가치도 없는 남자의 죽음을 애도하며 점수라도 따겠다는 생각인 것일까.

나는 교회에 들어가지 않았다.

주차장을 메웠던 사람들은 이제 몇 사람 남지 않았다. 누군가 교회 문을 닫자 이제 아무것도 보이지 않았다. 어쨌거나 나는 지켜보고 있었다. 마치 아빠가 몰래 도로 빠져나오기라도 할 것처럼. 마치 이 모든 게 한바탕 장난이었다고 말하기라도 할 것처럼.

이십 분이 흐른 뒤에도 나는 여전히 차에 앉아 있었다. 정적이 나를 미치게 만들 것 같았지만 라디오를 틀어서 배터리를 방전시키고 싶지 않았다. 차 안을 덥히기 위해 이미 두 번이나 시동을 켰다. 지도를 꺼내 펼쳐 들고 각 주들 사이로 얽혀 있는 벌레처럼 생긴 길을 들여다보며 다음엔 어디로 가야 하나 생각하는데, 누군가 조수석 창문을 두드렸다.

"너 내 차 안에서 뭐하는 거냐?"

아이보리 부인이었다. 어린아이도 함께 있었다. 아이는 땋은 머리를 하고 분홍색 원피스를 입고는 보도에서 빙글빙글 돌며 치맛자락이 둥글게 퍼지는 걸 바라보고 있었다. 아이보리 부인의 손주 중 한 명인 듯 했다. 아이보리 부인에겐 손주가 오십 명쯤 있었다.

조수석 창은 한 번 내리면 잘 올라가지 않았기 때문에 할 수 없이 몸을 차에서 간신히 끄집어내어 아이보리 부인과 이야기하기 위해 보도로 걸어갔다.

"아이보리 부인."

내가 입을 열었다. 내가 다가가자 자그마한 아이가 부인 뒤로 숨었다.

"아, 오텀!"

아이보리 부인은 손을 가슴에 얹으며 엄마 이름으로 나를 불렀다. 손가락이 어찌나 앙상한지 부인의 루비 반지는 첫 번째 관절과 두 번째 관절 사이에 간신히 걸려 있었다.

"너였구나! 나는 누가 차를 훔쳐간 줄 알았지."

대체 뭐라고 말해야 하는 걸까. 어떻게 설명한다 한들 도움이 될 것 같진 않았다. 내가 떠나기 전만 해도 이 정도로 사리분별을 못 하진 않았는데. 그러나 나를 우리 엄마로 착각한다고 해도 별 상관없을 터였다. 잠시 후면 나는 다시 떠날 테니까.

"뻔뻔하기도 하지. 어떻게 여기에 얼굴 들이밀 생각을 한 거야!"

부인이 주름이 잔뜩 잡힌 눈가에 노기를 띠고 말했다.

"무슨……"

"남편이랑 이 어린 걸 두고."

부인은 어린 여자아이의 손을 잡았다.

그 여자아이는 옛날 사진 속의 나와 많이 닮은 모습이었다. 머리를 땋아 주고 깨끗한 원피스를 입혀 주던 엄마가 아직 곁에 있던 때의 나와.

"네가 네 남편 마음을 찢어 놨다고."

아이보리 부인이 말했다.

"그 사람이 내 마음을 찢어 놓은 걸요."

내가 말했다.

"뭐, 그 얘긴 더 하고 싶지 않고."

아이보리 부인이 말했다.

"너도 언젠가 깨달을 날이 오겠지."

아이는 외투도 입고 있지 않았다. 추워 보였다.

"근데 여기서 뭐 하시는 거예요?"

내가 아이보리 부인에게 물었다.

"얘가 간식을 먹고 싶다고 하잖니."

부인이 아이를 가리키며 말했다.

"그래서 차에 태워 우리 집에 데려가려고."

아이는 아이보리 부인의 손가락 두 개에 매달려 에나멜가죽 구두의 앞코로 보도에 간 금을 쿡쿡 찌르고 있었다. 구두에 흠집이 생길 텐데, 나중에 너 엄마한테 혼나겠다, 속으로 생각했다.

"내 차 키 갖고 있니?"

아이보리 부인이 물었다. 부인은 아이의 손을 털어 내고 운전석 쪽으로 걸어갔다.

"아이보리 부인, 운전하시면 안 될 것 같아요."

"뭐가 어째?"

아이보리 부인이 말했다.

"네가 뭘 안다고."

"제가 모셔다 드리려고 이렇게 왔잖아요."

나는 먹히길 기도하며 전략을 바꿨다.

"제가 모셔다 드릴게요."

조수석 문을 열어 주자 부인은 별로 실랑이를 벌이지 않고 차에 탔다. 아이는 나를 지켜봤다. 아이의 눈은 아빠의 눈처럼 얼음 같은 파란색이었고, 응시하는 눈빛도 똑같아서 마치 귀신을 보고 있는 기분이 들었다. 나는 뒷좌석 문을 열었다. 아이는 고개를 흔들어 싫다는 표현을 했다.

"괜찮아."

내가 말했다.

"아이보리 부인이 널 봐주고 계시지? 내가 부인 댁에 널 데려다주려는 거야. 쿠키 먹으러 가야지."

아이는 그 말에 넘어가 뒷좌석에 기어올랐다. 차에 타는 걸 도와주고 싶었지만 내 배가 방해가 되어 쉽지 않았다. 안전벨트를 채우는 것 역시 큰 도전이었다. 애는 요리조리 빠져나갔고 나는 뒷좌석 안에 몸을 밀어 넣기조차 쉽지 않았다. 장담하는데 아직 카시트 같은 것에 앉혀서 데리고 다녀야 할 나이 같았다. 아이는 그 정도로 작았다.

아이보리 부인의 집까지 가는 동안에도 아이는 시트 사이의 틈에 손을 집어넣느라 분주했다. 그 사이에 지저분한 것이나 아이가 다칠만한 뾰족한 것이 없어야 할 텐데.

"우리 아들 존존이 과학전람회에서 일 등을 했는데. 그 이야기 들었어?"

아이보리 아줌마가 말했다.

"들쥐를 훈련시켜서 미로를 통과해서 달리게 했잖아. 아주 커다란 파란 리본을 받았다고."

지금 존존은 족히 마흔은 됐을 나이였다. 어쩌면 쉰일지도 몰랐다.

"쟨 이름이 뭐예요?"

나는 뒷자리를 가리키며 물었다. 마고 아줌마가 아이린이 아기를 낳았다는 이야기를 전했을 때 나는 그 아이에 대해 아무것도 알고 싶지 않다고 했다. 그 애는 남자애일 수도 있었다. 어쩌면 괜히 나 혼자 머릿속에서 유령을 만들어 내고 있는지도 몰랐다.

"아."

아이보리 부인은 나를 텅 빈 눈빛으로 쳐다보며 말했다.

"아, 쟨 내 딸 메리 베스야. 기억 안 나?"

저 아이를 아이보리 부인과 단 둘이만 남겨 둘 순 없겠다 생각했는데 그건 문젯거리도 아니었다. 왜냐하면 아이보리 부인 댁에 도착하자마자 부인 혼자 차에서 내리더니 나나 아이에겐 인사도 없이 집으로 쑥 들어가 버렸기 때문이었다.

"너 이름이 뭐니?"

나는 고개를 돌려 아이에게 물었다. 아이의 관자놀이에 난 잔머리가 내 머리와 똑같이 곱슬거린다는 사실은 애써 못 본 척 하려 했다.

"주울리."

"줄리?"

"아니! 줄라이July."

아이는 깔깔 웃으며 머리를 앞뒤로 까딱거리며 눈동자를 굴렸다.

"사월 오월 유월 칠월!"

아이는 노래하는 것 같은 어린 목소리로 외쳤다.

"팔월 구월 십일월 십이월!"

대체 어떤 바보가 자기 애 이름을 줄라이라고 짓는 걸까. 에이프릴로는 모자랐던 걸까. 그래도 에이프릴은 이름으로 많이 쓰이기라도 하지. 아니 이 애가 십이월이나 독립기념일이나 핼러윈에 태어났으면 어쩌려고 한 거지.

"언니 이름은 뭔데?"

아이는 그렇게 안 하면 누구한테 묻는지 모르기라도 할 것처럼 나를 딱 가리키며 물었다.

"에이프릴."

"그건 우리 언니 이름인데!"

줄라이는 발로 앞좌석을 걷어차고 벨트를 잡아당기며 말했다. 벨트가 아이 몸 위로 늘어졌다. 나는 아이가 벨트 사이로 빠져나와 바닥으로 떨어질까 봐 걱정이 됐다. 저 아이를 위한 카시트가 있었으면 좋았을걸. 외투랑 간식도. 그리고 더 좋은 아빠도.

"나도 알아."

나는 천천히 숨을 깊이 들여 마시며 말했다.

"내가 네 언니인 것 같거든."

나는 줄라이를 교회로 다시 데려다주기 위해 아이보리 부인 집의 진입로에서 후진을 했다. 줄라이는 내가 농담이라도 한 것처럼 웃으며 물었다.

"근데 왜 배가 뿔룩 나왔어?"

"이건 네 조카야."

줄라이가 또 웃었다. 나는 백미러로 아이를 봤다. 아름다운 아이였다.

"넌 이제 이모가 될 거야."

나는 아이가 말하는 걸 더 듣고 싶어서 그렇게 말했다. 아이는 진짜 똑똑한 것 같았다. 나는 아이의 성장에 그리 밝은 편은 아니지만, 쪼그만 아이가 저렇게 많은 단어를 알고 말도 잘하는 것은 처음 봤다.

"이모~aunt~가 되는 거, 어떻게 생각해?"

"윽!"

아이는 코를 찡그렸다.

"개미~ant~가 모래판에서 내 손가락 깨물었어."

아이는 어느 손가락인지 보여 주려고 손바닥을 들어올렸다. 하필 그게 가운뎃손가락이라 정말 웃겼다. 프릴 달린 원피스를 입은 이 작고 예쁘장한 소녀가 뒷좌석에 앉아서 내게 손가락 욕을 날리고 있다니. 나는 웃지 않으려고 꾹 참았다. 아이가 나쁜 걸 배우길 원치 않았기 때문이다.

"내가 뭉개 버렸어."

아이는 꺅 소리를 내며 내게 보여 주려는 듯 두 손가락을 꼬집듯이 맞붙였다.

내가 교회로 갔을 때 길가에는 아이린이 나와 서 있었다. 교회 문은 여전히 굳게 닫혀 있고 주위엔 아무도 없었다. 아이린 혼자 길 한복판에 서서 얼굴이 빨개진 채 울고 있었다.

나는 같은 자리에 차를 세우고 내려서 차 문을 열고 줄라이의 안전벨트를 풀어 줬다.

"아, 주여!"

아이린이 달려와 줄라이를 안아 차에서 꺼냈다.

"어머나! 에이프릴!"

아이린이 나를 올려다봤다. 눈이 퉁퉁 부어 있었다. 하마터면 안쓰러운 마음이 들 뻔했다.

"도대체 정신이 있어요?"

나는 다짜고짜 말했다.

"애를 아이보리 부인하고 둘만 남겨 두면 어떡해요! 그 할머니 이제 누가 누군지 알아보지도 못 하던데."

"내가 그런 거 아냐!"

아이린이 흐느끼며 줄라이를 가슴에 꼭 끌어안았다.

"내 사촌이 예배당 뒷자리에서 데리고 있었는데, 보니까 갑자기 없어졌고…… 난……"

아이린은 하던 말을 마저 하지도 못하고 정신을 놓은 것 같았다. 줄라이를 붙들더니 어디 사라진 부분은 없나 확인하는 것 같았다. 팔 둘, 다리 둘, 손가락 열 개, 귀 두 개.

줄라이는 많이 놀란 것 같더니 자기 엄마 머리에 꽂힌 머리핀을 향해 손을 뻗어 뽑으려고 했다. 아이린은 그렇게 하게 내버려 뒀다.

"다시 데려와 줘서 고마워."

아이린이 말했다.

"네."

그리고 나는 차에 타려고 돌아섰다. 나는 아이린과 할 말이 없었고, 이런 대화 자체를 할 필요도 없었다.

"얘 이름은 네 이름을 따서 지었어."

아이린이 불쑥 말했다.

"그러니까 따 왔다기보다는 비슷한 이름으로."

"당신은 날 거기 버려뒀잖아요."

내가 말했다.

"미안해, 에이프릴. 정말 미안해."

"뭐, 상관없어요. 하지만 그런 게 그런 말 한마디로 해결이
되는 건가요?"

"그때 난, 눈에 보이는 게 없었나 봐. 데이비드에게 아빠를
만들어 주고 싶었어. 너희 아빠가 언젠가는 내가 원하는 남자
가 될 거라고 계속 생각했던 것 같아."

나는 아이린을, 눈물이 그녀의 두 뺨을 타고 흐르는 걸 잠
깐 쳐다봤다.

"아빠는 결코 누가 원하는 대로 자신을 바꿀 사람이 아니
에요."

내가 말했다.

교회 문이 열리고 사람들이 아까와는 반대로 교회에서 주
차장으로 밀려나오기 시작했다. 나는 그들의 오락거리가 될
생각이 없었다.

"줄라이 잘 있어."

나는 내 동생에게 손을 흔들며 말했다. 그 아이는 조그맣고

완벽한 손으로 내게 손을 흔들어줬다.

　나는 내 차를 향해 길을 건너며 뒤돌아보지 않았다. 마고 아줌마에게는 이동 중에 전화해서 인사를 하기로 했다. 그 편이 쉬우니까.

66

마침내 빙엄턴에 도착했을 때는 자정이 넘은 시간이었다. 마음을 다잡고 할 말을 찾느라 뒷길이 보일 때마다 그 안으로 차를 몰았고, 빨간불에서는 미적거렸다. 차에서 저스틴 집 현관까지 걸어가는 시간은 지금까지 운전해서 온 모든 시간보다도 길게 느껴졌다. 배 속에서 아기가 발길질을 했다. 안에서 대답이 들릴 때까진 여러 번 문을 두드려야 했다. 이제 여기 더 이상 살지 않는 건가, 저스틴을 아예 찾을 수 없는 걸까. 하지만 노력은 해야 했다.

창을 통해 머리가 엉망인 한 남자가 졸린 눈을 하고 현관 불을 켜는 게 보였다. 그가 문을 열고 말했다.

"뭐예요?"

그가 내 배를 보더니 얼어붙었다.

"난 그쪽 몰라요."

그는 마치 스스로를 안심시키려는 듯 아주 빠르고 큰 목소리로 말했다. 그걸 보니 나 같은 존재가 남자 대학생들의 가장 끔찍한 악몽이라는 걸 알 수 있었다. 나는 곧 저스틴에게 바로 그런 존재가 될 예정이었다.

"저스틴."

내가 겨우 그 말 한 마디를 하자 남자가 뛰어 들어가 저스틴을 불렀다. 맨발이 목재 바닥에 닿는 소리, 거친 속삭임이 들렸다. 누군가 "대체 뭐야?"라고 하는 소리도 들렸다. 그리고 사각 팬티 하나만 달랑 입은 저스틴이 나왔다. 엄청나게 추웠지만, 그는 등 뒤에서 문을 닫고 밖으로 나와 우리 둘은 현관 앞에 섰다. 불과 몇 분 전만 해도 자기 아이가 딸꾹질을 하며 내 흉곽을 걷어차고 있었다는 건 꿈에도 모른 채 곤히 자고 있었겠지.

"내 아이 아니잖아."

그가 날카롭게 속삭였다.

"얼른 가."

"미안해."

내가 입을 뗐다.

"더 빨리 말했어야 했는데."

"내 아이 아니라고."

"맞아."

"네가 무슨 꿍꿍이인줄은 모르겠는데 난 여자 친구가

있어."

'여자 친구'라는 말을 할 때 고개를 살짝 젖히는 모양새를 보니 그녀가 위층에 있는 것 같았다. 그래서 이렇게 속삭이는 것일까. 왜 나를 안으로 들이지도 않는 거지. 나는 만약 그녀가 창밖으로 내다보고 있었다면 날 보지 못하도록 집 쪽으로 한 걸음 다가섰다. 이미 힘든 애를 더 힘들게 하고 싶은 생각은 없었다. 상처 주고 싶지도 않았다. 나는 그저 이 애가 알길 바랄뿐이었다. 조금이라도 날 도와주길 바랄 뿐이었다.

"나 졸업해. 직장도 다 잡아 놨어. 네가 그걸 망치게 하지 않을 거야. 우린 콘돔 썼잖아. 너랑 할 때 콘돔 안 쓴 적 없어. 내 아이가 아니라고."

추위 때문에 그의 가슴이 빨개지며 얼룩덜룩해졌다.

"다른 사람은 없었어. 다른 사람의 아이일 가능성이 없어."

"개소리하네. 넌 차로 여기저기 다니면서 남의 집에 들어가 자고, 널 봐주는 사람이랑은 다 자잖아. 내가 그걸 모를 줄 알아?"

"아빠일 수 있는 사람은 너밖에 없다고."

난 대체 뭘 믿고 진실을 말해 주면 저스틴이 좋아할 거라고 생각했던 걸까. 솔직하게 말해 줬다고 무슨 잔치라도 열어 주길 기대하기라도 했던 걸까.

"아니."

저스틴이 말했다.

"난 네가 망쳐 버릴 미래가 있는 사람이고 네가 훔쳐 갈 무언가를 가진 사람인 거겠지."

"저스틴……"

"네가 늘 뭔가를 가져갔다는 걸 내가 모를 것 같아? 돈도 없어지고. 물건도 없어지고. 난 너한테 더 이상 안 뺏겨."

"그런 거 아니야. 난 그냥…… 그냥 언제나 너를 좋아했어."

"넌 그저 창녀일 뿐이야."

그가 현관문을 열며 말했다.

"그러니까 당장 가."

"아들이야."

내가 말했다.

"네 아이라고."

그는 문을 닫아 버리고 현관 불을 껐다.

○

나는 길 건너편에 차를 세우고 앉아 손바닥에 손톱이 깊이 박힐 정도로 주먹을 꽉 쥐었다. 혹시라도 저스틴이 갑자기 뛰쳐나와 나를 집에 들이고 내 배에 손을 올린 채 맥스의 태동을 느끼면 모든 게 달라질 수도 있을 것 같아서, 그러면 우리의 모든 게 달라질 수도 있을 것 같아서, 도저히 차를 몰고 갈 수 없었다. 나는 나와 맥스를 위한 좋은 집을 가질 수만 있었다면 내 앞에 펼쳐진 길도, 내 기타도 모두 다 포기할 수 있었다. 바퀴 달린 집이 아닌 바닥에 붙은 진짜 집. 나를 쫓아올 거짓말이 하나도 없는 곳에 있을 수 있다면. 그렇게 기다리다 잠이 들었다. 눈을 떴을 땐 집 앞 진입로에 있던 차들도 다 사라지고 없었다. 집 현관을 두드렸지만 아무도 나오지 않았다.

67

운전을 시작하면 모든 게 괜찮아질 터였다. 방향을 바꾸고 감정 대신 주행 거리가 쌓여 가면 일종의 무감각 상태가 되니까. 나는 길에서 들려오는 소리가 좋았다. 타이어와 와이퍼, 비와 바람이 만들어 내는 리듬이 좋았고, 내가 창문을 올리고 내릴 때 들리는 소리도 좋았다. 좋은 포크 음악은 길의 리듬에 새겨져 있다고 아빠는 말하곤 했다. 나는 노래를 들을 때마다 길의 소리를 들으려고 했고, 좋은 곡들에서는 어김없이 그 소리를 찾을 수 있었다. 그래서 운전을 할 때면 나는 모든 소리에 귀를 기울였다. 냄새를 들이마시고 내 눈에 보이는 모든 것들과 나라는 존재를 이루는 모든 것들을 받아들이고 나의 노래를 시작했다. 그 노래는 내 머릿속의 이야기에서 시작되지만, 어느 틈엔가 그것은 더 이상 나에 대한 것이 아니었다. 나의 사랑 노래는 애덤이나 로버트에 관한 것이 아니고, 집을 떠나는 것에 대한 노래가 아니며, 이타카나 리틀 리버를 떠나는 것에 관한 것이 아니었다. 「네가 그리워Missing You」는 가상의 소녀가 가상의 친구를 그리워하는 이야기일 뿐이었다. 그 친구는 칼리가 아니었다.

이야기의 진실성보다 그것이 얼마나 말이 되는지에 집중할수록 좋은 노래를 만들 수 있었다. 그러면 관객을 앞두고 노래할 때 나를 더 보호할 수 있었다. 나는 그들에게 내가 가진 전부를, 내 내면을 지도처럼 속속들이 펼쳐 보일 생각이 없었다. 나는 나와 비슷한 사람에 대한 이야기를, 다른 목소리로, 그들이 알지도 못하는 코드로 노래할 뿐이었다. 그래서 운전하면서 가사가 술술 잘 풀려나올 때면, 가장 나답다고 느끼면서도 동시에 완전히 다른 사람이 되는 것 같은 기분이 들었다.

나는 이타카로 차를 몰았다. 이타카는 나를 당기는 자석이었다. 근처에 갈 때마다 나를 끌어당겼다. 한 곳에 머무는 것이 가능하다면 계속 있고 싶은 곳, 절대 떠나고 싶지 않았던 곳. 이제 참는 것에도 지치고 말았다. 그냥 가고 싶었다.

칼리는 분명 이타카를 떠났을 것이고, 아마 로즈메리도 없을 터였다. 그래서 커먼스를 걸었다. 날이 평소보다 훨씬 따뜻한 이상한 날이었다. 심지어 화창했다. 마치 날씨가 지금은 십일월이 아니라고, 겨울은 그리 길지도, 춥지도, 흐리지도 않을 거라고 나를 속이려는 것 같았다.

데카당스 앞을 지나갔다. 카페는 이젠 '주나스'라는 이름을 내걸고 있었다. 여전히 커피숍이긴 했지만 더 이상 어둡지도, 쓸쓸해 보이지도, 완벽하지도 않았다. 전체가 노란 타일로 되어 있고 큰 창이 달려 있었다.

나는 건너편 빵집에서 흰머리를 길게 땋은 여자에게 차를 주문했다. 그녀는 나를 알아보지 못했다. 학생들이 들어왔다가 사라지는 것을 수도 없이 봤을 테니 나는 그저 또 하나의 새로운 얼굴일 뿐일 것이다.

바깥 벤치에 앉아 사람들을 구경하며 아는 얼굴이 있나 찾아봤다. 다 다르지만 비슷한 타입의 사람들. 대학에서 길러져 출하되는 아이들. 떠난 얼굴들을 대체하고 있는 얼굴들. 내가 만나고 싶은 사람을 찾을 수 없을 거라는 걸 알면서도 내 머릿속에는 완벽한 해피엔딩의 장면이 반짝 지나갔다. 애덤과 내가 함께 맥스를 키우며 아침에 맥스에게 줄 팬케이크를 만드는 모습. 하지만 더 생각하면 할수록 그것이 우리의 엔딩일 것 같진 않았다. 그건 내가 맥스를 위해 바라는 삶이 아니었다. 아직도 꾸며 내야 할 거짓말일 뿐이었다.

애덤은 폭풍 치는 내 삶의 항구였고, 어쩌면 나도 그에게 그런 존재였을지 몰랐다. 서로 필요할 땐 사랑에 빠지기 쉽지만, 그렇다고 그 사랑이 진짜가 되고 옳은 것이 되는 건 아니었다. 우리가 함께했던 그때처럼 영원히 함께 살 수 있을 거란 착각도 하지 않았다. 사랑과 필요가 얽혀 있을 때 나는 모든 걸 내보이지 않고 스스로를 단속해 버린다. 어느 것이 끝까지 남고 어느 것이 닳아 없어질지 알기 어려우니까.

애덤의 기억에 내가 자신을 떠나 버린 사람으로 남지 않았으면 했다. 한때 삶의 빛나는 작은 모퉁이를 공유했던 사람으로 기억해 주길 바랐다. 나도 그를 그렇게 기억하기로 했으니까. 하지만 사랑은 사랑 그 자체로 존재할 수 있었다고 믿고 싶은 마음도 있었다. 맥스도 그걸 믿었으면 하고 생각했다.

나는 애덤을 찾는 걸 그만두고 그냥 밖을 바라보기로 했다. 바람이 콘크리트 바닥에 흩어진 나뭇잎들을 말리는 모습, 빛이 헐벗은 나뭇가지 사이로 들어오는 모습을 바라봤다. 뻣뻣한 붉은 턱수염을 기른 남자가 주나스의 창가에 앉아 아랫입술을 깨물고 낡은 책을 읽는 모습도 지켜봤다. 그리고 창문을 통해 칼리가 보였다. 이젠 길고 검은 머리카락을 어깨 아래까지 늘어뜨리고 있었다. 파란 원피스를 입은 그녀의 팔 위로 커다란 초록색 타투가 구불구불 올라가 소매 안으로 모습을 감췄다. 무엇인지 알아보기는 어려웠다. 뱀일 수도 있고, 덩굴일 수도 있었다. 칼리는 인어처럼 보이기도 하고, 슈퍼히어로나 전사처럼 보이기도 했다. 아름다웠다. 책을 읽는 남자에게 커피를 따라 주고, 그 남자가 칼리에게 뭐라고 말을 건네자 머리를 뒤로 젖히고 진짜 웃음을 터뜨렸다. 위조할 수 없는 그런 웃음. 칼리가 행복해 보여서, 예전과 너무나 다르고 새로워 보여서 정말 좋았다. 어쩌면 예전처럼 상처받을 일은 없는지도 몰랐다. 어쩌면 나 또한 그럴 필요가 없을지도 모른다.

나는 다시 차를 향해 걸어갔다. 도중에 가게에 들어가 커다란 봉투를 샀다. 노란색에 봉투를 봉할 수 있는 금속 걸쇠가 달린 걸로.

차로 돌아가서 기타 케이스의 안감을 조심스레 벗겨 내어 편지들을 전부 봉투에 쓸어 담았다. 봉투를 봉하려고 걸쇠를 꾹 누르는데 얇은 금속 부분이 손가락 끝의 굳은살을 긁었다. 나는 차문을 잠그고 다시 커먼스로 향했다. 부츠 한 짝의 밑창에 금이 가 있었다. 오른발을 디딜 때마다 소리가 났다. 갈라진 고무가 서로 붙어 있다가 내 발이 구부러질 때마다 벌어지는 소리가 나는 건지, 아님 그냥 내 느낌뿐인지, 사실 잘 알 수 없었다.

○

나는 다시 벤치에 앉았다. 그리고 칼리가 계산대에 서서 손님들을 상대하다가 어디론가 들어가 창문으로 더 이상 보이지 않을 때까지 지켜봤다. 일어나서 가까이 다가갔는데도 여전히 칼리는 보이지 않았다. 안쪽으로 들어간 모양이었다. 담배 한 대를 위한 휴식시간을 가지는 것이라면, 내게 시간이 있었다. 뛰어서 얼른 다녀오고 싶었지만 이 몸으론 걷는 편이 낫겠다고 판단했다. 내게 관심이 쏠리면 안 되니까. 그리고 어쨌든 뛰고 싶어도 뛸 수도 없었다.

카페 입구에 달린 종은 마치 사이렌처럼 크게 울렸다. 내 마음의 일부는 칼리가 나를 잡기를 바라고 있었다. 하지만 그 일부를 뺀 나머지는 이제 더 이상 누구에게도 상처 주고 싶지 않다는 생각뿐이었다. 지금 칼리가 누리고 있는 삶에 부담을 주고 싶지 않았다. 비록 내가 떠나긴 했지만 한시도 칼리 생각을 하지 않은 적이 없다는 것만 알아주길 바랄 뿐이었다. 그리고 무슨 일이 있었는지 그저 알려 주고 싶었다.

나는 봉투를 카운터 위 계산대 가까이에 놓고 주문을 받으려고 주방에서 누군가 나오기 전에 뒤돌아 걸었다. 문을 열고 나갈 때 또 종이 울렸다. 봉투 안에 모든 게 다 있었다. 거기에 전부를 두고 나왔다. 모든 걸 다. 책 읽던 남자가 나를 쳐다봤다. 그는 내가 창 앞을 지날 때도 여전히 아랫입술을 씹고 있었다.

68

　겨울이라 캠핑장은 폐장된 상태였다. 나는 갓길에 차를 세우고 담요와 기타를 질질 끌어 열린 게이트 사이로 들어갔다. 이젠 걷기도 힘들었다. 걸음이라기보다는 뒤뚱대는 쪽에 가까웠고 등의 모든 근육이 다 아팠다. 그래도 적당한 자리를 찾아 잔가지와 사람들이 두고 간 땔감으로 불을 피웠다. 비록 배 때문에 기타를 어정쩡하게 들어야 했고 폐에는 더 이상 숨을 채울 공간이 부족해서 노래를 부를 때는 헉헉대야 했지만, 그래도 나는 호수에게 밥 딜런의 노래를 불러 줬다. 한 곡을 다 부르면 또 다른 곡을 불렀다. 손가락이 욱신거리고 목구멍이 따끔거렸다. 「두 번 생각하지 마, 괜찮아Don't Think Twice, It's All Right」는 「망루를 따라 쭉All Along the Watchtower」으로, 또 「우울에 뒤엉켜Tangled Up in Blue」로 이어졌다.

　가사를 아는 노래가 더 이상 생각나지 않을 때까지 부른 다음엔 내가 가사를 만들어서 불렀고 코러스도 즉석에서 만들었다. 아빠를 위해 내가 치르는 장례식이었고, 내가 원했던 모든 것의 장례였다.

나는 마고 아줌마가 한 말이 이해될 때까지 기타를 쳤다. 모든 게 아이린과 그 아들의 잘못도 엄마가 떠난 것 때문도 아니었다. 나 때문은 절대 아니었다. 아빠는 쉬운 것만 했다. 그보다 더 나은 방식으로 살아 보려는 의지 자체가 없었다.

아빠가 겁쟁이였다고 나까지 겁쟁이가 되라는 법은 없었다. 나는 내 아이를 버리지 않을 것이다. 내 아이에게 진짜 집과 진짜 침대와 진짜 부모를 주기 위해 필요한 일을 해낼 것이다. 맥스가 자랑스러워할 사람이 되기 위해 최선을 다할 것이다.

노래를 부르다 보니 이런 깨달음이 찾아왔다. 생각을 깨끗이 정리하고 싶었기 때문에 노래를 계속 불러야 했다. 완성하지 못했던 노래가 다시 떠올랐다. '넌 어디에 머물 거니, 어디에 머물 거니, 넌 어디에 머물 거니.' 그리고 코드를 치면서 나머지 가사가 떠오를 때까지 계속 반복해서 불렀다.

넌 어디에 머물 거니
네 삶이 끝날 때
넌 어디에 머물 거니
이제 혼자가 아니잖니

나무 위로 햇살이 들어

어둠이 물러갈 때

넌 어디, 어디, 어디에 머물거니

그의 곁에 머물러

○

눈을 떴을 때 나는 여전히 기타를 꽉 쥔 채로 임시로 만든 텐트 안도 아닌, 맨바닥에 누워 있었다. 모닥불은 이미 꺼져서 타다 만 장작에선 연기만 피어오르고 있었다. 태양이 지평선 위로 막 얼굴을 내미는 참이었다. 등이 쑤시고 손가락이 얼어 집게발처럼 뻣뻣했지만 기분이 나쁘진 않았다. 내 속에 자리 잡고 있던 안 좋은 것들이 사라져 버린 것만 같았다. 침대 밑에 살고 있을 것이라 생각했던 괴물이 사실은 존재하지 않는다는 걸 알았을 때 같은 느낌이었다.

캠핑장을 떠나기 전에 나는 아빠의 갈라진 기타 피크를 호숫가 바위 밑에 묻었다. 이런 아빠였으면 좋겠다고 내가 기대하던 사람에게 작별을 고하는 가장 좋은 방법이라 생각했기 때문이다. 모든 것을 새로 시작하기에도 가장 좋은 방법 같았다.

나는 담요를 개켰다. 다리가 후들거리고 허리 통증이 훨씬 더 심해졌지만 이제 갈 준비가 되어 있었다. 마고 아줌마에게 도움이 필요하다고 전화를 해야 했다. 리틀 리버를 대면하고 그 다음엔 어떻게 해야 할지 생각해야 했다. 어쩌면 아이린과 마주 앉아 이야기를 나눌 준비가 된지도 몰랐다.

기타 케이스로 손을 뻗는데 갑자기 축축하고 뜨듯한 액체가 내 몸이 두 동강 날 것 같은 통증과 함께 아래로 쏟아져 내렸다. 일어서 보려고, 차로 다가가려고 했지만 발을 헛디디며 쓰러지고 말았다. 바위에 부딪혀 뼈가 부러지는 소리가 들렸다. 흙과 피 맛이 느껴졌다.

69

누군가 나를 부르는 목소리가 들리는 것 같은데, 마치 누군가가 앰프를 켜놓은 것처럼 말과 말 사이에서 윙윙거리는 잡음이 일었다.

"에이프릴. 정신 차려! 에이프릴! 에이프릴!"

대답을 하고 싶지만 내가 아주 멀리 있는 것처럼 느껴졌다. 눈꺼풀이 무거웠다. 어쩌면 사방이 어두운 건지도 몰랐다. 그래, 어두운 건지도 몰라. 내가 구명 밧줄을 묶어 두는 걸 깜빡한 거야.

"정신 차려, 에이프릴!"

눈꺼풀 뒤에서 무언가 지직거리는 것 같고, 내 몸을 휘젓는 압박이 엄청나서 갈비뼈가 바스러지고 엉덩이가 폭발할 것 같았다. 통증은 내가 가능할 거라 생각했던 정도를 넘어서서 더 이상 아무것도 느낄 수 없는 지경이 될 때까지 이어졌다. 그리고 잠깐 아무것도 일어나지 않는 평화의 순간이 왔다. 지직거리던 잔영이 컴컴해졌다. 그리고 통증이, 다시 통증이 나를 덮쳤다. 파란 하늘과 갈라진 나무 조각이 보였다가 다시 눈앞이 망가진 화면처럼 지직거렸다.

"에이프릴, 몸을 좀 일으켜 보자."

그 목소리가 앰프의 증폭음과 함께 들려왔다.

나는 밝은 파란색 다리가 달린 문어를 생각하고 있었다.

"일어나자."

정말 듣기 좋은 목소리였다.

내 겨드랑이 사이로 누군가가 팔을 받치며 나를 일으켜 세웠다. 다리를 움직여 보려고 했다. 말을 들으려 하지 않았지만 애써 봤다. 땅이 나무들 사이로 부옇게 흐려졌다. 내 몸이 아닌 것들은 전부 다 멀리 있는 것 같았다.

"걱정 마, 내가 있잖아."

그녀가 말했다.

칼리다. 이건 꿈이구나.

호수가 보였다. 정말 파랬다.

이제 차 안이었다.

"맥스."

나는 말했다. 아니 생각만 한 건가. 소리가 전혀 들리지 않았다.

'맥스, 맥스, 맥스.'

차가운 유리창에 뺨을 기댔다. 어느 것이 잡음이고 어느 것이 윙하고 지나가는 보도의 소리인지 알 수 없었다. 길에는 툭 튀어나온 부분이 너무 많았다. 통증이 다시 내 몸을 관통하고 지직거리던 잔영이 별로 바뀌었다.

70

어떤 손이 내 손을 잡고 있었다. 눈을 뜰 수가 없었다.

틀린 음정으로 누군가 흥얼거리는 소리가 들렸다. 밥 딜런인가? 무슨 노래인지는 몰라도 목소리의 주인이 누군지는 금방 알았다.

"마고 아줌마."

나는 눈도 뜨지 못한 채 아줌마를 불렀다. 목소리가 늘어진 현의 소리처럼 흘러나왔다.

"계집애, 이러다 조만간 너 때문에 심장마비 걸리지."

아줌마는 내 손을 꼭 쥐었다.

눈을 뜨자 모든 게 흐릿했다. 시야가 또렷해질 때까지 눈을 깜빡여 봤다. 마고 아줌마는 침대 옆 의자에 앉아 내 아기를 안고 있었다. 아기는 아주 조그만 파란색 모자를 쓰고 하얀색과 노란색이 섞인 담요에 싸인 채 아줌마의 한쪽 팔꿈치 안에 작은 보따리처럼 안전하게 안겨 있었다.

"네 엄마야."

마고 아줌마는 이미 둘이 아주 친한 친구가 되어 서로 비밀을 털어놓기라도 하듯 속삭였다. 그러고는 내가 맥스를 볼 수 있도록 침대 끝에 걸터앉았다. 아기는 눈을 감고 무언가 중요한 것을 골똘히 생각하는 것처럼 얼굴을 찡그린 채 입을 꾹 다물고 있었다. 나는 이 아기를 이미 다 이해하고 있다는 기분이 들었다. 마치 늘 알아 왔던 사람을 바라보는 그런 기분. 나는 울었다. 마고 아줌마가 내 어깨에 손을 얹었다. 아직 내가 혼자 아기를 안기엔 너무 불안한 상태였기에 우리는 맥스를 가운데 두고 함께 안았다.

아기의 통통한 볼을 만져 봤다. 이렇게 아름다운 사람은 난생처음이었다.

"사랑해."

내 입이 단어의 형태를 만들어 낼 수 있게 되자마자 나온 말이었다. 맥스는 하품을 하더니 새끼 고양이처럼 낑낑거렸다. 혀는 통통 부어올라 있고 머리까지 몽롱해서 이 모든 것이 진짜가 아닐 것만 같아 무서웠다. 사랑이라는 감정이 어떻게 온 바다가 내 가슴 속에서 들끓는 것 같은 느낌으로 밀려올 수 있는지 이해가 잘 되지 않았다.

맥스는 허공을 향해 팔을 쭉 뻗었다. 내가 손을 건드리자 맥스는 손으로 내 새끼손가락을 감쌌다. 잘은 모르지만 맥스는 아기치곤 힘이 정말 센 것 같았다.

"아긴 괜찮은 거죠?"

내가 물었다.

"아주 완벽해."

마고 아줌마가 말했다.

"간호사가 확인해 줬어."

아줌마가 내 얼굴에 흘러내린 머리카락을 넘겨 주는데 이마의 느낌이 이상했다. 손으로 만져 보니 머리에 붕대가 감겨 있었다.

"너도 괜찮아."

아줌마가 말했다.

"머리를 아주 제대로 찧었고, 제왕절개 수술을 했으니 두 군데나 꿰맨 거지. 다 시간이 지나면 낫는 거긴 하지만 머리는 며칠간 좀 어지러울 거야."

배를 꿰맨 자리가 당기는 것 같기도 했는데 사실 아무 감각이 없었다. 발가락을 꼼지락거려 봤지만 제대로 움직이는지도 모르겠고 병원에 온 것도 기억나지 않았다. 난 호숫가에 있었는데……, 맞다. 호숫가에 있던 기억은 났다.

"날 어떻게 찾았어요?"

"칼리가 전화했어."

마고 아줌마가 구석에 놓인 의자를 가리켰다. 거기엔 칼리가 몸을 웅크린 채 곯아떨어져 있었다. 칼리의 부츠는 바닥에 널브러져 있고 내 기타 케이스는 칼리 옆의 벽에 기대어 세워져 있었다. 나는 맥스 외에는 아무것도 보지 못했다. 여기 다른 사람이 있는 줄도 몰랐다. 그런데 칼리가 있었다. 이렇게 나 가까이. 그리고 이건 꿈이 아니었다. 이제야 칼리가 내 이름을 부르던 게 생각났다. 그것도 꿈이 아니었다. 칼리를 깨우고 싶었지만 지금은 잠이 꼭 필요해 보였다.

"쟤는 이 방에서 한 발짝도 움직이지 않았어. 내가 여기 있을 거고, 네 상태도 괜찮으니 집에 가서 자라고 했지만 널 두고 가려고 하지 않더라."

마고 아줌마는 눈물이 그렁그렁한 눈으로 미소를 지으며 말했다.

"칼리가 아줌마를 어떻게 찾은 거예요?"

내가 물었다. 칼리와 아줌마는 접점이 없었다. 이 두 사람은 각각 나의 다른 주머니 속 사람들이었으니까.

"내 전화번호가 네 수첩에 적혀 있었대."

"그럼 칼리는 나를 어떻게 찾았대요?"

"그건 모르겠어. 대뜸 전화해서 널 여기 데려왔는데, 곧 수술에 들어간다는 거야. 너무 급히 차에 타느라 신발도 제대로 못 신었어."

마고 아줌마가 자기 발을 가리켰다. 아줌마는 복슬복슬한 분홍색 슬리퍼를 신고 있었다.

"난 네가 이타카로 갈 거라곤 생각도 못 했어. 다시 플로리다로 돌아갔나 보다 하고 있었지."

아줌마가 코를 훌쩍였다.

"아줌마한테 전화하려고 했어요. 이렇게 할 생각은 아니었는데……"

"이젠 더 이상 이렇게 사라지지 마. 상처 입은 사슴처럼 그렇게 숲으로 도망가 버리지 말라고. 아플 땐 나한테 기대. 우린 서로가 서로에게 기댈 수 있어야 해. 그게 우리가 존재하는 이유야."

마고 아줌마는 우리가 조약을 맺기라도 한 것처럼 고개를 끄덕였다. 나도 고개를 끄덕였다.

우리 셋이 침대에 꼭 붙어 있으니 너무나 따뜻했다. 방 안에선 여름 냄새가 났다. 꽃도 있었다. 정말 많이. 침대 옆 탁자에도, 창틀에도.

"아줌마, 또 선물 가게 가서 이성을 놓아 버린 거예요?"

내가 물었다.

"칼리랑 나랑 네 수첩에 적혀 있는 친구들한테 네가 아기를 낳았다고 전화를 쫙 돌렸어. 네 친구들도 궁금해할 것 같아서. 그랬더니 이렇게 꽃이 오기 시작하더라."

아니가 보낸 데이지도 있고 콜이 보낸 장미도 있었다. 플로리다의 올리에서 일하는 여자 직원들이 다 같이 보낸 백합도 있었다. 슬림은 제비꽃 한 바구니를 보냈다. 그리고 커다란 화병에 해바라기가 있었다. 십일월에 저런 해바라기를 대체 어디서 구했을까. 아이린과 데이비드와 줄라이가 보내 준 거라고 아줌마가 알려 줬다. 줄라이가 자기 조카를 몹시 만나고 싶어 한다며 내일 모두 함께 병원에 올 예정이라고 했다. 처음으로, 아이린을 만나는 것이 세상에서 제일 끔찍한 일처럼 느껴지지 않았다.

71

마고 아줌마는 우리가 먹을 점심을 사오겠다고 나갔다. 병원 음식을 맛있게 먹은 사람을 본 적이 없는데 지금 와서 상황이 바뀔 거라는 기대는 없기 때문이라고 했다. 아줌마는 슬리퍼를 벗어 놓고 내 부츠를 신고 갔다. 그게 엄청 웃겼다.

칼리는 계속 자는 중이었다. 의자 팔걸이가 불편할 법도 한데 웅크린 채로 어떻게 저렇게 곤히 자는지 알다가도 모를 일이었다. 한쪽 손이 깔려 있는 모양새가 일어나면 분명 저릴 것 같았다.

맥스의 숨소리가 들리고 그 다음엔 칼리의 숨소리가 들리고, 또 맥스의 숨소리가 이어졌다. 마치 내가 들이마시는 숨이 모두 그들의 폐에서 나오는 것 같은 느낌이었다. 그 숨이 나를 건강하게 만들고 내 배의 통증을 치유해 준다고 상상했다. 의사가 맥스를 나의 깊은 곳에서 꺼내어 세상에 소개하는 것이—나를 갈랐다가 다시 꿰매어 붙였는데도 내가 이렇게 여기서 아기를 볼 수 있었다는 것이— 기적처럼 느껴졌다.

마고 아줌마 말로는 맥스가 배 속에서 거꾸로 있었다고 했다. 탯줄이 염려스러웠고 내 머리에서 피가 너무 많이 흘러서 시간을 지체할 수 없었다고 했다.

어떤 게 나의 기억이고 어떤 게 상상인지 모르겠지만 새롭게 느껴지는 일들이 너무 많았다. 내가 의식을 잃지 않으려고 노력하는 동안 마치 영화를 보기라도 한 듯, 하나의 장면이 다른 장면의 한가운데로 건너뛰며 이어졌다.

병원 입구를 향해 차를 모는 칼리의 모습이 보였고, 도와달라고 소리를 지르는 모습이 보였고, 그리고 내 몸을 만지던 무수히 많은 손이 있었다. 사람들이 내 몸을 드는데 내 안의 모든 것이 요동치는 것처럼 너무 아팠던 기억도 있었다. 그리고 마치 베갯잇에 들어간 너구리처럼 그 안에서 벗어나겠다고 몸부림치는 맥스의 팔꿈치와 두 발이 다 느껴졌었다. 누군가 내 옷을 잘랐고 너무나 많은 사람들이 내 몸의 너무나 많은 부분을 만졌다.

'아기가 거꾸로 있어요!'

누군가 말했다.

'보호자가 입을 수술복 가져와요!'

다른 누군가가 말했다.

'거꾸로 세어 보세요. 거꾸로 세어 보세요. 아니, 거꾸로요.'

누군가 말했고, 그래서 나는 'Z'부터 시작했고, 울고 있던 칼리가 웃었다.

연파랑 마스크를 쓰고 있던 여자가 내 두 팔을 벌렸고 그 방 안은 올리의 냉장창고만큼 추웠지만 내 손가락 사이에 파고든 칼리 손가락은 땀으로 축축했다. 그런 기억만큼이나 또렷하게 의사는 흰 가운을 입은 회색 곰이었고, 수술실 천장엔 웃고 있는 연어들이 주렁주렁 걸려 있던 장면도 떠올랐다. 그러니 이 중 어떤 게 진짜 일어난 일인지 어찌 확신한단 말인가.

나는 아기 침대의 투명한 플라스틱 면을 통해 맥스를 빤히 쳐다보면서 이게 꿈이 아니길 온 마음으로 바랐다. 이 아기는 내게 일어난 모든 것 중에 가장 좋은 일이었다. 코의 생김새와 짙은 속눈썹이 저스틴을 떠올리게 했지만, 괜찮았다. 나는 저스틴을 바라보는 걸 좋아했으니까. 그는 똑똑했고 때론 정말 자상한 남자였으니까. 어쩌면 나도 맥스가 좀 더 자상한 사람이 되도록 가르칠 수 있을지도 몰랐다. 나는 맥스를 볼 때마다 밤바다에 대고 소리치던 우리 모습과, 낮의 열기를 빨아들였던 모래가 여전히 따뜻했던 것과, 세상은 우릴 자기 등에 타도 좋다고 허락한 야생 짐승과 같았다는 걸 기억할 것이다. 좋은 순간이었다. 그리고 맥스는 거기서 생겨났다. 그러니까 당시의 내 느낌보다 기억에서 더 좋은 시간으로 남았다. 언젠가 맥스가 바다와 만나면 바다가 왜 아주 오랜 친구 같은

지 이해할지도 모르겠다. '아, 나 너 아는데'라고 생각하며 바다에 자기가 속한다는 느낌을 가질 수도 있을 것이다. 곧 데리고 가야지. 가능한 한 빨리. 어쩌면 마고 아줌마도 같이, 어쩌면 칼리도 같이, 그러면 나는 내 아기를 위해 해변에서 노래를 부를 것이다.

맥스가 보채기 시작했다. 나는 어찌할 바를 몰랐다. 내 배를 온통 꿰매 붙인 상태라 움직이면 아팠다. 혹시 안아 들었다가 아기를 떨어뜨릴까 봐 겁이 났다.

칼리가 꿈지럭거리는 게 시야의 끝에 들어왔다.

"아."

칼리가 일어나 앉더니 자기가 어디에 있는 건지 파악하려는 듯 방 안을 두리번거렸다.

"에이프릴."

"아기를 안을 수가 없어."

내가 겁에 질려 말했다. 아기의 울음소리를 들으니 이게 꿈이 아니라는 확신은 생겼지만 나까지 울고 싶어졌다.

"내가 해도 돼?"

칼리가 물었다.

"제발 해줘."

칼리는 익숙한 솜씨로 맥스를 안았다.

"안녕, 안녕, 꼬마야."

칼리가 말했다.

"다 괜찮아. 괜찮아."

칼리가 어르고 달래자 아기가 잠잠해지기 시작했다.

"완전 타고났네."

내가 말했다. 칼리는 나를 어떻게 생각할까. 칼리가 여기에 있다는 사실이 믿어지지 않았다.

"내가 맥스를 제일 처음 안은 사람이야."

마치 그 말의 일부인 것 같은 눈물이 칼리의 뺨을 타고 흘러내렸다.

"거기 있었어?"

칼리가 고개를 끄덕였다.

"간호사 한 분이 나를 들여보내자고 주장했어. 난 너를 혼자 두기 싫었고. 너를 마취 시켜야 한다고 했거든. 그때 아기만 혼자 두고 싶지 않았어. 맥스, 맞지? 네가 편지에 그렇게 썼던데."

"맥스, 맞아."

"널 닮았어."

내가 맥스를 보고, 머리 냄새를 맡고, 뺨을 만질 수 있도록, 그리고 맥스도 내 옆에 있는 것이 익숙해지도록 칼리가 내 옆에 걸터앉았다.

"맥스는 여기로 뭔가 아주 진지한 생각을 하는 것 같아."

칼리는 자유로운 한쪽 손으로 자기 미간을 가리켰다.

"그리고 너무 예뻐. 처음부터 정말 예뻤어. 다 꺼내기 전부터 울기 시작하더니 의사 선생님한테 오줌을 쌌어."

웃었더니 아팠고, 칼리는 내 얼굴에서 그걸 봤다. 칼리도 덩달아 얼굴을 찡그렸다.

"난 네 배 속도 다 봤어."

칼리가 말했다.

"쳐 놓은 커튼 안은 보지 말라고 했는데, 시끄러운 소리가 막 나더니 맥스가 울기 시작하더라고. 그래서 '앗, 이런! 맥스가 다쳤나?' 싶은 거야. 아기들은 원래 태어날 때 운다는 게 생각이 안 났어. 그래서 아기에게 도움이 필요한 상황이라면 내가 도와야겠다 싶어서 들여다봤지. 아직 네 몸에서 맥스 다리를 꺼내는 중이더라. 네 피가 정말 새빨갰어. 그리고 맥스는 산소를 충분히 들여 마시기 전까진 파랗게 보였어. 다리가 너무 후들거려서 맥스를 안기 전에 먼저 앉아야 했어."

"미안해."

내가 말했다. 칼리는 어깨를 으쓱했다.

"미안하긴. 배 속이 없는 사람도 있나. 내가 두 사람을 위해 거기 있을 수 있었단 게 다행이지."

우리는 맥스가 눈을 감았다 다시 뜨는 걸 지켜봤다. 피곤하긴 해도 세상엔 볼 게 너무나 많다는 걸 아는 것 같았다. 마침내 맥스가 다시 잠들자 칼리가 말했다.

"마고 아줌마 이름이 기억나더라고. 네가 아줌마 이야기 했던 것도. 내가 제대로 연락한 거야?"

"완벽한 선택이었어. 고마워."

"네가 이유도 말 안 하고 떠나 버렸다는 걸 아직도 못 믿겠어."

"아무에게도 상처 주고 싶지 않았어."

"그렇다고 네 자신에게 상처를 줘?"

"내 잘못이었으니까. 전부 다."

"넌 그냥 어린아이였을 뿐이야."

칼리가 머리를 내 어깨에 기댔다.

"겁먹은 아이였지. 누구에게 상처를 주려고 했던 건 아니잖아. 내가 도와줄 방법을 찾을 수도 있었어."

칼리는 같은 향수를 쓰고 있었다. 내가 기억하는 그 향수와 같은 것. 오래 된 책 사이에 끼워 눌러 놓은 꽃향기.

"로즈메리는 엄청 자만하고 있었어. 그걸 이용할 만한 뭔가를 찾을 수 있었을 거야. 너도 떠나지 않아도 됐을 텐데."

"날 어떻게 찾은 거야?"

나는 말을 돌리며 물었다. 내가 떠나지 않았더라면 모든 게 어떻게 달라졌을지 생각하고 싶지 않았다. 떠나지 않았다면 내가 가질 수 있었던 것과 잃게 됐을 것 사이에서 선택하는 건 정말 어려운 일이었다.

"봉투를 발견했을 땐 네가 이미 떠났을 거라고 생각했어. 근데 지난밤에 편지를 읽는데 네가 마음속에서 언제나 호수가 보인다고 썼더라고. 그래서 우리 캠핑장에 가면 널 찾을 수 있겠다 싶었지."

맥스가 또 한 번 아기 고양이 같은 하품을 하며 얼굴을 구겼고, 우리는 맥스가 다시 잠들 때까지 조용히 있었다.

"내가 널 찾았을 때 나한테 계속 이야기한 거 생각나?"

칼리가 물었다.

"아니."

캠핑장에서 있었던 일을 기억해 내려고 머릿속을 샅샅이 뒤졌지만 떠오르는 게 없었다.

"계속 말했잖아. '칼리 날 여기 두고 가지 마.' 차에 태운 다음에도 계속 그랬어."

"고마워."

"친구끼리 당연한걸, 뭐."

내 가슴속의 바다가 우리 사이로 쏟아져 나올 것 같았다. 이렇게 오랜 시간이 흐른 뒤에도 칼리가 여전히 내 친구라니.

"애덤은 잘 지내?"

내가 물었다.

"작년에 보스턴으로 이사해서 직장을 잡았어. 만나는 사람도 있고. 잘 지내는 것 같아."

칼리는 내가 들으면서 힘들어할까 봐 조심스럽게 말했지만, 내가 그를 망가뜨리지 않았다는 게 정말 다행스러웠다.

"네가 떠난 다음엔 정말 슬퍼했어. 그런데 내 생각엔 결국엔 네가 그를 치유하기도 한 것 같아."

"애덤이 나를 치유했어, 엄청."

내가 나직이 말했다. 너무 작게 말해서 칼리가 내 말을 들었는지도 확신이 없었다.

칼리는 맥스를 팔 사이로 다시 잘 안았다. 맥스가 칼리의 팔에 그려진 초록색 덩굴에 보들보들한 분홍빛 얼굴을 올린 모습이 정말 아름다웠다. 칼리의 손목에서 덩굴은 중심에 별처럼 노란 꽃잎 다섯 장이 들어간 하얀 꽃으로 연결됐고 그 주위를 무지개 색이 둘러싸고 있었다. 그건 보디가 내게 그려 준 타투의 도안이었다. 내가 새기지 못했던 타투. 나는 검지로 그걸 만져 봤다.

"보고 싶었어."

칼리가 말했다.

"나도 보고 싶었어."

"이건 메이플라워야."

칼리가 말했다.

"수많은 폭풍우가 지나간 뒤에 오는 좋은 것."

72

"우리 아기는 어디 갔어?"

마고 아줌마가 기름이 배어난 음식 봉투와 밀크셰이크를 양팔 가득 안고 들어와 물었다.

"간호사들이 데려갔어요."

칼리가 대답했다.

"몸무게도 재고 측정할 것들이 있다고요."

간호사가 맥스를 데려가자 진짜로 마음이 아팠다. 내가 울기 시작했는데도 칼리는 어이없다는 듯 행동하지 않았다. 내 머리를 자기 어깨에 기대게 하고 아기는 금방 돌아올 거라고 계속 나를 안심시켰다. 겨우 오 분 떨어져 있었는데도 아기와 떨어져 있는 동안 온몸이 구석구석 아파 왔다. 하지만 좋은 아픔이었다. 이젠 혼자 있는 게 더 이상 두렵지 않았다. 나는 절대로 이 아이를 떠나지 않을 거란 걸 알 수 있었다. 그럴 수가 없을 것이다. 이 아이는 나의 것이고 나는 그의 것이다. 간단한 일이다.

"벌써 보고 싶네."

마고 아줌마가 말했다.

"저도요."

칼리가 말했다.

"그 작디작은 발! 아기를 다시 데려왔을 때 제가 여기 있으면 좋겠네요."

칼리가 일어나자 칼리의 체온이 덥히던 내 팔이 서늘해졌다.

"먹고 가면 안 돼?"

마고 아줌마가 나를 보던 것과 똑같은 걱정스러운 눈빛으로 칼리를 보며 물었다.

"좀 있으면 제 근무 시간이라서요."

칼리는 외투를 입고 부츠에 발을 넣었다.

"그래도 먹어야지."

마고 아줌마가 포장해 온 쇼핑백 하나와 밀크셰이크를 건넸다. 그리고 칼리를 꽉 껴안고 뺨에 입을 맞췄다.

"우리 아이를 찾아 줘서 정말 고마워."

아줌마의 애정표현을 싫어할 줄 알았는데 칼리도 아줌마를 안으며 말했다.

"당연하죠."

이제 두 사람은 함께 무언가를 겪은 사이가 됐다. 이미 서로에게 중요한 사람이 된 것이다. 칼리는 음식이 든 쇼핑백을 배낭에 집어넣더니 내 기타 케이스를 집어 들었다.

"잠깐, 왜……"

내가 물었다.

"걱정하지 마."

마고 아줌마가 말했다.

"살짝 금이 갔어."

칼리가 대답해 줬다.

"넘어지면서. 걱정할 거 하나도 없어."

흙바닥에 나무 조각들이 있었다. 이번에 봤던 건가, 지난번에 봤던 건가. 기억해 내려고 애써봤지만 내 생각들은 완전히 꼬여 버린 낚싯줄 같았다.

"망가졌어?"

"아우, 아가. 다 괜찮아."

내가 당황한 것 같자 아줌마가 나를 달래 줬다.

"우리가 악기사에 전화했어. 이런 거 맨날 고치는 데야."

칼리도 고개를 끄덕였다.

"지금 갖다 주고 갈 거야."

나는 가방을 찾으려고 두리번거렸다.

"내 지갑…… 내가 돈 줄게……"

"쉿."

마고 아줌마가 고개를 저었다.

"이미 다 처리했어."

"우리가 알아서 해, 필그림. 알았지?"

칼리는 빈말이 아니라는 걸 보여 주려고 내 눈을 들여다보며 말했다.

"그럼 오늘밤에 다들 다시 만나요."

"고마워."

나는 울지 않으려고 애쓰며 속삭였다. 칼리는 내 기타 케이스를 문틀에 박지 않으려고 조심하면서 나갔다. 칼리의 부츠가 복도를 쿵쾅거리는 소리가 들리더니 "하프 카프 더블 에스프레소, 안녕!"이라고 외치는 소리가 들렸다. 다른 목소리가 이어서 들렸다. "타투 커피 소녀, 안녕!" 그러더니 그 목소리가 내 방으로 들어왔다. 귀마개가 달린 줄무늬 털모자에 예전에 내가 끼던 손가락 없는 장갑을 낀 모습으로. 그의 모습이 너무 웃겼다. 그리고 좋아 보였다. 그는 정말, 정말 좋아 보였다.

"엔젤."

그가 말했다.

"세상에."

그가 나를 '엔젤'이라고 부르는 소릴 듣지 못한 채로 남은 인생을 살아갈 수 있을 거란 생각을 어떻게 했던 걸까. 그의 목소리는 없어서는 안 될 내 삶의 핵심 요소였다. 피나 공기나 물처럼 부족하면 안 되는 것.

그때 칼리가 방으로 머리를 쑥 집어넣고 이마에 주름을 잡았다.

"잠깐! 두 사람은 어떻게 아는 사이야?"

"에단."

나는 눈물을 흘리며 말했다.

"에단이야."

내 편지들을 읽은 칼리는 알고 있었다.

"난 칼리예요."

에단은 손뼉을 치고 두 손을 입으로 가져갔다.

"세상에. 그쪽이, 그쪽이었구나. 지금까지 그렇게 커피를 많이 사 마시면서도…… 전혀 몰랐어요. 만나서 정말 반가워요."

"이런 엄청난 인연이! 어떻게 하다 여기에 살 게 된 거예요?"

칼리가 물었다.

"예전에 에이프릴이 내가 이타카에 어울리는 사람이라고 했어요."

에단이 말했다.

"지금 이타카대학에서 학생들을 가르쳐요."

"설마! 환상이다! 그쪽이 그쪽이라니 너무 좋아요!"

칼리가 말했다.

"지금은 일하러 가야 하는데, 제가 이따 저녁을 사올게요. 그때까지 있을 거예요?"

"아무 데도 안 갑니다."

에단이 칼리에게 말했고, 나는 그 소리가 너무 듣기 좋았다.

"그럼 이따 봐요!"

칼리가 소리치고 다시 방을 나갔다.

에단이 침대에 걸터앉아 나를 너무 세게 껴안아서 꿰맨 자리가 터지는 줄 알았다.

"어떻게 왔어요?"

내가 물었다. 에단을 다시 볼 수 있으리라곤 생각도 하지 못했다.

"어떻게 안 와요?"

에단이 장갑을 벗으며 말했다. 그리고 마고 아줌마에게 손을 내밀고 꽉 잡았다. 아줌마가 에단을 찾아낸 모양이었다.

"나는 가서 아기 좀 보고 올게."

아줌마는 우리에게 이야기 나눌 시간을 주는 거였다.

"내가 거짓말을 했잖아요."

내가 에단에게 말했다.

"그리고 떠났잖아요."

"나는 그러거나 말거나 에이프릴을 사랑해요."

"그러면 안 돼요."

내가 울기 시작하자 상처 부위가 뒤틀렸고 그래서 나는 더 울었다.

"에이프릴이 뭔데 그걸 결정해요?"

"나는 사랑받을 가치가 없어요."

"도대체 언제…… "

에단이 흐느꼈다. 그리고 목소리를 되찾는데 시간이 좀 걸렸다.

"이 고집불통 아가씨. 도대체 언제쯤 무슨 짓을 해도 내가 에이프릴을 사랑할 거란 걸 이해할 거예요?"

그가 손등으로 눈물을 닦았다.

"이제 그만 노력해요. 알았어요? 나는 에이프릴을 다 아니까."

에단은 나를 껴안고 내 어깨에 대고 따뜻한 입김으로 한 겹 막힌 소리로 말했다.

"다른 건 다 소음이고 말일 뿐이에요. 나는 에이프릴의 마음을 알아요, 언제나. 알았어요?"

"언제나."

나도 따라 말했다. 내 환자복의 옷깃이 흠뻑 젖었다. 로버트의 안부도 묻고 싶었다. 내가 떠난 뒤의 일을 알고 싶었다.

그가 화가 났는지. 날 미워하는지. 그럼에도 불구하고 언젠가는 맥스를 만나고 싶어 할지.

"어떻게 일을 바로잡아야 할지 알 수가 없었어요. 도저히……"

"알아요."

에단이 말했다.

"로버트도 알아요. 이 병원에서 일단 탈출만 하게 되면 같이 전화해요. 같이 해결하면 돼요."

"미안해요."

내가 말했다.

"이렇게 다시 만나서 얼마나 기쁜지."

그가 머리에서 모자를 잡아 빼자 정전기 때문에 그의 머리카락이 후광처럼 솟았다. 나는 웃었다.

"이렇게 몸을 꽁꽁 싸매고 다니는 데 익숙하질 않다니까."

그가 웃으면서 말했다.

"여기에서 살고 있었다니 진짜 안 믿겨요."

"에이프릴 말이 맞았어. 이타카는 정말 추워요! 하지만 여기가 나한테 정말 맞아요. 폴 크리크 근처에 낡고 커다란 집을 샀다니까."

"진짜요?"

나는 그의 머리를 가라앉히고 뺨의 눈물을 닦아 줬다. 얼굴에는 수염이 거뭇거뭇 자라 있었다. 예전의 그는 스스로를 절대 이렇게 놔두지 않았었다.

"맥스와 에이프릴이 지낼 방도 아주 많아요."

그가 말했다. 나는 두 손으로 에단의 얼굴을 잡았다. 그는 꿈이 아니고, 그는 여기에 있고, 그는 나의 모든 걸 다 알고 있었다.

"우리랑 같이 살겠다고요?"

"에이프릴 없인 텅 빈 집이에요."

에단이 말했다.

"에이프릴이 필요해요. 맥스 방에 완전 멋진 그림을 그려주자고요."

마고 아줌마가 간호사와 맥스를 데리고 돌아왔고, 에단은 맥스를 품에 안았다.

"짜식, 너를 만나려고 얼마나 오래 기다렸는지 몰라."

에단이 말하자 맥스가 눈을 뜨고 까르륵거리는데, 아마도 에단을 기억하는 것 같았다. 에단이 내 배에 대고 말했던 그 모든 시간이 의미가 있었나 보다. 에단이 여기에 있고, 그가 맥스를 안고 있는 걸로 나는 더 이상 부족한 게 아무것도 없었다.

○

칼리는 더 나인스에서 가지피자를 사들고 여자 친구 에린을 데리고 왔다. 에린은 곱슬거리는 금발과 바람에 빨개진 두 뺨이 동글동글한 사람이었다. 칼리는 에린을 우리에게 소개하며 얼굴을 붉혔다. 그리고 에린이 나를 꼭 안아 주는데 마치 우리는 이미 아주 좋은 친구라는 기분이 들었다.

우리는 다 같이 병원 침대에 둘러앉아 모두가 먹을 수 있도록 번갈아 가며 맥스를 안았다. 나는 졸리지만 도저히 눈을 감을 수 없었다. 이들을 쳐다보는 걸 멈출 수가 없었다. 이들은 이미 맥스를 사랑했다. 내가 생각할 수 있는 가장 아름다운 풍경이었다. 내가 필요한 것들을 이미 다 가진 사람이었다 해도 나는 여전히 이들을 사랑했을 것이다. 상황이 어떻게 달랐어도 나는 이들을 선택했을 것이다.

칼리는 캣스킨의 노래를 맥스에게 불러 주면서 방 안을 돌며 춤을 추었다. 원래 가사의 욕은 적절한 단어로 순화하면서. 에린은 내 옆에 걸터앉아 칼리에게 데이트를 신청할 용기를 내기 위해 에스프레소를 다섯 잔이나 마셔야 했다는 이야기를 들려줬다. 그 이야기를 하면서 칼리를 쳐다보는 에린의 눈빛, 그것이야말로 칼리가 누릴 자격이 있는 사랑이었다.

마고 아줌마는 내가 어렸을 때 어쩌다가 아줌마 식당에서 일하게 됐는지 에단에게 이야기해 줬다.

"아유, 얼마나 귀여웠는지 몰라요."

마고 아줌마가 말했다.

"손님들한테 씩씩하게 걸어가서 학교 노트에다 주문을 받는데 말이에요. '안녕하세요, 저는 에이프릴이에요. 오늘은 또 어떤 맛있는 메뉴를 주문하시겠어요?' 도대체 그런 말은 어디에서 배워 온 건지."

마고 아줌마가 나를 보며 미소를 지었다.

"에이프릴은 정말 대단해요."

에단이 웃으며 내 발을 꼭 쥐었다.

"얼마나 진지했나 몰라요."

마고 아줌마도 웃으며 말했다.

"처음에는 주문 받은 것들을 전부 문장으로 적었다니까! '아이다 윈톤은 프렌치프라이에 치즈와 그레이비를 곁들여 주세요. 너무 많이는 말고 부족하진 않게, 접시에, 부탁드려요.'"

아줌마가 눈가를 닦아 냈다.

"에이프릴은 모든 걸 혼자 터득해 나갔어요. 에이프릴 같은 투지가 있는 아이는 한 번도 본 적이 없어요."

"제가 아는 에이프릴 맞네요."

에단이 말했다.

"처음에 준비해 준 앞치마는 발등까지 내려왔다니까요."

"혹시 사진 있어요?"

에단이 입에 피자를 잔뜩 물고 물었다.

"그럼요. 다음 주말에 올 때 가져올게요."

아줌마가 나를 안았다.

"계집애, 이 얼굴 계속 볼 각오하고 있어. 이제 네가 어디 사는지 알았으니까, 너랑 맥스는 내 얼굴 질리게 봐야 할 거야."

"질릴 일은 절대 없어요."

나는 눈물을 참으며 말했다.

○

얼마 후, 간호사가 맥스의 출생증명서를 위한 서류를 들고 들어왔고, 아빠를 적는 칸에 나는 에단의 이름을 적었다.

언젠가는 저스틴을 수소문해서 맥스에게 좋은 사람이 될 수 있는 기회를 한 번 더 줄 생각이다. 하지만 맥스에겐 이미 가족이 생겼다. 가장 의미 있는 가족. 나와 에단과 칼리와 마고 아줌마. 우리에겐 우리가 계속 지켜 갈 사람들, 우리의 손을 절대 놓지 않을 사람들. 그것만큼 중요한 건 없다.

그것이 진실이다.

감사의 글

이 책의 마지막 원고를 넘기면서 나와 에이프릴과의 짤막한 첫 만남을 찾아보려고 원고 파일들을 뒤졌다. 그리고 에이프릴과 에단의 이야기를 처음 썼던 단편을 찾아냈다. 날짜는 2006년 9월 22일이었다. 이 책이 출간될 즈음이면 나와 에이프릴이 관계를 맺은 기간은 1부의 에이프릴 나이보다 겨우 한 살 모자라게 될 것 같다. 에이프릴에 관한 것을 생각하고 에이프릴 주변의 사람들을 사랑하는 것은 아주 오랫동안 나의 가장 큰 즐거움이었기 때문에 책 속의 인물들은 내 마음속에서 전화 한 통이면 만날 수 있는 오랜 친구 같은 존재가 됐다. 마치 내 책상에 쌓인 종이 무더기 아래, 그들의 전화번호를 끼적인 냅킨을 찾기만 한다면 우린 즐겁고 긴 수다를 떨수 있을 것만 같달까. 그래서 좀 바보같이 들리리란 걸 알지만 내가 첫 번째로 감사하고 싶은 사람은 바로 에이프릴 사와키다. 그녀는 내가 다른 무언가를 쓰고 있던 어느 날 내 머릿속에 홀연히 나타나 나의 모든 감정들을 새로운 이야기로 그려 낼 수 있는 또 하나의 우주를 선물해 줬다. 그리고 물론, 에단, 칼리, 마고에게도 참 고맙다. 오랜 시간 그들을 내 마음에 품어 오면서 나의 삶도 훨씬 더 풍요로워졌기 때문이다.

내게 위로와 조언을 해주고, 원고를 읽어 주고, 연대와 제목, 그리고 90년대 중반의 모든 것들을 함께 의논해 준 현실의 진짜 사람들도 정말 많다. 누군가를 빠뜨리지 않고 이 감사의 글을 쓴다는 게 애당초 불가능한 일이라는 걸 나는 이미 알고 있었다. 굽이굽이 이어진 내 삶의 모든 경험들을 통해 배우고 느끼지 못했다면 이 책을 쓰지 못했을 거란 것도 나는 통렬히 인식하고 있었다. 그 여정에서 알게 된 모든 사람에게 감사한 마음이다. 내가 잊고 언급하지 않은 사람이 있더라도, 그건 그저 내 어수선한 정신의 실수지 결코 내 마음이 부족한 탓이 아님을 알아주기 바란다.

해나 브라튼, 내가 당신을 얼마나 애정하는지. 당신이야말로 이 책에 꼭 필요한 편집자였다. 이 이야기가 형태를 갖출 수 있게 방향을 잡아 주고 존재할 수 있도록 사랑해 준 것에 끝없는 감사를 보낸다. 당신과 함께 일할 수 있었던 것은 무한한 영광이었다. 이 책이 갤러리 출판사에서 나올 수 있게 힘써 줘서 감사하다.

젠 버그스톰과 에이미 벨, 이 이야기의 심장을 알아봐 준 것에 깊은 감사를 드린다. 더불어 이 책을 세상에 소개하기 위해 힘써 준 갤러리의 모든 식구들에게 고마움을 전한다. 젠 롱, 캐롤린 펠로타, 샐리 마빈, 로렌 트루스코브스키, 비앙카 살방, 앨리슨 그린, 아이리스 첸, 존 폴 존스, 로라 처카스, 제이미 푸토르티, 대니얼 타버너, 존 바이로, 그리고 리사 리트워크. 물론 아주 작은 디테일까지 모든 것을 끝없는 인내로 잘 챙겨 준 앤드류 뉴옌에게도 깊이 감사드린다.

데보라 슈나이더, 당신 같은 에이전트를 만나길 얼마나 오랜 시간 기다려 왔는지 모른다. 그리고 함께 일한 시간은 기대 이상으로 더 좋았다. 나를 만나 줘서 감사하고, 에이프릴을 이해해 주고 이 작업이 내게 어떤 의미인지 이해해 준 것에 감사드린다. 나를 인도해 주고 지혜를 나누어 준 케시 클라슨에게 감사드린다. 페넬로페 번스를 비롯해서 겔프먼/슈나이더 ICM의 모든 이에게도 감사드린다. 거시 에이전시의 조 벨트레, 캐티 맥카프리, 다비나 헤플린, 토리 에스쿠, 그리고 케이틀린 베리에게도 감사드린다. 늘 신중하고 다정했던 프랭클린, 웨인립, 루델&바살로FWRV 법률사무소의 에릭 S. 브라운에게도 감사의 말씀을 전한다.

잉그리드 세르반, 당신의 음악을 나의 글로 바꿀 수 있게 해주고 내 삶에 달콤하고 멋진 기백을 불어넣어 준 데에 감사드린다. 덕분에 첫눈에 반하는 우정도 있다는 걸 알게 됐다.

이 책을 쓰는 긴 여정 동안 나의 창의적 영혼이 사그라지지 않도록 불을 다시 붙여 준 캐롤라인 앤젤에게도 감사드린다. 나와 나의 작품을 믿어 준 점, 진심으로 고맙다. 당신의 용맹하고도 아름다운 마음이 없었다면 내가 어떻게 됐을지 모르겠다.

카산드라 던, 내 삶에서 가장 고마운 점을 꼽으라면 글쓰기는 물론이고 다른 어디에서든 꽉 막혀 꼼짝할 수 없을 때 함께 헤쳐 나갈 당신이 내 곁에 있다는 것이라 하겠다. 당신의 깊고 넓은 시각과 공감 능력에 늘 감사드리고, 나와 함께 그 기나긴 길을 걸어와 준 데 감사드린다.

앤 마, 나를 여기까지 이끌어 주고, 당신의 친구가 되는 기쁨을 누릴 수 있게 해줘서 얼마나 고마운지 모르겠다.

레지나 말러와 르네 스윈들, 미래에 우리가 함께 할 긴 아침 식사를 꿈꾸며, 우리가 함께 한 아침마다 나를 이해해 주고 내게 자신감을 불어넣어 준 것에 감사드린다.

브루스 홀싱어, 당신이 이 책에 보여 준 믿음이 나의 세포 하나하나까지 변화시켜 줬음을 밝혀 두고 싶다. 정말 얼마나 고마운지.

미셸 라킨, 매번 나를 일으켜 세워 주고, 용기를 북돋워 주고, 나를 진정으로 이해해 준 것에 감사드린다. 당신과 가족이라니, 나는 정말 복이 많은 사람이다.

원고를 함께 읽어 주고 진심을 나누어 준 모든 이에게 감사드린다. 세레스 월시, 브렌다, 커크우드, 줄리아 웰란, 브랜틀리 오필, 레인보우 로웰, 미셸 루빈스타인, 컬렌 더글러스, 대시 헤게먼, 멜라니 커브스, 사라 플레이티스, 닐 고든, 벤 잭슨, 줄리 스미스, 에리카 커티스, 리즈 발렌타인, 에반 더슨, 키스 페드지크, 제니퍼 데빌 카탈라노, 줄리아 클레이본 존슨, 브루노니아 배리. 그리고 조안 페드지크를 빼놓을 수 없다. 부모를 잃은 영혼에게 선한 언어가 주는 힘을 깊이 이해하며, 에이프릴이 마치 우리의 지인인 것처럼 나와 이야기 나누어 준 것에 고마움을 전한다.

테레시 파울러, 잰 오하라, 사라 칼렌다, 진 키나키, 바바라 오닐, 그리고 그리어 맥알리스터님에게 이타카의 아름다운 순간들을 선물해 준 데에 특별히 감사드리고, 잭 하카시를 비롯한 나의 스승과 친구들에게 이타카를 나의 시작으로 만들어 준 것에 감사의 마음을 전한다.

캐서린 프란시스 빌링슬리, 나의 사랑스런 상록수! 그대와 함께 성장하며 독특한 창의력을 키울 수 있음에, 그리고 그 오랜 세월을 함께 하고도 지금까지 우정을 지속할 수 있음에 정말 감사한 마음이다.

줄리 벅바움, 에이미 프랭클린윌리스, 앤 마리 나이브스, 매튜 앤드롤리, 사바나 버틀러, 에메트 터커, 엘리자베스 로버츠, 그리고 니키 델로아크에게도 감사를 드린다. 알고 있을지 모르겠지만 그대들은 내가 간절히 필요로 하는 순간에 내게 꼭 필요한 격려를 해줬다. 그대들의 친절함과 안목에 깊이 감사드린다. 나를 끝없는 자료조사에서 구원해 준 아니아 사도에게도 고맙다. 그리고 내가 이 구역에 소속감을 느낄 수 있게 해준 안젤라 테리, 캐리 메더스, 그리고 패트리스 홀에게도 감사드린다.

린다, 로저 브라이언트를 비롯한 '타이틀즈 오버 티 북' 그룹의 모든 회원에게도 끝없는 감사를 보낸다. 여러분은 독자가 된다는 것의 의미를 가르쳐 줬다. '픽션 라이터 쿠프'와 WOMBA의 회원 분들, 언타이틀드의 친구들에게도 감사드린다. 여러분이 공유해 준 글을 읽으며 작가가 된다는 것의 의미를 배웠다.

내 삶에 음악을 불어넣어 준 존 커크, 마티 하레스니아크, 잰 칼너, 조셉 일라도, 조너선 클레인, 브라이언 마일러드, 그리고 대니얼 홀라버에게도 감사드린다. 그리고 최고의 기타 선생님이 되어 준 퀜 윌콕스에게 깊이깊이 감사드린다.

페이스북, 트위터, 그리고 인스타그램의 친구들을 비롯해서 내게 손을 뻗어 준 독자 여러분, 여러분으로부터 이해받을 수 있다는 것, 그리고 우리의 영혼이 이렇게나 닮았다는 사실을 알게 된 것은 내 인생의 가장 큰 영광이라 하겠다. 나의 엉뚱한 설문조사에 응답해 주고 여러분이 나의 책을 기다리고 있었다는 사실을 알게 해준 데에 깊이 감사드린다.

1997년, 나는 이타카대학에서 피터 멀베이가 연주하는 모습을 처음 봤다. 그리고 그 이후로 내가 들은 음악의 대부분은 어떤 면으로든 그의 아름다운 포크 음악과 관련돼 있었다. 그는 깊은 연민과 꾸준함으로 포크 가수의 전통을 이어갔고, 그의 작품과 그가 세상을 헤쳐 나가는 모습을 보며 나는 내가 어떤 모습의 예술가가 되고 싶은지 정말 많이 배울 수 있었다. 크리스 퓨레카에게도 엄청난 영감을 받았다. 그녀의 곡은 내가 들어 본 중 가장 지혜롭고 아름다운 곡이며 그녀의 가사는 이 책의 집필 의도를 구현하는 데 큰 도움이 됐다.

이 책과 내 삶의 사운드 트랙이 되어 준 마크 에렐리, 크리스 델호스트, 제프리 포컬트, 데이비드 굿리치, 트레이시 채프먼, 다르 윌리엄스, 워터보이스, R.E.M., 카운팅 크로우스, 인디고 걸스, 스티브 얼리, 글렌 필립스, 메그 허치슨, 고든 라이트푸트, 아를로 거트리, 캐롤 킹, 제임스 테일러, 유세프 이슬람, 그리고 (절대 빠질 수 없는) 밥 딜런. 그들의 훌륭한 작품들을 들을 수 있어 진심으로 감사하다.

이 부분을 쓰는 게 가장 힘들다. 나의 오랜 벗 스텔라가 이 책이 출간 될 때까지 내 곁에 있어 줄지 알 수 없기 때문이다. 하지만 내가 이 책을 쓰는 십이 년이라는 여정 내내 내 발치에서 코를 골며 그녀는 내 곁을 지켜 줬다. 모두가 이렇게 변함없는 벗을 갖길 바란다. 나는 정말 그녀의 모든 면을 사랑했다.

제레미 라킨, 내가 정말 끔찍이 사랑하는 당신, 당신은 나만큼이나 오래 이 책과 함께 살아왔고, 내가 나를 믿는 법을 잊었을 때에도 나를 믿어 줬다. 나를 사랑해 주는 당신, 나를 웃게 해주는 당신, 춤을 추는 당신에게 고마움을 전한다. 우리가 얼마나 멋진 모험을 함께 했는지! 당신과 함께 한 집에 사는 나는 정말 행복하다.

누군가를 진정으로 '안다'는 것의 의미

"나는 사랑받을 가치가 없어요."

에이프릴의 말에 에단이 말한다.

"도대체 언제쯤 무슨 짓을 해도 내가 에이프릴을 사랑할 거란 걸 이해할 거예요? 이제 그만 노력해요. 알았어요? 나는 에이프릴을 다 아니까."

누군가를 '안다'는 것의 의미는 무얼까?

이름을 알고, 얼굴을 알면 아는 사람일까? 아니다. 그건 그 사람의 '이름을 아는' 것이고 '얼굴을 아는' 것. 그 '사람을 안다'는 것은 완전히 다른 차원의 의미다.

「나의 아저씨」라는 드라마에서 지안은 '사람을 죽인 아이' 다. 사람들은 '사람을 죽였다'는 하나의 사건만을 보려고 할 뿐 그 행위의 맥락이나 그 아이의 개인사를 궁금해하지 않는 다. 하지만 동훈이란 인물이 지안이를 '알게' 된 다음, 그는 이 렇게 말한다.

"그 사람 알아 버리면, 그 사람이 무슨 짓을 해도 상관없어. 내가 널 알아."

사람을 '알게' 된다는 것은 그런 것이다. '비난' 이전에 '이해'가 앞서는 것.

우리가 쉽게 남을 비난하고 편하게 '너는 이런 사람'이라 선고를 내릴 수 있는 이유는 그 사람의 단편적인 행동 혹은 사건 하나만을 보기 때문이다.

사람들은 흔히 '하나를 보면 열을 안다'고 말한다. 그러나 때론 열 가지를 알아야 하나를 이해할 수 있기도 하다. 그것이 에이프릴의 여정을 따라가며 깨달은 사실이다.

이 책은 에이프릴이란 소녀가 '나의 사람'을 찾아가는 여정을 그리고 있다. '나는 사랑받을 가치가 없다'는 에이프릴의 말은 이 소녀가 자신에 대해 품고 있던 기본적인 정서였다. 그럴 법도 한 것이 평범한 인간들이라면 태어남과 동시에 무조건적인 사랑을 보장해 주는 두 사람, 부모로부터 버림을 받았기 때문이다. 엄마는 에이프릴이 어릴 때 집을 나갔고, 아빠는 한 동네에서 다른 여자를 만나 에이프릴을 캠핑카에 방치한다.

그래서 에이프릴의 이름은 봄이건만 그녀의 어린 마음은 언제나 겨울일 수밖에 없었다. 기본적인 사랑과 피붙이의 체온이 결여된 채 성장한 에이프릴은 언제나 춥다. 저스틴과 남쪽 해변에 가 따뜻한 기온과 야자수를 보면서도 눈을 감았다 뜨면 앙상한 나뭇가지와 얼어붙은 광경이 보일 것 같다는 독백이나 캠핑카에서 지낼 땐 언제나 십일월이었던 것 같다는 말은 에이프릴이 얼마나 춥게, 심장에 살얼음이 박힌 채로 살아왔는지 짐작하게 한다.

'부모도 나를 버렸다'는 생각 때문에 에이프릴은 사람들과의 관계에서 언제나 불안함을 느낀다. 인간이라면 누구나 저지를 수 있는 실수나 잘못도 용서받을 수 있을 거란 생각을 하지 못하고, 버림받기 전에 언제나 자신이 먼저 떠나는 쪽을 선택한다.

아버지와의 관계가 소생불능의 경지에 이른 뒤, 차 한 대에 의탁해 고향을 버리고 무작정 떠났을 때 에이프릴의 나이는 고작 열여섯 살이었다. 어리고 힘없는 여자아이가 혼자 길에서 생존하기란 쉬운 일이 아니다. 그러자니 사람을 경계하면서도 또 믿을 수밖에 없고, 그랬다가 몸과 마음에 상처를 입기도 한다. 때론 자신을 보호하기 위해 거짓말을 하거나 사람들의 선의를 이용하기도 하고, 때론 참 맹랑하다 싶은 짓들을 저지르기도 한다. 하지만 이 책을 읽어 갈수록 이상하게 에이프릴을 응원하게 됐다. 그러니까 어느새 에이프릴이란 아이를 '알게' 된 것이다. 그래서 에이프릴이 비난 받거나 공격당

하면 마음이 아팠고, 간신히 마음 붙였던 곳에서 짐을 꾸려 다시 떠나는 장면을 읽을 때면 따뜻한 방 안에서도 마음이 스산했다. 겨울에 차에서 추위에 떨며 자는 에이프릴의 차창을 두드리고 핫팩이라도 쥐어 주고 싶은 심정이 들었다. 짠하고 안쓰러웠다. 이렇게 주인공을 간절히 응원하면서 책을 읽어 본 게 얼마만인가 싶을 정도였다. 그러면서 찾아온 각성과 반성의 시간…… 내가 겪지 않은 일을 겪은 사람들의 행동을 너무 쉽게 재단하고 비난해 온 건 아닌지, 나도 내 딸이 캠핑카에 혼자 사는 에이프릴과 놀지 않았으면, 하고 바라는 엄마는 아니었는지, 잘못을 저지른 사람들의 동기를 보려는 마음이 있기는 했는지. 그런 면에서 나는 아마도 유죄일 거라 확신한다.

우리는 살아가며 타인을 볼 때 무심결에 소위 '악마의 편집'을 한다. 내 편의대로, 구미대로 어떤 이의 단면만 편집해서 보는 것이다. 그러면 모든 것이 쉽다. 그러면 어려운 이들을 비난하고 모른 척할 수 있다. 세상이 너무 단편적으로 변해 가는 것도 이유일 수 있다. 우리는 이미 짧게 편집된 콘텐츠의 홍수 속에 살고 있고, 사람들은 누군가를 오래 지켜보려는 인내심을 점점 더 잃어 가고, 판단은 점점 더 조급해진다. 그런 세상이 됐다.

그래서 더더욱 에이프릴의 로드 트립을 편집 없이 진득하게 따라가는 과정은 '누군가를 제대로 아는 것', '타인에 대한 이해'를 배울 수 있는 좋은 공부였다. 누군가를 진정 알게 된다는 것은 그가 처한 환경과 사정을 알게 되고 그 사람이 살아온 맥락을 이해하게 되며, 그 사람의 슬픔, 상처를 함께 느끼는 것. 그렇게 되면 응원할 수밖에, 도리가 없다.

다행히 에이프릴의 길에는 그녀의 생계를 책임지고 길벗이 되어 준 노래들이 있었다. 밥 딜런을 비롯해서 「우리 모두 함께 손뼉을」이란 익숙한 동요까지 이 책의 사운드 트랙을 찾아보는 재미도 놓칠 수 없다. 그리고 스쳐 지나간 인연일지라도 에이프릴을 못 본 척 하지 않은 사람들이 있었다. 이타카의 카페에서 따뜻한 커피를 넘치게 리필해 준 아주머니부터, 길 위의 에이프릴을 집 안으로 불러들인 애덤, 에이프릴의 멍을 못 본 척 하지 않은 아니스바의 아니와 그 밖의 여러 얼굴들이 스쳐 지나간다.

에이프릴이 고향과 혈육인 아빠를 등지고 떠난 삼 년의 여정은 아이러니하게도 '내 사람'을 찾는 여정이 됐고, 그 고단한 여정을 마쳤을 땐 진정한 의미의 '가족'도 얻었다. 그때 가족의 의미란, 내 의지와 상관없이 혈연으로 묶인 사람들이 아닌, 어떤 상황에서도 내가 지키고, 나의 손을 놓지 않을, '내 사람들', 내가 기꺼이 선택하고, 나를 선택해 준 사람들이다.

가족이니까 어쩔 수 없이 사랑해야 하는 사람이 아니라, '네가 어떤 사람이라 해도', 사랑하기로 한 사람들이다. 에이프릴에게 에단이, 칼리가, 마고 아줌마가 그랬다. 그래서 더 든든하고, 정든 나의 에이프릴을 떠나보내면서도 마음이 푹 놓였다.

그런 점에서 이 책은 한 없이 삭막하고 냉소적인 이 시대에 우리 마음을 촉촉이 적시는 사월의 단비 같다. 혈혈단신 세상에 뛰어든 에이프릴의 여정을 응원하며 따라가다 보면 울다가 웃다가 마음이 몽글몽글 젖어드는 자신을 발견하게 되리라.

그래서 나이 불문 이 세상의 수많은 '관계 초보'들도 이 책을 덮을 때쯤엔, 타인을 알고, 이해해 보겠다는 용기를 가질 수 있었다면 좋겠다. '저 사람 왜 저래?'가 아니라 '저 사람의 사정은 뭘까?'가 된다면 좋겠다.

그런 관심과 이해의 과정을 거쳐 우리 모두, '내 사람'을 만날 수 있기를 바란다.

옮긴이 **김현수**

고려대학교를 졸업하고 성균관대학교 번역대학원에서 문학 석사학위를 받았다. 글과 음악으로 소통하는 것이 좋아 라디오 작가로 일했고, 현재 전문 번역가로 활동 중이다. 옮긴 책으로『작은 생물에게서 인생을 배운다』『닉센, 게으름이 희망이 되는 시간』『완벽한 아내를 위한 레시피』『실버베이』등이 있었다.

에이프릴은 노래한다

1판 1쇄 인쇄   2023년 6월 13일
1판 1쇄 발행   2023년 6월 23일

지은이   엘리 라킨
옮긴이   김현수

펴낸이   임지현
펴낸곳   (주)문학사상
주소   경기도 파주시 회동길3 63-8, 201호(10881)
등록   1973년 3월 21일 제1- 137호

전화   031)946-8503
팩스   031)955-9912
홈페이지   www. munsa.co.kr
이메일   munsa@munsa.co.kr

ISBN 978-89-7012-565-7 (03840)